KNAUR

*Über den Autor:*

R. M. Schroeder, Jahrgang 1951, lebt nach vielseitigen Studien und Tätigkeiten in mehreren Berufen seit einigen Jahrzehnten als freischaffender Schriftsteller in den USA. Seine großen Reisen haben »RMS« in viele Teile der Welt geführt; seine Romane wurden mit zahlreichen Preisen ausgezeichnet und machten ihn zu einem der erfolgreichsten Unterhaltungsautoren deutscher Sprache.

R. M. Schroeder

# Lady Moonshine

Roman

KNAUR

*Besuchen Sie uns im Internet:*
*www.knaur.de*

FSC
www.fsc.org
MIX
Papier aus verantwortungsvollen Quellen
FSC® C083411

Originalausgabe März 2017
Knaur Taschenbuch

Ein Imprint der Verlagsgruppe
Droemer Knaur GmbH & Co. KG, München.

Redaktion: Susanne Wallbaum
Covergestaltung: ZERO Werbeagentur, München
Coverabbildung: Gettyimages / lambada; Leon Harris
Satz: Adobe InDesign im Verlag
Druck und Bindung: CPI books GmbH, Leck
ISBN 978-3-426-51786-4

2 4 5 3 1

*For*
*Karen & Norman*
*Nilufer & Murat*
*Natalie & Julio*
*Nadine & Alexander*
*Olga & Jorge*
*The one and only*
*Atlanta »Piri-Piri« Gang*

# PROLOG

*Mai 1936*

Sie hungerte nach seinen Zärtlichkeiten. Seine Lippen und Hände erforschten sie, und sie genoss das Gefühl, völlig entblößt zu sein und zugleich in seiner Liebe geborgen. Immer schneller trieb sie auf jenen magischen Punkt zu, an dem die Lust schier unerträglich wurde und in einer Explosion unsäglicher Wonne die Erlösung kam.

Das Kratzen von Metall über Stein machte alles zunichte. Seine Lippen und Hände entglitten ihr. Sie wollte ihn nicht gehen lassen, doch je verzweifelter sie ihn zu halten suchte, desto mehr entzog er sich. Wieder drang ein Kratzen in ihr Bewusstsein, und sie verlor ihn ganz. Die Glut in ihr fiel wie ein Strohfeuer zusammen. Mit einem wehmütigen Seufzer ließ sie ihn gehen – den wunderschönen Traum.

Ausgeruht und ein Lächeln auf dem Gesicht, schlug Mallory die Augen auf. Als sie das Kratzen, diesmal in Verbindung mit einem leisen Scheppern, erneut vernahm, schob sie sich in den seidenen Kissen nach oben.

Die Schatten der Nacht behaupteten sich noch im Schlafzimmer, doch ein dünner Streifen Morgenlicht kündete bereits vom neuen Tag. Er stahl sich an einer der Terrassentüren durch einen winzigen Spalt zwischen den königsblauen Samtvorhängen, schnitt als helles Band schräg durch den Raum, hob einen der vier Pfosten ihres Baldachinbettes aus der Dunkelheit, streifte den gebeugten Rücken einer schwarz gekleideten Gestalt, die vor dem Kamin kniete, glitt zwei Schritte weit über das honigfarbene Parkett und berührte schließlich die matt glänzende Seitentapete.

Es war Daisy, die sich da vor dem mit Marmor eingefassten Kamin zu schaffen machte. Das neue Zimmermädchen, das sie erst zwei Tage zuvor eingestellt hatte. Bald knisterte ein Feuer, und Daisy huschte aus dem Zimmer, das nun ins Licht der Flammen getaucht lag.

Mallory streckte sich wohlig unter der Daunendecke und lauschte träge den vertrauten Geräuschen, mit denen der Haushalt unten in ihrem herrschaftlichen Haus zum Leben erwachte. Hier in den Blue Ridge Mountains von Virginia waren selbst jetzt im Mai die frühen Morgenstunden oft noch empfindlich kühl, und so wartete sie mit dem Aufstehen einige Minuten, bis das Kaminfeuer das Zimmer mit Wärme erfüllt hatte.

Ihre Gedanken wanderten zurück zu seinem Anruf, den sie so sehnlichst erwartet hatte. Nun fand alles zu einem glücklichen Ende! All den Bitternissen, Verletzungen und schrecklichen Irrungen zum Trotz würde der Kreis sich schließen. Und irgendwann würde auch die Wunde, die Bobby ihr geschlagen hatte, heilen. Die Hoffnung auf Versöhnung gab sie niemals auf.

Sie lächelte, als sie das Bett verließ, an die hohen Terrassentüren trat und die schweren Samtvorhänge aufzog. Blinzelnd spähte sie ins helle Morgenlicht, das in der Ferne über die tief gestaffelten, blau schimmernden Bergzüge fiel. Die Sonne warf ihren milden morgendlichen Schein über die lange Magnolien-Allee, die von der Landstraße heraufführte und ein atemberaubendes Bild weißer Blütenpracht bot.

Es hatte sie damals ein kleines Vermögen gekostet, auf jeder Seite der alten Farmauffahrt anderthalb Dutzend gut mannshohe Magnolienbäume pflanzen zu lassen. Die Leute im Franklin County hatten sich darüber die Mäuler zerrissen, woran sie sich nicht im mindesten gestört hatte. Dass ihr prächtiger Landsitz, der am Fuß des Stone Ridge Mountain auf den brandgeschwärzten Ruinen der bescheidenen elterlichen Farm stand und dessen umlaufende Veranden von weißen Säulen getragen wurden, dass ihr ganz eigener Phönix aus der Asche im ganzen Landkreis mit Bewunderung und nicht selten auch mit Neid *Magnolia Manor* genannt wurde, erfüllte sie mit Stolz.

Sie begab sich ins Bad, streifte das blassblaue Musselin-Nachtgewand von den Schultern und musterte sich im bodenlangen Spiegel. Erste feine Linien hatten sich um Mund und Augen gegraben, auch wenn man schon genau hinsehen musste, um sie zu bemerken. Der betörende Glanz der Jugend und die natürliche Frische, die keiner Cremes, Düfte und aufwendiger Schminke bedurfte, waren unwiederbringlich verloren. Aber ihre schlanke Gestalt und weibliche Anmut mit all ihren Rundungen hatte sie sich bewahrt, und für eine Frau von Mitte dreißig hatte sie selbst bei kritischem Hinschauen keinen Anlass, der Jugend allzu sehr nachzutrauen. Noch immer drehten Männer sich bewundernd nach ihr um, und sie war sich ihrer besonderen Ausstrahlung wohl bewusst.

Was nichts daran änderte, dass sie nicht mehr die naive junge Frau war, die sie gewesen war, als ihre scheinbar so fest gefügte Welt innerhalb weniger Wochen wie ein Kartenhaus in sich zusammengefallen war. So viel hatte sie in so kurzer Zeit verloren, nicht zuletzt ihre moralische Unschuld. Viele Jahre lang hatte sie sich unbesiegbar und voll und ganz im Recht gewähnt, nur um sich später für Abschaum zu halten.

Mittlerweile war sie zu dem Schluss gekommen, dass weder das eine noch das andere zutraf.

Nie, nicht einmal als junges Mädchen, hatte sie zu denen gehört, die das Leben als romantisches Unterfangen betrachten. Das Leben bestand nicht aus Schwarz und Weiß, sondern aus einer endlosen Palette von Grautönen. Und gab es überhaupt so etwas wie einen freien Willen? Wurde man nicht eher vom Schicksal, von Unkenntnis, Naivität, Verblendung, von seinen eigenen Unzulänglichkeiten und, ja, auch niederen Instinkten getrieben? Hätte man die Wahl gehabt, sein Leben noch einmal zu leben, hätte man dann nicht immer wieder dieselben Entscheidungen getroffen, wenn auch die Umstände und die eigenen Unzulänglichkeiten dieselben blieben? Der freie Wille war eine Illusion. Jeder tat, was er tun musste – oder was tun zu müssen er glaubte.

Seufzend wandte Mallory sich vom Spiegel ab. Wie schnell die Jahre vergangen waren! Sie hatte für das, was sie selbst in ihren kühnsten Träumen nicht für möglich gehalten und dennoch erreicht hatte, einen hohen Preis gezahlt. Aber daran wollte sie jetzt nicht denken. Nicht an diesem Tag, da er auf dem Weg zu ihr war!

Sie hielt sich nicht lange im Badezimmer auf. Es galt, die frühe Stunde mit ihrer belebenden Luft für einen Ausritt zu nutzen; es drängte sie nach Bewegung. Doch als sie in einem bequemen Reitkostüm in den Morgen hinaustrat und unwillkürlich hinauf zum Stone Ridge Mountain schaute, änderte sie ihren Plan und schickte den Stallburschen mit ihrem geliebten grauschwarzen Wallach Mountain Smoke zu den Stallungen zurück.

Dort oben befand sich die Grundlage all dessen, was ihr an Gutem und Bösem widerfahren war und sie zu der gemacht hatte, die sie war. Dort oben hatte ihre Wandlung von der unbedarften »Mallory Moonshine« zur »Lady Moonshine« ihren Anfang genommen. Seit fast anderthalb Jahrzehnten war sie nicht mehr an jenem blutgetränkten Ort gewesen. Es wurde Zeit, den Aufstieg noch einmal anzugehen, den Bann zu brechen und endgültig einen Schlussstrich unter die düsteren Kapitel der Vergangenheit zu ziehen!

Zügig schritt sie über den Hügel, über den eine mächtige, uralte Sykomore ihren Schatten warf, und ließ den Rosengarten mitsamt Zierteich und Pavillon links liegen. Während sie auf den Waldsaum zuhielt, tauchte vor ihrem inneren Auge flüchtig das Tabakfeld auf, das sich früher hier erstreckt und ihnen Jahr für Jahr in brütender Sommerhitze Ströme von Arbeitsschweiß abverlangt hatte.

Kurz darauf erreichte sie den kühlen Schatten hoher Lebenseichen und Hickorybäume, und bald ging der ebene Wald in die Bergflanke über. Mit beständigem Schritt stieg Mallory bergan, durch den hohen Wald mit seinem würzigen Duft, den sie seit Kindertagen mit dem rauchigen Geschmack von Whiskey verband.

Das Unterholz wurde dichter, je höher sie kam. Sträucher, Dornendickichte, immergrüne Ranken sowie ganze Felder aus Farnen und Rhododendren wucherten zwischen den Bäumen. War der einstige Pfad vorher schon kaum auszumachen gewesen, schien er sich in diesem Teil des Bergwaldes ganz zu verlieren. Er wurde zu einem Geheimnis, das nur zu enträtseln vermochte, wer die Wildnis kannte und diesen Weg selbst in tiefster Nacht unzählige Male gegangen war.

Mit traumwandlerischer Sicherheit kletterte Mallory zur Destillerie hinauf. Sie wusste sogar noch, wo die Drähte gespannt gewesen waren. Dort hatten Konservendosen gehangen, in denen zur Warnung Nägel gescheppert hatten, sobald jemand an einen der Drähte kam.

Endlich gab das Dickicht sie frei. Das Gelände zwischen den Bäumen öffnete sich, wurde lichter, und dann lag der Platz vor ihr, an dem sich die Destille der Kendricks mit ihren primitiven Gärboxen, dem Druckkessel und der Kupferschlange des Kondensators befunden hatte. Schon Grandpa Carl hatte hier den besten Whiskey und den feurigsten Schnaps im ganzen County gebrannt, Kendrick-Moonshine eben, eine Klasse für sich! Das Dynamit hatte von all dem nicht mehr übrig gelassen als geborstene Hölzer und rostige Trümmer.

Die Morgenluft war erfüllt vom süßlichen Duft der Geißblattranken. Gerade wollte Mallory die letzten zehn, zwölf Schritte zum Felsüberhang hinaufsteigen, als sie mit der linken Stiefelspitze an einem Hindernis hängenblieb und beinahe gefallen wäre. Als sie zu Boden sah, entfuhr ihr ein Schrei, und das Blut wich ihr aus dem Gesicht.

Die leeren Augenhöhlen eines Totenschädels starrten sie an. Sie wusste sofort, zu welcher Leiche er gehörte; wer hier, ein Stück unterhalb der »Still«, verscharrt worden war.

Übelkeit stieg in ihr hoch. Schlagartig hatte sie wieder die Ausdünstungen der Blasen schlagenden Maische in der Nase, den scharfen Geruch von Männerschweiß, den fauligen Atem, der ihr aus nächster Nähe entgegenschlug; sie schmeckte das Blut, das ihr ins Gesicht spritzte, nahm die ganz eigene Note von nackter Todesangst wahr, die sich mit der süßen Schwere des Geißblatts vermischte und sie unsäglich ekelte. Ihr war, als füllten sich die Höhlen des Totenschädels wieder mit jenen bösartigen Augen; sie sah den Dorn hochfahren und sich tief in den Augapfel bohren. Und dann hörte sie den gellenden Schrei im nächtlichen Wald und die drei Schüsse, kaum lauter als das gedämpfte Entkorken von Champagnerflaschen!

*Plop, plop, plop!*

*Tod, Tod, Tod!*

Wie gelähmt stand sie da, überwältigt von den Erinnerungen, die sie mit sich rissen wie die Brandung ein Stück Treibholz. Kein Luftzug regte sich, keine Vogelstimme ertönte, nicht ein Blatt bewegte sich. Sie war umgeben von einer Stille, die sie bis ins Mark erschauern ließ.

Aus der Tiefe des Waldes starrten die Toten sie an.

# ERSTER TEIL

*Juni 1921*

# 1

Es war ein selbst für den Süden Virginias ungewöhnlich warmer Junitag. Das Tabakfeld der Kendricks stand in voller Blüte. Über Nacht schien sich ein leuchtend rosafarbenes Tuch über die fast mannshohen Pflanzen gelegt zu haben. Aber der schillernden, süßlich duftenden Pracht war kein langes Leben vergönnt. Die Blütenstände raubten den Blättern die Nährstoffe, die für die Qualität des Tabaks ausschlaggebend waren, daher mussten sie schnell abgeschnitten werden.

Mallory Kendrick war harte Arbeit gewohnt. Sie kannte es nicht anders, und es gab keinen Grund, sich darüber zu beklagen. Das Leben aller, die hier im Franklin County und anderswo in den Bergen, Tälern und Niederungen der Blue Ridge Mountains vom Ertrag ihrer kleinen Farmen lebten, war karg und mühselig.

An diesem Tag fiel es ihr jedoch schwer, zu ihrem Bruder Robert auf das Tabakfeld zurückzukehren und die ermüdende Arbeit wieder aufzunehmen. Dennoch durfte sie sich nicht vor ihrer Pflicht drücken. Als große Schwester musste sie für den Bruder, der in einigen Monaten fünfzehn wurde, Vorbild sein. Und seit dem Tod der Mutter lastete diese Verantwortung besonders schwer auf ihren Schultern.

Drei Jahre zuvor war sie gestorben, innerhalb von sieben Monaten, dahingerafft von tückischen Krebsgeschwülsten. Noch nicht ganz siebzehn war Mallory in jenem Frühling gewesen, als überall auf der Farm die Geißblattranken ihre Blütenpracht entfalteten und die Mutter oben bei den jahrhundertealten Lebenseichen zu Grabe getragen worden war.

Mallory stand an der Wasserpumpe im Hof und ließ sich Zeit, die beiden verbeulten Feldflaschen aufzufüllen, derentwegen sie vom Tabakfeld gekommen war. Sie genoss den Schatten, den das schlichte Farmhaus mit seinen Wänden aus überlappenden Eichenbrettern und der kleinen Veranda warf. Hinter dem Haus stieg das Gelände allmählich an und ging dann in die dunklen, dichten Wälder des Stone Ridge Mountain über. Alles Kendrick-Land, von der Landstraße unten bis hinauf zur zerklüfteten Bergkuppe.

Ein halbes Dutzend Hühner lief über den Hof und pickte im Dreck. Abe, ihr schwarzer Hahn mit dem feuerroten Kamm, scheuchte zwei Junghühner aus seinem Harem vor sich her.

Mit einem leisen Seufzer nahm Mallory den ausgefransten Strohhut ab, zog ein kariertes Taschentuch aus ihrem stellenweise schon fadenscheinigen Overall und wischte sich Schweiß und Blütenstaub vom Gesicht. Wie üblich hatte sie ihr schulterlanges gelocktes Haar, das die Farbe dunklen Honigs hatte, zur Arbeit mit einem einfachen Einweckgummi im Nacken zu einem Zopf zusammengebunden.

Ihr Blick ging kurz zur Scheune hinüber, aus der harte, fast zornig klingende Hammerschläge drangen. Metall auf Metall. Die beiden Torflügel aus verwitterten Brettern standen weit offen. Im Halbdunkel der hohen Durchfahrt zeichneten sich die Umrisse ihres alten Pick-up-Trucks aus Armeebeständen ab. Ein Halbtonner von Ford mit schmaler Fahrerkabine und einer kurzen, von Bretterwänden umschlossenen Ladefläche. Wieder einmal mühte ihr Vater sich, einen Schaden an der alten Kiste zu beheben, doch es klang nicht so, als mache er große Fortschritte. Dabei brauchten sie den Pick-up für ihre wöchentlichen Touren zu den Stammkunden. Mit Old Nick, ihrem alternden Esel, ließen die Lieferungen sich nicht bewerkstelligen.

Gemächlich betätigte Mallory den gusseisernen Schwengel der Pumpe. Kaltes Wasser stieg aus der Tiefe und schoss aus dem geschwungenen Maul des Rohrs. Sie beugte sich in den kräftigen Strahl, stillte ihren Durst und schlug sich kühles Wasser ins Gesicht.

Zugleich schämte sie sich ein wenig, dass sie so herumtrödelte und dem Herrgott den Tag stahl, wie Grandpa Carl in solchen

Fällen gesagt hatte. Schnell stülpte sie sich den Strohhut wieder über den Kopf und beeilte sich, die Feldflaschen aufzufüllen.

## 2

Gerade hatte sie die Deckel zugeschraubt, da vernahm sie Motorengeräusche. Sofort dachte sie an Henry Irving, und ihr Herz begann schneller zu schlagen. Sie lächelte über sich selbst. Nun ja, sie freute sich eben, ihn zu sehen. So viel Besuch bekamen sie ja auch nicht. Und hatte er nicht versprochen, nach der Arbeit im Sägewerk zu kommen und bei der Reparatur des Trucks zu helfen? Henry kannte sich mit Motoren aus wie kein anderer.

Ihre freudige Erwartung währte jedoch nur einen kurzen Moment. Es war nicht sein Auto, das da von der Landstraße auf Kendrick-Land abbog. Sie erkannte Motorengeräusche von zwei sehr unterschiedlichen Automobilen, ein dunkles, fast melodisch anmutendes mechanisches Summen und gleich darauf das Rattern und Bellen eines schweren Trucks. Letzteres hörte sie nicht zum ersten Mal. Es klang nach dem Pierce-Arrow-Liberty-Truck des *Bootleggers* Barney Gifford aus Roanoke*, der großen Stadt jenseits der Berge.

Der kahlköpfige und schwergewichtige Alkoholschieber war ein Selbständiger. Er fuhr auf eigene Rechnung und gehörte keiner der Banden an, die in der Stadt das Sagen hatten und seit Inkrafttreten der Prohibition durch den Volstead Act anderthalb Jahre zuvor** den Alkoholhandel kontrollierten und die lukrativen Flüsterkneipen oder Speakeasies betrieben. Aber natürlich musste er eine Lizenzgebühr – also Schmiergeld – an die

* Der Name ist indianischer Herkunft und wird ‚Ro:nock' ausgesprochen, Betonung auf der ersten Silbe.

** Das Gesetz trat am 16. Januar 1920 in Kraft.

Oberbosse Eddie Wheeler und Arnie Flint bezahlen. Ohne diese sogenannte *granny fee* hätten weder die beiden noch die örtlichen Behörden ihn seinen Geschäften unbehelligt nachgehen lassen. Und die bestanden darin, dass er seine Großabnehmer in der Stadt mit *Moonshine,* schwarz gebranntem Schnaps, Whiskey und Brandy aus dem bergigen Hinterland von Roanoke, versorgte, insbesondere mit Erzeugnissen aus dem Franklin County. Wobei die *still* der Kendricks in diesem Bezirk seit eh und je dafür bekannt war, dass aus ihren Kupferschlangen der beste Schwarzgebrannte rann. Das galt für Kendricks klaren Apfelschnaps namens Crazy Apple ebenso wie für den Mountain Smoke genannten Whiskey.

Mallory sah zwei Staubfahnen vor dem Hintergrund der bläulich schimmernden Bergzüge in den Himmel steigen. Die vordere hing schräg in der Luft wie ein im Wind wehendes Banner. Dagegen glich die hintere eher einem langen, staubigen Vorhang, der sich vor die Bergzüge schob. Sie zogen hinter dem Waldstück vorbei, wo die sandige Zufahrt zur Kendrick-Farm von der windungsreichen Landstraße nach Rocky Mount abging, der größten Ortschaft im Franklin County, in der die örtliche Verwaltung ihren Sitz hatte.

Augenblicke später kam der erste Wagen in Sicht. Mallory machte große Augen, als sie eine elegante, königsblau lackierte Limousine mit offenem Verdeck bei den beiden Magnolienbäumen auftauchen und die lange Zufahrt heraufkommen sah. Vor dem Kühlergrill, dessen verchromtes Gitter im Sonnenlicht funkelte, saßen zwei große Scheinwerfer in polierten Chromgehäusen. Die geschwungenen Kotflügel gingen in breite Trittbretter über, reichten bis zu den hinteren Schutzblechen und leuchteten in demselben Cremeweiß wie die Weißwandreifen über den Speichenrädern und die feudale lederne Polsterung der Sitze.

Barney Gifford folgte dem königsblauen Cabrio mit seinem klobigen schwarzen Truck wie ein alter Frachtkahn einer herrschaftlichen Jacht.

Die Hammerschläge in der Scheune erstarben, und die großgewachsene, sehnige Gestalt ihres Vaters erschien im offenen Tor. Er wischte sich die ölverschmierte Rechte an dem Putzlappen ab, den er mit dem linken Ellbogen gegen die Hüfte presste. Seit er in dem Winter nach Mutters Tod in einer vereisten Schlucht gestürzt war und sich die Schulter und den Arm mehrfach gebrochen hatte, war sein linker Arm zu nichts mehr nütze, was auch nur ein bisschen Gelenkigkeit oder Kraft erforderte.

Er kniff die Augen zusammen, als sich die Limousine und Giffords Truck dem Hof näherten. Sein wettergegerbtes Gesicht verschloss sich augenblicklich.

## 3

Das Studebaker-Cabrio rollte zwischen Farmhaus und Scheune aus. Würziger Tabakrauch wehte zu Mallory herüber. Er kam von dem Fremden auf der Rückbank; der Mann hatte in ebenso entspannter wie selbstgefälliger Pose die Arme ausgebreitet, in seinem Mundwinkel steckte eine Zigarre, lang wie eine Stange Dynamit.

Mallory schätzte ihn auf Mitte bis Ende vierzig. Er war von mittelgroßer, eher fülliger Statur und trug einen hellgrauen Sommeranzug mit Weste, dazu ein himmelblaues Hemd mit weißem Kragen und eine Krawatte mit Blumenmuster. Ein bleistiftdünner schwarzer Strich von Bart zog sich über seine Oberlippe und betonte die kantigen Linien seines Gesichts. Auf dem Kopf saß ein Fedora-Hut mit vorn abgeknickter Krempe. Die Hutfarbe entsprach der des Anzugs, während das seidene Hutband zum Hemd passte. Auf eine herb maskuline Art sah er gut aus.

Der Fahrer stellte den Motor ab und schwang sich geschmeidig aus dem Wagen. Er war schlank und dunkelblond, mochte um die dreißig sein und hatte markante Züge. Mit seinen schwarzen Slippern, der weiten schwarzen Leinenhose, dem grauen Seidenhemd und dem schwarzen Halstuch wirkte er um einiges eleganter als der Mann auf der Rückbank. Für ihn schien formvollendete Kleidung eine Selbstverständlichkeit zu sein, er trug sie wie eine zweite Haut.

Ohne Eile ging er um den Wagen herum. Dabei fischte er im Vorbeigehen vom Beifahrersitz lässig eine schwarze, goldbetresste Schirmmütze. »Mister O'Reilly«, sagte er, öffnete die hintere Tür und deutete eine Verbeugung an.

»Lass das Affentheater, Frankie!« Patrick O'Reilly erhob sich von der Rückbank und schlug ihm beim Aussteigen mit einer nachlässigen Handbewegung die seemännische Schirmmütze vom Kopf. Dann zupfte er seine Hosenbeine zurecht, die auf zweifarbige Gamaschen und braunes Schuhwerk fielen, wobei goldene Manschettenknöpfe aufblitzten.

Der Mann namens Frankie lachte leise, bückte sich nach der Schirmmütze und warf sie zurück in den Wagen.

Indessen hatte auch der Liberty-Truck von Barney Gifford den Hof erreicht und nahe des Scheunentors angehalten. Diesmal prangte auf den Seitenwänden der kastenförmigen Frachtkabine in goldenen, rot umrandeten Lettern der Schriftzug *Lion Oil Company*.

Warum sich der dicke Gifford alle paar Monate die Mühe machte, seinem Truck ein anderes Logo und manchmal auch einen neuen Anstrich zu verpassen, war Mallory ein Rätsel. Jeder – auch die Polizei – im County und vermutlich auch drüben in Roanoke und Umgebung wusste, dass er nichts transportierte, was nicht flüssig war und einen Alkoholgehalt von mindestens 120 Proof* hatte.

* Proof (Nachweis, Probe) ist eine veraltete Maßeinheit, die den Alkoholgehalt eines Getränks angibt. Halbiert man die Proof-Zahl, erhält man den Alkoholgehalt in Volumenprozent. 120 Proof entsprechen damit 60% Alc./Vol.

Barney Gifford wuchtete seinen massigen Leib aus der Fahrerkabine. Auf seinem fleischigen Gesicht und dem kahlen Schädel perlte der Schweiß, und unter den Achseln zeichneten sich große dunkle Flecken auf seinem Hemd ab. Ein nervöser Ausdruck stand in seinen tiefliegenden Augen.

Zu Mallorys Verwunderung stiegen noch zwei Männer aus dem Liberty-Truck. Beide waren um die dreißig. Der eine besaß die bullige Statur und die Pranken eines Lastenträgers und hatte einen merkwürdig weichen Gesichtsausdruck. Unter seiner breitgeschlagenen Nase wucherte ein rotbrauner Walrossbart, hinter dem auch noch die Unterlippe verschwand. Das borstige Haupthaar dagegen trug er raspelkurz geschnitten. Neben ihm sah der andere mit seiner asketisch hageren Gestalt wie ein vom Tod gezeichneter Hungerleider aus. Seine Nase war so dünn und gerade wie der Mittelscheitel, der durch sein spärliches, pomadisiertes kurzes schwarzes Haar schnitt. Seine Augen, die tief unter wulstigen Knochenbögen lagen, hatten die Farbe von Eiswasser.

Mallory erfasste mit einem Blick, dass die Männer, die mit dem dicken Alkoholschieber gekommen waren, nichts Gutes verhießen.

## 4

Barney Gifford flüsterte O'Reilly etwas zu und deutete auf William Kendrick, der abwartend im Scheunentor stand und den Daumen seiner linken Hand hinter seinen breiten Ledergürtel hakte. Was er immer tat, wenn er kaschieren wollte, dass der Arm fast lahm war.

»Patrick O'Reilly, Geschäftsmann aus Roanoke«, stellte der Fremde sich mit unverkennbar irischer Sprachfärbung vor, trat näher und streckte ihm mit einem jovialen Lächeln die Hand entgegen. »Mister William Kendrick?«

Mallorys Vater nickte knapp, ignorierte aber die dargebotene Hand. Seiner Miene war nicht zu entnehmen, was er von diesem »Geschäftsmann« und seinen Begleitern hielt.

»Nun ja, ist wohl auch besser so, Dutchman!«, sagte O'Reilly mit einem Blick auf die noch immer schmutzige Rechte seines Gegenübers, zog an seiner Zigarre, entließ eine dicke Rauchwolke aus seinem Mund. »Dutchman stimmt doch, oder?«

William Kendrick zuckte die Achseln. »Die Menschen lieben Etiketten«, sagte er trocken. »Die geben ihnen das Gefühl, alles richtig einordnen zu können und die Welt im Griff zu haben.«

Mallory wusste, was ihr Vater meinte. Ihre Familie hatte mit den Bewohnern der Niederlande, den tatsächlichen Dutch, so viel zu tun wie dieser O'Reilly wohl mit Franzosen oder Schweden. Ihre Großeltern waren 1882 aus Deutschland ausgewandert, ihr Vater war damals gerade sieben gewesen. Weil die Einheimischen aber das Wort »deutsch« nicht korrekt aussprechen konnten, hatten sie »dutch« daraus gemacht.

Patrick O'Reilly blickte kurz irritiert. Dann wedelte er, die Zigarre in der Hand, großspurig über sein Unverständnis hinweg. »Wie auch immer. Nach höherer Philosophie steht mir heute nicht der Sinn, mein Bester! Lassen Sie uns lieber zum Geschäftlichen kommen.«

»Und das wäre?«, fragte William ruhig zurück.

Der asketisch-knochige Mann schnaubte geringschätzig. Gleichzeitig zog er ein Springmesser hervor. Die Klinge schnellte aus dem Heft und rastete mit einem metallischen Klicken ein. An den Kühler von Giffords Truck gelehnt, begann er sich mit dem Messer die Nägel zu säubern.

»Ach, ich vergaß, Ihnen meine Begleiter vorzustellen«, sagte O'Reilly. »Das sollte ich schnellstens nachholen, werden Sie in Zukunft doch mehr mit ihnen zu tun haben als mit mir. Also, das da ist Knuckles*«, er deutete auf den bulligen Mann, der

* Fingerknöchel, im Slang auch Bezeichnung für Schlagring.

sich gerade einen Kaugummi in den Mund schob und dann mit zwei Fingern seiner rechten Pranke an die Stirn tippte, »und das hagere Ende daneben ist Skinny the Blade. Der hat 'ne Schwäche für scharfe Klingen. Tja, und der gelangweilte Gentleman dort an meinem Studebaker ist Frank Marlowe. Er kümmert sich um die ... nun ja, die feineren Aspekte meiner Geschäfte.« Er grinste breit, und sein schwarzer Strich von Oberlippenbart krümmte sich zu einem Bogen, als er die Zigarre genüsslich zwischen den Lippen hin und her rollte.

William Kendrick zeigte nicht die geringste Regung. »Wenn Sie zur Sache kommen würden, Mister O'Reilly«, sagte er nur.

O'Reilly schnippte ihm den Aschekegel von seiner Zigarre direkt vor die Stiefel. »Man sagt, die Leute hier in den Bergen geben was auf das, was Sie tun und sagen, Dutchman. Deshalb dachte ich, ich rede persönlich mit Ihnen, wo ich schon mal in der Gegend bin, um die Dinge, die noch nicht nach meinen Vorstellungen laufen, in die richtigen Bahnen zu lenken.«

William Kendricks Miene blieb ausdruckslos. »Gut, Sie sind hier, Mister O'Reilly. Also, was genau wollen Sie?«

O'Reilly furchte die Stirn und wandte sich zu Barney Gifford um. »Habe ich etwas nicht mitgekriegt? Ist heute vielleicht gar nicht der erste Samstag im Monat?«, fragte er scheinbar verwirrt.

»Doch, Mister O'Reilly!«, gab der Dicke zurück.

»Jesus, Maria und Josef sei Dank! Und ich hatte schon Angst, ich könnte mir nicht mal mehr merken, welchen Wochentag wir haben«, rief O'Reilly. »Und hast du nicht mit dem Dutchman die Abmachung, dass du an jedem ersten Samstag im Monat kommst, um hundertzwanzig Gallonen* von seinem Moonshine abzuholen, diesem Crazy Apple?«

Wieder nickte der Dicke. »Doch, so machen wir es seit September.«

* Hohlmaß, entspricht rund 3,8 Litern.

Irritiert kniff O'Reilly die Brauen zusammen. »Und hat dir der Dutchman nicht erst vorgestern versichert, dass sein Schwarzgebrannter wie immer bereit zum Abholen ist?«

»Doch, hat er!«, versicherte der Dicke eilfertig.

O'Reilly schob sich die Zigarre in den Mund, bleckte die Zähne und klatschte theatralisch in die Hände. »Na, wunderbar, dann hat ja alles seine Richtigkeit!« Er drehte sich wieder zu Mallorys Vater um. »Damit dürfte sich Ihre Erinnerungslücke geschlossen haben, Dutchman.« Sein Lächeln nahm, wie es Mallory vorkam, einen geradezu wölfischen Ausdruck an. »Also dann, bringen wir das Geschäftliche hinter uns.«

Als wären damit alle Missverständnisse ausgeräumt, zog der Gangster eine dicke Geldrolle aus der Tasche, streifte das Gummiband von dem Packen, leckte über seinen Daumen und begann Scheine abzuzählen.

»Also das wären bei vier Dollar die Gallone vierhundertachtzig Flocken, abzüglich zehn Dollar Transportgebühr pro Truckladung. Den Zwanziger, der als Granny Fee monatlich fällig ist, ziehen wir der Einfachheit halber gleich mit ab, so dass Sie unterm Strich das hübsche Sümmchen von … ja, vierhundertfünfzig Dollar kassieren können. Wenn das kein guter Schnitt ist!« Er hielt William Kendrick ein entsprechendes Bündel Scheine hin.

Der machte keine Anstalten, das Geld zu nehmen. »Sie müssen falsch informiert sein. Mein Moonshine gehört zum Besten, was im Franklin County aus den Stills kommt. Unser Crazy Apple kostet wie der Mountain Smoke seit Jahr und Tag fünf Dollar die Gallone, Mister O'Reilly«, sagte er kühl. »Zu dem Preis können wir gern ins Geschäft kommen, aber nur zu dem und keinen Cent drunter.«

Mallory war zu Bescheidenheit erzogen, konnte sich jetzt aber eines stolzen Lächeln nicht erwehren. Flüchtig huschte es über ihr Gesicht. Denn die viel gelobte … ja, genau genommen die *einzigartige* Qualität ihrer gut versteckten Destillerie oben in der Schlucht des Stone Ridge Mountain war vor allem ihr Verdienst – und natürlich das von Grandpa Carl. Ihr Vater war ein guter Schwarzbrenner; er beherrschte sein Handwerk, verstand einen anständigen, sauberen Moonshine zu destillieren und brauchte sich hinter keinem zu verstecken. Aber das außergewöhnliche Gespür für die einzelnen Abläufe der Alkoholherstellung und die Verfeinerung des Geschmacks, das ihr Großvater besessen und mit liebevoller Geduld an sie weitergegeben hatte, ging ihm ab.

Seit Grandpas Tod fünf Jahre zuvor sorgte nun sie dafür, dass weiterhin Moonshine von überragender Qualität aus der Kendrick-Still rann. Was der Vater freimütig eingestand, sogar vor ihren treuen Kunden. Nicht von ungefähr schwang in ihrem Spitznamen »Mallory Moonshine« bei aller gutmütigen Neckerei und gelegentlichen Anzüglichkeit mehr Anerkennung für ihr geschicktes Händchen und ihre feine Nase mit als alles andere.

Sie merkte, dass der Mann namens Frank Marlowe zu ihr herüberschaute. Er stand mit einem Fuß auf dem Trittbrett des Studebaker und kehrte seinem Boss und den beiden anderen Gestalten halb den Rücken zu, als lege er Wert auf die Distanz, ohne sie jedoch allzu offensichtlich einzunehmen. Sein Blick war so unverschämt direkt und forschend, dass sie sich darunter fast nackt vorkam, wie verrückt der Gedanke auch sein mochte. Ihr schoss das Blut ins Gesicht, und hastig sah sie weg.

»Und dabei bleibt es auch in Zukunft«, fuhr ihr Vater indessen mit fester Stimme fort. »Wenn Ihnen das nicht passt, steht es Ihnen frei, Ihr Geld anderswo auszugeben. An Anbietern fehlt es ja nicht. Und was Ihre Transportgebühr und das, was Sie Granny Fee nennen, angeht, so trifft Ihr Humor nicht ganz den meinen.«

Patrick O'Reilly gab sich perplex, riss Mund und Augen auf und wich einen halben Schritt zurück. »Wie bitte? Das ist nicht ganz deine Art von Humor, Dutchman?« Keine Spur mehr von respektvoller Anrede. »Zum Teufel, da muss ich einiges in den falschen Hals gekriegt haben! Hey, Barney, hast du ihm denn, als ihr euch getroffen habt, nicht gesagt, dass die Karten in Roanoke neu verteilt worden sind? Dass der gute Eddie Wheeler und die Flasche Arnie Flint eine Auszeit genommen haben?«

»Und zwar für 'ne Ewigkeit«, warf Skinny the Blade ein. »Das Outfit von denen haben wir übernommen ...«

»Zumindest das, was von ihren Gangs noch übrig war«, rief der Hungerhaken Skinny dazwischen.

»Und dass jetzt ein paar neue Spielregeln gelten?«, beendete O'Reilly seine rhetorische Frage und sah den dicken Gifford scheinbar ratlos an. »Sag bloß, du hast es an der nötigen Klarheit fehlen lassen.«

»Ich habe alles so gesagt, wie Sie es mir aufgetragen haben, Mister O'Reilly. Ich schwör's bei Gott und meiner Ehre!«, beteuerte Barney Gifford hastig. »Reinen Wein habe ich ihm eingeschenkt. Hab ihm klipp und klar gesagt, dass jetzt ein anderer Wind weht.«

»Gut, gut, ich glaube dir!«, knurrte O'Reilly und wandte sich mit einem dünnen Lächeln wieder William Kendrick zu. »Na also, Dutchman, wo liegt das Problem? Es wird dieselbe Musik gespielt, nur mit neu aufgezogenen Saiten und nach dem Takt, den *ich* angebe. Sie sind gut beraten, sich danach zu richten!«

Williams Augen verengten sich kaum merklich. »Mir ist egal, welche Saiten Sie aufziehen und welchen Takt Sie angeben. Ich verkaufe, an wen ich will. Und wenn Sie meinen Moonshine wollen, sind fünf Dollar die Gallone fällig.«

Mallory hatte die Fäuste geballt. »Ja, wir lassen uns nicht erpressen, Mister!«, rief sie. »Wir denken gar nicht daran, uns ...«

»Du hältst den Mund!«, herrschte der Vater sie an.

»Aber Vater, ich ...«

»Ich will kein Wort mehr hören, Mallory!«, schnitt er ihr das Wort ab. »Das hier wird unter Männern geregelt.«

War sie eben noch aus Verlegenheit rot geworden, stieg ihr

nun die Zornesröte ins Gesicht. Aber sie wagte nicht, noch ein zweites Mal aufzubegehren. Sie wusste nur zu gut, welche Grenze sie besser nicht überschritt. Nicht, dass er ein tyrannischer und oder gar gewalttätiger Vater gewesen wäre, ganz und gar nicht. Nie hatte er die Hand gegen die Mutter erhoben, nicht einmal im erbittertsten Streit. Auch Robert und sie brauchten nicht zu befürchten, von ihrem Vater im Suff oder aus einer Wut heraus verprügelt zu werden, wie es in so vielen anderen Elternhäusern gang und gäbe war. Ein Schlag in den Nacken, eine Kopfnuss oder eine Ohrfeige waren alles, was sie bei unbotmäßigem Betragen an körperlicher Züchtigung zu erwarten hatten. Aber er verlangte Gehorsam und hatte Prinzipien, von denen er, auch vor einem Ganoven wie Patrick O'Reilly nicht abrückte.

»Okay, du hast deinen Stolz, Dutchman, und dafür habe ich 'ne Menge übrig. Ein Mann ohne Ehre taugt nichts, ist wie ein Drink ohne Kick«, sagte O'Reilly überraschend versöhnlich.

Mallory wurde kurz abgelenkt, als sie den eleganten Mann am Studebaker leise genervt aufseufzen hörte. Nur sie registrierte es, denn es trennten sie gerade mal drei, vier Schritte von ihm. Sie sah, dass er kaum merklich den Kopf schüttelte und sich mit spöttisch verzogenem Mund noch weiter von der Szene am Scheunentor abwandte, so als habe er all das schon oft gehört und sei dessen überdrüssig.

Wie war sein Name noch mal?

Richtig, Frank Marlowe!

Jetzt zog er ein silbernes Etui hervor, nahm eine Zigarette heraus und klopfte das Ende auf dem Deckel fest. Als er beim Anzünden der Zigarette mit einem gleichfalls silbernen Feuerzeug den Kopf hob und zu ihr herübersah, begegnete er ihrem Blick.

Für einen kurzen Moment war ihr, als wollten die rauchblauen Augen des Fremden ihren Blick festhalten … ja, sie zu ihm hinüberziehen. Sie blinzelte, um den Bann zu brechen.

Ohne den Blick von ihr zu wenden, griff er in die Hosentasche, holte das Etui ein zweites Mal hervor, ließ den Deckel aufklappen und hielt es ihr mit hochgezogenen Brauen halb fragend, halb auffordernd hin.

Perplex, dass er sie so dreist in Gegenwart ihres Vaters aufforderte, sich aus seinem Etui zu bedienen, und sich über sein unschickliches Benehmen auch noch zu amüsieren schien, starrte sie ihn an. Selbst wenn Frauen mit Zigarette in der Öffentlichkeit längst keinen Skandal mehr auslösten, gehörte es sich dennoch nicht, was er sich herausnahm!

Mallory schoss ihm einen Blick zu, von dem sie hoffte, dass er richtig giftig wirken möge, und schaute wieder zu dem irischen Gangsterboss hinüber. Dass der Chauffeur leise lachte und die Achseln zuckte, bekam sie jedoch sehr wohl noch mit.

»Wo jemand Respekt verdient, bin ich der Letzte, der ihm den verweigert. Deine Ware ist erstklassig, und meine Kunden wissen den Crazy Apple zu schätzen. Davon könnte ich mehr absetzen, und darüber könnten wir reden, aber eins nach dem anderen«, fuhr O'Reilly herablassend fort. »Schätze mal, die grundlegende Neuordnung in unserem Geschäft ist für euch Leute vom Land ein bisschen schnell gekommen, und ihr durchblickt noch nicht, dass sich die Zeiten geändert haben. Deshalb mache ich dir ein Freundschaftsangebot.«

William sah ihn schweigend an.

»Für die heutige Ladung zahle ich dir die fünf Kröten pro Gallone. Was aber unter uns Brüdern bleibt, damit das klar ist! Möchte nicht, dass jemand auf die verrückte Idee kommt, der Dutchman hätte mir die Eier abgenommen.« Er lachte kurz, aber es klang mehr nach einem drohenden Bellen. »Dieses eine Mal, okay? Danach reihst du dich gefälligst ein und kriegst wie all anderen vier für erste Ware. Dafür brauchst du dich nicht mehr um andere Kunden zu kümmern, denn von jetzt an nehmen wir alles, was du produzierst, nicht nur den Crazy Apple, sondern auch deinen Whiskey.«

»Aber die Granny Fee muss er abdrücken, Boss! Da gibt's gar nichts«, warf Skinny the Blade ein und schnippte den Dreck, den er unter seinen Nägeln herausgepuhlt hatte, von der Messerspitze.

O'Reilly nickte. »Klar, das lässt sich nicht vermeiden. Um die Granny Fee kommt keiner herum, diese Regel ist sozusagen in Zement gegossen, wenn du verstehst, was ich meine.« Er lächelte anzüglich. Dass es unter den Gangstern in den großen Städten oben im Norden beliebt geworden war, unliebsame Konkurrenz und andere Feinde in einer Baugrube unter Zement oder mit einem Zementblock an den Beinen irgendwo in tiefem Wasser verschwinden zu lassen, diese Nachricht war über die Zeitungen selbst ins tiefste Hinterland gelangt. »Aber das ist gut investiertes Geld, Dutchman. Dafür kriegt ihr erstklassigen Schutz, und der hat nun mal seinen Preis. Es halten doch alle die Hand auf, vom Judge über den Bezirksstaatsanwalt bis zum Sheriff und seinen Fußsoldaten. Bei all den Countys, in denen wir operieren, ist das eine komplizierte Maschinerie von Blutsaugern, die ständig geschmiert sein will, damit sie ohne unschöne Störungen läuft.«

»Dafür haben wir hier schon immer bezahlt«, entgegnete William mit verschlossener Miene. »Und ich ziehe es vor, bei dieser Art zu bleiben.«

Mallory wusste, wovon er sprach. Meist lieferte ja sie den Moonshine an die Stammkunden aus. Auf diesen Touren bekamen Judge Wilcox ebenso wie Sheriff Henderson und seine Deputies sowie einige andere, mit denen es sich gutzustellen galt, regelmäßig eine Gallone Crazy Apple oder Mountain Smoke in einer braunen Packpapiertüte an die Hintertür gestellt, und zwar in jeder Hinsicht frei Haus!

O'Reilly fixierte William. »Also ich an deiner Stelle würde mir noch einmal gut überlegen, ob ich so …«

William fiel ihm ins Wort. »Sparen Sie sich die Mühe! Wer mit mir Geschäfte machen will, macht sie zu meinen Bedingungen oder gar nicht. Ich denke, damit ist alles gesagt!« Sein Ton unterstrich seine Unbeugsamkeit und gab dem herausgeputzten Gangster aus der Stadt zu verstehen, dass das Gespräch für ihn beendet war. »Einen guten Tag noch, Mister O'Reilly.«

»Du irrst, Dutchman! Mit dir sind wir noch lange nicht fertig!« O'Reilly stach mit der Zigarre nach ihm wie mit einem Messer. »Wenn du glaubst, du könntest dein eigenes Süppchen kochen und Geschäfte an uns vorbei machen, dann hast du dich geschnitten! Wir haben den gesamten Handel mit Moonshine im Griff, und du wirst da nicht aus der Reihe tanzen und für Unruhe unter den Zulieferern sorgen, darauf kannst du Gift nehmen! Du wirst Kreide fressen wie die anderen, sonst nimmt es ein übles Ende mit dir, ist das klar, du gottverdammter *redneck**?«

Skinny the Blade hatte seine Maniküre eingestellt und Knuckles ein Zeichen geben, worauf dieser die Fahrerkabine des Trucks öffnete und einen Baseballschläger herausholte.

»Schätze, mit gutem Zureden kommen wir nicht weiter, wenn wir die Gallonen Crazy Apple heute noch auf dem Truck haben wollen«, sagte Skinny und stieß sich vom Kühler des Lasters ab.

Knuckles nickte und klatschte den Baseballschläger in seine linke Pranke. »Wird 'ne schnelle Runde, dann sind wir mit ihm durch.« Das sagte er so ruhig, als ginge es darum, auf die Schnelle ein paar Scheite Holz zu spalten.

* Hinterwäldler

# 5

William, der nahe am rechten Torpfosten stand, machte einen raschen Schritt zur Seite, griff in ein Fach, das mit einem alten Jutesack verhängt war, und zog eine Schrotflinte mit abgesägtem Doppellauf hervor. Es war die alte Donnerbüchse, die er immer zur Still mitnahm, weil sie nicht halb so schwer war wie die doppelläufige Browning, mit der er Rebhühner und Fasanen jagte. Die Donnerbüchse mit den abgesägten Läufen konnte er notfalls auch mit einer Hand gut halten. Blitzschnell stellte er sich seitlich zu O'Reilly und dessen Handlangern – so, dass er ihnen die linke Seite zeigte und das Gewehr auf seinem linken Ellbogen auflegen konnte – und richtete die Waffe auf den Gangsterboss.

»Elendes Pack! Jetzt reicht es!«, stieß er hervor. »Los, runter von meinem Land, oder ich mache euch Beine!«

O'Reilly zuckte nicht mit der Wimper. »Okay, okay. Kein Grund, die Nerven zu verlieren, Dutchman! Die Runde geht an dich«, sagte er gleichmütig, wich zurück und wies seine Männer an, die Wagen anzulassen und einzusteigen. »Also lass mal schön den Finger vom Abzug!«

Doch je weiter er sich von der Schrotflinte entfernte, desto drohender wurden seine Worte. »Im Augenblick hast du das bessere Argument in der Hand, aber das wird nicht immer so sein. Du wirst uns deinen Moonshine liefern, und zwar zu meinem Preis! Wenn du nur ein bisschen Grips hast, findest du dich damit ab und machst wie die anderen einen guten Schnitt. Und wenn nicht, legen wir dich trocken. Lass dir das gesagt sein!«

William erwiderte nur: »Runter von meinem Land! Das ist meine letzte Warnung!«

Der Studebaker Big-Six, der über einen elektrischen Anlasser verfügte, sprang sofort an, als Frank Marlowe sich hinter das Steuerrad klemmte und ihn betätigte. So bequem hatte Barney Gifford es nicht. Er musste den Truck-Motor mit der Kurbel anwerfen. Knuckles und Skinny the Blade, die sich schon in die Fahrerkabine zurückgezogen hatten, dachten nicht daran, ihm zu helfen. Mit hämischem Grinsen verfolgten sie, wie er sich abmühte. Schweiß tropfte ihm von Stirn und Nase, als der Motor schließlich lief.

O'Reilly winkte ihn zu sich. »Sieh zu, dass du diese alte Mühle loswirst und dir einen Truck zulegst, der was taugt!«, rief er ihm über das rhythmische Dröhnen des betagten Pierce-Arrow zu. »Ist das letzte Mal, dass du mit der Schrottkiste für mich gefahren bist. In meiner Truppe ist kein Platz für Trucks, die sich mit 'ner Ladung Moonshine auf den Brettern im Kriechtempo über die Berge quälen! Haben wir uns verstanden, Barney?«

In dem Moment kam Robert laut rufend über den Hügel gerannt, über den die alte Sykomore ihren Schatten warf.

## 6

Mallory bekam nicht mehr mit, was der dicke Moonshine-Schieber antwortete. Aber das war auch nicht nötig: Dass er ängstlich versicherte, er werde sich umgehend einen modernen und PS-starken Lieferwagen zulegen, stand außer Frage.

Mit einem Handzeichen bedeutete Mallory ihrem Bruder, dass er nicht zu rennen brauche, was er natürlich ignorierte. Für ihn war es der Höhepunkt des Monats, wenn Barney Gifford den Moonshine abholen kam, denn der Alkoholschieber steckte ihm jedes Mal einen Vierteldollar zu, nachdem er beim Aufladen der Kisten mit den bauchigen Zwei-Gallonen-Flaschen geholfen hatte.

Als William seinen Sohn über den Hof kommen sah, schwang er die Schrotflinte aus der Armbeuge, trat schnell zurück in die dunkle Scheune und schob die Waffe hinter den Jutevorhang.

»Vergiss den Quarter, den gibt's heute nicht!«, rief Mallory ihrem Bruder zu, als der an ihr vorbei zu Gifford laufen wollte.

»Warum hast du mich nicht gerufen, Lory?«, stieß er vorwurfsvoll hervor. Er hatte es sich im Schatten der hohen Pflanzen gemütlich gemacht und war eingenickt, als Mallory nicht gleich mit den aufgefüllten Feldflaschen zurückgekommen war. Aber das behielt er lieber für sich.

»Komisch, dass du Giffords Truck nicht gehört hast. Bist doch sonst nicht schwerhörig«, gab Mallory zurück und bedachte ihn mit einem spöttischen Blick.

Ihr Bruder rettete sich aus der Verlegenheit, indem er zum Gegenangriff überging. »Du hast mich nicht gerufen, weil du den Quarter für dich wolltest, gib es doch zu!« Er ballte die Fäuste.

Er hatte das gleiche glatte schwarze Haar und die gleichen aufmerksamen hellen Augen wie der Vater, und eines Tages würde er zweifellos die gleichen männlichen Züge haben. Aber noch war er ein schlaksiger Vierzehnjähriger in kurzen Hosen, dessen magerer Körper und ungelenke Gliedmaßen noch nicht das richtige Verhältnis zueinander gefunden hatten. Er versackte förmlich in den abgelegten Kleidern des Vaters. Der gutaussehende Mann, der in ihm steckte, würde sich noch eine Zeitlang seinen Weg bahnen müssen, bis er zum Vorschein kam.

»Red keinen Quatsch, Bobby! Du solltest dich schämen. Als ob ich dich um deinen Quarter bringen würde!«, rief Mallory unwirsch. »Heute werden keine Kisten aufgeladen, deshalb gibt es nichts vom dicken Gifford.«

Robert ließ die Fäuste sinken und machte ein verdattertes Gesicht. »Wieso denn nicht? Die hundertzwanzig Gallonen Crazy Apple stehen doch seit Freitag zum Abholen bereit.«

Sie zögerte kurz, während sie sah, wie der Schieber etwas zu O'Reilly sagte und die beiden zu ihnen herüberblickten, als redeten sie über sie, was natürlich lächerlich war.

»So genau kann ich dir das auch nicht sagen, ich hab nicht alles mitgekriegt«, flüchtete sie sich in eine Notlüge, weil sie nicht wusste, wie weit der Vater Robert in seinen Streit mit diesem Gangster einweihen wollte. Sie vermutete, dass er nicht vorhatte, seinen Sohn über das ins Bild zu setzen, was sich zwischen ihm und O'Reilly abgespielt hatte. Gottlob saßen die beiden Schlägertypen schon in Giffords Truck und waren hinter dem verdreckten Glas kaum zu erkennen. Nein, der Vater würde Robert nichts erzählen. Um das zu wissen, brauchte sie keine Hellseherin zu sein, dafür reichte schon die Beobachtung, dass er die Schrotflinte schnell aus der Hand gelegt hatte, als Robert aufgetaucht war.

Sie unterdrückte einen Seufzer. Sie liebte ihren Vater, und sie wusste, wie viel auch sie ihm bedeutete – und zwar nicht nur, weil sie nach Mutters Tod so viel zusätzliche Arbeit im Haushalt und auf dem Feld klaglos übernommen hatte, und auch nicht wegen ihres Fingerspitzengefühls beim Schwarzbrennen. Sie hatte einen festen Platz in seinem Herzen, daran hegte sie nicht den geringsten Zweifel.

Dennoch versetzte es ihr manchmal einen Stich, wenn ihr zu Bewusstsein kam, dass er für ihren Bruder andere Maßstäbe gelten ließ als für sie und dass er andere Zukunftspläne für ihn hegte. Er wollte, dass Robert James Kendrick einen anderen Lebensweg einschlug, als es ihm vergönnt gewesen war. Einen Weg, der ihn aus der engen, chancenlosen Welt des Franklin County hinausführte und es ihm ersparte, im Schweiße seines Angesichts einem kargen Stück Boden den Lebensunterhalt für sich und seine Familie abringen zu müssen. Dafür schuf der Vater die Voraussetzungen, indem er ihn nicht nur im Winter für zwei, drei Monate in die Schule schickte, wie es bei der überwiegenden Mehrzahl der Farmerskinder die Regel war. Für Robert waren ganzjähriger Schulbesuch sowie gute schulische Leistungen Pflicht, damit ihm eine weiterführende Ausbildung und damit eine vielversprechende Zukunft offenstanden.

Aus demselben Grund hielt der Vater ihn von so gut wie allem fern, was mit der Schwarzbrennerei zusammenhing, ihn mit dem Gesetz in Konflikt bringen und sich später als Makel auf seinem unbescholtenen Namen herausstellen konnte. Ihrem Bruder war es nicht erlaubt, sich auch nur in die Nähe der Still zu begeben, geschweige denn, bei irgendeiner der Arbeiten dort oben am Berg Hand anzulegen. Was Robert überhaupt nicht gefiel, und zwar immer weniger, je älter er wurde.

Für Widerworte oder gar den offenen Aufstand gegen die väterliche Autorität fehlte Robert noch der Mut. Aber die Spannungen zwischen den beiden nahmen zu. Stein des Anstoßes war immer wieder das strikte Verbot für Robert, sich der Still zu nähern, aber in ihm wuchs auch ein Widerwille dagegen, dass der Vater seine Zukunft verplante, ohne sich darum zu kümmern, ob diese Pläne sich mit seinen Wünschen deckten.

Das einzige Zugeständnis, das der Vater bislang gemacht hatte, betraf Barney Gifford. Er hatte ihrem Bruder erlaubt, dem Dicken beim Aufladen der Kisten zu helfen. Aber selbst das hatte er nicht aus freien Stücken getan. Vielmehr hatte es sich so ergeben, als er sich im vorvergangenen Winter beim Baumfällen oben im Windbruch verhoben hatte und mit einem bösen Hexenschuss tagelang praktisch bewegungsunfähig gewesen war.

»Aber was gab es denn da groß mitzukriegen?«, hakte Robert argwöhnisch nach.

Mallory zog eine säuerliche Miene. Es gefiel ihr nicht, ihren Bruder anzulügen. Aber es gefiel ihr auch nicht, wenn er sich mit ihrer Antwort nicht zufriedengab.

»Mein Gott, ich hab dir doch gerade gesagt, dass ich es so genau nicht weiß!«, fuhr sie ihn an, um dann doch noch einen kleinen Brocken Information herauszurücken. »Gifford hat wohl einen neuen Großabnehmer. Das ist der Mann da hinten in dem Studebaker, und mit dem ist Vater wohl nicht ganz handelseinig geworden. Aber warum genau das Geschäft heute geplatzt ist, weiß ich nicht, okay? Also hör auf, mir Löcher in den Bauch zu fragen!«

»Ist ja gut.« Robert zog eine Schnute. Ihm war anzusehen, wie bitter enttäuscht er war.

In dem Moment rief Barney Gifford nach ihm.

## 7

»Bobby!« Der dicke Bootlegger lächelte ihm zu und winkte ihn zu sich. »Komm doch mal her, Junge!«

In der vagen Hoffnung, dass vielleicht doch noch nicht alles verloren war, zumindest sein Quarter nicht, lief Robert unverzüglich los, bevor Mallory die Hand heben und ihn zurückhalten konnte.

»Ja, Mister Gifford?« Erwartungsvoll sah er den Dicken an.

»Bobby, das hier ist Mister Patrick O'Reilly. Ich fahre für ihn, und ich habe ihm erzählt, dass du ein guter Junge bist und mir immer tapfer beim Aufladen hilfst. Tut mir leid, dass daraus heute nichts wird. Aber Mister O'Reilly hat was für dich, das dir gefallen wird.« Barney Gifford zwinkerte ihm verschwörerisch zu.

William Kendricks wütende Stimme schallte über den Hof. »Robert, weg von dem Wagen, hast du gehört? Zurück zu deiner Schwester, aber flott!«

Robert hatte es sehr wohl gehört. Aber da beugte sich O'Reilly schon über das gepolsterte Seitenbord des Wagens und drückte ihm mit einem wohlwollend-herablassenden Lächeln ein Geldstück in die Hand.

»Nimm, Junge! Du sollst nicht wegen der blödsinnigen Sturheit deines Vaters um dein Handgeld kommen. Aber keine Sorge, das zwischen deinem Vater und mir kommt schon wieder ins Lot.« Er tätschelte Robert die Wange wie ein guter Onkel.

Dann sank er auf die Rückbank zurück, wedelte mit der Zigarre und rief: »Frankie, wir sind hier fertig, wir können!«

»Robert!«, brüllte der Vater erneut und kam angestürmt. »Hast du es auf den Ohren?«

Tatsächlich erreichte die Stimme des Vaters ihn nicht wirklich. Ungläubig starrte Robert auf die Münze in seiner Hand: Auf der Vorderseite des schweren Geldstücks prangte tatsächlich die Lady Liberty!

Was ihm der teuer gekleidete Mann mit dem verwegenen Strich von Schnurrbart in diesem luxuriösen Traumautomobil so lässig zugesteckt hatte, war kein Quarter, sondern *ein ganzer Silberdollar!* Für so viel Geld mussten der pickelige Lehrbursche in Hardy's Drugstore in Rocky Mount oder die Frauen in den Spinnereien ein, zwei Tage arbeiten.

»Robert James Kendrick!«, donnerte die Stimme des Vaters über den Hof. Und wenn der Vater einen mit dem vollständigen Namen rief, war es allerhöchste Zeit, ihm Folge zu leisten.

Überwältig von dem Geschenk, wirbelte Robert herum, reckte die Hand mit der Silbermünze hoch und rief glückselig: »Sieh doch nur, Vater! Er hat mir eine Lady Liberty geschenkt! Einen ganzen Silberdollar! Ich hab noch nie einen besessen!«

»Und es wird wohl auch noch dauern, bis du dir einen verdient hast«, stieß William zornig hervor, riss ihm die Münze aus der Hand und warf sie nach O'Reilly.

In einem Reflex fing dieser sie aus der Luft und warf ihm einen verächtlichen Blick zu, während Frank Marlowe Gas gab und den Studebaker in einer scharfen Kurve vom Hof lenkte. Dreck und kleine Steine spritzten unter den Weißwandreifen auf. Gifford hängte sich mit seinem Truck an ihn. Staub tanzte in wirbelnden Wolken durch die warme Luft und trieb mit dem Gestank der Abgase über den Hof.

Mit verbissener Miene blickte William ihnen nach.

»Warum hast du das getan, Vater? Das war mein Silberdollar! Er hatte ihn mir geschenkt!«, stieß Robert hervor, und Mallory sah, dass ihrem Bruder vor ohnmächtiger Wut die Tränen in die Augen schossen.

»Ein Kendrick nimmt kein Geld, das ihm nicht zusteht! Nicht einen Cent!«, beschied ihn William mit harter Miene. »Und schon gar nicht von solchem Abschaum.«

»Das ist nicht fair!«

William lachte grimmig. »Ja, und? Wo steht denn geschrieben, dass es im Leben fair zugeht? Das findest du nicht mal in der Bibel, Junge! Und wenn du bis jetzt noch nicht begriffen hast, dass Fairness nicht zu den Gesetzen des Lebens gehört, dann wird es Zeit, dass du es endlich lernst!«

Empört funkelte Robert den Vater an und reckte trotzig das Kinn. »Aber mit dem dicken Gifford machen wir Geschäfte, ja? Warum kann ich dann nicht von diesem Mister O'Reilly ...«

William schnitt ihm das Wort ab. »Du kannst einen Haufen Mist in Samt und Seide packen, der Gestank bleibt derselbe. Nicht die Qualität des Zwirns macht den Mann, schreib dir das gefälligst hinter die Ohren!«

Mallory sah ihrem Bruder an, dass er nicht verstand, wovon der Vater sprach. Was nicht verwunderlich war. Nur ihrem Vater entging in seinem Zorn, dass Robert ihm nicht folgen konnte.

»Und mit wem *ich* Geschäfte mache, entscheide immer noch ich«, fuhr er mit harscher Zurechtweisung fort. »Ist das angekommen, Robert James Kendrick?«

Robert schluckte. »Ja, ist es«, murmelte er kleinlaut und senkte den Blick. Aus seiner Miene waren Aufbegehren und Zorn verschwunden, nicht aber aus seinem Herzen.

»Gut, dass wir uns zumindest darüber einig sind«, knurrte William und ließ seinen harten Blick noch einen Moment auf Robert ruhen. »So, und jetzt Schluss mit dem Gerede! Die Arbeit tut sich nicht von allein.«

# 8

Der Studebaker und der klobige Pierce-Arrow fuhren mit flottem Tempo unten am Maisfeld vorbei. Sie hatten vielleicht noch dreißig, vierzig Yards bis zu dem langgezogenen Bogen bei den beiden Magnolienbäumen, der um das Feld und das sich anschließende Waldstück herum zur Landstraße führte, als aus der anderen Richtung ein schwarzer Ford hinter dem hohen Mais auftauchte.

Es war ein Model T, das ebenso spöttisch wie liebevoll Tin Lizzy genannt wurde. Seit 1908 preiswert am Fließband produziert, dazu robust, zuverlässig und leicht zu reparieren, war es in kurzer Zeit zum Verkaufshit unter den Automobilen geworden. Allein mit der Geschwindigkeit war es nicht weit her. Selbst auf gerader Strecke brachte die Blechliesel es nur mit Mühe auf eine Spitzengeschwindigkeit von fünfundvierzig Meilen die Stunde, und Steigungen mochte sie gar nicht.

Keiner der beiden Wagen wich auch nur einen Inch aus der Mitte der Zufahrt, wie auch keiner von ihnen seine Geschwindigkeit verringerte. Vielmehr hielten sie auf den Ford zu, und das Blöken ihrer Signalhörner verkündete, dass sie den sandigen Fahrweg für sich beanspruchten.

Der Fahrer des Ford sah sich zu einem schnellen Ausweichmanöver genötigt. Wie ein kleines Boot in aufgewühlter See hüpfte und schaukelte die Tin Lizzy über holpriges Wiesengelände. Der Studebaker und der Truck rauschten an ihr vorbei, schleuderten in der Kurve ihre Staubwolke in die offene Fahrerkabine und verschwanden hinter dem Maisfeld.

»Ich glaube, du kriegst Hilfe bei *deiner* Arbeit, Vater«, sagte Mallory ein wenig spitz, doch schon im nächsten Augenblick vergaß sie ihren Groll darüber, dass er ihr weder von seinem Treffen mit dem dicken Gifford in Rocky Mount noch von der neuen Situation in Roanoke erzählt hatte – und wieder einmal zu hart zu ihrem Bruder gewesen war. Gegen die Freude, die der

Anblick des auf den Fahrweg zurückhüpfenden Ford in ihr auslöste, kamen Groll und Unverständnis nicht an. Das konnte nur Henry sein!

In der Tat war es Henry Irving, der hinter dem Steuer der Tin Lizzy saß. Gut dreieinhalb Jahre hatte er gebraucht, um mit an Besessenheit grenzender Hartnäckigkeit einen Klumpen zusammengestauchter Bleche, geborstener Achsen und grotesk verbogener Motorteile in einen Ford Model T zurückzuverwandeln. Niemand hatte geglaubt, dass er es schaffen würde, dem Schrotthaufen wieder die vertraute Form zu geben, geschweige denn, ihn zum Fahren zu bringen. Wie auch niemand verstanden hatte, warum er sich derart in dieses Projekt verbissen hatte.

Immerhin war in diesem Wagen sein Vater gestorben, hatte seine Mutter über Stunden mit dem Tod gerungen und beinahe den Verstand verloren. Nicht zuletzt hatte sich mit dem kochenden Kühlerwasser, das seiner Mutter in jener Winternacht hinter der Brücke über den Goose Creek zusätzlich zu den Knochenbrüchen noch schwere Verbrühungen zugefügt hatte, auch seine vielversprechende Zukunft verflüchtigt.

Mallory hatte selbst oft gerätselt, ihn aber nie zu fragen gewagt. Wie und wann denn auch? Erstens sahen sie einander selten, wohnte er doch in Rocky Mount und damit gute fünf Meilen von ihnen entfernt, und zweitens war Henry Irving nicht der Typ Mann, der es einem leichtmachte, ihn etwas derart Persönliches zu fragen. Genau genommen machte er es einem nicht leicht, ihn überhaupt etwas zu fragen, geschweige denn ein Gespräch mit ihm zu führen, das über einen Gruß und zwei, drei Allgemeinplätze hinausging.

Der Vater nickte mit grimmiger Miene. »Ja, auf Henry ist Verlass. Ich wünschte, das könnte ich von manch einem anderen auch sagen«, knurrte er, warf Robert einen vielsagenden Seitenblick zu und stiefelte davon. »Sag ihm, ich bin in der Scheune, Mallory!«

»Mach ich«, erwiderte sie und wandte sich, kaum dass ihr Vater außer Hörweite war, ihrem Bruder zu. »Geh schon mal und nimm die Feldflaschen mit, ich komme gleich nach.«

Unter normalen Umständen hätte Robert sie aufgezogen, hätte gesagt, sie schicke ihn ja bloß schnell weg, um ungestört mit ihrem Augenstern Süßholz raspeln und sich schöne Augen machen lassen zu können. In diesem Moment aber fehlte ihm jeglicher Antrieb, sich über irgendetwas lustig zu machen. Und so zuckte er mit finsterer Miene die Achseln, nahm ihr wortlos die Flaschen ab und machte sich auf den Weg zum Tabakfeld.

## 9

Henry Irving rollte langsam heran, hielt neben ihr im Schatten des Farmhauses, stellte den Motor ab und zog die Bremsstange an. Mit dem ihm eigenen verhaltenen Lächeln, das ausschließlich in ihrer Gegenwart etwas Verlegenes annahm, stieg er aus.

Er war vierundzwanzig und von schlanker Gestalt. Sein offenes, sympathisches Gesicht war geprägt von einer energischen Kinnpartie, die in merkwürdigem Widerspruch zu seiner zurückhaltenden Art stand. Sein wild gelocktes Haar hatte die Farbe von Kastanien, und von einem ähnlich warmen Farbton waren auch seine Augen, nur eine Spur dunkler.

»Tag, Mallory.«

»Hallo, Henry.« Sie lächelte ihn an und hoffte, dass er ihr das Herzklopfen nicht ansah. Andererseits – vielleicht wäre es klüger gewesen, es nicht vor ihm zu verbergen.

»Ganz schön heiß heute, was?«

»Kann man wohl sagen«, gab sie zurück und wünschte, sie hätte noch Zeit gehabt, ins Haus zu laufen und die alte Latzhose gegen ein Kleid auszutauschen. Nicht, dass sie viele zur Auswahl gehabt hätte, aber selbst im einfachsten sah sie um Klassen besser aus als in diesem unförmigen Sack.

Er nickte, erwiderte ihr Lächeln und blieb einen Moment lang einfach stehen. Offensichtlich wusste er nichts weiter zu sagen, oder aber er fand nicht den Mut zu einer richtigen Unterhaltung. »Na, dann«, murmelte er schließlich und hob seinen Werkzeugkasten aus dem Wagen. »Wollen wir doch mal sehen, dass wir euren Truck wieder ans Laufen bringen.«

Dass ihm das gelingen würde, stand außer Frage. Er arbeitete seit vier Jahren als Automechaniker bei der *Blue Ridge Lumber Company* in Rocky Mount. Das Sägewerk gehörte Daniel Loomis, der als Holzbaron den Holzhandel nicht nur im Franklin County, sondern auch in den umliegenden Bezirken beherrschte. Henry kümmerte sich dort allerdings nicht nur um den Fuhrpark, sondern sprang auch als Truckfahrer ein, wenn Not am Mann war.

Dabei hätte er längst sein Studium abgeschlossen haben und irgendwo als Ingenieur arbeiten sollen. Der entsetzliche Unfall vier Jahre zuvor hatte sein Leben von einem Tag auf den anderen von Grund auf verändert. Die Tragödie hatte ihn gezwungen, das Studium in Roanoke abzubrechen und für seine Mutter zu sorgen, und zwar nicht nur finanziell.

Henrys Vater, erster Buchhalter mit Prokura in der Firma von Daniel Loomis, hatte auf dem Rückweg von einem Besuch bei Freunden einen Herzanfall erlitten. Er hatte die Kontrolle über den Wagen verloren, war von der Straße abgekommen, in einen Graben gestürzt und dort gegen einen Felsbrocken geprallt. Während er selbst auf der Stelle tot war, hatte seine Frau, mit zertrümmerten Knochen und blutend im Wrack eingeklemmt, ewig auf Rettung warten müssen. Nicht nur hatte sie in der Folge das linke Bein verloren, das einfach nicht heilen wollte und schließlich amputiert werden musste, sondern auch ihr Geist hatte in jener Nacht irreparablen Schaden genommen. Sie hatte nicht etwa den Verstand verloren, aber ihre Seele hatte sich nicht von dem Erlebten erholt, und so war ihr Leben, abgesehen von den körperlichen Beeinträchtigungen, von häufigen Angstzuständen und depressiven Phasen bestimmt.

Die horrenden Arztkosten hatten bald die Ersparnisse aufgefressen, so dass das hübsche Haus auf der Orchard Street hatte verkauft werden müssen. Henry war nichts anderes übriggeblieben, als sein Studium aufzugeben und sich eine Arbeit zu suchen, um seine Mutter nicht nur vor der Armut, sondern auch vor der Einweisung in eine staatliche Anstalt zu bewahren.

Gleich ist er weg!, schoss es Mallory durch den Kopf. Aber sie wollte ihn nicht gehen lassen. Noch nicht!

»Wie geht es deiner Mutter?«, fragte sie hastig und kam sich verlogen vor, weil sie das nicht wirklich interessierte. Aber es war das Einzige, was ihr auf die Schnelle einfiel. Und es musste doch möglich sein, dass sie länger als eine Minute miteinander redeten!

Sie spürte doch, dass auch sie ihm alles andere als gleichgültig war! Wenn er mit anderen zusammen war, wirkte er nicht so gehemmt – nur bei ihr blieben ihm die Worte im Hals stecken oder wollten sich erst gar nicht formen. Was immer es war, es musste ein Ende haben! Wenn er zu schüchtern war oder sich vor einer Zurückweisung fürchtete, dann musste eben sie die Sache in die Hand nehmen! Es wurde Zeit, sich nicht mehr nur in sehnsuchtsvollen Träumen zu ergehen und darauf zu warten, dass er sich endlich ein Herz fasste.

Henry stellte den schweren Werkzeugkasten ab, und sie hatte den Eindruck, er sei regelrecht erleichtert, dass sie ihn nicht gehen ließ.

»So einigermaßen. War schon mal besser, aber auch schon schlechter«, sagte er mit einem strahlenden Lächeln, das so gar nicht zu dem traurigen Thema passte. »Und wie geht es dir, Mallory?«

Sie liebte es, ihn ihren Namen aussprechen zu hören. Aus

seinem Mund klang er so ganz anders. »War schon mal besser, aber auch schon schlechter«, neckte sie ihn.

Er lachte, und als sie einstimmte, verlor sein Lächeln endgültig die schüchterne Zurückhaltung. »Das passt eigentlich immer, nicht wahr?«

Sie nickte, lächelte und hielt seinen Blick fest. »Ja, damit kann man sich aus jeder Verlegenheit retten. Ich gestehe aber, dass es eine blöde Frage war. Mir ist bloß sonst nichts eingefallen, was ich dich fragen könnte«, sagte sie. »Hätte ich nicht irgendwas gefragt, wärst du ja gleich abgezogen mit deinem Werkzeugkasten, und das fand ich irgendwie nicht richtig.« Sie errötete unter seinem erstaunt-freudigen Blick.

»Nein, das wär's wirklich nicht!« Es war, als hätte sie ihm Mut gemacht. Plötzlich taute er auf, verlor die Wortkargheit, die er ihr gegenüber immer an den Tag gelegt hatte. »Ich wollte ja schon viel früher kommen, aber leider ging das nicht. Mister Loomis hatte noch Arbeit für mich, obwohl ich schon Feierabend hatte. Darauf gibt er ja nichts. Na ja, kein Grund, sich aufzuregen, immerhin zahlt er anständig. Und woher sollte er auch wissen, dass ich es heute besonders eilig hatte, weil ich zu euch wollte.«

Mallory konnte sich nicht erinnern, dass er jemals auch nur halb so viel an einem Stück zu ihr gesagt hätte. »Das macht doch nichts! Vater ist heilfroh, dass du ihm bei der Reparatur hilfst. Er wartet in der Scheune auf dich«, erwiderte sie beschwingt – und hätte sich im nächsten Moment am liebsten selbst geohrfeigt.

Warum hatte sie etwas so Idiotisches gesagt? Dass der Vater wartete. Das klang ja, als wollte sie Henry schnell wieder loswerden, wo doch das genaue Gegenteil der Fall war!

Zum Glück zog er nicht den falschen Schluss. Er räusperte sich umständlich. »Sag mal, was … ähm … was ich dich schon länger fragen wollte …«

»Ja?«

»Hast du … hast du schon was vor?«, platzte er heraus, als müsse er es schnell hinter sich bringen, bevor ihn der Mut wieder verließ. »Ich meine, am vierten Juli?«

Einen Wimpernschlag lang sah sie ihn verblüfft an. Himmel, was sollte sie schon vorhaben? Der Unabhängigkeitstag wurde in Rocky Mount wie überall sonst im Land groß gefeiert: mit einer Parade, Musikdarbietungen und Talentwettbewerben sowie Imbissbuden und anderen Vergnügungen für jedes Alter auf der Festwiese und natürlich einem grandiosen Feuerwerk nach Einbruch der Dunkelheit. Selbstverständlich würden ihr Vater, Robert und sie dabei sein, wie jedes Jahr.

Ihr kurzes Zögern beunruhigte ihn. »Dieses Jahr spielen die Bluebirds auf, eine professionelle Sieben-Mann-Band. Die haben schon in Clubs in Richmond und anderen großen Städten gespielt!«, sagte er. »Hast du Lust, mit mir da hinzugehen?« Erwartungsvoll sah er sie an.

Mallory konnte es kaum glauben. Der Henry, der bislang in ihrer Gegenwart kaum ein Dutzend Worte über die Lippen gebracht hatte, bat sie ohne große Umschweife, mit ihm auszugehen, ja, lud sie zum Tanzen ein! In der Stadt mochte das keine große Sache mehr sein. Aber hier bei ihnen auf dem Land kam das einer Liebeserklärung gleich.

Sie strahlte ihn an. »Und ob ich Lust habe, Henry! Ich dachte schon, du würdest mich nie fragen, ob ich mit dir ausgehe. Hast es wohl besonders spannend machen wollen, ja?«

»Ach, wenn du wüsstest!«, stieß er erleichtert hervor. »Ich habe so oft mit mir gerungen und mich gefragt, ob du wohl vielleicht …«

Weiter kam er erst einmal nicht, denn jetzt erschien der Vater im Scheunentor. »Was ist denn nun, Henry? Bist du gekommen, um mir bei der Reparatur zu helfen – oder um Mallory von der Arbeit abzuhalten? Oder hast du vielleicht ganz andere Absichten?« Sein Ton wurde trocken, fast bissig, wie es so typisch war für ihn und seine oftmals ungehobelte Direktheit:

»In dem Fall kannst du mich auch um ihre Hand bitten, wenn du mit mir unter dem Truck liegst – wenn es dir denn so eilig ist.«

Vor Verlegenheit schoss Henry das Blut ins Gesicht. »Entschuldigung, Mister Kendrick! Ich komme sofort!«, rief er, griff nach dem Werkzeugkasten und flüsterte, sichtlich bestürzt über die taktlose Bemerkung ihres Vaters: »Hör mal, es war wirklich nicht meine Absicht, dich irgendwie …«

»Schon gut«, beruhigte sie ihn mit einem gequälten Lächeln. Ihr Vater legte wirklich manchmal das Betragen eines groben Klotzes an den Tag! »Gib nichts drauf. Er hat heute nicht seinen besten Tag. Aber untersteh dich, auf seinen Vorschlag einzugehen! Meinen Ehemann suche ich mir schon selber aus, und ich bin nicht in Eile.« Sie sagte es leichthin und in neckischem Ton, aber wer sie nur ein bisschen kannte, wusste, dass sie es genau so meinte.

Henry lachte, erleichtert, dass sie seine Einladung zum Tanz nicht gleich als halbes Eheversprechen betrachtete. Was immer er für sie empfand, seine allererste Verpflichtung galt seiner kranken Mutter. »Ich auch nicht, aber ich freue mich riesig, dass du mit mir zum Tanzen gehst!«

»Ich auch«, rief sie ihm nach.

## 10

Verdrossen spuckte O'Reilly einen Tabakkrümel aus, während Frank Marlowe den Studebaker aus der holprigen Zufahrt zur Kendrick-Farm auf die nicht viel bessere Landstraße lenkte. Moonshine Road heiße sie bei den Leuten hier, hatte der feiste Gifford gesagt. Angeblich fanden sich in den Bergwäldern entlang dieser ausgefahrenen Staubpiste mehr verborgene Destillerien als falsche Perlen am Hals eines Flapper-Girls.

Der Wagen krachte durch ein Schlagloch, und O'Reilly flog fast von der Rückbank. Der Aschekegel fiel von der Zigarre, landete auf der Weste, stob auseinander und verteilte sich bis auf den feinen Zwirn der Anzughose.

»Verdammt, hast du keine Augen im Kopf? Pass doch auf!«, schrie er. »Willst du, dass ich mir die Knochen breche oder mir ein Loch in die Klamotten brenne? Das ist eine gottverdammte Maßanfertigung von Rosenberg & Sons, die hat mich satte zweihundert Kröten gekostet!«

»Ich hatte die Wahl zwischen zwei Riesenlöchern auf der rechten Seite und einem kleineren auf der linken, Boss. Hab mich für das linke entschieden und dachte, meine Wahl würde Ihre Zustimmung finden«, gab Frank Marlowe ungerührt zurück, um dann süffisant hinzuzufügen: »Aber wenn es Ihr Wunsch ist, keine Ausweichmanöver zu fahren, werde ich mich natürlich daran halten.«

»Halt die Klappe, Frank! Fahr gefälligst so, dass wir nicht mit Achsenbruch liegenbleiben und ich diesen verdammten Schneider nicht zum reichsten Mann von Roanoke machen muss«, schnauzte O'Reilly.

Manchmal wünschte er, Frank das Lästermaul stopfen zu können, aber was das anbetraf, waren selbst ihm die Hände gebunden. Er brauchte diesen cleveren Hund, wollte er beim Syndikat in Richmond nicht in Ungnade fallen. Und Don Vito war wahrlich nicht für übermäßige Nachsicht und Langmut bekannt. Er wollte Profit sehen, und zwar nicht zu knapp!

»Nun, in dem Fall bin ich optimistisch, dass wir so gegen Mitternacht wieder in der Stadt sein werden«, sagte Frank Marlowe trocken und ging so weit mit der Geschwindigkeit herunter, dass sie im Schritttempo über die Landstraße krochen. »Es sei denn, Sie wollen lieber selbst ans Steuer.«

»Lass den Scheiß! Fahr schon, verdammt noch mal«, bellte O'Reilly und trat von hinten gegen den Fahrersitz. »Treib deine Späße nicht zu weit, okay?«

Frank Marlowe begnügte sich mit einem leisen Lachen und gab wieder mehr Gas.

O'Reilly versank in finsteres Brüten. Er hasste diese unbefestigten Landstraßen, dieses Gewirr endloser Bandwürmer, die sich mit unzähligen Kehren und Windungen durch die schmalen Täler und das wogende Meer von Bergwäldern und dann in endlosen Serpentinen hinauf zu den Passübergängen in den Blue Ridge Mountains schlängelten.

Noch mehr hasste er es jedoch, dass jemand ihm einen dicken Strich durch die Rechnung machte und ihn dabei auch noch schlecht aussehen ließ. Statt diesen Dutchman auf Linie zu bekommen, hatte er sich von dem Kerl eine grobe Abfuhr erteilen und mitsamt seinen Männern wie Bettlerpack vom Hof jagen lassen!

Die Zigarre, obwohl von bester Qualität, schmeckte plötzlich nicht mehr. Wut packte ihn, und er spürte, wie sein Blutdruck, der ohnehin nicht gerade von einer robusten Gesundheit zeugte, in die Höhe schoss. Hitze breitete sich in ihm aus, und er brauchte keinen Spiegel, um zu wissen, dass sich auf seinen Wangen und der Stirn rote Flecken bildeten. Ihm war, als lege sich eine Zange um seine Brust und schnüre ihm die Luft ab. Er rang nach Atem, und Schweiß trat ihm auf die Stirn.

*Verdammt, nicht jetzt!*

Hastig tastete er in seiner rechten Jackentasche nach dem flachen, achteckigen Tablettendöschen. Noch in der Tasche öffnete er es mit dem Daumennagel und griff eine der roten Nitroglycerin-Kapseln, die er sich verstohlen in den Mund steckte. Kaum hatte er sie zerbissen und das bittere Zeug hinuntergeschluckt, ließ der Druck auf der Brust auch schon nach, und er bekam wieder besser Luft.

Kurz schloss er die Augen und ließ den Fahrtwind den Schweiß auf seinem Gesicht trocknen. Mit dem ruhigen Atem kehrten auch sein Selbstvertrauen und seine Entschlossenheit zurück. Zum Teufel, er ließ sich doch nicht von einem Hinterwäldler zum Narren machen – und das auch noch vor seinen Leuten! Wo er doch erst seit so kurzer Zeit am Ruder war. Das würde er nicht auf sich sitzenlassen. Da musste etwas geschehen, und zwar auf der Stelle!

Sein Blick begegnete im Rückspiegel dem von Frank. Natürlich hatte der Kerl alles mitbekommen, wachsam, wie er war! Aber das war okay, so weit so etwas in seiner Position überhaupt okay sein konnte. Frank wusste als Einziger von seinen Männern, dass er Probleme mit dem Herzen hatte und in extremen Situationen diese Nitrokapseln brauchte.

»Halt an!«, befahl er. »Da vorn bei den Büschen am Weidenzaun!«

»Wird Ihnen schlecht, Boss?«

»Nein, ich will pissen!«, gab O'Reilly derb zurück. »Also halt an! Und sag den Jungs, ich muss mit ihnen sprechen. Das gilt auch für den Dicken.«

## 11

Mit einem träumerisch-versonnenen Lächeln kehrte Mallory auf das Tabakfeld zurück, um den Jutesack wieder aufzunehmen und mit abgeschnittenen Blüten zu füllen. Die Arbeit war stupide und ermüdend, doch jetzt hatte sie etwas, worauf sie sich freuen und was sie sich ausmalen konnte, während die Hände losgelöst vom Geist unerbittlich über das Blütenmeer herfielen.

Eine Weile später sah sie, dass ihr Bruder in seiner Reihe reglos an einer besonders prächtig blühenden Tabakpflanze stand und, das Messer schon am Stiel, innehielt, als hindere ihn etwas am Schneiden.

»Was hast du?«, fragte sie verwundert.

»Ich wünschte, wir müssten das nicht tun«, murmelte Robert.

»Was?«

»Na, dieses Massaker an den Blüten«, sagte er bedrückt, und sie meinte Tränen in seinen Augen zu sehen. »Was für eine Schande, dass wir das Schönste an den Pflanzen abschneiden und wegwerfen, statt es so herrlich rosa blühen und duften zu lassen.«

»Ja, das ist schon traurig«, erwiderte sie, gerührt davon, dass diese Notwendigkeit beim Tabakanbau ihn beschäftigte. »Aber die Blüten rauben den Blättern die Kraft, und die sind nun mal das Beste an der Pflanze.«

Robert schüttelte den Kopf. »Sie sind das, was an ihnen nützlich ist und Geld bringt, nicht das Beste. Das Beste und Schönste sind die Blüten«, beharrte er, zog die gekrümmte Klinge durch den Stiel und setzte seine Arbeit fort.

## 12

Breitbeinig stand O'Reilly vor dem Weidenzaun, knüpfte seinen Hosenschlitz auf und wühlte in der Unterwäsche. In respektvollem Abstand hatten Gifford, Knuckles und Skinny the Blade hinter ihm Aufstellung genommen und warteten. Knuckles blickte mit einer Mischung aus Staunen und Faszination zu den Kühen hinüber, als hätte er solche widerkäuenden Wesen noch nie zu Gesicht bekommen. Er merkte nicht, dass Gifford neben ihm wie ein Schwein schwitzte, sich nervös über die Lippen leckte und Skinny beschwörende Blicke zuwarf, als fürchte er gleich hier auf offener Straße seine Hinrichtung.

Skinny zuckte nur gleichmütig die Achseln und schaute dann einfach weg. Hinter ihnen tuckerte der Studebaker im Leerlauf. Frank Marlowe lehnte, die Arme lässig vor der Brust verschränkt, am Reserverad und rauchte gemächlich eine Zigarette.

O'Reilly zielte auf die Zigarre, die vor ihm im Gras lag, und löschte mit dem ersten dicken Strahl die Glut. »Da hast du uns mächtig in die Scheiße geritten, Barney!«, sagte er mit einem erlösten Seufzen, das so gar nicht zu der unterschwelligen Drohung passte. »Du hast so getan, als wäre die Sache geritzt und wir könnten den Kerl leicht in die Spur bringen.«

Der Bootlegger wand sich. »Den Eindruck hat er ja auch gemacht, Mister O'Reilly. Bei Gott, so war es! Er hat alles geschluckt und nicht einmal aufgemuckt!«

»So, hat er nicht. Und was hat er gesagt?«

Auf dem Mondgesicht des Dicken gesellte sich ein dümmlicher Ausdruck zur Angst. »Wie … gesagt?«, krächzte er, als wollte die Stimme ihm gleich gänzlich den Dienst versagen. »Was …was soll er denn gesagt haben?«

»Das frage ich dich, Mann! Verdammt noch mal, hast du was auf den Ohren?«, blaffte O'Reilly und knöpfte sich den Hosenschlitz zu. »Was hat er geantwortet, als du ihm gesagt hast, dass jetzt andere Spielregeln gelten, dass er monatlich zwanzig Dollar Granny Fee abdrücken muss und so weiter?«

Inzwischen lief Gifford der Schweiß in Strömen herunter, und er schluckte in einem fort, als säße ein Golfball in seiner Kehle. »Nichts … nichts hat er gesagt, er hat immer nur genickt.«

»So, er hat genickt. Und was dann?« O'Reilly fuhr herum und funkelte ihn, die Daumen in die Seitentaschen seiner Weste gehakt, mit mühsam beherrschtem Zorn an.

»Na ja, dann … dann ist er in seinen Pick-up gestiegen und davongefahren«, murmelte Barney Gifford, der plötzlich Mühe hatte, sich auf den Beinen zu halten.

Skinny the Blade gab ein verächtliches Schnauben von sich und warf dem Boss, dessen Antwort über Giffords Leben oder Tod entschied, einen fragenden Blick zu. Er wartete, die Hand schon am Messer.

O'Reilly starrte den feisten Alkoholschieber sekundenlang schweigend an.

Der Dicke begann zu zittern wie Espenlaub. Ein feuchter Fleck breitete sich auf seiner Hose aus. Zugleich widerstand er dem beinahe übermächtigen Drang, um Gnade zu betteln. Bei einem Mann wie O'Reilly würde er damit nichts als Abscheu ernten, und dann hätte er sein Leben ganz sicher verwirkt, das spürte er selbst in seiner unsäglichen Todesangst.

O'Reilly nahm die Rechte aus der Westentasche, fuhr sich mit Daumen und Zeigefinger zwei Mal bedächtig über den dünnen Oberlippenbart und stach Gifford dann ebenso langsam den Zeigefinger in die Brust. Es schien, als wollte der Klotz von einem Mann unter der tückisch sanften Berührung in sich zusammensacken.

»Weißt du, was gerade passiert ist, Barney?«

Gifford wankte; ihm quollen fast die Augen aus den Höhlen. »Nein, Boss«, keuchte er.

O'Reilly lächelte. Doch es war ein Lächeln, das weder Zuneigung noch Wärme verbreitete. »Glückwunsch, du bist soeben von den Toten auferstanden«, verkündete er.

Ein gequälter Laut der Erlösung entrang sich Giffords Kehle.

Skinny furchte überrascht die Stirn, erhob jedoch keinen Einspruch.

»Ich gebe dir noch eine Chance, deinen Schnitzer wettzumachen. Aber wenn du uns noch einmal so in die Scheiße reitest, hast du deine letzte Tour gefahren!«

Gifford brachte keinen Ton heraus und nickte nur, und zwar so heftig, als wolle er sich den Kopf vom Rumpf schütteln.

Angewidert wandte O'Reilly sich ab und fragte in die Runde: »Also, was wissen wir über diesen Dutchman?«

»Dass er ein harter Bursche ist«, kam es lakonisch von Frank Marlowe.

»Keiner ist hart genug, um mit der Masche durchzukommen, auch dieser Redneck nicht«, knurrte Skinny. »Der Kerl wird nicht mehr lange Ärger machen, ich kümmere mich um ihn.«

O'Reilly schüttelte den Kopf. »Ich habe nicht vor, die Kuh,

die hier weit und breit die fetteste Milch liefert, zu schlachten. Jedenfalls nicht, solange es sich vermeiden lässt, kapiert? Ich will, dass er mir seinen verdammten Moonshine zu dem Preis liefert, den ich festsetze! Die Leute sind wild nach seinem Crazy Apple und Mountain Smoke, und ich will, dass das Zeug bei mir über die Theken geht. Außerdem wird es den anderen hier in der beschissenen Provinz eine Lektion sein, wenn er zu Kreuze kriecht. Und das wird er, darauf könnt ihr euch verlassen!«

Skinny zuckte die Achseln. »Okay, und wie kriegst du ihn dazu, Boss?«

»Weiß jemand, wo er seine Still hat?«

»Das weiß keiner«, wagte Gifford sich zu Wort zu melden.

»Schwachsinn!«, fuhr O'Reilly ihn an. »Kein Geheimnis ist so sicher, dass man es nicht knacken könnte. Schon gar nicht das von einem elenden Hinterwäldler! Es gibt immer eine Stelle, an der man ansetzen kann.«

»Die muss man erst mal finden«, sagte Skinny.

»Richtig«, knurrte O'Reilly. »Deshalb werdet ihr euch in Rocky Mount und in der Gegend umhören, okay? Macht Kontakte, spendiert hier und da einen Drink und bringt ein paar Scheine in Umlauf«, sagte er, holte seine Geldrolle hervor und blätterte mehrere Zehner und Zwanziger vom Packen. »Das lockert die Zunge. Ich will alles über diese verdammten Kendricks wissen. Und wenn ich sage, alles, dann meine ich, alles. Ist das klar?«

Allgemeines Nicken.

Skinny nahm das Geld entgegen. »Ich kümmere mich drum. Wir kriegen den Kerl schon am Arsch!«

»Legt euch ins Zeug! Das gilt ganz besonders für dich, Barney! Du bist doch in diesem beschissenen Franklin County ein bekanntes Gesicht. Mit dir reden die Leute. Also sieh zu, dass sie ausplaudern, was sie über den Dutchman und seine Familie wissen!« Grimmig blickte er in die Runde. »Und findet heraus, mit wem der Kendrick dicke ist und wer ihn auf den Tod nicht ausstehen kann. Das ergibt meist die beste Mischung, um jemanden fertigzumachen.«

»Wir kriegen das schon gebacken«, versicherte Skinny.

»Dann macht euch an die Arbeit!«, wies O'Reilly seine Männer an, stieg wieder in den Studebaker und warf sich mit finsterer Miene in die Polster. Die Blamage musste aus der Welt, und zwar schnell!

Er spürte, wie ihm erneut das Blut in den Kopf stieg und es in seinen Ohren zu rauschen begann. Sicherheitshalber warf er eine zweite Nitrokapsel ein. Dass Don Vito ihm die Boomtown Roanoke und damit die Kontrolle über den illegalen Alkoholhandel im südlichen Virginia anvertraut hatte, war *die* Chance für ihn, eine große Nummer im Syndikat zu werden. Und der Teufel sollte ihn holen, wenn er sie vermasselte!

## 13

Kurz vor Einbruch der Dunkelheit – Mallory traf in der Küche schon Vorbereitungen für das Abendessen – hatten Henry und William den Schaden an dem Halbtonner behoben. Als sie von ihrer kurzen Testfahrt zurückkamen, trat Mallory auf die Veranda hinaus.

»Ausgezeichnete Arbeit, Henry«, lobte der Vater, als sie aus dem Pick-up stiegen. »Der Schaden am Kupplungsgestänge war ja nicht zu übersehen, aber auf die Sache mit dem defekten Ansaugventil wäre ich nicht so schnell gekommen.«

»Wenn man tagtäglich an Motoren herumschraubt, sollte das ja wohl so sein«, wehrte Henry ab.

»Danke, dass du dir die Zeit genommen hast!« William schlug ihm auf die Schulter und fügte mit verkniffener Miene hinzu: »Wir brauchen den Wagen nämlich dringend. Werden in den nächsten Tagen ein paar Extratouren fahren müssen.«

Henry zögerte, konnte seine Neugier aber doch nicht zügeln. »Über Kreuz mit dem dicken Gifford?«, fragte er. »Sah vorhin fast so aus, als wollten die beiden mich über den Haufen fahren. Wer war denn der Gelackte in dem Studebaker, wenn ich mir die Frage erlauben darf, Mister Kendrick?«

William schnaubte abfällig. »Patrick O'Reilly. Er ist der Großkotz, der jetzt in Roanoke das Sagen hat und glaubt, uns vorschreiben zu können, mit wem wir Geschäfte machen und zu welchen Konditionen.«

»Und was ist mit Wheeler und Flint?«

»Die sind raus. Da hat es wohl eine feindliche Übernahme gegeben. Scheint auch einiges Blut geflossen zu sein«, erzählte er, und während er sich in Rage redete, flammte in Mallory die Verärgerung über den Vater wieder auf.

All das wusste er schon seit letzter Woche! Doch ihr gegenüber hatte er davon kein Wort gesagt, so als hätte sie mit der Schwarzbrennerei nichts zu tun.

»Aber wenn dieser aufgeblasene Dandy glaubt, dass er auch hier im Franklin County den Ton angeben und uns seine Dumpingpreise aufzwingen kann, hat er sich geschnitten!«, fuhr der Vater fort. »Wir lassen uns nicht von ein paar Schlägertypen aus der Stadt einschüchtern. So was verfängt vielleicht bei Barney Gifford und seinesgleichen, aber nicht bei mir!«

»Na, ich weiß nicht, Mister Kendrick«, erwiderte Henry und warf Mallory einen besorgten Blick zu. »Ich würde das an Ihrer Stelle nicht auf die leichte Schulter nehmen.«

»Das glaube ich dir, und wie du dich verhältst, wenn du in solch eine Situation gerätst, ist dir überlassen, Junge«, knurrte William. »Aber das hier ist Kendrick-Land, und ein Kendrick zieht vor den Drohungen von dahergelaufenem Städterpack nicht den Schwanz ein, lass dir das gesagt sein!«

»Natürlich, Mister Kendrick«, versicherte Henry sichtlich betreten. »Ich meinte ja auch nur …«

»Lassen wir das«, fiel William ihm ins Wort und winkte ab.

»Dieses Gesindel ist es nicht wert, dass wir noch länger darüber reden.«

Mallory schoss ihrem Vater einen entrüsteten Blick zu, den er jedoch ignorierte. Wie konnte er nur so barsch sein Henry gegenüber, nachdem dieser ihm über Stunden geholfen und den Pick-up wieder ans Laufen gebracht hatte!

»Bleibst du zum Essen, Henry?«, fragte sie schnell. »Eine gute Mahlzeit ist wohl das mindeste, was wir dir für deine Arbeit schulden, findest du nicht auch, Vater?«

Diesmal kam die Botschaft an. Ihr zorniger Blick und ihre Worte brachten dem Vater wohl zu Bewusstsein, dass sein Verhalten nicht allzu weit von einer Beleidung entfernt war. »Natürlich bleibst du zum Essen! Das versteht sich doch von selbst«, sagte er und brachte so etwas wie ein entschuldigendes Lächeln zustande, während er Henry wieder in einer Geste herber männlicher Gewogenheit die Hand auf die Schulter legte. »Wir stehen dick in deiner Schuld!«

Henry entzog sich der Berührung. »Danke, aber ich kann leider nicht bleiben, Mister Kendrick. Meine Mutter wird schon auf mich warten, und ich möchte sie nicht länger als unbedingt nötig allein lassen.« Die steife Höflichkeit war seine Antwort auf Williams Grobheit. Er wuchtete seinen Werkzeugkasten hinter den Fahrersitz seiner Tin Lizzy und griff zur Kurbel. »Mallory …« Zum Abschied blickte er kurz auf und schenkte ihr ein etwas mühsames Lächeln. »Mister Kendrick.« Ein höfliches Nicken in Richtung ihres Vaters, und Augenblicke später fuhr er davon.

# 14

»Wirklich prächtig, Vater!«, machte Mallory ihrem Zorn Luft und stemmte die Fäuste in die Hüften. »Nicht nur, dass du mich über die neue Situation in Roanoke und dein Treffen mit Gifford letzte Woche im Dunkeln lässt ... nein, zum Dank für seine Hilfe putzt du Henry auch noch herunter wie einen dummen Jungen, weil er wagt, etwas sehr Vernünftiges zu sagen!«

»Ich tue, was ich für richtig halte, und zwar nicht nur für mich, sondern auch für dich, für uns alle«, beschied der Vater sie kühl. »Wenn du einmal Kinder hast, werdet ihr, dein Mann und du, ebenso tun, was ihr für richtig haltet, und ich hoffe, ihr habt stets ebenso gute Gründe dafür wie ich!«

Zornig sah sie ihn an. »Und dass du Henry dermaßen abgebürstet hast, dafür hattest du auch deine guten Gründe, ja?«

»Nein, leider nicht«, räumte er mit einem Anflug von Beschämung ein. »Und deshalb werde ich das auch wieder aus der Welt schaffen.«

»Mit noch einem Schulterklopfen?«

»Das reicht jetzt!«

Sein Ton hatte eine Schärfe, die Mallory warnte, es nicht auf die Spitze zu treiben.

»Noch etwas, Mallory.«

Immer noch ärgerlich, sah sie ihn an.

»Deinem Bruder gegenüber hältst du den Mund, was die Sache mit O'Reilly angeht! Das bleibt unter uns! Und wenn er fragt, warum wir keine Geschäfte mehr mit Gifford machen, sagst du ihm dasselbe, was ich ihm sagen werde: dass ich jetzt andere Abnehmer habe, von denen ich mehr bekomme, als Gifford und O'Reilly zu zahlen bereit sind. Da war nichts, über das er sich Sorgen machen müsste, hast du mich verstanden?«

»Ja, Vater«, sagte sie gehorsam, wollte es aber nicht dabei belassen. »Was aber noch lange nicht heißt, dass das auch stimmt.

Wir haben sehr wohl Grund, uns wegen dieses Kerls Sorgen zu machen, nicht wahr?«

»Unsinn! Rede dir das bloß nicht ein!«, erwiderte er unwirsch. »Das waren leere Drohungen eines aufgeblasenen Ganoven, der dachte, seine primitiven Einschüchterungsmethoden verfangen auch hier. Der hat jetzt begriffen, dass wir aus einem anderen Holz geschnitzt sind, und wird sich hüten, sich mit uns Männern aus den Bergen anzulegen. Er weiß ganz genau, dass er mich nicht zwingen kann, an ihn zu verkaufen – wie er mich auch nicht zwingen kann, das Zeug überhaupt zu brennen!«

Mallory hätte ihm nur zu gern geglaubt, doch der scharfe Stachel des Zweifels saß schon zu tief, als dass sie ihn hätte abschütteln können.

## 15

Sie stellte den Topf mit dem Stew auf den Küchentisch und holte die Biskuits aus dem Ofen. Robert hob noch nicht einmal den Kopf, dabei war er sonst ganz verrückt nach ihren Maismehlküchlein. Mit trotziger Miene saß er am Tisch. Der Vater schrubbte sich über der Spüle die Hände, dann setzte er sich zu ihnen und sprach das knappe Tischgebet.

»Herr, wir danken dir, Amen.«

William Kendrick war kein Freund vieler Worte, auch nicht gegenüber dem Allmächtigen. Der habe Besseres zu tun, als ellenlangen Gebeten und Betteleien zuzuhören, erklärte er. Der Allmächtige wisse auch ohne das Geplapper, was in den Herzen der Menschen vor sich gehe. Nüchtern-pragmatischer Protestantismus, wie ihn auch Grandpa Carl vertreten hatte.

Schon früher war der Vater kaum in die Kirche gegangen, und wenn doch, dann nur, um der Mutter einen Gefallen zu tun. Seit ihrem Tod blieb er der Kirche konsequent fern. Natürlich hatte Reverend Clarkson mehrfach versucht, das verirrte Lamm in die Herde seiner Schäfchen und den Schutz der Kirche in Boone's Mill zurückzuholen, doch vergebens. An William Kendrick war er gescheitert.

»Ich kann sehr wohl die Bibel lesen. Ich brauche keinen, der mir dabei die Hand hält und sagt, wie ich Gottes Wort zu verstehen habe!«, hatte er den Appell, sein Seelenheil nicht aufs Spiel zu setzen, zurückgewiesen. »Auch wird der Mensch nicht deshalb erleuchtet, weil er sich unter einem Kirchendach einfindet oder einen Talar trägt, Reverend!« Worauf dieser beleidigt abgezogen war und seine Bemühungen eingestellt hatte.

Mallory schöpfte Stew auf die Blechteller und legte auf jeden ein Maisbiskuit, und dann war nur das Kratzen der Löffel zu hören. Generell wurde bei ihnen beim Essen nicht viel gesprochen, aber an diesem Abend fiel kein einziges Wort. Robert stocherte lustlos in seinem Essen herum, hütete sich aber, etwas auf dem Teller zu lassen.

Der Vater nahm sich einen Nachschlag. Als er schließlich aufstand, trat er hinter Robert und legte ihm versöhnlich seine gesunde Hand auf die Schulter.

»Das war gute Arbeit auf dem Tabakfeld!«

Robert wies das Friedensangebot zurück, indem er sich mit trotziger Miene wegdrehte und der väterlichen Hand entzog.

Der Vater blieb reglos hinter ihm stehen, und einen Augenblick schien es, als wollte er etwas sagen. Dann aber zuckte er die Achseln, seufzte, nahm Pfeife und Tabaksbeutel von der Anrichte, steckte das silberne Sturmfeuerzeug mit dem eingravierten deutschen Reichsadler ein, das die Mutter ihm als Erinnerung an seine Herkunft zur Hochzeit geschenkt hatte, und begab sich hinaus auf die überdachte Veranda, um dort seine abendliche Pfeife zu rauchen.

Mallory wollte mit ihrem Bruder reden, ihm klarmachen, dass er sich keinen Gefallen tat, wenn er sich so trotzig verhielt.

Aber Robert machte ihren Versuch schon im Ansatz zunichte. »Fang erst gar nicht an, Schwesterherz!«, unterbrach er sie schon nach den ersten Worten. »Ich weiß genau, was jetzt kommt. Aber das verfängt nicht! Mir stinkt es, dass Vater meint, er könnte mit mir umspringen wie mit einem dummen Jungen!«

»Ja, aber …«

»Nein, lass es! Ich habe keine Lust, mir jetzt auch noch von dir anzuhören, warum ich besser kuschen sollte. Du hast ja keine Ahnung, wie das ist, wenn man ständig zu hören bekommt, was man zu tun und zu lassen hat! Du bist fein raus, dir erlaubt er alles. Du bist ja auch sein Augenstern!« Und damit stürmte er aus der Küche.

Es schmerzte Mallory, dass ihr Bruder solch verquere Gedanken hegte, aber sie lief ihm nicht nach, um sie ihm auszureden. Sie wusste, dass das jetzt aussichtslos war, dafür kannte sie ihn zu gut. Sie würde am nächsten Tag mit ihm reden, wenn sein blinder Zorn abgeklungen war.

So lange brauchte sie nicht zu warten. Robert kam von selbst zu ihr, noch in derselben Nacht.

Sie lag schon eine Weile oben in ihrer Kammer im Bett, als er im knöchellangen Nachthemd über den Flur kam, klopfte und fragte, ob er störe.

»Natürlich nicht, komm rein«, sagte sie und legte das Buch, in dem sie trotz Müdigkeit noch gelesen hatte, beiseite. Sie versuchte im Gesicht ihres Bruders zu lesen, doch er stand im Dunkel des Korridors. Und sie hatte den Docht der Petroleumlampe auf ihrem Nachttisch so weit heruntergedreht, dass gerade noch genug gelblicher Schein auf das Buch in ihren Händen fiel. Verschwendung gab es im Haus der Kendricks ebenso wenig wie Geschwätzigkeit.

»Was liest du?«, fragte er, schloss die Tür und blieb am Bettende stehen.

Sie wusste, dass er nur einen unverfänglichen Einstieg suchte für das, was ihn beschäftigte und zu ihr geführt hatte. »*Zeit der Unschuld* von Edith Wharton, hab ich mir vorletzte Woche in Rocky Mount ausgeliehen.« Seit gut vier Jahren hatte sie einen Leseausweis der Bücherei in Rocky Mount, und sie war stolz darauf. Lesen war ihre große Leidenschaft.

Er verzog das Gesicht. »Mensch, dass du so einen dicken Schinken liest, und das auch noch freiwillig«, murmelte er, klang aber ausgesprochen lahm, als hätte er nicht einmal Lust, sich über sie lustig zu machen.

»Komm, setz dich zu mir«, sagte sie und rückte näher an die Wand, so dass er mehr Platz auf der Bettkante hatte. »Na komm, oder willst du da stehen bleiben?«

Robert zögerte kurz und setzte sich schließlich. Früher hatte er sich oft nachts zu ihr geschlichen, war in ihr Bett gekrochen und hatte sich an sie gekuschelt. Hatte über alles mit ihr geredet. Und sie hatte ihm Geschichten erzählen müssen. Kurz vor seinem zehnten Geburtstag hatte er diese nächtlichen Besuche eingestellt, weil es sich für einen Jungen seines Alters nicht schickte, in das Bett seiner älteren Schwester zu kriechen. Nach dem Tod der Mutter aber hatte er sich wieder regelmäßig zu ihr geflüchtet, und sie hatte ihn in dieser Zeit des Schmerzes mindestens so sehr gebraucht wie er sie. Sie hatten sich gegenseitig Halt gegeben und einander versichert, dass alles irgendwie gut werden würde. Nach einigen Monaten hatte sich das wieder gegeben.

Die Standuhr unten in der kleinen Diele schickte ihre dunklen Glockentöne durch das stille Haus. Mallory zählte mit. Zehn Schläge.

»Warum muss er nur so gemein sein?«, brach es aus Robert heraus, kaum dass der letzte Ton verklungen war. »Wo es noch dazu ein ganzer Dollar war!« Er hieb die Faust neben sich aufs Bett.

»Hör mal, er hatte seine Gründe …«, begann sie.

»Ach was, er hat immer seine Gründe«, fiel er ihr ins Wort und versuchte den Ton ihres Vaters nachzuäffen, was ihm kläglich misslang. »Für alles und jedes! Ich habe auch meine Gründe, aber die zählen natürlich nicht! Ich habe keine Lust, die Schulbank zu drücken und später auch noch aufs College zu gehen!«

Die Freude am Lernen hielt sich bei ihrem Bruder in Grenzen, das war nichts Neues. Da half es auch nicht viel, wenn sie ihm versicherte, wie glücklich sie gewesen wäre, hätte sie das ganze Jahr über zur Schule gehen dürfen. »Er will doch nur das Beste für dich, Bobby«, beteuerte sie. »Die Chance, aufs College zu gehen und später einen studierten Beruf zu ergreifen, ist doch …«

Wieder fiel er ihr ins Wort. »Was weiß er denn, was das Beste für mich ist? Ich kann mich nicht erinnern, dass er mich je danach gefragt hätte!«

»Manche Sachen müssen Eltern einfach bestimmen, weil sie es besser wissen.«

»Ach was! Er verbietet mir alles, was Spaß macht. Nicht mal zur Still lässt er mich!«

»Aber das hat doch nun wirklich gute Gründe!«

Heftig schüttelte Robert den Kopf. »Vater will mich anders, als ich bin, Lory!«

»Das stimmt doch gar nicht! Seinen rechten Arm würde er für dich geben!«

»Mag sein«, sagte er und klang nicht mehr zornig, sondern resigniert, ja, geradezu hoffnungslos. »Ich werde dennoch nie der Sohn sein, den er sich wünscht. Und das weißt du auch.«

Betroffen sah sie ihn an. Und obwohl sie sich dagegen sperrte, spürte sie doch, dass ihr kleiner Bruder recht hatte. Was um alles in der Welt sollte sie darauf erwidern? Etwas, woran sie selbst nicht glaubte?

Sie schluckte und griff nach seiner Hand. »Bitte, Bobby! Sag so etwas nicht.« Es klang hilflos.

»Schon gut, Lory. Vergiss es, du kannst ja auch nichts daran ändern«, flüsterte er. Drückte stumm ihre Hand und erhob sich schnell vom Bettrand, wohl weil er fürchtete, die Tränen nicht länger zurückhalten zu können. Aber er stürzte nicht aus der Kammer, sondern ging mit kraftlosen Schritten zur Tür. Leise schloss er sie hinter sich, als wolle er vergessen machen, dass er bei ihr gewesen war und was er gesagt hatte.

Als Mallory die Flamme im Glaszylinder der Petroleumlampe ausblies und die Dunkelheit mit beklemmender Macht über sie fiel, hatte sie den salzigen Geschmack von Tränen auf den Lippen.

## 16

William Kendrick versuchte den Eindruck zu erwecken, die Konfrontation mit O'Reilly sei zwar ein Ärgernis gewesen, aber ein belangloses, das keiner weiteren Erwähnung wert sei, und auf der Farm gehe alles seinen gewohnten Gang.

Damit konnte er Robert täuschen. Was nicht schwer war, denn der war in seinem Groll gefangen und kreiste voller Selbstmitleid um sich selbst. Hinzu kam, dass Mallory sich an die Anweisung hielt, ihren Bruder über die wahren Hintergründe der Auseinandersetzung im Dunkeln zu lassen. Sie hatte ja selbst kein Interesse daran, ihm Angst zu machen.

Aber was bei ihrem Bruder funktionierte, misslang bei ihr. Sie ließ sich keinen Sand in die Augen streuen. Nur am Tag nach O'Reillys Besuch nahm sie es dem Vater noch halbwegs ab, dass er glaubte, was er sagte.

»Mach dir keine Gedanken, ich bringe den Moonshine schon unter die Leute! Für erstklassige Ware wie unsere gibt es immer Abnehmer«, versicherte er im Brustton der Überzeugung, als sie ihn am Morgen unter vier Augen fragte, was denn nun aus ihren großen Vorräten werden solle. Immerhin lagerten nicht nur rund hundertfünfzig Gallonen Moonshine in ihrem

Kellerversteck, sondern es war geplant, schon bald in ihrer Still einen neuen *run* für noch einmal so viele Gallonen anzusetzen. Ein Großteil der Säcke mit Maismehl, Trockenhefe, Hopfen und Malz lagerte schon im Bretterverschlag oben am Berg.

Natürlich konnten sie ihren Apfelschnaps und Whiskey in kleinen Partien absetzen. Aber das ging nicht von heute auf morgen wie bei einem Großabnehmer wie Barney Gifford. Vielmehr würde der Verkauf sich über Wochen, wenn nicht Monate hinziehen. Was ein Unding war. Hatte der Vater doch fest mit dem Geld gerechnet. Selbst in den seltenen Zeiten, da die Ernte alle Hoffnungen erfüllte, warf die Farm nicht immer genug ab, um alle Rechnungen zu bezahlen. Der Lehmboden gab nicht viel her, und die wenige gute Erde laugte schnell aus und wurde davongetragen, insbesondere an den steilen Hangflächen.

Was ihre finanzielle Lage jedoch besonders prekär machte, waren die Schulden, die auf der Farm lasteten. Die Spezialisten in Richmond und Washington, zu denen der Vater mit der Mutter gefahren war, und die oft wochenlangen Aufenthalte dort hatten ein kleines Vermögen gekostet. Mit der Schwarzbrennerei war das nicht zu bezahlen gewesen, so dass er sich gezwungen gesehen hatte, eine Hypothek auf die Farm aufzunehmen. In der schweren Wirtschaftskrise, in der sich das Land mit seiner wachsenden Zahl von Arbeitslosen befand, hatte die Bank in Rocky Mount ihm die Hypothek nur mit fünf Jahren Laufzeit und entsprechend hohen monatlichen Tilgungsraten sowie einem nicht gerade niedrigen Zinssatz gewährt. Und jetzt fehlte das Geld, um die monatliche Zahlung an die Bank zu leisten!

Doch nicht mit einem Wort verlieh der Vater seiner Sorge Ausdruck, die Juni-Rate und vielleicht auch die für Juli schuldig bleiben und um Stundung bitten zu müssen. Und was solch ein Bittgang für seinen ausgeprägten Stolz bedeuten mochte, wollte Mallory sich lieber nicht ausmalen.

Sie spürte, wie seine Anspannung mit jedem Tag wuchs. Anfangs hatte er sich noch mit zuversichtlicher Miene in den Pick-up gesetzt und war vom Hof gefahren, um einen neuen Großabnehmer zu finden, etwa Terry Hodges, den Besitzer des *County Line Restaurant*. Der Mann besaß im Westen, kurz vor Copper Hill, an der Grenze zwischen Franklin und Floyd County, nicht nur ein gutgehendes Restaurant und eine ebenso florierende Tankstelle, sondern betrieb auch einen regen Handel mit Moonshine, der bei ihm aber nicht nur über die Theke ging, sondern auch im Hinterhof aus einer alten Scheune heraus verkauft wurde.

Aber die Hoffnung zerschlug sich, nicht nur bei Terry Hodges. Und schon nach kaum einer Woche nahm die Miene des Vaters, sobald er sich unbeobachtet fühlte, einen fassungslosen Ausdruck an. Er fand einfach keinen, der ihm mehr als ein, zwei Gallonen abnehmen wollte, geschweige denn die nächsten hundertfünfzig Gallonen, die sie bald brennen wollten. Es schien, als traue keiner sich an seinen Moonshine heran.

Wie sehr ihm die Situation zusetzte, offenbarte sich Mallory ganz besonders in den Nächten. Ihre Kammer ging nach vorn zum Hof hinaus, und bei der zunehmenden Wärme ließ sie ihr Fenster nachts weit offen. Ihr eigener Schlaf war seit jeher leicht und unruhig, deshalb erwachte sie jedes Mal, wenn der Vater auf die Veranda kam, weil er im Bett keine Ruhe, geschweige denn Schlaf fand. Sie roch den Tabakrauch, und manchmal vernahm sie auch das Gluckern einer Flüssigkeit und das Geräusch, wenn der Steinkrug zurück auf die Bohlen gestellt wurde.

Aber dass ihr Vater, der selten zum eigenen Moonshine griff, in diesen Nächten kräftige Schlucke aus dem Steinkrug nahm, beunruhigte sie weniger als seine nächtlichen Wanderungen. Manchmal hörte sie ihn Stunde um Stunde auf der Veranda auf und ab gehen, rastlos wie ein Tier, das hinter den Gittern seines Käfigs ebenso unentwegt wie vergebens nach einem Weg in die Freiheit sucht.

Dann stand sie oft bekümmert am Fenster, schaute hinunter auf das Vordach, folgte seinen Schritten und wünschte inständig, sie könnte etwas für ihn tun. Manchmal, wenn sie meinte, seine stumme Verzweiflung nicht länger ertragen zu können, erwog sie sogar, zu ihm hinunterzugehen, ihm zu versichern, dass irgendwie alles gut werden würde … und, ja, ihn vielleicht sogar in den Arm zu nehmen.

Was sie natürlich nicht tat. Es hätte nämlich das genaue Gegenteil von dem bewirkt, was sie wollte, bestenfalls jedoch Befremden und beschämte Abwehr. William Kendrick nahm man nicht in den Arm, nicht einmal die eigene Frau hatte sich dazu hinreißen lassen, zumindest nicht in der Öffentlichkeit. Mitgefühl, Zuneigung und Liebe derart Ausdruck zu verleihen vertrug sich nicht mit seinem männlichen Selbstverständnis. Und so blieb Mallory in ihrer Kammer und litt stumm mit ihm.

## 17

Mit dem üblen Geschmiere konnte O'Reilly beim besten Willen nichts anfangen. Auch ergaben weder die schlampig untereinander gekritzelten Zahlenkolonnen noch die dazugehörigen und meist abgekürzten Bemerkungen einen Sinn. Jedenfalls kam *er* nicht dahinter. Und als würde das nicht schon reichen, um einen dicken Hals zu kriegen, waren die Seiten auch noch übersät mit Aschespuren, kleinen Brandlöchern, verschmierter Tinte, Fettflecken und den Ringen von Gläsern, die dieser Blindgänger einfach darauf abgestellt hatte. Kein Wunder, dass Eddie Wheeler hinter dem Eisenbahndepot der Norfolk & Western Railroad buchstäblich ins Gras gebissen hatte!

Angeekelt schlug O'Reilly das Rechnungsbuch, das etwas größer war als ein gewöhnliches Notizbuch, zu und warf es vor sich auf den Schreibtisch. Blieb zu hoffen, dass ein anderer in der Lage war, aus dem Geschmiere schlau zu werden. Und wenn er es recht bedachte, gab es nur einen, dem er das zutraute. So ganz passte es ihm nicht, das Rechnungsbuch und damit quasi den Schlüssel zum Tresor aus der Hand zu geben, aber ihm blieb wohl keine Wahl.

Seine Gedanken wanderten zu Gifford, auf dessen Rückkehr er ungeduldig wartete. Der feiste Bootlegger hätte längst zurück sein müssen. Wo zum Teufel blieb er? Hatte er sich vielleicht zu dämlich angestellt und den Auftrag vermasselt? Eigentlich ein Ding der Unmöglichkeit. Die Sache war so, wie er sie eingefädelt hatte, ein absoluter Selbstgänger. Andererseits: Man hatte auch schon Pferde kotzen sehen, oder? Vielleicht hätte er doch besser Skinny mitschicken sollen.

Dumpf brütend saß O'Reilly hinter dem Schreibtisch aus poliertem Mahagoni, dessen Fläche fast die Ausmaße einer Tischtennisplatte hatte, unterteilt in drei mit dunkelgrünem Leder bespannte Felder. An den Rändern zogen sich goldene Ranken durch das Leder.

Bis auf das Telefon, eine Edelausgabe aus marmorierter Eibe mit weißer Sprech- und Hörmuschel auf handgeformten Messinggabeln, eine feudale Tiffany-Lampe, in deren grün-blauen Schirm ein Ring aus Libellen mit weit gespannten Flügeln eingearbeitet war, einen vieleckigen Kristallaschenbecher, groß wie eine Babybadewanne und als Totschläger bestimmt sehr wirkungsvoll, und das schmierige Rechnungsbuch herrschte auf der gewaltigen Platte gähnende Leere.

Es war O'Reilly ein Rätsel, wo der Hohlkopf Eddie Wheeler dieses Monstrum aufgetrieben hatte. Ganz zu schweigen von der Frage, zu welchem Zweck er das Ding hier in das Eckzimmer mit der feudalen Ledersitzgruppe gestellt hatte. Der Kerl hatte ja noch nicht mal genug Grips gehabt, ein einigermaßen ordentliches Rechnungsbuch zu führen! Gut möglich allerdings, dass Eddie Wheeler diese nobel ausgestattete Zimmerflucht über der alten Fabrikhalle von seinem Vorbesitzer übernommen hatte – so wie jetzt er selbst.

Er überlegte, ob er den Schreibtisch rausschaffen oder behalten sollte. Allzu viel Papierkram würde auch er nicht zu erledigen haben. Cash war das Zauberwort in seinem Geschäft. Dagegen waren schriftliche Unterlagen die reinste Einladung an die Federal Agents von der ATU* und die Drecksäcke von der Steuerfahndung, einen am Arsch zu packen und dafür zu sorgen, dass man sich für die nächsten Jahre um Kost und Logis nicht zu kümmern brauchte. Diesen kargen Service, den Uncle Sam hinter Gittern bot, wollte man doch lieber nicht in Anspruch nehmen müssen.

Diesen Gedanken verdrängte er schnell; stattdessen widmete er sich wieder der Überlegung, ob er den raumgreifenden Klotz behalten oder das Zimmer von Grund auf neu möblieren sollte. Amy, seine derzeitige Flamme, stand auf diesen englischen Edelscheiß, sie war geradezu verrückt danach. Als er sie das erste Mal auf der flaschengrünen Couch gevögelt hatte, war ihre Hand unablässig über das verdammte Leder gefahren, und sie hatte sich den Duft reingezogen wie ein verdammter Junkie eine Linie Koks!

Der Gedanke an ihren knackigen Arsch machte ihn augenblicklich scharf. Verdammt, er hätte nicht übel Lust gehabt, eine schnelle Nummer zu schieben. Aber natürlich war das Flittchen mal wieder nicht zur Hand, wenn er es brauchte. Wo trieb sie sich bloß herum? Vermutlich schmiss sie wieder mal das Geld mit vollen Händen zum Fenster raus! Vielleicht war es an der Zeit, ihr Gastspiel in seinem Bett zu beenden und sie wieder dahin zu schicken, wo sie hergekommen war und auch hingehörte, nämlich ins zweite Glied einer beinschwingenden Revue-Truppe! Und sollte er den altenglischen Kram hier gleich mit rausschmeißen?

* Alcohol & Tabacco Unit

Andererseits machte der Klotz schon was her, den konnte man wohl repräsentativ nennen. Ebenso die Anrichte mit der Bar und den Sekretär mit seinen vielen Fächern und dem verglastem Regalaufbau. Das war offenbar selbst einer miesen Ratte wie Eddie Wheeler nicht entgangen.

Aber was sollten diese Protzstücke in seinem Büro repräsentieren? Dass er, Patrick O'Reilly, der verlauste und halb verhungerte Bettlerjunge, der wie ein Stück Dreck auf einem gottverfluchten Seelenverkäufer von einem Segelschiff über den Atlantik gekommen war und beinahe noch auf der Quarantänestation von Ellis Eiland krepiert wäre, dass also ein irisches Stück Dreck wie er es endlich geschafft hatte?

Gut, das konnte er gelten lassen. Außerdem: Wenn er den Klotz ausschiffte, musste er auch Hand an den Rest der noblen Einrichtung legen, und dazu hatte er keine Lust. Er hatte anderes am Hals. Aber Amy würde er in die Wüste schicken! Am besten jagte er die ganze Truppe aus der Stadt. Revue-Girls, die ein Engagement suchten, gab es mehr als genug. Was auch auf junge Knackärsche fürs Bett zutraf. In seinen Clubs herrschte an willigem jungem Fleisch wahrlich kein Mangel. Dieser Gedanke brachte zum ersten Mal an diesem Tag ein zufriedenes Lächeln auf sein Gesicht – das sich jedoch gleich wieder verdunkelte.

Verdammt, wo blieb der feiste Bootlegger bloß?

## 18

Der Umschwung kam jäh und unerwartet, zu einem Zeitpunkt, als die Aussichtslosigkeit ihrer Lage schon unumstößliche Gewissheit zu sein schien.

»Terry Hodges hat es sich anders überlegt!«, teilte ihr der Vater freudestrahlend mit, als er an jenem Nachmittag mit dem Pick-up zurückkehrte. »Er nimmt mir die gesamten hundertzwanzig Gallonen Crazy Apple und sogar noch die dreißig Gallonen Whiskey ab.«

Mallory fiel ein Stein vom Herzen. Ihr wurde fast schwindelig vor Erleichterung. »Gott sei Dank!«, stieß sie hervor. Die Bank würde ihr Geld bekommen. »Erzähl!«

»Also, genau genommen hat Lewis dafür gesorgt, sein ältester Sohn«, berichtete der Vater. »Sein Alter ist nämlich zur Taufe des ersten Enkels bei seiner Tochter in Lexington. Lewis hat mit ihm telefoniert und ihn davon überzeugt, dass sie mit unserem Moonshine ein gutes Geschäft machen.«

»Und? Zahlt er fünf Dollar die Gallone?«

William verzog das Gesicht. »Nun ja, ein bisschen musste ich ihm schon entgegenkommen, wo er uns gleich eine so große Lieferung abnimmt. Wir haben uns auf vier fünfzig geeinigt, immerhin.«

»Mhm, das geht in Ordnung.« Sie verkniff sich die Bemerkung, dass er damit zum ersten Mal unter seinem Preis verkaufte, an dem doch bislang nicht zu rütteln gewesen war. Ihre Erleichterung war einfach zu groß, als dass sie Lust gehabt hätte, an der guten Nachricht herumzukritteln.

»Und ob das in Ordnung geht!«, erwiderte der Vater voller Genugtuung. »Wir sind nicht nur so gut wie all unsere Vorräte los, sondern die Hodges haben auch schon von unserem nächsten Run hundert Gallonen reserviert! Morgen setzen wir die Maische an.«

Dass der Deal erst nach Terry Hodges' Rückkehr Ende der folgenden Woche in trockenen Tüchern sein und auch dann erst Geld gegen Ware getauscht würde, erfuhr Mallory Stunden später und eher beiläufig.

## 19

Gerade hatte O'Reilly zur Zigarre gegriffen, da klopfte es. Er erkannte an dem Rhythmus, mit dem die Fingerknöchel ans Holz pochten, wer da war. »Komm rein, Goldie!«

In der Tür erschien Tony ›Goldie‹ Reagans massiger Schädel, der so gar nicht zu seiner fast kleinwüchsigen Gestalt passte. Goldie gehörte wie Knuckles und Skinny zum harten Kern von O'Reillys Truppe. Sie blickten auf eine gemeinsame kriminelle Vergangenheit zurück, die mittlerweile anderthalb Jahrzehnte umfasste. Sie kamen aus den verschimmelten Kellerlöchern der New Yorker Docks und waren auf seinem Weg nach Süden mit ihm aufgestiegen. Keinem vertraute er mehr als ihnen. Wobei selbstredend auch dieses Vertrauen Grenzen hatte.

»Der *consigliere*, Boss.« Goldie grinste über das teigig runde, pockennarbige Gesicht. Dabei zeigte eine ganze Reihe von blitzenden Goldzähnen im Oberkiefer, woher er seinen Spitznamen hatte.

O'Reilly verdrehte die Augen. Frank halb spöttisch, halb respektvoll seinen *consigliere** zu nennen hatten seine Männer sich von Don Vito und seiner Dixie-Mafia abgeguckt, die hinter dem Syndikat im Süden stand. So ganz falsch lagen sie damit ja auch nicht, wobei Frank hier eine andere Stellung innehatte als Benito Costellani bei Don Vito in Richmond. Gegen diesen *consigliere*, der für Don Vito alle Fäden in der Hand hielt, war sein Frankie-Boy nur ein besserer Laufbursche!

O'Reilly wedelte mit der Zigarre. »Okay, schick ihn rein.« Diesmal kam Frank ihm wie gerufen.

»Klar, Boss!«

Das *Wall Street Journal* unter dem Arm und gekleidet wie zu einer Runde Golf im Country Club, spazierte Frank Marlowe ins Zimmer, mit jener unverschämten Lässigkeit, die er, Patrick

* Berater, Anwalt

O'Reilly, nie erlangen würde, wie viel Geld er auch scheffeln und wie viel er davon zu Leuten wie *Rosenberg & Sons* tragen mochte.

Diese Art von Selbstsicherheit gewann nur, wer mit einem silbernen Löffel im Mund zur Welt kam und in einer Gesellschaft aufwuchs, in der Dienstboten so selbstverständlich waren wie der jährliche Sommerurlaub im feudalen Bar Harbor oder der Aufenthalt in exklusiven Internaten und Colleges. Und wenn es auch nicht der silberne Löffel des alten, sondern der des geradezu druckfrisch neuen Geldes gewesen war, mit dem Frank zur Welt gekommen war, blieb das Ergebnis doch das gleiche.

Nun ja, dennoch erfüllen sich nicht alle Blütenträume, auch nicht die der Marlowes!, dachte O'Reilly nicht ohne Genugtuung. Das mit dem silbernen Löffel und dem Sommerhaus in Bar Harbor war für den Burschen jedenfalls gegessen, und zwar ein für alle Mal. Sollten die Jungs ihn ruhig so nennen. Entscheidend war, dass Frank *sein* Consigliere war und zu springen hatte, wann immer er es ihm befahl. Ganz zu schweigen davon, dass Frank Don Vito gehörte, und zwar mit Haut und Haar! Da hatten ihm auch die paar Spritzer Weihwasser am Taufbecken der Cathedral of the Holy Cross in Boston und die Patschhand von Don Vito nicht geholfen, die dem Patenkind vor einunddreißig Jahren das feuchte Babyhaar glattgestrichen hatte. Bei dem Mafia-Boss gab es keine unbeglichenen Rechnungen, bezahlt wurde immer. Auch für die Sünden der Väter. Notfalls mit Blut.

Aber sosehr es ihm manchmal gegen den Strich ging, dass er Frank an der Backe hatte, weil Don Vito es so wollte – irgendwie mochte er ihn auch, allem zum Trotz.

# 20

»Du kommst gerade richtig, Frank«, sagte O'Reilly, griff nach der schmierigen Kladde und warf sie Frank zu. »Das ist Eddie Wheelers privates Rechnungsbuch. Welcher von seinen Schuppen was zu welchem Preis abzunehmen hat, wo wie oft und in welcher Höhe Schutzgeld zu kassieren ist, wer von den korrupten Amtsträgern und Bullen mit welchem Betrag auf der Schmiergeldliste steht – na, das Übliche eben. Jedenfalls steht hier angeblich alles drin, was wir wissen müssen, damit der Laden ohne Stottern läuft. Sieh zu, dass du in diese Schmierereien Ordnung bringst!«

Frank Marlowe hob leicht die Brauen, sprach jedoch in neutralem Ton. »War vielleicht doch nicht so gut, gleich alle, die Schlüsselpositionen innehatten, über die Klinge springen zu lassen und nur die Fußsoldaten zu übernehmen.«

O'Reilly warf ihm einen prüfenden Blick zu und hatte schon eine scharfe Erwiderung auf der Zunge.

Frank Marlowe kam ihm zuvor. »Andererseits spricht bei einer feindlichen Übernahme auch viel dafür, das zentrale Nervensystem des Feindes vollständig zu zerschlagen«, sagte er und lächelte verbindlich. »Mit den peripheren Nervensträngen, die übrig bleiben, hat man dann leichtes Spiel. Das Zucken kriegt man schnell unter Kontrolle.«

O'Reilly schnaubte. »Flints Buchhalter ist ja dummerweise mit draufgegangen, weil Goldie die Limousine von denen mit der Tommy Gun beharkt und das verdammte Trommelmagazin bis zur letzten Patrone leer geballert hat. Und der Penner Eddie Wheeler hat keinem getraut und die Buchhaltung selbst gemacht. Immerhin hat der Trottel uns den Gefallen getan, seine Aufzeichnungen nicht zu verstecken, sondern immer bei sich zu tragen.«

»Nur zwei Dinge sind unendlich«, warf Frank Marlowe ein: »Das Universum und die Dummheit der Menschen.«

»Aber es ist ja nicht so, als hätten wir Roanoke völlig unbeleckt übernommen«, fuhr O'Reilly fort. »Wir kennen die Struktur der Organisation im Groben, jetzt geht es bloß noch um die Feinjustierung. Also nimm dir sein Rechnungsbuch und sieh zu, dass du mir eine Aufstellung machst, mit der ich was anfangen kann. Zeig, dass du dein Pulver wert bist ... Consigliere!«

Das war nicht ganz fair, wie O'Reilly sich eingestehen musste, denn Frankie-Boy hatte sehr wohl schon bewiesen, dass er was auf dem Kasten hatte. Allein schon der Plan, mit dem er die beiden Bandenanführer mit ihren wichtigsten Leuten nicht nur zur selben Zeit, sondern auch noch außerhalb der Stadt in den Tod gelockt hatte, war genial gewesen – und das Entsetzen bei den Überlebenden dementsprechend.

Gleichzeitig hatten sie eine wüste Schießerei und ein blutiges Massaker in der Stadt vermieden. Das hätte zu einem Aufschrei in der Presse geführt, zu einer Serie von blutrünstigen Artikeln, und womöglich hätten sich sogar die korrupten Richter, Staatsanwälte und Bullen zum Handeln genötigt gesehen – was keineswegs in seinem Interesse gewesen wäre.

Frank Marlowe nickte nur. »Wird schon nicht so schwer zu knacken sein, was er da zusammengeschmiert hat«, versicherte er. »Der Bursche kam mir nicht gerade vor wie ein Geistesriese.« Doch statt die Kladde zu nehmen und zu verschwinden, ging er zu der Anrichte neben dem Sekretär, legte die Zeitung ab und griff ganz selbstverständlich – so als brauche er dafür keine Erlaubnis – nach einer Flasche Scotch. Nahm eines der schweren Kristallgläser, goss sich großzügig ein und fragte, die Flasche in der leicht erhobenen Hand: »Sie auch, Mister O'Reilly?«

»Zum Teufel, warum nicht? Bevor ich mir von dir meinen besten Whiskey wegpicheln lasse«, knurrte O'Reilly und fragte sich, ob Franks Beharren auf einer förmlichen Anrede tatsächlich ein Zeichen von Respekt war oder ob sich dahinter nicht vielleicht Spott und Hochmut verbargen. Der Bursche war aalglatt und undurchschaubar, so viel war sicher. Aber sollte Frankie-Boy im Geheimen Ziele verfolgen, die sich nicht mit seinen eigenen vertrugen, würde er nicht eine Sekunde zögern, der Schlange den Kopf abzuschlagen, Consigliere hin oder her!

Frank Marlowe brachte ihm den Drink an den Schreibtisch, und während O'Reilly ihn fast in einem Zug hinunterstürzte, nippte Frank nur an seinem. Dabei schlug er mit der Linken die Kladde auf und blätterte flüchtig darin. »Das kriege ich hin, sieht nicht nach einem übermäßig intelligenten Code aus. Übrigens, Gifford ist zurück«, sagte er dann beiläufig.

»Na endlich! Und, was sagt er?«

Frank Marlowe nahm sich Zeit für einen größeren Schluck. Dann fragte er spöttisch zurück: »Haben Sie auch nur eine Sekunde lang geglaubt, der Mann würde ablehnen?«

O'Reilly grinste. »Nein, das hätte selbst der Dicke nicht vergeigen können! Dann haben wir den Dutchman also am Haken? Lieferung nächste Woche?«

Frank Marlowe nickte und schaute ihn nachdenklich an. »Ich weiß gar nicht, warum Ihnen der Mann so wichtig ist. Der Nachschub für unsere Clubs und Speakeasies ist gesichert. Und früher oder später wird dem Dutchman sowieso keine andere Möglichkeit bleiben, als sich mit Ihnen zu arrangieren.«

»Mag sein.«

»Nein, das ist so. Wie soll er sonst regelmäßig so große Mengen Moonshine loswerden, wenn Sie die Bootlegger in den Countys kontrollieren? Wenn ihm nur ein paar private Kunden bleiben, kann er seine Still gleich einmotten, oder er muss seine Produktion auf einen Bruchteil dessen herunterfahren, was er jetzt brennt. So oder so – gewonnen haben Sie.«

O'Reilly schnaubte grimmig. »Nicht nach meiner Rechnung! Erst einmal will ich seinen Schnaps, weil der einen satten Profit bringt. Und dann will ich, dass er für seine Frechheit bezahlt! Dieser Hinterwäldler soll sich nicht damit brüsten können, mir die Stirn geboten zu haben. Das könnte andere auf Ideen bringen … Am Ende versuchen sie sogar, sich gegen mich zusammenzuschließen!«

»Also wollen Sie an ihm ein Exempel statuieren?«

»Und ob ich das will!«

Frank Marlowe nickte bedächtig, leerte sein Glas und stellte es ab. »Nun, das wird schwierig«, sagte er und steckte das Rechnungsbuch ein. »Wenn Sie weiterhin seinen Moonshine ausschenken wollen, können Sie ja schlecht ein Exempel an ihm statuieren, nicht wahr?« Lässig tippte er sich mit zwei Fingern an die Stirn. »Ich bin dann mal wieder weg und sehe in den Clubs nach dem Rechten.«

O'Reilly blieb mit verdrossener Miene hinter dem Schreibtisch sitzen, trommelte mit den Fingern auf die Platte und wartete, bis sich die Tür hinter Frank geschlossen hatte. Dann fluchte er leise. Der Spott, mit dem dieser Klugscheißer ihm seine Zwickmühle vor Augen geführt hatte, war ihm nicht entgangen. Die Sache mit Terry Hodges brachte nur einen kurzen Aufschub und auch nur eine einzige Lieferung Crazy Apple. Aber wie er es auch drehte und wendete, er musste seinen Ruf festigen. Deshalb blieb ihm gar keine andere Möglichkeit, als den Dutchman umlegen zu lassen und künftig auf dessen Moonshine zu verzichten. Mit dem Umlegen hatte er kein Problem, die Konsequenzen aber gefielen ihm gar nicht.

## 21

»Nun komm schon, Bobby!«, rief Mallory. Sie hatte bereits die nächsten zwei Wäscheklammern aus ihrem Umhängebeutel genommen und wartete auf das nächste Kleidungsstück zum Aufhängen. Robert, der den Weidenkorb mit den triefnassen Overalls und Arbeitshemden trug, war wieder einmal nicht mit ihr auf einer Höhe geblieben.

»Ja doch, ich komme.«

»Wenn du so herumtrödelst, bist du mir keine große Hilfe!« Sie blinzelte in die Sonne, die schon gut eine Handbreite über den östlichen Bergkuppen stand. Es musste ungefähr halb zehn sein.

»Nur nicht hetzen, Schwesterchen!«, maulte Robert, bückte sich aber nach dem Korb und rückte auf.

Zwei Arbeitsoveralls lagen noch im Korb, als sie unten auf der Landstraße ein Automobil hörten. Es kam schnell näher, entfernte sich jedoch nicht ebenso schnell wieder wie all die anderen Wagen, die im Laufe des Tages unten vorbeifuhren. Allzu viele waren es nicht, aber noch entschieden seltener bog eines ab und kam zu ihnen herauf.

»Mensch, wir kriegen Besuch, Lory!«, rief Robert, ließ den Korb ins Gras fallen und rannte ums Haus herum nach vorn in den Hof. Er war ein ausgemachter Autonarr. Jeden Monat kaufte er sich den *American Automobile Digest*, der immerhin stolze zwanzig Cent pro Heft kostete. Der Vater hatte erst nichts davon wissen wollen; in seinen Augen war das hinausgeschmissenes Geld. Schließlich hatte er sich aber doch erweichen lassen und Robert erlaubt, sich das Automagazin von dem Quarter zu kaufen, den Gifford ihm regelmäßig zusteckte.

Mallory folgte ihrem Bruder, aber nicht in freudiger Erwartung. Angst sprang sie an. Sie fürchtete, dass das O'Reilly und seine Schläger waren. Der Vater glaubte ja mittlerweile, dass der Gangster Besseres zu tun hatte, als sich mit einem sturen Mann aus den Bergen anzulegen, und das wegen läppischer hundertzwanzig Gallonen. Das Franklin County schwamm in Moonshine, und in den anderen Bezirken sah es nicht wesentlich anders aus. Lieferanten für die Speakeasies in der Stadt gab es genug.

Mallory hielt diese Zuversicht für einen gefährlichen Mangel an Realitätssinn. Vor diesen Gangstern war kein Mann gefeit, aus welch hartem Holz er auch geschnitzt sein mochte!

Jedenfalls wurde sie die dunkle Ahnung nicht los, dass O'Reilly irgendwann wiederkommen würde; für sie war das nur eine Frage der Zeit.

Eine gute Woche war vergangen. Diese Tage waren ihr vorgekommen wie die Ruhe vor dem Sturm.

Wenn das nun wirklich O'Reilly mit seiner Bande war, was um alles in der Welt sollte sie tun? Der Vater war früh am Morgen zur Still hochgestiegen, um dort nach dem Rechten zu sehen. Der nächste Run stand an.

Kaum war sie um die Hausecke gebogen, fiel die Angst von einem Wimpernschlag auf den anderen von ihr ab. Wer immer da mit blökender Hupe die Zufahrt hochkam, O'Reilly und seine Bande waren es jedenfalls nicht!

Robert kniff die Augen zusammen. »Mensch, das ist ein Stutz!«, stieß er hervor. Er hatte Automarke und Modell erkannt, noch bevor das Cabrio so nahe herangekommen war, dass man den chromblitzenden Schriftzug *Stutz* auf dem Kühlergrill zwischen den vorspringenden, runden Scheinwerfern lesen konnte. »Ein K Roadster! Ich werd verrückt. Das ist eine verdammte Rakete, Lory!«

»Lass das Fluchen«, wies sie ihn zurecht, wenn auch ohne Schärfe.

Es war in der Tat ein wunderschöner Zweisitzer. Chassis, Achsen, Gestänge und Speichen der Räder waren tiefrot lackiert, während Polster, Schutzbleche, Trittbretter und das zurückgeklappte Verdeck nachtschwarz gehalten waren. Was Mallory jedoch die Gewissheit gab, dass sie keine Gefahr fürchten musste, war nicht das sportliche Cabrio, sondern die junge Frau, die auf der Beifahrerseite von ihrem Sitz aufgesprungen war, sich mit einer Hand am Rahmen der halbhohen Frontscheibe festhielt und mit der anderen das Ende einer schwarzen Federboa schwenkte.

»Kennen wir die?«, fragte Robert verblüfft, als die Frau laut juchzte und den Namen seiner Schwester rief.

Mallory stutzte und kniff die Augen zusammen. »Das … das kann doch nicht wahr sein!«, stieß sie schließlich hervor.

»Wer ist das, Lory? Nun sag schon!«

»Das ist Sally!«

Robert furchte die Stirn. »Du meinst, Sally Dobson, deine alte Freundin, die mit diesem texanischen Musiker durchgebrannt ist?«

»Ja, *die!*« Gerade mal sechzehn war ihre Freundin gewesen, als sie vor gut drei Jahren mit dem Banjo-Spieler einer durchreisenden Vier-Mann-Combo weggelaufen war. Die Leute hatten sich darüber die Mäuler zerrissen, vor allem die selbsternannten Moralapostel, die natürlich schon immer so etwas geahnt haben wollten. Niemand hatte je wieder von Sally gehört – und jetzt kam sie in diesem wunderschönen Roadster angefahren, war gekleidet wie ein Filmsternchen und wedelte mit einer Federboa!

»Ach was, das ist sie nicht! Ich weiß doch noch, wie Sally aussieht. Die Frau da ist jedenfalls nicht von hier!«

Mallory lachte. »Und doch ist sie es!«

Der Roadster hielt mit einem letzten lauten Hupen, und Sally Dobson stieg aus. Ihre Bewegungen waren eine Spur gekünstelt, so als präsentiere sie sich auf einer Bühne einem staunenden Publikum. Was nicht ganz falsch war. Zwar bestand dieses nur aus zwei Personen, aber das Staunen war ihr gewiss und hätte kaum größer sein können.

Sally lachte etwas rauh über die verdatterten Mienen, zauberte ein strahlendes Lächeln auf ihr herzförmiges Gesicht mit den großen, ausdrucksvollen Augen, warf sich das Ende der Federboa über die fast nackte Schulter, breitete theatralisch die Arme aus und rief: »Mallory … Darling!«

# 22

Immer noch sprachlos, starrte Mallory sie an. Das war tatsächlich ihre Freundin Sally Dobson, deren Elternhaus gerade mal anderthalb Meilen weiter südlich an der Straße nach Rocky Mount lag. Auf dem Weg durch die Wälder, den sie von Kindheit an bei ihren gegenseitigen Besuchen immer genommen hatten, war die Strecke sogar noch um einiges kürzer.

Wie eine Springflut stiegen die Erinnerungen in ihr hoch. Richtig gute Freundinnen waren sie gewesen, hatten viele Winter lang eine Schulbank gedrückt, alle Geheimnisse miteinander geteilt und einander in ihrem Kummer Zuspruch und Halt gegeben. Sally hatte sie nach dem Tod der Mutter getröstet, so wie sie sich Jahre zuvor ihrerseits bei Mallory ausgeweint hatte, als sie noch nicht ganz elf gewesen war und ihre Mutter an einer Blutvergiftung starb. Keine Woche nach dem Tod der Mutter hatte der Vater Sally zum Arbeiten in eine der Baumwollspinnereien von Rocky Mount geschickt. Das war in ihrer Freundschaft die erste bittere Zäsur gewesen, denn Sally hatte von da an immer weniger Zeit gehabt. Nach zwölf, vierzehn Stunden Arbeit in der Fabrik war sie oft schlicht zu müde gewesen, um noch etwas zu unternehmen. Und dann war sie vor drei Jahren von heute auf morgen aus Mallorys Leben verschwunden. Spurlos.

Mallory kämpfte mit widerstreitenden Gefühlen, darunter auch eine gute Portion Groll und Vorwurf. Zudem hatte sie Schwierigkeiten, das zu verarbeiten, was ihre Augen dem Gehirn an Bildern lieferten.

Die Sally, die sie kannte, war ein blasses, hageres Geschöpf mit stets wild zerzaustem, rabenschwarzem Haar, das ihr bis fast zu den Hüften herabfiel; sie trug abgerissene Flickenkleidung und lief fast das ganze Jahr über barfuß. Dagegen war diese Sally geschminkt, roch nach Parfüm und steckte in einem herrlich violetten, mit cremeweißen Fransen besetzten Sommerkleid, das mit seinen lachhaft dünnen Trägern kühn die Schultern entblößte und nach der neuesten Flapper-Mode glatt und konturlos an ihr herunterhing. Wobei der Saum nur knapp die Knie bedeckte und somit skandalös viel von ihren langen, schlanken Beinen sehen ließ.

Sie hatte der verrückten neuen Mode auch ihr langes Haar geopfert; stattdessen trug sie nun einen superkurzen Bubikopf unter dem frech nach hinten geneigten Kapotthut, der in der derselben Cremefarbe gehalten war wie die Fransen am Kleid. Komplettiert wurde das Ganze durch hochhackige Schuhe und eine hüftlange Perlenkette. Und wenn die Perlen auch eindeutig als unecht zu erkennen waren, sah Sally Dobson in Mallorys Augen doch absolut hinreißend aus. Wie eine junge Frau von Welt, die der bedrückenden Enge und Schäbigkeit ihres Vaterhauses entkommen war und die hochfliegenden Träume, für die sie einst ausgelacht worden war, hatte Wirklichkeit werden lassen.

»Himmel, du bist es wirklich, Sally!«, stieß sie schließlich hervor und kam sich in ihrem Arbeitskleid plötzlich vor wie die sprichwörtliche graue Maus. Wenigstens trug sie keinen der ausgebeulten Overalls mit den aufgesetzten Flicken. Darin hätte sie sich jetzt wirklich geschämt.

»Ja, nur ein bisschen flüssiger und flotter ausstaffiert, als du mich wohl in Erinnerung hast«, erwiderte Sally sichtlich stolz angesichts des unverhohlenen Staunens, das sie bei ihnen ausgelöst hatte. »Endlich sehe ich dich wieder! Lass dich umarmen, du hast mir ja so schrecklich gefehlt!«

»Weshalb du auch drei Jahre lang nichts von dir hast hören lassen!«, gab Mallory prompt zurück.

Sally warf die Hände in die Luft. »Ich weiß, ich weiß, das war wirklich nachlässig von mir.«

»Nachlässig? Nachlässig ist was anderes!«

»Ach, Lory! Ich war wahnsinnig beschäftigt und ständig unterwegs. Du machst dir keine Vorstellungen davon! Ich hab kaum Zeit gehabt, Atem zu schöpfen, wirklich!« Sally klimperte mit den verlängerten Wimpern und zwinkerte ihr verschwörerisch zu. »Der Ruhm hat nun mal seinen Preis; der Weg dahin ist steinig und verlangt einem alles ab, was man in sich hat. Aber jetzt lass dich mal erst umarmen!«

»Du Schuft!«, sagte Mallory, nun doch mit einem Lächeln auf den Lippen. Sie konnte Sally nicht länger böse sein, selbst wenn sie es gewollt hätte.

Die beiden fielen sich in die Arme.

»Na, wie sehe ich aus? Gefällt dir der Fummel?«, fragte Sally, wirbelte gekonnt um ihre eigene Achse und ließ Federboa und Perlenkette fliegen.

»Umwerfend, wie einem dieser Modemagazine entsprungen, die manchmal in der Bücherei ausliegen«, sagte Mallory. Sie war ohne Neid, und verspürte dennoch einen Stich. »Aber jetzt erzähl! Was hast du getrieben, und wo lebst du jetzt? Was ist aus deinem Banjo-Spieler geworden? Und ist das dein Mann?« Sie richtete den Blick auf Sallys Begleiter, dem sie in der Freude des unverhofften Wiedersehens noch so gut wie keine Beachtung geschenkt hatte.

Er war von kräftiger, etwas untersetzter Gestalt und mochte um die dreißig sein. Dass seine Nase leicht gekrümmt war, tat den ebenmäßigen Zügen keinen Abbruch, zumal sein Lächeln und das fröhliche Blitzen in seinen strahlend blauen Augen sehr einnehmend waren. Er trug weite Knickerbocker mit einem gewagten, farbenfrohen Schottenmuster und eine Weste aus dem gleichen Stoff über einem weißen, kragenlosen Hemd. Auf dem Kopf, den eine fast weiblich lange Mähne dunkelbrauner Locken umwallte, saß eine Schiebermütze im selben Schottenmuster wie Hose und Weste.

»Mein Mann?« Sally lachte auf. »Nee, ich lass mich doch nicht an die Kette legen! Das ist Sweeney Brooks, mein Impresario und Manager!«, verkündete sie stolz. Sie blickte kurz zu Robert hinüber, der bewundernd um den Roadster herumschlich, und fügte leise und mit einem Augenzwinkern hinzu: »Und noch ein bisschen mehr, wenn du verstehst, was ich meine.«

»Oh … ja … glaub schon«, murmelte Mallory und errötete angesichts von Sallys Offenherzigkeit. Frei heraus und ungeschminkt bekannte sie etwas, das gemeinhin noch immer als in höchstem Maße verrucht und skandalös galt. Nicht, dass sie ihre Freundin deshalb verdammt hätte, aber so offen zu reden, als sei ein Verhältnis nichts Bemerkenswertes, wirkte in ihrer Welt immer noch schockierend. Wenn man jedoch wie Sally schon erlebt hatte, was einen wohl unausweichlich erwartete, wenn man als Sechzehnjährige mit einem Hungerleider von Musiker durchbrannte, sah man diese Dinge vermutlich nicht mehr so dramatisch, wie es hier bei ihnen auf dem Land noch immer verbreitet war.

Sweeney Brooks schien Sallys Gerede jedenfalls nicht das Geringste auszumachen. Und Mallorys Verlegenheit nahm er gar nicht wahr. »Ist mir ein Vergnügen, dich kennenzulernen«, sagte er und tippte sich an die Schiebermütze. »Sally hat mir schon viel von dir erzählt.«

Sally lachte, als Mallory errötete, half ihr jedoch schnell über den Moment hinweg, indem sie mit dem Ende ihrer Federboa wedelte und wie aufgedreht weiterplapperte: »Also, mein Bester hier ist wie gesagt mein Impresario und Manager im Showgeschäft.«

Sweeney Brooks nickte. »Und ich werde einen Star aus ihr machen!«

Mallory wusste nicht, was sie darauf erwidern sollte, aber zum Glück rechnete auch keiner von beiden mit einer Erwiderung. Das Reden übernahmen sie lieber selbst.

»Genau, das wird er, Mallory! Wir suchen schon nach einem Künstlernamen, der zu mir passt und was hermacht«, nahm Sally das Stichwort auf und kramte aus ihrer Silberpailletten-Handtasche eine schwarze Zigarettenspitze hervor, die sich wie ein Teleskop auseinanderziehen ließ.

»Ist das Ihr Wagen, Mister?«, mischte sich nun Robert in die Unterhaltung.

Sweeney Brooks grinste. »Klar doch!«

»Na ja …«, sagte Sally gedehnt und zog die Brauen hoch, als entspreche das nicht ganz der Wahrheit.

Sweeney Brooks warf ihr einen gekränkten Blick zu. »Aber er ist es so gut wie, oder etwa nicht?«

»Sweeney hat vor, ihn zu kaufen, wollte aber erst mal eine Probefahrt machen, und da sind wir schnell mal zu euch rausgekommen«, beeilte Sally sich zu erklären und sah sich irgendwie nervös auf dem Hof um. Und dann wechselte sie das Thema: »Sag mal, ist dein Vater in der Nähe?«

»Nee, der ist mit Old Nick los«, sagte Robert.

Sallys Begleiter zog die Stirn kraus. »Old Nick?«

»So heißt unser Esel. Vater ist mit ihm hoch zur …«

»Halt deinen vorlauten Mund!«, fiel Mallory ihm ins Wort und versetzte ihm einen derben Rippenstoß.

Sally winkte belustigt ab. »Lass doch, Sweeney weiß Bescheid. Außerdem ist es nun wahrlich kein Geheimnis, dass es hier im County von Schwarzbrennern und Bootleggern nur so wimmelt.«

»Übertreib mal nicht«, sagte Mallory schmallippig.

»Ich hab gehört, man kriegt bei euch erstklassigen Moonshine«, sagte Sweeney Brooks mit fragendem Unterton, zog seine Geldbörse hervor und hielt sie so, dass man sah, wie gut sie mit Geldscheinen bestückt war. »Wir könnten was gebrauchen, aber natürlich nicht für lau. Ich zahle, was ihr auch anderen berechnet, okay?«

Mallory überlegte kurz und entschied, dass sie ihrer alten Freundin nicht verwehren konnte, was der Vater an Leute verkaufte, die er viel weniger kannte als die Dobsons. »Okay, Vater nimmt fünf Dollar für seinen Besten. Wie viel wollt ihr denn?«

»Zwei oder vielleicht sogar drei Gallonen wären nicht schlecht, was meinst du, Sally?«

»Und ob! Aber es muss euer Crazy Apple sein!«

Mallory bedeutete ihrem Bruder mit einer Kopfbewegung, er solle sich darum kümmern, und Robert lief los, um aus dem Keller des Farmhauses, wo sie immer einen kleinen Vorrat aufbewahrten, drei Gallonen Crazy Apple zu holen.

»Aber nun erzähl endlich, wie es dir ergangen ist und was du zurzeit machst!«, drängte Mallory. Mittlerweile brannte sie vor Neugier. »Denn außer dass du auf dem Weg zu Starruhm bist, habt ihr noch nichts erzählt!«

## 23

Sally lachte. »Mein Gott, in den paar Jahren ist so viel passiert, dass es mir wie ein ganzes Leben vorkommt! Wenn du wüsstest, wo ich überall gewesen bin!«, sagte sie und beschrieb mit der Zigarettenspitze einen Bogen, als hätte sie die ganze Welt bereist. »Stundenlang könnte ich davon erzählen! Ich weiß gar nicht, wo ich anfangen soll.«

»Warum nicht bei diesem Banjo-Spieler, mit dem du bei Nacht und Nebel verschwunden bist«, schlug Mallory vor.

»Ach, Gary!«, seufzte Sally und nickte mit einem halb erstaunten Lächeln, als erinnere sie sich unvermittelt an eine Begebenheit, die sich in ferner Vergangenheit zugetragen hatte und zu einer längst versunkenen Welt gehörte. »Er war mein Ticket raus aus dieser Trostlosigkeit, sozusagen mein Rettungsring. Er hat mich vorm Lebendig-begraben-Sein gerettet und mir die Freiheit gebracht.«

»Und was ist aus euch geworden? Warst du nicht unsterblich in ihn verliebt?«

»Ach, Kindchen«, sagte Sally mit der etwas mitleidigen Nachsicht einer Frau von Welt, die in ganz anderen Kategorien denkt und handelt. »Das mit der unsterblichen Liebe hat sich schnell erledigt. Wie das eben so ist mit Rettungsringen.« Sie zuckte die Achseln. »Man hängt sie sich nicht weiter um den Hals, wenn man festen Boden unter den Füßen hat, oder?«

Eher erstaunt als unangenehm berührt sah Mallory sie an. Wie abgeklärt ihre Freundin klang!

Sweeney lachte über den Vergleich. »Und was bin ich für dich, mein Schatz? Auch nur ein Rettungsring, der dich aus dem Meer der Bedeutungslosigkeit gefischt hat?«

Sally zog eine empörte Miene, doch in ihren Augen blitzte es verschmitzt. »Du und ein schnöder Rettungsring? Sweeney, wie kannst du so was auch nur denken? Du bist ein Rettungs*boot*, das mir verdammt gut gefällt und mich noch weit bringen muss, nämlich ans lockende Ufer des Ruhms, mein Liebster!«

Sweeney brach in Gelächter aus und klatschte sich auf den Oberschenkel, und Mallory stimmte ein. Doch in ihren Gedanken zuckte flüchtig auf, dass die Bemerkung durchaus doppelbödig sein konnte.

Sally genoss es, sie mit ihrer Schlagfertigkeit zum Lachen gebracht zu haben, begann aber trotzdem in der ihr eigenen übersprudelnden und gestenreichen Art zu erzählen. Den Banjo-Spieler hatte sie schon nach einer Woche verlassen, um mit einer Vaudeville-Truppe aus Louisiana auf Tour zu gehen. Zusammengekommen war sie mit dem bunten Haufen in einem Nachtclub in Front Royal, in dem auch ihr Gary mit seiner Combo mehrere Nächte aufgespielt hatte. Anfangs war sie das leichtbekleidete Nummerngirl gewesen, dann hatte sie einem Magier bei seinen Trickvorführungen assistiert. Das hatte sie schnell gelangweilt, und so hatte sie als Nächstes im Nummernprogramm, das einem Zirkusprogramm im Kleinen glich, bescheidene Rollen in komödiantischen und burlesken Kurzstücken übernommen. Aber so ganz hatte ihr auch das nicht gelegen, wobei die kleinen Gesangseinlagen ihr schon gefallen hatten. Schließlich war sie zu einer Tanzgruppe gestoßen, die Ersatz für ein schwangeres Mitglied gesucht hatte, und dort, bei den Revue-Girls, hatte sie sich vom ersten Tag an gefühlt wie ein Fisch im Wasser.

»Aber glaub bloß nicht, es war ein Kinderspiel, sich da hineinzufinden! Es war bitterharte Arbeit, die Choreographien zu lernen, wie ein Wirbelwind über die Bühne zu fegen, dauernd die Beine bis zur Decke zu schwingen und dabei auch noch zu lächeln, als würde man vor Spaß vergehen. Was von unten aus so leicht aussieht, kostet massig viel Schweiß, Ausdauer und nicht zuletzt 'ne satte Portion Zähnezusammenbeißen, wenn einem die Füße brennen und jeder Knochen im Leib schmerzt.«

Sweeney Brooks nickte nachdrücklich. »Da hast du was Wahres gesagt! Jung und hübsch zu sein und lange Beine zu haben kann 'ne Eintrittskarte in eine Truppe sein, aber es reicht bei weitem nicht, um es auf der Bühne zu was zu bringen! Ganz abgesehen davon, dass erst mal jemand wie ich so ein schlummerndes Talent erkennen, fachmännisch trainieren und zu einer sehenswerten Nummer hinführen muss«, warf er sich in die Brust. »Aber Sally hat nicht nur die Energie und den Ehrgeiz, sondern auch das besondere Etwas, das man braucht, um mehr zu sein als eines unter vielen Revue-Girls. Das ist bald Vergangenheit, Darling. Ich bringe dich ganz groß raus!«

In Mallorys Ohren klang das ein wenig großspurig. Aber wer war sie, um das beurteilen zu können? Das, was bei ihnen gelegentlich an Unterhaltung geboten wurde, im Gemeindesaal, im Festzelt auf den Fairgrounds oder neuerdings in der Dance Hall, war bestimmt nur ein harmloser Abklatsch von dem, was in den großen Städten auf den Bühnen der Nachtclubs zu sehen war. Wie es hieß, trugen da die Revue-Girls kaum genug Stoff am Leib, um ihre Blößen zu bedecken.

»Wehe, du hältst dein Versprechen nicht, Sweeney! Dann versenke ich dich und dein Rettungsboot!«, drohte Sally scherzhaft und fuhr fort, die Stationen ihrer Laufbahn als Revue-Girl aufzuzählen. »Tja, und dann hat Sweeney mich in Savannah entdeckt und zu seiner Revue-Truppe geholt«, beendete sie schließlich ihren wild sprudelnden Wortstrom, der genau zu ihrem bewegten Leben während der vergangenen Jahre passte. »Seitdem tanze ich bei den *Dazzling Dixie Dancers* – und zwar in der Hauptrolle! Ich hab als Einzige eine Soloeinlage! Na, wie findest du das?«

»Ganz toll, Sally! Ich freue mich, dass du solchen Erfolg hast«, sagte Mallory und meinte es von Herzen. »Du kannst wirklich stolz sein auf das, was du erreicht hast. Ich hätte mich so etwas nie und nimmer getraut, ganz abgesehen davon, dass ich dafür auch überhaupt kein Talent hätte.«

Sally sonnte sich einen Moment lang in ihrer Bewunderung. Dann sagte sie zu Sweeney: »Eigentlich solltest du Mallory auch unter Vertrag nehmen. Sie hat nämlich 'ne tolle Figur.«

»Sally, bitte«, protestierte Mallory und sah ihren Bruder aus dem Farmhaus kommen. Er schleppte sich mit drei dicken Flaschen Crazy Apple ab.

»Kann mir sehr gut vorstellen, dass da unter dem Kleid was Ansehnliches steckt«, sagte Sweeney mit einem breiten Grinsen und schaffte schnell den Bogen von ihr weg, indem er fortfuhr: »Aber ich glaube nicht, dass deine Freundin dir nachschlägt, Sally Darling. Außerdem habe ich mit meiner Truppe und dir erst mal genug zu tun.«

»Ich werde bald nicht mehr nur tanzen, sondern auch singen!«, verkündete Sally nun. »In ein paar Wochen, wenn unser Engagement im *Maskerade* beendet ist, fangen wir im *Starlight Club* an, und mit etwas Glück werde ich in dem tollen Schuppen meinen ersten Auftritt als Sängerin haben! Ist das nicht der reinste Wahnsinn?«

»Kann man wohl sagen.« Mallory fühlte sich regelrecht benommen von dem Wirbelwind an Eindrücken und Neuigkeiten.

»Bevor du als Sängerin auf die Bühne kannst, hast du noch 'ne Menge Arbeit vor dir, Herzchen«, dämpfte Sweeney ihre Erwartung, vor einem kometenhaften Aufstieg am Sängerhimmel zu stehen. »Vor dem Herbst wird da nichts draus. Da ist noch nichts in trockenen Tüchern, okay?«

Den Einwand überhörte Sally geflissentlich. »Aber jetzt erzähl du, Mallory! Was läuft bei dir so?«, erkundigte sie sich und schaute auf Mallorys Linke. »Verheiratet bist du ja auch noch nicht, wie ich sehe. Was ist denn aus deiner heißen Flamme geworden?«

»Meinst du Trevor?«

»Ja, der war doch verrückt nach dir!«

Mallory lachte. »Aber ich nicht so richtig nach ihm«, sagte sie und behielt für sich, dass das Strohfeuer dieser Leidenschaft jäh in sich zusammengefallen war, nachdem Trevor einen schwachen Moment schamlos ausgenutzt und sie zu etwas gedrängt hatte, das sie ihm eigentlich nicht hatte gewähren wollen. Nicht, dass das allein seine Schuld war. Sie hätte es gar nicht erst so weit kommen lassen dürfen. Aber natürlich war man immer schlauer, wenn das Porzellan schon zerbrochen war! »Außerdem zieht mich so gar nichts nach Texas.«

»Wieso Texas?«

»Er ist dahin gegangen, auf die Ölfelder, schon letzten Sommer. Da soll man gutes Geld verdienen. Selbst wenn er mir was bedeutet hätte – da wäre ich nicht mitgegangen.« Wegzugehen hätte bedeutet, ihren armlahmen Vater und den kleinen Bruder im Stich zu lassen. Robert hätte dann nicht nur die Schule aufgeben müssen – und der Vater seine ehrgeizigen Pläne für ihn –, sondern der Kendrick-Moonshine hätte auch seinen erstklassigen Ruf verloren. Wie gut, dass Trevor ihr nicht genug bedeutet hatte!

Sally verstand. »Und? Gibt es einen Neuen?«

»Und ob!«, rief Robert, der den letzten Wortwechsel mitbekommen hatte, und setzte die Flaschen ab. »Seit Trevor nach Texas verschwunden ist, macht Henry Irving ihr den Hof. Der schwänzelt bei jeder Gelegenheit um sie herum!«

»Red doch nicht!«, fuhr Mallory ihn an und spürte, wie ihr

das Blut ins Gesicht schoss. Was zu ihrer Erleichterung jedoch weder Sally noch Sweeney bemerkte. Deren Aufmerksamkeit galt dem Schwarzgebrannten, den ihr Bruder gebracht hatte.

Sweeney strahlte übers ganze Gesicht und rieb sich die Hände. »Prächtig, prächtig!« Er zählte fünfzehn Dollar ab und drückte sie Mallory beiläufig in die Hand, als wäre das ein Kleckerbetrag. »Komm, den guten Stoff laden wir gleich hinten in den Kofferraum, Junior! Aber eine kleine Probe sollten wir uns vorher schon gönnen, oder, Sally?«

»Und ob!«

Sweeney zog einen flachen, leicht gerundeten Flakon aus einer Tasche seiner weiten Knickerbocker. »Hast du 'nen Trichter, Junge? Möchte nichts von dem kostbaren Nass verschütten.«

»Klar doch, ich hol einen.« Robert lief ins Haus, kehrte Augenblicke später mit einem kleinen Blechtrichter zurück und reichte ihn Sweeney. Dann entkorkte er eine der schweren Flaschen, hob sie an und half, den Flakon mit Crazy Apple zu füllen.

»Warte mal mit dem Korken«, sagte Sweeney, als Robert den Pfropfen in die Flaschenöffnung pressen wollte, nahm einen kräftigen Schluck und sog scharf die Luft ein, als der hochprozentige Moonshine ihm durch die Kehle rann und im Magen explodierte wie ein Feuerball. Dabei hinterließ er im Mund einen prickelnden Apfelgeschmack.

Mallory schmunzelte. Es kam nicht selten vor, dass sie bei jemandem, der zum ersten Mal probierte, solch eine Wirkung beobachtete. Und dass sie daran einen erheblichen Anteil hatte, erfüllte sie mit Stolz.

»Tod und Teufel, das ist ja flüssiges Dynamit, und es schmeckt teuflisch gut!«, stieß Sweeney hervor, grinste breit und leckte sich genüsslich über die Lippen.

»Na, habe ich zu viel versprochen?«, fragte Sally und gönnte sich auch einen ordentlichen Schluck.

Sweeney lachte. »Verdammt, für das Zeug müsste ein Waffenschein vorgeschrieben sein, Mallory! Der Stoff hat schweres Kaliber. Komm, lass mich auch noch mal am sündigen Apfel nuckeln, Sally! Und dann füllen wir den Bruder noch mal auf, Junior!«

»Warum holst du nicht das Grammophon aus dem Kofferkasten, und wir machen ein bisschen Musik, Sweeney?«, rief Sally, die Wangen vom Alkohol schon leicht gerötet. Und zu Mallory gewandt fügte sie hinzu: »Wir haben auch gleich ein paar Platten in diesem Zweitehandladen gekauft. Weißt du, so zum Üben und Nachsingen für mich, aber auch weil es ganz tolle Songs sind. *I Ain't Got Nobody* zum Beispiel und *I'm a Jazz Vampire*. Du schmeißt dich weg, wenn du die hörst!«

Natürlich war Robert von Sallys Vorschlag hellauf begeistert und Sweeney ebenso. Mallory dagegen war hin- und hergerissen. Zunächst versuchte sie halbherzig zu verhindern, dass Sweeney das Grammophon aus dem Kofferkasten des Sportwagens hievte, doch dann siegte Neugier über Besorgnis. In den Städten und auch in Rocky Mount waren mittlerweile viele Einwohner an das Stromnetz angeschlossen, und bei immer mehr Leuten hielten das Telefon und der klobige Radiokasten Einzug. Bei ihnen auf dem Land dagegen, in den Bergen und abgelegenen Tälern kam das Licht noch immer von Öl- und Petroleumlampen, und Musik tönte nicht aus dem geschwungenen Trichter eines teuren Grammophons oder aus einem Radio, sondern Musik machte man selbst, mit Fidel, Flöte, Banjo, Gitarre und was man sonst an Instrumenten beherrschte. Deshalb waren so ein Gerät und die schwarzen, zerbrechlichen Schellackplatten, in deren Rillen wundersamerweise Musik und menschliche Stimmen gebannt waren, schon etwas Aufregendes.

Wenige Minuten später stand das Grammophon auf der obersten Stufe der Treppe zur Veranda. Sweeney schwenkte den Trichter nach vorn und zog das Federwerk mit der Kurbel auf, während Sally mit fahrigen Bewegungen unter den sieben, acht Platten in der verschrammten Ledertasche eine auswählte.

Als die ersten Takte einer Jazz-Melodie blechern über den Hof schallten, rief sie: »Das ist *Shimmy In The Morning, Shimmy In The Evening, Shimmy All Night Long* von der Parker Ragtime Band!« Dabei warf sie die Arme so wild in die Luft, dass ihre Zigarette in hohem Bogen aus der schwarzen Spitze fiel. »Komm, lass uns tanzen!«

Sweeney lachte, nahm noch einen Schluck aus dem Flakon und begann mit ihr zu tanzen. Sie wirbelten über den Hof, schüttelten alle Glieder und wackelten mit dem Hintern. Sally schleuderte die Füße nach außen, als wollte sie nach jemandem treten, und gleichzeitig warf sie im Rhythmus der Musik die Arme in die Luft. Wedelte mit ihnen wie ein aufgescheuchtes Huhn, das jedoch kaum von der Stelle kommt. Sweeney tat es ihr gleich. Und zwischendurch ließ sie Federboa und Perlenkette fliegen.

Dieses wilde, nicht gerade graziöse, hühnerhafte Flattern mit den Armen hatte den selbstbewussten Flappern, die so gut wie allen Regeln weiblicher Sittsamkeit aufsässig trotzten, ihren Namen gegeben.

Mallory trat schnell die Kippe aus.

Robert hatte einen Heidenspaß, er lachte und tippte den schnellen Takt mit dem Fuß mit. »Tanzt ihr den Shimmy?«, rief er den beiden über die Musik zu und beobachtete fasziniert ihre Tanzschritte und das Gewedel.

»Sieht man das nicht?«, rief Sweeney mit breitem Grinsen zurück und schmiss die Hacken hoch wie ein bockendes Pferd.

Und ob man das sah! Der Shimmy gehörte wie der Bum, der Grind und der Charleston zu den neuen Modetänzen, die mit so gut wie allen Regeln und Konventionen brachen. Es war ein ausgelassenes Gehopse und Gezappel aller Gliedmaßen, bei dem der Körper von Kopf bis Fuß geschüttelt und viel nackte Haut gezeigt wurde.

Mallory musste lachen; was sich da vor ihren Augen abspielte, war einfach zu komisch. Viel fehlte nicht, und sie hätte sich von der Musik und dem ebenso eingängigen wie sinnentleerten Refrain des Shimmy-Songs mitreißen lassen und auch mal versucht, nach Flapper-Art alle Glieder zu schütteln.

Das Gebrüll des Vaters vereitelte es.

## 24

William trat aus dem Schlagschatten zwischen Scheune und Farmhaus. Er führte den Esel Old Nick, der um die Schnauze herum ganz weiß wurde, an der Leine. Bei dem Anblick, der sich ihm in seinem Hof bot, ließ er die Leine wie vom Blitz getroffen fallen.

»Seid ihr denn von allen guten Geistern verlassen?«, donnerte seine Stimme über den Vorplatz und übertönte die Musik aus dem geriffelten Trichter. »Wir sind hier doch nicht im Tollhaus!«

Zu Tode erschrocken, stürzte Robert zum Grammophon, um das Federwerk und damit die Platte anzuhalten.

»Vater, das ist Sally Dobson, meine alte Schulfreundin«, sagte Mallory schnell und fühlte sich sofort schuldig, obwohl sie keinerlei Grund dazu hatte. »Du erinnerst dich doch bestimmt an sie. Und das ist ihr … ihr Agent Mister Brooks, der sie … der sie unter Vertrag genommen hat. Sally ist nämlich Tänzerin in seiner Revue-Truppe.«

»An den Skandal erinnere mich sehr gut«, erwiderte William frostig und bedachte sowohl Sally als auch ihren Begleiter mit einem abschätzigen Blick. »Und dein … flitterhafter *Aufzug*, der in gewissen Kreisen zweifellos hilfreich fürs Geschäft ist, lässt darauf schließen, dass sich in deinem Leben auch nichts zum Besseren gewendet hat, ganz im Gegenteil!«

Mallory war schockiert. Ihr Vater nannte ihre Freundin ziemlich unverblümt ein billiges Flittchen! Unwillkürlich hielt sie die Luft an, rechnete sie doch damit, dass Sally das nicht auf sich sitzenlassen würde. Und wer wusste schon, wie dieser Sweeney Brooks gestrickt war; wie er reagierte, wenn seine Geliebte derart beleidigt wurde?

Robert starrte den Vater fassungslos an. Zornesröte stieg ihm ins Gesicht.

Sweeney Brooks schnappte erst einmal nach Luft, als könne er nicht glauben, was er eben gehört hatte.

An Sally dagegen perlte die Beleidigung ab wie Wasser an einer Ölhaut. »Ach, Mister Kendrick, machen Sie sich doch ein bisschen locker«, antwortete sie geradezu herausfordernd keck. »Wir haben doch nur eine Schallplatte abgespielt und sind ein bisschen dazu herumgehopst. Harmloser geht es doch gar nicht.«

»Genau!«, Sweeney Brooks warf sich in die Brust, um nun tapfer Stellung zu beziehen. »Also bei allem, was recht ist, Mister, aber so einen beleidigenden Ton verbitte ich mir gegenüber Miss …«

»Du kannst dir verbitten, was du willst. Nur hast du hier nichts zu melden, Bürschchen«, schnitt William ihm das Wort ab. »Also pack deinen Tand ein und versuch woanders Eindruck zu schinden! Und hier lass dich nie wieder blicken, sonst tanze *ich* mit dir ein Tänzchen, das dir gar nicht gefallen wird!«

Sweeney Brooks plusterte sich ordentlich auf. »Das ist ja wohl die Höhe! So ein ungehobeltes Benehmen ist mir ja noch nie untergekommen!«, entrüstete er sich, beließ es jedoch dabei und beeilte sich, sein Grammophon von der Veranda zu holen und im Kofferkasten des Roadsters zu verstauen. »Komm, Sally, wir verschwinden. Hätte nicht gedacht, dass diese Hinterwäldler *so* primitiv sind! Jetzt verstehe ich endgültig, warum du es hier nicht mehr ausgehalten hast!« Damit schwang er sich hinter das Lenkrad und ließ den Motor an.

»Schmieriger Zuhälter«, brummte William verächtlich, aber laut genug, dass Robert und Mallory es hören konnten. Dann kehrte er ihnen abrupt den Rücken zu und stiefelte die Treppe hinauf. Bevor er im Haus verschwand, rief er noch über die

Schulter: »Robert, bring Old Nick in den Stall und versorg ihn! Und du kommst ins Haus, Mallory!« Dann knallte die Tür hinter ihm zu.

Mallory eilte zu Sally an den offenen Zweisitzer und machte ein betretenes Gesicht. »Tut mir leid, Sally. Was er gesagt hat, ist wirklich nicht …«

Der Vater rief im Haus nach ihr.

»Mach dir nichts draus, ich tu es ja auch nicht«, fiel Sally ihr ins Wort, griff nach ihrer Hand und lächelte sie aufmunternd an. »Wir lassen uns nicht auseinanderbringen, nicht wahr?«

»Nein!«

»So kann unser Wiedersehen nach zwei Jahren nicht enden, Lory! Wir müssen uns woanders treffen, irgendwo, wo wir in Ruhe reden können!«, sagte Sally noch, während Sweeney den Motor aufheulen ließ. »Sag, kannst du dich später von hier loseisen und nach Rocky Mount kommen? Meinst du, du kannst das irgendwie einrichten?«

Mallory überlegte kurz und nickte dann. »Glaube schon, dass ich das hinkriege. Wann und wo wollen wir uns treffen?«

»Wie wär's zum Lunch bei *Fanny's?*«, schlug Sally vor. »So zwischen zwölf und eins?«

»In Ordnung!«

Sally knuffte sie. »Gut, bis dann, Darling!« Zum Abschied wedelte sie vergnügt mit ihrer Federboa, als hätte die hässliche Szene mit Mallorys Vater sie überhaupt nicht berührt, ja, als hätte es sie gar nicht gegeben!

Sweeney drosch den Gang ins Getriebe und trat so heftig aufs Gaspedal, dass der Stutz einen Satz nach vorn machte. Ohne sich um den Staub zu kümmern, den das herumschlingernde Heck aufwirbelte, raste er den sandigen Weg zur Landstraße hinunter.

Robert sah dem feuerroten Sportwagen in einer merkwürdig gespaltenen Haltung nach, nämlich mit vor Wut geballten Fäusten und vor Bewunderung leuchtenden Augen.

# 25

»Ich habe ihnen drei Gallonen Crazy Apple verkauft«, teilte Mallory ihrem Vater in der Küche mit und ließ sich ihren Zorn nicht anmerken. Kühle Zurückhaltung aus eigenem Interesse. Die Gefahr, dass sich sonst ein hitziger Wortwechsel entspann, war einfach zu groß, und das wäre für das, was sie vorhatte, nicht hilfreich gewesen. »Sie haben den vollen Preis bezahlt.« Sie legte die fünfzehn Dollar auf den Tisch und ging ohne ein weiteres Wort an ihre Arbeit zurück. Dass sie den Pick-up nehmen und nach Rocky Mount fahren wollte, teilte sie ihm erst anderthalb Stunden später mit.

»Ach, was«, knurrte er. »Und was gibt es da auf einmal so Wichtiges zu erledigen?«

»Die Kiste mit den Eiern ist fast voll. Rosie wird sich freuen, wenn ich ihr welche bringe.«

»So? Na, das ist ja merkwürdig! Bisher haben wir die Eier immer erst in den Ort gebracht, wenn die Kiste richtig voll war, wenn ich mich recht erinnere. Werden unsere Eier neuerdings schneller schlecht, so dass wir nicht mehr warten können, bis die Kiste *ganz* voll ist?«

Mallory ließ sich von seinem missbilligenden Blick weder einschüchtern noch provozieren und zuckte scheinbar gleichmütig die Achseln. »Ich fahre jedenfalls gleich«, erwiderte sie mit fester Stimme, um gar nicht erst Zweifel an ihrer Entschlossenheit aufkommen zu lassen. »Aber wenn du nicht möchtest, dass ich die Eierkiste für die Clarksons mitnehme, lasse ich sie natürlich hier. Such es dir aus! So, und jetzt möchte ich mich waschen und umziehen.« Ohne seine Antwort abzuwarten, drehte sie sich um und ging.

»Zum Teufel, nimm sie mit!«, rief er ihr grimmig nach.

Natürlich wollte auch Robert mit nach Rocky Mount, um sich im Drugstore endlich die neue Ausgabe des *American Automobile Digest* zu kaufen. Entgegen seiner Befürchtung brauchte er den Vater jedoch nicht lange zu beknien. Noch bevor er seine Bitte ganz ausgesprochen hatte, erhielt er die Erlaubnis mitzufahren.

»Ist ja gut«, fiel William ihm gereizt ins Wort. »Fahrt ihr beide nur! Aber gewöhn dir diesen Jammerton ab, wenn du was willst, von dem du auch noch irrigerweise meinst, es stünde dir zu!« Mit diesem Rüffel ließ er ihn stehen und stiefelte davon.

Als er eine halbe Stunde später, die Kiste mit den auf Stroh gebetteten Eiern auf dem Schoß, mit Mallory in der Fahrerkabine des Halbtonners saß, war Robert noch immer gekränkt. »Warum muss er uns bloß immer allen Spaß verderben?«, beklagte er sich. »Nichts gönnt er uns!«

»Ich glaube nicht, dass er uns keinen Spaß gönnt«, nahm sie den Vater in Schutz. »Er hat nur eine andere Vorstellung von Spaß als wir. Er ist nun mal vom alten Schlag, Bobby, und kann nicht aus seiner Haut.«

»Ach, was! Er ist gemein und macht einem alles kaputt«, beharrte Robert. »So abfällig über Sally zu reden und Mister Brooks einen schmierigen Zuhälter zu schimpfen, das war eine Hundsgemeinheit!«

Sie seufzte. »Ja, das war nicht richtig von ihm.«

Robert fuhr zu ihr herum. »Nicht *richtig?* Sag mal, hast du sie noch alle? Das war eine bodenlose Unverschämtheit!«, rief er aus. »Geschämt habe ich mich für ihn. Kein Wunder, dass die Leute uns für primitive Hinterwäldler halten!«

»Mein Gott, reg dich doch nicht so auf! Leg die Worte nicht gleich auf die Goldwaage«, gab Mallory zurück. »Vater hat sich in seinem Ärger im Ton vergriffen und einige Grobheiten von sich gegeben, da stimme ich dir zu. Aber erzähl mir nicht noch mal, dass du dich für unseren Vater schämst, hast du mich verstanden?«

Verdattert sah er sie an.

»So etwas Arrogantes will ich nicht noch mal hören!«, fuhr sie mit ungemilderter Schärfe fort. »Nicht mal wenn du alt genug bist, um in seinen Stiefeln zu stehen, hast du das Recht, dich wegen so einer Sache für ihn zu schämen! Er ist unser Vater, und er tut alles, damit es uns gutgeht!« In Gedanken fügte sie mit einem Anflug von Bitterkeit hinzu: Vor allem für dich, und du undankbarer Trotzkopf weißt es noch nicht mal zu schätzen!

Robert schoss ihr einen aufgebrachten Blick zu, presste die Lippen zusammen und grollte nun stumm vor sich hin.

Mallory kümmerte es nicht. Ihr war es recht, wenn er meinte, sie mit seinem Schweigen zu strafen. In Wirklichkeit tat er ihr einen Gefallen. Denn für gewöhnlich lag er ihr bei solchen Fahrten ständig mit der Bitte in den Ohren, ihn mal ans Steuer zu lassen. Was sie dann und wann auch tat, wenn auch nur widerwillig. Zwar beherrschte er den Pick-up und fuhr gut, aber sie gab das Lenkrad doch nur ungern aus der Hand. Das blieb ihr heute erspart, und so konnte sie sich ganz dem Vergnügen der Fahrt hingeben.

Sie liebte es, am Steuer zu sitzen, selbst wenn es nur das ihres alten Halbtonners war. Durch das Bodenblech die Kraft des gleichmäßig laufenden Motors zu spüren, mit dreißig, vierzig Meilen über die sich windenden Landstraßen zu sausen, die Haare im Fahrtwind fliegen zu lassen und zu beiden Seiten ein sich ständig veränderndes Panorama aus Farmland, Hügeln, Bergen und Flüssen an sich vorbeiziehen zu sehen bereitete ihr Vergnügen wie kaum etwas anderes. Selbst die Arbeit oben an der Still trat dahinter zurück. Fahren war pures Vergnügen. Wenn sie fuhr, fühlte sie sich frei. Losgelöst von allem, was sie sonst beschäftigte und ihr Sorgen bereitete. Und sie spürte das heftige Verlangen, einfach immer weiter zu fahren, über Rocky Mount und das Franklin County, ja sogar weit über die Grenzen von Virginia hinaus. Einfach nur fahren, der lockenden Fremde entgegen, frei wie ein Vogel.

Der Pick-up rumpelte über die klobigen Bohlen der primitiven Brücke, die über den Blackwater River führte, und sie zog ihn durch die lange Kurve, die ein Waldstück durchschnitt. Auf der dahinterliegenden Geraden hinauf zum Grassy Hill trat sie das Gaspedal voll durch, um vor der Steigung so viel Geschwindigkeit wie möglich zu gewinnen. Aber auch diesmal musste sie herunterschalten, um auf die Anhöhe zu kommen; ihrem alten Ford fehlte es einfach an der erforderlichen Motorstärke. Richtige Bergstraßen wie die hinauf zum Pass über die Chestnut Ridge oder den Windy Gap Mountain ließen sich mit dem Truck gar nur im Kriechtempo bezwingen.

Kaum hatten sie den Grassy Hill hinter sich gelassen, nahte zu Mallorys großem Bedauern schon das Ende ihrer Fahrt. Bis nach Rocky Mount waren es nur noch wenige Minuten.

Die Ortschaft erstreckte sich über einen Hügel, der sich wie ein gestrandeter Wal aus dem umliegenden Farmland erhob. Rocky Mount zählte zwar gerade mal knapp tausend Einwohner, war aber seit einigen Jahrzehnten an das Eisenbahnnetz der Franklin & Pittsylvania und der Norfolk & Western Railroad angeschlossen. Zudem war es der Verwaltungssitz sowie der wirtschaftliche und kulturelle Mittelpunkt des Franklin County, was immer das im Einzelnen bedeuten mochte. Das Ortszentrum lag auf der Hügelkuppe, wo das Court House mit seinem von Säulen getragenen Portal thronte. Etwas unterhalb davon befanden sich in zentraler Lage die Verwaltung, das Polizeirevier sowie die öffentliche Bücherei.

Die Main Street führte in fast exakter Nordsüdausrichtung über diese abgeflachte Anhöhe hinweg. Bei den Wohnhäusern und Geschäften dominierten dunkle Backsteinbauten, manche, wie die Bank und die Jubilee Dance Hall, mit weißem Anstrich, aber überall behaupteten sich dazwischen noch alte Holzhäuser mit ihrer typischen Fassade aus einander überlappenden Brettern und einem Fußweg aus schweren Holzbohlen – so, wie Farmhäuser und Hütten auf dem Land und in den Bergen seit Generationen aussahen und noch immer gebaut wurden.

Am Fuß der hügeligen Ortschaft erstreckten sich auf der

Nordwestseite, entlang der Railroad und der Claiborne Avenue, das Depot, die Rangiergleise und die Werkschuppen der Eisenbahngesellschaften sowie zwei einfache Hotels für Durchreisende, die keine großen Ansprüche stellten. Des Weiteren fanden sich entlang der Gleisanlagen Lagerhallen und verschiedene Gewerbebetriebe. Ein kleines Eisenhüttenwerk und mehrere Baumwollspinnereien hatten sich ebenfalls am Ortsrand angesiedelt. Sie gehörten zu den wichtigsten Arbeitgebern im County.

Am Ende der Grassy Hill Road bog Mallory nach rechts in die Main Street ein. Kurz bevor sie zum ersten Bahnübergang kamen, holte sie einen schweren Truck der in Rocky Mount ansässigen *Blue Ridge Lumber Company* ein. Er war beladen mit frisch geschlagenen Holzstämmen, die von schweren Eisenketten gesichert wurden. Dicker, schwarzer Qualm waberte aus dem Auspuff, während das schwere Gefährt dem Sägewerk auf der Diamond Avenue entgegenkroch.

Mallory stutzte, als sie den hochgewachsenen, breitschultrigen Schwarzen erblickte, der auf einem über die Ladefläche hinausragenden Baumstamm saß. Er trug derbes Schuhwerk und eine harzfleckige Hose aus steingrauem Drillich. Die breiten Leder-Hosenträger kreuzten sich über seiner nackten, muskulösen Brust, auf der ein dünner Schweißfilm glänzte. Der Mann ließ die Beine baumeln, hielt sich mit einer Hand an der nächsten Eisenkette fest und kaute gedankenversunken auf einem Strohhalm.

Das war Homer Jackson!

# 26

Im selben Moment erkannte auch Robert den Farbigen, der vor ihnen auf dem Ende des Hickorystammes hockte. Auf der Stelle vergaß er sein Schmollen.

»Mensch, das ist ja Homer! Er kommt wohl gerade vom Holzeinschlag zurück«, rief er freudig, beugte sich so weit aus dem Seitenfenster, dass ihm beinahe die Eierkiste vom Schoß gerutscht wäre, brüllte Homers Namen und winkte ihm stürmisch zu.

Überrascht sah der junge Mann sich nach dem Rufer um, entdeckte den Halbtonner und winkte sogleich zurück. Ein Lächeln erschien auf seinem Gesicht. Und wenn Homer Jackson lächelte, was er oft und gern tat, erreichten seine Mundwinkel fast die Ohren, und von den Augen blieben nur schmale Ritzen.

»Halt doch mal an, Lory!«, sagte Robert. »Lass uns fragen, wann er wiederkommt. Hoffentlich noch bevor wir das verdammte Tabakfeld abernten müssen.«

Mallory lachte. »Jetzt weiß ich endlich, warum du Homer so magst«, neckte sie ihn, fuhr aber an den Straßenrand und gab dem jungen Mann ein Zeichen, dass sie mit ihm sprechen wollten.

Der nickte, sprang behende von dem Hickorystamm und lief nach vorn zum Fahrer, wohl um ihm zuzurufen, dass er gleich zu Fuß ins Sägewerk nachkommen werde.

Seit der fürchterlichen Spanischen Grippe 1918 lebte Homer Jackson bei ihnen auf der Farm, jedoch nicht im Haus. Ein Feldnigger – wie schwarze Tagelöhner im Süden für gewöhnlich genannt wurden – unter einem Dach mit der fast zwanzigjährigen unverheirateten Tochter eines Weißen hätte für Aufsehen und Empörung gesorgt ... ja, womöglich sogar den örtlichen Ku-Klux-Klan auf den Plan gerufen.

Der Vater hatte ihm jenseits der Senke hinter dem Tabakfeld eine alte Hütte überlassen, die er sich zu einer recht ordentlichen Unterkunft zurechtgemacht hatte. Dafür ging er ihnen auf der Farm zur Hand, wenn er nicht gerade anderswo als Tagelöhner Arbeit fand. Längst konnte Mallory sich ein Leben auf der Farm ohne Homer nicht mehr vorstellen, und sie wusste, dass es Robert und ihrem Vater nicht anders ging.

In jenem katastrophalen Winter, der drei Jahre zurücklag, hatte Homer innerhalb von zweieinhalb Wochen nicht nur seine Eltern, sondern auch seine beiden Schwestern und seinen älteren Bruder zu Grabe getragen – und war auf einmal völlig auf sich allein gestellt gewesen. Die Jacksons stammten aus Louisiana. Sie waren kurz nach der Jahrhundertwende ins Franklin County gekommen und hatten sich auf der anderen Seite der Moonshine Road als arme *sharecropper* auf einem Stück Land niedergelassen. Mit ihren Erträgen als Kleinpächter waren sie selbst in guten Jahren kaum nennenswert über das Existenzminimum hinausgekommen, und so hatte Homer durch die Grippe nicht nur seine gesamte Familie, sondern auch sein Zuhause verloren.

Allein in Virginia hatte die Spanische Grippe über fünfzehntausend Todesopfer gefordert; weltweit waren der Pandemie damals, wie es hieß, weit über fünfzig Millionen Menschen zum Opfer gefallen. Aber wer wollte das schon so genau sagen? In den wirklich armen Ländern hatte sich wohl kaum jemand die Mühe gemacht, die genaue Zahl der Toten zu ermitteln.

Hinter dem Bahnübergang lenkte Mallory den Pick-up an den Straßenrand, wo Homer wartete, zog die Bremse an und kurbelte das Seitenfenster ganz herunter.

Homer kam um den Wagen herum. »'nen guten Tag, Miss Mallory!«, sagte er und schenkte ihr wieder sein umwerfendes Lächeln. »Das is ja 'n Zufall, dass ich Sie und den jungen Master Robert hier treffe!« Trotz der Freundschaft, die ihn mit den Kendricks verband, achtete er strikt auf die formelle Anrede und übte Zurückhaltung. Nicht, weil Mallory oder Robert es so gewollt hätten, sondern aus Selbstschutz. Der entsetzliche Bürgerkrieg von 1861 mochte Jahrzehnte zurückliegen, aber in vielem war der Süden noch immer der Süden von damals, besonders in den Köpfen der Leute.

»Wie geht es dir?«, erkundigte sich Mallory.

»Ja, und wann kommst du zurück?«, rief Robert. »Ich hoffe, bald!«

Homer beugte sich etwas tiefer, um mit Robert, der auf der Beifahrerseite saß, auf Augenhöhe zu kommen. Dabei kam seine Hand auf dem Fensterrahmen unweigerlich näher an Mallorys Arm heran. »Wird wohl noch ein paar Tage dauern. Mister Loomis lässt drüben im Westen beim Gill's Creek ein großes Waldstück schlagen, da fällt noch für einige Zeit mächtig viel Arbeit an. Jedenfalls sagt keiner, dass die Zelte für die Mannschaft schon diese Woche abgebrochen werden sollen, und mir soll's recht sein.«

»Hoffentlich bezahlt und versorgt Mister Loomis euch auch anständig«, rutschte es Mallory heraus. Im nächsten Augenblick hätte sie sich am liebsten geohrfeigt für diese törichte Bemerkung. Daniel Loomis, der Holzbaron vom Franklin County, war ein Halsabschneider und bekannt dafür, dass er die Not vieler Farmer skrupellos ausnutzte, um profitable Baumbestände weit unter einem fairen Preis aufzukaufen. Da war kaum anzunehmen, dass er ausgerechnet bei der Bezahlung schwarzer Tagelöhner auch nur einen Funken Anstand zeigte.

Homer zuckte die Achseln. »Na ja, der Lohn ist so gut wie das Essen und die Unterkunft da drüben im Wald. Mister Loomis gibt sich eben alle Mühe, dass wir ihn nicht vergessen«, spottete er. »Zumindest bleibt er einem die Bezahlung nicht schuldig wie andere, bei denen man sehen kann, wie man an sein Geld kommt. Aber zur Tabakernte bin ich längst wieder zurück, falls du dir deswegen Sorgen machst, Master Robert.« Er zwinkerte Robert zu.

Ein untersetzter Polizist auf der anderen Straßenseite war auf Homer aufmerksam geworden. Mit schnellen Schritten und grimmiger Miene kam er auf ihn zu. Schon auf halbem Weg hatte er den Schlagstock aus der Lederschlaufe an seinem Gürtel gezogen.

»Belästigt Sie der Nigger, Miss?«, bellte er und stieß Homer den Schlagstock in die Seite. »Hat der Kerl vielleicht versucht, Sie zu betatschen?«

Wie vom Blitz getroffen, zuckte Homers Hand zurück. Rasch trat er einen Schritt vom Wagen weg. Homer Jackson war stolz und unerschrocken, aber die bloße Andeutung, dass er eine weiße Frau belästigt haben könnte, versetzte ihn in Angst und Schrecken. Einen Schwarzen der Lynchjustiz auszuliefern, dafür reichte im Süden des Landes noch immer der bloße Verdacht, er habe sich an einer Weißen vergriffen.

»Um Gottes willen, nein, Officer!«, beteuerte Mallory hastig.

Wie erstarrt stand Homer neben dem Wagen, den Blick zu Boden gerichtet. Nur Mallory sah das kaum merkliche Zittern seiner zusammengepressten Lippen und wusste, welche Wut in ihm tobte. Doch er durfte sie nicht zeigen, um sein Leben nicht aufs Spiel zu setzen.

Sie zwang sich zu einem Lächeln. »Ihre Besorgnis ehrt Sie, Officer, und ich bin von Herzen dankbar und froh, dass Männer wie Sie unsere Sicherheit gewährleisten«, schmeichelte sie, obwohl sie ihm viel lieber etwas ganz anderes an den Kopf geworfen hätte. »Aber für Homer lege ich meine Hand ins Feuer. Er arbeitet seit Jahren bei uns auf der Farm und ist tüchtig, zuverlässig und so respektvoll, wie es sich gehört.«

Der Officer warf ihr einen argwöhnischen Blick zu, doch es blieb ihm nichts anderes übrig, als sie in Ruhe zu lassen.

»Na, bei den Niggern weiß man nie, ob es auch so bleibt«, knurrte er, tippte Homer unsanft mit dem Schlagstock vor die Brust und bedachte ihn mit einem letzten bösen Blick, bevor er davonstiefelte.

»Danke, Miss Mallory«, sagte Homer leise, beschämt von seiner eigenen Unterwürfigkeit.

»Es tut mir leid, Homer«, erwiderte sie und verspürte einen ohnmächtigen Zorn.

»Nein, nein, es war allein meine Schuld. Ich hätte es besser wissen müssen und mich nicht so auf Ihr Fenster lehnen dürfen«, sagte er und brachte ein tapferes Lächeln zustande. »Noch mal danke, dass Sie meine schwarze Haut gerettet haben. Und ich sehe zu, dass ich rechtzeitig wieder bei Ihnen auf der Farm bin. Grüßen Sie mir Ihren Vater, Miss Mallory!« Hastig wandte er sich ab und bog in die nächste Seitenstraße ein, um so schnell wie möglich aus dem Gesichtsfeld des Polizisten zu kommen.

»Vater hat wirklich recht«, sagte Mallory und hatte noch immer den bitteren Geschmack ohnmächtigen Zorns im Mund, während sie die Bremse löste und die Main Street weiter hinauffuhr. »Nur zwei Dinge sind grenzenlos: das Universum und die Beschränktheit der Menschen.«

Robert schüttelte den Kopf. »Nein, es sind drei. Ihr habt die Bösartigkeit vergessen!«

## 27

Bevor sie zu ihrem Treffen mit Sally fuhr, brachte Mallory die Eier zur Bäckerei der Clarksons, die oben am Hügel auf der Ecke Main und Court Street lag. Sie hielt ihren Besuch bei den Clarksons sehr kurz, wechselte nur hinten im Hof ein paar freundliche Belanglosigkeiten mit Rosie, nahm das Eiergeld und erklärte, sie müsse diesmal leider gleich weiter.

»Lass mich gleich drüben beim Drugstore raus«, sagte Robert, als sie die Main Street wieder hinunterfuhren. »Du brauchst nicht zu warten, es kann etwas dauern. Ich will mir noch ein paar andere Magazine anschauen. Ich komme dann nach. Ich weiß ja, wo ihr seid.«

»In Ordnung, aber halte dein Geld zusammen, Bruderherz! Mit dem monatlichem Quarter von Gifford kannst du jetzt nicht mehr rechnen.«

Genervt verdrehte Robert die Augen. »Ich habe von *Anschauen* geredet, nicht von Kaufen, *Schwesterchen*«, imitierte er die Koseform. »Und ich kann tatsächlich schon zwei und zwei zusammenzählen!«

Mallory verkniff sich eine ähnlich bissige Erwiderung. Was wäre damit auch gewonnen gewesen? Ihr Bruder reagierte in letzter Zeit allergisch auf jegliche Art von Kritik und auf alles, was er für Bevormundung und Beschneidung seiner Freiheit hielt. Das war ärgerlich und oft genug ausgesprochen töricht. Aber das würde sich schon geben – wenn er endlich begriff, welche Möglichkeiten ihm dank dieser »Bevormundung und Freiheitsbeschneidung« offenstanden!

Es war Viertel nach zwölf, als Mallory von der Main in die Franklin Street abbog und kurz darauf den Angle Square erreichte. Sie fand gegenüber von *Fanny's Soda & Ice Cream Parlor* einen Parkplatz und saß Augenblicke später bei Sally und Sweeney in einer der Nischen.

Die beiden hatten sich einen doppelten Sundae mit heißer Schokolade und Krokantsplittern und dazu eine Cola bestellt. Es war offensichtlich, wie sehr sie das Getuschel der anderen, zumeist jugendlichen Kunden genossen, deren Aufmerksamkeit sie mit ihrem für Rocky Mount extravaganten Aufzug erregten. Natürlich hatten sie den feuerroten Roadster direkt vor dem Geschäft geparkt.

Mallory entschied sich nach kurzem inneren Ringen für einen nur halb so teuren Banana Split, mit dem sie auch ganz zufrieden war. Sie aß langsam und genoss jeden Löffel. Dabei lauschte sie mit einer Mischung aus Belustigung und Faszination den Geschichten und hochfliegenden Zukunftsträumen, die Sally und Sweeney zum Besten gaben. Nicht selten versuchten die beiden, sich noch gegenseitig zu überbieten.

Robert tauchte kurz auf, nun allerbester Laune und mit der neuesten Ausgabe des Automobil-Magazins unter dem Arm, doch er hatte keine Lust, sich zu ihnen zu setzen, sondern ließ sich eine Cola geben und begab sich damit vor das Geschäft. Eine Weile bewunderte er im Kreise einiger Straßenjungen, die sich um den roten Roadster eingefunden hatte, den Sportwagen, schwelgte dem Privileg, den Besitzer zu kennen, und fachsimpelte mit den anderen Jungen. Dann setzte er sich auf die Holzbank, die vor der Fensterfront stand, und vertiefte sich in das Magazin.

»Sag mal, warum kommst du nicht auch nach Roanoke?«, fragte Sally, als sie Mallory die Adresse der Pension aufschrieb, in der sie mit Sweeney wohnte. »Ich bin sicher, wir können dir in einem der Clubs einen tollen Job besorgen. Da machst du selbst als Zigaretten-Girl in einer Woche mehr als hier in zwei Monaten!«

Mallory winkte ab. »Das hatten wir schon, falls du das vergessen haben solltest.«

»Mensch, Mallory, du willst doch nicht wirklich hier auf dem Land versauern, oder?« Sally beugte sich zu ihr vor. »Du hast was Besseres verdient! Unter diesen formlosen Arbeitsklamotten und dem billigen Farmersfummel«, sie fuchtelte mit ihrer Zigarettenspitze vor Mallory herum, »steckt eine verdammt hübsche junge Frau. Nein, widersprich mir nicht! Ich weiß, was ich weiß! Das ist ein Kapital, mit dem du wuchern musst! Und wenn du den Absprung schaffen willst, musst du es jetzt tun. Immerhin bist du schon zwanzig ...«

»Noch nicht ganz«, warf Mallory ein und nahm ein Stück Banane mit Schokoladeneis auf ihren Löffel. »Außerdem ist zwanzig ja noch nicht ganz das Alter, in dem man alle Hoffnung schwinden und die ersten grauen Haare sprießen sieht.«

Sally verdrehte die Augen. »Ich sag ja nicht, dass du schon 'ne alte Jungfer bist. Aber jünger wirst du auch nicht, vergiss das nicht! Und lass dir bloß nicht von deinem Vater einreden, dass es deine gottverdammte Pflicht ist, bei ihm auf der Farm zu bleiben!«

»Das ist alles ein bisschen komplizierter, als du es dir vorstellst«, erwiderte Mallory und gab nicht zu erkennen, dass das Thema sie mehr beunruhigte, als ihr lieb war. Nur zu oft hatte sie sich schon gefragt, was aus ihr werden sollte, welchen Sehnsüchten sie Raum geben, welche sie zu verwirklichen hoffen *durfte*. »Deshalb lassen wir das besser, okay?«

»Okay, okay! Ich sag ja nur, dass du dir das alles noch mal überlegen sollst, bevor der Zug abgefahren ist und du nicht mehr aus der Tretmühle rauskommst«, fing Sally von vorne an. »Und wenn dein Vater hofft, dass er deinen Henry mit der Farm ködern und euch da halten kann, weil Robert ja zu Höherem ausersehen ist, dann würde ich an deiner Stelle schnellstens die Kurve kratzen und sehen, dass ich …«

»Hör auf! Das reicht jetzt, Sally!«

In einer Geste der Kapitulation hob Sally die Hände und lehnte sich mit gekränkter Miene zurück. Die Augen gen Decke gerichtet, nahm sie Zuflucht zu ihrer Zigarettenspitze und führte sie geziert an den rot geschminkten Mund.

Sweeney brach den kurzen Moment angespannter Stille, indem er unter lautem Schlürfen mit dem Strohhalm den Rest seiner Cola aufsaugte. Dann blickte er auf und fragte vergnügt: »Und? Was soll's denn sein, Pistolen oder Säbel, Mädels? Ich mach gern den Sekundanten!«

Sally, sprunghaft, wie sie war, lachte sofort und knuffte ihn in die Seite. »Du Spinner! Wir haben uns nicht zum ersten Mal gefetzt. Als ob wir deshalb miteinander überquer wären! Sieh lieber zu, dass wir noch was zu trinken bekommen! Auf Mallory einzureden wie auf 'nen kranken Hund hat mir 'nen ganz trocknen Mund gemacht!« Dabei zwinkerte sie Mallory versöhnlich zu.

»Kommt sofort, Madame LaBelle«, neckte er und erhob sich. »Ich geh dann auch gleich mal 'n bisschen internen Wasserdruck abbauen. Also haltet schön Waffenstillstand, bis ich zurück bin, okay?«

»Tut mir leid, war nicht so bös gemeint, wie es vielleicht geklungen hat«, sagte Mallory und zuckte innerlich zusammen, als Sweeney auf dem Weg zu den Toiletten dem farbigen Verkäufer Samuel, der schon seit Jahren hinter der Theke stand und mit seinem ergrauten Haar ganz offensichtlich nicht mehr der Jüngste war, im Vorbeigehen zurief: »Für uns noch zwei Cola, Boy!«

Unter anderen Umständen hätte sie vermutlich darüber hinweggehört, wie schon so oft zuvor. Doch nach dem bestürzenden Zwischenfall mit dem Police Officer reagierte sie zu ihrer eigenen Überraschung heftig.

Zum ersten Mal kam ihr zu Bewusstsein, wie sehr sie im Grunde dieses ebenso gebräuchliche wie geringschätzige *Boy* verabscheute, mit dem selbst ältere Farbige ganz selbstverständlich gerufen wurden.

»Ach was, nicht der Rede wert, Darling«, wehrte Sally indessen leichthin ab und schenkte ihr ein warmherziges Lächeln. »Du bist ja nicht auf den Kopf gefallen und wirst wissen, was für dich gut ist. Ich hätte dich einfach nur gern in meiner Nähe, so wie damals. Die anderen Mädchen in der Truppe sind zwar im Großen und Ganzen in Ordnung, aber richtig dicke bin ich mit keiner. Jedenfalls würde ich keine von ihnen auch nur als halbwegs gute Freundin bezeichnen. In der Truppe denkt letztlich jeder an sich und seinen eigenen Vorteil. Na ja, ich bin ja selbst nicht anders. Das Showgeschäft ist eben knallhart, da kommt man mit Samthandschuhen und Skrupeln nicht weit.« Sie zuckte die Achseln, schnippte die Asche von ihrer Zigarette und plauderte munter weiter.

Kurz darauf kam Sweeney am anderen Ende des Lokals in Begleitung eines jungen Mann mit runder Nickelbrille aus dem Gang, der zu den Toiletten führte. Die beiden unterhielten sich angeregt, blieben kurz stehen und schüttelten einander die

Hand. Dann kehrte Sweeney an den Tisch zurück, während der schlanke Mann mit der Nickelbrille das Lokal verließ.

»Ihr werdet nicht glauben, wen ich da gerade kennengelernt habe!«, rief Sweeney überschwenglich und ließ sich neben Sally auf die Sitzbank plumpsen. »Das war Vaughn DeMille, der da gerade aus dem Laden gegangen ist, der irre Saxophonist von der Chicago Ragtime Band.«

»Das war Vaughn DeMille?«, fragte Sally ungläubig.

»Ja, und wisst ihr, was das Beste ist? Sie geben heute Abend hier in Rocky Mount ein spontan organisiertes Konzert, ist das nicht famos?« Er lachte und schob sich die Schiebermütze in den Nacken. »Die Burschen sind auf der Durchreise, müssen aber hier einen Zwangsstopp einlegen, weil ihr Wagen einen Motorschaden hat und kurz vor dem Ort liegengeblieben ist. Sie können erst weiter, wenn der Packard repariert ist, also frühestens morgen Mittag. Pech für sie, Glück für uns! Da gehen wir natürlich hin, was, Sally? Das lassen wir uns nicht entgehen!«

»Das ist ja ein Ding!«, sagte Sally begeistert. »Klar gehen wir da hin!«

In dem Augenblick drückte Robert die Tür auf und rief mit spöttischem Überschwang: »Sieh mal, wen ich draußen aufgelesen und dir mitgebracht habe, Schwesterherz! Dafür kriege ich noch eine Cola Finderlohn, oder?«

Mallory drehte sich um.

Es war Henry Irving, der da mit leicht verlegenem Lächeln durch die Tür kam. Er war für seinen Arbeitgeber auf dem Weg zur Bank gewesen, hatte Robert vor *Fanny's Soda & Ice Crem Parlor* sitzen sehen und war sofort zu ihm gekommen, um nach Mallory zu fragen.

Keine Viertelstunde später war es beschlossene Sache, dass sie sich alle vier den Auftritt der Chicago Ragtime Band in der Tanzhalle anschauen würden.

»Wie schön, dass ich nicht bis zum vierten Juli warten muss, um dich zum Tanz auszuführen«, raunte Henry freudestrahlend, als er gehen musste, um die Papiere zur Bank zu bringen und dann schnellstens in die Firma zurückzukehren. »Halb acht komme ich dich abholen, Mallory!«

## 28

Der dicke Gifford hatte seinen neuen Zweitonner schon zwei Stunden zuvor als Sichtschutz in Roanoke an der Ecke Jefferson Street und Salem Avenue geparkt. Zur selben Zeit hatte Knuckles den Platz dahinter mit einer nachtschwarzen Dodge-Limousine in Beschlag genommen, und Goldie parkte an der gegenüberliegenden Straßenecke in einem taubengrauen Plymouth und studierte die Wettzeitung.

Auf die Minute genau um 12.45 Uhr tauchte O'Reillys königsblauer Studebaker in Giffords Seiten- und Knuckles' Rückspiegel auf. Mit geschlossenem Verdeck kam er langsam die Salem Avenue hoch. Als die Scheinwerfer des Cabrios kurz aufflammten, wartete Knuckles noch einige Sekunden, dann scherte er wie vereinbart hinter dem Truck aus, damit der Studebaker den Platz des Dodge einnehmen konnte, und bog nach rechts in die Jefferson Street ab. Er würde einmal um den Block fahren, sich wieder auf der Salem Avenue einfinden, ein Stück weiter hinter Truck und Studebaker an den Straßenrand fahren und sich zur Verfügung halten. Wofür, darüber machte er sich keine Gedanken. Er tat, was man ihm sagte, und stellte keine unnötigen Fragen. Das war in seinem Geschäft besser als jede Lebensversicherung, und was Paddy sagte, war für ihn Gesetz.

O'Reilly saß auf der Rückbank hinter Skinny, der den Motor laufen ließ und ungeduldig aufs Lenkrad trommelte. Mit leicht zusammengekniffenen Augen blickte O'Reilly an Skinny vorbei zur Jefferson Street hinüber. Seine Sicht wurde durch Giffords massigen Truck und das aus hellgrauem Sandstein errichtete Liberty Trust Building, das sich an der Ecke links von ihm imposante acht Stockwerke hoch in den Himmel erhob und fast einen ganzen Häuserblock einnahm, stark eingeschränkt.

Aber genauso sollte es auch sein. Das schmale Sichtfeld, das ihm blieb, gewährte ihm einen klaren und ungehinderten Blick auf den *Imperial Tea Room* auf der anderen Straßenseite kurz vor der Kreuzung, ohne dass er sich auf dem Präsentierteller darbieten musste.

Kaum war O'Reillys Studebaker hinter dem Nash-Truck zum Halten gekommen, trat Frank Marlowe aus dem Kurzwarenladen, der sich linker Hand an das Café anschloss. Zügig, aber ohne auffällige Hast überquerte er mit anderen Passanten die Straße und stieg zu O'Reilly in den Wagen.

»John Doe ist im Café«, sagte er, den Namen benutzend, den der Unbekannte sich in seinem kurzen Schreiben selbst gegeben hatte. Es war der Name, der im Rechtswesen einer fiktiven oder nicht identifizierten Person gegeben wurde, bei der Polizei dagegen gemeinhin einer männlichen Leiche, deren Identität sich nicht feststellen ließ. *Jane Doe* war das weibliche Pendant. »Er ist schon um zwanzig nach zwölf gekommen, also zehn Minuten früher als angekündigt. Er sitzt, wenn Sie reinkommen, ganz hinten links am Fenster.«

»Ist er zu Fuß gekommen?«

»Nein, mit dem Taxi. Monty stand am Zeitungskiosk bereit und ist gleich in den Wagen eingestiegen, um den Fahrer auszuquetschen. Wenn wir Glück haben, hat John Doe den Fehler gemacht, sich zu Hause oder von seiner Firma abholen zu lassen.«

»So dumm wird er nicht gewesen sein.«

»Nein, vermutlich nicht.«

»Wie hast du gewusst, dass er unser Mann ist?«

Frank Marlowe erlaubte sich ein Lächeln. »Ich habe mir das Buch, das er erwähnt hat, in der Buchhandlung angesehen. *Die Rettung*, es ist der neue Roman von Joseph Conrad, der ist …«

»Joseph Conrad?« O'Reilly runzelte die Stirn. »Wer ist das?«

Frank Marlowe zögerte kurz. O'Reilly stellte manchmal solche Fragen, und nicht immer gefiel ihm, was er dann zu hören bekam. »Ein sehr erfolgreicher englischer Schriftsteller, von der Herkunft her Pole. Er ist jahrzehntelang zur See gefahren, hat sein Kapitänspatent gemacht und dann mit fast vierzig den ersten Roman herausgebracht. *Almayers Wahn,* damit ist er bekannt geworden«, erläuterte er, um dann schnell auf die ursprüngliche Frage zurückzukommen. »Dieser neue Roman ist nur ein dünnes Bändchen. Trotzdem ist das Buch ein bisschen zu groß, als dass man es in einer Anzugtasche verstecken könnte. Es hat ein Stück herausgeragt. Wenn man weiß, wonach man zu suchen hat, ist man schon halb am Ziel.«

»Ja, ja«, knurrte O'Reilly, missmutig, weil er mit dem Namen Joseph Conrad nichts hatte anfangen können. »Okay, weiter, Frankie! Ist er nervös, oder kam er dir eher vor wie einer, durch dessen Adern Eiswasser fließt?«

Franks Blick wanderte zu Skinny the Blade. Wenn es jemanden gab, bei dem statt Blut Eiswasser durch die Adern rauschte, dann war er es. »Weder noch. Er gibt sich ruhig, aber das ist Fassade. Dafür raucht er zu schnell. Und seinen Mint Julep hat er in der Zeit, in der ich ihn durch die Küchendurchreiche beobachtet habe, kein einziges Mal angerührt. Will wohl einen klaren Kopf behalten.«

»Was ist mit dem Wirt? Steht er in unseren Büchern?«

Frank nickte. »Nelson Harris, alter Hase, Mitte sechzig. Was bei ihm an Flüssigem über die Theke geht, ist wirklich überwiegend Tee. An Hochprozentigem sind es nur ein paar Gallonen die Woche. Überwiegend Rum, um einen Tee mit einem Schuss aufzuladen, dazu ein wenig Whiskey und Brandy.«

»Hinterausgang?«

»Ja, aber nur durch die Küche zu erreichen.«

O'Reilly sah einen Augenblick zur Jefferson Street hinüber, die zu den Hauptverkehrsstraßen von Roanoke gehörte und auf der entsprechend reger Verkehr herrschte. Die Stadt zählte zu den wichtigen Eisenbahnknotenpunkten im Land und erlangte als Industriestandort und Warenumschlagplatz immer größere Bedeutung.

Der Bauboom der vergangenen Jahre und der damit einhergehende Ausbau des Straßenbahnnetzes legten davon ein beredtes Zeugnis ab. Jede Menge Automobile schoben sich durch die Straßen, auch wenn man dazwischen immer noch Pferdefuhrwerke und Eselskarren sowie Landauer und Einspänner sah. Kein Wunder, dass Don Vito so viel Wert darauf legte, Roanoke und das Umland unter seine Kontrolle zu bringen. Hier gab es einen Haufen Geld zu verdienen, wenn auch nicht mit der mickrigen Teestube da drüben!

Plötzlich fühlte er wieder diesen Druck auf der Brust; sein Herz begann zu jagen, Schweiß trat ihm auf die Stirn. Schon wollte er zu seiner Pillendose greifen und eine Nitrokapsel einwerfen, bevor er wie ein Fisch auf dem Trocknen nach Luft schnappte und sich die Krawatte vom Hals riss, aber das verbot er sich.

Nicht jetzt! Auf keinen Fall! Nicht vor Skinny, und schon gar nicht in diesem Moment. Was sollten seine Männer denken, wenn er eine Attacke bekam, obwohl nichts auf eine Gefahr hindeutete? Unmöglich! Dieses Zeichen von Schwäche konnte der Anfang von seinem Ende sein. Es war doch nur die stickige Luft, die ihm zu schaffen machte. Warum zum Teufel saß er auch bei geschlossenem Verdeck und Fenster im Wagen?

Schnell kurbelte er das Seitenfenster herunter und holte tief Luft. *Ruhig bleiben! Ganz ruhig bleiben!*

Zu seiner Erleichterung löste sich der Druck auf seiner Brust sofort. Er hatte die Situation im Griff. Keine Attacke, keine Nitrokapsel! Keine Blamage vor Skinny. Er räusperte sich »Wie sieht John Doe aus? Wie einer aus unserer Sparte?«

Frank schüttelte den Kopf. »Gepflegtes Äußeres, kräftige Statur, reichlich Fett auf den Rippen, Mitte vierzig. Geschäftsmann, würde ich sagen. Sein Anzug kommt jedenfalls nicht von der Stange, und die Treter kauft er sich auch nicht beim Billigladen um die Ecke.«

»Es gibt viele Arten von Geschäften«, sagte O'Reilly und dachte, dass er auch nicht dafür bekannt war, seine Kleidung von der Stange zu kaufen und sich Schuhe über einen dieser Billigkataloge wie *Sears Roebuck* oder *Montgomery Ward* nach Hause schicken zu lassen. »Bei manchen wird mit Blut und Blei abgerechnet – egal, wie fein der Zwirn ist, den du am Leib trägst.«

»Da ist ganz sicher was dran, Mister O'Reilly«, sagte Frank mit einem Augenzwinkern, »aber nach einer Falle riecht die Sache nicht. Außerdem haben wir den Laden im Griff. MacIver sitzt direkt hinter ihm und befasst sich mit einem Kreuzworträtsel, und zwei Tische links von John Doe spielen Gregg und das Garderobenmädchen Tessa das verliebte Pärchen.«

»Gut.«

»Außerdem habe ich Drew hinter der Theke postiert, und der weicht nicht einen Schritt von seiner Tommy Gun, die er da unten im Fach griffbereit liegen hat. Ich hatte ihm zwar gesagt, er soll das Trommelmagazin zu Hause lassen, aber er hat darauf bestanden. Damit haben wir mehr als genug Feuerkraft vor Ort, sollte der Kerl Ihnen ans Zeug wollen.«

O'Reilly lachte trocken. »Das sieht Drew ähnlich.«

»Ich kapier nicht, warum wir den Kerl nicht einfach hopsnehmen und durch die Mangel drehen«, warf Skinny ein. »Überlass ihn mir ein, zwei Minuten, und dann wissen wir, wer John Doe wirklich ist und was diese ganze geheimnisvolle Scheiße zu bedeuten hat!«

»Die Option ist ja noch nicht vom Tisch«, sagte O'Reilly. »Aber erst mal spielen wir sein Spiel mit. Wir haben hier in letzter Zeit für 'ne Menge Unruhe gesorgt. Jetzt muss mal Ruhe einkehren, damit wir ungestört die Ernte einfahren können, Skinny. Ist nicht gut fürs Geschäft, wenn man immer gleich mit dem Vorschlaghammer draufdrischt – und dann vielleicht noch unnötigerweise.«

Noch wusste er nicht, was es mit der Nachricht, die ihm am frühen Morgen von einem Kurier zugestellt worden war, auf sich hatte und wer dieser John Doe war, der ihm »in beiderseitigem Interesse« ein Treffen in dem Lokal dort drüben vorgeschlagen hatte. Von zwölf Uhr dreißig bis ein Uhr wollte der Fremde im *Imperial Tea Room* auf ihn warten.

Skinny zuckte die Achseln. »Okay. Du bist der Boss.«

O'Reilly lächelte dünn. »Möge der Allmächtige dir deinen bestechenden Scharfsinn erhalten«, erwiderte er.

»Monty muss jeden Moment zurückkommen«, sagte Frank. »Falls er etwas herausgefunden hat, das Sie sofort wissen sollten, ruft der Ladenbesitzer Sie ans Telefon, okay?«

O'Reilly nickte. »In Ordnung. Aber bleibt an ihm dran, wenn er nachher herausspaziert. Er wird versuchen, in der Menge unterzutauchen. Heftet euch an ihn, aber unauffällig. Und lasst euch nicht abschütteln! Ich will wissen, wer der Kerl ist!«

»Ist alles abgesprochen und vorbereitet, Mister O'Reilly.«

O'Reilly griff nach seinem Fedora und setzte ihn auf. Es war fünf vor eins, Zeit, hinüberzuspazieren und sich anzuhören, was John Doe ihm anzubieten hatte. »Gib mir die Bleispritze, Skinny!«

Skinny griff unter den Sitz, zog eine Pistole hervor und reichte sie ihm, die Hand um den Lauf gelegt, nach hinten. Es war eine halbautomatische, glänzend vernickelte Ortgies, Kaliber 9 mm mit Griffschalen aus schwarz gebeiztem Holz. Sie war flach, handlich und zuverlässig.

O'Reilly wusste, dass Skinny sich vom einwandfreien Zustand der Waffe überzeugt hatte, doch aus Routine, an der er eisern festhielt – weil blindes Vertrauen für ihn nur eine andere Bezeichnung für Leichtsinn mit oft tödlichen Folgen war –, vergewisserte er sich noch einmal, dass acht Patronen in dem Stangenmagazin steckten, lud die Waffe durch und steckte sie mit umgelegter Sicherung in das Holster unter seiner linken Achsel.

Dann stieß er energisch die Tür auf und stieg aus dem Wagen. Er wollte die Tür schon wieder zuschlagen, als sein Blick auf John Does Brief fiel. Er hatte ihn auf der kurzen Fahrt noch einmal zur Hand genommen und dann neben sich auf den Sitz gelegt und seinen Filzhut darübergestülpt.

Nun beugte er sich kurz zurück in den Wagen, nahm den billigen Briefumschlag an sich und überließ es Frank, die Wagentür hinter ihm zuzuziehen. Er hatte die wenigen mit Schreibmaschine verfassten Zeilen in den vergangenen Stunden so oft gelesen, dass er sie auswendig kannte.

*Mr. O'Reilly,*
*Ihr besonderes Interesse am Dutchman und Ihre Schwierigkeiten mit ihm sind mir bekannt. Ich biete Ihnen Informationen an, die Sie in die Lage versetzen werden, Ihr Problem schnell und einfach aus der Welt zu schaffen. Ich schlage ein Treffen in beiderseitigem Interesse vor, heute im Imperial Tea Room auf der Jefferson Street, nahe der Kreuzung Salem Avenue. Sie treffen mich dort zwischen 12 Uhr 30 und 1 Uhr an. Halten Sie Ausschau nach dem Gast, der einen Mint Julep vor sich stehen und den Roman »Die Rettung« von J. Conrad auf dem Tisch liegen hat.*

*John Doe*

Die Rettung!

O'Reilly lachte grimmig. Der Titel des Romans sollte wohl ein Wink mit dem Zaunpfahl sein. Er knüllte den Brief zusammen, warf ihn an der Ecke in den mit Eisengittern umschlossenen Abfallkorb und ging zielstrebig schräg über die Kreuzung zur Teestube hinüber.

# 29

Der *Imperial Tea Room* verfügte über so viel imperialen Glanz und britisches Ambiente wie der Wartesaal dritter Klasse einer Bahnstation im Nirgendwo. Ein Dutzend schlichte Holztische, Stühle mit abgewetzten Sitzpolstern, abgetretene Brücken auf dem verkratzten Dielenboden, mehrere lieblos abgestellte Topfpalmen, eine gewöhnliche Ladentheke – das war's, was der Laden zu bieten hatte. Das Einzige, was man im Wartesaal eines Bahnhofs wohl nicht gefunden hätte, war das mechanische Pianola, das, von unsichtbaren Fingern gespielt, blechern vor sich hin klimperte. Etwa ein Drittel der Tische war besetzt.

O'Reilly ließ seinen Blick durch den Raum schweifen, als halte er Ausschau nach dem Mann, der hier auf ihn wartete. Keiner seiner im Lokal postierten Männer schenkte ihm Beachtung oder ließ sich gar dazu hinreißen, ihm ein Zeichen zu geben, und auch er schaute ausdruckslos an ihnen vorbei. Dann tat er, als habe er entdeckt, wonach er gesucht hatte, und ging zielstrebig auf den Tisch links hinten am Fenster zu.

Wie Frank gesagt hatte: Der Mann war tadellos gekleidet. Ein hellbrauner, sommerlicher Zweireiher, der von einem erstklassigen Schneider kam, sowie handgenähte Oxfords in einem dunkleren Braun. Seine Hände hatten nie harte Arbeit verrichten müssen, das verrieten die manikürten Nägel. Er trug einen Ehering und an der anderen Hand einen schweren goldenen Siegelring.

Was Frank jedoch nicht erwähnt hatte, war, dass das Gesicht des Fremden trotz fleischiger Wangen und deutlich sich abzeichnenden Doppelkinns erstaunlich scharf geschnitten war, mit Hakennase und eng beieinanderliegenden Augen unter nahezu wimpernlosen Lidern. Beim Blick in diese Augen fühlte O'Reilly sich unwillkürlich an einen Fisch erinnert.

John Doe war ihm auf Anhieb unsympathisch.

Grußlos setzte er sich zu ihm an den Tisch. »Mit Ihrem Mangel an Phantasie wäre Joseph Conrad nie Schriftsteller geworden, sondern würde heute noch zur See fahren«, sagte er. »John Doe! Mein Gott, wie einfallslos! Da wäre ja sogar so was wie Joe Almayer um Klassen besser gewesen.« Insgeheim freute er sich, sein frisch erworbenes Wissen so elegant eingeflochten zu haben. Dieser Fischkopf sollte nicht glauben, er habe es bei ihm mit einem Analphabeten zu tun!

Der Mann schlug das Buch zu, legte es betont ruhig neben seinen Drink, der traditionell in einem Zinnbecher serviert wurde und mit einem Minzestengel garniert war, und zuckte mit dem Anflug eines Lächelns die Achseln.

»Eine interessante Anregung, über die ich bei Gelegenheit gern nachdenken werde, aber ich nehme an, Sie sind nicht gekommen, um sich mit mir über meinen Mangel an Phantasie zu unterhalten, Mister O'Reilly«, antwortete er mit leicht nasaler Stimme, die etwas Öliges an sich hatte.

O'Reilly war kurz irritiert. Er musterte den Fremden scharf, versuchte ihn einzuschätzen. Der Mann war redegewandt und hatte wie Frankie-Boy ein Selbstbewusstsein, dass nicht Resultat eines bitterharten Überlebenskampfes war, sondern von vornehmer Herkunft und ebensolcher Erziehung und Ausbildung herrührte. Aus seiner Branche kam der Fischkopf jedenfalls nicht, dessen war er sich nun sicher. Allein, dass er sich ans Fenster gesetzt hatte und dann auch noch mit dem Rücken halb zur Straße, sprach dagegen. Ganz abgesehen davon, dass er in diesem Lokal rettungslos in der Falle saß. Nicht mal ein Anfänger hätte solch einen Fehler begangen, und schon gar nicht in einer Stadt, in der es gerade erst einen blutigen Aufwasch gegeben hatte und wo die Nerven allseits noch blank lagen. Auf jedes schwere Erdbeben folgten kleinere Nachbeben, das würde hier in Roanoke nicht anders sein. Eines dieser Nachbeben konnte den Namen Boyd Wheeler tragen. Der dreiundzwanzigjährige Sohn von Eddie, ein großmäuliger Zocker und Kokser, war ihnen beim großen Aufwasch durch die Lappen gegangen und abgetaucht. Gut möglich, dass er so schlau war, sich in ganz Virginia nicht mehr blicken zu lassen. Gut möglich aber auch, dass er in seiner benebelten Einfalt glaubte, die Eier und den Grips zu haben, sich mit ihm anlegen und ihm irgendein dreckiges Ding reinwürgen zu können. Schwer zu sagen, was ihm durch seine Matschbirne ging, wenn er sich ein Dutzend Linien Koks reingezogen hatte und durch sein Lala-Land schwebte.

Ein Kellner trat zu ihnen an den Tisch und deutete eine Verbeugung an. »Womit kann ich Ihnen dienen, Mister O'Reilly?«

»Ich nehm dasselbe«, knurrte O'Reilly und deutete auf den Mint Julep seines Gegenübers, »nur ohne die Eiswürfel und den grünen Firlefanz. Bringen Sie ihn mir *straight* und auf zwei Beinen!«

»Mint Julep *straight* auf zwei Beinen«, wiederholte der Kellner mit einem verhaltenen Grinsen. »Sehr wohl, Sir!«

»So, jetzt kommt Ihr Auftritt, John Doe! Ich hoffe, Sie haben Ihren Text parat«, sagte O'Reilly, kaum dass der Kellner außer Hörweite war. Gleichzeitig fiel sein Blick auf den Siegelring des anderen. Er trug die Initialen RB, wobei der Längsbalken des B zugleich der Längsstrich des seitenverkehrten R war.

Fischkopf ließ sich Zeit, zog ein Zigarettenetui hervor, in dessen Deckel die Flagge der konföderierten Südstaaten eingraviert war, und zündete sich in aller Ruhe eine Zigarette an. »Nun, so wie sich mir die Sachlage darstellt«, sagte er schließlich und blies den Rauch zur Seite, »haben Sie mit dem Dutchman ein Problem.«

»Gut möglich. Aber dass *Sie* ein Problem mit ihm haben und hoffen, ich werde es für Sie aus der Welt schaffen, ist so sicher wie das Amen in der Kirche!«

John Doe blickte verblüfft auf und lächelte dann. »*Touché*. Der Punkt geht an Sie. Aber Sie wären nicht hier, wenn Sie sich nicht auch eine Lösung Ihres Problems von *mir* erhoffen würden.«

O'Reilly zuckte die Achseln. »Okay, nett eingelocht. Aber nun genug der Spiegelfechterei! Kommen Sie zur Sache, Mann!«

Der Kellner brachte den »Mint Julep *straight* auf zwei Beinen«, bei dem es sich schlicht und ergreifend um einen *double shot* Bourbon handelte, serviert nicht im Zinnbecher, sondern in einer blau-weißen englischen Teetasse. Von der Farbe her konnte der Bourbon gut für einen Tee durchgehen.

Natürlich bekam man in so gut wie jedem Hotel und Restaurant der Stadt – ach was, des Landes – Alkohol. Aber im Gegensatz zu den Speakeasies machte man sich in den öffentlich zugänglichen Lokalen noch die Mühe, Hochprozentiges in Tee- und Kaffeetassen oder anderen unverfänglich aussehenden Trinkgefäßen zu servieren.

»Erlauben Sie, dass ich Ihr Dilemma schildere, so wie ich es sehe«, sagte John Doe selbstgefällig.

»Schießen Sie los.«

»Der Dutchman genießt bei den Farmern im Franklin County einiges Ansehen und bringt mit seinem Widerstand gegen Ihre ... nun ja, Neuerungen Sand in das Getriebe Ihrer Geschäfte mit den Schwarzbrennern. Nun könnten Sie das Problem zweifellos auf ähnliche Art und Weise aus der Welt schaffen, wie Sie in Roanoke die alte Garde ausgeschaltet und die Kontrolle übernommen haben.«

»Ich nehme an, Sie sprechen von einer Unze Blei zwischen die Augen«, sagte O'Reilly trocken, voller Verachtung für die Wortklauberei, mit der sein Gegenüber sich darum drückte, das Kind beim Namen zu nennen.

»So kann man es natürlich auch ausdrücken.«

»Ja, und ich ziehe die direkte Art Ihrem Geschwafel vor!«

Ungerührt fuhr der Mann im selben beiläufigen Ton fort: »Dass Sie aber das, was Ihnen ein Leichtes gewesen wäre, nicht getan haben, verrät, dass es Ihnen in seinem Fall um etwas anderes geht.«

Womit du Fischkopf verdammt recht hast!, dachte O'Reilly, aber ich werde den Teufel tun und dir verraten, warum das so ist. Los, spiel dein Ass aus!

»Ich bin mir sicher, ich weiß, worum es Ihnen bei diesem Schwarzbrenner geht, Mister O'Reilly.«

»Ach ja? Und das wäre?«

«Ihnen geht es um die Destillerie der Kendricks und ihr Versteck am Stone Ridge Mountain, das selbst für Einheimische unauffindbar ist, von den Feds ganz zu schweigen!«, verkündete John Doe.

»Was Sie nicht sagen!«

»Ja, Sie müssen den Dutchman am Leben lassen, weil Sie sich sonst viel böses Blut einhandeln und sich am Ende mehr schaden als nutzen, aber gleichzeitig müssen Sie ihn in die Knie zwingen, um allen Moonshinern im Franklin County und in den angrenzenden Bezirken klarzumachen, dass es nichts bringt, sich mit Ihnen anzulegen. Ihn da oben an seiner Still zu überraschen und seine Anlage mit ein paar Stangen Dynamit in die Luft zu jagen, das wäre genau der Paukenschlag, mit dem Sie Ihr Ziel erreichen – und Ihr Dilemma lösen können!«

Fast hätte O'Reilly gelacht – ja, ihn *aus*gelacht. Was hatte sich dieser Fischkopf da bloß für eine Theorie zurechtgebastelt, warum er William Kendrick nicht einfach hatte umlegen lassen!

Der arrogante Kerl hatte ja keinen Schimmer! Was kümmerte es ihn, wo der Dutchman seine verdammte Still versteckte? So wenig, wie es ihn kratzen würde, den sturen Farmer umzulegen und damit unter diesem Pack von Hinterwäldlern für böses Blut zu sorgen.

Ihm ging es ausschließlich um den guten Moonshine! Auf den wollte er nicht verzichten. Er hatte sich geschworen, dass der Dutchman ihm seinen Crazy Apple und Mountain Smoke liefern würde – und zwar zu den Bedingungen, die er für alle Schwarzbrenner festgelegt hatte. Basta! Nur deshalb lebte William Kendrick noch!

»Mir ist schleierhaft, wie Sie auf die Idee kommen, dass mich das interessieren könnte«, sagte er verdrossen und nippte an seiner Teetasse. »Sind Sie hier, um mir die Lage des Verstecks zu verkaufen, das angeblich unauffindbar ist?«

John Doe lächelte dünkelhaft. »Wissen Sie, warum der Moonshine aus dem Franklin County, selbst wenn er von mittelmäßigen Schwarzbrennern kommt, noch entschieden besser ist als der von guten Moonshinern in anderen Gegenden?«, fragte er scheinbar zusammenhanglos und gab die Antwort gleich selbst: »Das liegt an unserem blauen Kalksteinboden. Einen besseren Filter gibt es nicht. Das Quellwasser bei uns in den Bergen ist von geradezu paradiesischer Reinheit. Ohne dieses besondere Wasser könnte auch der beste Schwarzbrenner keinen wirklich erstklassigen Moonshine produzieren.«

»Wie aufschlussreich! An Ihnen ist ja ein Lehrer verlorengegangen. Aber mittlerweile zieht sich Ihr Auftritt in die Länge, Mister. Wenn nicht gleich der Vorhang fällt, müssen Sie sich ein anderes Publikum suchen!«

»Noch einen Moment Geduld, ich bin gleich beim springenden Punkt, Mister O'Reilly!«, versicherte John Doe. »Sehen Sie, das reine Bergwasser ist einerseits buchstäblich der Quell und der Segen der Schwarzbrennerei, aber es ist auch die Achillesferse eines jeden Moonshiners«, dozierte er seelenruhig weiter. »Einerseits muss die Destillerie an einem klaren und möglichst munter fließenden Wasserlauf liegen, andererseits ist aber genau dieser Wasserlauf nur allzu oft das Verderben der Schwarzbrenner.«

»Was juckt mich das, Mann?«, blaffte O'Reilly. Er hatte nicht übel Lust, diesem Fischkopf eins in die Fresse zu schlagen, aber er unterdrückte den Impuls und begnügte sich mit einem kräftigen Schluck Bourbon.

»Nun, die Federal Agents wissen, wonach sie bei ihren Razzien zu suchen haben – nach schnell fließenden Wasserläufen, die von den Rückständen der Schwarzbrennerei verunreinigt sind«, führte der Fischkopf weiter aus, während er in die Innentasche seines Jacketts griff und ein zusammengefaltetes Stück Papier hervorholte. »Und viel braucht es nicht zu sein, um die Feds auf die Spur zu bringen. Die Burschen sind nicht dumm, haben eine feine Nase und wissen, wonach sie Ausschau halten müssen. Da reichen schon ein paar Maische-Reste, die nach dem Ausspülen der Vergärungsboxen im Wasser treiben, etwas verschüttetes Maismehl oder sonstige Abfälle, die beim Schwarzbrennen anfallen und in der Regel im Wasser landen. Dann brauchen die Feds bloß noch dem Wasserlauf zu folgen und stoßen unweigerlich auf die Anlage, egal, wie gut sie versteckt ist. Mit einer Ausnahme.« Er machte eine dramatische Pause und hielt das Papier kurz in die Höhe. »Und das ist die Destillerie der Kendricks.«

»Hätte ich wirklich nie erraten«, knurrte O'Reilly.

»Aber das Warum hätten Sie nicht erraten! Die Feds oder wer auch immer könnte ewig nach Rückständen aus der Kendrick-Still suchen, ohne je auf eine solche Spur zu stoßen«, erklärte John Doe mit einem selbstgefälligen Lächeln, das O'Reilly ihm am liebsten aus dem Gesicht geschlagen hätte. »Nicht, weil es dort nichts gäbe, was im Bach landet und vom Wasser bergabgetragen wird. Sondern weil dieser Bach aufgrund einer Laune der Natur kurz hinter der Still in einem Bergspalt verschwindet und offenbar meilenweit unterirdisch weiterfließt, bevor er wieder an die Oberfläche tritt. *Das* steckt hinter dem Geheimnis der Kendricks!«

»Was ist, erwarten Sie jetzt eine stehende Ovation?«, fragte O'Reilly mürrisch. »Da sind Sie bei mir an der falschen Adresse.«

Ein gönnerhaftes Lächeln trat auf das Gesicht des Mannes, der sich hinter dem Namen John Doe versteckte. »Falls Sie befürchten, ich wollte den Preis für diese Information hochtreiben, kann ich Sie beruhigen. Ich überlasse Ihnen den Plan mit genauen Angaben, wo Sie am Stone Ridge Mountain aufsteigen müssen, wo Sie auf Stolperdrähte zu achten haben und wo sich in der felsigen Schlucht, die eine Sackgasse zu sein scheint, hinter einem Dickicht aus Rhododendren ein Hohlweg versteckt, all das überlasse ich Ihnen – und zwar ohne jede Gegenleistung. Hier, nehmen Sie, der Plan kostet Sie nicht einen Cent!«

O'Reilly musterte ihn argwöhnisch. »Die Rolle des Samariters nehme ich Ihnen nicht ab. Sie scheinen mir eher ein berechnender Mistkerl zu sein!«, sagte er grob.

Es zeigte keinerlei Wirkung. »Sagen wir mal so: Zufällig decken sich unsere Interessen, Mister O'Reilly, auch wenn unsere gesellschaftlichen Kreise einander nicht berühren.«

Gleich haue ich dir wirklich eins in deine arrogante Fresse!, schoss es O'Reilly durch den Kopf.

»Es reicht mir, wenn Sie dem Dutchman die Destillerie mit einer ordentlichen Ladung Dynamit in die Luft jagen, dass man es bis Rocky Mount hört, und ihn damit auf sein rechtes Maß zurechtstutzen«, fuhr John Doe fort, um dann, mehr zu sich selbst als an O'Reilly gerichtet, zu bemerken: »Ich begreife sowieso nicht, dass so große Stücke auf ihn gehalten werden. Zumal er als Moonshiner ja wohl gerade mal Durchschnitt ist. Hätte seine Tochter Mallory nicht so ein Händchen für die Schwarzbrennerei, würde sich aus dem Moonshine der Kendricks keiner etwas machen.«

Wie elektrisiert fuhr O'Reilly zusammen. Glücklicherweise bemerkte John Doe es nicht, denn er drückte gerade seine Zigarette im Aschenbecher aus. Im nächsten Moment hatte O'Reilly sich wieder in der Gewalt, und sein Gesicht zeigte einen mäßig interessierten Ausdruck, als er nachfragte: »Sind Sie sich da sicher? Mir soll es ja egal sein, wer das Zeug brennt, aber dass dieses junge Ding für die überragende Qualität verantwortlich sein soll, scheint mir doch sehr weit hergeholt!«

»Ganz und gar nicht! Der Dutchman macht ja selbst keinen Hehl daraus. Ganz abgesehen davon, dass sein linker Arm seit ein paar Jahren zu nichts mehr zu gebrauchen ist. Nicht von ungefähr heißt die Kleine bei den Leuten ›Mallory Moonshine‹. Gelernt hat sie die Kniffe von ihrem Großvater, der ein Meister der Schwarzbrennerei war, und sie steht dem Alten in nichts nach. So jung ist sie übrigens gar nicht, sie wird bald zwanzig.«

O'Reilly musste an sich halten, um sich nicht anmerken zu lassen, was diese Information für ihn bedeutete. Durch diese Bemerkung hatte John Doe nun tatsächlich sein Dilemma gelöst, ganz ohne es zu ahnen. Mit dem Versteck der Still hatte das nicht das Geringste zu tun, obwohl auch diese Information nicht ohne Wert war. Dabei hatte er noch vor wenigen Augenblicken das grimmige Verlangen verspürt, aufzustehen und den hochnäsigen Kerl einfach am Tisch sitzen zu lassen, ja, ihm die Faust in die Visage zu dreschen, weil ihm das selbstgefällige Geschwätz so auf den Geist gegangen war. Die reinste Zeitverschwendung!

Wie man sich irren konnte!

Der dicke Gifford, der über Mallory Moonshine garantiert schon ewig Bescheid wusste, würde was zu hören bekommen! Ihm diese wichtige Information vorzuenthalten! Dafür sollte er dem Fettwanst eigentlich eine Kugel zwischen die Rippen jagen! Wie kam der Scheißkerl dazu, ihm Dinge zu verschweigen, die er über den Dutchman und seine Familie wusste?

Er ließ sich die detaillierte Lageskizze der Kendrick-Still erklären, konnte dem Mann jedoch nicht entlocken, woher er sie hatte. Was er ihm gerade noch abringen konnte, war die Versicherung, dass jemand die Zeichnung angefertigt hatte, der die Anlage der Kendricks mit eigenen Augen gesehen hatte – wohl der Einzige, der nicht zur Familie gehörte und dennoch behaupten konnte, dort gewesen zu sein.

In Hochstimmung verließ O'Reilly den *Imperial Tea Room* wenig später. Jetzt wusste er, was er zu tun hatte.

Dasselbe galt für Frank Marlowe, Knuckles und Goldie, die nur darauf warteten, sich an die Fersen von John Doe zu heften.

## 30

Die Nachtluft fühlte sich warm und weich an wie Samt. Eine ähnlich wohlige Wärme erfüllte Mallory. Sie war noch erhitzt vom Tanzen, ihre Wangen glühten, und ein verträumtes Lächeln lag auf ihrem Gesicht, auch wenn ihre Füße brannten. Sanft wie zärtliche Hände strich der Fahrtwind durch ihr Haar, und wenn sie die Augen schloss, stellte sie sich vor, es seien Henrys Hände, die sie liebkosten.

Er fuhr um einiges langsamer, als die ausgestorbene Landstraße es erforderte. Gemächlich glitten Farmland und Wälder durch die Lichtkegel der Scheinwerfer. Er wollte die kurze Fahrt zur Farm der Kendricks so lange wie möglich ausdehnen, allerdings ohne sich lächerlich zu machen. Der unverhoffte Abend in der neuen Tanzhalle, bei dem auch noch die berühmte *Chicago Ragtime Band* aufgespielt hatte, war einfach viel zu schnell vergangen. Dahingeflogen waren die zwei Stunden!

»Hat es dir auch gefallen?«, fragte er.

»Es war ein wunderschöner Abend«, sagte sie und schenkte ihm ein Lächeln, das ein weniger zurückhaltender Mann als Henry zum Anlass genommen hätte, an den Straßenrand zu fahren, sie in die Arme zu nehmen und endlich zu küssen.

Er ließ den Moment verstreichen. »Ja, das war er. Und die Band war einfach umwerfend. Unglaublich, was die für ein Repertoire haben! Und der Saxophonist!«

Mallory seufzte leise, während Henry von der Musik schwärmte. Sie hätte mit der kostbaren Zeit während der Rückfahrt etwas Besseres anzufangen gewusst, als über die Combo zu reden, auch wenn die tatsächlich eine musikalische Offenbarung gewesen war.

Aber sie wollte sich nicht beklagen, nicht einmal im Stillen. War sie doch schon dankbar dafür, dass er überhaupt mit ihr ausgegangen war, und dann gleich zu einem Tanzabend. Damit war der erste Schritt getan. Bei Henry brauchten die Dinge ihre

Zeit, und das hatte sie gewusst. Zudem gab es keinen Grund, irgendetwas zu überstürzen, ausgenommen vielleicht das Küssen …

Wieder entfuhr ihr ein leiser Seufzer. An diesem Abend waren sie einander zum ersten Mal wirklich nahe gewesen, hatte sie bei den langsamen Songs in seinen Armen gelegen. An ihn geschmiegt, hatte sie seinen Atem in ihrem Haar und seine harte Erregung gespürt, die durch ihre Nähe erweckt worden war. Es tat gut, zu wissen, dass er das gleiche Verlangen nach ihr verspürte wie sie nach ihm. Dass er anders war als Sweeney, der sie einige Male auf der Tanzfläche abgeklatscht, ihr beim Tanzen gleich sein Bein zwischen die Schenkel geschoben und in ihr Ohr gezüngelt hatte. Dass Henry nicht gleich über sie herfiel und zum stürmischen Liebhaber wurde, war also ganz in Ordnung. Der Abend war wirklich wunderschön gewesen!

Mallory schreckte aus ihren Gedanken auf, als sie aus einem finsteren Waldstück, das sich über einen Hügelkamm erstreckte, herauskamen und Henry abrupt bremste. Der Grund war so offensichtlich wie erschreckend. Er machte die Nacht zum hellichten Tag.

Linker Hand, etwa eine Viertelmeile von der Landstraße entfernt, hatten sich am Hang einer Anhöhe an die drei Dutzend Automobile aller Art eingefunden, darunter nicht wenige teure Limousinen. Die Wagen standen in gleichmäßigem Abstand zueinander und hatten sich fast militärisch genau zur Hügelkuppe hin ausgerichtet. Mit ihren eingeschalteten Scheinwerfern bildeten sie unterhalb der Anhöhe, auf der sich das Skelett einer vom Blitz getroffenen Lebenseiche erhob, einen gleißenden Lichtring.

Er beleuchtete eine nächtliche Versammlung des Ku-Klux-Klan, dessen örtliche Mitglieder sich in langer weißer Robe und mit spitzer Kapuze unter einem hohen Kreuz auf dem Hügel eingefunden hatten. Klansmänner mit lodernden Fackeln flankierten das in Flammen stehende Balkenkreuz. Von weitem sah die Szene nach einer jener mystisch verklärten Zeremonien aus, mit denen der Ku-Klux-Klan die Aufnahme neuer Mitglieder beging.

Mallory stellten sich die Nackenhaare auf, als sie die weißen Kutten und das im Scheinwerferlicht lodernde, gespenstisch glühende Kreuz erblickte. Sie verstand nicht, wie jemand sich dafür hergeben konnte. Dabei war es traurige Wahrheit, dass der Klan nicht unter einem Mangel an Mitgliedern und neuen Kandidaten litt. Solche nächtlichen Zusammenkünfte auf freiem Feld und unter einem brennenden Kreuz waren im gesamten Süden ebenso wenig eine Seltenheit wie die Prozessionen und Demonstrationszüge bei Tage, mit Marsch-Band und einer vorwegmarschierenden Gardeabteilung. Und der Ku-Klux-Klan rekrutierte seine Mitglieder nicht etwa nur aus den Massen weißer, ungebildeter Arbeiter, sondern aus allen gesellschaftlichen Schichten. Weder Anwälte noch Ärzte oder Lehrer schämten sich ihrer Mitgliedschaft im Klan, dessen Hass vor allem Schwarzen und Katholiken galt und der sich eine als *Invisible Empire* verherrlichte Lynchjustiz auf die Fahnen geschrieben hatte.

»Diese Unbelehrbaren!«, stieß Henry angewidert hervor und gab Gas, um das schaurig geheimnisvolle Spektakel so schnell wie möglich hinter sich zu lassen. Und so flüchtig die gleißend beleuchtete Versammlung der in Weiß gehüllten Kapuzenmänner auch an ihnen vorbeigezogen war, sie hinterließ doch einen hässlichen Nachgeschmack und trübte die Stimmung.

Henry nahm die Geschwindigkeit auch nicht wieder zurück, und so legten sie die letzten Meilen schneller zurück, als Mallory sich von dem gespenstischen Bild auf dem Hügel lösen konnte. Und dann bog er auch schon in die Zufahrt zur Farm ab. Erst jetzt machte er die Scheinwerfer aus und ließ den Wagen im Kriechgang die lange, sanfte Steigung zum Hof erklimmen.

## 31

»Warte! Nimm noch einen Schluck Martini!«, stieß O'Reilly gepresst hervor und schob Amys Kopf von seinem Schoß weg. Er spürte schon, wie sich seine Eier zusammenzogen und das lustvolle Kribbeln in den Lenden anschwoll, aber er wollte noch nicht kommen; er wollte es noch ein paar köstliche Momente hinauszögern.

Amy ließ seinen harten Schwanz aus ihrem Mund gleiten. »Gern, mein Schatz«, gurrte sie, griff nach dem großen Martiniglas und nahm einen kräftigen Schluck.

»Verdammt, du sollst das Zeug nicht hinunterschlucken!«, sagte er. »Du weißt genau, was du damit machen sollst!«

Sie lachte. »Da ist noch genug für uns beide, mein Schatz«, sagte sie mit Augenaufschlag und in einem Ton, den sie wohl für verheißungsvoll und sexy hielt.

O'Reilly hasste es, wenn sie ihn Schatz nannte, als wäre das mit ihnen etwas Festes. Zumal sie auch noch leicht lispelte. Darum ließ er sich von ihr auch am liebsten einen blasen: Dann hatte sie den Mund voll und plapperte nicht. Fast fürchtete er um seine Erektion. Aber ein Blick auf ihre prächtigen Titten und die rasierte Möse nahm ihm die Sorge.

Amy füllte ihren Mund mit Martini und beugte sich wieder zu ihm hinunter. Sie richtete seinen Schwanz auf, machte einen Schmollmund und stülpte die Lippen über seinen Steifen. Langsam ließ sie ihn in ihren Mund gleiten.

O'Reilly stöhnte auf, als der eiskalte Gin auf seinen Pinsel traf, am Schaft entlangfloss und an ihm hinunterrann. Amy verrieb den Gin mit leicht knetenden Bewegungen.

Nur ein paar Mal noch glitt ihr saugender Mund auf und ab, dann war es mit seiner Beherrschung vorbei. Von Wollust übermannt, krümmte er sich auf dem Seidenlaken, krallte beide Hände in ihr schwarzes Haar und entlud sich unter lautem Stöhnen in ihrem Mund.

»War es schön für dich, Schatz?«, lispelte Amy Augenblicke später und nahm noch einen ordentlichen Schluck Martini. »Das nächste Mal machen wir es wieder mit Eiscreme, ja?«

Kaum hatte er abgespritzt, wurde er ihrer und ihres lispelnden Geschwätzes so überdrüssig, dass er sie am liebsten aus seinem Bett geprügelt hätte. So war es immer, und es ärgerte ihn, dass er sie nicht längst in die Wüste geschickt hatte, obwohl er sich das schon vor über einer Woche vorgenommen hatte.

Er überlegte, ob er es endlich hinter sich bringen sollte, bevor er sich wieder von ihren Titten, ihrem süßen Arsch und den perfekten Blowjob-Lippen davon abhalten ließ. Über all das verfügten noch genug andere junge Frauen in seinen Etablissements.

Bevor er zu einem Entschluss gelangt war, klopfte es an die Schlafzimmertür. »Boss?«, rief Skinny the Blade.

»Was gibt es?«

»Frank ist mit Knuckles und Goldie zurück«, meldete er wie befohlen. »Sind eben eingetrudelt.«

»Und? War es erfolgreich?«, fragte O'Reilly gespannt und blickte kurz zu der Uhr auf dem Kaminsims hinüber. Es war siebzehn Minuten nach zehn.

»Keine Ahnung, Boss. Frank hält so dicht wie 'ne alte Jungfer ihre Möse!«

O'Reilly lachte. Skinny hatte es nicht so mit Frank, gelinde ausgedrückt. Was mehr oder weniger auch auf die anderen aus seiner alten Truppe zutraf. Aber besonders die beiden würden nie auch nur halbwegs miteinander warmwerden, was gar nicht das Schlechteste war. »Okay, Skinny, ich komme! Sag Frankie, er soll in meinem Arbeitszimmer warten. Ich bin gleich da!«, rief er, sprang aus dem Bett und warf sich einen dünnen Morgenrock über.

»Kann das denn nicht warten, Schatz? Ich bin doch noch gar nicht fertig mit dir!«, beklagte sich Amy.

Aber ich mit dir, und wenn du noch einmal »Schatz« sagst,

klebe ich dir eine, dass du Pirouetten drehst!, hätte er am liebsten geantwortet, ließ es aber bleiben. Es war das Geschrei nicht wert, dass er dann am Hals haben würde.

»Mach nicht zu lange, Schatz, bitte!«, rief Amy ihm halb quengelnd, halb sehnsüchtig mit Kleinmädchenstimme nach. »Ich warte auf dich und denk mir schon was Schönes für dich aus, ja?«

O'Reilly würdigte sie keiner Antwort. Er fragte sich, ob Frank wohl gute oder schlechte Nachrichten brachte. Aber eigentlich konnten es nur gute sein. Allein die Tatsache, dass sie erst jetzt zurückkamen, deutete ja wohl darauf hin, dass John Doe sie nicht abgeschüttelt hatte und sie wussten, wer er war. Oder hatte der arrogante Fischkopf seine Männer womöglich doch abgehängt, und sie hatten bis in die Nacht versucht, seine Spur wieder aufzunehmen, um schließlich aufzugeben und mit eingeklemmtem Schwanz zurückzukommen?

Verdammt, das eine war so gut möglich wie das andere!

## 32

In der tiefen Dunkelheit der Nacht wirkte der Stone Ridge Mountain mit seinem gezackten Bergkamm wie eine schwarze Festungsmauer. Und das Farmhaus, hinter dessen Fenstern nicht ein Licht brannte, nahm sich davor aus wie ein mächtiger Steinklotz, der aus der Fassade der Befestigungsanlage herausgebrochen und zu ihren Füßen liegen geblieben war.

Langsam rumpelte die Tin Lizzy am Maisfeld vorbei. »Es war ein so schöner Abend mit dir«, brach Henry mit belegter Stimme das Schweigen, das nach ihrer Begegnung mit dem Ku-Klux-Klan eingetreten war. »Ich kann gar nicht glauben, dass er schon vorbei ist.«

»Ich auch nicht, die Zeit ist einfach zu schnell verflogen«, sagte Mallory und meinte, in der warmen Nachtluft einen Hauch von würzigem Tabakrauch auszumachen.

»Ja, das ist sie.« Der Wagen holperte über zwei Querrillen im Boden, und schon griff der lange Schlagschatten der Scheune nach ihnen. Ein paar Meter vor dem Farmhaus hielt Henry an, zog die Bremsstange und wandte sich ihr zu. »Mallory …«, begann er, griff nach ihrer Hand und umschloss sie mit seinen beiden. »Die Stunden mit dir waren die schönsten seit … ach, seit Ewigkeiten!«

Mallory sah ihn mit wild pochendem Herzen an. Und gerade, als sie mit freudiger Erregung dachte, gleich werde er sie in die Arme nehmen und küssen, trieb wieder der würzige Tabakduft zu ihnen herüber. Henry schien das nicht wahrzunehmen, sie jedoch war ungemein irritiert, denn jetzt gab es keinen Zweifel mehr. Auch wenn sie seine Gestalt in der Dunkelheit nicht ausmachen konnte: Ihr Vater saß dort auf der Veranda und rauchte seine Pfeife!

Ihre romantische Stimmung verpuffte. An ihre Stelle traten Ernüchterung und Ärger über ihren Vater, obwohl sie wusste, dass das ungerecht war. Er saß ja nicht dort, weil er kontrollieren wollte, ob Henry sie auch wirklich zum verabredeten Zeitpunkt zurückbrachte. Das hätte er auch in seiner Kammer gehört. Nein, er saß nun mal oft nachts auf der Veranda und schmauchte. Es ärgern sie dennoch, vor allem aber nahm es ihr die freudige Erwartung dessen, was Henry ihr womöglich endlich gestehen wollte.

»Mallory, ich wünschte, ich wäre frei und in der Lage, das zu tun, was ich mir wie nichts sonst von Herzen wünsche«, sagte Henry. »Aber auch wenn ich zurzeit noch nicht völlig Herr meiner Entscheidungen bin und mich der Verantwortung für meine Mutter nicht entziehen kann, hoffe ich doch, dass du weißt, wie viel du mir bedeutest.«

Herr im Himmel, dann sprich es doch aus!, stöhnte sie in Gedanken und hätte ihn am liebsten gepackt und gerüttelt, damit er seine steife Ernsthaftigkeit loswurde. Ist es denn so schwer, auszusprechen, dass du mich liebst? Warum sagst du es nicht einfach?

Sie verstand ja, dass er seine kranke und verbitterte Mutter nicht im Stich lassen würde, und das zu erwarten oder gar zu verlangen wäre ihr nie in den Sinn gekommen. Und genauso wenig, wie er ihr zumuten wollte, mit seiner Mutter unter einem Dach zu leben, war sie wild darauf, bei den beiden einzuziehen. Aber warum meinte er, sie würde ihn gleich vor den Altar zerren, sowie er ihr seine Liebe gestand? Nach dem Ehering drängte es sie nicht, aber nach der Gewissheit seiner Liebe, und dass er sie liebte, wollte sie ausgesprochen hören – und unbedingt auf ihren Lippen spüren!

»Wenn ich bald eine bessere Anstellung finde und es mir leisten kann, eine gute Pflege …« Weiter kam er nicht. Ein sehr vernehmliches Hüsteln von der Veranda her und gleich darauf ein metallisches Klicken sowie der Schein des Sturmfeuerzeugs, dessen flackernde Flamme der Vater über den Pfeifenkopf hielt, ließen ihn mitten im Satz verstummen.

»Ja, ich dich auch, Henry!«, flüsterte Mallory schnell und beugte sich vor, um ihm einen Kuss auf den Mund zu geben. Doch sie erwischte nur seine Wange, weil er in dem Moment den Kopf zur Veranda wandte. Laut sagte sie, während sie ihm ihre Hand entzog und aus dem Wagen stieg: »Danke für den schönen Abend, Henry!«

Verblüfft sah er ihr nach, und seine Hand fuhr zu der Wange, auf der er noch den sanften Druck ihrer Lippen spürte. »Ja, dir auch! Und schlaf gut, Mallory! … Auch Ihnen noch eine gute Nacht, Mister Kendrick!«

»Das wird sich zeigen«, kam es trocken von der Veranda zurück. »Und du pass auf, dass du die Augen offen hältst und nicht schon auf der Landstraße ins Träumen fällst, Henry!«

Verlegen lachend fuhr Henry vom Hof.

Mallory stieg zu ihrem Vater auf die Veranda. »Hättest du

deine Pfeife heute nicht mal in der Stube oder hinten auf der Treppe rauchen können?«, fragte sie vorwurfsvoll.

»Wenn man Süßholz raspeln oder es nicht bei Liebesgeflüster belassen will, hält man nicht ein paar Schritte vor dem Elternhaus seiner Herzliebsten, sondern sucht sich ein stilles Fleckchen – jedenfalls war das zu meiner Zeit so«, erwiderte William. »Aber vielleicht hat die heutige Jugend ja auch diese Hemmungen schon abgelegt! Wundern würde es mich nicht.«

Es wurmte Mallory, dass sie ihrem Vater recht geben musste. Warum nur hatte Henry nicht wenigstens unten im Schutz des Maisfeldes gehalten?

Der Vater erhob sich aus dem Schaukelstuhl. »Ich hoffe, du hast dich gut amüsiert.« Nun war sein Ton warmherzig und völlig frei von Sarkasmus.

»Ja, das habe ich.«

»Das freut mich. Henry ist ein anständiger Bursche.«

»Manchmal könnte er ruhig ein bisschen weniger anständig sein.«

Er lachte leise auf. »Na, da halte ich mich besser heraus. So, und jetzt an die Arbeit, lass uns zur Still hochsteigen! Wir müssen die Maische für den nächsten Run Mountain Smoke ansetzen. Ich hole Old Nick aus dem Stall und lade ihm die restlichen Säcke Roggenmehl auf. Sieh du indessen nach, ob noch genug Petroleum in den beiden Laternen ist! Das hätte ich fast vergessen.«

Weder war Mallory überrascht, noch dachte sie daran zu protestieren. Selbst wenn sie todmüde gewesen wäre vom Tanzen, hätte sie das nicht gewagt. Außerdem war sie die nächtliche Arbeit gewohnt. Und wenn auch noch kein Neumond war, zogen doch dichte Wolkenfelder über den Himmel und ließen nur wenig Sternenlicht durchsickern. Die Bedingungen waren nahezu ideal. Kein Moonshiner, der einen neuen Gärungsprozess ansetzen wollte, ließ solch eine perfekte Nacht ungenutzt verstreichen.

Die Haustür knarrte, und im nächsten Moment stand Robert bei ihnen auf der Veranda. Es war offensichtlich, dass er nicht eben erst aus dem Bett gesprungen war. Mallory sah sein flehentliches Gesicht und ahnte, was kommen und wie es ausgehen würde.

»Nimm mich mit, Vater!«, stieß er hervor. »Wie kann ich ein richtiger Kendrick sein, wenn ich noch nie mit euch da oben gewesen bin?«

»Sieh zu, dass du wieder in dein Bett kommst, Junge«, gab der Vater zurück, ruhig, aber mit einem Kopfschütteln, als habe er es mit einem Unbelehrbaren zu tun, der zum ungezählten Mal denselben Unsinn von sich gibt. Damit stiefelte er von der Veranda.

»Wenigstens einmal will ich dabei sein! Das kannst du mir doch nicht verwehren!«

Mallory trat zu ihm und legte ihm die Hand auf die Schulter. »Was soll das, Bobby? Du weißt doch, wie er ist«, raunte sie. »Treib es nicht auf die Spitze! Das ist es doch nicht wert!«

Aufgebracht schüttelte Robert ihre Hand ab. »Verdammt noch mal, ich bin dein Sohn, Vater! Ich habe ein Recht darauf, dass du …«

»*Was* hast du? Mach dich nicht lächerlich!«, schnitt ihm der Vater das Wort ab und blieb kurz stehen, ohne sich jedoch zu ihm umzudrehen. Er wandte nur halb den Kopf und herrschte ihn an: »Verschwinde in dein Bett. Das ist alles, was es dazu zu sagen gibt!«

Trotz der nächtlichen Dunkelheit sah Mallory in den Augen ihres Bruders Zorn auflodern wie eine wilde Flamme. Dass der Vater ihm noch nicht einmal den Respekt zollte, ihn richtig anzusehen, brachte das Pulverfass seiner verletzten Gefühle zur Explosion.

Mit einem Satz sprang er von der Veranda, rannte hinter dem Vater her, packte ihn an der Schulter und riss ihn herum. »Das lasse ich mir nicht länger gefallen!«, schrie er außer sich vor Wut. »Du bestimmst über mich, als wäre ich dein Sklave! Das kannst du vielleicht noch ein paar Jahre, aber dann ist es damit vorbei! Dann hast du mir nichts mehr vorzuschreiben! Wenn ich dann zur Still hochsteigen will, werde ich es tun!«

Mallory war, als bleibe ihr das Herz stehen. Der Schreck war ebenso groß wie die Fassungslosigkeit über den Ausbruch ihres Bruders. Unwillkürlich hielt sie die Luft an.

Der Schlag mit dem Handrücken kam so schnell, dass selbst Mallory ihn nicht vorhersah, und er traf ihren Bruder so hart, dass er rücklings taumelte, das Gleichgewicht verlor und fiel.

»Nein, das wirst du nicht! Nur über meine Leiche, hast du das jetzt endlich begriffen?« Der Ton des Vaters war kalt und scharf. Abrupt wandte er sich ab und verschwand in der Schwärze der Scheune.

Fassungslos hockte Robert am Boden und hielt sich die schmerzende Wange, die brannte wie Feuer. Tränen stiegen ihm in die Augen, aber nicht wegen des Schmerzes. Ohrfeigen waren weder ihm noch Mallory fremd, aber noch nie hatte ihn der Vater wirklich geschlagen – bis zu dieser Stunde.

## 33

O'Reilly stürmte in sein Arbeitszimmer am Ende des langen Flurs. Dass dabei der Morgenrock aufwehte und kurz seine noch feuchte Scham entblößte, kümmerte ihn nicht. »Wie ist es gelaufen?«, rief er ungeduldig, während er die mit Leder gepolsterte Tür hinter sich zuschlug. »Habt ihr ihn bei den Eiern gekriegt?«

Frank Marlowe stand an den protzigen Schreibtisch gelehnt und schaute zur Tür. Er sah müde aus. In der Hand hielt er eins der schweren Kristallgläser vom Barwagen, gefüllt mit goldbraunem Whiskey. »Ich war so frei. Aber diesmal habe ich zum *real McCoy* gegriffen«, sagte er, ohne dass sein Ton irgendetwas verriet, und deutete auf die Flasche Old Crow, die aus den arg geschrumpften Vor-Prohibitions-Beständen stammte. »Nach diesem Tag kann ich den gebrauchen, und ich denke, Sie sollten sich auch einen genehmigen, Mister O'Reilly.«

Seit Beginn der Prohibition kam der illegal angebotene Alkohol zum großen Teil aus Kanada im Norden und aus der Karibik im Süden, und zwar auch auf dem Seeweg. Einer dieser *rum runner* genannten Schmuggler war Bill McCoy, der mit seiner Flotte aus fünf schnellen Schonern wie viele andere von den Bahamas und anderen karibischen Inseln Alkohol bis kurz vor die amerikanischen Hoheitsgewässer brachte, dort vor Anker ging und auf hoher See an lokale Schmuggler verkaufte, die von der nahen Küste zu ihm herauskamen. Im Gegensatz zur Konkurrenz auf der einträglichen *rum row* verkaufte Bill McCoy jedoch nur Hochprozentiges von höchster Qualität, verpackt in grober Jute und, nach der langen Seereise auf seinen Schonern, mit Salzkristallen auf den Säcken. Das und sein Schneid hatten ihn binnen kurzem zur Legende werden lassen, und die Beteuerung *That's the real McCoy!** war im Volksmund zum geflügelten Wort für »das echte Ding« geworden.

O'Reilly warf Marlowe einen unwirschen Blick zu und fragte sich, ob er sich mit dem Drink wappnen sollte, weil Frank schlechte Nachrichten brachte.

Dieser schien seine Gedanken erraten zu haben. Plötzlich trat ein breites Grinsen auf sein Gesicht. »Der Mann heißt Richard Burton«, sagte er.

»Verdammt, hättest du das nicht gleich sagen können, statt so rumzueiern und mich glauben zu lassen, ihr hättet die Sache vergeigt?«, maulte O'Reilly, erwiderte jedoch das Grinsen und goss sich großzügig Old Crow ins Glas. Und während Frank nur

* Die Redewendung ist auch heute noch im amerikanischen Sprachgebrauch höchst lebendig.

die Achseln zuckte, zu seinem Zigarettenetui griff und sich eine Chesterfield ansteckte, entnahm er dem Humidor aus Walnussholz, den Eddie Wheeler ihm, wenn auch nicht ganz freiwillig, mit all dem anderen Mobiliar überlassen hatte, eine schmale Lonsdale, schnitt sie an und steckte sie an. »Also dann, leg los!«, rief er, ging zu der Sitzgruppe hinüber und ließ sich in einen der schweren Ledersessel fallen. »Wer ist dieser Richard Burton? Und wieso hat es so lange gedauert?«

Frank Marlowe nahm ihm gegenüber auf dem Sofa Platz. »Der Mann hatte alle Zeit der Welt. Nach dem Treffen mit Ihnen hat er sich erst mal einen schönen Tag in Roanoke gegönnt.«

»Ich weiß, ich weiß.« O'Reilly wedelte ungeduldig mit seiner Lonsdale. »Er ist eine elend lange Stunde über die Jefferson Street flaniert, bis runter zum Elm Park, war kurz in einem Geschäft, hat sich eine Packung Lucky Strikes und die *Saturday Evening Post* gekauft und ist dann oben am Market Square in einen Frisiersalon spaziert, um sich in aller Ruhe die verdammten Haare schneiden zu lassen!«

Frank Marlowe nickte, denn genau das hatte er O'Reilly aus einer Telefonzelle mitgeteilt, während Knuckles und Goldie den Mann im Frisiersessel nicht aus den Augen gelassen hatten. »Aber damit war sein Plan für seinen Tag in Roanoke noch nicht erfüllt.«

»Dann halt dich nicht mit kaltem Kaffee auf! Was ist passiert? Hat er versucht, euch abzuhängen?«

Frank Marlowe schüttelte den Kopf. »Ich glaube nicht, dass er auch nur daran gedacht hat, dass er verfolgt werden könnte. Seit ich weiß, wer er ist und was hinter ihm steht, bin ich mir sicher, dass er sich sozusagen für unberührbar hält.«

»Und wer ist er nun?«

»Der einzige Sohn und Erbe von Richard Lee Burton II., der einundfünfzig Prozent an der *First Savings & Loan Bank* in Rocky Mount hält«, sagte Frank Marlowe. »Gegründet hat die Bank der gleichnamige Großvater noch vor dem Bürgerkrieg, und letztes Jahr hat Richard Lee Burton II. die Geschäftsführung seinem siebenundvierzigjährigen Sohn Richard Lee Burton III. übertragen.«

O'Reilly schaute verblüfft drein. »Was? Der Direktor und Erbe einer gottverdammten Bank?«

»Ja, und zwar einer sehr profitablen. Zudem stehen die Burtons mit den Spitzen von Politik und Wirtschaft hier in Roanoke auf bestem Fuß.«

Mürrisch verzog O'Reilly das Gesicht. Kein Wunder, dass der Fischkopf so selbstsicher aufgetreten war. »Und wie hast du das alles herausgefunden?«

»Na ja, leicht hat er es uns nicht gemacht. Erst einmal war er frisch frisiert im *Comet Theater* und hat sich *Die drei Musketiere* mit Douglas Fairbanks angesehen«, berichtete Frank Marlowe. »Knuckles war sauer, weil er nicht mit reinkonnte, sondern den Hinterausgang im Auge behalten musste.«

»Weiter!«

»Nach dem Stummfilm ging es ins *Hotel Roanoke* zu einem frühen Abendessen. Anschließend hat er ein Taxi zum Bahnhof genommen und ist in den Zug nach Rocky Mount gestiegen.«

»Und ihr drei seid mitgefahren?«

»Nein, ich habe die beiden mit dem Wagen vorgeschickt. Goldie hat ordentlich auf die Tube gedrückt und war sogar ein paar Minuten vor dem Zug da.«

»Wieso warst du dir sicher, dass er nicht woanders aussteigen würde, in Martinsville oder Gretna?«

»Weil Sie mir am Telefon so detailliert von Ihrem Gespräch mit ihm berichtet haben. Demnach lag es nahe, dass er aus Rocky Mount kommt«, sagte Frank Marlowe. »Er kannte sich viel zu gut mit den lokalen Gegebenheiten aus, um anderswo zu wohnen. Jemand, der in Martinsville oder Gretna – und damit in einem anderen County – wohnt, kommt wohl kaum an diese Information über die versteckte Still heran. Außerdem war der Kerl zu teuer gekleidet, um in irgendeinem kleinen Kaff zu wohnen.«

O'Reilly nickte. »Okay, und dann?«

»In Rocky Mount wurde Burton von seinem Chauffeur abgeholt, und da er wie sein Vater im Ort bekannt ist wie ein bunter Hund, war es ein Kinderspiel, seinen Namen herauszukriegen und damit zu wissen, welche gesellschaftliche Stellung er hat«, fuhr Frank Marlowe fort und stand auf, um die Flasche Old Crow zu holen und sich nachzuschenken.

Nachdenklich kratzte sich O'Reilly die Bartstoppeln am Kinn. »Ich kapier nicht, was zum Teufel ein Bankdirektor wie dieser Richard Lee Burton mit einem Moonshiner wie Kendrick zu schaffen hat«, sinnierte er. »Und wieso kennt er das Versteck, das doch angeblich keiner kennt? Und welches Interesse kann so ein Kerl daran haben, dass ich dem Dutchman die Still in die Luft jage?«

Frank Marlowe kehrte zu ihm zurück, setzte sich wieder mit vollem Glas und sagte mit feinem Lächeln: »Auch das habe ich herausgefunden, Mister O'Reilly. William Kendrick hat vor zwei Jahren auf seine Farm eine Hypothek mit relativ kurzer Laufzeit aufgenommen, und wenn er mit den hohen Raten in Rückstand gerät, kassiert Burtons Bank die Farm.«

»Okay, aber das allein …«

»… ist nicht der Hauptgrund, richtig«, fiel Frank seinem Boss ins Wort. »Außerdem erklärt es nicht, woher er die Information über das Versteck hat.«

»Du sagst es, Frankie. Also, was steckt wirklich dahinter?«

Frank Marlowe ließ sich Zeit und nahm erst einmal einen Schluck Whiskey. »Wer wirklich dahintersteckt, ist vermutlich der Mann, mit dem sich Richard Lee Burton gleich nach seiner Ankunft in Rocky Mount getroffen hat«, sagte er schließlich. »Kendrick und er sind zusammen an der Moonshine Road aufgewachsen, von ihm stammt die Zeichnung von dem Versteck.«

Erwartungsvoll beugte O'Reilly sich vor. »Und? Wer ist dieser Mann? Welches Interesse hat er daran, dass Kendricks Still in die Luft fliegt?«

Frank Marlowe sagte es ihm.

»Jetzt kapier ich! Gute Arbeit, Frankie!«, rief O'Reilly. Genüsslich rollte er die Zigarre zwischen den Lippen hin und her und nickte, während er sich das alles noch einmal durch den Kopf gehen ließ. Er wartete darauf, dass Frankie fragte, was er nun zu tun beabsichtige, aber diese Frage kam nicht, und das hätte er eigentlich wissen müssen. Aus dem Bereich seiner Geschäfte, bei dem die Drecksarbeit mit Blei, scharfer Klinge oder Drahtschlinge erledigt wurde, hielt Frank sich heraus, so weit und so lange es ihm gestattet wurde.

Frank Marlowe schlug die Beine übereinander, wartete, rauchte und genoss seinen Whiskey.

»Du kannst die Sache mit den Hodges vom *County Line Restaurant* abblasen«, trug O'Reilly ihm schließlich auf. »Aber gegenüber den Kendricks sollen sie den Mund halten, bis ich mit ihnen fertig bin. Alles andere bleibt wie abgemacht.«

Frank Marlowe nickte. »Ich kümmere mich drum.«

»Das ist alles.«

»Okay, dann mach ich mal meine Runde durch die Clubs«, sagte Frank Marlowe, drückte seine Zigarette aus und leerte ihm Aufstehen sein Glas.

»Warte, da ist noch was, das du für mich erledigen kannst, Frankie. Und es wäre mir verdammt lieb, wenn du es sofort tun würdest.«

Frank Marlowe blieb an der Tür stehen und sah mit hochgezogenen Brauen zu seinem Boss hinüber. Dass der ihm jetzt nicht irgendeinen Befehl erteilen würde, sondern erwartete, dass er ihm einen Gefallen tat, lag auf der Hand. »Und, was gibt es sofort zu erledigen, Mister O'Reilly?«

»Geh rüber in mein Schlafzimmer und sag Amy, sie soll sich anziehen und verschwinden! Ich will sie hier oben nicht mehr sehen, und auch im Club soll sie mir nicht auf die Pelle rücken und glauben, ich würde mir das noch mal überlegen. Ich bin mit ihr durch, mach ihr das klar!«, sagte er grimmig. »Für solche

Sachen hast du ein besseres Händchen. Bei dir wird sie sich zusammenreißen und nicht zicken. Gib ihr ein paar Scheine, wenn sie flennt, und dann scheuch sie raus. Und wenn sie Krawall macht oder hysterisch wird, fliegt sie – und zwar nicht nur aus der Revue-Truppe, sondern gleich aus der Stadt! Sorg dafür, dass sie das kapiert, bevor sie die Fliege macht!«

»Wie hoch wollen Sie die Kleine denn für ihre privaten Soloeinlagen abfinden?«

»Mit zwei, drei Wochenlöhnen, höchstens.« Irgendetwas an Frankies spöttischem Blick ärgerte ihn. »Mein Gott, damit ist sie bestens bedient, Mann! Das Kallamutra oder wie dieses Bums-Lehrbuch heißt, hat die Schnepfe nun wirklich nicht erfunden!«

»Okay, zwei, drei Wochenlöhne«, wiederholte Frank Marlowe und fügte im Hinausgehen hinzu: »*Kamasutra*, Boss, übersetzt: *Die Verse des Verlangens*. Das Buch kommt aus Indien.«

»Mir scheißegal, ob die Fickbibel aus Indien kommt oder dem ewigen Eis! Ich will, dass Amy verschwindet und mir vom Hals bleibt, okay? Also schmeiß sie raus!«, rief er ihm nach. »Schaff sie vom Acker! Und mach die Tür hinter dir zu!« Er wollte Amys Geheule, wenn sie gleich aus dem Schlafzimmer kam, nicht hören.

Sanft zog Frank Marlowe die Tür ins Schloss.

## 34

O'Reilly wartete eine Weile, ob Amy wohl trotz aller Warnungen eine Szene machen würde, aber es blieb still auf dem Gang. Erleichtert, sich das geschwätzige Revue-Girl so elegant vom Hals geschafft zu haben, goss er sich Whiskey nach und gönnte sich einen ordentlichen Schluck. Dann strich er sie aus seinen Gedanken und widmete sich der Frage, wie er die Sache mit dem Dutchman angehen sollte.

Eine unbändige und tief verwurzelte Wut flammte in ihm auf, als er darüber nachdachte, wer die Männer waren, die ihm William Kendrick ans Messer geliefert hatten. Zweifellos galten beide als ehrenwerte Gentlemen, die keinen Gottesdienst verpassten, in der Kirche in der vordersten Bank saßen, die Politik im County mitbestimmten, aus dem Vorstand des Country Clubs nicht wegzudenken waren, unter dem Beifall der Zeitungsschreiberlinge wohltätige Spenden leisteten und in dem Ruf standen, unverzichtbare Stützen der Gesellschaft zu sein. Dabei waren sie Verbrecher wie er! Nur dass sie ihre Verbrechen auf legale Weise verübten und die gelegentlich notwendige Drecksarbeit von anderen erledigen ließen.

Er wünschte, er hätte diesem hochnäsigen Schweinehund von Banker in der Teestube tatsächlich die Faust ins Gesicht gedroschen, aber das ließ sich nachholen, falls es ihm zu sehr gegen den Strich ging, dass der Kerl ungeschoren davonkam. Und was den anderen ehrenwerten Gentleman anging, so hatte der miese Verräter sich geschnitten, wenn er glaubte, mit der Anfertigung der Skizze aus dem Schneider zu sein und nur noch warten zu müssen, bis der Dutchman erledigt war und er zusammen mit dem Fischkopf von Banker die Früchte von anderer Leute Drecksarbeit ernten konnte!

Er spülte die bittere Wut auf das scheinheilige Pack mit einem weiteren Schluck Old Crow hinunter und zwang sich, über die praktische Umsetzung des Plans nachzudenken, der schon im *Imperial Tea Room* vage Gestalt angenommen hatte. Dabei bereitete ihm nicht so sehr das *Wie* Kopfschmerzen, weil das in den Grundzügen eigentlich feststand, sondern vielmehr die Frage, *mit wem* er die Sache durchziehen sollte.

Natürlich hätte er das am liebsten allein mit den Männern aus seiner alten Truppe getan, aber das konnte er sich gleich abschminken. Er musste auch die Neuen, die von Eddie Wheelers und Arnie Flints Truppen zu ihm übergelaufen waren, einbinden, damit sie sich nicht übergangen fühlten und meinten, er traue ihnen nicht. Er musste ihnen die Chance geben zu beweisen, was sie draufhatten und dass er sich auf sie verlassen konnte. Nur so würde er die Männer zu einem loyalen, schlagkräftigen Outfit zusammenschweißen. Außerdem war es die erste gute Gelegenheit, herauszufinden, was die Neuen wirklich taugten.

Er klemmte sich die Flasche unter den Arm, ging hinüber zum Schreibtisch, setzte sich in den ledergepolsterten Drehstuhl und griff zu Papier und Stift, um das Team zusammenzustellen. Es war eine etwas größere Truppe nötig. Skinny, Knuckles und Goldie notierte er erst gar nicht; dass die drei dabei sein würden, war klar. Das Gleiche galt für den fetten Gifford. Den brauchte er nach der Abrechnung mit dem Dutchman, um das nötige Vertrauen herzustellen. Ebenso stand fest, dass Frankie-Boy außen vor bleiben und in Roanoke die Stellung halten würde.

Wer noch? Okay, Pete Sullivan, der Kerl mit dem Bulldoggengesicht, und Hank Brewster, der behaart war wie ein Affe und mit seinem Pferdegebiss jedem Ackergaul die Show stahl, mussten auf jeden Fall mit. Der eine hatte bei Eddie Wheeler eine wichtige Rolle als Unterführer gespielt, der andere in Flints Outfit; die konnte er nicht übergehen, wenn er sich ihre Loyalität sichern wollte.

In Frage kamen aber auch Freddy Connelly und Jamie MacIver, die bisher unter allen Überläufern den besten Eindruck gemacht hatten. Sie hängten sich rein wie sonst keiner von den Neuen. Dass MacIver einem mit seinem biblischen Gesülze manchmal schwer auf den Senkel ging und Freddys Genuschel oft einem Nebel aus wortähnlichen Lauten glich – weshalb er auch Freddy the Fog genannt wurde –, nahm er dafür gern in Kauf. Sein Gefühl sagte ihm, dass er auf die beiden bauen konnte, während das endgültige Urteil über Pete Sullivan und Hank Brewster noch ausstand.

Während O'Reilly überlegte, wer mitkommen und bei dem Ausflug zur Farm der Kendricks welche Aufgabe übernehmen sollte, fiel sein Blick auf den silbernen Bilderrahmen, der links neben dem klobigen Telefonapparat stand. Er war das einzige persönliche Stück in diesem Raum. Im Rahmen hinter dem Glas steckte eine verblichene Fotografie. Die sich kreuzenden Knicke, die durch das Bild gingen und es vierteilten, verrieten, dass es längere Zeit zweifach zusammengefaltet gewesen war.

Es gab Zeiten, in denen er dieses Foto irgendwo hinten in einem Kleiderschrank oder einer Schublade aufbewahrte, weil er den Anblick nicht ertrug. Und dann wieder ging er durch Phasen seines Lebens, in denen er den Rahmen so aufstellte, dass er das Bild oft im Blick hatte, weil sich die Gesichter in seiner Erinnerung aufzulösen drohten und er sich vor diesem Vergessen fürchtete. Jetzt bereute er, am Morgen geglaubt zu haben, dass das Foto hier auf den Schreibtisch gehörte.

Er konnte nicht sagen, warum er manchmal wochen-, ja sogar monatelang mit dem Anblick leben konnte, und warum das Elend und die Schuld ihn dann plötzlich wieder wie ein Faustschlag in den Unterleib trafen.

So wie jetzt.

Sein Magen zog sich zu einem schmerzhaften Knoten zusammen, und es würgte ihn, als er die Blicke seiner Geschwister Timothy und Eanna auf sich gerichtet sah. Der kleine Bruder klammerte sich an seine Hand, so wie er sich später in jener Winternacht im eisigen Wasser an ihn geklammert hatte. Gerettet hatte ihn das nicht. Ebenso wenig war Eanna durch ihr blindes Vertrauen gerettet worden. Stumm klagten sie ihn an.

Die Blicke seiner Eltern brauchte er nicht zu fürchten. Diesen Teil der Fotografie hatte das Salzwasser schon vor Jahrzehnten derart zerfressen, dass man die Umrisse der beiden Erwachsenen hinter den Kindern bestenfalls noch erahnen konnte. Aber selbst als seine Eltern noch am Leben gewesen waren, hatte er in ihren Augen nichts als Hoffnungslosigkeit gesehen.

Mit zitternder Hand griff er zur Flasche und setzte sie an die Lippen. Der Whiskey brannte sich durch seine Kehle und wurde im Magen zu flüssigem Feuer. Erlösung brachte er nicht. Alle auf dem Foto außer ihm waren tot. Und dass das so war, würde er sich nie verzeihen.

## 35

»Es schreit zum Himmel, dass die Schwarzbrenner jetzt auch bei uns ihre Ehre an den Nagel hängen und zu gewissenlosen Panschern und Giftmischern werden!«, schimpfte William, während er das Drehscharnier des langen, dreiteiligen Ofenrohrs schmierte, durch das später das kalte Quellwasser aus dem nahen Bach in den Bottich mit den Kupferschlangen des Kondensators fließen würde. Das Rohr ließ sich leicht verlängern und an seiner Aufhängung so drehen, dass auch die Vergärungsbehälter mühelos mit Wasser gefüllt werden konnten.

»Na, ganz so schlimm ist es ja wohl nicht«, erwiderte Mallory und strich sich eine Strähne aus dem Gesicht, über das der Schweiß nur so rann. Es ging auf halb drei in der Nacht, und vor kurzem war ein leichter Wind aufgekommen. Er brachte keine nennenswerte Kühle, aber selbst wenn es eiskalter Winter gewesen wäre, hätte sie bei ihrer Arbeit an der Still kaum weniger geschwitzt, stand sie doch an den Boxen, in denen die Maische seit Tagen gärte. Bei diesem *run*, bei dem am Ende bester Mountain Smoke Whiskey aus dem Kondensator rinnen sollte, bestand die Blasen werfende Pampe in den Boxen hauptsächlich aus Roggenmehl. Mallory kontrollierte das Feuer unter den Bodenblechen der klobigen Behälter, verteilte mit einer Harke die Glut gleichmäßig und legte hier und da Holz nach.

Vier der sechs Petroleumlampen, die entlang der Anlage an in den Boden gerammten Holzstangen hingen, warfen ihren gelblichen Schein über die kleine, aber verhältnismäßig ebene Fläche am Nordwesthang des Stone Ridge Mountain, auf der seit Jahrzehnten die Kendrick-Still knapp dreihundert Fuß unterhalb der Bergkuppe versteckt lag.

Der Platz maß gerade mal fünfzehn Schritte in der Länge und weniger als die Hälfte in der Breite. Eine wulstige Felslippe wölbte sich in gut neuneinhalb Fuß Höhe über fast die gesamte Breite der Fläche und bildete so etwas wie eine halboffene Höhle. Auf der Oberseite war die vorspringende Felsplatte mit verfilzten Dornenbüschen und vor allem Giftsumach bewachsen. Das Dickicht aus diesem wild wuchernden Strauch, der schon bei der kleinsten Berührung mit nackter Haut schmerzhafte Entzündungen und allergische Reaktionen auslöste, war der beste Schutz vor unliebsamen Überraschungen von oben.

Von unten her war das Versteck durch eine Reihe von Stolperdrähten, die scheinbare Sackgasse der Schlucht auf halber Höhe sowie ähnlich weglos scheinende Dickichte geschützt, wobei ein wahres Meer von teilweise mannshohen Rhododendren den letzten Teil des Hangs bedeckte. Dort den Pfad hinauf zum Versteck zu finden war schon bei Tag nur jenem möglich, der sehr genau wusste, wonach er suchte, und mit dieser Natur bestens vertraut war. Ein Versuch bei Nacht war für jemanden, der sich in dem zerklüfteten Gelände nicht auskannte, vollkommen sinnlos.

Um den Platz war in einem Halbrund eine sechs Fuß hohe Bretterwand errichtet. Sie war von immergrünen Kletterpflanzen so dicht bewachsen, dass längst kein Brett und kein Balken mehr zu erkennen war, und schirmte die Destillerie und die tief hängenden Petroleumlampen zum Tal hin ab. Dass die Bretterwand aus zwei einander leicht überlappenden Teilen bestand, erkannte man erst, wenn man direkt vor dem Eingang stand, der zwischen diesen beiden Efeuwänden hindurchführte und auch für Old Nick mit seinem hölzernen Lastengestell breit genug war.

»Von wegen! Der Verfall der Sitten ist erschreckend«, widersprach der Vater zornig, schob die Wasserzuleitung weg und richtete sich auf. Er lehnte sich gegen den fast brusthohen Bottich, in dem sich der »Wurm« befand, die teure Kupferschlange, die sich mit zehn Drehungen nach unten zum Spundloch wand. »Es geht nur noch darum, in möglichst kurzer Zeit eine möglichst große Menge Moonshine mit möglichst hohem Alkoholvolumen zu produzieren und dann beim Verschneiden von diesem Dreckszeug den größtmöglichen Profit herauszuschinden! Auf ihrer Jagd nach dem schnellen Dollar schrecken diese Leute vor keiner Sauerei zurück. Selbst der alte Jenkins und seine Sippschaft sind auf den Zug aufgesprungen, wie ich gehört habe. Die brennen in letzter Zeit bloß noch *third rail!*«

»Die Jenkins vom Snow Creek?«

»Wenn ich es dir doch sage«, knurrte der Vater und holte Pfeife und Tabaksbeutel aus der Brusttasche seines Overalls.

Mallory schüttelte den Kopf. Der Moonshine, von dem ihr Vater sprach, hieß nicht von ungefähr *third rail;* er war nach der dritten, Starkstrom führenden Schiene von Oberleitungen für elektrische Bahnen benannt. Dieses üble Zeug, das nur noch aus Stärkezucker und Melasse gekocht und im Schnellprozess durch die Destillieranlage gejagt wurde, war unverschnitten ein mörderisch starker Alkohol, der auch unter so vielsagenden »Markennamen« wie *bust head, panther sweat* oder *canned heat* in die Speakeasies kam.

Wer den schnellen Kick suchte, in kürzester Zeit betrunken sein wollte, der lag mit dem hochprozentigen Fusel goldrichtig, aber Geschmack, geschweige denn so etwas wie ein Bouquet hatte dieser Rachenputzer nicht. Was in manchen Kaschemmen als Rye Whiskey verkauft wurde, war in Wirklichkeit nie in Kontakt mit auch nur einem einzigen Roggenkorn gekommen. Seine Farbe verdankte dieses Gebräu allein dem beigemischten Karamellzucker oder Tabaksaft. Andere Sorten, die angeblich lange in angeflämmten Whiskeyfässern gereift waren, erhielten ihre falschen Aromen, indem der Schwarzbrenner Holzscheite im Schnelldurchgang verkohlen ließ und seinen Moonshine darübergoss. Nicht selten kam dabei ein Gebräu heraus, von dem man erblinden, ja sogar sterben konnte, weil sich aufgrund schlampiger Brennmethoden im Destillat noch Rückstände tödlicher Gifte wie Amyl, Butyl und Propyl befanden.

Mallory kannte die Gefahren. Schon Großvater Carl hatte ihr mehr als einmal anhand in der Scheune gefangener Ratten drastisch vor Augen geführt, welch tödliche Wirkung Moonshine haben konnte, der unsauber gebrannt war. Und auch der Vater hatte immer wieder dafür gesorgt, dass sie nie vergaß, welch große Verantwortung sie bei der Arbeit an der Still trug.

»Aber so schäbig es auch ist, dass die Jenkins auf den Zug zum schnellen Geld aufgesprungen sind und bloß noch Stärkezucker und Melasse brennen, sie sind noch nicht die Schlimmsten. Und ich hätte nie geglaubt, dass ich das einmal sagen würde!«, setzte der Vater seine grimmige Litanei fort, während er die Flamme seines Feuerzeugs mit dem deutschen Reichsadler an den Pfeifenkopf hielt.

Mallory hatte noch nie erlebt, dass er sich über die zweifelhaften Methoden mancher Moonshiner in ihrem County dermaßen aufregte. In dieser schwülen Nacht schien er nicht zu bremsen in seinem Zorn.

»Weißt du, was Arthur mir erzählt hat, als ich vorletzte Woche bei ihm auf dem Schrottplatz war, um nach einem gut erhaltenen Schalthebel für unseren Truck zu suchen?«

»Nein, was?«, fragte Mallory und griff nach einem langen Brett, um die blubbernde Maische in den Boxen, die vier Fuß tief und drei mal drei Fuß groß waren, umzurühren. Bis auf die feuerfesten Bodenbleche, die zum Schutz vor hochzüngelnden Flammen auch noch den unteren Teil der Seitenwände bedeckten, bestanden die Behälter aus dicken Holzbohlen, wobei die Fugen traditionell dick mit Lehmschlamm versiegelt wurden.

»Auf seinem Schrottplatz findest du kein einziges Autowrack mit einem Kühler mehr! Selbst bei den alten Ford-Model-T-Kisten fehlt der Radiator! Er hat die Dinger in den vergangenen

Wochen alle verkauft, so verrostet sie auch waren!«, erregte er sich und kümmerte sich nun, da seine Pfeife brannte, um das Feuer unter dem Kessel der Still. Dazu lachte er grimmig auf. »Moonshine aus dem rostigen Radiator einer Tin Lizzy! Wohin sind wir gekommen?«

Mallory wusste, was ihn erzürnte. Im Prinzip gaben Autokühler einen perfekten Kondensator ab, wurde darin doch das Wasser durch zahllose Kühlschlangen geleitet. Aber diese Leitungen bestanden nicht aus Kupfer, und so enthielt der Alkohol, der als kochheißer Dampf durch die rostigen Spiralen glitt, bevor er kondensierte und flüssige Form annahm, Blei und andere giftige Stoffe.

Was für ein böser Witz, dass wir all das den unduldsamen Abstinenzlern zu verdanken haben!, fuhr es Mallory durch den Kopf, während sie die breiige Maische umrührte.

Jahrzehntelang hatten die fanatischen Temperenzler und die Anti-Saloon-Liga verbissen für die Prohibition gekämpft und jeglichen Alkoholgenuss verteufelt. Sie hatten eine bessere, gottgefälligere Welt schaffen und Amerika zum Vorbild dieser neuen, tugendhaften Ordnung machen wollen. Schließlich hatten die puritanischen Tyrannen, wie der Vater die Anhänger der Abstinenzlerbewegung nannte, auf der politischen Bühne gesiegt. Der Kongress hatte den *Volstead Act* verabschiedet und damit die Trockenlegung eines ganzen Landes zum Gesetz erhoben. Das »noble Experiment« hatten sie es genannt.

Doch die moralische Zwangsbeglückung hatte nicht die erwartete große Ernüchterung im Sinne des Wortes zur Folge gehabt. Vielmehr war das genaue Gegenteil eingetreten. Die Leute dachten gar nicht daran, dem Alkohol zu entsagen und Amerika zum Vorbild einer besseren Welt zu machen. Stattdessen tranken sie mehr als je zuvor. Die Zahl der überall aus dem Boden schießenden Flüsterkneipen übertraf schon nach kürzester Zeit die der einst legalen Lokale mit Alkoholausschank. Die explodierende Nachfrage nach Alkohol verführte immer mehr

Schwarzbrenner, es mit der Sicherheit und dem Geschmack ihres Produktes nicht mehr so genau zu nehmen. Wichtig schien nur, dass Menge und Alkoholvolumen stimmten.

Das ist die Welt, die die verbohrten Abstinenzler uns beschert haben! Eine Welt, in der mieser Alkohol das Land überschwemmt, Korruption alle öffentlichen Ämter befallen hat und die Unterwelt gigantische Geschäfte macht. Schöne neue Welt!

Mallory schob diese Gedanken beiseite, weil es nichts brachte, sich darüber zu ärgern, und überlegte, ob sie schon zum Kaffeebeutel greifen und eine erste Hand voll Bohnen kauen sollte. Ein altes Moonshiner-Hausmittel, um sich wach zu halten, wenn einem nach Tagen und Nächten an der Still die Müdigkeit zu sehr zusetzte, man aber wach bleiben musste. Und sie sah kommen, dass diese Nacht ganz besonders lang werden würde. Die Maische ging in den Zustand des *snowballing* über, wie die dicken Schaumblasen verrieten, die sich auf der Oberfläche der Masse in den Behältern bildeten. Nun würden sie bald mit dem Brennen beginnen, und dann gab es keine Pause mehr, bis der letzte Schwung Maische in der Still kochte und der letzte Tropfen Alkohol aus dem Wurm geflossen war. Es war harte Arbeit, aber das machte ihr nichts aus. Sie war gern hier oben am Berg und liebte die Arbeit an der Still, auch die langen Nächte. Gewöhnlich herrschte zwischen dem Vater und ihr ein vertrautes, einträchtiges Schweigen, in dem jeder seinen eigenen Gedanken nachhing. Sie waren ein seit Jahren eingespieltes Team. Jeder wusste, was er wann wie zu tun hatte. Zudem war der Vater von Natur aus keiner, der viele Worte machte, wenn es nicht unbedingt sein musste.

Deshalb irritierte es sie ein wenig, dass er sich in dieser Nacht nicht von seiner gewohnten wortkargen Seite zeigte, sondern unaufhörlich über die schändlichen Methoden schimpfte, die in ihrem illegalen Gewerbe Einzug hielten. Als wollte er sich von etwas anderem ablenken, das in ihm arbeitete, über das er aber lieber nicht genauer nachdenken wollte.

Ein leichtes Rauschen ging durch die Bäume, und Mallory hielt kurz im Rühren inne und hob den Kopf. Der Wind schickte ein paar kräftige Brisen in die Bergwälder, trieb die Wolken vor sich her und brachte das dichte Blätterkleid der Bäume in Bewegung. Und er trug den intensiven, süßlichen Duft der Geißblattsträucher zu ihnen herauf, die ein Stück unterhalb der Still den schmalen Bachlauf säumten bis zu der Stelle, an der eine Felsspalte ihn verschluckte.

Sie zog das Brett aus der Vergärbox und überlegte, ob sie jetzt mit dem Vater reden sollte. Es gab einiges, das ihr auf der Seele lag und das sie gern mit ihm besprochen hätte. Vor allem die Sache mit Bobby. Seit dem harten Schlag mit dem Handrücken vier Tage zuvor hatte ihr Bruder sich gegenüber dem Vater völlig verschlossen, war erfüllt von stummem, ohnmächtigem Zorn und der Überzeugung, dass ihm einmal mehr großes Unrecht geschehen war. Seitdem hatte er kein Wort mit dem Vater gesprochen – abgesehen von den knappen Ja- und Nein-Antworten, die ihm durch Fragen abgenötigt worden waren.

Und der Vater, der sowohl das Recht als auch die Notwendigkeit auf seiner Seite sah, hatte sich nicht im Mindesten daran gestört und reagierte auf Roberts Verweigerung mit ähnlicher Sturheit. Das eine wie das andere musste ein Ende haben! Es brach ihr das Herz, wenn sie Bobby nachts in seiner Kammer weinen hörte. Offenbar meinte er, wenn er sich die Bettdecke über den Kopf ziehe, bekomme sie nichts mit. Sie musste unbedingt zwischen ihm und dem Vater vermitteln, was nicht leicht sein würde, waren sie doch beide aus demselben starrköpfigen Holz geschnitzt.

Mallory seufzte leise und beschloss, noch zu warten, bis die Still lief und sie gewiss sein konnten, dass auch diesmal erstklassiger Moonshine aus ihrer Kupferschlange floss. In diesen Momenten, wenn große Müdigkeit sich mit ebenso großer Zufriedenheit angesichts eines harten, aber gelungenen Stücks Arbeit verband, war der Vater gewöhnlich besonders milde gestimmt und empfänglich für Anliegen, denen er zu anderen Zeiten nicht so leicht ein Ohr schenkte.

Nicht mehr lange, und die Maische aus dem ersten Behälter musste rüber in den Kessel der Still, um dort unter hohem Druck und großer Hitze Alkoholdampf zu erzeugen, der dann zu dem Bottich mit den von Quellwasser gekühlten Kupferschlangen aufsteigen und sich am Ende verflüssigen würde.

Sie nickte dem Vater zu. Er wusste, was gemeint war, schloss das Ofenrohr an die passgerechte Rinne des Quellbachs an und ließ das Wasser in den mächtigen Bottich mit dem Wurm sprudeln. Dann legte er die Ketten zurecht, mit denen sie nachher den Deckel des Kessels fest verschließen mussten, damit er ihnen nicht mitsamt dem brühheißen Dampf und der Maische um die Ohren flog.

Indessen wartete Mallory geduldig darauf, dass der blasige Schaum sich auflöste und die Oberfläche der Maische die Farbe von milchigem Wasser annahm. *Still beer* nannten die Schwarzbrenner diese heiße, oben schwimmende Flüssigkeit.

Jetzt kam der Test, ob es an der Zeit war, den Kessel mit der Maische aus dem ersten Behälter zu füllen und unter Druck zu setzen. Sie fuhr mit dem Zeigefinger in das *still beer* und zog eine lange Bahn durch die Oberfläche.

»Und?«

Mallory ließ sich Zeit. Sie roch an ihrem Finger, schnüffelte wie ein Hund, der eine Fährte aufnimmt. Dann leckte sie das *still beer* ab, schob die wenigen Tropfen mit der Zunge im Mund herum, schmeckte und beobachtete dabei, wie schnell der klare Kanal, den sie durch das milchige Gebräu gezogen hatte, sich wieder schloss. Ein ausgeprägter Geruchs- und Geschmackssinn, Fingerspitzengefühl und eine scharfe Beobachtungsgabe waren in diesem Stadium ausschlaggebend für Erfolg oder Misserfolg. Wer sein *still beer* schon in die Destillieranlage füllte, bevor die Fermentierung abgeschlossen war, ruinierte seinen Moonshine ebenso wie der, der zu lange damit wartete.

»Okay, wir können«, befand Mallory schließlich. »Lass uns anfangen!«

Der Vater wollte etwas sagen, doch O'Reilly kam ihm zuvor. »Ich schätze, daraus wird heute Nacht nichts!«

## 36

Der nächtliche Aufstieg auf den Stone Ridge Mountain und die Notwendigkeit, dabei verräterische Geräusche zu vermeiden, hatten O'Reilly und seine Männer gehörig ins Schwitzen gebracht. Aber die Anstrengung hatte sich gelohnt, jetzt konnten sie hier oben mit dem Dutchman abrechnen.

Es erfüllte O'Reilly mit hämischer Genugtuung, dass er das angeblich unauffindbare Versteck der Kendrick-Still sehr wohl aufgestöbert hatte, wenn auch mit Hilfe dieses Hurensohns von einem vorgeblich ehrenwerten Bürger, der ihm den Farmer ans Messer geliefert hatte. Der Mann hatte sich vor Angst fast in die Hose gemacht, als Skinny und Goldie ihm tags zuvor einen Besuch abgestattet und ihm verklickert hatten, dass seine Tarnung aufgeflogen war und er in dieser Nacht höchstpersönlich den Bergführer für sie spielen würde. Diese Angst saß dem Verräter noch immer im Nacken.

Mit derselben hämischen Genugtuung registrierte O'Reilly nun, dass seine Stimme den Dutchman und seine Tochter traf wie ein Peitschenhieb aus der Schwärze der Nacht. Wie geschlagen, und das in mehr als einer Hinsicht, zuckten sie zusammen und fuhren herum, während seine Männer hinter ihm durch den Eingang der Efeuwand stürmten und sich auffächerten. Allein schon das nackte Entsetzen, das sich auf ihren Gesichtern malte, war jeden Tropfen Schweiß wert!

Die Tochter, die man in ihrer dreckigen Latzhose auf den ersten Blick auch für einen jungen Mann mit Zopf hätte halten können, stand mit halboffenem Mund und dem Rührbrett in der Hand wie zur Salzsäule erstarrt neben den Maischeboxen. Dagegen benötigte der Dutchman nur einen erstaunlich kurzen Moment, um den Schock zu überwinden und zu handeln. Er stürzte los, wollte nach links, wo oben auf einem Stapel Holzkisten seine Flinte mit den abgesägten Läufen lag.

Fast tat er O'Reilly leid. Glaubte er wirklich, noch rechtzeitig an die Waffe zu kommen *und* damit etwas ausrichten zu können? Das war doch nur der lächerliche Versuch eines Mannes, der schon erledigt gewesen war, bevor er, O'Reilly, sich bemerkbar gemacht hatte!

Wie abgesprochen schossen Skinny und MacIver auf ihre Opfer zu. Jamie MacIver war ein hochgewachsener, vierschrötiger Kerl mit kantigem, von Pockennarben entstelltem Gesicht. Mit seinem schütteren, stumpf braunen Haar, das ihm wie eine mottenzerfressene Löwenmähne über die Schultern fiel, sah er zehn, eher noch fünfzehn Jahre älter aus, als er war, nämlich gerade mal Anfang dreißig. Auch die Koteletten, die zum Unterkiefer hin schmaler wurden und am Kinn zu einem dünnen Bartstreifen zusammenliefen, verjüngten ihn nicht gerade. Er wirkte körperlich wie geistig schwerfällig, doch dieser Eindruck hatte mit der Wirklichkeit so viel zu tun, als würde man eine junge, zum Sprung ansetzende Hyäne als sanftmütig und träge bezeichnen!

So hatte er denn auch nicht die geringste Schwierigkeit, den Versuch des Farmers zu vereiteln. Wie vom Katapult geschnellt sprang er hinter O'Reilly hervor und war bei dem Dutchman, bevor dieser den Weg zu dem Kistenstapel auch nur halb überwunden hatte. Sofort drosch er ihm das Griffstück seiner Beretta zwischen die Schulterblätter und trat ihm, als er stolperte, gleich noch die Füße weg. Der Farmer stürzte der Länge nach in den Dreck.

Zur selben Zeit erledigte auch Skinny seine Aufgabe problemlos. Die Farmerstochter wollte mit dem Brett nach ihm schlagen, kam jedoch noch nicht einmal dazu, richtig auszuholen. Skinny griff das Brett mit der Linken und hämmerte ihr im selben Moment den eisernen Knauf seines Springmessers auf den rechten Ellbogenknochen. Sie schrie auf unter dem Schmerz, der durch ihren Arm jagte und ihr jegliche Kraft raubte. Das Brett polterte ihr vor die Füße. Gleich darauf krallte sich eine Hand hinten in ihr Haar und riss ihr den Kopf in den Nacken. Und dann lag auch schon der kalte Stahl des Messers an ihrer Kehle.

»Schön ruhig bleiben, dann passiert dir auch nichts«, zischte Skinny und zog sie von den Boxen mit der brodelnden Maische weg.

Indessen beugte sich MacIver zu dem Dutchman hinunter, packte ihn an den breiten Hosenträgern, warf ihn wie ein Kleiderbündel herum und schleifte ihn über den Platz. Wie einen nassen Sack zog er den Farmer mit nur einer Hand hinter sich her durch den Dreck und stieß ihn schließlich seinem Boss vor die Füße.

William wollte sich aufrichten, aber MacIver hieb ihm seine Pranke auf die Schulter. »Du bleibst auf den Knien!«, blaffte er.

O'Reilly zog eine verchromte Browning Automatik aus dem Schulterholster, holte einen Schalldämpfer aus der Seitentasche seiner Jägerweste und schraubte ihn auf den Lauf. Geräusche hallten weit in der Nacht, und Schüsse, die hier in den Bergen wohl meilenweit zu hören waren, hätten unter Umständen den zweiten Teil seines fein ausgetüftelten Plans ruinieren können. Deshalb hatten seine Männer die strikte Anweisung erhalten, dass es hier oben am Berg keine wilde Schießerei geben dürfe.

Spielerisch tippte O'Reilly dem Farmer mit dem Schalldämpfer auf die Stirn. »So sieht man sich wieder, Dutchman«, sagte er in freundlichem Plauderton. In seinem Lächeln lag so viel Wärme wie in einem Block Gletschereis. »Ich denke, die kleine Überraschung ist uns gelungen. Schade um den *run*, der damit wohl ruiniert ist, aber man kann nicht alles nur nach seinem Geldwert messen, nicht wahr? Und ich hab nun mal 'ne Schwäche für solche Überraschungen, zumal das Versteck hier oben nach allem, was man hört, ja das bestgehütete Geheimnis der Blue Ridge Mountains sein soll.«

Von seinen Männern kam höhnisches Gelächter.

William Kendrick zeigte keine Reaktion. Seinem Gesicht war weder Schmerz noch Angst anzusehen. Stumm blickte er an der Waffe vorbei zu ihm auf.

»Ich war mir sicher, dass ich euch heute Nacht hier oben antreffen würde. Schließlich lässt kein Moonshiner, der auf sich hält, einen Neumond ungenutzt verstreichen, schon gar nicht, wenn er 'ne Menge Schulden am Hals und einen Auftrag von den Hodges über weitere hundert Gallonen in der Tasche hat, nicht wahr?«, fuhr O'Reilly fort. »Dachte mir, dass wir hier ungestört sind und in trauter Runde die leidigen Differenzen zwischen uns aus der Welt schaffen können. Was meinst du, Dutchman?«

Der Farmer zeigte sich völlig unberührt. Nur sein Blinzeln, vielleicht ein Reflex, verriet, dass dem nicht so war. »Bring es schon zu Ende!«, stieß er mit rauher Stimme hervor.

O'Reilly las in den Augen des Farmers, dass er sich keinen Illusionen hingab. Der Mann wusste, dass er sterben würde. Und in seinem beschissenen Stolz dachte dieser verdammte Hinterwäldler gar nicht daran, ihm die Genugtuung zu geben, dass er um Gnade angebettelt wurde! Das vergällte ihm das Hochgefühl seines Triumphes ein wenig.

»Nein!«, schrie Mallory, als auch sie begriff, dass es keine Gnade für ihren Vater geben würde, und vergaß für einen Moment die Todesangst, die die Klinge an ihrer Kehle ihr einjagte. Dass auch ihr Leben womöglich verwirkt war, kam ihr in diesem Augenblick nicht in den Sinn. »Tun Sie meinem Vater nichts! Ich flehe Sie an, nehmen Sie mir nicht meinen Vater! Lassen Sie ihn am Leben! Wir tun alles, was Sie von uns verlangen! Wir werden Ihnen nie wieder Schwierigkeiten machen, das schwören wir, nicht wahr, Vater?«

»Nein, Schwierigkeiten werdet ihr nicht mehr machen, keiner von euch, das hast du gut erkannt!«, höhnte O'Reilly.

»Sag es ihm, Vater! Gib ihm dein Wort!«, rief Mallory verzweifelt und schauderte, als ihr Vater zu ihr herüberblickte und sie die Hoffnungslosigkeit in seinen Augen sah.

»Wozu, Kind? Was wir auch sagen und versprechen, er wird uns umbringen. Er wäre sonst nicht hier«, sagte William mit gepresster Stimme. »Es tut mir leid, dass ich das nicht früher gesehen und dich da mit hineingezogen habe.«

Die Gewissheit seines Todes bohrte sich Mallory wie ein Messer in die Brust und schien sie in Stücke reißen zu wollen. Sie schrie ihre Qual heraus und bäumte sich auf gegen Skinnys brutalen Griff. »Nein, das kann nicht sein! Das können Sie nicht tun!«, kreischte sie wie von Sinnen.

»Brewster, Sullivan! Packt sie und schafft sie ein Stück nach unten!«, befahl O'Reilly und wedelte ungeduldig mit der Automatik. »Sie muss das nicht mit ansehen. Aber passt gut auf mein tüchtiges Moonshine-Mädchen auf, verstanden?«

»Das kann ich auch machen, Boss«, bot Skinny sich an.

»Nein, überlass das Brewster und Sullivan, du wirst hier noch gebraucht.«

»Okay, wie du willst«, sagte Skinny und erlaubte sich ein dünnes, wissendes Lächeln.

Mallory wurde zur Furie, wehrte sich mit Händen und Füßen und schrie aus Leibeskräften, als Skinny sein Messer wegsteckte und sie an Brewster und Sullivan übergab. Aber gegen die brutale Kraft dieser muskelbepackten Männer hatte sie nicht den Hauch einer Chance.

»Sorgt gefälligst dafür, dass sie mit dem hysterischen Geschrei aufhört!«, rief O'Reilly ihnen hinterher.

»Mit dem größten Vergnügen, Boss! Der ist schnell das Maul gestopft«, gab Brewster zurück und versetzte ihr im Durchgang zwischen den Bretterwänden einen brutalen Faustschlag ins Gesicht. Er traf sie am Kinn und raubte ihr von einem Herzschlag auf den anderen das Bewusstsein.

## 37

Wie Nebel, unbestimmt und nicht zu greifen, trieben die Satzfetzen heran. Bleischwere Dunkelheit umgab sie und schien sie ersticken zu wollen.

»Red nich' so 'ne gequirlte Scheiße, Mann … mit 'ner Münze doch fair ausgelost … eben Pech gehabt …«

»… trau dir alles zu, Brewster … immer für 'ne miese Tour gut …«

»… quatsch nicht so viel … geht alles vom Spaß ab … abgemacht ist abgemacht, also …«

Nur langsam und stockend setzte Mallorys Bewusstsein ein. Irgendetwas war mit ihr geschehen, aber sie wusste nicht, was und warum sie in einem Meer aus pechschwarzer Watte trieb – und zwar tief unter der Oberfläche. Nur konnte das mit der Watte irgendwie nicht stimmen, denn an mehreren Stellen bohrte sich ihr etwas Hartes, Spitzes schmerzhaft in den Rücken.

»… hol mir 'ne Lampe …«

Heiseres Lachen. »Deine Sache … kann's auch gut im Dunkeln … also lass dir mit deiner blöden Lampe nur Zeit … ordentlich rannehmen … so richtig besorgen … wenn du was lernen willst … zeigen, wie's geht …«

»… fick dich doch ins Knie … wirklich ein blöder Affe, Brewster …«

Wieder heiseres Lachen. »Selber!«

Eine vage Ahnung formte sich in Mallorys Hinterkopf. Die Stimme kannte sie.

*Brewster?*

Das abstoßende Bild eines Mannes erschien vor ihrem inneren Auge. Sie sah bürstendicke Brauen, die wie eine verfilzte Hecke über wässrigen Augen zusammenwuchsen, ein vorspringendes Gebiss mit faulig verfärbten Zähnen, aus einem offenen Hemdkragen wuchernde Haarbüschel und dicht behaarte Hände.

Die grob zupackenden Hände, die sie weggezerrt hatten!

O'Reilly und seine Männer!

Wie die Fluten eines Wehrs, dessen Tore jäh geöffnet werden, brach die Erinnerung in ihr hervor und spülte die letzten Reste von Betäubung fort. Sofort wurde sie sich des stechenden Schmerzes in ihrem Unterkiefer bewusst – und der Tatsache, dass sie nur durch die Nase atmen konnte, weil etwas ihr den Mund verstopfte.

Ein Knebel.

Sie lag geknebelt auf dem Waldboden!

Mit dem Bewusstsein und dem Schmerz kehrte auch das Entsetzen zurück.

*Vater!*

Im nächsten Augenblick spürte sie eine kratzige Hand, die nach dem linken Bein ihrer Latzhose griff, und dann glitt, begleitet von einem scharfen Geräusch, etwas Kaltes an ihrem Unterschenkel aufwärts.

*Was um alles in der Welt …?*

Die Erkenntnis traf sie, noch bevor sie zu Ende gedacht hatte. Der Mann schnitt ihr die Hose auf. Er wollte sie vergewaltigen und konnte sie auf andere Weise nicht schnell genug entblößen!

Entsetzen würgte sie schlimmer als der Knebel und drohte sie kopflos zu machen. Ihr erster Impuls war, sich mit ganzer Kraft zur Wehr zu setzen. Dass sie das nicht tat und in der jähen Anspannung verharrte, war eher einem inneren Alarm geschuldet als einer bewussten, wohldurchdachten Überlegung. Die setzte erst mit ein, zwei Sekunden Verzögerung ein.

*Nicht rühren! Bloß nicht schneller atmen oder stöhnen! Er muss glauben, dass ich noch bewusstlos bin. Erst wenn er das Messer weggesteckt hat und mich schänden will, habe ich eine Chance. Ich brauche eine Waffe! Irgendetwas, mit dem ich ihn außer Gefecht setzen kann. Zumindest lange genug, um entkommen zu können.*

Ihre Gedanken rasten.

Indessen fraß sich die Messerklinge weiter durch den Hosenstoff. Dabei kratzte der Handrücken des Mannes über ihren Oberschenkel. Sie hörte seinen schnellen, schweren Atem, in den sich lüsternes Grunzen mischte, als durchlebe er in Gedanken schon, was er gleich mit ihr tun würde. Und als sie die Augen einen Spaltweit öffnete, sah sie über sich in der Dunkelheit die Konturen des massigen Mannes aufragen, der sie gleich niederdrücken und mit brutaler Gewalt in sie eindringen würde. Und sie roch seinen faulen Atem und den Schweiß, der in seiner Kleidung steckte.

Mallory musste ihre ganze Willenskraft aufbringen, um nicht trotz des Knebels aufzuschreien und den Versuch zu unternehmen, ihn von sich zu drücken und aufzuspringen. Starr wie ein Brett lag sie unter ihm und ließ es geschehen, dass er ihr den Overall aufschlitzte. Der dünne Schlüpfer, den sie darunter trug und der nach unzähligen Wäschen schon recht mürbe war, würde ihm so gut wie keinen Widerstand entgegensetzen. Den konnte er ihr mit einer Hand vom Leib reißen.

Sie brauchte eine Waffe, und zwar schnell! Ihr blieben nur noch Sekunden! Jetzt fetzte er schon die Hose über dem Schoss auf und zerrte den Drillichstoff zur Seite.

Mallorys Körper krampfte sich zusammen, und ihre Hände krallten sich in den Waldboden. Im nächsten Moment fuhr es ihr wie ein elektrischer Schock durch die Glieder. Etwas Spitzes bohrte sich in ihre rechte Handfläche. Ihre Finger kratzten die Erde darüber weg und zogen es vorsichtig aus dem Boden.

Sie betastete ihren Fund. Es war eine spitz zulaufende Glasscherbe, eigentlich eher ein Dorn, nur etwas länger als ihr Zeigefinger und nicht viel breiter als eine Stricknadel.

Brewster zerriss ihren Schlüpfer.

»Ja, zeig mir, was du hast, Süße! So gefällst du mir! Scheiße, 'ne Lampe wäre jetzt wirklich nicht schlecht« grunzte er, steckte das Messer weg und drückte ihre Beine noch weiter auseinander. Kniete sich dazwischen und knöpfte seinen Hosenstall auf.

Mallory packte den Glassplitter, hielt ihn wie eine Nadel mit Zeigefinger und Daumen und wartete auf den einen kurzen Moment, der ihre einzige Chance war. Wenn sie zustach, mussten Winkel und Kraft stimmen, sonst brach der dünne Splitter ab und bewirkte nicht mehr als einen blutigen Kratzer. Und der würde sie nicht retten!

Ihr Herz jagte, und in ihren Ohren rauschte es, als würde ihr alles Blut in den Kopf schießen und sich zu einem tosenden Mahlstrom vereinen. Jede Faser ihres Körpers schien zum Zerreißen gespannt.

»So, dann wollen wir mal. Du bist doch bestimmt noch Jungfrau«, murmelte Brewster, umfasste sein steifes Glied und beugte sich zu ihr hinunter.

Mallory riss die Augen weit auf, um in der Dunkelheit ihr Ziel nicht zu verfehlen. Ihre Hand mit dem Splitter schoss hoch und rammte ihm den gläsernen Dorn tief ins linke Auge.

## 38

»Tja, dieses Drama hättest du dir und deiner Tochter ersparen können, Dutchman. Hättest bloß bei meinem ersten Besuch auf deiner Klitsche in die neue Melodie einstimmen müssen, die jetzt hier gespielt wird, und ihr wärt aus dem Schneider gewesen«, sagte O'Reilly mit einem theatralischen Seufzer, als

Brewster und Sullivan die Tochter wegschleppten. »Aber du hattest ja deinen lächerlichen Stolz und wolltest es auf die harte Tour. Jetzt musst du dafür bezahlen.«

»Tu, was du tun musst, aber verschon meine Tochter! Sie hat nichts damit zu tun!«, stieß William beschwörend hervor, das bleiche Gesicht eine Maske der Angst und Verzweiflung, die allein seiner Tochter galten. Er selbst hatte mit seinem Leben abgeschlossen, und er wusste auch, wer ihn töten würde. Nicht O'Reilly, sondern die finstere, knochige Ratte, die sich Skinny the Blade nannte. Aber das war ohne Bedeutung.

»Du kannst dein letztes Gebet in der Gewissheit sprechen, dass deiner Mallory kein Haar gekrümmt wird«, versicherte O'Reilly mit einem verschlagenen Lächeln. »Dein Töchterlein wird hier oben weitermachen und mich lammfromm mit allem beliefern, was ich verlange.«

Die Qual wich aus Williams Gesicht, hatte O'Reilly doch keinen Grund zu lügen. »Dann mach endlich Schluss und sag deinem Killer, dass er mich mit seinem verdammten Messer erledigen soll! Das ist es doch, was du vorhast!«

»Nicht so hastig, du kommst noch früh genug unter die Erde, Dutchman«, sagte O'Reilly. Im nächsten Moment wurde ihm bewusst, dass noch immer die Feuer unter den Vergärbehältern brannten und die Maische immer wilder brodelte. »Hey, was steht ihr faul herum? Seht ihr nicht, dass die verdammte Maische uns gleich um die Ohren spritzt?«, rief er seinen Männern zu. »Na los, löscht die Feuer und trennt die Wasserzuleitung vom Bottich! Die Maische ist verdorben, hier wird heute Nacht kein Moonshine mehr gebrannt! Also kühlt die Behälter mit dem Quellwasser ab und kippt sie um. Aber gefälligst nach hinten, zur Abflussrinne hin, verstanden? Und zerschlagt mir bloß nichts! Der Kram wird noch gebraucht.« Und zu MacIver, der noch immer hinter dem Farmer stand, sagte er: »Du kannst mit anpacken, MacIver. Ich hab das hier im Griff.«

MacIver nickte gleichmütig, steckte die Waffe weg und ging

hinüber zum Kondensator, um die Wasserzuführung zu unterbrechen.

O'Reilly wandte sich wieder William zu und schüttelte betrübt den Kopf. »Du magst es vielleicht nicht glauben, aber es geht mir mächtig gegen den Strich, dich dran glauben zu lassen. Aber dummerweise sind mir die Hände gebunden«, sagte er und nahm aus dem Augenwinkel wahr, dass Sullivan wieder bei ihnen auftauchte, sich eine der nicht brennenden Petroleumlampen nahm, sie anzündete und damit verschwand. »Schon allein weil Milde dir gegenüber die fatale Botschaft an sämtliche Rednecks aussenden würde, es könne sich lohnen, sich gegen mich aufzulehnen. So was ist immer übel fürs Geschäft. Das Entscheidende ist aber, dass mich solche Nachsichtigkeit im Handumdrehen *mein* Leben kosten würde.«

William machte sich nicht mehr die Mühe, dem höhnischen Gerede zu folgen. Sein Blick war leer. Er wollte, dass es endlich vorbei war.

O'Reilly lachte trocken. »Ja, ich weiß, das scheint nicht viel Sinn zu ergeben, aber ich will es dir erklären. Du sollst nicht im Zustand totaler hinterwäldlerischer Unwissenheit Abschied von dieser Welt nehmen«, sagte er mit ätzendem Spott und senkte die Stimme, als wolle er etwas höchst Vertrauliches ausplaudern. »Du musst wissen, ich bin in Roanoke ja nur als Statthalter eingesetzt, und Don Vito von der Dixie-Mafia, der von Richmond aus die Fäden zieht und die Kontrolle über den Alkoholhandel hier unten im Süden ausübt, erwartet, dass ich so kurz nach der Übernahme der Stadt mit harter Hand durchgreife. Und weißt du, an welche tiefgründige Lebensweisheit der gute Don Vito seine Statthalter und *capos** gern erinnert?«

Er bekam keine Antwort und schien auch keine zu erwarten,

* In der Hierarchie der sizilianischen Mafia (in den USA auch *Cosa Nostra* genannt) ist ein *capo* ein Vollmitglied einer Mafia-Familie und übt die Führung über die einfachen Mitglieder aus, die auch als *soldati* bezeichnet werden.

denn er redete sofort weiter. »Dass für Skrupel mitten in der Schlacht kein Platz ist und dass das Leben nun mal vom Anfang bis zum Ende eine einzige Schlacht ist. In meinen Augen ein verdammt klarer Standpunkt, nach dem ein kluger Mann sein Handeln ausrichten sollte, ob es einem nun schmeckt oder nicht.« Er zuckte die Achseln, blickte kurz zu Skinny hinüber und nickte ihm kaum merklich zu.

William entging der Blickkontakt nicht. Er wusste, was das Zeichen zu bedeuten hatte. Gewiss, er würde sterben. Aber es musste nicht durch das Messer dieser Ratte geschehen und nicht der langsame, qualvolle Tod sein, den O'Reilly ihm zweifellos zugedacht hatte!

»Also nimm's nicht persönlich, Dutchman«, fuhr O'Reilly fort, während Skinny sich in Bewegung setzte. »Geschäft ist nun mal Geschäft, und Rechnungen müssen beglichen werden. Deshalb erwartet der gute Don Vito drüben im feinen Rich…« Er beendete den Satz nicht.

Ein schmerzerfülltes Gebrüll gellte von unterhalb der Still herauf und zerriss die Stille der Nacht. Es klang, als würde jemand abgestochen. Dem schrillen Schrei folgten die Flüche und scharfen Befehle einer anderen Männerstimme.

»Verdammt, was ist da unten los?«, stieß O'Reilly hervor und fuhr zu der Efeuwand herum, als könne er sie und die Dunkelheit mit seinem Blick durchdringen. Und dann schien alles fast gleichzeitig zu geschehen.

»Das müssen Brewster und Sullivan sein«, rief jemand. »Die Kleine macht bestimmt Ärger!«

Ein anderer lachte hämisch.

»Ich schau mal nach«, rief MacIver.

Goldie, dem seine Kameraden einen sechsten Sinn für Gefahr nachsagten, ließ die Zigarette, die er sich gerade erst angezündet hatte, fallen.

Im selben Moment sprang William auf und stürzte sich auf O'Reilly.

Skinny riss sein Messer heraus und rannte, einen wilden Fluch auf den Lippen, los. Aber er stand auf der anderen Seite der Still.

O'Reilly brüllte vor Wut darüber, dass er sich hatte ablenken lassen. Nun hatte er den Farmer am Hals! Er taumelte unter dem Anprall zurück und versuchte seine Waffe zwischen sich und Kendrick zu bringen, um ihm eine Kugel in den Leib zu jagen. Aber der Schalldämpfer machte die Waffe im Nahkampf sperrig; er bekam sie nicht schnell genug in die richtige Position. Zudem versuchte der Dutchman, mit der einen Hand die Waffe zu erwischen, während er ihm die andere in den Hals krallte. Und er spürte, dass er das Gleichgewicht verlor.

Goldie stand fünf, sechs Schritte entfernt und damit seinem Boss am nächsten, doch er versuchte erst gar nicht, zu ihm zu rennen.

Ohne einen Wimpernschlag zu zögern, legte er seine Automatik, ebenfalls mit Schalldämpfer, auf den Farmer an und gab in schneller Folge drei Schüsse ab.

Alle trafen ins Ziel. Man hörte nur ein dumpfes *Plop! Plop! Plop!*, als habe jemand blitzschnell die Korken aus drei Champagnerflaschen springen lassen, dabei aber ein Handtuch über die Flaschenhälse gehalten.

Die Schreie von unterhalb der Still wurden von leiserem Fluchen und Wimmern abgelöst. Deutlich waren jetzt die Stimmen von MacIver und Sullivan zu hören.

»Wie kann man nur so blöd sein!«

»Bring ihn hoch, das muss schnell verbunden werden! Ich kümmere mich um das Miststück. … Ja, lass die Lampe hier. Ich werd sie an Händen und Füßen fesseln, sicher ist sicher.«

Schlagartig befreit vom Gewicht des Farmers, den die Geschosse von ihm wegrissen und zu Boden schleuderten, taumelte O'Reilly noch ein, zwei Schritte rückwärts und prallte dann mit dem Rücken gegen die efeubewachsene Bretterwand.

Erschrockene Ausrufe. Lästerliche Flüche. Stimmengewirr.

Verwünschungen, Schmerzenslaute und wütende Stimmen auch auf der anderen Seite der Bretterbarriere.

»Verdammt, das hätte schiefgehen können!«

»Nicht übel, Goldie!«, sagte Skinny und drehte den toten Farmer auf den Rücken. »Du hast ihn sauber erwischt. Zwei Zehner und einer genau in die Zwölf!«

O'Reilly zerdrückte einen Fluch zwischen den Zähnen, stieß sich von der Bretterwand ab und zerrte seine Weste zurecht, die bei dem Gerangel hochgerutscht war. »Was zum Teufel geht da draußen vor sich?«, stieß er hervor, um schnell davon abzulenken, dass er sich um ein Haar hatte überrumpeln lassen. »Wer schreit da so herum, verdammt noch mal?«

»Das ist Brewster, Boss!«, rief Jamie MacIver von der anderen Seite der Bretterwand, während er seinen jammernden Kumpan zum Durchgang zog. »Die Kleine hat ihm ein Auge ausgestochen, als er es ihr besorgen wollte. Ich bring ihn hoch.« Seine Schadenfreude war unüberhörbar.

Augenblicke später taumelte Hank Brewster wimmernd ins Licht der Still, eine Hand auf sein linkes Auge gepresst. Blut und Augenflüssigkeit sickerten zwischen seinen Fingern hervor und troffen ihm über das verzerrte Gesicht. Seine Hose war noch immer aufgeknöpft, und sein bestes Stück baumelte entblößt im Freien.

Angewidert verzog O'Reilly das Gesicht. »Du Idiot hast dich von einem jungen Weiberrock übertölpeln lassen?«, stieß er mit eisiger Verachtung hervor. »Ein kraftstrotzender Bulle wie du kann nicht mal eine halbe Portion wie diese Farmerstochter unter Kontrolle halten? Elender Versager!«

Brewster stammelte etwas, aber O'Reilly ließ ihn nicht zu Wort kommen. Das abstoßende Bild sagte ihm alles, was er über diesen Tölpel und dessen Zukunft in seinem Outfit wissen musste. Und ohne langes Zögern fällte er das Todesurteil über ihn.

Wollte man in seiner Branche, dass einem als Boss Respekt

gezollt wurde – was gleichbedeutend mit Überleben war –, reichte es nicht, sein Revier zu markieren. Das konnte jeder Straßenköter. Nein, man musste immer wieder zeigen, dass man mehr draufhatte als die anderen und dass man jederzeit mit tödlichem Biss zufassen konnte. Er nannte es Leuchttürme des Schreckens und der Warnung setzen.

Skinny ahnte, was Brewster erwartete. Er roch den Tod wie ein Aasgeier. Brewster war so gut wie tot, er wusste es bloß noch nicht. Und noch bevor sein Boss ihm das Zeichen gab, brachte er sich hinter Brewster in Position und legte die Hand um sein Springmesser.

»Versager wie du, die mit ihrer Dämlichkeit eine wichtige Operation in Gefahr bringen, haben keinen Platz in meiner Truppe!«, zischte O'Reilly, blickte zu Skinny und fuhr sich mit der flachen Hand kurz über die Kehle.

Brewster sah die Handbewegung, wollte in jäher Todesangst aufschreien und wegstürzen von Skinny, den er hinter sich mehr ahnte, als dass er ihn sehen konnte. Aber für nichts davon blieb ihm noch Zeit. Denn da schnitt schon die Messerklinge über seine Kehle, und was ein letzter gellender Schrei hatte sein sollen, wurde ein ersticktes Gurgeln im sprudelnden Blutstrom.

Freddy the Fog, MacIver und Sullivan waren abgebrühte Kerle, aber jetzt schluckten sie doch und standen wie erstarrt. Nur Goldie zeigte sich unbeeindruckt. Eher zuckte sogar ein verstecktes Grinsen um seine Mundwinkel. Er wusste, was O'Reilly bezweckte, nämlich den Neuen in ihrer Truppe einen gehörigen Schrecken einzujagen und ihnen noch einmal klarzumachen, dass er keine Skrupel kannte.

Und wie zur Bestätigung wiederholte O'Reilly in Brewsters Todesröcheln hinein in kaltem Ton: »Ich dulde keine Versager in meiner Truppe! Ich hoffe, die Botschaft ist angekommen?«

Zwei, drei lange Sekunden ließ er seinen stechenden Blick von einem zum anderen wandern, dann nickte er knapp. Die Botschaft *war* angekommen und würde in Roanoke schnell die

Runde machen. So gesehen hatte ihm der Dämlack Brewster zur richtigen Zeit ein Geschenk gemacht.

»Okay, hier oben sind wir fertig! Freddy und MacIver, ihr verscharrt Brewster irgendwo im Wald. Aber so, dass die Niete auch unter der Erde bleibt, klar? MacIver und Goldie, ihr bringt den Farmer runter. Ihr wisst, was ihr mit ihm zu tun habt. Skinny, du kümmerst dich um die Farmerstochter und führst sie den Berg hinunter. Und dann holen wir die Wagen und sehen zu, dass wir auch Teil zwei der Aktion glatt über die Bühne bringen! Also, an die Arbeit und Abmarsch, Leute!«

## 39

Als er O'Reilly durch das halb offene Tor der Scheune kommen sah, stieg Goldie aus dem Truck der Kendricks. Die Öffnung zwischen den beiden Flügeln wirkte gegen die pechschwarze Finsternis im Innern fast hell.

»Sie hat sich etwas beruhigt«, sagte er und grinste, »aber wenn Blicke töten könnten, hätte mich das Biest längst in Stücke geschnitten und auf den Weg zu Brewster geschickt.«

»Kannst du es ihr verdenken?«

»Verdammt, ich hab ihren Alten sauber umgenietet, Boss! Der Dutchman hat nichts gespürt. Skinny hätte ihn langsam ausbluten lassen. Das hab ich ihr auch gesagt, aber es kam irgendwie nicht so gut an wie gedacht.« Er bleckte die Goldzähne. »Nicht 'ne Spur von Dankbarkeit, Boss!«

»Dass es dir bloß nicht zu sehr aufs Gemüt schlägt, Goldie!«, gab O'Reilly zurück. »Und jetzt gib mir eine von deinen Zigaretten. Für 'ne Zigarre reicht die Zeit nicht.«

»Klar doch«, sagte Goldie, schnippte eine Lucky Strike aus seiner Packung und gab seinem Boss Feuer.

»Gifford soll sich bereithalten. Das hier dauert nicht lange«, sagte O'Reilly und kletterte auf der Beifahrerseite in den alten Ford Pick-up.

Mallory saß, geknebelt, die Hände ans Lenkrad gefesselt und die Füße an Kuppelung und Gaspedal gebunden, auf dem Fahrersitz. Um ihren Hals lag die Schlinge eines kurzen Hanfstricks, der am Türholm befestigt war, so dass sie sich selbst strangulierte, wenn sie nicht still sitzen blieb. Ihre aufgefetzte Latzhose und die entblößte Scham waren unter einer alten Decke verborgen, die ihr jemand um die Hüften gewickelt hatte.

O'Reilly setzte sich neben sie, holte ein kleines Taschenmesser hervor, klappte es auf und klemmte es vor dem Lenkrad hinter die Frontscheibe. Was mehr einen symbolischen als einen praktischen Nutzen hatte. Aber auch Symbole hatten ihren Wert.

»Damit kannst du dir nachher die Fesseln durchschneiden«, erklärte er unvermittelt. »Bevor wir verschwinden, wird Goldie dir eine Handfessel anschneiden. Wird danach zwar ein bisschen dauern, bis du den Strick ganz durchgerissen und die Hand endlich frei hast, aber das kriegst du schon hin. Nur schlag es dir gleich aus dem Kopf, Krawall machen oder uns gar folgen zu wollen. Die Hupe funktioniert nicht, und der Motor wird nicht anspringen. Die Batterie ist abgeklemmt und du wirst sie hier in der Scheune erst suchen müssen.«

Mallory gab einen erstickten Laut von sich, und als O'Reilly an der Lucky Strike zog, sah er im Aufleuchten der Glut den mörderischen Hass in ihren Augen.

Es berührte ihn nicht. »Was willst du? Dein Vater hätte nicht zu sterben brauchen, es ist seine eigene Schuld. Für einen lausigen Dollar die Gallone hat er sich mit mir angelegt! Er hätte wissen müssen, wie so was ausgeht, und mehr ist dazu auch nicht zu sagen«, beschied er sie achselzuckend. »Kommen wir also zu dem, was vor uns liegt, Mallory. Du wirst mich von nun an mit deinem Moonshine beliefern. Über die Konditionen, die jeweilige Menge und die Lieferfristen reden wir später.«

Mallory gab so etwas wie einen wilden Schrei von sich. Doch was als ein gellendes »Nein! Niemals!« aus ihrer Kehle dringen sollte, verwandelte der würgende Knebel in ein klägliches Geräusch, das nicht einmal aus der Fahrerkabine nach draußen drang.

»Morgen wirst du die hundertzwanzig Gallonen Crazy Apple nach Roanoke bringen, die ihr irgendwo auf eurem Land gebunkert habt«, fuhr O'Reilly geschäftsmäßig fort. »Morgen früh … besser gesagt: Nachher, um neun, wirst du mit dem Truck in der Stadt sein, und zwar an der Ecke Greenbrier und Clinton Avenue. Das ist unten am Roanoke River, am südöstlichen Stadtrand. Du brauchst dir das jetzt nicht zu merken. Ich habe dir die Adresse aufgeschrieben und eine Skizze gemacht, wie du da am schnellsten hinkommst.« Er steckte ihr einen Zettel in die Brusttasche ihres Overalls. »Goldie wird da an der Ecke auf dich warten und dich zu meinem Lagerhaus bringen.«

Mallory zerrte an dem Halsstrick und stampfte wild mit den Füßen auf. Doch das Einzige, was sie damit erreichte, war, dass sie sich selbst Schmerzen zufügte.

»Mach dir übrigens nicht die Mühe, nach der Leiche deines Vaters zu suchen. Die nehmen wir mit in die Stadt. Ich möchte nicht, dass du abgelenkt wirst von dem, was du zuerst zu tun hast. Und ihn hier im Dreck liegen lassen, wo er dem Getier ausgeliefert wäre, das muss ja nicht sein. Wie gesagt, du hast erst einmal alle Hände voll zu tun, den Truck wieder fahrbereit zu machen und den Crazy Apple aufzuladen. Deinen Vater kannst du mit nach Hause nehmen, wenn du den Moonshine abgeliefert hast.«

Goldie kam in die Scheune zu, tippte mit dem Fingerknöchel zweimal leise gegen die Beifahrertür und öffnete sie einen Spalt. »Die Wagen stehen bereit. Wir können, Boss«, sagte er leise.

»Okay, einen Augenblick noch«, sagte O'Reilly und wandte sich wieder Mallory zu. »Du wirst natürlich keinem Menschen gegenüber ein Wort verlieren über das, was heute Nacht da oben an der Still passiert ist – und noch passieren *wird*«, fuhr er selbstsicher fort und lächelte, als Mallory ihr sinnloses Gezappel und ihr unverständliches, ersticktes Protestieren einstellte. Ja, jetzt war ihm ihre angsterfüllte Aufmerksamkeit gewiss! »Wozu auch? Du hast keine Beweise, keine Zeugen. Du wirst den Leuten erzählen, dass es einen nächtlichen Überfall gegeben hat. Irgendwelches Gesindel wollte euren Truck stehlen. Dein Vater hat die Einbrecher überrascht, es kam zu einer Schießerei, und dabei ist er zu Tode gekommen. Die Gangster sind geflohen, als du ihm mit der Schrotflinte zu Hilfe gekommen bist. Eine Beschreibung der Männer kannst du nicht liefern. Ende der Story!«

Er drückte die Zigarette auf der Frontscheibe aus, warf die Kippe in den Fußraum und stieß die Beifahrertür auf. Doch als er mit einem Fuß schon auf dem Trittbrett stand, wandte er sich noch einmal um, als sei ihm noch etwas eingefallen, das er unbedingt loswerden müsse.

»Himmel, ich habe ja noch gar nicht erwähnt, dass wir deinen kleinen Bruder mitnehmen!«, sagte er, scheinbar verblüfft angesichts seiner Vergesslichkeit. »Na, das wirst du gleich noch mit eigenen Augen sehen. Ich denke mal, das wird dir helfen, einen kühlen Kopf zu bewahren und zu tun, was ich dir gesagt habe.« Er machte eine kurze Pause. »Bis auf weiteres nehme ich den Jungen in meine Obhut, damit du nicht vergisst, was auf dem Spiel steht! Wie die Sache mit ihm ausgeht, liegt ganz bei dir. Ich hoffe für den Kleinen, dass dir was an seinem Leben liegt und du weißt, was du ihm als große Schwester schuldig bist. Also dann bis nachher, neun Uhr Ecke Greenbrier und Clinton Avenue … Mallory *Moonshine!*«

# 40

Barney Gifford wartete mit einer Petroleumlampe und einem Wäschesack aus Leinen vor den Stufen zur Veranda. Er hatte den Docht der Lampe fast ganz heruntergedreht. Sein rundes Gesicht glänzte im schwachen Schein vor Schweiß. Nervös leckte er sich über die fleischigen Lippen, und sein Adamsapfel hüpfte auf und ab, als stecke ihm etwas in der Kehle, das er einfach nicht runterbekam.

»Los, holen wir uns den Jungen!«, raunte O'Reilly und stieß ihn an.

»Mann, ich hoffe, ich mache das auch richtig, Boss. Ich bin verdammt nervös. Ich meine, ist ja nicht so, als ob ich alle Tage so …«

O'Reilly ließ ihn nicht ausreden. »Quatsch nicht rum! Da gibt es nichts falsch zu machen, Barney. Dass du nervös bist, passt bestens zur Story. Und der Junge kennt dich und vertraut dir. Also mach dir nicht ins Hemd. Los jetzt!«

Auf leisen Sohlen begaben sie sich ins Farmhaus und stiegen die steile Treppe ins Obergeschoss hinauf. Der Bootlegger ging voran. Oben angekommen, zeigte er auf die Tür zu seiner Linken. O'Reilly nickte und bedeutete ihm, er solle den Docht der Lampe ganz hochdrehen, so dass die Flamme im Glaszylinder hochschoss. Das gelbliche Licht durchflutete den schmalen Korridor und im nächsten Moment auch die Schlafkammer des Jungen, als die beiden Männer bewusst laut hereinpolterten.

»Bobby!«, rief Gifford, stürzte zum Bett und rüttelte den Jungen unsanft an der Schulter. »Bobby, schnell, wach auf!«

Jäh schreckte Robert aus dem Schlaf. Er schrie auf vor Schreck, blinzelte ins Licht der hell lodernden, blakenden Flamme, wich zurück, rutschte ganz nach hinten in die Ecke und presste sich verängstigt gegen die Bretterwand.

»Ganz ruhig, Bobby! Dir tut keiner was! Ich bin es, Barney … Barney Gifford!«, rief der Bootlegger und hielt die Petroleumlampe so, dass der Junge sein Gesicht sehen konnte. »Ganz ruhig, Junge, ganz ruhig! Du brauchst keine Angst zu haben, hörst du? Wir sind hier, um dich zu schützen. Wir bringen dich in Sicherheit, Mister O'Reilly und ich. Du weißt doch, wer Mister O'Reilly ist, nicht wahr? Er hat dir den Silberdollar schenken wollen.«

Verstört und noch halb benommen vom Schlaf blickte Robert sie an. Er schluckte mehrmals und fuhr sich über die Augen, als wolle er einen erschreckend realistischen Alptraum vertreiben. »Wie ... wieso in Sicherheit? ... Wo ... wovor schützen?«, stammelte er.

»Das ist 'ne längere Geschichte, dafür haben wir jetzt keine Zeit, Junge«, keuchte Gifford kurzatmig und musste diesen Part nicht einmal schauspielern. Er wischte sich mit dem Handrücken über die schweißnasse Stirn. »Du musst hier weg, und wir auch! Wir erklären es dir gleich, aber jetzt zieh dich schnell an. Und dann pack ein paar Sachen zusammen. Kleidung und was du so für die nächsten Tage brauchst.«

Die Schläfrigkeit fiel von Robert ab, und die Angst in seinen weit aufgerissenen Augen war nun die eines hellwachen Jungen. Er schluckte hart. »Ja, aber ...«

»Komm schon, beeil dich, Robert! Du willst doch deinem Vater keine Schande machen, oder?«, fiel O'Reilly ihm ins Wort, warf ihm den Leinensack zu und spielte den Samariter wider Willen. »Weiß der Teufel, warum ich mich habe breitschlagen lassen, mir auch noch diesen Ärger an die Backe zu kleben, Barney! Aber wenn ich schon in der Sache drinstecke, wird das auch schnell und sauber durchgezogen. Also bewegt euch! Sie können jeden Moment auftauchen, und dann wird die Luft hier verdammt bleihaltig, das sage ich dir! Boyd Wheeler wird sofort losballern. Wir müssen uns beeilen!«

»Wer kann jeden Moment hier sein und ... und wird losballern?«, stieß Robert hervor und sprang aus dem Bett.

»Verdammt üble Dreckskerle, die keine Skrupel kennen und

es auf euch Kendricks abgesehen haben, weil dein Vaters sich nicht erpressen lassen will. Aber das erklären wir dir alles später«, sagte Barney Gifford vage. »Und nun zieh dich um Gottes willen an, sonst sind wir gleich alle am Arsch!«

O'Reilly nahm ihm die Lampe ab und schwenkte sie vor dem offenen Fenster, das nach vorn hinausging. Sofort flammten unten beim Maisfeld zwei Scheinwerfer auf, und Knuckles, der am Steuer des Studebaker saß, ließ den Motor aufheulen und kam die Einfahrt heraufgejagt.

»Wo … wo ist mein Vater?«, fragte Robert beklommen, zerrte sich das lange Nachthemd über den Kopf, fuhr in seine knielange Hose und griff hektisch nach dem Hemd. »Und wo ist meine Schwester? Mein Gott, was … was hat das alles zu bedeuten?«

»Mallory ist mit deinem Vater zum Arzt. Er hat übel was abbekommen. Aber jetzt hör endlich auf zu fragen. Herr im Himmel, wir müssen schleunigst von hier verschwinden, wenn wir nicht in der Falle sitzen wollen!«, schnaufte der Bootlegger, stieß ihm die Hand mit dem Leinensack vor die Brust und riss schon die erste Schublade der Kommode auf. »Nun mach schon, pack was zusammen! Schnell! Nachher ist Zeit genug, um dir alles zu erklären.«

»Verdammt, verdammt, das wird knapp!«, stieß O'Reilly düster hervor.

Vor dem Farmhaus stieg Knuckles bewusst hart in die Bremsen und riss den Wagen so herum, dass er ordentlich Dreck und kleine Steine aufwirbelte und sie in einer Wolke wie Hagel gegen die Holzverkleidung der Veranda prasseln ließ. Was zusammen mit dem Aufjaulen des Motors und dem Kreischen der Bremsen einen dramatischen Effekt erzeugte.

»Los, Beeilung! Raus hier!«

Kopflos stopfte Robert einige Sachen aus den Fächern in den Wäschesack, dann stieß der Bootlegger ihn auch schon aus der Kammer und zerrte ihn die Stiege hinunter.

O'Reilly stellte die Petroleumlampe auf dem Geländer der Veranda ab. Wie ein guter Freund legte er dem Jungen scheinbar beschützend den Arm auf die Schulter und führte ihn zum Studebaker. Der Bootlegger riss den hinteren Türschlag auf und hechtete hinein, als fürchte er, jeden Moment unter Beschuss zu geraten.

Dann tätschelte er dem verängstigten Jungen den Kopf und schob ihn in den Wagen. Bevor er vorn bei Knuckles einstieg, blickte er kurz zur Scheune hinüber. Er wusste, dass Mallory es nicht sehen konnte, aber er lächelte dennoch. Sie würde es erahnen.

O'Reilly saß noch nicht ganz im Wagen und hatte die Tür noch nicht zugezogen, als Knuckles auch schon das Gaspedal durchtrat. Mit durchdrehenden Reifen schoss der Studebaker vom Hof. Knuckles jagte über die Staubpiste, schlingerte durch die langgezogene Kurve um das Maisfeld herum und krachte durch mehrere Schlaglöcher. Kaum bremsend, raste er aus der Farmzufahrt hinaus auf die Landstraße. Der Wagen schien in die Luft zu springen, und die gleißenden Lichtkegel der Scheinwerfer stachen hoch in den mondlosen Nachthimmel.

»Was ist mit meinem Vater, Mister Gifford?«, stieß Robert gequält hervor, als die schwere Limousine einigermaßen ruhig auf der Straße lag. »Bitte sagen Sie es mir!«

# 41

Kaum war der Studebaker vom Hof gejagt, rannte Goldie aus der Scheune und schnappte sich die Petroleumlampe, die O'Reilly auf dem Verandageländer zurückgelassen hatte. Zurück in der Scheune, stellte er sie auf den Kühler des Pick-ups, so dass ihr Licht in die Fahrerkabine fiel. Dann schwang er sich in den Truck und rutschte nahe an Mallory heran. Voller Abscheu wich sie vor ihm zurück und presste sich an die Fahrertür, ohne jedoch dem engen Körperkontakt zu entkommen.

Er lachte spöttisch, zog sein Messer, schob die Klinge unter das Oberteil ihrer Latzhose und hob den Ausschnitt ihrer Bluse an, die ihr schweißnass am Leib klebte. Langsam schabte er mit der Klinge über ihre Brust. »Schätze mal, unter dem Fummel gibt es 'ne Menge Reizvolles zu entdecken«, sagte er, und seine Goldzähne blitzten im Licht der Lampe.

Mallory erstarrte. Der Mann hatte ihren Vater erschossen, wie sie vorhin gehört hatte, und nun war sie ihm wehrlos ausgeliefert. Der Verbrecher mit dem Gold im Maul war zu allem fähig. Nichts und niemand konnte ihr helfen, wenn er entschlossen war, sie zu vergewaltigen. Diesmal würde es keine Rettung in letzter Sekunde geben!

Hinter der Scheune sprang ein Motor an. Es war die bullige Maschine des taubengrauen Plymouth, in dem Skinny saß und wartete. Dass er den Wagen angelassen hatte und nun um die Scheune herum zur Vorderseite fuhr, war das Zeichen für Goldie.

»Schade, dass keine Zeit bleibt, um hier mal selbst auf Erkundungstour zu gehen«, sagte er, zog das Messer aus der Bluse und setzte die Klinge an den Strick, mit dem Mallorys linke Hand ans Lenkrad gefesselt war. Vorsichtig durchtrennte er etwa ein Drittel des Strangs kurz vor dem Knoten. »Das muss reichen, Süße. Wirst dich eben ein bisschen anstrengen, um freizukommen.«

Die Silhouette des Plymouth glitt vor das halb offen stehende Scheunentor. Skinny hupte ungeduldig.

»Das mit dem Messerchen hier hätte sich der gute Paddy auch sparen können. Sehe gar nicht ein, warum wir es dir so leicht machen sollen. Müh du dich nur ab, die Knoten mit den Fingern aufzukriegen!«, sagte Goldie mit bösartiger Häme, nahm das Taschenmesser von der Frontscheibe und warf es aus dem Truck.

Skinny ließ den Motor aufheulen und hupte erneut.

»Okay, komme ja schon!«, brüllte Goldie. Doch bevor er ausstieg, klatschte er Mallory die flache Klinge seines Messers zweimal gegen die Wange. »Und nachher schön pünktlich sein, Kleine! Neun Uhr Ecke Greenbrier und Clinton Avenue. Du willst doch, dass dein Vater anständig unter die Erde kommt und nicht im Fluss oder irgendwo auf 'ner Müllhalde landet, oder? Und vergiss auch dein Brüderchen nicht. Wäre doch schade um den Kleinen, oder?« Damit sprang er aus dem Truck und lief hinaus zu seinem Komplizen, der schon die Beifahrertür aufgestoßen hatte.

»Mann, das wurde aber auch Zeit! Hast der Landmöse noch an die Wäsche gehen müssen, was?«, knurrte Skinny und gab Gas. Er jagte den Plymouth genauso die Piste hinunter wie Knuckles kurz zuvor den Studebaker.

Goldie grinste. »Bin eben von kontaktfreudiger Natur, während du 'n kalter Fisch bist und es mehr mit totem Fleisch hast!«

»Du bist 'n wandelnder Arsch mit Ohren und 'ner goldenen Hackfresse, das bist du!«, gab Skinny zurück und donnerte derart schnell aus der Auffahrt, dass der Wagen über die Landstraße schlingerte, das Heck ausbrach und sie beinahe im Graben gelandet wären.

Goldie stieß sich den Kopf am Türrahmen und fluchte. »Verdammt, was soll der Scheiß? Willst du, dass wir uns hier das Genick brechen, Mann?«

Skinny steuerte gegen, stieg in die Bremse, brachte den Wagen unter Kontrolle und trat sofort wieder aufs Gas. »Die haben einen ordentlichen Vorsprung, weil du ihr ja noch an die Titten gehen musstest!«

»Na und? Glaubst du vielleicht, die versuchen uns zu entkommen, du Blödmann?«

»Reg dich ab, Goldie. Ich hab das voll im Griff. Ist nicht meine erste Verfolgungsjagd«, erwiderte Skinny. »Steck uns lieber zwei Fluppen an. Und dann sieh du, dass du die Bleispritzen bereithältst. Ich sag dir, ich hole sie ein, noch bevor sie die doppelte S-Kurve bei der Hügelgruppe erreicht haben!«

Goldie brummte etwas Unverständliches, kam aber der Aufforderung seines Kameraden nach und zündete zwei Zigaretten an. Eine steckte er Skinny zwischen die dünnen Lippen, und dann griff er unter den Sitz und holte zwei Revolver hervor.

Waffen mit Schalldämpfer taugten nicht für das, was als Nächstes auf dem Programm stand. Diese großkalibrigen Revolver dagegen hatten die Feuerkraft und den Bums, die gleich gebraucht wurden. Aber er hatte da noch eine Überraschung parat. Der Häcksler, der eigentliche Star der Show, lag noch unter einer Decke im Fußraum hinter seinem Sitz.

## 42

»Um Gottes willen, was ist mit meinem Vater, Mister Gifford? Und warum müssen wir fliehen?«, stieß Robert erneut beschwörend hervor, während der Studebaker durch die Nacht raste und er auf der kurvenreichen Straße von einer Seite auf die andere geworfen wurde. »Ich verstehe das alles nicht!«

»Gleich, Junge!«

Der dicke Bootlegger hielt durch das schmale Rückfenster Ausschau, ob hinter ihnen Scheinwerferlicht oder der Schatten eines ohne Licht fahrenden Wagens zu sehen war. Doch jenseits des schwachen Glühens ihrer Rückleuchten war nichts als tintenschwarze Finsternis.

»Keiner hinter uns, Mister O'Reilly«, meldete er mit einem Würgen in der Kehle, das tatsächlich aufsteigender Übelkeit entsprang. Wenn er selbst fuhr, machten ihm kurvige Strecken, egal, bei welcher Geschwindigkeit, nicht das Geringste aus, aber als Beifahrer, und dann auch noch auf dem Rücksitz, brauchte er nie lange auf den Brechreiz zu warten. Da half es auch nicht, dass schon alle Seitenfenster heruntergekurbelt waren. »Wir sind wohl noch rechtzeitig von der Farm gekommen, dem Himmel sei Dank! Schätze, Ihr Mann kann jetzt mal vom Gas gehen, Mister O'Reilly. Mir wird sonst kotzübel.«

»Wehe, du reiherst mir in den Wagen!«, erwiderte O'Reilly. »Wenn du kotzen musst, hängst du dich aus dem Fenster, kapiert?«

»Klar doch. Aber wo nun wirklich keiner hinter uns ist …«

O'Reilly fiel ihm ins Wort. »Ich hoffe, das bleibt auch so. Bin nicht wild drauf, dass mir diese Ratte Boyd Wheeler plötzlich doch noch im Nacken sitzt«, sagte er mürrisch, zuckte dann aber die Achseln. »Aber okay, lassen wir es drauf ankommen. Nimm etwas Gas weg und lass uns leben, Knuckles!«

»Okay, Boss«, sagte Knuckles und folgte der Anweisung.

»Reden Sie nun endlich mit mir?«, fragte Robert mit gequälter Miene. »Vor wem müssen wir Angst haben?«

»Hier hat keiner Angst, Junge«, sagte O'Reilly schroff. »Es geht nur darum, dass wir uns hier draußen keine unnötige Blöße geben und verschwinden, bevor wir noch mal in einen verdammten Hinterhalt geraten. Und wenn ich mich nicht in einem schwachen Moment von deiner Schwester und deinem Vater hätte erweichen lassen, dich von der Farm zu holen und in Sicherheit zu bringen, hätte ich schon gar keinen Grund, mir Sorgen zu machen. Damit das klar ist!«

Robert zog den Kopf ein. »Ich will doch bloß wissen …«, begann er zaghaft.

»Verdammt!«, rief Knuckles, als ein heller Lichtschein hinter ihnen die Dunkelheit aufriss. »Wir haben jemanden im Nacken, Boss. Und so, wie der gerade durch die Kurve gebrettert ist, sieht es nicht danach aus, als käme er zufällig so schnell hinter uns her!«

»Drück auf die Tube«, rief O'Reilly. »Nun mach schon, Knuckles!«

Der Studebaker röhrte auf, als Knuckles beschleunigte, doch der Wagen hinter ihnen fiel nicht zurück. Im Gegenteil, der Abstand verringerte sich zusehends. Bald griffen die Scheinwerfer der Verfolger nach dem Heck der Limousine.

»Vielleicht sind es Feds, eine Razzia …«, begann Gifford lahm.

In dem Moment fielen die ersten Schüsse. Wie Donner rollten die Detonationen durch das schmale Tal, durch das sich die Landstraße schlängelte.

»Von wegen Feds!«, stieß O'Reilly hervor und riss seine Automatik aus dem Schulterholster. »Das ist der durchgeknallte Boyd Wheeler mit seiner Bande!« Er lehnte sich auf dem Beifahrersitz weit aus dem Fenster und erwiderte das Feuer. Die peitschenden Schüsse aus seiner Browning mischten sich mit dem dunklen Bellen des Revolvers aus dem Verfolgerwagen. »Los, heiz du ihnen von der anderen Seite ein, Barney!«

»Worauf du einen lassen kannst! Dieser verdammte Irre!« Der Bootlegger zog seinen Revolver und quetschte sich auf der Rückbank an dem verschreckten Jungen vorbei. Mit Mühe zwängte er sich hinter dem Fahrersitz weit genug aus dem Fenster, um einigermaßen klar zu sehen, wohin er ballerte – nämlich um Gottes willen nicht *auf* den Plymouth, in dem Goldie und Skinny saßen, sondern schön neben oder hoch über ihn.

Knuckles drosch den Studebaker durch die Kurven, fuhr auf den kurzen geraden Strecken Schlangenlinien und spielte routiniert mit Gaspedal, Kupplung und Bremse, damit der Wagen hin und wieder mit dem Heck über die Straße schlingerte und den Schotterbelag aufwühlte, ohne jedoch wirklich in Gefahr zu geraten. Und Skinny spielte seinen Part, indem er sich mit dem Plymouth mal zurückfallen ließ, als bekomme er es mit der Angst zu tun, und mal wieder aufschloss und ihnen nachsetzte. Dann und wann schaltete er sogar kurz die Scheinwerfer aus, damit der Wagen für die feindlichen Kugeln schwerer zu treffen schien.

Alles war abgesprochen.

Für Robert jedoch klang es nach einem echten Feuergefecht während einer Verfolgungsjagd auf Leben und Tod. Er musste sich mit aller Kraft festhalten, um bei der wüsten Fahrt nicht wie ein Spielball von einer Seite auf die andere geschleudert zu werden. Sein Herz hämmerte in der Brust. Er hörte Kugeln in Bäume einschlagen. Einmal prallte sogar ein Stück Borke gegen den Kotflügel. Links von ihm jagte der Bootlegger eine Kugel nach der anderen aus seinem Trommelrevolver, während rechts vor ihm O'Reilly aus dem Beifahrerfenster hing. Bei jedem Schuss sah er die Automatik in der Hand des Dicken aufblitzen, sah eine Feuerzunge aus dem Lauf zucken. Trotz kräftigen Fahrtwinds, der am Verdeck zerrte und es über dem Gestänge laut flattern ließ, zog beißender Korditgestank durch den Wagen. Robert schmeckte den Pulverdampf auf den Lippen. Die unzähligen Schussdetonationen bohrten sich wie Stiche in seine Ohren. Die beklemmenden Umstände, unter denen der dicke Gifford und dieser Mister O'Reilly ihn aus dem Schlaf gerissen und zur Flucht von der Farm gedrängt hatten, weil seinem Vater etwas Schlimmes passiert sei und nun ihm selbst Gefahr drohe, hatten ihn um den Vater bangen lassen. Nun fürchtete er um sein eigenes Leben; er empfand nackte Todesangst.

Gleichzeitig aber hatten die rasende Flucht durch die Nacht und die Schießerei auch etwas verstörend Aufregendes – ja Faszinierendes!

»Gib ihm deine Knarre, Knuckles!«, brüllte O'Reilly, als der Bootlegger seinen Revolver leer geschossen hatte und nervös nachlud. Knuckles reichte seine Waffe über die Schulter nach hinten.

Gerade wollte Gifford einen weiteren Schuss in die Böschung neben dem Plymouth abgeben, als von dort plötzlich das heisere Stakkato einer ganz anderen automatischen Waffe kam – und ein wahrer Kugelhagel über das Dach des Studebaker hinwegfegte.

Goldie feuerte mit einer Tommy Gun!

Ein eisiger Schreck fuhr Gifford in die Glieder. Wer sich mit einer Thompson-Maschinenpistole auskannte, was auf jeden von ihnen zutraf, wusste, dass diese Waffe wegen ihres heftigen Rückschlags schwer unter Kontrolle zu halten war. Eine Tommy Gun mit Trommelmagazin schüttelte den Schützen, selbst wenn er einen festen Stand hatte, bei Dauerfeuer so heftig durch, dass man meinen konnte, er sei von spastischen Zuckungen befallen. Nicht selten flogen bei diesem unfreiwilligen »Tanz« die Kugeln in alle Himmelsrichtungen, mit Glück auch einige ins Ziel. Mit so einem »Häcksler« aus einem fahrenden Wagen heraus zu feuern war in ihrer Situation, die Gefahr doch nur *vortäuschen* sollte, die reinste Idiotie. Gefährlicher als russisches Roulette!

»Sind die denn wahnsinnig geworden, mit dem Häcksler herumzuballern?«, schrie Gifford panisch und feuerte vor Schreck zweimal auf den Plymouth – diesmal jedoch nicht neben den Wagen, sondern direkt in das grelle, blendende Licht.

Die erste Kugel zertrümmerte den Scheinwerfer auf der Fahrerseite und ließ die Scherben gegen Motorhaube und Frontscheibe prasseln. Die zweite Kugel klatschte in den Grill vor dem Kühler.

»Verdammt, Gifford!«, brüllte O'Reilly. »Du hast ihm das Licht ausgeschossen!«

Der Plymouth fiel sofort zurück. Der noch intakte Scheinwerfer auf der Beifahrerseite irrte kurz über die Fahrbahn und kam dann an einem Weidenzaun zur Ruhe.

Robert verstand nicht, warum ihr Fahrer jetzt nicht davonraste, sondern ebenfalls scharf bremste und dann sogar anhielt. Und dass O'Reilly aus dem Wagen sprang, einige Schritte in die Dunkelheit machte, ihren Verfolgern eine Drohung zurief und wissen wollte, ob sie nun genug Blei gefressen hätten, fand er geradezu beängstigend tollkühn.

Als Antwort gellten aus der Nacht hinter ihnen zwei Stimmen, die ihnen wüste Verwünschungen und die grimmige Versicherung zuriefen, dass man sich schon wiedersehen und dann abrechnen werde.

O'Reilly stieg wieder ein. »Los, weiter, Knuckles!«, befahl er grimmig und knurrte: »Verdammt, das war knapp! Das hätte übel ins Auge gehen können.«

»Mann, hier mit 'ner Tommy Gun loszulegen!«, stieß der Bootlegger hervor und sackte keuchend auf die Rückbank zurück. »Das war so aber nicht …«

»Schon gut, Barney!«, fuhr O'Reilly dazwischen, bevor Gifford sich in seiner Erregung verplappern konnte. »Wir haben sie vom Hals und sind *alle* ohne Kratzer davongekommen, okay?«

»Teufel, war das 'ne heiße Nummer«, murmelte Knuckles, schüttelte den Kopf, lachte auf und fuhr mit mäßiger Geschwindigkeit weiter.

Robert wartete eine Weile, bis sein Herzschlag sich einigermaßen beruhigt hatte und er den Mut fand, den Bootlegger und Mister O'Reilly nach seinem Vater zu fragen. Denn anders als vor der Schießerei, die ihm entsetzliche Angst eingejagt hatte und die scheinbar lächerliche Behauptung, er schwebe in höchster Lebensgefahr, in völlig neuem, erschreckendem Licht erscheinen ließ, fürchtete er sich nun vor der Antwort.

Der Bootlegger griff nach der Hand des Jungen. »Wir werden dir alles erzählen, du hast mein Wort«, versprach er mit Grabesstimme. »Aber du musst jetzt sehr tapfer sein. Versprichst du mir das?«

Robert presste die Lippen zusammen und nickte.

»Es hat, als dein Vater und deine Schwester mit uns auf dem Weg zu einer Versammlung von Schwarzbrennern waren, einen Überfall gegeben und eine Schießerei mit diesem irren Boyd Wheeler und seiner Bande. Dabei ist dein Vater schwer verletzt worden. Es … es sieht nicht gut aus für ihn. Du musst darauf gefasst sein, dass … dass er die Nacht nicht überleben wird.«

Robert wollte tapfer sein und nicht weinen, aber das überstieg dann doch seine Willenskraft. Sein Körper begann zu beben, und für einen kurzen Moment gelang es ihm, das Schluchzen in sich zu ersticken. Doch als ihm Tränen über das Gesicht liefen, vermochte er auch das Schluchzen nicht mehr zu unterdrücken.

## 43

Reglos, halb über dem Lenkrad zusammengesunken und mit glasigem Ausdruck blickte Mallory starr über die Kreuzung und auf den morgendlichen Verkehr in Roanoke, ohne das geschäftige Treiben wirklich wahrzunehmen. Ein seelischer wie körperlicher Erschöpfungszustand hatte sie ergriffen, eine seltsame Art von innerer Betäubung bei gleichzeitiger relativer Handlungsfähigkeit. Wobei manche Gedanken sich nur schwerfällig formen wollten; sie waren zäh wie Teer.

Die Verzweiflung der vergangenen Stunden, der Strom vergossener Tränen, ihr Schmerz und ohnmächtiger Hass, aber auch die Angst um Robert und der Zwang, nüchtern zu handeln – all das vermischte sich in ihr zu einem diffusen Nebel von Emotionen, der sich lähmend auf ihre Seele legte.

Erst als mehrere Autofahrer hinter ihr ungeduldig hupten, fuhr sie zusammen, blinzelte und wurde sich mit ein, zwei Sekunden Verzögerung ihrer Situation wieder bewusst.

Es war kurz nach halb neun, sie war in Roanoke eingetroffen, hinten auf der Ladefläche ihres alten Ford-Pick-ups standen unter einer festgezurrten Plane zehn Holzkisten mit jeweils sechs Zwei-Gallonen-Flaschen Crazy Apple – und sie war auf dem Weg zum Gangsterboss O'Reilly, um den Leichnam ihres ermordeten Vaters abzuholen und ihren Bruder zu retten.

*Retten? … Wie denn?*

*Wenn er Bobby etwas antut …*

Erneutes, wütendes Hupen hinter ihr. Mallory riss sich zusammen. Das Getriebe kreischte gequält auf, als sie in ihrer Benommenheit den Gang nicht sauber einlegte, und als sie ruckartig anfuhr und der Murray Avenue folgte, rumpelten die Kisten auf der Ladefläche. Den Flaschen würde nichts passieren. Sie hatte sie wie immer in reichlich Stroh gebettet und auch die Zwischenräume ausgestopft. In ihren Kisten klirrte nicht eine Flasche.

Warum kümmerte es sie überhaupt, ob eine der Flaschen zerbrach oder nicht? Wo doch ihr Vater tot war, kaltblütig ermordet, und ihr kleiner Bruder sich als Geisel in der Gewalt dieser Verbrecher befand?

Ruhig! Nicht denken. Nur fahren und Nerven bewahren!

Mit zitternder Hand griff sie erneut nach der Skizze, die O'Reilly ihr nicht einmal sechs Stunden zuvor zugesteckt hatte. Sie hatte panische Angst, einen Fehler zu machen, sich zu verfahren, nicht rechtzeitig am befohlenen Treffpunkt zu sein und dafür bestraft zu werden, indem O'Reilly die Herausgabe des Leichnams verweigerte oder gar ihrem Bruder etwas antat. Sie traute diesem Verbrecher jede Grausamkeit zu.

Ihre Angst vor einer Verspätung erwies sich als unbegründet. Sie war ein gutes Viertel vor neun Uhr an der Stelle, zu der O'Reilly sie befohlen hatte. Es war eine unansehnliche Gegend am südöstlichen Stadtrand, unmittelbar am Ufer des Roanoke River gelegen: Werkstätten, Lagerhäuser, kleinere Industriebetriebe sowie billig hochgezogene Mietshäuser und Ladengeschäfte.

Zwei von O'Reillys Männern warteten an der Ecke. Sie lehnten an der Kühlerhaube eines schwarzen Dodge und rauchten. Einen davon erkannte sie sofort wieder. Es war der abstoßende, kurzbeinige Kerl mit den Murmelaugen im massigen Schädel und den vielen goldenen Zähnen, der Goldie genannt wurde und ihren Vater erschossen hatte. Als sie auf der Höhe des

Dodge hielt, schnippte er ihr mit einem hämischen Grinsen seine Kippe gegen die Frontscheibe und rief: »Häng dich an uns dran, Süße!« Und dann stieg er, ohne eine Antwort abzuwarten, mit seinem Komplizen in den Wagen und fuhr los.

Zwei Querstraßen weiter passierten sie das umzäunte Gelände eines Schrottplatzes, einer Ziegelei und einer Tankstelle, deren verhängte Zapfsäulen verkündeten, dass sie außer Betrieb war. Hinter dem Gelände der aufgegebenen Tankstelle beschrieb die Straße einen Halbkreis zum Fluss hin und endete als Sackgasse vor dem Tor eines hohen Lagerhauses aus schmutzig braunen Ziegelsteinen. Fensterlose Rückfronten anderer Lagerhäuser oder Betriebe begrenzten den sandigen Platz zu beiden Seiten. Direkt hinter dem Backsteingebäude floss der seichte Roanoke River vorbei; das verriet das silbrige Blitzen von Wasser am Ende der schmalen Gassen rechts und links des Lagerhauses. Über dem Tor hing ein langgestrecktes, rostiges Blechschild. *Panamerican Coffee Company* verkündete es mit verblichener weißer Farbe.

Der Dodge hielt links vom Tor neben O'Reillys blauem Studebaker, der vor einer Seitentür stand. Goldie stieg aus und verschwand durch die Tür, während sein Komplize bei den Wagen blieb. Kurz darauf schwangen die Torflügel auf, und Goldie bedeutete Mallory, in die Halle zu fahren.

Sie folgte dem wortlosen Befehl, und das Tor schloss sich sofort wieder. Augenblicklich drang der intensive Duft gerösteter Kaffeebohnen zu ihr in den Truck. Nackte Glühbirnen in halbrunden Trichtern aus verzinktem Blech hingen von der hohen Decke. Sie warfen ihr Licht auf verschieden hohe Stapel von Jutesäcken, die auf einer Länge von fünfzehn, zwanzig Yards zu beiden Seiten der Durchfahrt auf Paletten aufgeschichtet waren. Die Stapel legaler Ware der Tarnfirma *Panamerican Coffee Company* endeten vor einer Backsteinmauer, die bis zur Decke reichte und die Rückwand der Lagerhalle zu sein schien. Links hinten in der Ecke befanden sich in einem besseren Bretterverschlag zwei Büros, die jeweils ein Fenster zur Halle hin hatten. Die Scheiben jedoch waren, wie es aussah, seit Ewigkeiten nicht mehr mit Wasser und Putzzeug in Berührung gekommen und dermaßen verdreckt, dass es der Lamellenjalousien dahinter gar nicht bedurft hätte, um den Blick in die Büroverschläge zu verwehren.

Hohe Regale aus Stahlrohr, mit allerlei Kisten, Kartons und Stapeln leerer Säcke gefüllt, zogen sich von den Büros aus an der Mauer entlang. Das Mittelstück der Regale aber ruhte auf verdeckten Rollen, wie sich zeigte, als sich jetzt zwei Männer daran zu schaffen machten. Ohne große Mühe zogen sie es ein Stück hervor und schoben es zur Seite. Mit dem Regal verschwand auch das entsprechende Stück Mauer, das in Wahrheit nur ein Bild war, täuschend echt auf die Rückwand des Mittelregals gemalt. Anstelle von Ziegelsteinen kam ein eisernes Rolltor zum Vorschein, das rasselnd nach oben fuhr. Nun lag der Blick in den angrenzenden Raum frei, der ein gutes Drittel des gesamten Lagerhauses ausmachte.

Mallory blieb nicht viel Zeit, um sich das dort untergebrachte Alkohollager genauer anzusehen, denn als das Rolltor hochging und dahinter weitere Deckenlampen ihr hartes Licht von der Decke warfen, riss Goldie die Fahrertür auf und herrschte sie an, auszusteigen und ihm zu den Büros zu folgen. Doch was sie flüchtig an Fässern, verzinkten Kanistern und Kisten voller Flaschen sah, beeindruckte sie selbst in ihrem zwiespältigen Zustand aus extremer Anspannung und vollkommener Erschöpfung.

»Hier ist sie, die biestige Miss Moonshine, Boss!«, sagte Goldie mit einem boshaften Grinsen, als er die Tür zum vorderen Büro aufzog, und versetzte ihr einen derben Stoß in den Rücken.

Sie taumelte in den niedrigen, muffigen Raum, dessen abgenutzte Möbel im gnadenlosen Licht der Deckenlampe dem miesen Bretterverschlag vollauf gerecht wurden.

# 44

O'Reilly saß hinter einem verkratzten Metallschreibtisch. Er trug einen mokkabraunen Sommeranzug, dazu ein beigefarbenes Hemd und eine safranfarbene Seidenkrawatte mit feinen blauen Querstreifen. Seine Füße, die in hellbraunen Lederslippern steckten, lagerten auf der Schreibtischplatte, und vor ihm standen eine Schale mit Erdnüssen sowie eine offene Milchflasche.

»Wo ist mein Bruder?«, stieß Mallory übergangslos hervor, und die eigene Stimme kam ihr fremd vor, rangen in ihr doch Angst um den Bruder, grenzenloser Hass sowie das Bewusstsein ihrer Ohnmacht miteinander um die Oberhand. »Wo ist er? Ich will Bobby sehen!«

»Alles zu seiner Zeit«, erwiderte O'Reilly, schob sich eine Erdnuss in den Mund und warf die Schalen auf den Boden. »Setz dich. Und bevor du nach deinem Vater fragst: Der liegt auf Eis. Wenn du deinen Part in unserem kleinen Rührstück sauber über die Bühne gebracht hast, kannst du ihn nachher mitnehmen.«

»Ich will wissen …«

Goldie schnitt ihr das Wort ab. »Hast du es auf den Ohren? Du sollst dich hinsetzen, verdammt noch mal!«, blaffte er in ihrem Rücken, zog einen Stuhl heran, schlug ihr die Sitzkante in die Kniekehlen und drückte sie dann grob herunter. »Und den Mund machst du gefälligst nur auf, wenn du gefragt wirst, ist das klar?«

O'Reilly hob die Hand. »Schon gut, Goldie. Ich denke, sie weiß mittlerweile, wie hier die Karten verteilt sind. Kümmer dich jetzt um den Moonshine und die andere Sache.«

»Klar doch, Boss«, sagte Goldie, schoss Mallory noch einen finsteren Blick zu und ging davon.

Mallory starrte den Gangsterboss an, der mit pomadeglänzendem Haar, akkurat rasiertem Oberlippenbart und in aufreizend selbstgefälliger Pose hinter dem Schreibtisch lümmelte. Der Hass, der Ohnmacht und Angst für einen Moment in den Hintergrund drängte, sprang ihr förmlich aus den Augen.

O'Reilly reagierte mit einem gleichgültigen Lächeln. »Deinem Bruder geht es bestens«, sagte er, nahm einen Schluck aus der Milchflasche und tupfte sich mit seinem Einstecktuch den weißen Rand von der Oberlippe. »Ich habe ihm kein Haar gekrümmt, und das wird auch so bleiben, wenn du dich an das hältst, was ich jetzt mit dir besprechen werde.«

Diese Zusicherung ließ sie einen Anflug von Erleichterung empfinden, aber Angst und Zweifel blieben stärker. »Sie haben meinen Vater ermordet! Ihr Wort ist doch nicht einmal den Dreck wert, den Sie da auf den Boden werfen!«

Er zuckte die Achseln und behielt sein kaltes Lächeln bei. »Dein Vater hat seinen Tod selbst verschuldet, aber das hatten wir schon. Also erspar mir lästige Wiederholungen! Und was mein Wort angeht, so wird dir nichts anderes übrigbleiben, als darauf zu vertrauen, dass es tatsächlich so etwas wie Ganovenehre gibt. Letztlich ist es mir aber völlig gleichgültig, ob du mir glaubst oder nicht!«, erklärte er. »Ich habe deinen Bruder, und der Junge ist mir dankbar dafür, dass ich ihn in Sicherheit gebracht habe.«

Verständnislos sah sie ihn an, und fast hätte sie gelacht über das, was sie für eine absurde, lächerliche Lüge hielt. »Bobby soll *Ihnen* dankbar sein, weil Sie ihn *in Sicherheit* gebracht haben? Sie müssen den Verstand verloren haben!«

»Ganz und gar nicht. Der fette Gifford, Knuckles und ich sind seit letzter Nacht seine großen Helden«, sagte er sichtlich amüsiert über ihren Unglauben, nahm die Füße vom Schreibtisch und beugte sich vor, als wolle er sichergehen, dass sie verstand, was er jetzt sagte. »Und du wirst gleich dafür sorgen, dass es auch bei seiner großen Dankbarkeit bleibt!«

Beklemmung packte sie, ahnte sie doch plötzlich, dass er gerissener war, als sie gedacht hatte, und dass es tatsächlich so war, wie er behauptete, so irrwitzig es auch erscheinen mochte.

Er schien zu sehen, was ihr durch den Kopf ging, und sein Lächeln wurde noch ein Spur breiter. »Du bist dir plötzlich nicht mehr ganz so sicher, dass ich den Verstand verloren habe? Gut, kommen wir also zur Rettung deines kleinen Bruders vor Boyd Wheelers heimtückischem Mordanschlag gestern Nacht.«

»Ich … ich verstehe kein Wort«, murmelte Mallory. »Von welchem Mordanschlag sprechen Sie? Und wer soll dieser Boyd sein?«

»Nun, Boyd ist der Sohn von Eddie Wheeler und der böse Bube in dieser Tragödie«, sagte O'Reilly sarkastisch. »Dieser Koks-Junkie ist mir mit zwei, drei anderen Burschen von seinem Schlag durch die Lappen gegangen. Leider. Kann sein, dass sie sich nie wieder hier blicken lassen, kann aber auch sein, dass Boyd sich wirklich noch in der Gegend herumtreibt. Aber das ist im Augenblick ohne Bedeutung.«

»Aber warum …«

Er hob die Hand. »Hör gut zu, Mallory Kendrick! Jetzt kommt die Geschichte, die ich deinem Bruder erzählt habe – und die du nachher in allen Teilen bestätigen wirst. Nichts an der Story wirst du weglassen oder irgendwie verändern, damit das klar ist!«

Stumm saß Mallory da und wartete auf die Lügen. Aber welche Lügen konnten so glaubhaft sein, dass ihr Bruder, der wahrlich nicht auf den Kopf gefallen war, sie für bare Münze nahm?

»Dein Vater hat nicht einsehen wollen, dass die Zeit von Leuten wie Eddie Wheeler und Arnie Flint vorbei ist und dass jetzt ein neuer Wind weht«, begann O'Reilly.

»Wheeler und Flint haben meinen Vater nie interessiert! Er hat mit jedem Bootlegger Geschäfte gemacht, der wie Gifford unseren Preis gezahlt hat. Bis Sie kamen und uns erpressen wollten! Es war und ist unser Recht, nicht für diesen Dumpingpreis an Sie zu verkaufen!«

»Ich bezweifle doch sehr, dass ein Schwarzbrenner das, was du so großmäulig dein ›Recht‹ nennst, einklagen kann«, erwiderte er bissig. »Wer illegale Geschäfte macht, unterliegt eigenen Gesetzen. Die sind in Roanoke und Umgebung bis vor kurzem von Wheeler und Flint bestimmt worden. Der idiotische Fehler der beiden war, dass sie einander bekriegt und Misswirtschaft betrieben haben, was in unserem heiklen Geschäft für instabile Verhältnisse gesorgt hat. Damit ist jetzt ein für allemal Schluss, und das hat dein Vater leider nicht begriffen. Womit wir wieder bei der Story wären.«

Mit stummem Trotz starrte sie ihn an.

»Boyd, Eddie Wheelers dreiundzwanzigjähriger Sohn, ist wie gesagt bei der … nun, sagen wir: Neuorganisation des Gebietes durch das Syndikat mit zwei, drei Handlangern abgetaucht«, fuhr O'Reilly fort und kam zur ersten Lüge, die Gifford und er dem Jungen aufgetischt hatten. »Boyd hat, kurz bevor ich bei euch auf der Farm war, Kontakt mit deinem Vater aufgenommen und ihn davon überzeugt, dass er bald wieder fest im Sattel sitzen wird und damit alles beim Alten bleibt. Gifford hatte deinem Vater etwas ganz anderes erzählt, aber dein Vater wollte ihm dummerweise nicht glauben. Deshalb hat er auch bei meinem Besuch so ruppig reagiert.«

»Ich wünschte, er hätte Sie erschossen!«, entfuhr es ihr.

Der Gangsterboss zerbrach die Schale einer weiteren Erdnuss und nickte bedächtig. »Ja, das wäre eine Möglichkeit gewesen, den Lauf der Dinge zu ändern«, sagte er. »Neigt man aber zu Unentschlossenheit und Halbherzigkeit, ist die Katastrophe so gut wie sicher. Deshalb mache ich auch keine halben Sachen, wenn du verstehst, was ich dir sagen will.«

Mallory schluckte. Sie verstand die Drohung sehr gut.

»Zurück zur Story. Gifford hat noch mal mit deinem Vater gesprochen. Daraufhin kam er doch ins Grübeln und stimmte einem zweiten Treffen mit mir zu. Dabei haben wir dann alle Unstimmigkeiten zwischen uns ausgeräumt.«

Sie reagierte auf die hanebüchene Lüge mit einem verächtlichen Laut.

»Aber Boyd hatte mittlerweile auch bei anderen Schwarzbrennern im Franklin County für Unruhe gesorgt«, fuhr O'Reilly unbeirrt fort. »Das wollte ich natürlich in Ordnung bringen. Deshalb habe ich ein Treffen der wichtigsten Schwarzbrenner aus eurer Gegend vorgeschlagen. Um Einigkeit zu erzielen und ein faires Abkommen auszuhandeln.«

Wortlos schüttelte Mallory den Kopf. Was hätte sie auch sagen sollen zu solch ungeheuerlicher Unverfrorenheit? Und das alles kam ihm glatt über die Lippen, ohne dass ihm auch nur ein Hauch von Schamesröte in die Wangen stieg!

»Dieses Treffen sollte gestern Nacht in einer Scheune in Union Hall stattfinden. Dein Vater wollte, dass du mit dorthin kommst, weil du nun mal ›Miss Moonshine‹ bist und damit mehr als seine rechte Hand. Leider hat irgendeiner nicht dichtgehalten. Jedenfalls hat Boyd Wind von der Sache bekommen und uns, als wir auf dem Weg zu diesem Treffen waren, aus einem Hinterhalt angegriffen. Es gab eine Schießerei, bei der dein Vater schwer verletzt wurde. Einer meiner Männer ist mit dir und deinem Vater zu Doktor Blackwell gefahren, doch dein Vater ist schon auf dem Weg dahin gestorben. Indessen sind Gifford und ich mit dem anderen Wagen zu eurer Farm gerast und haben deinen Bruder in Sicherheit gebracht. Denn darum hat dein Vater mich inständig gebeten, sozusagen mit dem letzten Atemzug.«

Fast hätte Mallory laut gelacht. »Und das soll mein Bruder Ihnen abgenommen haben? Nie und nimmer! Bobby weiß, dass wir an der Still waren, dass die Maische reif war für den nächsten *run!*«

O'Reilly bedachte sie mit einem verschlagenen Lächeln. »Ja, das habt ihr ihm *gesagt,* weil die Situation gefährlich war und dein Vater ihn nicht beunruhigen wollte. Weshalb ihr ihm ja auch alles andere verschwiegen habt, das zweite Treffen mit mir und so weiter. Deinem Vater war es doch immer sehr wichtig, den Jungen von der Still und allem, was damit zu tun hat, fernzuhalten, nicht wahr?«

»Und wenn schon! Wenn wir mit dem Truck weggefahren wären, hätte Bobby das ganz sicher mitbekommen. Er wäre aufgewacht, weil sein Zimmer wie meins nach vorn zum Hof und zur Scheune hinausgeht und er bei offenem Fenster schläft.«

»Du vergisst, wir haben euch abgeholt, gerade um das zu verhindern. Erinnerst du dich nicht?«, höhnte er. »Wir haben doch unten bei der ersten Biegung auf euch gewartet.«

Ohnmächtige Wut packte sie. Offenbar hatte er alles durchdacht, und seine Lügen ergaben ein stimmiges Bild, das überzeugend schien, zumal für jemanden, der frei von Argwohn war. Ein letzter Widerspruch fiel ihr allerdings noch ein. »Weshalb hätten mein Vater und ich Angst um Bobby haben sollen? Dieser Boyd Wheeler hat doch nichts mit meinem Bruder zu schaffen!«

»Boyd ist nicht ganz dicht, und dass er kokst, macht es wahrlich nicht besser«, sagte O'Reilly und tippte sich gegen die Stirn. »Er hegt so seltsame alttestamentarische Überzeugungen, etwa, dass die Söhne für die Sünden der Väter büßen müssen. Und Boyd macht nun mal deinen Vater dafür verantwortlich, dass sein Kartenhaus im Franklin County so schnell zusammengestürzt ist.«

»Und ich bin außer Gefahr, ja?«, spottete sie.

»So ist es«, erwiderte er mit dem vergnügten Lächeln eines Mannes, der alle Trümpfe in der Hand hält. »So rachsüchtig dieser Kokser Boyd auch ist, Frauen krümmt er als guter Katholik kein Haar. Das soll auch was mit seiner Mutter und seiner Schwester zu tun haben, die mal in einer ähnlichen Situation verschont worden sind. Genaueres kann ich dir da nicht sagen, aber es ist nun mal bekannt, dass er sich nie und unter keinen Umständen an jemandem vom schwachen Geschlecht vergreift. Rührend, nicht wahr? Du kannst also ohne Problem auf der Farm bleiben und Moonshine für mich brennen, während dein Bruder hier bei mir in Sicherheit ist.«

»Und wie lange wollen Sie meinen Bruder als Geisel behalten?«, fragte sie mit kläglicher Stimme.

Er zuckte die Achseln. »Keine Ahnung, das wird sich zeigen. Und das mit der Geisel vergiss ganz schnell wieder, verstanden? Für den Jungen sind wir Helden. Wir haben sein Leben gerettet«, verkündete er. »Gestern Nacht gab es nämlich eine wilde Verfolgungsjagd, kaum dass wir mit deinem Bruder auf der Landstraße waren. Boyd saß uns im Nacken, und seine Männer haben aus allen Rohren auf uns geballert, zumindest glaubt der Junge das. Hat sich jedenfalls verdammt gefährlich angehört. Aber am Ende haben wir Boyd doch abgeschüttelt.« Er grinste selbstgefällig. »Das also ist letzte Nacht passiert; das ist das, was dein Bruder glaubt, und du tust gut daran, dich an die Story zu halten und die erleichterte Schwester zu spielen, die froh ist, dass der Junge bei mir ist und rund um die Uhr beschützt wird.«

»Und wenn ich mich nicht daran halte?«, fragte sie in einem Anflug widersinnigen Trotzes.

»Ja, was dann? Lass mich mal überlegen«, sagte O'Reilly mit gerunzelter Stirn und strich sich mit Daumen und Zeigefinger über den schwarzen Strich von Oberlippenbart. »Was tut man, wenn man auf einen weithin sichtbaren Abgrund zurast, sich aber weigert, in die Bremsen zu steigen? Das nennt man wohl Selbstmord, oder? Und wenn in dem Auto noch jemand sitzt, hat man dessen Leben auch auf dem Gewissen. Kannst du mir folgen, Mallory Kendrick?« Sein Ton war mit einem Mal hart und kalt, sein Blick stechend.

Sie nickte nur stumm.

Abrupt stand er auf und griff nach seinem Hut. »Gut, dann bringe ich dich jetzt zu deinem Bruder. Ich bin sicher, wir werden alle zu Tränen gerührt sein!«

# 45

O'Reilly nahm sie in seinem Studebaker mit. »Goldie kommt mit deinem Truck nach«, sagte er vor dem Lagerhaus knapp und bedeutete ihr, hinten zu ihm ins Cabrio zu steigen. Das Verdeck war schon zurückgeklappt. Skinny setzte sich hinters Lenkrad und fuhr sie unter einem strahlend blauen Himmel mit wenigen weißen Wolkentupfern in die Stadt.

Mallory rückte so weit wie möglich von O'Reilly ab, presste sich verkrampft an die Wagentür und starrte nach links aus dem Fenster, ohne jedoch wirklich wahrzunehmen, wohin die Fahrt ging. Das Lärmen auf den Straßen erreichte sie nicht, und die Fronten der Geschäfte und vielstöckigen Gebäude zogen wie ein verwaschenes Bild an ihr vorbei.

O'Reilly ließ sie in Ruhe. Er genoss die Fahrt, zumal sich die drückende Hitze gelegt hatte und wieder angenehm sommerliche Temperaturen herrschten. Es gab keinen Grund, ihr ein Gespräch aufzuzwingen. Sie wusste, was sie zu tun und zu sagen hatte, wenn sie ihren Bruder wiedersah. Und war sich nur zu gut darüber im Klaren, was für sie beide auf dem Spiel stand, wenn sie sich nicht an die Vorgaben hielt.

Erst als Skinny abrupt bremste, um den Zusammenstoß mit einem plötzlich ausscherenden Motorrad zu vermeiden, und Mallory sich am Türgriff den Ellbogen stieß, schärften sich ihre Sinne wieder. Zur Linken erkannte sie das feudale Hotel *Ponce de León*, das sechs Stockwerke hoch aufragte und einen ganzen Häuserblock einnahm. Balkonarkaden mit perlweiß gestrichener schmiedeeiserner Brüstung zogen sich über die gesamte Front des Gebäudes.

Skinny rief dem Motorradfahrer eine Verwünschung hinterher und bog auf Höhe des Hotels rechts in die Millford Road ab. Sie passierten mehrere Geschäfte sowie eine schmalbrüstige brandgeschwärzte Ruine und ein verwildertes Baugrundstück hinter einem hohen Maschendrahtzaun – und hielten schließlich vor einem Fabriktor zur Rechten, das in eine hohe Backsteinmauer eingelassen war.

Es gehörte zu einem Gebäude, dessen Obergeschoss sich über Tor und Mauer erhob und dessen Flachdach mit Teerpappe gedeckt war. Das gesamte Ensemble war aus rotbraunem Backstein errichtet. *Victor Kendall's Candy Factory, Est. 1895* lautete der Schriftzug aus hellgrauem Sandstein, der, dem Torbogen folgend, in das Mauerwerk gesetzt war.

Skinny hupte.

In den linken Flügel des schmiedeeisernen Tors war eine schmale Manntür eingelassen und in diese eine vergitterte Sichtluke in Augenhöhe. Auf das Hupen hin wurde die Klappe dieser Luke geöffnet. Ein Gesicht erschien hinter dem Gitter, und sofort knallte die Klappe wieder zu. Schwere Riegel fuhren in ihren Halterungen zurück, und die Torflügel schwangen nach innen auf.

Der Studebaker rollte in einen geräumigen Hof, der von drei Gebäudetrakten wie von einem Hufeisen umschlossen wurde. Auf der linken Seite und nach vorn hin erstreckte sich ein L-förmiges, ebenerdiges Gebäude mit flachem Dach. Fünf Rolltore nahmen einen Großteil der Hoffassade ein und verrieten, dass es sich um Lagerräume handelte. Das Rolltor des vorderen, kurzen Gebäudeteils, das den ebenerdigen Teil der Anlage mit dem einen Stock höheren Komplex auf der rechten Seite verband, war hochgeschoben. Die Einfahrt gab den Blick in eine geräumige Autowerkstatt mit Grube, Hebebühne und Werkbänken frei. An der Rückwand hing Werkzeug aller Art.

Zwei Männer machten sich an einem Sportwagen zu schaffen, der auf den Stahlarmen einer hydraulischen Hebebühne schwebte. Drei andere lungerten weiter hinten um einen Tisch herum, dessen runde Platte auf einem dicken Fass ruhte. Kleinere Fässer dienten den Männern als Sitze. Sie spielten Karten und hielten, als der Studebaker in den Hof rollte, wie ihre Kameraden an der Hebebühne nur kurz inne.

Mallory stieg aus dem Wagen und blickte sich mit bangem Herzen um. Hier also wurde ihr Bruder gefangen gehalten! Ohne zu wissen, dass er eine Geisel war. Und sie musste die perfiden Lügen auch noch als wahr bestätigen. Aber so unerträglich dieser Gedanke auch war, sie hatte keine Wahl.

Skinny steuerte auf eine Stahltür zu, die in das Gebäude zur Rechten führte, wo einst die Süßigkeiten hergestellt worden waren. Aus der ehemaligen Werkhalle drang der Lärm von Handwerkern. Feuerleitern und Stege aus Stahlgittern zogen sich über die Außenwand bis hinauf zum Dach.

»Nicht durch den Club«, rief O'Reilly Skinny zu. »Wir nehmen die Abkürzung über die Feuerleiter.« Dabei berührte er Mallory am Arm, um ihr den Weg zu weisen.

Sie riss den Arm von ihm weg, als habe sie sich verbrannt.

O'Reilly lächelte kalt. »Du wirst dir schon etwas mehr Mühe geben müssen, wenn du deine Rolle überzeugend spielen willst – immer vorausgesetzt, dir liegt was an deinem Bruder!«

»Solange Sie mich nicht anfassen, schaffe ich das«, erwiderte Mallory mühsam beherrscht und folgte ihm die Feuerleiter hinauf.

Er fixierte sie. »Das solltest du auch, selbst wenn ich dich anfasse«, sagte er leise, doch die Drohung in seinen Worten jagte ihr einen eisigen Schauer über den Rücken.

Kurz darauf gelangten sie durch eine feuerfeste Tür in das obere Stockwerk, und Mallory meinte, ihren Augen nicht zu trauen. Sie hatte noch nie ein Hotel, geschweige denn ein Grand Hotel betreten, aber den Beschreibungen solcher feudalen Orte nach, die sie aus Romanen kannte, hätte der breite Korridor hier oben gut und gern zu einem Nobelhotel gehören können. Vor ihr erstreckte sich ein Parkettboden, der in einem dunklen Honigton schimmerte und mit herrlichen Läufern ausgelegt war. Die Tapete hatte ein verschlungenes Muster in Altrosa und Blassblau, und an den Wänden waren in schweren Rahmen kolorierte Stiche von Landschaften aufgehängt. Von der Decke hingen unter Stuckrosetten wunderschöne Lampen mit kunstvoll geschliffenem Glaszylinder.

Trotz des bitteren Ernstes ihrer Lage war Mallory von all der Eleganz beeindruckt und wusste gar nicht, was sie zuerst bestaunen sollte, während sie durch den Gang mit seiner Vielzahl von Zimmertüren eilte.

»So, da wären wir, meine Liebe!«, rief O'Reilly zuckersüß, während er die Tür am Ende des Korridors schwungvoll aufstieß und sie in ein großes Arbeitszimmer führte, dessen zwei große Fenster auf die Straße hinausgingen. »Hier ist endlich deine Schwester, Robert!«

Mallory schreckte aus ihrem benommenen Staunen auf, trat in das Zimmer, das in ihren Augen einfach umwerfend war, und hatte, als sie ihren Bruder sah, schlagartig Tränen in den Augen. Dass O'Reillys Chauffeur bei ihm saß und mit ihm auf dem niedrigen Couchtisch ein Puzzle zusammensetzte, nahm sie nur am Rand ihres Bewusstseins wahr.

»Lory!« Robert sprang von dem schweren moosgrünen Ledersofa auf und rannte ihr entgegen.

Frank Marlowe nutzte die Gelegenheit, um das Zimmer zu verlassen. Robert löste sich schnell wieder aus den Armen seiner Schwester, so als sei ihm die Gefühlswallung plötzlich peinlich. »Stimmt es, dass Vater … dass er … dass er tot ist?«, stieß er stockend hervor, als hoffe er wider jede Vernunft auf ein Wunder.

Mallory wischte die Tränen fort und nickte. »Ja. Der Arzt konnte ihn nicht mehr retten. Dieses gewissenlose Dreckspack hat ihn erschossen wie einen räudigen Hund!«, brach es aus ihr hervor, und all ihr Hass machte sich Luft. »Das war kaltblütiger Mord, Bobby! Diese verfluchten Verbrecher sind der Abschaum der Menschheit. Sie töten aus Lust am Töten; ihnen reicht dafür schon ein nichtiger Anlass!«

»Das hätte ich nicht besser sagen können«, warf O'Reilly mit scheinbar grimmiger Miene ein. »Leute wie Boyd Wheeler und seine Schurken sind gefährlicher als ein ganzes Nest voll giftiger Nattern! Die schrecken vor nichts zurück, besonders dieser irre Kokser Boyd. Das ist ein regelrechter Schlächter, und er wird, was Ihren Bruder angeht, nicht so schnell Ruhe geben!« Er seufzte theatralisch. »Tragisch, dass Ihr Vater das nicht früh genug erkannt hat. Dann wären wir heute nicht hier.«

Robert biss sich auf die Lippen und ballte die Fäuste.

»Sie werden zur Hölle fahren für das, was Sie getan haben!«, stieß Mallory hervor und sah mit hasserfülltem Blick zu O'Reilly hinüber.

Der nickte. »Das mag gut sein – wenn es die Hölle wirklich gibt. Aber selbst wenn, kann das ja noch eine Weile dauern. Bis dahin sorge ich dafür, dass sich solch eine Tragödie nicht wiederholt, Mallory. Deshalb bleiben Sie und Ihr Bruder unter meinem Schutz, ganz wie ich es Ihrem Vater versprochen habe.«

Mallory kämpfte gegen Übelkeit an. Sie musste sich setzen, ihr zitterten die Knie.

»Warum hat Vater nur nicht gleich auf Mister Gifford und Mister O'Reilly gehört? Aber nein, er wusste ja immer alles besser! Und das haben wir nun davon!«, stieß Robert mit bitterem Zorn hervor und setzte sich zu ihr auf das Sofa. In seinem blinden Zorn, der Kummer und Schmerz überdeckte, sprudelten die Vorwürfe nur so aus ihm heraus. »Nie hat er auf andere hören wollen. Dieser starrköpfige Kendrick-Stolz! Er wusste es immer besser! Und jetzt ist er tot, und ich habe diesen verrückten Mörder auf dem Hals! Aber wundern sollte es uns nicht. Er hat's herausgefordert. Und dass er alles über unseren Kopf hinweg beschlossen hat, vor allem über meinen, ist ja auch nichts Neues! Du warst immer sein Liebling, aber ich hatte nie was zu melden. Ich konnte es ihm nie recht machen!«

»Das stimmt doch alles gar nicht. Vater hat dich geliebt, und wie!«, beschwor sie ihn, entsetzt über seinen Ausbruch.

»Hat er dich jemals so geschlagen wie mich?«, hielt er ihr vor und sah sie mit einem Ausdruck an, als spüre er den Schmerz aufs Neue. Nicht den körperlichen, sondern den tiefen, inneren. »Nein, natürlich nicht!«

»Das hat ihm bestimmt mehr leidgetan, als du glaubst, das weiß ich so, wie ich weiß, dass er dich geliebt hat. Und wenn du ehrlich bist, hast du es regelrecht herausgefordert, so penetrant, wie du gewesen bist!«

»Ach was, mach mir doch nichts vor! Ich weiß sehr gut, wie es war. Er hat mir nie etwas zugetraut. Von allen wichtigen Sachen hat er mich ferngehalten. Und warum habt ihr mir das mit diesem Boyd und dem nächtlichen Treffen verschwiegen?«

»Wir dachten, es wäre besser, dich nicht zu beunruhigen und erst einmal abzuwarten, ob …«, erwiderte Mallory lahm und verzweifelte innerlich, dass sie zu diesen infamen Lügen gezwungen war und deshalb nichts vorzubringen wusste, das ihren Bruder hätte besänftigen können.

Wieder ließ er sie nicht ausreden. »Erzähl mir nichts! Ihr habt mich die ganze Zeit angelogen! Ihr habt mir nicht vertraut, zumindest Vater nicht!«, ereiferte er sich. »Dich hat er natürlich verdonnert, mir nichts zu sagen. Das ist so was von gemein! Vater hat mich behandelt wie einen dummen Jungen. Und dann hat er sich auch noch mit diesem Boyd angelegt. Er ist selbst schuld, dass er tot ist!«

»Um Gottes willen, versündige dich nicht, Bobby!«

»Das ist aber die Wahrheit, auch wenn sie dir nicht gefällt!«

»Nein, das ist nicht die Wahrheit!«, gab sie heftig zurück.

»Ach nein, ist sie das nicht? Dann sag mir doch, was die Wahrheit ist!«

Gequält sah Mallory ihn an. »Ach, Bobby, lass uns bitte nicht streiten. Vater ist tot, und jetzt …«

»Jetzt muss ich mich hier bei Mister O'Reilly verstecken«, fiel Robert ihr ins Wort. »Wenn er mich gestern Nacht nicht gerettet hätte, wäre ich jetzt auch tot, *das* ist die Wahrheit!«

Mallory griff nach seiner Hand. »Bitte, Bobby! Sei nicht so

unversöhnlich. Du wirst Vater nicht gerecht. Was immer du meinst, ihm vorwerfen zu müssen, er hat es doch nicht verdient, kaltblütig erschossen zu werden, oder?«

Er senkte den Kopf. »Nein«, murmelte er.

»Bitte lass uns nicht streiten. Das könnte ich nicht auch noch ertragen, so schlimm, wie ohnehin alles ist. Wir beide müssen jetzt zusammenhalten«, beschwor sie ihn.

Er nickte nur stumm.

Nun griff O'Reilly ein. »Ich tue es ja nur ungern, aber das muss für heute reichen«, sagte er. »Sie haben heute noch viel zu erledigen, Mallory. Unangenehme Dinge, die leider Vorrang haben.« Dann sagte er, er bedaure, Robert nicht zur Beerdigung gehen lassen zu können, aber die Gefahr sei einfach zu groß. Boyd gehöre zu jenen Killern, denen man jeden noch so wahnwitzigen Anschlag zutrauen müsse. Zudem wolle er alles vermeiden, was dem Mann verraten könne, wo er Robert versteckt halte.

In ihrer Ohnmacht blieb Mallory nichts anderes übrig, als ihm zuzustimmen und Bobby zu bitten, geduldig zu sein und zu tun, was O'Reilly ihm sage.

Unter Tränen nahm sie Abschied von ihm.

Auch in Roberts Augen schimmerte es verdächtig. Es gelang ihm jedoch, die Tränen zurückzuhalten und einen unerschrockenen, gefassten Eindruck zu machen.

Respekt, dachte O'Reilly, der ihn beobachtete, der Junge hat sich im Griff!

## 46

Er brachte sie über die feuerfeste Außentreppe zurück in den Hof. »Deine alte Kiste steht vor dem Tor. Goldie hat ein Auge drauf. Damit sich niemand mit der Leiche deines Vaters aus dem Staub macht«, sagte er.

Sie hasste O'Reilly für die Gleichgültigkeit, mit der er über ihren toten Vater sprach. Mit seiner Kälte fachte er den Brand des Hasses in ihr zu einem derart lodernden Feuer an, dass sie kurz davor war, die Beherrschung zu verlieren und sich auf ihn zu stürzen.

Es war Frank Marlowe, der sie davor bewahrte. Genau in diesem Moment kam er hinter ihnen die Treppe heruntergerannt und rief O'Reilly, worauf dieser sie an der Manntür stehen ließ. Die beiden beredeten sich leise. Als Frank Marlowe wenig später zum Tor kam, fing Mallory seinen Blick auf. Er traf sie direkt und intensiv, fast wie eine körperliche Berührung. Und ihr war, als lese sie Mitgefühl darin. Doch Marlowe schaute gleich wieder weg und senkte den Kopf, als empfinde er Beschämung. Schnell ging er an ihr vorbei und verschwand durch die Manntür.

Sie schüttelte den irritierenden Eindruck ab, weil es nicht von Bedeutung war, was dieser Mann dachte oder empfand. Sie hatte etwas ganz anderes, viel Wichtigeres zu klären. Ihr war nämlich eingefallen, dass sie noch nicht mit O'Reilly darüber gesprochen hatte, wie es weitergehen sollte. »Wann sehe ich meinen Bruder wieder?«

»Wenn du die nächste Lieferung Moonshine bringst. Ich erwarte von jetzt an jeweils zweihundert Gallonen!«, teilte er ihr in einem Ton mit, der keinen Widerspruch zuließ. »Die Kapazitäten dafür hast du, das habe ich gesehen. Diese zweihundert Gallonen lieferst du von jetzt an jeden zweiten Samstag im Lagerhaus am Fluss ab. Den Weg kennst du jetzt ja.«

»Das ist unmöglich! Wie soll ich das allein schaffen?«

»Du hast doch deinen Feldnigger«, hielt er ihr vor. »Zwei Wochen sind massig Zeit, um zweihundert Gallonen zu brennen. Also – wenn du deinen Bruder regelmäßig sehen willst, streng dich an.«

»Und wovon soll ich das bezahlen? Sie haben den letzten *run* ruiniert, und ich muss erst einmal Roggen- und Maismehl, Hopfen und Malz und all das andere kaufen, was ich brauche. Für den Moonshine, den ich heute gebracht habe, haben Sie mir noch nicht einen Cent gezahlt!«

O'Reilly griff in die Hosentasche, zog seine Geldrolle hervor und zählte sieben Fünfziger ab. »Dreihundertfünfzig für heute, danach sechshundert pro Lieferung.«

»Aber das sind nur drei Dollar pro …!«

Er schnitt ihr das Wort ab. »Das reicht für die Einkäufe und um die Bankrate zu bezahlen. Ihr habt mir nicht nur eine Menge Ärger, sondern auch Kosten bereitet. Die wirst du erst einmal abarbeiten!«, beschied er sie. »Samstag in zwei Wochen bringst du zweihundert Gallonen Moonshine. Danach kommst du hierher und wartest draußen vor dem Tor. Hast du geliefert, und ist die Qualität, wie sie sein soll, siehst du deinen Bruder wieder. Wenn nicht, werde ich dem Kleinen sagen müssen, dass du leider keine Zeit für ihn hattest. So, und jetzt verschwinde!« Er stieß die Tür auf. »Goldie!«

Goldie hatte den Ford-Pick-up vor dem Tor geparkt. Der Motor lief. Von der Ladefläche tropfte Wasser. Unter der Plane zeichneten sich die Umrisse einer länglichen Kiste ab. »Mit dem Ding da hinten solltest du zusehen, dass du zurück auf die Farm kommst«, sagte Goldie hämisch, während er ihr mit übertriebener Freundlichkeit die Fahrertür aufhielt. »Dein Alter liegt zwar auf Eis, aber von dem Block ist seit gestern Nacht nicht mehr viel übrig. Und bei diesem prächtig warmen Wetter warten die Würmer nur darauf, endlich ans Werk gehen zu können.«

Mallory stieg ein, knallte die Tür zu und spuckte ihm durchs offene Fenster ins Gesicht. Goldie wollte durch die Fensteröffnung nach ihr greifen, doch O'Reilly, der noch im Tordurchgang stand, pfiff ihn zurück.

Später wusste Mallory nicht mehr zu sagen, wie sie aus der Stadt und zurück auf die Farm gekommen war, ohne einen Unfall zu verursachen. Irgendwie hatte sie es geschafft, mit aller Willenskraft gegen den drohenden Zusammenbruch anzukämpfen und heil nach Hause zu gelangen. Als sie jedoch in der Scheune aus dem Truck taumelte, die offene Bretterkiste mit den letzten Bruchstücken Eis von der Ladefläche zerrte und den Leichnam ihres Vaters aus dem gewachsten Leichensack hob, da verließen sie alle seelischen wie körperlichen Kräfte. Sie war am Ende. Ihre verzweifelten Schreie hallten weit über Hof und Felder, gingen jedoch schnell in ein Schluchzen und Wimmern über, das kein Ende nehmen wollte.

# ZWEITER TEIL

*Juli 1921 – September 1924*

## 47

Mallory war in einer Welt aufgewachsen, in der man Kummer und Schmerz nicht wie eine Fahne vor sich hertrug. Es galt als ungehörig und als ein Zeichen mangelnden Ehrempfindens, andere mit seinem persönlichen Kreuz zu belästigen. Schicksalsschläge nahm man an und ertrug sie mit Haltung. Wie es im Innern aussah, ging niemanden etwas an.

Es fiel Mallory entsetzlich schwer, dieser Erwartung gerecht zu werden, zumal sie über die tatsächlichen Umstände, unter denen ihr Vater zu Tode gekommen war, ebenso lügen musste wie über Roberts Verbleib. Aber es gelang ihr, auch wenn es sie ungeheure Willenskraft kostete. Sie zeigte sich gefasst und vergoss selbst während der Beerdigung nicht eine Träne.

Sie hatte Sorge gehabt, Sheriff Henderson würde bei der Aufnahme des Protokolls ihre Lügengeschichte anzweifeln, sie einem scharfen Verhör unterziehen und versuchen, die Wahrheit ans Licht zu bringen, doch nichts lag ihm ferner, als kriminalistischen Spürsinn zu entwickeln. Der korpulente Mittfünfziger zeigte, als er sie befragte, nicht den geringsten Ehrgeiz, Einzelheiten in Erfahrung zu bringen, geschweige denn Argwohn ihrer Geschichte gegenüber. Unter bedächtigem Nicken notierte er, was sie berichtete, und dass sie von den drei nächtlichen Gewalttätern keine taugliche Beschreibung liefern konnte, empfand er sichtlich als Erleichterung. Er fragte so gut wie nicht nach, drückte ihr noch einmal sein Beileid aus und fuhr, nachdem er sie gebeten hatte, bei Gelegenheit aufs Revier zu kommen, um das offizielle Protokoll zu unterschreiben, zurück nach Rocky Mount.

Dass ihr Bruder nicht mehr auf der Farm war und auch bei der Beerdigung fehlte, fiel natürlich einigen Nachbarn auf. Sie gaben sich jedoch mit ihrer Erklärung zufrieden, der zufolge Robert einen schweren Schock erlitten habe, sich hier draußen nicht mehr sicher fühle und für unbestimmte Zeit bei entfernten Verwandten in Roanoke untergekommen sei. Niemand schien überrascht oder zog gar in Zweifel, was sie sagte.

Ausgenommen Homer und Henry.

Homer nahm sich nicht die Freiheit heraus, offen zu sagen, dass er ihr die Geschichte nicht abnahm, aber sein Blick verriet es ihr.

Dagegen machte Henry aus seiner Verblüffung, die schnell zu Skepsis und schließlich einer unguten Ahnung wurde, keinen Hehl.

Als der Leichenschmaus, den die Frauen der benachbarten Farmen nach guter alter Sitte für sie im Haus ausgerichtet hatten, am späten Nachmittag seinem Ende entgegenging, nahm Henry sie draußen auf der Veranda beiseite.

»Seit wann habt ihr Verwandte in Roanoke?«, fragte er leise.

»Schon ewig. Ich habe sie nur nie erwähnt, weil … weil wir seit Mutters Tod kaum noch Kontakt mit ihnen hatten«, erwiderte sie und wünschte schon im nächsten Moment, sie hätte auf den letzten Zusatz verzichtet.

Henry sah den Widerspruch sofort. »Und plötzlich flüchtet sich Robert zu ihnen, und sie nehmen ihn mit offenen Armen auf? Das klingt reichlich seltsam, wenn ich ehrlich sein soll. Außerdem nehme ich dir das mit dem Schock, und dass er sich hier nicht mehr sicher fühlt, nicht ab. Das ist nicht der Bobby, den ich kenne!«

Mallory biss sich auf die Lippen und ärgerte sich über sich selbst. »Es ist aber so!«, beharrte sie.

»Erzähl mir doch nichts. Irgendwas stimmt da nicht. Bitte sag mir die Wahrheit!«

»Was soll denn nicht stimmen?«, fragte sie, fast aggressiv zurück und hob das Kinn.

Er griff nach ihrem Arm. »Dein Vater hat mir von seinem Streit mit diesem O'Reilly erzählt. Ein merkwürdiger Zufall, dass dieser Gangster deinem Vater droht und der wenig später angeblich von Einbrechern erschossen wird, findest du nicht?

Und dazu ist auch noch dein Bruder spurlos verschwunden. Mallory, ich bitte dich!«

Sie wich seinem Blick aus. »Er ist nicht spurlos verschwunden. Er ist bei Verwandten, das habe ich dir doch gesagt! Ich habe ihn gestern besucht.«

»Ach ja? Dann sag mir doch, wo genau in Roanoke er untergekommen ist!«

Sie entzog ihm ihren Arm. »Liegt dir etwas an mir?«

Ein verletzter Ausdruck trat auf sein Gesicht. »Wie kannst du das fragen, Mallory? Du weißt genau, wie viel du mir ...«

»Gut, dann hör gefälligst auf, mir mit Fragen zuzusetzen, als müsste ich vor dir Rechenschaft ablegen!«, fiel sie ihm ins Wort.

Die Zurückweisung traf ihn noch härter als die Frage davor. Er zuckte zurück, als hätte sie ihn geohrfeigt, und wurde blass. »Aber ich mache mir doch nur ...«, hob er mit Bestürzung an.

»Fang nicht wieder an! Lass es!«, schnitt sie ihm erneut das Wort ab. Damit wandte sie sich ab und entfernte sich hastig.

Wenig später setzte Henry sich in sein Auto und fuhr weg, ohne noch einmal das Wort an sie gerichtet zu haben. Als sie ihn in seine Tin Lizzy steigen sah, wäre sie am liebsten hingelaufen, um ihn zurückzuhalten und um Verzeihung zu bitten. Es tat ihr weh, ihn so verletzt zu haben. Aber sie wusste sich keinen anderen Rat. Es ging um das Leben ihres Bruders; sie musste ihn um jeden Preis schützen. Selbst wenn das hieß, Henry zurückstoßen zu müssen!

# 48

Der Tag brachte aber auch für sie Kränkungen, wenn auch von anderer Art. Wie sich in der Natur die Aasfresser umgehend auf ein verendetes Tier stürzen, rief der Tod des Vaters fast ebenso umgehend die menschlichen Leichenfledderer auf den Plan. Am schamlosesten gebärdete sich Martin Caldwell, ein bulliger Farmer, der westlich der Moonshine Road ausgedehnte Ländereien besaß. Es war bekannt, dass er seine Pächter rücksichtslos auspresste. Ebenso bekannt war, dass sein Hunger nach noch mehr Land nie gestillt sein würde.

Er machte ihr ein Angebot für die Farm, kaum dass die letzte Schaufel Erde auf den schlichten Kiefersarg des Vaters gefallen war und die Trauergemeinde sich auf den Weg von dem kleinen Familienfriedhof der Kendricks oberhalb des Tabakfeldes zum Leichenschmaus gemacht hatte.

»Keiner wird dir mehr bieten, und allein kannst du die Farm bei den Schulden, die dein Vater gemacht hat, nicht halten. Ich weiß, dass manche es für ungehobelt halten, in einer solchen Stunde über Geld zu reden, aber für derlei Gefühlsduselei habe ich weder Verständnis noch Zeit – und du auch nicht. Was willst du auch hier noch? Dein Auserwählter ist ja nun wahrlich nicht der geborene Farmer, der in die Fußstapfen deines Vaters treten könnte oder wollte, was?«

Im ersten Moment war sie sprachlos angesichts seiner Frechheit. Fast hätte sie ihm eine schallende Ohrfeige verpasst, doch sie begnügte sich damit, ihm zu sagen, er solle verschwinden und sich nie wieder auf ihrem Land blicken lassen.

Martin Caldwell bedachte sie mit einem mitleidigen Blick. »Ach Mädchen, du bestrafst dich doch nur selbst. Wenn du zur Vernunft kommst, weißt du ja, wo du mich findest. Fragt sich bloß, ob ich dann noch interessiert bin«, erwiderte er, lüftete spöttisch seinen Hut und spazierte davon.

Der Holzbaron Daniel Loomis und Jason Hartford, der als

Kreditsachbearbeiter bei der *Savings & Loan Bank* arbeitete, zeigten wenigstens ein Minimum an Anstand. Sie warteten mit dem Vorbringen ihrer Begehrlichkeiten, bis die Gesellschaft sich aufzulösen begann und die Nachbarsfrauen sich um den Abwasch kümmerten.

Der Holzbaron kam dem Vertreter der Bank zuvor. Daniel Loomis war ein attraktiver Mittvierziger mit gewinnendem Lächeln und vollem, gelocktem schwarzem Haar, das er vergeblich mit Pomade zu bändigen suchte. Seit einem Unfall in seinem Holzlager einige Jahre zuvor, bei dem er einen komplizierten Bruch erlitten hatte, zog er sein rechtes Bein etwas nach. Das wurmte ihn, weil er eitel war, doch er wusste es mittlerweile gut zu kaschieren.

»Lass uns über deine Zukunft reden, auch wenn das bestimmt schmerzlich ist und dir vielleicht verfrüht vorkommt«, sagte er, legte Mallory wie ein väterlicher Beschützer den Arm um die Schulter und führte sie von den anderen weg. »Das bin ich deinem seligen Vater und der Freundschaft, die mich mit ihm verbunden hat, einfach schuldig.«

Er streute ihr keinen Sand in die Augen. Natürlich ging es auch ihm in Wahrheit nur um den geschäftlichen Vorteil, den er aus dem Tod ihres Vaters schlagen konnte. Dass ihr Vater und er zusammen hier an der Moonshine Road aufgewachsen und als Jugendliche dicke Freunde gewesen waren, hatte schon seit zweieinhalb Jahrzehnten keine Bedeutung mehr. Seit Daniel Loomis damals die gerade sechzehnjährige Alice Parker, das einzige Kind des Sägewerkbesitzers Ernest Parker, auf einem Heuboden geschwängert hatte und zum zähneknirschend akzeptierten Schwiegersohn und designierten Nachfolger geworden war, hatte er von seinen Jugendfreunden und seiner einfachen Herkunft nichts mehr wissen wollen.

Aber so berechnend er auch war, sie hielt ihm doch zugute, dass er nicht versuchte, sich das gesamte Kendrick-Land unter den Nagel zu reißen. »Verkauf mir deinen Wald, Mallory. Ihr habt einen ganz ordentlichen Bestand an Hartholzbäumen, für den ich dir ein nettes Sümmchen zu zahlen bereit bin. Ein Vermögen kann ich dir nicht bieten, aber du könntest dir die leidigen Bankschulden vom Hals schaffen und dich und die Farm ohne Not über Wasser halten.«

Sie setzte zu einem Einwand an.

Damit hatte Daniel Loomis gerechnet. Sanft fiel er ihr ins Wort. »Ich weiß, ich weiß, dein seliger Vater hat davon zu Lebzeiten nichts wissen wollen. Aber die Dinge liegen nun anders, nicht wahr? Auf diese Weise würde dir zumindest das Herzstück der Farm bleiben, und das ist in Anbetracht der Umstände nicht wenig, wenn ich das so sagen darf.«

Mallory wollte ihn so schnell wie möglich loswerden. Das Gerede über Geld und darüber, was sie tunlichst an wen verkaufen sollte, widerte sie an. Deshalb tat sie, als leuchte ihr das alles ein, und versprach, sich sein Angebot durch den Kopf gehen zu lassen und nichts zu entscheiden, bevor sie nicht noch einmal mit ihm darüber gesprochen hatte.

Jason Hartford, ein hagerer Mann mittleren Alters mit großer Nickelbrille, schütterem Haar, blasser Haut und dem typisch freudlos strengen Gesicht eines penibIen Zahlenmenschen, legte weit weniger Fingerspitzengefühl an den Tag. Zunächst unterbreitete er ihr mit öliger Beflissenheit das Angebot der Bank, die drohende Kündigung des Kredites vorläufig auszusetzen und sich »zu gegebener Zeit« um einen solventen Käufer für die Farm zu bemühen. Es gelang ihm tatsächlich, dieses Angebot wie eine überaus großherzige Wohltat der Bank aussehen zu lassen. Als Mallory ihm aber kühl und knapp mitteilte, sie denke nicht an einen Verkauf und werde ihm die noch ausstehende Monatsrate gegen Ausstellung einer Quittung gleich mitgeben, wurde er schlagartig unleidlich und wies sie bissig darauf hin, dass die Rate auch in jedem weiteren Monat fällig werde und sie gut beraten sei, sich das Wohlwollen der Bank nicht zu verscherzen. Worauf Mallory wissen wollte, was er damit meine, ohne jedoch eine Antwort zu erhalten. Die Annahme des Geldes verweigerte er. Weder sei er dazu berechtigt, noch gedenke er das Geld mit sich herumzutragen. Die Rate habe sie gefälligst in Rocky Mount bei der Bank einzuzahlen. Dann wünschte er ihr schmallippig einen guten Tag – und machte sich mit rotem Kopf davon, als ihm bewusst wurde, wie verfehlt dieser Gruß war.

Nicht lange danach gingen die letzten Trauergäste, und die Nachbarsfrauen, in den Weidenkörben ihre abgewaschenen Kasserollen, Pfannen, Schüsseln und Teller, verabschiedeten sich ebenfalls. Die Stimmen verloren sich und verklangen schließlich unten an der Landstraße ganz.

Die Stille des Hauses fiel wie eine herabstürzende Decke über Mallory. Brennender Schmerz, hasserfüllte Ohnmacht und Verlorenheit machten sich in ihr breit, und die dunkle Nacht der Seele schluckte sie.

## 49

Robert stand in dem offenen Rolltor zur Garage und beobachtete das Treiben der Männer mit ebenso schüchterner wie brennender Neugier. Er war fasziniert von der Mischung aus gut ausgestatteter Autowerkstatt und primitivem Männerquartier. Letzteres war mit einer alten Couch, zwei gleichfalls uralten, grässlich geblümten Sesseln, einem Billardtisch und einem Fasstisch bestückt. Die verblichenen Plakate an den Backsteinwänden, die längst ausgetragene Boxkämpfe ankündigten, sowie die Pin-up-Poster von jungen Frauen in knappem Badeanzug und aufreizender Pose trugen ihren Teil dazu bei, den Raum verlockend erscheinen zu lassen.

Es roch nach Benzin, Schmierfett, altem Öl, Kernseife, Zigarettenrauch und Männerschweiß. Musik schepperte aus einer klobigen Radiotruhe, die neben einer Werkbank stand. Gelächter und spöttische Zurufe mischten sich in den Jazz, ebenso das Klacken aufeinanderprallender Billardkugeln und das Klappern von Werkzeugen.

Die Szene verhieß Leichtigkeit des Lebens und Kameraderie, roch nach Abenteuern, die jederzeit auf die Männer warteten, und vermittelte dazu noch eine prickelnde Ahnung von allgegenwärtiger Gefahr, denn die Männer hatten zwar ihre Jacken und einige sogar das Oberhemd ausgezogen, nicht aber das Lederholster abgelegt, aus dem unter der Achsel oder an der Hüfte der Griff eines Revolvers oder einer Automatikpistole ragte.

Wie ein trockener Schwamm sog Robert die ebenso verwirrenden wie aufregenden Eindrücke auf. Und es galt, eine große Leere in ihm zu füllen. Er brauchte einen Weg aus seiner Verlorenheit.

Gute zweieinhalb Tage hatte er sich in einem Zustand innerer Schockstarre befunden und sich nicht aus dem Zimmer bewegt, das man ihm oben auf dem Flur bei Mister O'Reilly zugewiesen hatte. Im Vergleich zu seiner spartanischen Kammer auf der Farm kam es ihm geradezu luxuriös vor, von dem kleinen Waschkabinett mit dem Wasserklosett ganz zu schweigen. Dass es so etwas gab, hatte er gewusst, aber noch nie zuvor zu sehen bekommen.

Man hatte ihn mit allem versorgt, sogar im Überfluss. Ein Großteil von dem, was man ihm gebracht hatte, war unberührt zurückgegangen. Zumeist hatte Mister Marlowe sich um ihn gekümmert, aber auch Mister O'Reilly hatte ihm zwei-, dreimal einen kurzen Besuch abgestattet und ein paar Worte mit ihm gewechselt.

Robert war dankbar dafür, dass sie ihn weitgehend in Ruhe gelassen und nicht versucht hatten, ihn wie ein kleines Kind zu behandeln. Oder ihm mit billigem Trost gekommen waren. Das hätte alles nur noch schlimmer gemacht. Er hatte überhaupt nicht gewusst, wie er mit dem gewaltsamen Tod seines Vaters umgehen, welche Art von Kummer, Schmerz und Zorn er empfinden und was er von den nächtlichen Tränen halten sollte, derer er sich einfach nicht erwehren konnte. Und er wusste es noch immer nicht so recht.

Was er jedoch mit Sicherheit wusste, war, dass der Vater seinen Tod mit seinem überspannten Ehrempfinden und seiner Starrköpfigkeit geradezu herbeigeführt hatte und dass er ihm nie verzeihen würde, ihn geschlagen und aus seiner Welt ausgeschlossen zu haben.

Dieser brennende Zorn auf den Vater half ihm, den anderen scharfen Schmerz in Schach zu halten.

Der bullige Mann mit bürstenkurzem Haar und einem mächtigen Walrossbart, der in der Fluchtnacht den Wagen gefahren hatte und der sich gerade mit zwei anderen unter der Hebebühne an einem dunkelroten Sportwagen zu schaffen machte, wurde zuerst auf ihn aufmerksam.

»Was stehst du da wie bestellt und nicht abgeholt im Tor herum? Komm her, Junge!«, rief er freundlich, trat unter dem Wagen hervor und winkte ihn heran. »Na, komm schon. Nur hereinspaziert, Junior. Hier beißt keiner.«

Zögernd trat Robert näher. »Ich … ich will nicht stören, aber ich musste einfach mal raus aus dem Zimmer.« Mister O'Reilly hatte ihm eingeschärft, die Anlage auf keinen Fall zu verlassen. Und so war der umschlossene Hof der einzige Ort, an dem er ein bisschen Abwechslung finden konnte.

Der Schnauzbärtige, dessen Name ihm entfallen war, schenkte ihm ein aufmunterndes Lächeln. »Sehr vernünftig! Das mit deinem Vater …« Er stockte kurz und räusperte sich, bevor er fortfuhr: »… das ist 'ne schlimme Sache. Aber du bist zu jung, um dich im Kummer zu vergraben.«

Mit unverhohlener Bewunderung blickte Robert zu dem Wagen hoch. »Ich habe noch nie einen Hispano-Suiza gesehen! Das ist der neue Alfonso XIII., nicht wahr?«

Der Mann zog die buschigen Brauen in die Höhe. »Schau an, du kennst dich mit Automobilen aus?«

»Na ja, ein bisschen«, gab Robert sich bescheiden, um gleich darauf, stolz auf sein Wissen, die technischen Einzelheiten des Sportwagens in einem Atemzug herunterzurasseln.

»Teufel auch, der weiß ja mehr über die Kiste hier als ich, Knuckles!«, rief ein hochgewachsener, vierschrötiger Mann, der gerade an dem Hispano-Suiza geschraubt hatte und nun ebenfalls darunter hervorkam. Schütteres, dunkelblondes Haar fiel ihm wie ein mottenzerfressenes Vlies auf die Schultern.

»Das ist Jamie MacIver«, sagte der Wallrossbärtige zu Robert. »Aber erzähl mal, wie sieht es denn bei dir mit der praktischen Arbeit aus?« Er zwinkerte ihm zu.

»Na ja, auf einer Farm muss man schon früh mit anpacken und irgendwann von allem was verstehen, auch von Motoren und so, Mister«, sagte Robert mit einem halb selbstbewussten, halb verlegenen Achselzucken.

»Und, hast du Lust, das zu beweisen und uns hier ein bisschen zur Hand zu gehen?«

Roberts Augen leuchteten auf. »Klar doch, gern!«, rief er.

Krachend ließ der Schnauzbart seine Pranke auf die Schulter des Jungen niederfahren. »Na, dann mal an die Arbeit, Robert! Und mein Name ist nicht Mister, sondern Knuckles.«

Robert strahlte ihn an. »Und ich bin Bobby.«

»Also, Bobby, an die Arbeit!«

Und so begann es – beiläufig und unspektakulär, aber folgenschwer.

# 50

Der Vater tot, erschossen wie ein tollwütiger Hund, und ihr Bruder eine ahnungslose Geisel, die ihre Kidnapper für Retter hielt! Und nichts, was sie dagegen unternehmen konnte, ohne Bobbys Leben in Gefahr zu bringen!

Mallory fühlte sich wie eine Schiffbrüchige in aufgewühlter See, ohne Hoffnung auf Rettung und Erlösung. Jeden Morgen fragte sie sich, wie sie den Tag überstehen sollte. Ihr war, als lebe sie unter einer bleischweren, dunklen Wolke, die sich über sie gelegt hatte und sie unter sich zu begraben drohte. Sie nahm den Sonnenschein, der mit dem Gezwitscher der Vögel durchs offene Fenster in ihre Kammer drang, nicht wahr. Sie ertrank in den nachtschwarzen Wassern von Ohnmacht, Verzweiflung und rasendem Hass, der ins Leere lief. Wie Sand, der zwischen den Fingern verrinnt, wich die Kraft aus ihr. Nicht apathisch im Bett liegen zu bleiben, sondern trotz allem aufzustehen, wurde zu einer gewaltigen Willensanstrengung.

Und dann verstrich der Tag, ohne dass sie bewusst wahrnahm, was sie tat und warum. Ziellos wanderte sie durch das Haus, ohne zu wissen, was sie suchte oder was sie in der Kammer ihres Vaters und ihres Bruders wollte. Sie sammelte Eier ein, ließ dann aber den Korb irgendwo stehen und vergaß ihn. Wieder und wieder fegte sie den längst blitzsauberen Dielenboden, um sich wenig später im Tabakfeld wiederzufinden und sich zu fragen, wie sie da hingekommen war und was sie da wollte.

Ihr war, als habe sie sich in sich selbst verloren und finde in ihrem ohnmächtigen Kummer, Schmerz und Hass den Weg zurück nicht mehr. Fast fühlte es sich an, als laufe sie durch die Kulissen eines Lebens, das ihr zwar vertraut war, zu dem sie jedoch keine Verbindung mehr hatte. Am schlimmsten aber waren die schier endlosen Nächte, wenn sich der Klammergriff der äußeren Dunkelheit um sie legte und sich mit dem ihrer inneren nachtschwarzen Verzweiflung verband.

Dass Homer sich in diesen Tagen der Benommenheit immer in ihrer Nähe aufhielt, ja, ihr wie ein Schatten folgte, wurde ihr erst später bewusst. Nie drängte er sich auf, wie er es auch unterließ, ihr gut zuzureden und zu versichern, es werde schon alles wieder gut werden. Stets hielt er diskret Abstand, ließ sie aber nicht aus den Augen. Und wenn es Zeit war, dass sie endlich einmal etwas trank oder aß, war er zur Stelle. Er drückte ihr morgens wortlos einen Becher mit heißem Kaffee in die Hand, hielt mittags eine kühle, selbstgemachte Limonade und ein Käsebrot für sie bereit und setzte ihr abends eine kräftige Fleischsuppe vor.

Zwei Tage nach der Beerdigung erschien Reverend Clarkson zur frühen Abendstunde. Der Trost, den der Kirchenmann ihr zu bieten hatte, erschöpfte sich in den üblichen frommen Sprüchen, die den Psalmen entnommen waren. Schon nach den ersten salbungsvollen Sätzen starrte sie ihn mit abweisendem, fast abfälligem Ausdruck an. Dann schüttelte sie den Kopf und ging wortlos davon. Sie ließ ihn einfach auf der Veranda stehen, als verdiene sein abgedroschenes Gerede noch nicht einmal eine zornige Erwiderung.

Auf das Erscheinen des Großfarmers Martin Caldwell am folgenden Vormittag reagierte sie ähnlich drastisch. Blinde Wut packte sie angesichts der Unverfrorenheit, mit der er sich über ihre Aufforderung, sich nie wieder auf ihrem Land blicken zu lassen, hinwegsetzte. Als sie seinen Cadillac Roadster die Zufahrt heraufkommen sah, stürzte sie ins Haus und riss die doppelläufige Browning-Schrotflinte aus der Gewehrhaltung neben der Tür.

Zwei Schüsse donnerten kurz hintereinander über den Hof. Die erste Ladung ging hoch über den Cadillac hinweg, der zweite Schrothagel aber schlug direkt vor dem Fahrzeug in den Boden und schleuderte eine Dreckfontäne gegen Kühler und Motorhaube.

Sofort klappte Mallory die Waffenläufe auf, ließ die heißen, leeren Patronenhülsen auf die Verandabohlen poltern, lud nach, ließ den Doppellauf wieder einrasten und legte erneut auf den Cadillac an. Die ersten beiden Schüsse waren eine Warnung gewesen. Die nächsten würden ernsthaften Schaden anrichten, und zwar nicht nur am Roadster.

Hinter ihr kam Homer aus dem Haus gestürzt. Er rief etwas, doch Mallory hörte es nicht. Die Schüsse hallten in ihren Ohren nach, und sie war von einer flammenden Mordlust gepackt.

*Komm nur, fahr weiter! Ignorier meine Warnung, Caldwell! Nur nicht feige jetzt, du Lump!*

Der elegante Zweisitzer stellte sich fast quer, als der Großfarmer in seinem Entsetzen hart in die Bremse trat. Fluchend legte er den Rückwärtsgang ein und setzte schlingernd einige Wagenlängen zurück, bevor er wendete. Er drohte ihr mit der Faust und brüllte etwas Unverständliches, während er sich beeilte, von ihrem Land zu kommen.

»Allmächtiger, Miss Mallory!« Homer drückte den Gewehrlauf nach unten und nahm ihr die Waffe mit sanftem Nachdruck aus den Händen. »Ich hätte schwören können, Sie schießen wirklich auf ihn, wenn er noch weiterfährt!«

Mallory blinzelte, starrte auf das Gewehr und sah Homer verstört an. Sie hatte das Gefühl, sich und ihre Umgebung zum ersten Mal seit Tagen wirklich wahrzunehmen. Es war, als hätte der Donner von zwei Ladungen Schrot und Pulver sie wachgerüttelt. »Ja, das hätte ich getan«, hörte sie sich sagen, und es dauerte einen Moment, bis sie sich der Bedeutung ihrer Worte ganz bewusst wurde. Die Bestürzung darüber war wie ein Schwall eiskalten Wassers, das sie endgültig aus ihrem depressiven Nebel riss. Ihre Knie gaben nach, und sie sank auf die Verandastufen.

Etwas später schickte sie Homer mit der Nachricht, sie müsse ihn dringend sprechen und hoffe, er könne noch am selben Tag gleich nach der Arbeit kommen, zu Henry nach Rocky Mount. Falls er aber wegen seiner Mutter oder aus einem anderen

Grund nicht kommen könne, wolle sie sich im Ort mit ihm treffen, Hauptsache, sie könnten miteinander reden!

Er kam unverzüglich nach der Arbeit. Zunächst gab er sich ein wenig reserviert, aber er zeigte sich auch erleichtert, dass sie ihn gebeten hatte zu kommen. Homer wollte sich diskret zurückziehen.

Mallory hielt ihn zurück. »Bleib bitte. Du sollst es auch erfahren, Homer. Das ist das mindeste, was ich dir schulde. Aber hol uns erst mal was zu trinken. Und keine Limonade. Es muss was Starkes sein.«

Homer nickte stumm, holte drei Becher und eine Flasche Mountain Smoke, gab in jeden Becher einen guten Schuss Whiskey und zog sich einen Stuhl heran.

Erwartungsvoll sah Henry sie an.

»Es tut mir leid, dass … ich euch nicht gleich die Wahrheit gesagt habe«, begann sie bedrückt, nachdem sie einen kräftigen Schluck genommen hatte. Die Hitze, die sich in ihr ausbreitete, tat ihr gut und beruhigte sie. »Ich dachte, ich muss das für mich behalten. Aber ich kann es nicht allein tragen, und ich will euch auch nicht länger anlügen müssen.«

Henrys Blick wurde weich. Er griff nach ihrer Hand. »Was immer es ist, wir stehen dir bei und werden tun, was in unserer Macht steht, damit …« Er zögerte, wusste er doch nicht, was Mallory verschwiegen hatte und welche Art von Beistand sie benötigte. Aber er hegte einen Verdacht. »Nun, damit die Sache mit Bobby wieder in Ordnung kommt. Denn darum geht es doch, oder?«

Ein trauriges Lächeln huschte über ihr Gesicht. Homer und Henry konnten nichts für sie und Bobby tun. Keiner konnte das. Aber das spielte im Moment keine Rolle. Sie nickte. »Ja, es geht um Bobby«, sagte sie und atmete tief durch. Nun war es heraus, die Grenze war überschritten, das Stillschweigen gebrochen. Und sofort meldete sich die Angst um ihren Bruder wieder. »Ich weiß, dass ich euch vertrauen kann. Aber ihr müsst schwören, dass ihr alles, was ich euch gleich erzählen werde, für euch behaltet. Und dass ihr nichts ohne meine Zustimmung unternehmt. Schwört es bei allem, was euch heilig ist!«

»Himmel, das klingt gar nicht gut«, murmelte Homer.

»Das kann man wohl sagen«, pflichtete Henry ihm bei.

»Schwört es!«, drängte Mallory.

Sie taten wie geheißen, und dann erzählte sie stockend, was sich in jener Nacht ereignet hatte: wie ihr Vater wirklich gestorben und sie nur knapp einer Vergewaltigung entkommen war, dass O'Reilly ihren Bruder als Geisel mit nach Roanoke genommen hatte und Bobby ihn zu allem Unglück auch noch für seinen Retter und Wohltäter hielt.

Mit wachsender Erschütterung hörten die beiden zu. Sie hatten zwar geahnt, dass William Kendricks Ermordung nicht das Werk auf frischer Tat ertappter Einbrecher gewesen war, sondern auf O'Reillys Konto ging, dass aber Mallory um ein Haar geschändet worden wäre und der Gangsterboss Robert einer Gehirnwäsche unterzogen hatte, machte sie für einen Moment sprachlos.

»Und es gibt nichts, was ich oder irgendwer sonst dagegen tun könnte«, schloss Mallory und kämpfte gegen die Tränen an. Doch als Henry den Arm um sie legte und sie sanft an seine Brust zog, weil es sonst nichts gab, was er hätte tun oder sagen können, ließ sie ihnen freien Lauf. Bei allem Kummer und ohnmächtigem Hass verspürte sie plötzlich ein merkwürdiges Gefühl der Befreiung. Dass sie Henry und Homer nicht länger anlügen musste, nahm einen Teil der Last von ihr. Sie musste ihr bitteres Schicksal nicht länger allein tragen.

Homer blieb noch eine Weile bei ihnen. Dann erhob er sich, legte Mallory kurz die Hand auf die Schulter und zog sich in seine Hütte zurück.

Im weichen Abendlicht küsste Henry sie zum ersten Mal. Er nahm ihr Gesicht in beide Hände und küsste ihr erst etwas zaghaft und unbeholfen die Tränen weg. Als sie zu ihm aufsah und etwas sagen wollte, verschloss er ihr mit seinen Lippen zärtlich und doch entschieden den Mund.

Es waren nicht die romantischen Umstände, die Mallory sich für ihren ersten Kuss gewünscht hatte, und dieses Bedauern zuckte ihr flüchtig durch den Kopf. Dennoch gab sie sich nur zu bereitwillig dem Druck seiner warmen, feuchten Lippen hin und öffnete sich ihnen. Mit einem leisen, erlösten Seufzer schlang sie die Arme um seinen Nacken, schmiegte sich an ihn und versank in seinen Liebkosungen, die sie für eine kurze Zeit alles andere vergessen ließen.

Kurz bevor die Nacht aus den Wäldern kroch, fuhr Henry zurück nach Rocky Mount.

Mallory fand keinen Schlaf. Doch anders als in den Nächten zuvor, in denen sie sich von der Dunkelheit in ihrer Seele wie von der physischen Schwärze der Nacht erstickt gefühlt hatte, wälzte sie sich nicht ruhelos von einer Seite auf die andere und kämpfte mit dem Verlorensein. Vielmehr lag sie mit offenen Augen fast reglos im Bett und zwang ihren Gedanken ihren Willen auf.

Wenn sie Bobby wiedersehen wollte, wurde es Zeit, dass sie die Arbeit an der Still aufnahm und die verlangten zweihundert Gallonen brannte. Was bedeutete, dass sie auf Homers Hilfe angewiesen war und ihn zu ihrem Partner machen musste. Sie konnte diese Aufgabe unmöglich zweimal im Monat allein bewältigen. Aber das war es nicht, worum ihre Gedanken hauptsächlich kreisten.

Am Ende fasste sie einen Entschluss, stand auf, ging hinunter in die Küche und suchte aus den Küchenmessern eines mit kurzer, scharfer Klinge aus. Sie überlegte kurz, ob sie eine Petroleumlampe anzünden und mitnehmen sollte, entschied sich jedoch dagegen. Die Nacht war klar, und der zunehmende Mond stand am Himmel. Mehr Licht benötigte sie nicht.

Mit nackten Füßen ging sie über die von der Sonne aufgeheizte Erde, nahm die Abkürzung quer durch das Tabakfeld und erklomm schließlich den mit Gras bewachsenen Hang, der hinauf zum kleinen Familienfriedhof der Kendricks führte. Ein hüfthoher Eisenzaun, der jedes Jahr im Frühjahr einen frischen weißen Anstrich erhielt, umschloss das kleine Areal mit seinen nun drei Gräbern.

Es gab allerdings nur zwei Grabsteine. Als die Mutter gestorben war, hatte der Vater, nüchtern und sparsam wie eh und je, gleich einen schlichten grauen Stein für ein Doppelgrab setzen und auch schon seinen Namen und das Jahr seiner Geburt einmeißeln lassen.

Lange stand sie da und schaute auf den frischen Erdhügel vor ihren nackten Füßen. »Dein Tod bleibt nicht ungestraft, das verspreche ich dir«, sagte sie leise, aber mit fester Stimme, die frei von Vorbehalten war. »Ich werde dich rächen, Vater. Ich weiß nicht, wie, aber ich schwöre, dass ich einen Weg finden und es tun werde!«

Damit nahm sie das Messer und zog die Klinge über den Daumenballen ihrer Linken. Scharf sog sie die Luft ein, als ihr ein brennender Schmerz durch die Hand fuhr. Augenblicklich quoll Blut aus der Wunde. Sie hielt die Hand über den Grabstein, und das Blut tropfte auf den Granit. »Ich verspreche dir, dass ich nicht eher ruhen werde, als bis du gerächt bist, Vater. Und keiner, der Mitschuld an deiner Ermordung trägt, soll verschont bleiben. Das schwöre ich! Du sollst in Frieden ruhen.«

Ihr Blut, das im schwachen Mondlicht seine Farbe verloren hatte und schwarz wirkte wie Tinte, bildete oben auf dem Stein eine kleine Lache, floss über die abgeschliffene Kante und lief in einem dünnen Rinnsal am Stein herunter. Es besiegelte ihren Schwur.

# 51

Mit Hingabe polierte Robert die Chromgehäuse der Scheinwerfer, die wie die hervorquellenden Augen eines Ochsenfrosches vor dem nachtschwarzen Kühlergrill des Hispano-Suiza montiert waren. Knuckles und MacIver kontrollierten derweil den Reifendruck, und Freddy prüfte, ob die unter den Sitzen versteckten Revolver in den von ihm angefertigten Spezialholstern fest zwischen dem Gestänge saßen. Mehr war nicht zu tun. Die Arbeiten an dem Sportwagen, die fast eine Woche in Anspruch genommen hatten, waren abgeschlossen.

Robert war stolz, dass er an dem Alfonso XIII. hatte mitarbeiten dürfen, aber zugleich auch traurig, weil die schöne Zeit nun zu Ende war. Er hatte es in vollen Zügen genossen, dass Knuckles, MacIver und Freddy ihn nicht aus Mitleid mit unwichtigen Handlangerdiensten abgespeist, sondern ihn vielmehr für voll genommen und ihm erlaubt hatten, richtig mitzuarbeiten. So hatten sie ihm die Chance gegeben, seine handwerkliche Geschicklichkeit und Ausdauer zu beweisen.

In ihrer Mitte hatte er an manchen Tagen ganz vergessen, warum er hier bei Mister O'Reilly lebte. Und wenn er abends müde in sein Zimmer zurückgekehrt war, hatte er sich schon auf den nächsten Tag gefreut. Er war morgens immer der Erste unten im Hof gewesen.

All das war nun vorbei.

»Hey, Junior, gib mir doch mal 'nen Tipp, auf wen ich setzen soll«, rief Pete Sullivan. Er lümmelte in einem der Polstersessel und studierte die Wettzeitung. Dabei kaute er auf einem Bleistiftstummel. Pferdewetten waren seine ganze Leidenschaft, nur hielt das Glück selten Schritt mit seiner Passion.

Robert hielt im Putzen inne und sah zu ihm hinüber. »Tut mir leid, aber ich versteh nichts von Rennpferden«, sagte er, fühlte sich aber geschmeichelt, dass Pete Sullivan ihm das zugetraut hatte.

»Pete auch nicht«, kam es spöttisch von MacIver. »Darum ist er ja auch immer pleite.«

»Quatsch nicht so 'nen Sauerquark! Ist bloß 'ne kleine Pechsträhne, in der ich stecke. Da muss jeder mal durch«, wehrte Pete unaufgeregt ab. »Und jetzt halt die Klappe, okay?« Er las die Namen einer ganzen Reihe von Pferden vor, die am folgenden Wochenende zum ersten Mal als Dreijährige bei einem Rennen unten an der Westküste von Florida antreten sollten, und fragte schließlich: »Was hältst du von Shadow Dancer, Kind of Magic und Iceman? Das klingt doch nach was, oder? Ich meine, als hätten die richtig Feuer unterm Arsch.«

Robert dachte kurz nach. »Na ja, wenn man außer den Namen nichts über die Pferde weiß, würde ich mich für ...« Im Geiste ging er die Namen, die Pete vorgelesen hatte, noch einmal durch, »für Traveler, Queen of Hearts und Southern Pride entscheiden.«

»Aber das sind doch alles Namen ohne Biss, Junior!«, erwiderte Pete Sullivan enttäuscht. »Saft- und kraftlose Allerweltsnamen, die nichts hermachen und für so Gladiatoren der Rennbahn nichts taugen. In denen steckt doch nicht 'ne Bohne Kampfgeist drin!«

Robert zuckte die Achseln und bereute insgeheim schon, nicht den vorgeschlagenen Namen zugestimmt zu haben. »Ich mag einfach den positiven Charakter der Namen. Die klingen, als hätten die Besitzer sich wirklich etwas dabei gedacht. Und vielleicht haben ihre Pferde so einen furchteinflößenden Kampfnamen gar nicht nötig.« Er verzog das Gesicht und machte eine entschuldigende Geste. »Aber wie gesagt, ich verstehe wirklich nichts von Rennpferden.«

»Pete auch nicht«, sagte nun O'Reilly, der unbemerkt durch die Seitentür hereingekommen war.

Es gab Gelächter unter den Männern, weil ihr Boss wortwörtlich denselben Kommentar abgegeben hatten wie zuvor Knuckles.

Robert wich schnell zwei Schritte vom Wagen zurück, als O'Reilly nähertrat und den Hispano-Suiza kritisch in Augenschein nahm. Er hatte sich während der vergangenen Tage immer mal kurz in der Garage blicken lassen, mit Robert gesprochen hatte er dabei jedoch nicht. Was Robert auch nicht erwartet hatte. Er war sogar froh gewesen, dass O'Reilly ihn möglicherweise nicht einmal bemerkt hatte. Vielleicht hätte er es gar nicht gern gesehen, dass seine Männer ihn so in ihre Runde aufgenommen hatten – mit Ausnahme von Goldie und Skinny the Blade. Die beiden gaben sich nicht mit ihm ab und wahrten Distanz. So verhielten sie sich auch Mister Marlowe gegenüber, das war ihm aufgefallen. Doch das änderte nichts daran, dass er sich unter O'Reillys Männern nicht wie ein dummer Junge vorkam, ganz im Gegenteil.

»Und? Einsatzbereit, Knuckles?«, fragte Mister O'Reilly.

Der Schnauzer zog sich unter Knuckles Grinsen in die Breite. »Frisiert und aufgepimpt bis zum Anschlag! Das wilde Biest wartet nur darauf, dass du es von der Leine lässt, Boss.«

»Okay, dann will ich sie mal aus dem Stall führen«, sagte O'Reilly aufgekratzt, glitt hinter das Steuer und ließ den Motor an, der mit seinem tiefen Röhren eine erste Ahnung von der Kraft gab, die unter der Motorhaube steckte. Dann blickte er in Roberts Richtung und rief: »Komm, steig ein!«

Robert drehte sich um. Dass er gemeint sein könnte, kam ihm überhaupt nicht in den Sinn. Aber hinter ihm stand keiner, da klaffte die Garagenöffnung. Erst als Knuckles ihn anstieß und fragte: »Was ist, Junior? Keine Lust auf 'ne Runde in der Rakete? Du hast sie dir verdient«, begriff er.

Fast wäre ihm die Kinnlade heruntergeklappt. »Und ob ich Lust habe!«, rief er.

»Na, dann beweg dich! Ich will hier nicht Wurzeln schlagen, wenn's sich vermeiden lässt«, sagte O'Reilly und stieß die Beifahrertür auf.

Freudestrahlend nahm Robert Platz.

»Was ist mit Begleitschutz, Boss?«, fragte Knuckles mit einem spöttischen Funkeln in den Augen.

Es zuckte um O'Reillys Mundwinkel, was Robert in seiner Aufregung nicht mitbekam. »Du hast recht. Kein Grund, jetzt schon leichtfertig zu werden. Also häng dich mit MacIver an uns dran!«

## 52

Augenblicke später rollte der Sportwagen mit offenem Verdeck durch das Tor der alten Fabrikanlage und röhrte, dicht gefolgt von Knuckles und MacIver im Dodge, die Jefferson Street in südlicher Richtung hinunter.

Robert fühlte sich wie ein König. Ihm war, als blickten alle Passanten und Autofahrer ihnen neidvoll nach. Und wie gut der Fahrtwind an diesem drückend schwülen Sommernachmittag tat! Das war ein Leben, wie es ihm gefiel!

Zwar raste O'Reilly nicht gerade durch die Stadt, und er benahm sich auch nicht empörend rücksichtslos gegenüber anderen Verkehrsteilnehmern, aber dass er sich nicht an die Vorschriften gebunden fühlte, war offensichtlich. Warum das so war, zeigte die Begegnung mit dem Streifenwagen, der an einer verstopften Kreuzung neben ihnen hielt, nachdem O'Reilly die Ampel davor bei Tiefrot überfahren hatte – unmittelbar vor den Augen der Polizisten.

Doch statt O'Reilly an den Straßenrand zu beordern und ihm einen Strafzettel auszustellen, tippten sie respektvoll an ihre Uniformmützen. »Herrliches Auto, Mister O'Reilly!«, sagte der rotgesichtige Sergeant auf der Beifahrerseite mit der Bewunderung des Autonarren. »Passen Sie bloß auf, dass Sie früh genug das Verdeck hochziehen und sich die edlen Polster nicht vom Regen versauen lassen! Sieht schwer nach 'nem Gewitter aus, Mister O'Reilly.« Dabei deutete er auf die grauen Wolken, die aus Nordosten über die Berge heranzogen.

»Ja, das wär 'ne verdammte Schande, Mister O'Reilly«, rief auch der Fahrer des Streifenwagens.

»Danke für eure Besorgnis, Officers. Werd 'n Auge drauf halten. Aber jetzt wäre mir und meinen Jungs«, O'Reilly deutete auf den Dodge, der ihnen am Heck klebte, »mehr geholfen, wenn ihr hier für ein bisschen flottes Durchkommen sorgen könntet. Muss dringend raus nach Salem.«

»Klar doch, kein Problem, Mister O'Reilly«, sagte der Sergeant beflissen, grinste breit, stellte Sirene und Blaulicht an und bahnte ihnen einen Weg durch den dichten Verkehr, bis sie über den Fluss waren und wieder freie Fahrt hatten.

»Hier siehst du Schmiergeld gut investiert und bei der Arbeit«, kommentierte O'Reilly die Bereitwilligkeit der Polizisten. »Bullen kann man kaufen wie alles andere auch. Auf das Laster ist immer Verlass, das lass dir gesagt sein!«

Robert, ohnehin überwältigt, weil er mitfahren durfte, war beeindruckt und lachte. Ihm war, als falle ein wenig von dem Glanz des Gangsterbosses auch auf ihn, einfach weil er neben ihm saß.

Es musste ein herrliches Leben sein, wenn man so respektiert wurde und seine eigenen Regeln aufstellen konnte! Was hatte es schon zu bedeuten, dass man Mister O'Reilly einen Gangster nannte? Rein gar nichts! Hatte nicht selbst der Vater immer davon gesprochen, dass die Stahl- und Eisenbahnbarone, die Minen- und Fabrikbesitzer und nicht zuletzt die Banker die größten Verbrecher waren, nur dass sie dank ihres unfassbaren Reichtums die Macht hatten, die Gesetze zu ihrem Schutz und Vorteil zu formen?

Zwei Meilen außerhalb der Stadt bog O'Reilly von der Landstraße in eine kurze, geteerte Zufahrt ein, die zu einem verlassenen Industriegelände am Ufer des Roanoke River führte. Die Fabrikhallen, alle schon auf dem Weg, zu Ruinen zu werden, hatten einst eine Bierbrauerei und eine Flaschenabfüllanlage beherbergt, wie Robert erfuhr.

Auf dem weitläufigen, ebenen Gelände lagen kaputte Bierkästen und Backsteine herum. Robert verstand zunächst nicht, was sie hier wollten und warum Knuckles und MacIver so lange damit beschäftigt waren, die herumliegenden Kisten und Backsteine zu kleinen Pyramiden aufzutürmen. Und O'Reilly dachte nicht daran, es ihm zu verraten. Er paffte genüsslich eine dünne Zigarre und wartete.

Plötzlich begriff er. Die Pyramiden markierten einen Slalomkurs in Form einer riesigen 8. »Wollen Sie sich ein Rennen liefern?«, rief er aufgeregt.

»Ja, manche Fehler wiederholt man immer wieder«, erwiderte O'Reilly rätselhaft und lachte. »Wollen doch mal sehen, wie sich das Biest bei Tempo auf kurviger Strecke hält.«

Kurz darauf schossen beide Wagen mit qualmenden Reifen auf die Slalomstrecke hinaus, und Robert wurde von der jähen Beschleunigung in den Sitz gepresst. In wilden Schlangenlinien ging es den Parcours entlang, und Robert wusste nicht, ob er Angst haben oder jubeln sollte. Er konnte kaum glauben, dass der so plump aussehende Dodge es problemlos mit dem Sportwagen aufnehmen konnte und manchmal sogar eine halbe Wagenlänge vor ihnen lag. Das konnte nur heißen, dass auch der Dodge-Motor stark verändert worden war.

Die beiden Fahrer schenkten einander nichts. Drei Mal rasten sie mit kreischenden Reifen die Strecke entlang. Robert stockte der Atem, und das Herz wollte ihm aus der Brust springen, wenn beide Wagen in der scharfen Kurve kurz vor der Fabrikwand mit dem Heck herumschleuderten, um dann, fast aneinanderklebend, wieder in die Gerade hinauszujagen. O'Reilly nahm die letzte Markierung sauberer als Knuckles und gewann das Rennen mit einer halben Wagenlänge Vorsprung.

»Glückwunsch, Boss!«, rief Knuckles herüber.

»Verdammter Hurensohn! Diesmal hätte ich dich fast gekriegt und dich meinen Staub schlucken lassen«, rief O'Reilly lachend zurück.

»Wie wär's mit 'nem zweiten Versuch?«, fragte Knuckles mit breitem Grinsen.

»Nicht heute. Sieht aus, als würde es bald ungemütlich werden«, erwiderte O'Reilly und deutete über den Fluss, wo in der Ferne die ersten Blitze über den Himmel zuckten. Sekunden später rollte der Donner grollend heran. »Wir fahren zurück in die Stadt. Außerdem habe ich Hunger auf einen Hamburger. Also Jungs, auf zu *Dino's Diner* auf der Highland Avenue, bevor uns das Gewitter erwischt!«

»Das packen wir noch«, sagte Knuckles und hängte sich auf der Überlandstraße wieder in ihren Windschatten.

»Und? Spaß gehabt?« O'Reilly warf Robert einen vergnügten Blick zu.

»Und wie! Ich habe noch nie etwas Aufregenderes erlebt, Mister O'Reilly!«, sagte Robert, noch ganz unter dem Eindruck des Rennens. »Himmel, ich kann immer noch nicht glauben, dass ich das wirklich erlebt habe!«

O'Reilly lachte. »Ist nichts für Burschen mit empfindlichem Magen und schwachen Nerven«, sagte er.

»Das ist wohl wahr, Mister O'Reilly! Ich verstehe nur nicht, warum Sie zu Knuckles gesagt haben, dass Sie ihn beinahe gekriegt hätten. Sie lagen doch ein gutes Stück vor dem Dodge.«

»Ach was, Knuckles hat mich mal wieder siegen lassen«, erwiderte O'Reilly mit einem Anflug von Verdrossenheit. »Dass ich ihn fast gekriegt hätte, ist dummes Zeug. Ich werde ihn nie schlagen.«

»Das kapier ich nicht.«

»Ich habe gegen Knuckles einfach keine Chance. Die hat übrigens keiner. Jedenfalls kenne ich keinen, der es hinter dem Steuer mit ihm aufnehmen könnte, selbst wenn er einige PS weniger unter dem Hintern hat als der Gegner! Der Schnauzbart hat mit seiner zweiten Karriere mehr Glück als mit seiner ersten. Er ist unbestritten der beste Blocker und Pilot zwischen Maine und Miami, Punkt!«

»Was? Knuckles kann Flugzeuge fliegen?«, fragte Robert ungläubig nach.

O'Reilly lachte schallend. »Nein, das hat er nun doch nicht drauf. Pilot nennen wir den Fahrer, der bei einem Konvoi von Trucks mit heißer Ware vorwegfährt, die Lage peilt und jede Art von Gefahr riechen muss. Und der Blocker übernimmt die Nachhut, fährt hinter dem Konvoi. Der hat die gefährlichste Aufgabe.«

»Wieso?«

»Na, er muss mit allen Mitteln verhindern, dass die Feds oder verfeindete Gangs, die auf der Lauer liegen, den Konvoi einholen und stellen können. Sich gegen mehrere Verfolger zur Wehr setzen und feindliche Wagen abdrängen zu können, und das bei hohem Tempo und womöglich unter Beschuss, dafür muss man schon ein verteufelt guter Pilot mit einem Sack voll raffinierter Fahrtricks sein! Und was das angeht, kann keiner Knuckles das Wasser reichen. Für ihn war das gerade eine bessere Spazierfahrt.«

Robert lachte. »Sie haben gesagt, in seiner ersten Karriere hätte er es nicht so weit gebracht. Was hat er denn vorher gemacht?«

»Er war Boxer, und zwar ein verdammt guter«, sagte O'Reilly zu Roberts Überraschung. »Er hätte es im Ring richtig zu was bringen können.«

»Und was ist schiefgegangen?«

O'Reilly verzog das Gesicht. »Er hat sich von seinem Manager, der Spielschulden hatte und zu kurzsichtig war, um zu sehen, wie viel Geld er mit Knuckles noch hätte verdienen können, die Karriere versauen lassen. Der Mistkerl hat ihn überredet, sich in zwei Kämpfen, in denen er bei den Buchmachern klarer Favorit war, in einer vorher vereinbarten Runde auf die Bretter zu legen und einen K.o. vorzutäuschen.«

»Ach du Schande!«

»Die Schande hätte den Manager treffen müssen. Aber Knuckles ist in diesen Dingen nun mal nicht gerade der Hellste. Jedenfalls hat der Manager ihn, als der Betrug aufflog, ans Messer geliefert und den Kronzeugen gegen ihn gemacht«, erzählte O'Reilly weiter und hielt vor *Dino's Diner*. »Und während der Schweinehund glimpflich aus der Sache herausgekommen ist, hat man Knuckles lebenslang gesperrt.«

»Das ist aber verdammt ungerecht!«

O'Reilly warf ihm einen spöttischen Blick zu. »Nur Dummköpfe glauben, dass es im Leben gerecht zugeht. Ich hoffe, du hängst nicht auch dieser einfältigen Idee an, Robert! Es regiert noch immer das Recht des Stärkeren, auch wenn man dir was anderes einzureden versucht. Je früher du dir diese lächerliche Idee aus dem Kopf schlägst, desto besser wird es dir gehen«, verkündete er und stellte den Motor ab. »So, und jetzt hilf mir mit dem Verdeck!«

## 53

O'Reilly setzte sich mit ihm an einen Nischentisch am hinteren Ende des schlauchförmigen Restaurants, während Knuckles und MacIver vorn bei der Tür Platz nahmen.

»Schau nicht auf den Preis, und bestell, worauf du Lust und Hunger hast!«, sagte O'Reilly und schnippte nach der Bedienung. »Die T-Bone-Steaks sind hier erste Klasse.«

Robert konnte sein Glück kaum fassen. Schon dass er mit Mister O'Reilly hier an einem Tisch saß und sich etwas bestellen durfte, beeindruckte ihn ungemein. Dass er sich auch noch bestellen konnte, was immer er wollte, war geradezu umwerfend.

Er schloss sich O'Reilly an: T-Bone-Steak, halb roh, dazu Röstkartoffeln und eine große Coke. Hungrig stürzte er sich auf das erste T-Bone-Steak seines Lebens, das auf dem Teller kaum Platz fand und ihm obendrein in einem richtigen Restaurant serviert wurde!

Schmunzelnd sah O'Reilly zu, mit welchem Appetit Robert über das blutige Steak herfiel. Sie redeten nicht viel, dafür war Robert viel zu hingebungsvoll beim Essen. Ohne ihn zu fragen, bestellte O'Reilly für sie beide gedeckten Apfelkuchen mit Vanilleeis zum Nachtisch, was Roberts Augen noch einmal zum Glänzen brachte.

Sie unterhielten sich kurz über die bevorstehende Baseball-Saison, wobei sie feststellten, dass sie beide für dasselbe Team waren, nämlich die Bostoner Red Sox. Dann fragte O'Reilly beiläufig: »Was willst du denn später mal machen? Irgendwelche großartigen Träume?«

Robert, der gerade sein letztes Stück Kuchen auf die Gabel spießen wollte, hielt mitten in der Bewegung inne. »Keine Ahnung, für meine Träume war bisher mein Vater zuständig«, entfuhr es ihm bitter.

Fragend sah O'Reilly ihn an.

»Na ja, er hat mich gar nicht gefragt, sondern alles bestimmt«, murmelte Robert verlegen und verdrossen zugleich. »Was ich wollte, hat ihn nicht gekümmert.«

»Und was wolltest du?«

Robert zuckte die Achseln. »Keine Ahnung. Jedenfalls nicht, dass er einfach so über mein Leben bestimmt. Ich war noch keine sieben, da hat er beschlossen, dass ich ganzjährig zur Schule gehen und später auf einem College einen richtigen Beruf erlernen muss.«

O'Reilly sah ihn missbilligend an. »Und das hat dir nicht gepasst? Das kann ja wohl nicht wahr sein, Junge!« Er schüttelte den Kopf, als bedaure er fast, ihm so viel Aufmerksamkeit und Wohlwollen geschenkt zu haben. »Verdammt, ich wünschte, ich hätte auch nur die *Chance* gehabt, zur Schule zu gehen und etwas Ordentliches zu lernen! Ich habe mir das Lesen, Schreiben und Rechnen auf die bittere, harte Tour selbst beibringen müssen, und da war ich schon ein gutes Jahr älter als du jetzt!«

»Es ist nicht die Schule, gegen die ich mich gesträubt habe, Mister O'Reilly«, stellte Robert, dem die Enttäuschung seines Gegenübers nicht entgangen war, hastig klar. »Eigentlich gehe ich sogar gern zum Unterricht. Ich wäre nur gern *auch mal gefragt* worden. Mein Vater hat mich nie so wie Sie gerade nach meinen Wünschen oder Träumen gefragt. Für ihn stand fest, dass ich das tue und werde, was er für mich als richtig beschlossen hat. Er hat mich von allen wichtigen Entscheidungen ausgeschlossen. Nicht mal zur Still hat er mich gelassen, obwohl es mir viel bedeutet hätte, wenn ich wie meine Schwester mit ihm da oben …« Er brach ab, senkte den Blick und biss sich auf die Lippen. Er hatte schon jetzt viel mehr von seinem unversöhnlichen Schmerz preisgegeben, als ihm lieb war. Deshalb wäre ihm nichts peinlicher gewesen, als wenn ihm hier vor Mister O'Reilly auch noch die Tränen in die Augen geschossen wären.

Dieser schwieg einen langen Moment. »Ich verstehe«, sagte er schließlich und beließ es dabei. Dann schob er zwei Geldscheine unter seinen Teller, die mehr als die Rechnung abdeckten und der Bedienung ein fettes Trinkgeld bescherten, erhob sich und gab Knuckles und MacIver ein Zeichen.

Kaum saßen sie im Wagen, erreichte das Sommergewitter die Stadt. Eine tiefhängende, schmutzig graue Wolkendecke legte sich über Roanoke, und begleitet von Blitz und Donner fielen die ersten dicken Tropfen. Die Nacht schien um Stunden zu früh angebrochen zu sein, so dunkel wurde es.

»Das wird knapp«, murmelte O'Reilly und schaltete die Scheinwerfer ein.

»Knapp wofür, Mister O'Reilly?«

»Um noch halbwegs trocken zu Smitty zu kommen. Das ist mein Friseur, drüben auf der Kirk Avenue. Ich glaub, ich brauch 'ne ordentliche Rasur, bevor ich heute Abend auf Pussy-Pirsch gehe.« Er fuhr sich über den dunklen Bartschatten und fügte mit breitem Grinsen hinzu: »Kommt nicht gut an bei den Weibern, wenn man ihre Titten und Schenkel mit 'nem Reibeisen bearbeitet.« Er zwinkerte ihm zu. »Und da zieht es uns doch immer magisch hin, oder?«

Robert errötete, stellte sich doch augenblicklich ein pornographisches Bild vor seinem inneren Auge ein, und er fürchtete, dass man ihm das ansehen konnte. »Ich … ich kann da … kann dazu nichts sagen, Mister O'Reilly«, stammelte er mit brennendem Gesicht.

O'Reilly lachte. »Keine Sorge, das kommt schon noch, und zwar bald!«, sagte er, schlug ihm jovial auf den Oberschenkel und gab Gas.

Der Regen fiel schon dichter, als sie auf der Kirk Avenue vor dem hell erleuchteten Geschäft hielten. *Neil Smitty's Barber Shop* verkündete der Schriftzug auf dem Ladenfenster. An der Wand neben dem Eingang war die typische Säule mit den sich hochringelnden roten, weißen und blauen Streifen angebracht, die Robert immer an eine Zuckerstange denken ließ. Bis auf den Friseur, der den schwarz-weiß gekachelten Boden fegte, hielt sich niemand im Geschäft auf.

O'Reilly stellte den Motor ab und machte die Scheinwerfer aus. Das Trommeln des Regens auf dem Verdeck wurde lauter. »Genug Begleitschutz für heute, Jungs. Seht zu, dass ihr noch rechtzeitig ins Trockne kommt! Aber wartet mal 'nen Moment«, rief er Knuckles und MacIver zu, die neben ihnen gehalten hatten, und drehte sich kurz zu Robert um. »Willst du mit ihnen zurück oder im Wagen warten, bis ich fertig bin?«

»Ich warte lieber hier auf Sie«, sagte Robert, ohne lange zu überlegen. Er mochte Knuckles und MacIver, aber die Aufmerksamkeit und Gegenwart von Mister O'Reilly empfand er als eine ganz besondere Auszeichnung. Von dieser Zeit wollte er nicht eine Minute hergeben.

»Okay, dann rauscht ab, Jungs!«

Knuckles und MacIver fuhren davon, und O'Reilly stieg aus dem Wagen, als der Friseur auf sein Hupen hin mit einem übergroßen Regenschirm herbeigeeilt kam, um seinen prominenten Stammkunden trockenen Fußes in den Laden zu bringen. »Dann halt mal hier schön die Stellung. Und halt die Augen offen, Robert!«, rief er noch, bevor er unter Smittys Schirm zur Ladentür hastete.

Robert sah ihnen nach. Der Friseur drehte das Schild um, das gerade noch *Geöffnet* verkündete hatte und nun *Geschlossen* anzeigte. Mister O'Reilly nahm in dem schweren, schwarz gepolsterten Drehstuhl mit Fußbrett und ausziehbarer Nackenstütze Platz, ließ sich von Smitty nach hinten kippen und erhielt einen weißen Umhang umgebunden.

Eine Weile sah er dem Friseur bei der Arbeit zu, dann verlor er das Interesse daran. Er machte es sich bequem, rutschte tief im Sitz nach unten, so dass er den Kopf auf die Kante der Rücklehne legen konnte, und döste vor sich hin. Er fühlte sich so wohl, dass er fast eingeschlafen wäre, doch die grellen Blitze, die immer wieder aus dem nachtschwarzen Himmel zuckten, und der unmittelbar darauffolgende Donner verhinderten das.

## 54

Robert schätzte, dass eine gute halbe Stunde verstrichen war, als der schwarze Leichenwagen eines Bestattungsunternehmens flüchtig seine Aufmerksamkeit erregte. Er näherte sich aus der entgegengesetzten Richtung, kam auf der Höhe des Friseurladens für einen Moment fast zum Stehen, fuhr dann aber schnell wieder an und verschwand die Straße hinunter. Um ein, zwei Minuten später wieder aufzutauchen. Diesmal kam er langsam heran, fuhr an den Bordstein und hielt auf der anderen Straßenseite, schräg gegenüber von *Neil Smitty's Barber Shop*.

Der Fahrer schaltete die Scheinwerfer aus, noch bevor er richtig eingeparkt hatte, ließ den Motor aber laufen.

Inzwischen rauschte der Regen mit einer Heftigkeit herab, als hätte jemand Schleusen im Himmel geöffnet. Windstöße fegten durch die Häuserschluchten. Die Scheinwerfer der vorbeifahrenden Autos schafften es kaum, die wogenden Regenschleier zu durchdringen. Die Straßenlaternen, milchige Kugelleuchten, warfen kläglich schwache Lichtinseln in die Sturzfluten und taugten bestenfalls dazu, die Ränder der Straße grob zu markieren.

Die Sache mit dem Leichenwagen kam Robert merkwürdig vor. Von Unruhe gepackt, starrte er hinüber zur anderen Straßenseite. Die wässrigen Lichtkegel vorbeifahrender Autos streiften den niedrigen Kastenaufbau hinter der Fahrerkabine. Im flüchtigen Schein las er auf dem länglichen Seitenfenster, das mit schwarzen, faltenreich gerafften Vorhängen versehen war, den Firmenschriftzug *Evergreen Meadows Funeral Home.*

Zwei Männer saßen in der Fahrerkabine. Dort flammte ein Feuerzeug auf. Der Beifahrer steckte sich eine Zigarette an, während der Fahrer heftig gestikulierte und zum Friseurladen hinüberdeutete. Er schien ungeduldig zu sein. Der Beifahrer machte eine ärgerliche Geste, griff hinter sich, zerrte etwas hervor und zog es sich über den Kopf.

Ein Regenumhang?

Ja, das sah nach einer Art Poncho aus.

Roberts mulmiges Gefühl wuchs mit jeder Sekunde. Er kroch zur Fahrertür hinüber und kurbelte das Fenster zwei Finger breit herunter, um besser zu den beiden Typen hinüberspähen zu können. Dass ihm der Wind nun Regen ins Gesicht wehte, nahm er in seiner Anspannung kaum wahr.

Wieder gestikulierte der Fahrer wild und warf schließlich beide Hände in die Luft, als verlöre er die Geduld mit seinem Begleiter. Dieser antwortete mit einer obszönen Geste, beugte sich hinunter und zog unter seinem Sitz etwas hervor, das sich als schwarzer Zylinder entpuppte, wie Bestatter ihn zu tragen pflegten. Wütend hieb er die Krempe gegen das Armaturenbrett, so dass der Zylinder aufsprang und er ihn sich über den Kopf stülpen konnte. Dann stieß er die Tür auf, stieg aus und schnippte die gerade erst angerauchte und vom Regen sofort durchweichte Zigarette gegen die Windschutzscheibe.

Robert gefiel das alles immer weniger. Er beobachtete genau, wie der Mann im strömendem Regen über die Straße eilte, nicht mehr als zwei, drei Schritte vor dem Hispano-Suiza. Vielleicht hätte er sein ungutes Gefühl ignoriert und wäre im Wagen sitzen geblieben, hätte nicht genau in diesem Augenblick ein heftiger Windstoß den regentriefenden Poncho des Fremden hochgehoben. Gleichzeitig fuhr erneut ein Blitz in wild gezackter Bahn und von ohrenbetäubendem Donner begleitet auf die Stadt nieder. Im grellen Licht des Blitzes sah Robert die Pistole, die der Mann in einem Gürtelholster an der rechten Hüfte trug. Das Metall der verchromten Automatik funkelte kalt und heimtückisch.

Nun schrillten in Robert alle Alarmsirenen. Ein Bestatter trug keine Waffe am Gürtel, seine Kunden waren schon tot. Dieser Mann führte etwas im Schilde! Und auf wen er es abgesehen hatte, lag auf der Hand. Es ging um Mister O'Reilly, dem der Friseur gerade ein Tuch auf das frisch rasierte Gesicht gelegt hatte.

*Boyd!*, schoss es Robert durch den Kopf. *Wenn das nicht dieser Boyd Wheeler ist. Ja, bestimmt ist er das!*

Wer hätte denn auch sonst mit einer Knarre unter dem Poncho und als Bestatter verkleidet bei diesem Sauwetter zu Mister O'Reilly wollen können? Ausgerechnet in dem Moment, in dem er sozusagen blind und wehrlos, unter einem Tuch und weit nach hinten gekippt, in einem Friseurstuhl lag!

Sein erster Impuls war, wie wild zu hupen, um Mister O'Reilly auf die drohende Gefahr aufmerksam zu machen. Aber er folgte dem Impuls nicht, und zwar nicht nur wegen des Gewitterdonners. Wenn der Kerl dort wirklich Boyd Wheeler war und einen Mordanschlag vorhatte, dann würde das Hupen direkt in seinem Rücken eher ihn als Mister O'Reilly warnen. Dann würde ihm immer noch Zeit bleiben, durch das Ladenfenster mehrere Schüsse abzugeben – und womöglich auch noch auf den Sportwagen zu schießen, also auf ihn!

Noch während ihm all das durch den Kopf raste, sah er vor seinem inneren Auge, wie Freddy die Waffen in die Lederholster unter den beiden Sitzen gesteckt und deren sicheren Sitz geprüft hatte. Und augenblicklich wusste er, was er zu tun hatte. Er tastete nach der Waffe unter seinem Sitz, noch bevor der Fremde im wehenden Poncho die Straße überquert hatte, und riss sie heraus. Es war ein kurznasiger Trommelrevolver.

Der Mann im Poncho sprang auf den Bürgersteig und ging auf die Ladentür zu. Den Hispano-Suiza würdigte er keines Blickes. Vielmehr rückte er seinen Poncho zurecht, an dem schon wieder der Wind zerrte. Seine Hand verharrte unter dem Umhang.

Robert öffnete die Beifahrertür, deren Scharniere frisch geölt waren. Aber selbst wenn sie gequietscht hätten, wäre das im wütenden Trommeln des Regens untergegangen. Was der Mann aber hätte hören müssen, wie ihm schien, war das wilde Hämmern seines Herzens. Er spürte die Schläge in der Kehle, die sich plötzlich staubtrocken und wie zugeschnürt anfühlte. Doch ein Zurück gab es nicht. Er musste es tun, auch wenn ihn Angst um sein eigenes Leben packte.

Geduckt schlüpfte er aus dem Wagen.

Der Fremde vor ihm zog die Rechte unter dem Poncho hervor. Ob in ihr jetzt die verchromte Automatik lag, sah Robert nicht, weil er sich etwas links von ihm befand und eine Windböe ihm Regen ins Gesicht peitschte.

Mit einem Satz war er hinter dem Mann und rammte ihm den Revolver in die Nierengegend. »Eine falsche Bewegung, und ich knall dich ab!«, stieß er hervor, und dank der trockenen

Kehle klang seine Stimme kratzig und um einiges erwachsener, als es seinem Alter entsprach. »Los, die Hände in den Nacken! Na los, tu, was ich sage!«

Der Mann im Poncho erstarrte und hob dann langsam die Arme. »Hey, ich weiß nicht, was das soll, aber …«

»Halt die Klappe! Hoch die Hände und in den Nacken!«, keuchte Robert und rechnete jeden Moment damit, dass der Komplize im Leichenwagen sah, was da vor sich ging, aus dem Wagen sprang und auf ihn schoss. Aber das geschah nicht, was ihn fast noch mehr beunruhigte, als wenn neben ihm eine Kugel eingeschlagen wäre.

»Okay, du hast gewonnen«, knurrte der Mann und hob die Hände. Die Automatik musste er nicht fallen lassen. Seine Hand war leer.

Robert drückte ihn mit dem Revolver gegen die Tür, griff mit der freien Hand nach dem Knauf und stieß die Tür so heftig auf, dass sie mit lautem Scheppern gegen die Wand knallte.

Wie von der Tarantel gestochen fuhr O'Reilly im Frisierstuhl hoch. Mit der Linken riss er sich das heiße Frottiertuch vom Gesicht, während seine Rechte unter das leichte Leinenjackett fuhr und seine Ortgies-Pistole zog. Er hechtete aus dem Stuhl und wirbelte, die Waffe im Anschlag, herum.

Auf den Mann im Poncho waren nun zwei Waffen gerichtet.

»Der Kerl trägt eine Automatik unter dem Poncho!«, stieß Robert hervor und trat schnell aus dem Türrahmen, um nicht länger in der direkten Schusslinie des Mannes im Leichenwagen zu stehen. »Er hat sich angeschlichen! Ich weiß nicht, wer er ist, aber ich wette, er hat es auf Sie abgesehen, Mister O'Reilly! Sein Komplize hockt drüben in dem Leichenwagen. Aber wenn das Bestatter sind, dann bin ich der Kaiser von China!«

O'Reilly fiel der Unterkiefer herunter. Er ließ die Pistole sinken und brach in schallendes Gelächter aus.

»Was zur Hölle soll der Scheiß, Paddy?«, bellte der Mann im Poncho und nahm die Hände herunter. Offenbar rechnete er nicht mehr damit, dass noch eine Waffe auf seinen Rücken gerichtet sein könnte. »Ich reiß mir den Arsch auf, um dir auf die Schnelle hundert Flaschen Dom Perignon zu bringen, und du lässt mir von einem deiner neuen …« Er drehte sich um, brach mitten im Satz ab und starrte den Jungen ungläubig an. »Heilige Scheiße, seit wann rekrutierst du deine Revolvermänner im Kindergarten?« Und zu Robert sagte er: »Himmel, nimm bloß die Bleispritze runter, Kid! Sonst geht das Ding vielleicht noch los! Und dann mach die Tür zu, sonst schwemmt uns der verdammte Regen gleich weg!«

O'Reilly lachte noch immer.

Das entsetzliche Gefühl, sich bodenlos blamiert zu haben, wallte wie eine heiße Springflut in Robert auf und trieb ihm das Blut ins Gesicht. Er schluckte, ließ den Revolver sinken und beeilte sich, die Tür zu schließen.

»Das ist Moe Walsh aus Richmond, Robert«, sagte O'Reilly, steckte seine Pistole weg und kam mit breitem Grinsen zu ihnen herüber. »Ein alter Kumpel von mir. Und was er in dem Leichenwagen transportiert, sprudelt nur so von Leben!«

»Französischer Champagner vom Feinsten, Mann! Ganz wie du bestellt hast«, bekräftigte Moe Walsh indigniert und beachtete Robert nicht länger. Er wischte sich den Regen aus dem Gesicht. »Sean und ich wollten in der Fabrik auf dich warten, aber deinem Frank hat das nicht gepasst. Er hat uns trotz des Sauwetters hier zu deinem Schaumschläger von Stoppelkratzer geschickt. Du sollst uns sagen, welcher von deinen besseren Schuppen wie viele Flaschen von der Lieferung kriegen soll. Na ja, soll uns recht sein, müssen ja heute noch nach Richmond zurück. Aber ich hätt' nicht gedacht, dass ich mir auf dieser Tour um 'n Haar 'ne Unze Blei in den Rücken einhandeln würde.«

Robert wäre am liebsten im Boden versunken. »Es … es tut mir leid … ich wusste ja nicht … ich dachte, Boyd …«, stammelte er und blickte zu Boden. »Es sah alles so verdächtig aus, und da …«

»Hör sofort auf, dich zu entschuldigen! Dafür gibt es nicht den geringsten Grund. Es war absolut großartig, wie du reagiert hast. Du hast einen alten Profi wie Moe ganz schön alt aussehen lassen, und das will was heißen!«, fiel O'Reilly ihm ins Wort und legte ihm den Arm um die Schulter. »Respekt, du hast verdammt viel Mut und Geistesgegenwart bewiesen! Da könnte sich manch einer 'ne Scheibe abschneiden. Ist doch so, oder, Moe?«

»Respekt?«, knurrte Moe Walsh, verzog das eulenhafte Gesicht und räumte widerstrebend ein: »Na ja, schlecht hat er seine Sache nicht gemacht, das muss man ihm lassen.«

»Er hat sie *verdammt gut* gemacht!«, wiederholte O'Reilly und boxte Robert in die Seite. »Du bist in Ordnung. Und lass dir von keinem was anderes erzählen, okay?«

Robert nickte, eher gehorsam als selbstbewusst, und empfand eine verwirrende Mischung aus Verlegenheit und Stolz. Den nachdenklichen Ausdruck, mit dem ihn der Gangsterboss anschaute, bemerkte er nicht, denn er hielt den Blick noch immer gesenkt.

Mit gedämpfter Stimme besprach sich O'Reilly mit Moe Walsh, wie die Lieferung Dom Perignon auf seine Speakeasies aufgeteilt werden sollte. Mit einem Schnauben in Roberts Richtung hastete Moe Walsh schließlich zu seinem Komplizen zurück, um den Auftrag auszuführen. Wenig später, das Gewitter hatte ein Gutteil seiner Kraft verloren, fuhr Robert mit O'Reilly in dessen Hauptquartier zurück.

Robert war noch keine fünf Minuten in seinem Zimmer, als es klopfte und O'Reilly den Kopf zur Tür hereinsteckte.

»Kannst du pokern?«

Verblüfft sah Robert ihn an. »Na ja, schon …«, sagte er zögerlich.

Die Regeln kannte er. Aber mit Schulkameraden um Streichhölzer oder höchstens mal um ein paar Cents zu spielen war bestimmt nicht das, was O'Reilly unter Pokern verstand.

»Dann komm! Unten bei den Jungs läuft 'ne heiße Runde, da mischen wir mit!«

»Wie denn? Ich habe doch überhaupt kein Geld!«, wandte Robert ein, sprang aber trotzdem auf. »Außerdem …«

»Doch, hast du!«, fiel O'Reilly ihm mit breitem Grinsen ins Wort und drückte ihm fünf Ein-Dollar-Scheine in die Hand. »Von jetzt an kriegst du jede Woche fünf Möpse Taschengeld. Das hast du dir verdient. Und was die Einsätze heute betrifft, werde ich sie deinen finanziellen Mitteln anpassen, Bobby!«

Als Robert Stunden später im Bett lag und lange nicht einschlafen konnte, durchlebte er den Tag in Gedanken immer und immer wieder. Es kam ihm noch immer wie ein Wunder vor, dass er all das erlebt hatte. Er war glücklich wie nie zuvor, obwohl er am Pokertisch mit den »Jungs« fast drei Dollar verloren hatte. Was ihn jedoch ganz besonders beschäftigte und mit Stolz erfüllte, war, dass O'Reilly gesagt hatte: »Da mischen *wir* mit!« Und dass er ihn zum ersten Mal Bobby genannt hatte!

## 55

Es war Skinny the Blade, der Mallory am Samstagnachmittag mit hämischem Grinsen in der Lagerhalle am Fluss empfing. »Ah, Miss Moonshine gibt uns die Ehre«, sagte er und winkte einen Komplizen heran, der vor dem Büroverschlag herumlungerte. »Schau mal nach, ob es auch wirklich zweihundert Gallonen sind, die sie da angekarrt hat, Drew! Das Biest hat es faustdick hinter den Ohren.«

Mallory verbiss sich jede Erwiderung. Schweigen war die Antwort, die seinen Hohn ins Leere laufen ließ.

Drew Harper, ein untersetzter Endzwanziger mit fettigem Haar und aufgeschwemmtem Gesicht, kletterte auf die Ladefläche des Trucks. Er warf die Strohballen ab, unter denen die illegale Fracht verborgen war, und zählte die Fünf-Gallonen-Behälter in den Bretterkisten ab. »Genau zweihundert, Skinny.«

»Okay, dann wollen wir doch mal sehen, ob sie sich ordentlich ins Zeug gelegt hat oder uns gepanschte Ware unterjubeln will«, sagte Skinny, und Mallory sah ihm an, dass er nichts mehr hoffte, als ihr genau das nachweisen zu können.

Sie verharrte in wortloser Verachtung, während Skinny den Mountain Smoke abladen ließ und für die Qualitätsprobe aus drei verschiedenen Kisten je einen Behälter auswählte. Auf einem Hocker lag alles bereit, was für einen schnellen Qualitätsnachweis unter Moonshinern und Bootleggern nötig war: Untertasse, Streichhölzer und mit Schießpulver gefüllte Patronenhülsen.

Skinny kippte das Schießpulver aus einer der Hülsen auf die Untertasse, griff nach den Streichhölzern und ließ Drew ein wenig Mountain Smoke Moonshine darübergießen. Dann riss er ein Streichholz an und warf es in die Lache.

Fauchend schoss eine Stichflamme in die Höhe. Der hochprozentige Moonshine verbrannte mit kräftig blauer Flamme und setzte, ohne zu flackern, auch das Schießpulver auf dem Boden der Schale funkensprühend in Brand, was bei einem niedrigen Alkoholgehalt nicht geschehen wäre. Minderwertiger Moonshine ließ beim Verbrennen des Alkohols zu viel Wasser zurück, als dass das Schießpulver sich hätte entzünden können. Die beiden anderen Proben brannten ebenso kräftig wie die erste.

Skinny überzeugte sich auch vom Geschmack der gelieferten Ware. Drei Proben schob er schmatzend und schmeckend im Mund herum, aber auch hier fand er nichts auszusetzen, was ihm sichtlich gegen den Strich ging. Wie es ihm auch nicht passte, dass Drew sich einen kräftigen Schluck gönnte und sich anerkennend über ihren Mountain Smoke ausließ.

»Okay, das Zeug ist in Ordnung«, knurrte er schließlich. »Du kannst die Fliege machen und dich vom Boss auszahlen lassen! Weißt ja, wo du ihn findest?«

Mallory bedachte ihn mit einem verächtlichen Blick. Sie fragte nach den leeren Kisten und Flaschen der ersten Lieferung, erhielt aber nur ein Achselzucken als Antwort. Keiner der Männer half ihr, die Strohballen wieder aufzuladen. Und sie hätte sich eher die Zunge abgebissen, als darum zu bitten.

Eine Viertelstunde später hielt sie vor dem Tor der Candy Factory. Goldie öffnete auf ihr Klopfen hin die Manntür und ließ sie in den Hof. Fast im selben Augenblick kam O'Reilly aus der einstigen Fertigungshalle, aus der Zurufe, lautes Hämmern und das hohe Kreischen einer elektrischen Säge drangen. Woran dort drinnen so eifrig gearbeitet wurde, interessierte Mallory nicht. Sie wollte nur zu ihrem Bruder.

Geschlagene sechzehn Tage hatten sie sich nicht gesehen. Die Zeit war ihr vorgekommen wie eine Ewigkeit. Zwar stand Homer ihr nicht nur als tüchtiger Arbeiter zur Seite, sondern half ihr auch als treuer Freund über manche schwere Stunde hinweg, und auch Henry kam zu ihr hinaus, so oft und so lange seine Arbeit und der Zustand seiner Mutter es zuließen, aber die einsamen Nächte im totenstillen Farmhaus teilte niemand mit ihr. Sie waren genau so bedrückend wie in der ersten Zeit nach dem Tod des Vaters. Und bestimmt hatte auch Bobby eine schwere Zeit hinter sich und unter ihrer Trennung gelitten.

»Skinny hat mich angerufen und gesagt, du hast deinen Teil der Vereinbarung erfüllt«, sagte O'Reilly mit einem zufriedenen Lächeln und zog einen Packen Scheine hervor. »Sieh zu, dass es so bleibt. Hier, dein Geld.«

»Und wie lange soll das noch so gehen? Glauben Sie wirklich, Sie könnten meinen Bruder ewig als Geisel festhalten?«, fragte sie und steckte das Geld ein, ohne nachzuzählen.

Er zuckte die Achseln und bedachte sie mit einem kalten Blick. »Es bleibt so lange so, wie es jetzt ist, wie ich es für richtig halte. Also stell mir nicht jedes Mal dieselbe blöde Frage!«

Es fiel ihr nicht leicht, ihr brennendes Verlangen nach Widerspruch in Zaum zu halten. Ihr Hass schrie danach, ihm die Stirn zu bieten, auch wenn sie wusste, dass das ihrem Bruder und ihr nichts einbringen würde als noch mehr Kummer und Demütigungen. Am Ende siegte die Vernunft, und sie zwang sich, sich auf das zu konzentrieren, was sie unbedingt mit ihm klären musste.

»Am Samstag in zwei Wochen brauche ich die leeren Kisten und vor allem die leeren Flaschen von der heutigen Lieferung zurück«, sagte sie kühl; es war eine Forderung, über die *sie* nicht mit sich verhandeln lassen würde. »Ich kann nicht alle zwei Wochen neue Kisten und Flaschen oder andere Behälter für zweihundert Gallonen kaufen. Das würde noch dem dümmsten Steuerfahnder auffallen!«

O'Reilly nickte. »Ich werde dafür sorgen, dass die Kisten und Behälter von jetzt an bei jeder Lieferung zum Austausch bereitstehen.«

»Gut. Und jetzt will ich zu meinem Bruder!«

»Da wirst du dich in Geduld üben müssen, und zwar …«, O'Reilly zog seine Taschenuhr hervor und ließ den Deckel aufspringen, »… noch mindestens eine gute Stunde. Früher wird er nicht zurück sein.«

»Zurück sein, woher?«, fragte sie verständnislos, und im nächsten Augenblick hakte sie alarmiert nach: »Wo ist mein Bruder?«

»Bobby ist mit Knuckles und Pete im Kino«, sagte er beiläufig, als sei das die normalste Sache der Welt, und zündete sich eine Zigarette an. »Sie sehen sich den *Letzten Mohikaner* an. Ob sie danach gleich zurückkommen, weiß ich nicht. Gut möglich, dass sie noch ein Eis essen gehen. Falls du in seinem Zimmer auf ihn warten möchtest, kannst du es gern tun.«

»Wieso ist Bobby mit Ihren Ganoven im Kino?«, fragte sie scharf. »Falls Sie glauben, meinen Bruder mit billigen Tricks …«

»Pete war ihm noch was schuldig, und da hat er sich das Kino gewünscht«, fiel O'Reilly ihr mit einem süffisanten Lächeln ins Wort. »Er konnte sich noch einen von meinen Jungs mitnehmen, und seine Wahl ist auf Knuckles gefallen. Für den gibt's ja nichts Größeres als dieses Geflimmer auf der Leinwand.«

Eine steile Falte bildete sich auf ihrer Stirn. Die Geschichte wurde ja immer wirrer. »Wieso war dieser Pete meinem Bruder was schuldig?«

Er legte den Kopf schief und gab sich den Anschein, als überlege er, ob er es sagen solle, schüttelte dann aber den Kopf. »Das sollte Bobby dir nachher besser selbst erzählen. Es wäre nicht recht, ihm den Spaß zu verderben. Also, wenn du in seinem Zimmer warten möchtest, bist du herzlich eingeladen.« Er machte eine übertriebene Geste.

»Den Teufel werde ich tun!«

»Auch gut«, sagte O'Reilly trocken. »Dann mach es dir draußen in deinem Truck bequem oder tu, was immer du willst.« Er zuckte gleichgültig die Achseln und rief seinem langjährigen Vertrauten am Tor zu: »Goldie, unsere Miss Moonshine möchte uns schon wieder verlassen!«

Goldie riss die Manntür im Torflügel auf. »Da bin ich aber untröstlich, Boss!«, höhnte er und ließ seine Goldzähne im Licht der Nachmittagssonne blitzen.

»Gräm dich nicht zu sehr, Goldie. Sie kommt nachher wieder.«

»Wirklich, Boss? Himmel, welch ein Gnadenerweis! Ich wagte es kaum zu hoffen.« Goldie kicherte, und auch O'Reilly begann zu lachen.

Mallory schoss ihnen einen wütenden Blick zu und stürzte so eilig aus dem Hof, dass sie beinahe über die hohe Fußleiste in der Manntür gestolpert wäre. Krachend fiel die Tür hinter ihr zu, aber das spöttische Gelächter der beiden begleitete sie bis in den Truck. Es hing ihr noch in den Ohren, als sie längst gewendet und die Millboro Road verlassen hatte.

# 56

Sally stand in der Tür und machte ein Gesicht, als sei ihr ein Geist erschienen. Sie trug einen dünnen, pinkfarbenen Morgenrock mit blassgelben Blumenmotiven, den sie so nachlässig gegürtet hatte, dass ihre Nacktheit darunter offensichtlich war. Rosa Lockenwickler bedeckten ihren Kopf. Die Zigarette, die in ihrem Mundwinkel baumelte, drohte ihr von den Lippen zu rutschen, als ihr der Unterkiefer heruntersackte. Hinter ihr im Zimmer plärrte ein Grammophon.

Zum ersten Mal an diesem Tag huschte ein Lächeln über Mallorys Gesicht. »Soll ich wieder gehen, oder lässt du mich rein?«, fragte sie.

Sally bekam die Zigarette gerade noch zu fassen, bevor sie ihr in den Ausschnitt fallen konnte. »Ich werd nicht mehr! Lory, du hier? Wenn mich das nicht von den Socken haut«, rief sie freudestrahlend und riss die Tür zu ihrer Pensionsunterkunft im Nordwesten der Stadt auf. »Los, komm rein!« Sie drehte sich um und rief ins Zimmer: »Sweeney, du wirst nicht glauben, wer uns besuchen kommt! Mallory ist hier!«

Mallory trat ein und sah sich interessiert um. Vor ihr lag ein kleines, aber gemütliches Wohnzimmer mit einer dunkelbraunen, nur mäßig verschlissenen Couch, zwei kleinen Sesseln und einem niedrigen Tisch, auf dem Notenblätter lagen. Auf einer Anrichte stand das Grammophon. Es gab eine Stehlampe mit Fransen am Schirm, einen gerahmten Spiegel und vor dem Fenster, das nach hinten hinausging, richtige Gardinen und davor erdbraune Wollvorhänge. Ein Durchgang mit Rundbogen verband den Wohnraum mit dem Schlafzimmer, das gerade groß genug für ein Doppelbett mit Messingrahmen, einen Kleiderschrank und zwei Nachttische war. Das Bett war zerwühlt, und auch im Wohnbereich herrschte alles andere als penible Ordnung, was Mallory nicht wunderte. Aber alles in allem gefiel ihr die Unterkunft. Jedenfalls war die Einrichtung um einiges besser als das, was ihr Farmhaus an Möbeln und schönen Dingen zu bieten hatte. Und einen richtigen kleinen Teppich gab es hier auch.

Sweeney kam im Unterhemd aus dem Schlafzimmer, begrüßte Mallory mit einer Umarmung, die ihr unangenehm war, und stellte das Grammophon ab. »Tut mir leid, Mädels, aber ich muss euch allein lassen. Hab noch was Dringendes zu erledigen«, sagte er, während er nach dem Oberhemd griff, das über dem Messing-Fußteil des Bettes hing.

»Pass bloß auf, dass du dir nicht wieder dieses müde Zeugs andrehen lässt!«, gab Sally zurück und drückte ihre Zigarette im überquellenden Aschenbecher aus. Asche rutschte über den Rand auf eines der Notenblätter.

»Hör mal, wenn du meinst …«, setzte Sweeney zu einer ärgerlichen Erwiderung an, überlegte es sich jedoch anders, als er Mallorys Blick auf sich gerichtet sah, und fragte stattdessen: »Kommst du nachher noch in den Club und siehst dir meine Show an?«

»Ich weiß nicht«, sagte Mallory zögerlich. »Das wird mir vielleicht zu spät. Und nachts auf diesen Straßen …«

»Ach was! Na klar kommt sie und sieht sich *unsere* Show an. Wo sie nun schon mal hier ist!«, fiel Sally ihr ins Wort. »Sie kann auf der Couch schlafen.«

Sweeney hatte schon die Hand auf der Türklinke, als er sich noch einmal umdrehte. »Übrigens, das mit deinem Vater …« Er stockte kurz, hüstelte und schüttelte den Kopf. »Schreckliche Sache. Wir … wir konnten es kaum glauben. Mein Beileid. Ich hoffe, du siehst es uns nach, dass wir es nicht zur Beerdigung geschafft und nur die Karte geschickt haben. Ist mit der Nachricht von euch irgendwie dumm gelaufen«, sagte er hastig und war schon aus der Tür, noch bevor Mallory antworten konnte.

Einen Moment lang herrschte verlegenes Schweigen. Dann seufzte Sally, sah Mallory kurz beschämt an und wich ihrem Blick schnell wieder aus. »Ja, mir tut es auch leid. Wir waren erschüttert! Wenn ich den Brief von deinem Henry nicht zwei Tage zwischen schmutziger Wäsche verschlampt hätte, wären wir ganz bestimmt gekommen«, versicherte sie und griff zu ihren Zigaretten, ohne die Entschuldigung zu unterbrechen. »Als mir sein Brief wieder in die Hände fiel, da war dein Vater schon unter der Erde. Ich weiß, ich hätte trotzdem gleich zu dir rauskommen sollen, und das wollte ich eigentlich auch. Ganz bestimmt, Lory! Aber ich habe es vor mir hergeschoben, von einem Tag auf den nächsten. Weißt du, in solchen traurigen Dingen bin ich einfach nicht gut. Ich weiß nie, was ich sagen und wie ich mich verhalten soll.«

»Schon gut, Sally. Ich versteh das, und warum sollte ich dir böse sein? Das ist es doch gar nicht wert«, sagte Mallory nachsichtig, auch wenn sie bezweifelte, dass ihre Freundin Henrys Brief nicht sofort geöffnet hatte. Immerhin bekam sie ja wohl nicht jeden Tag Post, ganz im Gegenteil. Briefe waren doch etwas äußerst Seltenes.

»Dem Himmel sei Dank, dass du mir nicht die Freundschaft aufkündigst, obwohl ich es wieder einmal mehr als verdient hätte, so schäbig, wie ich dich in dieser schlimmen Zeit im Stich gelassen habe«, gab Sally sich übertrieben zerknirscht und strahlte zugleich vor Erleichterung. »Komm, setz dich. Ich habe noch einen Rest von dem göttlichen Orangenlikör, den mir ein Verehrer kürzlich geschenkt hat.« Sie zwinkerte ihr zu. »Den teilen wir uns zur Feier des Tages! Und dann musst du mir alles erzählen.«

»Da gibt es nicht viel zu erzählen. Was es über das Verbrechen zu wissen gibt, hat Henry dir geschrieben. Aber selbst wenn es mehr gäbe, würde ich nicht darüber reden«, schob sie weiteren Fragen sogleich einen Riegel vor. »Es ist schlimm genug, so wie es ist. Also belassen wir es dabei, okay?«

»Natürlich, das verstehe ich. Entschuldige, war nicht so gemeint! Es tut mir wirklich weh, dass ihr jetzt auch noch den Vater verloren habt, und das durch ein so sinnloses Verbrechen.«

Mallory glaubte ihr.

Sally holte den Likör, setzte sich zu ihr auf die Couch und bestritt wie üblich den Großteil der Unterhaltung. Nur zu gern ließ Mallory sich durch den fröhlichen Klatsch und die Erinnerungen an früher von ihren Kümmernissen ablenken. Die Zeit verging schneller als gedacht, was Mallory erst bewusst wurde, als die Glocken einer nahen Kirche läuteten. Die Schläge dröhnten ins Zimmer, als hingen die Glocken über der Pension.

»Hier brauchst du keinen Wecker«, sagte Sally und lachte, als Mallory erschrocken zusammenfuhr. »Wir haben hier die Glocken der katholischen Kirche Saint Anthony oben an der Ecke. Jetzt rufen sie zur Abendmesse.«

»Himmel, ich habe ja gar nicht gemerkt, wie die Zeit vergangen ist! Jetzt muss ich aber los, zu Bobby! Bestimmt ist er längst aus dem Kino zurück«, entfuhr es Mallory.

»Wie, du musst zu Bobby?«, fragte Sally verdutzt. »Wartet er irgendwo in der Stadt auf dich?«

Mallory biss sich auf die Lippen und verfluchte ihre Gedankenlosigkeit. Was sollte sie jetzt bloß sagen?

Sally sah ihr an, wie sehr sie mit sich rang. »Was ist mit deinem Bruder? Na los, raus damit! Und lüg mich ja nicht an!«

Mallory suchte nach einem Grund, der eine Lüge gerechtfertigt hätte, fand aber keinen. Was jedoch nicht hieß, dass sie ihr alles sagen musste. »Mister O'Reilly hat ihn … äh … unter seinen Schutz genommen. Bobby lebt vorübergehend bei ihm. Aber das behältst du für dich, okay?«

Sally sah sie irritiert an. »Von welchem Mister O'Reilly sprichst du? Doch wohl nicht von *dem* Gangsterboss Patrick O'Reilly, der jetzt die hiesigen Speakeasies kontrolliert und dem auch der *Starlight Club* gehört?«

»Ich weiß nicht, was ihm alles gehört. Aber ja, das ist der O'Reilly, von dem ich spreche.«

»Und bei dem lebt Bobby?« Sally starrte sie ungläubig an. »Kein Scheiß, Lory?«

Mallory verzog das Gesicht. »Nein, kein Scheiß.«

»Aber vor wem schützt er ihn? Und warum braucht Bobby Schutz, du aber nicht? Da ist doch was faul!«, bohrte Sally und stieß im nächsten Moment selbst auf die logische Verbindung. »Mein Gott, das muss mit dem Mord an deinem Vater zu tun haben!« Sie schlug die Hand vor den Mund. »Das gehört irgendwie alles zusammen, stimmt's?«

»Frag nicht, bitte!«, sagte Mallory in beschwörendem Ton. »Ich kann und ich will darüber nicht sprechen. Aber du brauchst dir keine Sorgen zu machen, wirklich nicht! Bobby geht es gut, und ich habe mit O'Reilly eine geschäftliche Abmachung. Wenn du mir eine gute Freundin sein willst, lässt du es auf sich beruhen und redest nicht darüber. Mit keinem!«

Einen langen Moment musterte Sally sie besorgt, dann nickte sie. »Okay, ich werde nicht weiter fragen und die Sache für mich behalten«, versprach sie ernst – um schon im nächsten Moment mit fröhlicher Miene fortzufahren: »Aber dafür musst du nachher in den *Starlight Club* kommen und dir unsere Show ansehen! Das ist meine Bedingung!«

»Aber doch nicht in diesem Aufzug! So kann ich in keinen Nachtclub gehen!«, protestierte Mallory und zupfte an ihrem schlichten, ärmellosen Kleid aus taubengrauem Kattun. »Willst du, dass ich mich zum Gespött der Leute mache?«

Sally winkte lachend ab. »Ach was, das ist doch kein Problem. Du ziehst was von meinen Sachen an. Ich hab Klamotten genug, und zum Glück haben wir dieselbe Größe. Mein Fummel wird dir passen wie angegossen. Los, wir sehen mal, wie wir dich herausputzen können!« Damit packte sie Mallory bei der Hand und zog sie hinüber ins Schlafzimmer.

Mallory machte große Augen, als Sally ihr ein traumhaftes Kleid nach dem anderen präsentierte. Sie hatte noch nie so herrlich leichte Stoffe in den Händen gehabt, ganz zu schweigen von den Pailletten, den Glasperlen und anderem Zierschmuck, mit denen manche Gewänder besetzt waren. Doch alles, was Sally ihr zu tragen vorschlug, lehnte sie ab. In jedem dieser Kleider, die ausnahmslos tief ausgeschnitten waren und oft auch noch die Schultern und einen großen Teil des Rückens unbedeckt ließen, wäre sie sich geradezu nackt vorgekommen.

»Nein, es bleibt dabei!« Sie beharrte auf ihrer Wahl, einem marineblauen, plissierten Rock und einer schlichten weißen Bluse mit Kragensteg und dreiknöpfiger Ärmelmanschette. »Das hier oder gar nichts!«

Sally seufzte und gab es auf, sie zu einem der Kleider überreden zu wollen. »Also gut, dann gehst du eben als strenge Gouvernante aus dem Mädcheninternat«, flachste sie.

»Aber ich kann die Sachen unmöglich jetzt schon anziehen. Das würde Bobby auffallen, und ich will nicht, dass er auf falsche Gedanken kommt.«

»Dann komm noch mal her, nachdem du bei Bobby warst. Ich bin dann bestimmt schon im Club, aber ich gebe dir einen Schlüssel zu unserer grandiosen Unterkunft.«

Mallory schaute skeptisch drein. »Und was sagt eure Wirtin dazu?«

»Ich gebe Mrs. Breckenridge Bescheid, dass du nachher noch mal kommst und auch über Nacht bei uns bleibst«, versprach Sally. »Die Alte ist zwar eine Kratzbürste, kümmert sich aber nicht groß drum, ob man wirklich verheiratet ist und wer einen besuchen kommt und über Nacht bleibt und so. Hauptsache, man zahlt pünktlich seine Miete.«

»Also gut, dann machen wir es so.«

Sally beschrieb ihr noch den Weg zum *Starlight Club*, der von der Pension nur fünf Minuten Fußweg entfernt war, und sagte ihr, was sie dem Türsteher am Hintereingang ausrichten sollte, damit er sie einließ.

Kurz darauf fuhr Mallory zurück zu O'Reilly in den Südosten der Stadt. Und während sie sich durch den frühabendlichen Verkehr quälte, befiel sie Unbehagen, weil sie sich von Sally zu diesem Besuch im *Starlight Club* hatte überreden lassen. Aber, unklug oder nicht, jetzt stand sie im Wort.

# 57

Die Männer umringten im Hof vor der Werkstatt ein aufgebocktes Bierfass und füllten sich die dickwandigen Gläser, während Pete Sullivan das Dartbrett, das sie auf der Rückfahrt spontan gekauft hatten, auspackte, um es an der Wand hinter dem Billardtisch aufzuhängen.

Das kurze, harte Klopfen gegen die Manntür im Tor ging im Gelächter über einen schlüpfrigen Witz unter, den Drew Harper gerade gemacht hatte. Doch Knuckles, der mit Blickrichtung zum Tor stand, stupste Robert an, als er sah, wen Freddy da hereinließ. »Hey, da kommt ja deine große Schwester!«, sagte er und wischte sich Bierschaum vom Walrossbart.

Überrascht fuhr Robert herum und verschluckte sich beinahe am letzten Bissen des Jumbo-Hotdogs, den Pete ihm spendiert hatte, zusätzlich zum Kinobesuch und zum Eisbecher hinterher. Er hatte doch wahrlich ganz vergessen, dass Mallory ihn an diesem Samstag wieder besuchen wollte! Sein Tag war so ausgefüllt gewesen, so wunderbar, dass er überhaupt nicht mehr daran gedacht hatte. Nun kam er sich richtig schäbig vor, weil er es so gut hatte, während Mallory sich mit Homer auf der Farm abschuftete. Musste sie doch jede Menge Moonshine brennen, damit die Bank ihnen nicht die Farm wegnahm. Von all den anderen Arbeiten, die dort anfielen, gar nicht zu reden.

»Schwesterherz!« Schuldbewusst lief er ihr entgegen und fiel ihr um den Hals, auch wenn ihm das vor den Männern ein bisschen peinlich war.

»Schön, dass ich dich jetzt antreffe, Bobby.«

Ihm war, als höre er einen leichten Vorwurf heraus, und runzelte die Stirn. »Du warst schon mal hier heute?«

»Ja, am späten Nachmittag, wie ausgemacht. Hat dir das keiner gesagt, auch Mister O'Reilly nicht?«

Er schüttelte den Kopf. »Nein, ich war mit Knuckles und Pete im Kino. Wir haben den *Letzten Mohikaner* gesehen«, sagte er mit leuchtenden Augen. Sie hatten sogar oben in einer der Logen gesessen. »Es war toll! Und dann waren wir noch am Market Square Eis essen.«

»Das hat mir Mister O'Reilly erzählt«, sagte seine Schwester etwas spitz. »Aber er wollte mir nicht verraten, wieso dir dieser Kerl etwas schuldig war und dich zu all dem eingeladen hat!«

Er grinste verschmitzt. »Weil ich Pete bei zwei Pferdewetten zu einem hübschen Gewinn verholfen habe. Und wenn er auf mich gehört und auch auf den anderen Dreijährigen gesetzt hätte, dessen Name mir so gut gefiel, hätte er sogar drei Mal abkassieren können! Pete wettet ja nie auf Sieg, sondern immer bloß auf Platz, und meine drei Favoriten haben es alle auf die Plätze geschafft. Queen of Hearts und Southern Pride kamen als Dritte ins Ziel und Traveler wurde sogar Zweiter«, berichtete er mit glänzenden Augen. »Das war natürlich ein verrückter Zufall, aber für Pete hat er sich ausgezahlt. Na ja, und da wollte er sich eben revanchieren. War doch nett von ihm, oder?«

Mallory sah ihn irritiert an. »Wovon redest du, Bobby? *Du* hast dem Kerl Tipps für *Pferdewetten* gegeben?«

Ihr abschätziger Ton ärgerte ihn. »Nenn ihn nicht immer Kerl, das ist nicht anständig. Er heißt Pete ... Pete Sullivan, okay? Und er ist wirklich in Ordnung! Was auch für Knuckles und Mister O'Reillys andere Männer gilt.« Das war er seinen neuen Freunden schuldig, wo sie doch für seine Sicherheit sorgten und ihn in ihre rauhe Männergemeinschaft aufgenommen hatten. Und dann erzählte er Mallory, auf welche Weise Pete bei den Rennen in Sarasota gleich zwei Mal zu einem Wettgewinn gekommen war – und damit seine lange Pechsträhne beendet hatte.

Doch er sah Mallory an, wie wenig es ihr gefiel, dass er in die Wettgeschichte verwickelt war. Was er einfach ungerecht fand. Denn er hatte ja bloß eine Antwort auf eine theoretische Frage gegeben. Aber er wollte sich nicht mit ihr streiten und dadurch die Stimmung vermiesen, deshalb berichtete er stolz, wie sie den Hispano-Suiza auseinandergenommen hatten und dass er dabei kräftig mit hatte anpacken dürfen.

Ihre Anerkennung fiel jedoch nicht so aus, wie er erwartet hatte. Zwar fand sie ein paar lobende Worte, aber dann wurde sie irgendwie komisch und sagte etwas, was er überhaupt nicht verstand: »Mir wäre es lieber, du würdest mehr auf Abstand achten, Bobby!«

»Wie, Abstand?« fragte er verdutzt. »Warum denn das?«

»Das wäre einfach besser. Es ist nämlich nicht alles immer so, wie es zu sein scheint!«

Er sah sie verständnislos an. »Wie meinst du das? Was soll nicht so sein, wie es zu sein scheint? Ist das ein Rätsel, oder was?« Er lachte unsicher.

Seine Schwester sah ihn verdrossen an. »Mein Gott, diese Männer sind allesamt Gangster, Robert. Ich möchte nicht, dass du dich von ihnen blenden lässt«, sagte sie leise und nickte in Richtung der Gruppe am Bierfass. »Mister O'Reilly ist ein Gangsterboss, bitte vergiss das nicht!«

»Aber die Polizisten, Staatsanwälte, Richter und Politiker, die sich von ihm die Taschen vollstecken lassen, sind Gute, ja?«, konterte Robert. »Mensch, tu doch nicht so scheinheilig! Vater hat schon lange vor der Prohibition Geschäfte mit Leuten wie Sheriff Henderson und Barney Gifford gemacht. Zeit seines Lebens hat er das getan, genau wie Grandpa. Und du tust es auch!«

»Das ist was anderes!«

»Nein, ist es nicht, Mallory!«

»Ist es sehr wohl! Oder willst du, dass wir die Farm verlieren? Dass die Bank uns auf die Straße setzt – und Homer gleich mit?«, rief sie.

»Das hat damit gar nichts zu tun! Schon Großvater hat Moonshine gebrannt und sich damit strafbar gemacht, und auch Vater hat Moonshine gebrannt und den Sheriff und den Richter in Rocky Mount geschmiert, lange bevor Mutter krank wurde und plötzlich dicke Schulden auf der Farm lagen!«

»Du weißt nicht, wovon du redest! Du kannst Großvater und Vater nicht mit Mister O'Reilly und seiner Schurkentruppe auf eine Stufe stellen!«

Er schnaubte. »Kehr jetzt nicht die große Schwester heraus, die alles besser weiß als ihr blöder kleiner Bruder«, erboste er sich. »Das verfängt bei mir nicht! Wir alle tun, was wir tun müssen, und das gilt auch für Knuckles, Pete und Mister O'Reilly. Diese schwachsinnige Prohibition zwingt sie ja geradezu!«

Seine Schwester musterte ihn lange mit grimmiger Miene und blitzenden Augen, so dass er jeden Augenblick mit einer wütenden Erwiderung rechnete, doch die kam nicht. Stattdessen wich der Zorn plötzlich aus ihrem Blick, der nun einen irgendwie schmerzlichen, ja traurigen Ausdruck annahm. Und konnte es sein, dass der wässrige Glanz in ihren Augen der Vorbote von Tränen war?

Sofort wurde es ihm schwer ums Herz, und er bereute seine heftigen Worte. Streit mit seiner Schwester war das Letzte, was er wollte. Auch wenn sie Mister O'Reilly und seinen Männern unrecht tat. Immerhin beschützten die ihn. Außerdem waren all die angeblich so ehrbaren Bürger nicht halb so anständig, wie sie sich gaben!

Mallory schien dasselbe gedacht zu haben. »Ich möchte mich nicht mit dir streiten, wo wir uns schon so selten sehen«, sagte sie mit belegter Stimme.

»Ich auch nicht, Lory«, gab er erleichtert zurück. »Schwamm drüber, okay?«

Sie nickte. »Du fehlst mir einfach. Ich wünschte, du wärst bald wieder bei uns auf der Farm.«

»Na ja, es kann wohl noch etwas dauern, bis feststeht, dass ich vor diesem Boyd Wheeler sicher bin«, sagte er und fand die Vorstellung, das Leben bei Mister O'Reilly und seinen Männern wieder gegen den Schulbesuch in Rocky Mount und den mühseligen, langweiligen Alltag auf der Farm einzutauschen, alles andere als verlockend. Aber das behielt er lieber für sich.

Deshalb täuschte er nun auch großes Interesse vor, fragte nach, wie es ihr auf der Farm ergehe. Lang und breit erkundigte er sich nach Homer und wie er sich an der Still machte, neckte sie mit Fragen nach Henry, wollte wissen, ob Old Nick auch die Last am Berg noch gut bewältigte und ihr Hahn Abe weiterhin die Hennen tyrannisierte, und ließ sich genau berichten, wie der Mais im Halm stand und wann Homer und sie wohl mit dem Pflücken auf dem Tabakfeld beginnen würden. In Wirklichkeit interessierte ihn all das nur mäßig, und er linste immer wieder zu Knuckles und den anderen hinüber; ungeduldig, wieder zu ihnen zu kommen.

Schließlich versiegte ihr Gespräch, und sie schickte sich an zu gehen.

»Dann bis in zwei Wochen, Bobby«, sagte sie, als er sie zum Tor brachte, und wollte ihn noch einmal an sich drücken.

Er aber entzog sich geschickt und öffnete ihr die Manntür. »Ja, bis übernächsten Samstag. Und ich werde nicht wieder vergessen, dass du kommst, so um vier, fünf herum«, versprach er. »Mach's gut, Lory!«

Sie seufzte. »Ja, du auch, Bobby.«

Er hatte noch nicht ganz die Tür hinter ihr geschlossen, als Knuckles' sonore Bassstimme über den Hof dröhnte. »Wo bleibt denn unser Maskottchen?«, rief er, und Pete Sullivan ergänzte ungeduldig: »Hey, leg gefälligst 'nen Schritt zu! Das Dartbrett hängt, und wir warten auf dich. Du bist an der Reihe, Bobby!«

*Sie warteten auf ihn!*

Voller Stolz lief er zu ihnen hinüber.

# 58

Fast nahm es Mallory den Atem, als sie am Ende des kurzen, dämmrigen Korridors den schwarzen Samtvorhang teilte und den *Starlight Club* betrat. Es war nur ein Schritt, aber er führte sie in eine völlig neue, aufregende Welt. Ihr war, als werde sie von einer brodelnden Woge erfasst und unweigerlich mitgerissen. Hinein in einen ausgelassenen Tumult, in unglaubliches Stimmengewirr und ungezügelte Lebensfreude. Darüber hinweg flutete die sinnlich jazzige Musik einer schwarzen Fünf-Mann-Combo, in die sich Gelächter, helles Gläserklingen und das wilde Schuhgeklapper der Menge auf dem Tanzparkett mischten.

In einem Hufeisen um die Tanzfläche herum standen Tische mit dunkelblauen Decken, in die silberne Sterne eingewebt waren. Auf jedem Tisch stand eine kleine Leuchte mit kugelrunder milchiger Glasglocke und einer umlaufenden, mehrfach geriffelten dünnen Scheibe, die dem Saturn mit seinen Ringen nachgebildet war. Weitere Tische standen entlang der Balustrade einer Empore, die sich über eine der Längswände erstreckte und zu der neben der Bühne eine geschwungene Treppe hinaufführte. Dort oben wurden von schwarzen Kellnern mit weißen Handschuhen nicht nur Getränke serviert, sondern auch warmes Essen.

Unter der Decke kreisten zwei Spiegelbälle, die unablässig helle Lichter durch den Raum warfen, durch die Rauchschwaden und über das brodelnde Meer von prächtig gekleideten Leuten hinweg. Reflektiert wurden die Lichter von phantasievollen Planetenkonstellationen aus Glasmosaiken, die die nachtschwarzen Wände und die Decke zierten.

Eine Gruppe von Neuankömmlingen hinter ihr, die gar nicht schnell genug zu der langen Theke und ihrem ersten Drink kommen konnten, riss sie mit in das Getümmel. Benommen von der überwältigenden Fülle an Eindrücken, ließ sie sich eine

Weile in dem wogenden Menschenstrom treiben. Die Leuten tranken und feierten, als gäbe es kein Morgen.

Besonders fasziniert war Mallory von den Frauen. Was sie bisher nur aus Modezeitschriften kannte, hatte sie hier leibhaftig vor Augen.

Unterröcke oder gar Korsette suchte man vergebens. Die weiblichen Gäste trugen ausnahmslos die frivole Flapper-Mode, skandalös dünne, fransige Charleston-Kleider, die wie ein Hemd zipfelig bis knapp zu den Knien fielen, oft genug noch kürzer waren. Viele dieser Kleider ließen mit ihren Spaghettiträgern die Schultern so gut wie nackt, und selbst mancher Rücken blieb bis tief unten unbedeckt. Und wohin sie auch schaute, sie sah Unmengen von Schminke, falsche, lange Wimpern, Zigarettenspitzen, glänzende schwarze Handschuhe bis über die Ellbogen, Perlenketten, die bis zu den Hüften reichten, Federboas in allen Farben sowie mit Strass und Federn geschmückte Stirnbänder und Glockenhüte. Auch schienen alle sich auf einen Haarschnitt geeinigt zu haben: auf den jungenhaften Bubikopf, entweder streng im Pagenschnitt oder in modische Wasserwellen gelegt. Wer nicht mit schwarzem Haar gesegnet war, hatte mit Farbe nachgeholfen. Und so frivol und leicht anrüchig, wie sie sich kleideten, flirteten die Frauen auch. Da lag so manche Männerhand ungestraft auf einem weiblichen Po, und so manches Frauenbein schob sich beim Tanzen tief zwischen die Schenkel des Mannes. Sittsamkeit war hier offensichtlich ein Fremdwort.

Mallorys Blick folgte drei jungen Frauen, die einander untergehakt hatten und kichernd an ihr vorbeitänzelten. Sie hatten sich die Brüste abgeschnürt, damit die dünnen Hemdchenkleider aus schillernder grüner, silberner und lavendelfarbener Seide glatt an ihnen herabfielen. Auch in Frisur und Haarfarbe sowie der Menge von Schminke im Gesicht glichen sie einander wie ein Ei dem anderen. Und jede nuckelte an einer langen Zigarettenspitze oder gestikulierte behandschuht damit. Strümpfe hatte keine von ihnen an, und die Stöckelschuhe trugen sie mit offenen Riemchen, ganz nach dem Diktat der Mode.

Plötzlich fühlte sie sich in ihrem schlichten navyblauen Rock und der ebenso einfachen weißen Bluse wie eine graue Taube in einem Schwarm von Paradiesvögeln.

»Merkwürdig, nicht wahr? Jede will einzigartig sein, doch in ihrer Mode verhalten sie sich wie die Lemminge«, sagte eine Männerstimme neben ihr, als die Combo eine kurze Pause einlegte.

Sie fuhr herum. Fast hätte sie den elegant gekleideten Mann nicht erkannt.

Das war Frank Marlowe, O'Reillys rechte Hand! Er trug einen schwarzen Tuxedo mit glänzenden Revers und Satinstreifen an der Außennaht der Hosenbeine. Eine perfekt gebundene schwarze Schleife zierte den steifen Kläppchenkragen seiner blütenweißen Hemdbrust. Er sah aus wie einem High-Society-Modemagazin entsprungen.

»Androgyne Lemminge, um genau zu sein«, fuhr er im Plauderton fort und lächelte, als bemerke er ihre Verblüffung überhaupt nicht. »Es scheint, als wollte jede eine Kindfrau sein. Fast könnte man meinen, diese Kleinmädchenmode für erwachsene Frauen, die das Knabenhafte zur Maxime erklärt hat, sei der kranken Phantasie eines Kinderschänders entsprungen. Da ist Ihr Anblick die reinste Wohltat, Miss Kendrick. Lassen Sie sich ja nie Ihr herrliches Haar kurz schneiden, geschweige denn so schuhcremeschwarz färben!«

Sie war so überrascht, dass ihr gar nichts zu sagen einfiel. Verdattert sah sie ihn an.

Er lächelte. »Es freut mich, dass Sie dem *Starlight Club* die Ehre geben, Miss Kendrick.«

Sie blinzelte und fasste sich. Ihr Blick wurde eisig. »Ich habe Sie vermisst, Mister Marlowe!«

Nun erschien auf seinem Gesicht ein verblüffter Ausdruck. »Mich vermisst? Wobei?«

»Bei der Ermordung meines Vaters!«, schleuderte sie ihm entgegen. Und im selben Moment setzte die Musik wieder ein. »Vielleicht wäre ja auch meine Vergewaltigung gelungen, wenn Sie dabei gewesen wären!«

Er zuckte zurück und schluckte sichtlich. Seine Miene wurde ernst. »Sie werden es mir vermutlich nicht abnehmen, aber ich bedaure zutiefst, was Ihrem Vater und Ihnen widerfahren ist. Es war in jeder Hinsicht unnötig.«

Sie funkelte ihn an. »Es ist meinem Vater und mir nicht *widerfahren*, sondern diese Verbrechen gehen auf das Konto *Ihrer* Komplizen – und damit auch auf Ihres!«

»Sie irren, Miss Kendrick. Diese Männer sind nicht meine Komplizen, wie ich auch nichts mit dem zu tun habe, was Mister O'Reilly Ihnen und Ihrer Familie angetan hat«, erwiderte er mit Nachdruck. »Was Sie natürlich in Unkenntnis der Umstände, die mich nach Roanoke und an die Seite von Mister O'Reilly geführt haben, nicht wissen können.«

»Sie gehören zu seiner Gangsterbande und scheinen in dieser Organisation eine recht große Nummer zu sein – ich wüsste nicht, was es darüber hinaus noch zu wissen geben sollte«, blaffte sie ihn an. »Verdammt, Sie sind seine rechte Hand!«

Er schüttelte den Kopf und erwiderte mit einem schiefen Lächeln: »Das sieht Mister O'Reilly zweifellos anders. Für ihn bin ich eher ein notwendiges Übel. Man könnte auch sagen, ich bin eine zwangsrekrutierte Leihgabe. Jedenfalls kümmere ich mich ausschließlich um die Finanzen, insbesondere die der Clubs, deren General Manager ich bin.«

»Das wäscht Sie natürlich von allem rein«, höhnte sie.

»Das Leben tendiert zum Chaos, Miss Kendrick. Chaos und Ordnung sind zwei ineinander verschlungene Schlangen, die nicht selten ihre Plätze tauschen.«

Angewidert starrte sie ihn an. »Und das ist Ihre Rechtfertigung?«

»Nein, das war eine allgemeine Feststellung. Aber ich gebe zu, sie war in dem Zusammenhang wohl unpassend.« Er seufzte. »Es ist nicht so, dass ich es mir ausgesucht hätte, hier in Roanoke den General Manager zu geben und zu sehen, dass die Clubs und Speakeasies wieder ordentlichen Profit abwerfen. Hier ging es drunter und drüber.«

Sie bedachte ihn mit einem abfälligen Blick. »Was Sie nicht sagen!«

»Die Wirklichkeit deckt sich selten mit dem Augenschein, Miss Kendrick. Und nicht immer sind wir Herr unserer Entscheidungen.«

»Machen Sie sich doch nicht auch noch lächerlich!«

Er verzog das Gesicht. »Wenn es nicht so tragisch wäre, es wäre tatsächlich zum Lachen. Denn wenn ich es recht bedenke, verdanke ich die Tatsache, dass Don Vito mich zu diesem Job verdonnert hat, in erster Linie meiner Mutter«, sagte er mit einem versonnenen Ausdruck. »Sie war es, die mich überredet hat, nicht nur Kunstgeschichte zu studieren, sondern auch ein paar Semester Betriebswirtschaft. Und daraus ist fatalerweise mein Hauptstudium geworden. Ohne ihr Insistieren hätte also weder mein Vater noch Don Vito Verwendung für mich gehabt und es hätte mich nicht hierherverschlagen.« Er grinste selbstironisch. »Man spricht immer von den Sünden der Väter, für die man als Sohn büßen muss. Dabei würden die Entscheidungen der Mütter bestimmt auch ein beachtliches Kapitel in der Menschheitsgeschichte füllen.«

»Sparen Sie sich die Rechtfertigungen, und behalten Sie gefälligst Ihre Familiengeschichten für sich!«, fauchte sie ihn an. Wie konnte er es wagen, in solch unbekümmertem Plauderton mit ihr zu reden? Er tat ja geradezu so, als stünden die Morde an ihrem Vater und Bobbys Geiselhaft nicht als blutige, unüberwindliche Kluft zwischen ihnen!

Frank Marlowe nickte. »Sie haben recht, damit sollte ich Sie in der Tat nicht belästigen«, sagte er ernst, um dann schnell wieder verbindlich zu lächeln. »Also lassen wir das. Ich möchte mich nicht mit Ihnen streiten, und Sie sollten die Konfrontation besser auch nicht suchen.«

Sie funkelte ihn an. »Ich wüsste nicht, warum ich das nicht tun sollte!«

»Weil Sie sich und Ihrem Bruder damit nicht helfen, ganz im Gegenteil, Sie werden Hilfe und Freunde brauchen, und ich bin wahrscheinlich der Einzige, den Sie hier für sich gewinnen können«, sagte er mit einem geradezu unverschämt selbstsicheren Lächeln. »Sie müssen mir ja nicht gleich um den Hals fallen, auch wenn das natürlich sehr reizvoll wäre. Deshalb schlage ich vor, dass Sie mir eine Chance geben und wir mit einem Waffenstillstand beginnen, Mallory … Ich darf Sie doch Mallory nennen?«

»Was kümmert es mich, wie Sie mich nennen!«, erwiderte sie schroff und zuckte die Achseln, völlig überrumpelt von seinem dreisten Angebot. Sie sollte ihm eine Chance geben? Wahrhaftig!

»Dann bestehe ich aber darauf, dass Sie den Mister Marlowe vergessen und Frank zu mir sagen! So, auf den Neustart unserer Beziehung müssen wir natürlich anstoßen.« Er lächelte sie an und winkte eine der leicht bekleideten Serviererinnen heran. »Jenny, bring Miss Kendrick hier ein Glas Champagner … nein, warte! Ein Morning Glory Fizz passt besser zu ihr. Und für mich das Übliche.«

Augenblicke später hielt Mallory ein hohes Glas mit einem Mixgetränk in der Hand, das zu einem guten Teil aus Whiskey, Curaçao und Cognac bestand, abgerundet durch Bitters. Der Schuss Soda, der es zu einem Fizz machte, ließ die bläuliche Flüssigkeit leicht sprudeln. Der Drink war genau das, was sie jetzt brauchte. Es kam ihr unwirklich vor, aberwitzig, ja fast wie Verrat an ihrem Vater, dass sie hier stand, mit Frank Marlowe einen Waffenstillstand schloss und auch noch mit ihm darauf anstieß.

Aber sie tat es, spürte sie doch, dass ihr nichts anderes übrigblieb, wenn sie ihren Bruder aus O'Reillys Fängen retten und eine Chance haben wollte, eines Tages ihren Racheschwur zu erfüllen. Bobby und die Rache hatten Vorrang. Dafür hätte sie auch mit dem Teufel Brüderschaft getrunken.

# 59

Zu ihrer Erleichterung brauchte sie Frank Marlowes Gesellschaft nicht lange zu ertragen. Kaum hatte sie einen ersten Schluck von ihrem Drink genommen, der sehr belebend war, entschuldigte Marlowe sich und verschwand in der quirligen Menge, um, wie er sagte, seinen Pflichten nachzugehen, worin auch immer die bestehen mochten. Sein Abgang fiel mit dem ersten Auftritt der *Dazzling Dixie Dancers* zusammen.

Die neunköpfige Revue-Truppe wirbelte zur rasanten Musik der Combo über die kleine Bühne, Sally in der Mitte der fast barbusigen Frauen. Alle jung, schlank, mit den perfekten weiblichen Rundungen und gesegnet mit Beinen, die kein Ende zu nehmen schienen. In engen, bunt glitzernden Phantasiekostümen, die mehr Haut unbedeckt ließen als verhüllten und deren winzig kurze Fransenröckchen kaum über Po und Schoß reichten, warfen sie in verblüffender Symmetrie die schlanken Beine in die Luft und vollführten allerlei tänzerische Kapriolen.

Sally hatte mehrere kleine Soloeinlagen, bei denen sie so etwas wie Pirouetten drehte, Rad schlagend über die Bühne fegte und einen perfekten Spagat zur Schau stellte. Und das alles mit großer Geste, exakt im Takt der Musik und ein unverwüstliches Lächeln auf dem Gesicht.

Fasziniert und mit dem Stolz der Freundin verfolgte Mallory die Darbietung. Ein Teil von ihr reagierte aber auch leicht schockiert. Sie bewunderte Sally und die anderen Girls für ihre Gelenkigkeit und die Perfektion ihrer aufeinander abgestimmten

Bewegungen. Andererseits entging ihr aber auch nicht, dass die ganze Tanzerei mit ihren Anzüglichkeiten in erster Linie dazu diente, viel nacktes Fleisch zur Schau zu stellen und dem Publikum, wohl insbesondere dem männlichen, die körperlichen Vorzüge der jungen Frauen in einschlägiger Weise zu präsentieren.

Nach etwa zehn Minuten verabschiedeten sich die *Dazzling Dixie Dancers* unter freundlich beiläufigem Applaus, um einem Stand-up-Comedian die Bühne zu überlassen. Dass das Publikum nicht gerade in Begeisterungsstürme ausbrach, wunderte Mallory ein wenig. Die Leute schienen derlei freizügige Darbietungen schon zu oft gesehen zu haben, um die Tänzerinnen noch mit stürmischem Applaus zu belohnen.

Sally hatte ihr das Versprechen abgenommen, sie gleich nach der ersten Show in der Künstlergarderobe zu besuchen. Es war kein Problem, zu ihr durchgelassen zu werden. Der muskelbepackte Aufpasser an der Tür, die zu den Räumen hinter der Bühne führte, ließ Mallory durch, kaum dass sie ihren und Sallys Namen genannt hatte. »Den Gang runter, letzte Tür hinten links«, sagte er gelangweilt.

Jenseits der Tür verblasste der Glanz des Nachtclubs schlagartig. Eine einsame, nackte Glühbirne beleuchtete mühsam einen langen, muffigen Korridor, in dem es nach Fäulnis und Urin roch. Hässliche Flecken bedeckten die Wände, und wo noch Reste von Tapete klebten, war sie verschimmelt. Die letzte Tür auf der linken Seite stand weit offen, und von dort drang ein lärmendes Durcheinander von Frauenstimmen in den Flur.

Zögernd betrat Mallory die Garderobe. Nackte Glühbirnen baumelten in einer langen Reihe von der rissigen Decke und verbreiteten einen gnadenlos hellen Schein. Vorhänge aus billigem Stoff unterteilten den langgestreckten Raum in ein Dutzend kleine Abteile. Zum Durchgang hin gab es jeweils einen dünnen Fetzen, den man für einen Hauch von Privatsphäre zuziehen konnte. Hier geschahen das Umziehen und alles andere öffentlich. Jedes Abteil verfügte über einen schmalen Schminktisch mit Spiegelaufsatz und einen gepolsterten Hocker. An der Wand gegenüber den Nischen standen überall Kleiderständer auf Rollen. Sie waren mit Kostümen, Requisiten und persönlicher Kleidung vollgehängt. Einige Tänzerinnen hockten, heftig atmend und erschöpft, in ihren Nischen und tupften sich den Schweiß von der Stirn, andere standen im Durchgang, rauchten und unterhielten sich lebhaft. Alle hielten sie Getränke in den Händen, die einen Wassergläser, andere Flakons, die zweifellos Stärkeres enthielten als Leitungswasser.

Mallory fragte sich zu ihrer Freundin durch. Sallys Nische befand sich am Ende des Raums, gleich neben der Tür zu den Toiletten. Er war um einiges größer als die der anderen Tänzerinnen und beherbergte sogar ein kleines zweisitziges Sofa, das mit abgewetztem rotem Samt bezogen war.

Mallory entdeckte ihre Freundin sofort. Sally saß, über ein aufgeklapptes silbernes Zigarettenetui gebeugt, an ihrem Schminktisch und zog durch einen zum Röhrchen gerollten Geldschein ein weißes Pulver in ihre Nase. Sweeney Brooks lümmelte, die Füße über der Armlehne, der Länge nach auf dem schäbigen Sofa und schrieb etwas in ein kleines schwarzes Notizbuch.

Verwundert blieb Mallory stehen.

Sally sog die Luft scharf durch die Nase ein, warf den Kopf in den Nacken und gab beim Ausatmen einen Laut von sich, der nach Erlösung klang. »Das wird heute mal wieder eine elend lange Nacht! Was bin ich froh, wenn diese Tortur auf den Brettern ein Ende hat!«, rief sie, wischte sich mit dem Zeigefinger einen Rest weißes Pulver unter der Nase weg und rieb dann mit dem Finger über ihr Zahnfleisch. »Komm, leg mir noch eine Linie, Sweeney!«

»Würd's dir ja gönnen, aber das kannst du dir abschminken, Darling!« Sweeney blickte noch nicht einmal von seinen Notizen auf. »Weißt du, wie teuer der Schnee ist?«

»Ja, der Stoff ist erste Sahne. Aber eine halbe muss noch drin sein. Komm, Baby!«, bettelte Sally.

»Nee, kommt nicht in Frage. Vielleicht später.«

»Hör mal, immerhin mache ich hier …«, setzte Sally zu ärgerlichem Protest an, erblickte dann aber Mallory im Spiegel und war augenblicklich wie verwandelt. Mit einem freudigen Ausruf sprang sie auf. »Da bist du ja! Na, wie hat's dir gefallen? Ist die Show nicht umwerfend? Wie findest du meine Solonummern?«

Mallory zollte ihrer Freundin die Bewunderung, die sie erwartete und auch verdiente, und Sally sonnte sich sichtlich in den Komplimenten. Durch entsprechende Nachfragen sorgte sie dafür, dass Mallory immer wieder aufs Neue bestätigen musste, wie toll sie gewesen sei und wie sehr ihr das alles gefallen habe. Schließlich aber gab sich Sally zufrieden, und Mallory konnte sie fragen, was das gewesen sei, das sie sich da gerade in die Nase gezogen habe. »Und erzähl mir nicht, dass es Schnupftabak war!«, sagte sie mit besorgter Miene.

Sally lachte und winkte ab. »Ach, das war nur ein bisschen Koks«, sagte sie leichthin. »Das ist einfach ein Muntermacher, es gibt einem den nötigen Kick, um in solchen Nächten mit jeder Menge Auftritten fit zu bleiben. Das nehmen hier fast alle.«

»Ja, frag die Musiker. Und warum auch nicht? Das Zeug ist harmlos«, warf Sweeney ein, ohne aufzublicken. »Das steckt auch in jeder Coca-Cola drin.«

»Das ist wie Kaffeebohnen kauen, wenn man an der Still eine lange Nacht vor sich hat und wach bleiben muss«, versicherte Sally mit einem fröhlichen Augenzwinkern.

Mallory wollte etwas erwidern, doch sie kam nicht mehr dazu, denn Sweeney schwang die Beine vom Sofa, kam hoch und klatschte in die Hände.

»Okay, Mädels!«, rief er und trat in den Durchgang. »Ihr habt genug Zeit gehabt. Wir sind hier nicht im Altenheim. Also los, bringt euer Make-up in Ordnung, legt 'ne Wolke Parfüm auf, und dann bewegt euch! Mischt euch unter die zahlungskräftigen Gäste und macht ihnen Appetit auf mehr. Ihr wisst, dass die Lage nicht rosig ist. Also hängt euch rein und gebt euer Bestes, okay? Rosa, Tisch fünfzehn hat nach dir gefragt!«

Jemand stöhnte gequält auf. »Doch nicht schon wieder dieser fette Metzger mit seinen schweißigen Wurstfingern, oder?«

»Ich fürchte doch, aber du wirst es überstehen!«, sagte Sweeney ungerührt. »Immerhin bestellt er immer den teuersten Champagner. Es lohnt sich also.« Dann wandte er sich Sally zu: »Du hast den Autohändler, Tisch neun, oben auf der Empore.«

Sally zuckte die Achseln und sagte auf Mallorys fragenden Blick hin etwas aufgesetzt: »Tja, die Show geht auch nach der Show weiter, Lory. Die Leute wollen was für ihr Geld, und wir sorgen dafür, das sie möglichst viel davon ausgeben.«

»Was sich natürlich auch für uns auszahlt«, bemerkte Sweeney und zwinkerte Mallory zu, um dann seine »Mädels« in den Club zu scheuchen.

Sally und die anderen sind also nicht nur Revue-Tänzerinnen, sondern müssen auch als Animierdamen arbeiten, dachte Mallory und wunderte sich. Davon hatte die Freundin ihr nichts erzählt, und sie fand diese Erkenntnis doch ziemlich ernüchternd.

## 60

Mallory kehrte ebenfalls in den Club zurück, und ehe sie sichs versah, tauchte Frank Marlowe an ihrer Seite auf und drückte ihr einen neuen Drink in die Hand, so als habe er sie nicht aus den Augen gelassen und gewusst, dass ihr warm war und ihre Kehle trocken. In ihrer Verblüffung nahm sie das hohe Glas, und als sie sich Augenblicke später über ihre Willfährigkeit ärgerte und den Drink zurückgehen lassen wollte, war Marlowe schon wieder verschwunden.

Den Fizz jetzt aus Trotz irgendwo abzustellen, ohne dass er es mitbekam, wäre dumm gewesen, zumal sie wirklich Durst hatte und diese Mixdrinks genau ihren Geschmack trafen. Und was sprach dagegen, sich ein bisschen zu amüsieren? Schon jetzt in die Pension zurückzukehren, sich aufs Sofa zu setzen und darauf zu warten, dass Sally und Sweeney aus dem Club kamen, war keine allzu reizvolle Alternative.

Gerade brachte das Saxophon, das mit pulsierenden Klängen auf das jagende Solo der Klarinette antwortete, die Stimmung im Club fast zum Kochen. Die Musik packte auch Mallory. Sie ging ihr nicht nur unter die Haut, sondern viel tiefer, weckte ein geradezu sexuelles Begehren. Und sie wollte mehr davon!

Es wurde eine lange Nacht, und immer wieder fand Mallory sich unverhofft in Frank Marlowes Gesellschaft. Sie gab sich reserviert, zeigte ihm die kalte Schulter, ertappte sich aber mehrfach dabei, dass sie sich doch auf ein Gespräch einließ, wenn auch meist nur für wenige Minuten.

Bei einer dieser kurzen Unterhaltungen erfuhr sie, dass O'Reillys Organisation neben einer Vielzahl von gewöhnlichen Flüsterkneipen ein halbes Dutzend Nachtclubs in Roanoke und Umgebung kontrollierte. »Leider nichts, worauf man besonders stolz sein könnte oder was zu managen großes Vergnügen bereiten würde«, sagte er.

Mallory sah ihn ungläubig an. »Wie bitte?« Sie machte eine Geste, die den Raum um sie her umschloss. »Das ist nichts, worauf man stolz sein kann?«

Er lachte trocken. »Glauben Sie mir: Was sich hier in der Provinz Nachtclub nennt, ist bloß ein billiger Abklatsch von den wirklich gediegenen Etablissements, wie es sie in Chicago, New York, Miami und nicht zuletzt auch in Richmond gibt. Selbst wenn unser neues Flaggschiff, der *Candy Club*, an dem zurzeit in der alten Fabrikhalle gebaut wird, irgendwann im Oktober, November endlich seine Pforten öffnet, wird er den feudalen Clubs in den großen Städten nicht das Wasser reichen können.

Und dabei sind die es, mit denen das wirklich große Geld zu machen ist.«

Ein anderes Mal tauchte er neben ihr auf und streckte ihr, als die Combo nach einer Reihe von schnellen Stücken einen langsamen Blues anstimmte, die Hand hin. »Kommen Sie, Mallory, tanzen wir!«, sagte er mit einem Lächeln, das er wohl für entwaffnend hielt. »Ich sehe doch, wie es Ihnen in den Füßen juckt.«

»Tanzen? Mit Ihnen?«, stieß sie entrüstet hervor. »Im Leben nicht!« Und damit ließ sie ihn stehen.

Er nahm die Abfuhr mit einem unbekümmerten Lachen.

Als sie gegen Mitternacht mit Frank Marlowe am Ende der langen Theke stand und die *Dazzling Dixie Dancers* wieder einen Auftritt hatten, trat ein untersetzter Mann Anfang vierzig zu ihnen. Er war, ähnlich wie Frank Marlowe, in einen schwarzen Abendanzug aus bestem Tuch gekleidet, trug ihn jedoch nicht annähernd mit derselben lässigen Eleganz. Seine Lider zuckten nervös, und er hatte die ungesunde Farbe eines Mannes, der selten mit Tageslicht in Berührung kommt. Frank Marlowe stellte ihn ihr als Victor Preston vor. »Vic ist der Manager des *Starlight Clubs*«, sagte er.

Der Mann lachte rauh. »Ja, Manager von deinen Gnaden.«

Frank Marlowe zuckte die Achseln. »Und mir sitzt Richmond im Nacken. Wir alle tragen unser Joch, Vic«, gab er mit einem feinen Lächeln zurück und griff zu seinem Zigarettenetui, um sich eine Chesterfield anzustecken. »Jedenfalls hast du den Laden gut im Griff.« Und dann, ohne dass Mallory es verhindern konnte, verriet er Preston, aus welcher Quelle der Crazy Apple und der Mountain Smoke Whiskey kamen, die sich in diesem Club so blendend verkauften. »Alles von der bezaubernden Miss Mallory Kendrick hier eigenhändig gebrannt, oben in den Bergen des Franklin County. Was sagst du nun?«

Mallory starrte ihn wütend an und wurde gleichzeitig rot. »Halten Sie den Mund!«, zischte sie.

Victor Preston bekam von ihrem Zorn nichts mit. Überrascht hob er die Brauen. »Wirklich? *Sie* brauen dieses Teufelszeug? Da hol mich doch der Leibhaftige!«, rief er und deutete eine Verbeugung an. »Respekt, Respekt! Das hätte ich nie im Leben vermutet. Ihr Schwarzgebrannter ist eine Wucht, Miss. Der ist gut wie Gold, und das in mehr als einer Hinsicht. Dafür hätten Sie glatt 'nen Orden … ach was, den Ritterschlag verdient!« Und mit einem Augenzwinkern fügte er, an Frank Marlowe gewandt, hinzu: »Wir sollten sie Lady Moonshine nennen, was meinst du?«

Frank Marlowe lächelte. »Ja, dafür könnte ich mich schnell erwärmen«, sagte er. Und dabei ruhte der Blick seiner rauchblauen Augen auf ihr – lange, als sei das nicht das Einzige, wofür er sich in Bezug auf sie erwärmen könnte.

Am liebsten hätte Mallory ihn mit Blicken erdolcht. Sie wollte ihn anfahren, ihm sagen, er solle mit diesem Schwachsinn aufhören und sich ja nicht unterstehen, sie Lady Moonshine zu nennen, doch die Gelegenheit verstrich, bevor sie sich gefasst hatte.

Victor Prestons Interesse an ihr war so schnell erloschen, wie es aufgeflammt war, und noch bevor sie Luft holen konnte, wechselte er das Thema. »Um darauf zurückzukommen, dass ich den Laden hier im Griff habe, Frankie: Damit es so bleibt, müssen wir bald ein paar Änderungen im Programm vornehmen«, sagte er und nickte in Richtung Bühne. »Das läuft nicht mehr lange, okay? Nicht, dass die Truppe schlecht wäre, das ist es nicht. Die Nummer zieht einfach nicht mehr so.«

Mallory stand da wie ein begossener Pudel und ärgerte sich, dass sie nicht schneller reagiert hatte. Und hätte der bleichgesichtige Nachtclub-Manager nicht plötzlich die Rede auf die *Dazzling Dixie Dancers* gebracht und sich kritisch über ihre Wirkung auf das Publikum geäußert, sie wäre ihm noch jetzt mit ihrer Zurechtweisung ins Wort gefallen.

Frank Marlowe verzog das Gesicht, als habe Victor Preston

einen wunden Punkt berührt. »Ich weiß, Vic. Ist mir nicht entgangen.«

»Wir müssen nachziehen und knackiges *Yellow* auf die Bühne bringen, so wie in den Clubs im Norden. Darauf sind die Leute scharf. So 'ne Zugnummer brauchen wir auch, wenn wir die Gäste bei Laune halten wollen.«

Frank Marlowe schwieg einen Moment, blickte mit zusammengekniffenen Augen zur Bühne und nickte schließlich. »Gut, kümmer dich darum, Vic. Und gib mir Bescheid, wenn du herausgefunden hast, was im Augenblick in dieser Sparte auf dem Markt ist. Aber ich will keine Anfängertruppe, verstanden?«

Victor Preston reckte mit breitem Grinsen die Faust. »Okay, ich kümmer mich, Frank! Dann bis später im Zählraum«, sagte er beschwingt, nickte Mallory zu und nahm seine Runde durch den Club wieder auf.

Mallory rang ihren Zorn nieder. Was sie gerade aufgeschnappt hatte, ließ das Schlimmste befürchten, was das Engagement der *Dazzly Dixie Dancers* betraf. Sie musste mehr darüber in Erfahrung bringen, das war sie ihrer Freundin schuldig. »Was meint er mit diesem *Yellow*, das Sie unbedingt auch haben müssen?«, fragte sie, und ihr Ton war immer noch barscher als beabsichtigt.

Frank Marlowe zuckte die Achseln. »So reden die Clubbetreiber untereinander. Die Leute stehen nicht mehr so auf weiße Revue-Girls. Sie wollen jetzt, wie in den Clubs der Schwarzen im Norden, schwarze Tänzerinnen sehen. Allerdings soll die Haut die Idealfarbe haben, also so hell wie möglich sein und am besten noch ein wenig ins Gelbliche spielen, daher das *Yellow*. Angeblich haben diese Frauen den exotischsten Sex-Appeal.«

»Heißt das, Sie setzen die *Dazzling Dixie Dancers* vor die Tür, sobald Ihr Victor eine schwarze Truppe gefunden hat?«

»Darauf wird es wohl hinauslaufen, ja. Was der Kunde will, bekommt er, sonst geht er woanders hin«, sagte er und sah sie verwundert an. »Aber wieso interessiert Sie das?«

»Weil eine der Frauen meine Freundin ist. Die da, Sally Dobson, die gerade das kleine Solo hat!« Sie wies auf Sally, die vor ihren beinschwingenden Kolleginnen ein Rad nach dem anderen schlug. Dabei nahm sie an, dass ihm der Name bekannt war. Immerhin sollte Sally hier bald ihren ersten Auftritt als Sängerin haben.

Er lachte. »Das ist Ihre Freundin?«

Sie nickte. »Wir sind zusammen aufgewachsen und haben gemeinsam die Schulbank gedrückt.« Dass sie einander zuletzt aus den Augen verloren hatten, behielt sie für sich. Auch alles andere. Es ging ihn nichts an.

»Wie klein die Welt doch ist!«

»Und wie geht es mit ihr weiter, wenn Sie der Truppe das Engagement kündigen?«

Er sah sie verständnislos an. »Woher soll ich das wissen? Ich nehme an, Sweeney Brooks sucht sich einen anderen Club für seine Girls. So läuft das Geschäft nun mal.«

Das verstand sie nicht. »Aber wird Sally denn nicht bald als Sängerin hier im Club auftreten? Ich dachte, das wäre so gut wie ausgemacht!«

Er sah sie irritiert an. »Wie kommen Sie denn darauf? Nichts ist ausgemacht. Sweeney Brooks hat mal mit mir über diese Möglichkeit gesprochen, und ich habe mich bereit erklärt, mir bei Gelegenheit anzuhören, was die junge Dame als Sängerin zu bieten hat«, stellte er richtig. »Aber bisher war ich mit wichtigeren Dingen beschäftigt. Jedenfalls kann keine Rede davon sein, dass Ihre Freundin diesbezüglich eine Zusage in der Tasche hätte.«

»Oh, das … das wusste ich nicht«, murmelte sie peinlich berührt. »Tut mir leid, ich …«

»Um Himmels willen«, fiel er ihr belustigt ins Wort. »Da gibt es nichts, was Ihnen leidtun müsste! Da ist wohl mit jemandem das Wunschdenken durchgegangen. Aber sagen Sie mal: Was taugt Ihre Freundin denn als Sängerin?«

Die Frage traf sie völlig unvorbereitet. Sie hatte Sally, abgesehen von dem Kindergeträller früher, noch nie singen gehört. Wie sollte sie beurteilen, ob die Freundin das Zeug zur Clubsängerin hatte?

»Ich bin zu voreingenommen, um die Frage ehrlich beantworten zu können«, sagte sie ausweichend, »aber es wäre schön, wenn Sie sie sich einmal anhören und … und ihr eine Chance geben würden.«

Nachdenklich sah er sie an. Dabei zog er die Unterlippe leicht zwischen seine makellosen Zähne, was sie überraschend sinnlich fand. »Mhm, hier im *Starlight Club* ist für eine weitere Sängerin kein Platz, die sind alle gebucht, aber das Programm für den *Candy Club* steht noch nicht komplett. Da könnte ich noch jemanden gebrauchen«, sagte er schließlich, und nun trat ein halb belustigtes, halb anzügliches Lächeln auf sein Gesicht. Er sah Mallory an und fragte: »Wie wichtig wäre es Ihnen denn, dass ich Ihrer Freundin eine Chance gebe – und sie womöglich im *Candy Club* auftreten lasse? Vorausgesetzt natürlich, sie hat das Zeug dazu.«

Unter seinem Blick stieg ihr das Blut in die Wangen. »Wie … wie meinen Sie das?«, fragte sie zurück.

»Nun, würden Sie einmal mit mir tanzen, wenn ich Ihnen mein Wort gebe, dass Ihre Freundin eine faire Chance erhält?« Jetzt grinste er unverhohlen.

Fieberhaft suchte Mallory nach einer Antwort, und zu ihrer Erleichterung ließ die Eingebung sie nicht im Stich. »Nun, wenn Sie meiner Freundin eine *faire* Chance geben wollen und Ihnen so etwas wie Anstand nicht ganz fremd ist, werden Sie mich doch wohl kaum zu etwas zwingen, das mir, wie Sie genau wissen, widerstrebt«, sagte sie und verkniff sich mit Mühe einen triumphierenden Blick.

Er schien ehrlich verblüfft. »Jetzt haben Sie mich doch tatsächlich mit meinen eigenen Waffen geschlagen«, sagte er anerkennend, doch zugleich blitzte in seinen Augen fröhlicher

Spott. »Da bleibt mir also gar nichts anderes übrig, als mich von meiner besten Seite zu zeigen und auf den Tanz, den ich Ihnen schon so sicher abgerungen glaubte, zu verzichten!«

»Also geben Sie Sally eine faire Chance?«

»Sie haben mein Wort. Ich höre sie mir an, und wenn sie was taugt, kriegt sie ihre Chance im *Candy Club*. Aber darf ich dann meinerseits auch hoffen, dass Sie Ihre Meinung von mir revidieren?«

»Ich wüsste nicht, warum ich Ihnen diese Hoffnung nehmen sollte!«

»Geschickt ausgewichen, Mallory!« Er seufzte und warf die Hände hoch, als kapituliere er. »Also gut, überlassen wir das der Zukunft. Aber vielleicht könnten Sie sich wenigstens gelegentlich dazu durchringen, meinen Namen über die Lippen zu bringen. So als kleines Entgegenkommen. Was meinen Sie? Oder kostet Sie selbst das zu viel Überwindung?«

»Ich finde, Sie sind sehr von sich eingenommen … Frank«, erwiderte sie.

Er lächelte. »Na, sehen Sie, so schwer war das doch gar nicht«, sagte er. »So, und jetzt trete ich besser den Rückzug an, ehe Sie mir den kleinen Sieg wieder nehmen. Amüsieren Sie sich noch gut, Mallory. Ich hoffe, ich sehe Sie bald wieder!« Damit winkte er einen Bartender heran, der gerade einen Cocktail mixte. »Falls Vic nach mir fragt, oder Mister O'Reilly, ich bin jetzt für eine Weile im *Stronghold* und schau dann im *Shamrock* und im *Cage* nach dem Rechten. Gegen kurz nach zwei dürfte ich wieder hier sein.«

»Werd's ausrichten, Mister Marlowe«, sagte der Bartender, ohne im gleichmäßigen Schütteln des silbernen Mixbechers innezuhalten, während Frank Marlowe ihr noch einmal zunickte und durch eine Tür hinter der Theke verschwand.

Es war schon nach vier, als Mallory mit Sally und Sweeney, die im Gegensatz zu ihr hellwach und aufgekratzt waren, in die Pension zurückkehrte. Sie erzählte ihrer Freundin nicht, dass sie sich bei Frank Marlowe für sie eingesetzt hatte, sie wollte Sally nicht beschämen, indem sie die Behauptung, ein solches Engagement sei so gut wie sicher, als das entlarvte, was es war, nämlich reines Wunschdenken. Außerdem brauchte sie sich nichts darauf einzubilden, dass sie Frank Marlowe das Versprechen abgenommen hatte, sich Sally anzuhören. Das hätte er ja vermutlich so oder so getan. Letztlich hing es allein von Sally und ihrem Können ab, ob es für sie eine Karriere als Clubsängerin geben würde oder nicht.

Obwohl Mallory todmüde war, konnte sie lange nicht einschlafen. Was nicht allein an den durchhängenden Polstern des Sofas lag. Zu viel ging ihr durch den Kopf, schwang faszinierend und verstörend zugleich in ihr nach.

In erster Linie aber waren es Sally und Sweeney, die sie daran hinderten, zur Ruhe zu kommen. Es fing mit leisem Geflüster und Gekicher an, in das sich schnell saugende und schmatzende Geräusche mischten. Wenig später geriet das Bett unter ihnen in Bewegung, wie das rhythmische Ächzen und Quietschen von Bettgestell und Matratzenfedern verriet.

Anfangs gaben sich die beiden noch Mühe, den Geräuschpegel ihrer sexuellen Betätigung möglichst niedrig zu halten, aber mit zunehmender Lust ließ diese Zurückhaltung nach. Vermutlich sagten sie sich, dass es völlig sinnlos sei, vor ihr verbergen zu wollen, was längst unüberhörbar war, ja vielleicht erhöhte die Tatsache, dass sie eine Zuhörerin hatten, sogar ihre Lust.

Mallory drehte sich unter ihrem dünnen Laken auf die Seite, mit dem Rücken zu dem Durchgang, und versuchte die Geräusche zu ignorieren. Vergebens. Der dünne Vorhang, der die Schlafnische vom Wohnraum trennte, war vollkommen überflüssig. Es gab kein Entrinnen, weder vor den Geräuschen noch vor den Bildern, die sich zwangsläufig im Kopf einstellten – und nicht ohne stimulierende Wirkung blieben.

Erst sträubte sie sich innerlich, als sie spürte, wie ihr das Blut in den Unterleib strömte, doch dann gab sie den Widerstand auf. Ihre Hand wanderte unter das Laken und glitt zu jener empfindlichen Stelle. Ihre Schenkel hielten die Finger dort fest umschlossen. Irgendwann bewegte ihre Hand sich im Rhythmus der Geräusche aus dem Nebenzimmer. Ihr Atem ging schneller, sie presste das Gesicht in die muffigen Polster und keuchte. »Henry!« Schließlich wuchsen die Wellen der Lust sich zu einer Brandung aus, die sie mit sich riss. Für einen flüchtigen Moment verblasste Henrys Bild und das von Frank Marlowe flackerte auf. Dann kam die Eruption, die für einige köstliche Sekunden weder ein Bild noch eine bewusste Wahrnehmung zuließ.

Später, als ihr Atem wieder ruhig ging und von nebenan längst lautes Schnarchen kam, fühlte sie eine schreckliche Leere in sich. Lautlos weinte sie sich in den Schlaf.

## 61

Die Tür zu O'Reillys Arbeitszimmer stand sperrangelweit offen, wie meist. Robert blieb mit dem vollen Eiskübel im Türrahmen stehen und klopfte zweimal kurz ans Holz, wie er es in diesen Fällen immer tat. »Ihr Eis, Mister O'Reilly«, sagte er.

Der Gangsterboss stand am Fenster, das er halb hochgeschoben hatte.

»Komm rein, Bobby!«, rief er, ohne sich umzudrehen. »Sei so gut und mach mir gleich einen Drink.«

»Eis bis oben und dann mit Old Crow auffüllen?«

»Genau!«

»Kommt sofort!«, sagte Robert eifrig, ging zum Barwagen und füllte eines der schweren Kristallgläser bis oben hin aus dem Kübel mit Eisstücken, die er unten in der neuen Küche des Nachtclubs mit einem Dorn von einem langen Eisblock gehackt hatte.

Er hatte allen Grund, O'Reilly dankbar zu sein, und zwar nicht nur weil er ihn vor Boyd Wheelers Blutrache schützte. An diesem Septembertag hatte der Boss den halben Vormittag und den ganzen Nachmittag mit ihm verbracht. Zuerst hatte er ihn mit in die Stadt genommen, zum Autohändler. Er hatte sich was Solides für die kalte Jahreszeit kaufen wollen, die nicht mehr fern war. Zwar liebte er sein Studebaker-Cabrio, aber das Stoffverdeck saß doch nicht so perfekt, dass es bei kaltem Wetter nicht gezogen hätte. Deshalb hatte er sich einen geschlossenen Cadillac 59 Suburban in einem satten Burgunderrot zugelegt. Die Weißwandreifen und die glänzend schwarze Lackierung von Dachaufsatz, Kühler, Trittbrettern und Kotflügeln bildeten einen eleganten Kontrast zu dem Rot und ließen den Cadillac ausgesprochen vornehm aussehen. Nicht, dass es in O'Reillys Fuhrpark keinen geschlossenen Wagen gegeben hätte, aber eben doch keine so stattliche Limousine. Und in dem wunderschönen, brandneuen Auto war O'Reilly gleich nach dem Kauf mit ihm zum Mountain Park im Süden von Roanoke gefahren.

Robert hatte gar nicht gewusst, dass es da draußen einen Vergnügungspark mit so vielen Attraktionen und Verkaufsständen gab. Am meisten hatte ihm die riesige Achterbahn gefallen; so etwas hatte er noch nie gesehen. Ein hölzernes Monster, das sich mit seinem mehrfach steil aufsteigenden und gleich wieder jäh abfallenden Leib und den vielen Windungen wie eine Riesenschlange durch den halben Park wand. Vier Mal hatte O'Reilly ihn fahren lassen! Beim ersten Mal war er sogar selbst mitgefahren, und beide hatten sie mit den anderen im Chor vor Vergnügen und prickelndem Schrecken geschrien, als der Wagen vom höchsten Punkt in die Tiefe gestürzt war und sie unter tosendem Rattern von einer jähen Kurve in die nächste geschleudert hatte. Aber auch in der Rollschuh-Arena hatten sie viel Spaß gehabt. Dass sie auf den geliehenen Rollschuhen eher wacklig über die Holzbahn geeiert waren und sich alle naselang auf den Hintern gesetzt hatten, hatte ihrem Vergnügen keinen Abbruch getan. Ja, es war ein wunderschöner Tag gewesen!

»Verdammt, bin ich froh, wenn es endlich etwas kühler wird!«, sagte O'Reilly, während er Haare aus seinem Kamm zupfte und vorsichtig außen auf die Fensterbank legte.

Robert sah es, als er ihm den Drink brachte. Es war nicht das erste Mal, dass er ihn bei dieser seltsamen Beschäftigung beobachtete. O'Reilly machte das auch mit seiner Haarbürste. Diesmal traute er sich, ihn danach zu fragen.

O'Reilly lachte und steckte den Kamm weg. »Ist 'ne Marotte. Meine milde Gabe an die Vögel. Die holen sich die Haare und polstern damit ihre Nester aus.«

»Darauf wäre ich nie gekommen!«

Als Robert aus dem Zimmer gehen wollte, fiel ihm auf, dass der silberne Bilderrahmen mit dem beschädigten Familienfoto auf dem Schreibtisch umgefallen war; er lag mit dem Gesicht nach unten auf der dunkelgrünen Lederbespannung. Schnell stellte er ihn wieder auf.

»Du hättest ihn besser liegen gelassen, Junge!«, sagte O'Reilly hinter ihm unwirsch.

Robert drehte sich um und sah ihn verwirrt an. »Aber das ist doch Ihre Familie. Das einzige Foto, das Sie von ihr haben, oder?«

O'Reilly zuckte die Achseln und nippte an seinem Drink. Sein Gesicht hatte einen dunklen, fast abweisenden Ausdruck angenommen.

»Sind das Ihre Geschwister?«, fragte Robert, um sich dessen zu vergewissern, was auf der Hand lag. Dass es sich bei dem größeren der beiden Jungen auf dem Foto um O'Reilly handelte, war offensichtlich; die Gesichtszüge hatten sich in all den Jahren nicht wesentlich verändert. Dagegen waren die hageren Gestalten der Eltern hinter den Jungen und dem schmächtigen, verschreckt dreinblickenden Mädchen gesichtslos. In diesem Bereich war das Foto wie von Säure zerfressen.

O'Reilly zögerte kurz und zerbiss knirschend ein Stück Eis. Er verspürte einen gallig bitteren Geschmack im Mund, als die Erinnerung ihn überkam. An die Kartoffelfäulnis und die entsetzliche Hungersnot, die Mitte des vergangenen Jahrhunderts in Irland ausgebrochen war und das Land jahrzehntelang nicht wieder freigegeben hatte. Daran, dass sie, die Iren, nichts zu beißen gehabt hatten und die Großgrundbesitzer, fast ausnahmslos gottverfluchte Engländer, ihre Pächter, die schon vorher in bitterer Armut gelebt haben, gnadenlos von ihrem Land vertrieben, ihnen die schäbigen Katen über dem Kopf angezündet und sie ihrem Elend überlassen hatten. Wie die Fliegen waren die Leute krepiert! Hunderttausende, wenn nicht Millionen. Leichen hatten die Landstraßen gesäumt wie nach einer mörderischen Schlacht, und keinen hatte es gekümmert. Wer irgendwie Geld zusammenkratzen oder wie der Vater einen betrunkenen Engländer in einer dunklen Gasse ausrauben konnte, war ausgewandert. Zusammengepfercht im stinkenden Zwischendeck eines gottverdammten Seelenverkäufers, wo die Verpflegung vorwiegend aus fauligem Wasser und verdorbenem Brot bestand, wo Typhus und Cholera gediehen wie der Schimmel auf dem Brot und der Tod schon wartete. *Coffin ships* wurden sie genannt, schwimmende Särge, und die Kapitäne, allesamt skrupellose Blutsauger, hatten keine Mühe gescheut, um sich den Namen redlich zu verdienen.

Er verzog das Gesicht und versuchte, den ekelhaften Geschmack mit einem großen Schluck Whiskey hinunterzuspülen. Dann nickte er Robert zu. »Ja, mein Bruder Timothy und meine Schwester Eanna. Das Foto ist im Dezember 1892 im Hafen von Dublin gemacht worden, einen Tag bevor wir uns nach Amerika eingeschifft haben. Meine Mutter wollte das Foto unbedingt, obwohl wir uns die Sixpence für diesen Fotografen mit seinem Fotostudio auf Rädern gar nicht leisten konnten. Elf war mein Bruder damals und Eanna noch keine sieben.«

»Und Sie?«

»Fünfzehn, so wie du jetzt. Sie sind tot«, sagte er abrupt, und sein Blick verhärtete sich. »Alle auf dem Foto da sind tot, alle außer mir! Und jeder ist auf seine Art elendig krepiert. Mein Vater an Typhus im Zwischendeck des verfluchten Auswandererschiffes, die Mutter auf der Quarantänestation von Ellis Island.«

»Oh Gott!«, stieß Robert hervor und wagte gar nicht, nach den Geschwistern zu fragen. »Das tut mir schrecklich leid, Mister O'Reilly. Entschuldigen Sie, dass ich … dass ich überhaupt davon angefangen habe.«

Der Gangsterboss starrte mit finsterem Blick an ihm vorbei auf einen imaginären Punkt, der in der Vergangenheit lag. »Mein Bruder und meine Schwester sind im Hudson River ertrunken, als wir aus der Quarantänestation von Ellis Island ausgebrochen sind«, fuhr er kühl, fast emotionslos fort. »Ich konnte keinen von ihnen über Wasser halten, als der verdammte Dampfer auf uns zuhielt und wir in die schweren Heckwasser gerieten.«

»O mein Gott, wie entsetzlich!« Robert schluckte schwer. Wenn er doch nur den Bilderrahmen nicht angefasst und den Mund gehalten hätte!

O'Reilly zuckte die Achseln und kippte den restlichen Whiskey – das Glas war noch zu einem guten Drittel gefüllt – auf einen Zug hinunter. »So, und jetzt genug davon!« Damit knallte er das Glas auf die Schreibtischplatte, nahm den Bilderrahmen und ließ ihn in einer der Schubladen verschwinden. Seine Miene war verschlossen, und für einen langen Moment stand er schweigend hinter dem Schreibtisch und starrte abwesend auf Leder und Holz.

»Falls ich nicht noch etwas für Sie tun kann, gehe ich dann besser mal«, murmelte Robert beklommen.

Mit einem Ruck blickte O'Reilly auf. Sein Gesicht verlor den harten, verkniffenen Zug. »Warte!«, sagte er und kam um den schweren Klotz herum. »Da ist noch was, das ich mit dir bereden möchte und das viel wichtiger ist als der sinnlose alte Kram.«

Erwartungsvoll sah Robert ihn an.

»Wie lange bist du jetzt schon bei uns, Bobby?«

Die Frage wunderte Robert, glaubte er doch nicht, dass O'Reilly die Antwort darauf nicht selbst wusste. »Gute zwei Monate, Mister O'Reilly.«

Der Gangsterboss nickte. »Richtig, und mir scheint, dass du dich ganz ordentlich bei uns eingelebt hast und dir die Zeit fern der Farm nicht allzu schwer geworden ist, oder?«

»O ja, es geht mir hier ganz wunderbar«, versicherte Robert. »Ich bin Ihnen ja so dankbar für alles, was Sie für mich tun! Auch dafür, dass Ihre Männer so nett zu mir sind.«

O'Reilly lächelte. »Das freut mich.« Er räusperte sich. »Nun, einmal angenommen, dass von Boyd Wheeler vielleicht schon bald keine Gefahr mehr für dich ausgeht, würdest du dann lieber wieder zu deiner Schwester auf die Farm zurückkehren oder noch eine Weile bleiben und hier zur Schule gehen? Also von mir aus stünde dem nichts im Weg.«

Das Angebot kam unerwartet, und es erfüllte Robert mit Stolz und Freude. Gab O'Reilly ihm damit doch zu verstehen, dass er ihn mochte und weiterhin in seiner Nähe haben wollte. Und was Boyd Wheeler anging, war ihm letztlich schon selbst der Verdacht gekommen, dass er längst nicht mehr so gefährlich für ihn war wie in den ersten Wochen. Hätte O'Reilly ihn sonst ohne Leibwächter mit zum Autohändler genommen und dann auch noch mehrere Stunden mit ihm im Vergnügungspark verbracht?

»Ich täte nichts lieber als das, Mister O'Reilly!«, sagte er mit spontaner Begeisterung, um dann bekümmert einzuschränken: »Ich weiß nur nicht, ob meine Schwester damit einverstanden ist. Und ich weiß nicht, ob ich sie mit all der Arbeit auf der Farm einfach so im Stich lassen kann.«

O'Reilly winkte ab. »Mach dir darüber mal keine Sorgen.

Mit deiner Schwester habe ich schon gesprochen. Sie ist auch dafür, dass du in meiner Obhut bleibst, und auf der Farm kommt sie gut klar, wie sie mir versichert hat. Du fehlst ihr natürlich, aber du bist ja kein kleiner Junge mehr, der sich vor Heimweh verzehrt, nicht wahr?«

»Natürlich nicht!«

O'Reilly nickte. »Hätte mich auch sehr gewundert, wenn es anders gewesen wäre, Bobby!« Er klopfte ihm auf die Schulter. »Wie gesagt, deine Schwester findet es auch besser, wenn du bei mir bleibst. Nicht nur wegen Boyd Wheeler, sondern auch weil du hier in Roanoke eine bessere Schulbildung erhältst als in diesem Kaff Rocky Mount.«

»Umso besser!« Robert freute sich, dass er wegen Mallory und der Arbeit auf der Farm keine Gewissensbisse haben musste. Seit der Vater tot war, interessierte die Still ihn nicht mehr. Viel lieber verbrachte er seine Zeit mit Knuckles, MacIver, Pete und den anderen harten Jungs der Gang. Mit ihnen war es nie langweilig. Die Burschen hatten Mumm, konnten tolle Geschichten erzählen, trugen mit lässiger Selbstverständlichkeit Waffen, fuhren aufgemotzte Wagen und hatten den Dreh raus, dieses verlogene Prohibitionsgesetz zu ihrem Vorteil zu nutzen und es sich richtig gutgehen zu lassen. Und natürlich war er auch gern mit O'Reilly zusammen. Was hatte ihm dagegen die Farm schon zu bieten? Nichts als eintönige Plackerei draußen auf dem Land, wo sonst nichts los war, primitive Wohnverhältnisse und dazu jeden Tag einen meilenlangen Weg zur Schule und wieder zurück!

»Gut, dann sage ich Frank, er soll dich morgen auf der Roanoke Highschool anmelden! Nächste Woche beginnt die Schule ja wieder.«

»Danke, Mister O'Reilly! Sie glauben gar nicht, wie ich mich darüber freue!«, sagte Robert. »Ich weiß gar nicht, wie ich jemals für alles, was Sie für mich und auch meine Schwester tun, danken und es wiedergutmachen soll.«

»Ach was, red nicht so 'nen Unsinn! Das ist doch keine große Sache. Da gibt es nichts gutzumachen, Bobby«, sagte O'Reilly burschikos, legte ihm den Arm um die Schulter und ging mit ihm zur Tür. »Aber was hältst du davon, künftig dieses ›Mister O'Reilly‹ sein zu lassen?« Etwas säuerlich fügte er hinzu: »Mir reicht es, dass Frankie penetrant daran festhält, als wäre er der Butler eines englischen Lords, der versnobter ist als seine Herrschaft.«

»Aber wie soll ich Sie denn sonst anreden?«, fragte Robert zurück und sah ihn ratlos an.

»Mhm, gute Frage«, sagte O'Reilly mit gefurchter Stirn und überlegte kurz. Dann schlug er lachend vor: »›Onkel Paddy‹?«

Robert strahlte. »Gern!«

»Okay, dann also von jetzt an Onkel Paddy! Und nun mach, dass du rauskommst! Ich muss ein wichtiges Gespräch nach Richmond anmelden.«

## 62

Mit Wucht sauste die Axt durch die kühle Morgenluft, schnitt durch das Holz und schleuderte die beiden Scheite vom Hauklotz. Sie flogen zu beiden Seiten weg, und wieder knallte eines wie ein Geschoss gegen die Bretterwand des Holzschuppens. Es krachte, als hätte Mallory mit der stumpfen Seite der Axt nach der Bretterwand geschlagen.

Der Schlag schallte über den Hof, der im diffusen Licht des anbrechenden Tages lag. Die Sonne verharrte noch hinter den bewaldeten Bergrücken, bald aber würde sich der Glutball über die Gipfel erheben, begann sich doch der Horizont über den Blue Mountains schon zu verfärben. Der Himmel war zu einem Meer von Grau geworden, erloschen waren die Myriaden von Sternen, die gefunkelt hatten, als Mallory in der Nacht aus dem

Farmhaus gestürmt war und mit dem Holzhacken begonnen hatte. In der Luft lag der würzige Geruch der Holzfeuer von den benachbarten Farmen, und aus den Niederungen stieg der Morgendunst und hing wie ein Schleier über den dunklen Wäldern.

Mallory bückte sich nach dem nächsten Stück Lebenseiche, stellte es auf den Hauklotz und schwang die Axt. Ihr war, als brenne ein Feuer in ihren Armen, und der Schmerz fraß sich schon durch die Schultern und den Rücken hinunter. Aber sie dachte nicht daran, nachzugeben, sie hieß den Schmerz willkommen. *Komm nur, brenn alles nieder!*, hämmerte es in ihrem Kopf, und das Blut, das in ihren Ohren rauschte, pochte den Rhythmus dazu.

Der Schmerz war ihre einzige Waffe gegen die ohnmächtige Wut, die in ihr tobte und sie um den Schlaf gebracht hatte. Sie wollte sich bis über die Grenze ihrer Kräfte hinaus verausgaben, um nichts mehr zu fühlen als den Schmerz, der alles andere auslöschte.

»Miss Mallory!«

Sie nahm Homer, der hinter ihr im offenen Eingang stand, gar nicht wahr. Ihr dröhnte der Kopf. Schweiß rann ihr über das Gesicht, das sich jedes Mal, wenn sie die Axt hochzwang, zu einer Maske aus Schmerz, Verzweiflung und mörderischem Hass verzerrte.

»Um Himmels willen, hören Sie auf, Miss Mallory!«, rief Homer, bestürzt von der Besessenheit, mit der sie auf den Hauklotz einschlug. »Sie verletzen sich noch!«

Erst als er ihr in den Arm fiel, nach der Axt griff und sie ihr aus den Händen wand, wurde Mallory sich seiner Gegenwart bewusst. Blinzelnd und keuchend sah sie zu ihm auf, als wisse sie nicht, wer da vor ihr stand. Dann fuhr sie sich mit dem Handrücken über die Augen, strich sich das wirre, feuchte Haar aus dem Gesicht und sank, als hätte plötzlich alle Kraft sie verlassen, auf den Hauklotz. Es war aber nicht der Schmerz, der ihr die Tränen in die Augen trieb.

»Er nimmt mir Bobby, Homer!«, flüsterte sie verzweifelt.

»Reden Sie sich das bloß nicht ein!«, widersprach Homer mit Nachdruck. »Niemand kann Ihnen den Bruder nehmen, auch nicht dieser Gangster!«

»Aber er versucht es, dieser Teufel, und er stellt es so raffiniert an, dass ich nichts dagegen unternehmen kann! Ich muss sogar noch gute Miene zum bösen Spiel machen und so tun, als sei ich damit einverstanden, dass Bobby jetzt in Roanoke zur Schule geht.«

»Nun ja, das schreit zum Himmel, Gott ist mein Zeuge, aber Sie dürfen nicht verzweifeln, sondern müssen Geduld haben«, redete Homer ihr einmal mehr gut zu. »Irgendwann wird der Gangster seinen Spaß daran verlieren und Ihren Bruder …«

»Ach was, Bobby ist richtig glücklich bei dieser verfluchten Gangsterbande. In seiner Ahnungslosigkeit hält er Gott weiß was für große Stücke auf diesen Schweinehund O'Reilly! Mein Gott, er nennt ihn jetzt sogar ›Onkel Paddy‹, stell dir das vor!«, stieß sie angewidert hervor. »Wo soll das bloß enden, Homer?«

Dass er ihren Bruder noch lange nicht aus seiner Geiselhaft zu entlassen gedachte, ihn auf der Highschool in Roanoke angemeldet hatte und sich von ihm nun auch noch ›Onkel Paddy‹ nennen ließ, hatte der Gangsterboss ihr am Tag zuvor mitgeteilt. Wie üblich bevor sie Gelegenheit gehabt hatte, ihren Bruder unter vier Augen zu sprechen. Und dass Bobby auch an diesem Samstagnachmittag wenig Zeit für sie gehabt hatte, weil Knuckles, Pete und noch jemand von der Bande ihn ausgerechnet da zu einem Baseballspiel mitnehmen wollten und er es gar nicht erwarten konnte, mit ihnen loszuziehen, war natürlich auch kein Zufall gewesen!

Innerlich hatte sie geschäumt vor Wut. Und diese mörderische Wut hatte sie auf der Rückfahrt begleitet, ihr den Schlaf geraubt und sie noch immer nicht verlassen. Äußerlich würde sie sich wieder unter Kontrolle bringen und sich beruhigen, aber tief in ihrem Innern würden Wut und Hass in ihrer Wucht unbeschadet überdauern, egal, wie lange sie auf den Tag der Abrechnung warten musste. Sie hatte am Grab des Vaters geschworen, den Verrat und den Mord zu rächen. Hätte sie diesen Schwur nicht gleich geleistet, sie hätte es jetzt getan.

O'Reilly, Goldie und wer immer der Unbekannte war, der dem Gangsterboss das Versteck ihrer Still verraten hatte, sie alle würden eines Tages für ihre Verbrechen bezahlen, so wahr sie Mallory Kendrick hieß!

## 63

Der Einfall, wie sie der Verführung ihres Bruders durch O'Reilly ein Ende bereiten konnte, kam Mallory zwei Wochen später in Roanoke. Es war Frank Marlowe, der ihr den Anstoß zu einem Plan gab, wie sie verhindern konnte, dass der Gangsterboss ihr den Bruder immer mehr entfremdete und eines Tages unwiderruflich an sich band.

O'Reilly billigte ihr an diesem Samstag gute zwei Stunden mit Bobby zu und erlaubte ihnen sogar, das Fabrikgelände zu verlassen und in die Stadt zu fahren. Einerseits freute sie sich darüber, dass sie ihre kostbare Zeit mit ihm nicht wieder hinter den alten Backsteinmauern verbringen musste, andererseits war sie bestürzt von O'Reillys Erlaubnis. Zeigte er damit doch, wie sicher er sich seiner Sache war und dass er ihr nicht die geringste Chance einräumte, ihren Bruder gegen ihn zu wenden.

Immerhin hielt er die Schmierenkomödie insoweit aufrecht, als er ihnen Knuckles und Pete als Bewachung mitgab. So, wie er Bobby auch morgens von einem seiner Ganoven mit dem Auto zur Schule bringen und nach Schulschluss wieder abholen ließ. Eine Aufgabe, die meist Knuckles übernahm, wie Bobby ihr berichtete. Wenigstens wahrten die beiden Männer genug

Abstand, um ihr das Gefühl zu vermitteln, mehr oder weniger unbeobachtet zu sein.

Dass die knappen zwei Stunden, die sie mit Bobby verbrachte, zum ersten Mal nach langer Zeit harmonisch verliefen, war allein das Verdienst ihrer eisernen Selbstbeherrschung. Sie verkniff sich jeden Hauch von Sarkasmus oder gar Feindseligkeit gegenüber O'Reilly und machte ihrem Bruder keine Vorwürfe, weil er sich von der Gangsterbande einwickeln ließ.

Sie hatte ihm sogar ein Geschenk mitgebracht. Ein paar nagelneue Rollschuhe. Sie hatte nicht vergessen, wie begeistert er von dem Besuch im Vergnügungspark gesprochen hatte, insbesondere von seinem ersten Versuch auf Rollen. Fast zwei Dollar hatten die Rollschuhe bei Montgomery Ward gekostet, und es war ihr schwergefallen, so viel Geld dafür auszugeben, aber sie hatte sich dazu durchgerungen. O'Reilly durfte nicht der Einzige sein, der die Augen ihres Bruders zum Glänzen brachte!

Es kam sie bitter an, sein munteres Gerede, wie gut es ihm auf der Roanoke Highschool gefalle und was O'Reilly alles für sie beide tue, nicht nur unwidersprochen hinzunehmen, sondern sich dabei auch noch ein Lächeln abzuringen. Innerlich explodierte sie fast vor Zorn. Aber sie riss sich zusammen und hielt den Mund, denn sie wusste, dass sie nichts erreichte, wenn sie versuchte, O'Reilly und seine Bande schlechtzumachen. Sie konnte das Trugbild, das Bobby von ihnen hatte, nicht zerschlagen. Womit auch? Wie hätte sie beweisen sollen, dass alles, was ihr Bruder für wahr hielt, gelogen war? Nein, sie hatte eingesehen, dass es vorerst zwecklos war, ihm die Augen über O'Reillys Ruchlosigkeit öffnen zu wollen. Versuchte sie es dennoch ständig aufs Neue, erreichte sie nur, dass sie ihren Bruder irgendwann endgültig an den Mörder ihres Vaters verlor.

Nach den zwei Stunden fühlte sie sich ausgelaugt und hundeelend, schaffte es aber, sich auf dem Hof mit einem Lächeln von ihrem Bruder zu verabschieden. Bobby dankte ihr noch einmal für die Rollschuhe und sprintete mit einem fröhlichen »Bis in zwei Wochen, Schwesterherz!« die Feuerleiter hoch.

Mit schwerem Herzen schaute sie ihm nach. Als oben die Tür hinter ihm zufiel, kamen große Niedergeschlagenheit und Mutlosigkeit über sie. Alles schien so aussichtslos. Mit hängenden Schultern wandte sie sich zum Tor – und hielt inne.

Frank Marlowe kam ihr von dort entgegen, sportlich elegant in einer beigen Gabardinehose und einem bernsteinfarbenen Hemd mit feinen blauen Streifen; einen dunkelblauen Pulli hatte er sich lässig über die Schultern gelegt. Dazu trug er schwarz-braune Budapester.

»Mallory, wie schön, dass ich Sie noch antreffe!«, rief er leutselig und bedachte sie mit einem liebenswürdigen Lächeln.

»Sie brauchen offensichtlich nicht viel, um sich zu freuen, Mister Marlowe!«, erwiderte sie.

»Frank bitte, nicht Mister Marlowe! Ich bestehe darauf. Wir haben darauf getrunken, Mallory. Das werden Sie doch nicht vergessen haben, oder?«

Sie zuckte die Achseln. Sie wollte weg von hier.

»Und Sie irren«, fuhr Frank fröhlich fort. »Es muss viel passieren, damit ich mich freue, Mallory! Ich hoffe, Sie freuen sich gleich auch.«

»Ich wüsste nicht, worüber ich mich freuen sollte!«, gab sie unwirsch zurück.

Er hob leicht die Brauen. »Auch nicht über ein Engagement für Lilly LaRose?« Ein verschmitztes Lächeln umspielte seinen Mund.

Mallory machte ein verdrossenes Gesicht, und ihr Ton passte dazu. »Ich kenne keine Lilly LaRose!«

Er lachte. »Das ist ein Künstlername. Ihre Freundin Sally wird sich so nennen, wenn sie hier im *Candy Club* ihr Debüt als Sängerin gibt«, sagte er vergnügt. »Ich habe sie mir heute Nachmittag angehört. Hätte nicht gedacht, dass ich so angetan sein würde. Ihre Stimme hat was, angenehm rauchig. Aus Ihrer

Freundin könnte wirklich was werden. Nun, jedenfalls habe ich nicht nur Wort gehalten und sie mir angehört, sondern ich konnte ihr auch guten Gewissens ein Engagement anbieten.« Er machte eine kurze Pause. »Dass Sie sich für sie eingesetzt und die Angelegenheit zu einem Charaktertest für mich gemacht haben, ist mir dabei irgendwie entfallen.« Er zwinkerte ihr zu. »Ich überlasse es Ihnen, ob Sie zumindest den ersten Teil persönlich nachholen wollen.«

Mallory freute sich für ihre Freundin, und es beschämte sie, dass sie so unhöflich gewesen war. Sie errötete und entschuldigte sich für ihre Grobheit, doch davon wollte er nichts wissen. Und plötzlich durchfuhr sie ein verrückter Gedanke, hatten sein Verständnis und seine Liebenswürdigkeit in ihr doch die Hoffnung geweckt, er könnte sich auch für sie und Bobby einsetzen und erreichen, dass O'Reilly ihren Bruder auf die Farm zurückkehren ließ. Und so jäh, wie ihr der Gedanke gekommen war, platzte sie auch mit ihrer Bitte heraus.

»Bitte helfen Sie mir, dass Mister O'Reilly endlich Ruhe gibt und ich meinen Bruder wiederbekomme, Frank!«

Verblüfft schaute er sie an, und dann hob er die Hand, als müsse er unbedingt Distanz wahren. »Da trauen Sie mir etwas zu, das meine Möglichkeiten übersteigt, Mallory. Also vergessen Sie das besser gleich wieder.«

»Aber Sie sind doch seine rechte Hand, Sie haben Einfluss! Auf Sie hört er, nicht wahr? Sie können bestimmt dafür sorgen, dass er endlich mit dem gemeinen Spiel aufhört. Ich flehe Sie an, reden Sie ihm zu, dass er Bobby gehen lässt!«, stieß sie leise, aber inständig hervor. »Sie sind nicht so einer wie er und die anderen, das spüre ich! Und wenn mir einer meinen Bruder zurückgeben kann …«

Energisch, aber ebenfalls mit gedämpfter Stimme fiel er ihr ins Wort. »Seien Sie um Gottes willen still! Ich kann in der Sache nichts für Sie tun.« Das liebenswürdige Lächeln war verschwunden. Ein harter Ausdruck lag nun auf seinem Gesicht.

»Mister O'Reilly behält Ihren Bruder nicht länger hier bei sich, um Sie gefügig zu machen. Das hat er längst erreicht. Vielmehr hat er offenbar einen Narren an ihm gefressen. Es gefällt ihm, Bobby um sich zu haben. Und dagegen lässt sich nichts machen.«

»Sie meinen, ich soll einfach so hinnehmen, dass der Mörder unseres Vaters jetzt auch noch den wohlmeinenden Onkel Paddy spielt?«, zischte sie.

»Ich fürchte, Sie werden sich damit abfinden müssen«, sagte er und gestattete sich einen mitfühlenden Blick. »Wenigstens geht es Ihrem Bruder hier nicht schlecht.«

Empört funkelte sie ihn an. »Ich werde mich nicht damit abfinden! Niemals! Wie könnte ich?«, stieß sie hervor, und Hass flammte in ihrem Blick. »Ich lasse nicht zu, dass er mir auch noch den Bruder nimmt! Wenn er ihn nicht bald gehen lässt, werde ich Bobby reinen Wein einschenken. Wenn O'Reilly glaubt, er könnte mich …«

Hart packte er sie an der Schulter. »Hören Sie auf! Kein Wort mehr! Sind Sie verrückt geworden? Wollen Sie sich und Ihren Bruder ins Unglück stürzen?«, raunte er, sichtlich bestürzt von ihrem Ausbruch.

Trotzig sah sie ihn an, aber sie hielt den Mund.

»Mir scheint, Sie haben immer noch nicht begriffen, mit wem Sie es zu tun haben.«

Sie schnaubte geringschätzig. »Und ob ich das habe!«

Einen Augenblick lang sah er sie kühl, fast mitleidig an. »Nichts haben Sie begriffen! Sonst würden Sie nicht so einen Unsinn reden«, sagte er. »Es gibt Menschen, die ein Spielzeug, das ihnen kostbar ist, lieber zerstören, als dass sie es hergeben. Und Mister O'Reilly ist so ein Mensch. Haben Sie jetzt begriffen?«

Sie erbleichte.

»Wenn Sie Ihren Bruder früh ins Grab bringen wollen, machen Sie, was Sie gerade gesagt haben! Liegt Ihnen aber daran, dass Bobby sein Leben nicht verliert, sollten Sie genau die entgegengesetzte Strategie verfolgen. Nämlich alles tun, um sich Mister O'Reilly gewogen zu machen und ihm das Gefühl zu geben, dass Sie das Kriegsbeil begraben haben und sozusagen zu ihm übergelaufen sind. Produzieren Sie hundert oder zweihundert Gallonen mehr von Ihrem Moonshine, oder lassen Sie sich sonst etwas einfallen, das ihm zusagt und schmeichelt. Auf die Geldgier, auf das Laster ist immer Verlass. So, und das ist alles, was ich Ihnen raten kann. Aber sagen Sie nicht, ich hätte Sie nicht gewarnt!« Er ließ sie los, nickte ihr reserviert zu und stieg federnden Schrittes die Feuerleiter hinauf.

Betroffen sah Mallory ihm nach, und noch bevor er oben hinter der Tür verschwand, kam ihr der Einfall. Frank Marlowe hatte sie mit der Nase auf die Lösung gestoßen. Sie musste sich nicht nur den Anschein geben, vor ihm und seiner Macht kapituliert zu haben, sondern sie musste außerdem entschieden mehr Moonshine brennen!

Wenn sie O'Reilly in zwei Wochen drei- oder gar vierhundert Gallonen Crazy Apple brachte, ohne dass er es verlangt hatte, würde er das vermutlich in seinem Sinne deuten. Nämlich so, dass sie sich endlich mit allem abgefunden hatte und bereit war, ihn verlässlich zu beliefern. Ja, er musste den Eindruck gewinnen, dass sie fortan an nichts anderem interessiert war als daran, mit ihm gute Geschäfte zu machen!

Und das musste von jetzt an tatsächlich ihr vorrangiges Interesse sein, wenn auch aus einem ganz anderen Grund. Gelang es ihr, die Produktion auf vierhundert, ja womöglich fünfhundert Gallonen pro vierzehn Tage zu steigern, würde sie die Bankschulden, die noch auf der Farm lasteten, schon vor dem Jahresende begleichen können. Das Geld, das sie danach einnahm, würde sie zum größten Teil sparen können, und bei fünfhundert Gallonen alle zwei Wochen würde selbst bei Abzug aller Kosten ordentlich was zusammenkommen. Zwei bis drei Monate würden genügen, dann würde sie frei sein; nicht länger an die Farm gebunden. Was bedeutete, dass sie an einem Besuchssamstag einfach mit Bobby würde verschwinden können. Aus Virginia, aus dem Süden. Irgendwohin, wo sie vor O'Reilly und seiner Bande sicher waren. Vielleicht konnten sie nach Kalifornien gehen und sich dort gemeinsam etwas aufbauen. Aber vielleicht reichte es ja auch, nur für ein halbes Jahr außer Reichweite zu sein. Wer wusste schon, wie lange O'Reilly sich in Roanoke halten würde? Irgendwann würde Gras über all das gewachsen sein. Gut möglich aber auch, dass es sie gar nicht auf die Farm zurückzog, dass sie sie verkauften und von dem Erlös irgendwo anders Land erwarben. All das würde sich zeigen. Hauptsache, sie verschwanden erst einmal aus O'Reillys Machtbereich.

Wie sie das im Einzelnen bewerkstelligen und die Bewacher übertölpeln sollte, kümmerte sie im Augenblick nicht. Sie hatte Zeit genug, sich einen Plan auszudenken. Etwas anderes war dagegen jetzt schon klar. Nämlich, dass Bobby anfangs alles andere als begeistert sein würde, wenn sie ihn einfach entführte. Damit musste sie rechnen. Deshalb durfte er auch nichts ahnen. Sie musste ihn bei einem Ausflug überrumpeln, wenn er mit ihr im Pick-up saß. Es würde heftigen Streit geben, keine Frage, und die ersten Stunden würden unangenehm sein. Aber wenn sie ihm erst die Augen für die Wahrheit geöffnet hatte, würde er sich schämen, den Mörder ihres Vaters jemals ›Onkel Paddy‹ genannt zu haben, und dankbar dafür sein, dass sie ihn gerettet hatte.

Das mit den vier- bis fünfhundert Gallonen alle zwei Wochen würde ein hartes Stück Arbeit werden. Vermutlich musste sie die Still um einige Gärboxen sowie einen zweiten Kessel und Kondensator erweitern. Denn die Qualität von ihrem Whiskey und ihrem klaren Schnaps durfte bei gesteigertem Ausstoß nicht leiden. Welch ein Segen, dass sie auf Homer bauen konnte! Er hatte sich mittlerweile gut eingearbeitet und nahm ihr eine Menge Arbeit ab. Zusammen würden sie es schaffen. Sie würden überwiegend bei Tageslicht Maische ansetzen und brennen, auch wenn sie darüber die regulären Arbeiten auf der Farm vernachlässigen mussten. Beides ging einfach nicht mehr. Aber was sie dadurch an Farmerträgen verloren, würde der Profit aus dem Moonshine zehnmal wettmachen.

Gleich am nächsten Morgen würden sie mit dem Truck losfahren. Sie mussten ihren Vorrat an Äpfeln verdoppeln, besser sogar verdreifachen. Und das nötige Material für neue Gärboxen und einen zweiten Kondensator sowie hundert, nein, besser gleich hundertfünfzig Zwei-Gallonen-Flaschen sollten sie ebenfalls besorgen. Sie hatte keine Zeit zu verlieren!

Die Gedanken jagten einander nur so. Neue Hoffnung erfüllte sie, fuhr ihr durch die Glieder wie ein Kraftstrom. Endlich ein Ausweg, ein Plan, der ihr mit ein wenig Glück und sorgfältiger Vorbereitung einfach gelingen musste! Vorbei die Ohnmacht und Hoffnungslosigkeit! Endlich wusste sie, was sie zu tun hatte!

Bevor sie sich auf den Weg nach Hause machte, fuhr sie bei der Pension im Nordwesten der Stadt vorbei, um ihrer Freundin zu dem Engagement im *Candy Club* zu gratulieren. Welche Rolle sie dabei gespielt hatte, behielt sie für sich. Es erschien ihr auch deshalb nicht erwähnenswert, weil Frank Marlowe die Freundin früher oder später sowieso angehört hätte. Und es war nicht anzunehmen, dass jemand wie er eine Sängerin unter Vertrag nahm, die seinen Ansprüchen nicht genügte.

Sally platzte fast vor Stolz, dass ihr Traum von einer Karriere als Sängerin tatsächlich wahr wurde. Mallorys gutmütigen Spott wegen ihres französisch angehauchten Künstlernamens ließ sie großmütig und mit der Nachsicht derjenigen, die sich auf dem sicheren Weg zum Starruhm wähnt, über sich ergehen. Und Sweeney brüstete sich damit, Himmel und Hölle in Bewegung gesetzt zu haben, um einem unbeschriebenen Blatt wie Sally zu dieser einzigartigen Chance zu verhelfen. Dass Frank Marlowe ihm den Vertrag für die *Dazzling Dixie Dancers*, der schon in zwei Wochen auslief, nicht verlängert hatte – was das Ende seiner Revue-Truppe bedeutete und dazu führen würde, dass er vorerst auf Sallys Einkünfte angewiesen war –, damit rückte er erst heraus, als Sally davon anfing.

Mallory hielt sich nicht lange in der Pension auf. Sally drängte sie zwar, doch über Nacht zu bleiben und mit ihnen das Engagement zu feiern, aber nichts lag Mallory ferner, als noch ein zweites Mal auf diesem Sofa zu übernachten. Außerdem konnte sie gar nicht schnell genug zurück auf die Farm kommen, um sich mit Homer zu bereden.

Gerade hatte sie im letzten Licht des Tages den Windy Gap Pass im Kriechtempo bezwungen und nahm auf der Abfahrt endlich wieder Fahrt auf, als ihr ein Gedanke durch den Kopf schoss, der ihre fast euphorische Stimmung jäh eintrübte.

*Henry!*

Unwillkürlich trat sie hart auf die Bremse und brachte den Ford auf der kurvigen Abfahrt für einen Moment gefährlich ins Schlingern. Gottlob verlor sie nicht die Kontrolle, sondern brachte den Wagen sicher zurück auf die Mitte der Straße.

*Henry! Henry! Henry!*

Sie hatte sich alles so schön zurechtgelegt – und ihn dabei vollkommen vergessen! Wie konnte ihr so etwas passieren? Plötzlich hatte sie in ihrer Rechnung eine Unbekannte. Auf einmal war alles wieder gänzlich ungewiss, hing in der Schwebe.

Was sollte aus Henry und ihr werden?

Dass sie das nicht wusste, war ein Problem. Nicht erst seit diesem Tag. Nun aber konnten sie nicht länger auf Zeit spielen und sich drücken um eine klare Antwort auf die Frage, wie es mit ihnen weitergehen sollte. Dieses Problem musste sie so bald wie möglich lösen.

## 64

O'Reilly fiel aus allen Wolken, als Mallory am ersten Samstag im Oktober vierhundert Gallonen Crazy Apple lieferte und für zwei Wochen später sogar fünfhundert in Aussicht stellte. »Vorausgesetzt, Sie wollen auch weiterhin alles abnehmen, was ich brenne.«

»Fünfhundert? Teufel auch, dafür wirst du dich aber mächtig ins Zeug legen müssen!«

»Das lassen Sie nur meine Sorge sein, ich habe die Kapazitäten der Still schon entsprechend erweitert«, erwiderte sie geschäftsmäßig und ohne jede Animosität, geschweige denn Feindseligkeit. »Ich will nur wissen, was ich an Sie liefern soll und was ich privat verkaufen kann.«

Er lachte. »Nichts wirst du privat verkaufen! Ich nehm alles ab, jeden Tropfen. Das habe ich dir schon mal gesagt. Und wenn du achthundert Gallonen aus deiner Still presst. Aber ich warne dich. Leidet die Qualität, wird es ungemütlich. Dann kannst du von drei Dollar die Gallone bloß noch träumen. Ist das klar?«

Sie hielt seinem Blick mit unbewegter Miene stand. »Ich habe nicht vor, meinen Ruf zu ruinieren. Aber wenn ich mich schon dermaßen abschuften soll, dann verlange ich, dass Sie mir endlich einen halbwegs fairen Preis zahlen!« Sie schlug einen unbeugsamen Ton an. »Sonst bleibt es bei zweihundert Gallonen.«

Er verzog den Mund zu einem halb spöttischen, halb anerkennenden Lächeln. »Und was wäre ein halbwegs fairer Preis?«

Mallory presste die Lippen zusammen und starrte ihn einen Moment lang an, als koste es sie Überwindung, ihre Forderung auszusprechen. Sie schluckte und senkte den Blick. »Vier Dollar!«, sagte sie schließlich – angewidert, als müsse sie bittere Galle loswerden. Es war das, was O'Reilly ihrem Vater zunächst angeboten hatte.

Sein Lächeln wurde zu einem breiten Grinsen. »Schau an, schau an! Schön, dass auch du das jetzt für einen fairen Preis hältst. Du nimmst also Vernunft an!«, erwiderte er mit einer Mischung aus Häme und Zufriedenheit. »Also gut, du sollst die vier Dollar kriegen!«

Frank Marlowe, der die ganze Zeit im Rücken des Gangsterbosses am Türrahmen lehnte, lächelte und nickte, als wolle er sagen: »Gut gemacht! Nur so haben Sie eine Chance.« Und genau das raunte er ihr wenige Augenblicke später im Vorbeigehen zu, um sich dann laut und hoffnungsvoll zu erkundigen: »Sehen wir Sie nachher noch im *Starlight*, Mallory?«

»Ich ziehe das Sternlicht über dem Stone Ridge Mountain vor!«, beschied sie ihn kühl, obwohl das nur die halbe Wahrheit war, denn die Atmosphäre im Club hatte sie tief beeindruckt.

## 65

Zwei Tage nachdem Mallory sich zum ersten Mal bei der Bank in Rocky Mount von einem verdatterten Jason Hartford die Einzahlung einer doppelten Hypothekenrate hatte quittieren lassen, begannen die nächtlichen Belästigungen, die schnell den Charakter von Drohungen annahmen.

In jener Nacht quälte Mallory sich wie so oft lange mit der Frage, wie sie sowohl ihrer Liebe zu Henry als auch ihrer Liebe und Verantwortung für ihren kleinen Bruder gerecht werden sollte, aber sosehr sie sich auch das Gehirn zermarterte, sie fand keine Antwort, und der Kummer darüber nahm sie mit in den Schlaf.

Eine halbe Stunde vor Mitternacht rissen sie das Heulen von Motoren und das laute Prasseln von Schotter gegen Schutzbleche aus ihren wirren Träumen. Sie schreckte hoch und richtete sich verstört auf. Im selben Moment erfassten Autoscheinwerfer die Vorderfront des Farmhauses. Grelles Licht traf das Fenster ihrer Kammer und erfüllte den Raum mit schmerzhafter Helligkeit.

Sie hob schützend eine Hand vor die Augen, sprang aus dem Bett, taumelte ans Fenster und blinzelte verschreckt hinunter in den Hof.

Fünf dunkle Limousinen und ein kleiner Truck kamen dort mit kreischenden Bremsen und wild schlingernd zum Stehen. Staubwolken wirbelten auf, waberten durch den Fächer aus grellen Lichtkegeln und stiegen bis zu ihr herauf.

Die Türen der Wagen flogen auf, und Männer in weißen Roben und spitzen Kapuzen sprangen heraus, hastig, als gehe es um einen Notfall. Auch von der Ladefläche des Trucks kletterten Vermummte. An die anderthalb Dutzend Klan-Männer waren es. Einige mit Gewehr oder Schrotflinte bewaffnet, die anderen mit einem Knüppel; einer hatte sich ein Hanfseil über die Schulter gehängt.

»Miss Kendrick!«, brüllte einer von denen, die ein Gewehr hatten, zu ihr hoch. Hinter den Augenschlitzen in seiner Kapuze zeichnete sich eine schwarze Hornbrille ab. »Sind Sie im Haus? Miss Kendrick, zeigen Sie sich, damit wir wissen, das Sie okay sind!«

Verstört schob Mallory das Fenster hoch und beugte sich hinaus. »Sind Sie noch zu retten, so einen Krawall zu veranstalten?«, rief sie hinunter. »Was machen Sie hier überhaupt mitten in der Nacht? Und warum sollte ich nicht okay sein?«

»Es soll sich dreckiges Niggerpack in der Gegend herumtreiben! Hobos und Landstreicher, schwarzes Gesindel, das auf Einbruch, Raub und Schändung aus ist!«, rief der Mann mit der Hornbrille, offenbar der Anführer, zurück. »Wir haben einen Tipp bekommen, dass diese Leute zu Ihnen wollen, und uns Sorgen um Ihre Sicherheit gemacht!«

»Ja, wo Sie hier doch so ganz ohne ehrbaren Mann an Ihrer Seite wohnen«, fügte ein anderer halb hämisch, halb geringschätzig hinzu. »So 'n junges, unschuldiges weißes Ding wie Sie ist doch 'n gefundenes Fressen für dieses Pack.«

»Du hast ihren Feldnigger vergessen, der da hinten irgendwo in seinem verlausten Dreckstall haust!«, rief ein anderer. »Vielleicht steckt er mit dem Gesindel unter einer Decke!«

»Würd mich nicht wundern! Wenn der schwarze Affe keine feuchten Träume hat, dann versteh ich nichts von Niggern!«, warf einer ein, der am Kühler des Trucks lehnte.

»Ja, da heißt es auf der Hut sein, vor allem bei Nacht!«, ergriff der Anführer wieder das Wort, und jetzt erkannte Mallory die Stimme. Das war der Besitzer der großen Eisenwarenhandlung in Rocky Mount! Der Mann gehörte zu den Honoratioren des Ortes und saß im Vorstand des Country Club. »Denn da fühlt sich jede schwarze Haut ganz in ihrem dreckigen Element.«

»Reden Sie doch keinen Unsinn!«, rief Mallory zornig zurück. Inzwischen war sie hellwach und begriff, dass die Klansleute nur gekommen waren, um ihr einen Schrecken einzujagen. Und ihr zu verstehen zu geben, wie wenig es ihnen gefiel, dass sie Homer auf ihrem Land duldete. »Erstens haust Homer in keinem verlausten Dreckstall, sondern wohnt in einer Hütte, die ordentlich und sauber ist – da kann sich manch einer von Ihnen vielleicht noch eine Scheibe abschneiden –, und zweitens glaube ich kein Wort von dem, was Sie da über die Leute reden, die sich hier angeblich herumtreiben. Und jetzt verschwinden Sie und Ihre Klan-Kumpane gefälligst von meinem Land, *Mister Atkinson!*«

Es gab spöttisches Gelächter.

»Wenn der Nigger auf Ihrem Land Sie nicht um den Schlaf bringt, können wir ja beruhigt wieder in unsere warmen Betten steigen«, erwiderte Atkinson leichthin und bedeutete den andern, in die Wagen zu steigen.

»Wir behalten dich im Auge!«, rief der Mann, der am Kühler des Trucks gelehnte hatte, ihr noch zu, was weniger nach einer

Zusicherung klang als nach einer handfesten Drohung. Und Mallory war sicher, das sie es genau so verstehen sollte. Dass er sich nicht mehr die Mühe gemacht hatte, zumindest den Anschein von Respekt und Höflichkeit zu erwecken, sprach für sich.

Irgendetwas an dem Mann weckte in ihr die Gewissheit, dass sie ihn, genau wie den Besitzer der Eisenwarenhandlung, ganz gut kannte. Sie hätte nicht sagen können, was an ihm ihr vertraut vorkam, verfolgte den Gedanken aber auch nicht länger. Wozu auch? Sie hegte nicht den leisesten Zweifel daran, dass sie diese Männer ohne ihre Kapuzen ohne Ausnahme kannte, zumindest vom Sehen.

Als die Wagen schon davonjagten, tauchte Homer aus dem Dunkeln auf, völlig außer Atem, so schnell war er gerannt. Dass Klan-Männer mitten in der Nacht zur Farm herauskamen, war ein Schock für ihn. Aber sosehr er den Klan, der im Süden noch immer willkürlich Farbige mit Teeren und Federn quälte sowie Lynchmorde verübte, auch fürchtete, seine Sorge um Mallory war größer. Seine Hand zitterte, als er auf ihre Bitte hin die Flasche Mountain Smoke aus dem Küchenschrank holte und je einen ordentlichen Schluck in zwei alte Marmeladengläser goss.

Beide kippten sie den Whiskey auf einen Zug hinunter. Dann versuchte Mallory ihn und gleichzeitig sich selbst zu beruhigen. »Ganz ruhig, Homer. Kein Grund, sich groß Sorgen zu machen. Glaub mir, das war nur ein gemeiner Versuch, mir Angst einzujagen. Ich wette, da passt es einem nicht in den Kram, dass die Farm nun doch nicht an die Bank fällt und ich auch nicht ans Verkaufen denke, jetzt schon gar nicht. Diese Lumpen wollen, dass ich es mit der Angst zu tun bekomme. Aber da haben sie sich geschnitten! Ich lasse mich nicht einschüchtern. Das ist billiges Theater, Homer, weiter nichts. Keiner von denen wird es wagen, mir etwas anzutun! Damit kämen sie selbst bei ihren eigenen Mitgliedern nicht durch, geschweige denn bei den Leuten hier auf dem Land!«

Homer wirkte nicht überzeugt, selbst nach einem zweiten Whiskey nicht. »Ihr Wort in Gottes Ohr, Miss Mallory!«

»Da du gerade von Wort sprichst: Kein Wort davon zu Henry, okay? Ich möchte ihn nicht beunruhigen, und es besteht auch gar kein Grund dazu.«

Er seufzte und nickte widerstrebend. »Ich hoffe, Sie wissen, was Sie tun.«

»Worauf du dich verlassen kannst!«, versicherte sie und redete sich im Stillen selbst gut zu: Ich bin eine weiße Frau, verdammt! Sie werden es nicht wagen, mir auch nur ein Haar zu krümmen!

Drei Nächte hatte sie Ruhe, dann kamen sie wieder, diesmal gegen zwei. Atkinson und seine Männer veranstalteten dasselbe Schmierentheater noch einmal. Mallory verbat sich die nächtlichen Belästigungen und drohte damit, beim nächsten Mal Anzeige zu erstatten und den Sheriff einzuschalten – was ihr höhnisches Gelächter einbrachte.

Nach fünf ungestörten Nächten glaubte Mallory schon, ihre Drohung habe doch gewirkt und der Spuk sei vorbei. Sie irrte. In der sechsten Nacht kurz vor Morgengrauen kamen wieder mehrere Wagen mit Klan-Männern zur Kendrick-Farm herauf.

Mallory hatte, wie auch in den Nächten davor, unruhig geschlafen, hatte unterbewusst auf Geräusche gelauert, die mögliche Störenfriede ankündigten. Deshalb war sie diesmal schon aus dem Bett und in ihren Morgenmantel gewickelt, bevor die Wagen unten um die Biegung beim Maisfeld kamen. Sie griff sich die Schrotflinte mit dem abgesägten Doppellauf und rannte, kochend vor Wut, nach unten. Diesmal würde sie ihnen zeigen, dass sie sich nicht tyrannisieren ließ!

Unten im schmalen Flur stieß sie mit Homer zusammen, der durch die Hintertür ins Haus gekommen war und die linke Hand schon nach dem Türknauf ausstreckte.

Nach der zweiten nächtlichen Belästigung hatte er darauf bestanden, vorerst in der Scheune zu schlafen, um notfalls schnell zur Stelle sein zu können. Was er ihr jedoch nicht gesagt hatte, war, dass er sich jede Nacht, wenn sie zu Bett gegangen war, heimlich die schwere Browning-Schrotflinte aus dem Haus geholt hatte und kurz vor Morgengrauen in den Flur zurückgeschlichen war, um die Waffe ebenso unbemerkt wieder in den Gewehrständer zu stellen.

Mallory erschrak, als sie ihn wutentbrannt mit der Waffe auf die Veranda hinausstürzen sah. Sein Anblick brachte sie schlagartig zur Vernunft, und ein kalter Schauer lief ihr über den Rücken.

»Weg von der Tür«, stieß sie entsetzt hervor. Es war jedoch nicht allein sein Anblick, der sie erschreckte, sondern die jähe Erkenntnis, wozu *sie* eben noch entschlossen gewesen war: ihrer maßlosen Wut freien Lauf zu lassen und von der Veranda aus auf die Wagen und deren Insassen zu schießen. »Hast du den Verstand verloren? Stell sofort die Browning zurück!«

»Ich kann nicht zulassen, dass …«

»Weg damit, habe ich gesagt! Hast du vergessen, was einem Schwarzen blüht, der es wagt, einen Klan-Mann mit der Waffe zu bedrohen? Willst du, dass sie dich am nächsten Baum aufhängen?«, schnitt sie ihm das Wort ab, während von draußen schon die höhnisch besorgten Rufe kamen. Ob es ihr gutgehe und wohin sich das schwarze Gesindel verzogen habe, das angeblich auf ihrem Land gesehen worden war, und so fort. »Du bleibst im Haus und hältst still, verstanden?«

Homer presste einen lästerlichen Fluch zwischen den Zähnen hervor und rammte die Browning in die Halterung. »Das ist nicht gerecht«, zischte er mit ohnmächtiger Wut.

»Nein, ist es nicht, aber das hat auch niemand behauptet!«, sagte sie, stieß die Tür auf und feuerte mit der Donnerbüchse zweimal in die Luft. Und während sie die rauchenden leeren Patronen aus der Flinte springen ließ und nachlud, rief sie den Klan-Männern zu: »Jetzt reicht es! Verschwinden Sie! Mich schüchtern Sie nicht ein! Die nächsten beiden Schüsse gehen nicht in die Luft, sondern werden ein paar von Ihnen die Eier kosten! Also, wenn Sie es darauf ankommen lassen wollen, nur zu!« Sie ließ den kurzen Doppellauf wieder einschnappen, spannte die Hähne und richtete die weit streuende Waffe auf die Männer am Fuß der Verandatreppe. »Vermutlich haltet ihr euch noch für Helden. Wollt in Überzahl einer allein lebenden Frau Angst einjagen, ihr verfluchten Feiglinge! Aber da habt ihr euch geschnitten!«

Die Männer grölten und lachten sie aus, stiegen aber schnell wieder in ihre Wagen und fuhren davon. Mallory schickte ihnen einen letzten krachenden Gruß hinterher, doch sie wusste, dass sie den Ku-Klux-Klan damit nicht los war.

Wie recht sie hatte, zeigte sich schon in der darauffolgenden Nacht. Diesmal kam nicht eine Wagenkolonne mit aufgeblendeten Scheinwerfern zum Hof heraufgejagt. Es war bösartiger und heimtückischer als die bisherigen Auftritte der Kapuzenmänner.

Der erste Schuss, der die Stille der kalten Herbstnacht zerriss, traf das Küchenfenster und ließ es unter lautem Bersten in tausend Scherben und Splitter zerspringen.

Wie von einem Peitschenschlag getroffen, schoss Mallory aus dem Bett. Es war, als springe sie in die zweite Detonation und das Zerspringen der Fensterscheibe neben ihrem Bett hinein. Die Kugel bohrte sich in die Wand über der Tür, während der Scherbenregen auf Mallory niederging. Hätte sie nicht wegen der mittlerweile kalten Nächte ihr Nachthemd aus dickem Flanell getragen, ihr Rücken wäre wohl von tiefen Wunden übersät gewesen. So kam sie glimpflich davon, blieben die meisten Glassplitter doch im Gewebe hängen und rissen Löcher hinein. Die wenigen, die doch bis auf die Haut durchgingen, hinterließen gottlob nur oberflächlich blutige Kratzer.

Geduckt rannte Mallory hinaus in den Flur, während ein dritter Schuss das Fenster in Bobbys Zimmer gegenüber zertrümmerte. Und als sie die Treppe hinunterhechtete, ging unten das Fenster der guten Stube zu Bruch. Augenblicke später hörte sie, wie unten auf der Landstraße ein Motor ansprang und der Wagen sich schnell entfernte.

Zitternd stand sie auf der Veranda. Es war nicht in erster Linie die kalte Oktobernacht, die sie zittern ließ, auch nicht Angst um ihr Leben. Es war ohnmächtige Wut. Ihr war, als müsste sie jeden Moment zerspringen.

Homer kam über den Hof, sein Gesicht war im Licht des Mondes grau vor Angst.

»Lass uns Kaffee kochen«, sagte sie schwer atmend und gewann die Kontrolle über sich zurück. Sie wusste plötzlich, dass es in dieser Situation nur eine Möglichkeit gab, dem Terror durch den Klan ein Ende zu bereiten. »Und dann sorge ich dafür, dass dieses Gesindel Ruhe gibt und auch du nichts zu befürchten hast!«

»Wie … wie wollen Sie das anstellen?«

»O'Reilly wird das klären!«

Bestürzt sah er sie an. »Sie wollen einen Pakt mit dem Teufel schließen?«

Sie lachte grimmig auf. »Nein, einen Pakt mit ihm wird es nicht geben, niemals! Aber ich werde mich seiner bedienen, und ihm wird gar nichts anderes übrigbleiben, als mir gegen den Klan beizustehen. O'Reilly mag Dreck sein. Aber selbst der ekelhafte Dreck aus einer Kloake kann von Nutzen sein, etwa wenn man ihn als Dünger ausbringt.«

Im Morgengrauen fuhr sie nach Roanoke. Sicherheitshalber nahm sie Homer mit. Natürlich schlief O'Reilly noch, und Goldie, der im Hof Wachdienst hatte, weigerte sich, ihn zu wecken. Das tat dann Frank Marlowe für sie.

Bobby hatte ihr erzählt, dass Frank Marlowe nicht in dem alten Fabrikkomplex wohnte wie die meisten engen Vertrauten O'Reillys, sondern von Anfang an in einer Suite im nahe gelegenen *Ponce de León*-Hotel. Sie brachte den indignierten Concierge an der Rezeption dazu, Frank Marlowe zu wecken, obwohl dieser sich lange sträubte und darauf verwies, dass Mister Marlowe erst um kurz nach vier ins Hotel gekommen sei und sicher bis zehn schlafen wolle.

Keine zehn Minuten später trat Frank aus dem Fahrstuhl, das Haar noch feucht, aber untadelig gekleidet. »Das wird Sie was kosten, mich auf diese Weise um den Schlaf zu bringen, Mallory«, sagte er zweideutig.

»Und was ist Ihr Preis?«

»Dass Sie mit mir hier im Hotel frühstücken. Ich weiß, Sie werden bitterlich leiden, wenn Sie mit mir an einem Tisch sitzen müssen, aber ich bin sicher, Sie werden das bravourös meistern«, sagte er und lächelte sie entwaffnend an. »So, und jetzt erzählen Sie mir, was das für ein Notfall ist, über den Sie jetzt unbedingt mit Mister O'Reilly reden müssen.«

Sie berichtete es ihm auf dem Weg zu O'Reillys Hauptquartier, wo unten in der alten Fertigungshalle nun bald der *Candy Club* nachts seine Türen öffnen würde.

Frank war bestürzt. »Um Himmels willen, vergessen Sie das mit dem Frühstück nachher! Sosehr mir Ihre Gesellschaft ein Vergnügen wäre, aber unter diesen Umständen möchte nicht einmal ein Charakterlump wie ich Sie zu mir an den Tisch locken«, sagte er und hastete die Feuertreppe nach oben in den langen Wohntrakt.

Es dauerte eine ganze Weile, bis er zurückkam und sie zu O'Reilly führte. Der Gangsterboss empfing sie im Bett, mit zerzaustem Haar und denkbar gereizt.

Mallory hielt sich nicht mit langen Vorreden auf. »Schaffen Sie mir den Klan vom Hals, und zwar ein für alle Mal!«, forderte sie. »Oder Sie haben die längste Zeit in Ihren Clubs und Kaschemmen Mountain Smoke und Crazy Apple verkauft!« Kurz und knapp schilderte sie ihm die nächtlichen Belästigungen durch die Klansleute.

O'Reilly sah sie einen langen Moment schweigend an und kratzte sich die Bartstoppeln am Kinn. Er leckte sich über die

Lippen und lächelte plötzlich, als habe er nicht den pelzigen Geschmack nach einer Nacht mit zu viel Alkohol und Tabakrauch im Mund, sondern etwas überaus Köstliches. »Das wird sich schon regeln lassen, aber du weißt ja, alles hat seinen Preis.«

»Was verlangen Sie?«, fragte sie mit belegter Stimme, und ihr Magen krampfte sich in Erwartung seiner Forderung schmerzhaft zusammen. Sie wusste, dass er sie nicht billig davonkommen lassen würde.

»Ach, ich begnüge mich mit einer Kleinigkeit. Es reicht mir, dass du mich richtig darum *bittest*, dir und deinem Nigger aus der Klemme mit diesen Witzfiguren in ihrem weißen Fummel zu helfen«, sagte er mit geradezu wohliger Schadenfreude. »Und dass du zur Eröffnung vom *Candy Club* kommst und du mir das Vergnügen machst, mit mir zu tanzen.«

»Warum tun Sie das?«

Er grinste unverschämt. »Wer tanzt denn nicht gern mit einer hübschen jungen Frau?«

»Als ob es Ihnen darum ginge«, stieß sie wütend hervor. »Ihnen geht es um etwas ganz anderes!«

»Du hast es erkannt, Schätzchen. Ich tue es, weil ich es kann, verdammt noch mal!«, sagte er. »Und weil es mir in den Kram passt. Weil es nämlich das Vertrauen meiner Männer in mich stärkt und bei den nicht ganz so Standfesten unter ihnen für die nötige Furcht sorgt, wenn sie sehen, dass ich letztlich immer bekomme, was ich mir in den Kopf gesetzt habe! So, und jetzt bitte mal schön!«

Sie starrte ihn an und kämpfte mit ihrem bodenlosen Hass und Abscheu. Doch dann kapitulierte sie, senkte den Kopf, bat mit so viel Unterwürfigkeit, wie sie sich gerade abringen konnte, um seine Hilfe und nahm auch die andere Bedingung an.

Noch am selben Vormittag schickte O'Reilly Skinny und Goldie nach Rocky Mount. Wer dort den Ortsverband des Ku-Klux-Klan führte, war kein Geheimnis. Auf dem Rückweg kamen sie kurz auf der Farm vorbei und teilten Mallory halb prahlerisch, halb hämisch mit, dass sie mit dem Klan fortan keinen Ärger mehr haben werde.

»War clever, dass du damit zu unserem Boss gekommen bist. Langsam scheinst du zu begreifen, wer hier das Sagen hat und wo *dein* Platz ist, Schätzchen«, sagte Goldie und tätschelte ihr die Wange, als sei sie ein kleines, dummes Mädchen, das noch viel lernen muss.

Voller Hass sah sie ihm nach. Es verlangte sie mit brennender, verzehrender Macht danach, ihn genau so rücklings niederzuschießen, wie er es mit ihrem Vater getan hatte.

Wann kam endlich der Tag, die Stunde, da sie ihren Schwur erfüllen und Rache nehmen konnte?

## 66

*Endlich,* dachte Mallory mit einem erlösten Lächeln auf dem Gesicht, während sie Henry tief in sich aufnahm und auf seine Stöße antwortete, indem sie ihm ihren Schoss entgegendrängte und ihre Beine fest um seine Hüften schlang. *Endlich ist es geschehen!*

Vor dem Fenster ihrer Schlafkammer senkte sich die Dunkelheit über das Land, das seit einigen Wochen das bunte Kleid des Herbstes trug. Nur noch ein paar Tage, dann war es November, und Mallory hatte den Gedanken an einen langen Winter ohne den Trost seiner Liebe nicht ertragen. Mittlerweile war es ihr egal, dass sie damit gegen die Sitten verstieß und sich der Gefahr aussetzte, für ein Flittchen gehalten, geschnitten und zur Zielscheibe bösartigen Geredes gemacht zu werden, wenn bekannt wurde, dass sie mit Henry schlief, ohne seinen Ring am Finger zu tragen.

Nicht, dass sie sich etwas vormachte und insgeheim hoffte, Henry werde sich nun verpflichtet fühlen, mit ihr vor den Altar zu treten. An seiner Situation hatte sich nichts geändert, an eine Heirat war nach wie vor nicht zu denken. Was sich dagegen geändert hatte, war ihre Bereitschaft, geduldig zu warten auf jenen unbestimmten Tag, an dem er für sie frei war. Genug des Geduldhabens und der Selbstbeherrschung!

Sie liebte ihn, und sie sehnte sich nach seiner Liebe, auch nach der körperlichen, dem Rausch der Sinne. Aber das war es nicht allein, was sie an diesem Nachmittag bewogen hatte, jegliche Zurückhaltung aufzugeben und Henry zu verführen. Dass sie die Initiative übernommen hatte, hing auch mit den Monaten des Kummers, der Ohnmacht und der zermürbenden Frustration zusammen – und mit dem unbändigen Wunsch, nicht länger nur Spielball zu sein, sondern selbst über sich zu bestimmen. Zumindest über das, was mit ihr und Henry geschah. Wenigstens das wollte sie *ihrem* Willen unterwerfen.

Und da Henry einfach zu anständig war, hatte sie die Sache in die Hand genommen und dafür gesorgt, dass er ihr nicht widerstehen konnte. Zumal die Ausgangslage für ihr Vorhaben nicht besser hätte sein können als an diesem Sonntag.

Ihr Truck hatte mal wieder gestreikt, und Henry war nach dem Mittagessen mit seiner Mutter zu ihr auf die Farm gekommen, um sich einmal mehr unter den alten Ford zu legen und den Schaden zu beheben. Dass er dabei dreckig werden würde, war abzusehen gewesen. Und kalt war es in der zugigen Scheune auch.

Deshalb stand, als Henry mit der Reparatur fertig war und durchgefroren und eingedreckt ins Haus kam, in der gut geheizten Küche schon die große Zinkwanne für ein heißes Bad bereit. Natürlich zierte er sich zunächst und wollte in ihrem Haus kein Bad nehmen.

Doch sie bestand darauf.

»Nun stell dich nicht so an, Henry«, sagte sie fast unwirsch. »Das ist genau das, was du jetzt brauchst! Schau dich doch mal an! So setzt du dich nicht zu mir an den Tisch. Und wo ich mir nun schon die Mühe gemacht habe, die Wanne in die Küche zu schleppen und genug Wasser für den Zuber aufzusetzen, wirst du mir doch jetzt nicht sagen wollen, dass du dir nichts aus einem heißen Bad machst, oder?« Dazu stemmte sie die Fäuste in die Hüften, als fühle sie sich gekränkt.

»Also gut«, gab er schließlich verlegen nach, scheuchte sie aus der Küche und drückte die Tür fest ins Schloss.

Dass keine Handtücher für ihn bereitlagen, merkte er erst, als er sich abgeschrubbt und aus der Wanne erhoben hatte. Genau diesen Moment passte Mallory ab, um mit einem großen Badetuch in die Küche zu kommen.

Nackt stand er vor ihr. Das Wasser perlte an seinem sehnigen Körper herab. Das Bild, das sie sich unzählige Male ausgemalt hatte. Nur dass die Wirklichkeit noch viel erregender war.

Sie trug nur wenig mehr am Leib als er, hatte sie ihr Wollkleid und die Leibwäsche doch nebenan schnell ausgezogen und nur ihr dünnstes Nachthemd übergestreift.

»Nein, lass mich dich so sehen, wie Gott dich geschaffen hat, Liebling!«, sagte sie leise, als er seine Blöße mit den Händen bedecken wollte. »Und lass mich dich abtrocknen.«

Er schluckte heftig und legte trotzdem die Rechte auf sein Glied, das sich aufzurichten begann. »Mallory, um Gottes willen! Bitte geh wieder! Schnell!«, keuchte er mit gequälter Miene. »Ich kann sonst für nichts garantieren!«

»Das hoffe ich doch«, sagte sie lächelnd, trat zu ihm und berührte ihn zärtlich. Ihre Hand fuhr über seine Brust. »Mich zu lieben ist das Einzige, was du garantieren musst«, flüsterte sie, ließ das Handtuch fallen, schmiegte sich an ihn, so dass das dünne Nachthemd einen Teil dessen übernahm, was das Handtuch hätte bewirken sollen, und küsste ihn. Als seine Zunge ihre Lippen teilte, legte sich ihre Hand um seine Erektion, die sich ihr heiß und hart und pochend entgegendrängte.

Er war noch halb nass, als er ihr oben in ihrer Kammer das Nachthemd auszog und sie eng umschlungen auf ihr schmales

Bett fielen. Dass auf dem Nachttisch neben der Petroleumlampe ein Pariser für ihn bereitlag, ließ ihn einen Moment stutzen, dämpfte seine Leidenschaft aber nicht, und er wusste mit dem Gummi umzugehen.

Mallory ließ sich davontragen. Ihre Erregung wuchs, ließ ihren Atem fliegen, dem erlösenden Moment entgegen, da die Lust explodierte.

Aber Henry konnte sich nicht länger zurückhalten. Unter lustvollem Stöhnen verströmte er sich in ihr. Er blieb noch einen Moment lang mit aufgestützten Ellbogen auf ihr liegen und küsste sie zärtlich aufs Ohr. Eine Liebkosung, die etwas Verlegenes an sich hatte, eine stumme Entschuldigung.

Sie streichelte ihn, küsste seine Schulter und seufzte langgezogen, ein Lächeln auf dem erhitzten Gesicht. Der Moment der Enttäuschung, in dem sie beinahe »Nicht aufhören! Bitte, hör nicht auf!« gerufen hätte, war verebbt. Versunken in der tiefen Wärme ihrer Liebe und einer ganz anderen Erlösung. Nämlich der, dass sie nun endlich ein Paar, ein Fleisch und Blut waren. Was machte es da schon, dass er sich bei ihrem ersten Mal nicht als grandioser Liebhaber erwiesen hatte? Nicht das Geringste. Eigentlich war sie sogar ganz froh darüber, dass offenbar auch er auf diesem Gebiet noch keine große Erfahrung gesammelt hatte. Mit der Zeit würden sie schon herausfinden, wie sie einander Erfüllung bringen konnten.

»Tut mir leid«, murmelte er.

»Sag nicht so was Dummes!« Sie versetzte ihm einen liebevollen Klaps auf den Po. »Es war schön! Und was hast du denn erwartet beim ersten Mal? Dass gleich der Himmel über mir einstürzt?«

»Na ja, ein paar Risse hätte er schon bekommen können«, sagte er und zog sich vorsichtig aus ihr zurück. Streifte schnell den Pariser ab, drehte sich von ihr weg und ließ ihn schnell unten neben dem Bett verschwinden.

»Immerhin habe ich es im Himmelsgebälk schon heftig knacken und knirschen gehört«, scherzte sie, drehte sich auf die Seite und streichelte über seine Brust. »Bis zum Einstürzen hat da nicht viel gefehlt. Ich wette, beim nächsten Mal sieht es anders aus.«

Er lächelte gequält. »Wir hätten es nicht tun sollen.«

»Was soll das, Henry? Ich wollte es, und du wolltest es auch.«

»Das macht es aber nicht richtig«, beharrte er und griff nach seinen Zigaretten.

»Hör auf, verdirb es nicht.«

Er zündete sich eine Zigarette an, inhalierte tief und sagte dann: »Du hast etwas Besseres verdient.«

»Jetzt hör aber auf! Ich bin kein kleines Mädchen, das sich hat verführen lassen. Und du hast doch gemerkt, dass … dass ich nicht völlig unberührt gewesen bin.«

»Ich liebe dich, Mallory.«

Sie rechnete es ihm hoch an, dass er nicht danach fragte, wem sie ihre Jungfräulichkeit geopfert hatte. Was aber nichts daran änderte, dass sie sich über seine plötzliche sittsame Reue ärgerte.

»Und ich liebe dich! Also, wo ist das Problem, Henry?«

»Es ist einfach so schnell passiert. Und dass du dir das alles so zurechtgelegt hast …«

Was in seinen Worten mitschwang, verletzte sie. »Ich hab da wirklich Übung drin, Henry! Männer zu verführen gehört zu meinen leichtesten Übungen, besonders solche, die zu anständig sind, um selbst den ersten Schritt zu machen«, sagte sie bissig. »Und die Pariser hat mir nicht Sally überlassen, die wahrlich die Letzte ist, die sich dabei was dabei denkt, sondern die habe ich hier in Großpackungen auf Vorrat liegen!«

Ihm schoss das Blut in den Kopf. »Entschuldige, so … so habe ich es nicht gemeint, wirklich nicht!«, beteuerte er hastig. »Es kam nur so überraschend. Und gerade weil ich dich so liebe, will ich doch nur …«

»Hör auf!«, fiel sie ihm ins Wort. »Ich wollte es so, und ich bereue es nicht. Ganz im Gegenteil! Und du tust gut daran, es auch nicht zu bereuen! So, und jetzt gib mir auch eine Zigarette!«

»Seit wann rauchst du denn?«, fragte er verblüfft.

»Seit jetzt!« Es war nicht ihre erste Zigarette, aber es war die erste, die sie zu Ende rauchte, auch wenn sie sich nach dem ersten Hustenreiz aufs Paffen verlegte. Als Aschenbecher benutzten sie eine angestoßene kleine Emailleschale, die Mallory in der Schublade ihres Nachtschrankes hatte.

»Ich scheine einen schlechten Einfluss auf dich zu haben.« Es sollte wohl scherzhaft klingen, aber seine bedrückte Miene ließ die Vermutung zu, dass es ihm damit ernst war.

»Klar, ich bin die erste Frau im Franklin County, die zu rauchen wagt«, spottete sie. »Aber du kannst das ja gleich wettmachen, indem du mir verrätst, wie ich Bobby aus den Klauen dieses Scheusals O'Reilly kriege.«

Henry zog die Bettdecke über sie beide, und Mallory fragte sich, ob er das tat, weil es so frisch war in ihrer Schlafkammer oder weil er sich plötzlich ihrer Nacktheit schämte. »Na ja, ganz so dringend scheint mir das nicht zu sein«, begann er zögerlich und nahm erst noch einen Zug aus seiner Zigarette. »Denn dass es deinem Bruder bei O'Reilly schlechtgeht, kann man ja nicht sagen, oder? Ich meine, für ihn ist doch ganz ordentlich gesorgt, so wie du mir erzählt hast. Und immerhin schickt O'Reilly ihn auf eine der besten Schulen hier in der Gegend. Die Roanoke High ist ja nun wirklich deutlich besser als das, was die Lehrer in Rocky Mount zu bieten haben.«

Sie sah ihn empört an. »Das kann doch wohl nicht dein Ernst sein! Der Dreckskerl von einem Mörder ist wie ein Krake. Er umschlingt Bobby mit seinen schmierig schleimigen Tentakeln, ohne dass mein Bruder begreift, was der Schweinehund ihm antut!«

»Ich stimme dir ja zu, aber er sitzt im Augenblick nun mal am längeren Hebel. Damit musst du dich abfinden, sonst machst du dich kaputt bei dem Versuch, das Unmögliche doch irgendwie zu erzwingen«, beschwor er sie und griff nach ihrer Hand.

Sie entzog sie ihm. »Aber ich kann und werde mich nicht damit abfinden. Bobby entgleitet mir, das spüre ich!«, stieß sie verzweifelt hervor. »Und wenn ich nichts tue, verliere ich ihn eines Tages ganz!«

»Das glaube ich nicht. Irgendwann wird dein Bruder sehen, wer und was O'Reilly wirklich ist und was er euch angetan hat. Bis dahin musst du Geduld haben und versuchen, für Bobby und dich aus der bitteren Situation das Beste zu machen.«

»Ich denke nicht daran, untätig dazusitzen und zu hoffen, dass das irgendwann eintrifft!«, erwiderte sie heftig. »Ich habe mir geschworen, den Verrat und den Mord an unserem Vater zu rächen, und das werde ich auch. Mit deiner Hilfe oder ohne sie! Und niemals werde ich zulassen, dass er mir meinen Bruder nimmt!«

»Alles schön und gut, Mallory. Aber was willst du gegen einen Gangsterboss wie O'Reilly unternehmen?«, fragte Henry so trocken, dass es fast wie Spott klang. »Ihn abknallen wie einen tollwütigen Hund, so, wie er es mit deinem Vater getan hat?«

Sie funkelte ihn an. »Wenn ich wüsste, dass ich damit durchkomme, würde ich es tun!«

»Unsinn! Das bist nicht du!«

»Was weißt du schon, wer oder was ich bin!«, gab sie scharf zurück, um in Gedanken hinzuzusetzen: oder wozu O'Reilly mich gemacht hat!

Kaum waren ihr die Worte über die Lippen gekommen, da zuckte sie ob ihrer Heftigkeit innerlich zusammen. Mit einem Mal fröstelte sie, und es wurde dunkel in der Kammer. Die Dämmerung hatte eingesetzt, und der Stone Ridge Mountain warf seine langen, kalten Schatten über das Farmhaus. Aber das war es nicht allein, was der Kammer plötzlich Wärme und Licht raubte.

Henry stutzte und runzelte die Stirn. »Ja, da kann was dran sein«, räumte er leise ein. Drückte seine Zigarette aus und schlug die Bettdecke zurück. »Es ist schon spät«, sagte er mit dem Rücken zu ihr, um ihr nicht in die Augen sehen zu müssen. »Höchste Zeit, dass ich mich anziehe und nach Hause fahre.«

Sein kühler Ton schmerzte sie. Sie wollte die Hand nach ihm ausstrecken und ihn zurückhalten, wollte ihn zärtlich bitten: »Bleib noch! Lass uns nicht so auseinandergehen! Nimm mich in die Arme, halt mich, und lass mich spüren, wie sehr du mich liebst«, doch die Worte blieben ihr im Herzen stecken. Etwas, das in diesem Moment stärker war als ihre Sehnsucht nach seiner Liebe, hinderte sie daran, ihn zum Bleiben zu bewegen und um Versöhnung zu bitten.

»Wenn du meinst, musst du das wohl tun«, gab sie stattdessen ebenso kühl zurück. Vergessen war ihr Vorsatz, ihn vorsichtig in ihren Plan einzuweihen; ihm zu erzählen, dass sie vielleicht schon bald mit Bobby für einige Zeit aus Virginia verschwinden und von ihm getrennt sein würde. Und während er wortlos nach unten ging, um sich anzuziehen, fragte sie sich zum ersten Mal, ob er vielleicht doch nicht der richtige Mann für sie war. Wenn er nicht begriff, was für Bobby und sie auf dem Spiel stand, und sie nicht uneingeschränkt auf ihn bauen konnte, dann gab es für sie beide keine gemeinsame Zukunft. Zumindest nicht, solange O'Reilly ihrer Selbstbestimmung solche engen Grenzen setzte und Bobby einer Gehirnwäsche unterzog. Und solange ihr Vater nicht gerächt war.

Beim Abschied auf der Veranda drückte Henry sie flüchtig an sich, und sie tauschten einen ebenso flüchtigen Kuss, eine Geste, die etwas Gezwungenes und damit Niederschmetterndes hatte. Das trieb ihr die Tränen in die Augen, und sie biss sich auf die Unterlippe, bis sie Blut schmeckte.

# 67

Robert zögerte kurz in der hohen, halb offenen Vorhalle der Roanoke High. Eine halbe Stunde vor Schulschluss hatte es zu regnen begonnen. Nasskalter Wind fegte feuchtes Laub und Dreck durch die beiden hohen Backsteinbögen, die hinaus zur Straße führten. Der Himmel hing tief über der Stadt und war von einem schmutzigen Grau. Es sah nicht so aus, als würde es bald vorbei sein mit dem Regen, aber das kümmerte ihn wenig. Knuckles wartete ja schon wie gewohnt drüben an der Ecke Church Avenue und Roanoke Street, diesmal mit dem taubengrauen Plymouth.

»Zum Teufel, ist ja nur Wasser!«, rief Robert seinen Klassenkameraden zu, die sich unschlüssig in der windigen, aber zumindest halbwegs trockenen Vorhalle drängten, und lief, den Schultornister über dem Kopf, in den Regen hinaus.

»Du hast gut reden mit deinem Chauffeur!«, rief einer ihm nach.

Robert lachte, winkte über die Schulter zurück und rannte zu dem Wagen hinüber, dessen frisierter Motor ein dunkles, kraftvolles Blubbern von sich gab. Knuckles beugte sich vor und hielt ihm die Beifahrertür auf.

»Danke, Knuckles!« Robert ließ sich in den Sitz fallen, zog die Tür zu und schob den Tornister in den Fußraum zwischen seine Beine. Mollige Wärme umfing ihn. »An so Tagen wie heute bin ich diesem Boyd Wheeler richtig dankbar!«

»Schick ihm doch mal 'ne Dankeskarte«, schlug der Ex-Boxer mit einem Lachen vor, das dunkel klang wie der Motor, und fuhr los.

»Würde ich ja machen, aber mir fehlt die Adresse«, ging Robert auf den Scherz ein.

»Schätze mal, mit der Hölle liegst du goldrichtig! Entweder ist er da schon, oder er wird bald dort sein.«

Robert lachte. »Sag mal, weißt du, was ein Pyrrhussieg ist?«

Knuckles zog die Stirn kraus. »Pyrrhussieg?«

»Ja, unser Klassenlehrer hat gesagt, dass die Prohibition für die Gesellschaft ein Pyrrhussieg ist und dass wir uns darüber mal Gedanken machen sollen.«

»Keine Ahnung. Ist vielleicht so was Geiles, dass man davon einen Steifen kriegen kann!« Knuckles zwinkerte ihm zu.

Robert errötete und schaute schnell wieder nach vorn. »Na ja, ist bestimmt auch nicht so wichtig«, sagte er schnell und brachte das Gespräch auf den *Candy Club*, der eigentlich schon vor Wochen hätte fertig sein sollen.

Das mit dem Pyrrhussieg beschäftigte Knuckles, und als Robert schon in seinem Zimmer über den Hausaufgaben saß, fragte er bei der erstbesten Gelegenheit O'Reilly, was es damit auf sich habe. »Pyrrhussieg? Wieso willst du das wissen?«, fragte der unwirsch zurück.

Knuckles erzählte, dass Robert danach gefragt hatte.

»Klar weiß ich, was ein Pyrrhussieg ist«, knurrte O'Reilly. »Aber dir das jetzt lang und breit zu erklären bringt nichts. Weil du es nicht raffen würdest. So, und jetzt treib mir Frank auf und sag ihm, dass ich was mit ihm besprechen muss!«

Eine halbe Stunde später stand Frank in der Tür des Arbeitszimmers. »Was gibt es so Dringendes, Boss?«

»Komm rein und mach die Tür zu!«

»Hat Don Vito am Telefon mal wieder einen Wutanfall bekommen, weil der *Candy Club* noch immer nicht eröffnet hat und immer mehr Geld kostet, statt Profit einzufahren?«, fragte Frank und schloss die Tür.

»Das auch. Aber erklär mir erst mal, was ein verdammter Pyrrhussieg ist! Du kennst dich mit dem gebildeten Kram doch aus. Also, was ist damit gemeint?«

Frank machte ein verblüfftes Gesicht. »Das ist ein zu teuer erkaufter Sieg«, sagte er. »Angeblich hat König Pyrrhus nach seinem Sieg über die Römer gesagt: ›Noch so ein Sieg, und wir sind verloren.‹«

O'Reilly hörte schweigend zu. »Aha, mit den Römern hat der Kerl sich also gefetzt«, sagte er dann. »Okay, und jetzt zieh los und besorg ein paar von diesen schlauen Büchern, in denen der Junge dieses Zeug nachlesen kann!«

»Sie meinen so etwas wie eine Enzyklopädie?«, vergewisserte sich Frank und fügte schnell hinzu: »Also ein Nachschlagewerk?«

»Ja, so 'ne Enzü…« Er wedelte mit der Zigarre, als hoffe er, den Rest des komplizierten Wortes aus der Luft fischen zu können. »Na, du weißt schon! Aber bring was Ordentliches, okay? Kann ruhig was kosten!«

Frank grinste und fuhr in die Stadt, um das Verlangte zu besorgen. Indessen ging O'Reilly zu Robert ins Zimmer, erkundigte sich nach dem Schultag und wartete darauf, dass der Junge auch ihn nach der Bedeutung des Wortes fragte. Als die Frage tatsächlich kam, glänzte er bereitwillig mit seinem Wissen.

Frank brachte nicht nur die 30-bändige Ausgabe der *Encyclopedia Americana* mit, sondern auch ein *Oxford English Dictionary*, das renommierteste Wörterbuch in der englischsprachigen Welt. Die Lederbände machten mächtig was her, und O'Reilly stellte sie in den verglasten Regalaufsatz des Sekretärs. Nach kurzem Überlegen rief er Robert zu sich ins Zimmer, zeigte ihm stolz seine Neuerwerbung und erklärte, von nun an könne Robert hier alles nachschlagen, was er wissen wolle und für gute Zensuren in der Schule brauche.

»Weißt du was, am besten machst du von jetzt an deine Hausaufgaben bei mir«, fügte er hinzu, »wo du hier doch all die Bücher gleich zur Hand hast. Was hältst du davon?«

»Wirklich, Onkel Paddy?«

»Na, wenn ich's doch sage, Junge!«

Geradezu andächtig setzte sich Robert an den altenglischen Sekretär, klappte die Schreibplatte auf und strich mit der flachen Hand über das edle Holz. Hier würde er von jetzt an seine Hausaufgaben machen! Was war er doch für ein Glückspilz, dass er solch einen Beschützer hatte!

# 68

Mallory blickte in den halb blinden Spiegel, der in ihrem Pensionszimmer über der billigen Kommode mit der Waschschüssel und der Wasserkanne aus einfachem Steingut hing. Sie sah durch ihr blasses Abbild hindurch.

Wie sehr hatte ihr davor gegraut! Nun war er gekommen, der Tag, an dem der *Candy Club* seine Türen öffnete. Es war der letzte Samstag im November und damit das Thanksgiving-Wochenende. Eine lange Nacht lag vor ihr, und das Wissen, dass sie ihr Versprechen einlösen und mit dem Mörder ihres Vaters tanzen musste, quälte sie wie ein Geschwür und trübte die Freude darüber, dass ihre Freundin an diesem Abend ihr Debüt als Nachtclubsängerin gab, beträchtlich.

Wie gern hätte sie Henry bei sich gehabt! Aber als sie ihm erzählt hatte, dass O'Reilly auf ihrer Gegenwart bei diesem Anlass bestand, hatte er gar nichts gesagt. Und sie hatte sich nicht durchringen können, ihn zu bitten, dass er seine kranke Mutter wenigstens für diese eine Nacht allein oder in der Obhut einer Nachbarin ließ. Selbst das Geld für eine Nachtschwester hätte sie gern aufgebracht, aber er hatte durch nichts zu verstehen gegeben, dass er bereit war, sie zu begleiten, und ihr Stolz hatte sie davon abgehalten, ihn darum zu bitten.

Zumindest hatten sie sich versöhnt, und die Leidenschaft war in ihre Küsse zurückgekehrt. Und doch gingen sie nicht mehr so unbeschwert miteinander um wie zuvor. Es war irgendwie anders geworden. Etwas war zurückgeblieben, etwas Ungesagtes, das zwischen ihnen stand wie eine Wand, mochte sie auch noch so dünn sein.

Sie hatten auch nicht wieder miteinander geschlafen. Dabei hätte das womöglich den stummen Vorbehalt, der wie ein Schatten über ihnen lag, aus der Welt geschafft und ihre Versöhnung vollkommen gemacht. Aber sie hatte es nicht gewagt, ein zweites Mal den ersten Schritt zu tun, und Henry hatte ihr nicht das geringste Zeichen gegeben, das sie hätte ermutigen können.

Würde die Zeit diese Wunde heilen, würde es mit ihnen je wieder so sein wie zuvor? Es musste einfach! Wenn Henry doch nur besser verstehen würde, was sie durchmachte und dass sie zwei Dinge niemals aufgeben würde: ihren Bruder und die Vergeltung, die sie am Grab des Vaters geschworen hatte!

Es klopfte an der Zimmertür. Mallory fuhr aus ihren trüben Gedanken auf. »Ja, bitte?«

»Ich bin's, Sweeney! Ich hab hier was für dich!«

Mallory stand in einem dünnen Unterrock vor der Waschkommode. Schnell warf sie sich den Morgenmantel über und öffnete die Tür. »Ich dachte, ihr wäret schon längst im Club, Sally und du, weil ihr noch was mit der Band abstimmen wollt?«, fragte sie. Die beiden hatten ihr Zimmer ein Stockwerk höher und am anderen Ende des Flurs, was ihr ganz recht war.

Sweeney Brooks, extravagant in einem kardinalroten Seidenanzug mit schneeweißem Rüschenhemd, grinste sie durch den Türspalt an. »Ist ja auch so. Aber ich bin schnell noch mal hergekommen, weil ich das hier abliefern soll.« Er hielt ihr einen großen Karton hin, der in silbriges Packpapier eingeschlagen und mit einem dunkelroten Seidenband umwickelt war. An der Schleife in der Mitte hing ein kleiner Umschlag.

»Was ist das?«

Er zwinkerte ihr zu. »Ein Geschenk. Also lass dich überraschen! So, ich muss jetzt schleunigst wieder in den Club. Sally ist das reinste Nervenbündel, dabei hat sie dazu überhaupt keinen Grund. Bis nachher dann. Und drück bloß die Daumen, dass meine Lilly LaRose gut ankommt! Sie ist jetzt erst mal mein einziges Pferd im Stall. Um neun holt dich übrigens ein Wagen ab und bringt dich zum Club.« Und damit eilte er davon.

Mallory schloss die Tür, legte den Karton auf das Bett und zog die kleine Karte aus dem Umschlag an der Schleife. Die Nachricht in etwas unbeholfener, kindlicher Handschrift war kurz:

*Ich hoffe, es gefällt Dir, Mallory!*
*Du hast es Dir redlich verdient!*
*S.*

»Was hast du dir da bloß wieder einfallen lassen, Sally!«, murmelte Mallory mit einer Mischung aus freudiger Erwartung und Sorge, konnte ihre Freundin doch sehr unvernünftig sein. Und dieses Geschenk sah schon von der Verpackung her ganz nach einem unvernünftigen Geschenk aus.

Achtsam knotete sie das Seidenband auf, wickelte den königsblauen Karton, der in schwungvoller Goldschrift den Namen eines ihr unbekannten, aber zweifellos exquisiten Geschäftes aufgedruckt trug, aus dem wunderschönen Papier und hob den Deckel. Als sie das Seidenpapier darunter zurückschlug, kam ein schwarzes, mit feinen Silberfäden durchwirktes Chiffonkleid samt einer Hüftschärpe aus demselben zarten Stoff zum Vorschein. Es verschlug ihr den Atem.

»Sally! Bist du verrückt?«, stieß sie hervor und hob das Kleid behutsam und mit andächtiger Bewunderung hoch. Es war federleicht, der Stoff floss förmlich über ihre Hände. Und dann sah sie, dass in dem Karton auch noch silbrige Sandalen und eine kleine Handtasche lagen, deren Pailletten ein schwarzsilbernes Muster bildeten.

Mallory war überwältigt. Noch nie im Leben hatte sie ein auch nur annähernd so herrliches Kleidungsstück in Händen gehalten, geschweige denn besessen. Aber so ein großes Geschenk konnte sie von ihrer Freundin unmöglich annehmen. Sally hatte sich in Unkosten gestürzt, die in keinem Verhältnis zu dem standen, was sie für sie getan hatte. Sie würde das Kleid an diesem einen Abend tragen – wie hätte sie dieser Versuchung widerstehen können. Aber gleich am nächsten Morgen würde sie es Sally zurückgeben, dazu die Schuhe und die Handtasche, damit sie die Sachen ins Geschäft zurückbrachte und den Kaufpreis hoffentlich erstattet bekam.

Aufgeregt streifte Mallory das Kleid über. Es saß wie angegossen, reichte bis knapp oberhalb der Knie und schmiegte sich an sie, als habe es nur darauf gewartet, an ihrem Körper herabfließen und seinen Formen leicht und luftig folgen zu dürfen. Auch die Sandalen mit den dünnen Riemchen passten.

Sie bürstete noch einmal ihr schulterlanges Haar und bändigte die rotblonde Flut im Nacken mit einer schlichten Haarspange aus Perlmutt, die sie von ihrer Mutter geerbt hatte. Nach langem Zögern griff sie zu der Puderdose, die Sally ihr mitsamt dem Lippenstift aufgedrängt hatte, und legte einen feinen Hauch Rouge auf. Auch vom Lippenstift machte sie äußerst sparsam Gebrauch. Gerade so viel, dass die Schminke das natürliche Rot ihrer vollen Lippen dezent betonte.

Mit geradezu kindlicher Freude drehte sie sich vor dem Spiegel und weidete sich an ihrem eigenen, aufregend fremden Anblick. Ihr war, als schaue da eine ganz andere Mallory aus dem Spiegel zurück, eine, von deren Existenz sie bisher nichts geahnt hatte. Eine Weile berauschte sie sich an dem Bild. Sie war froh, dass Sally ihr nicht auch noch ein Stirnband und Glasperlenketten in den Karton gelegt hatte, denn diesen Flapper-Schmuck hätte sie nur mit großem Widerwillen angelegt.

Das unsanfte Klopfen holte sie aus ihrer Selbstversunkenheit. Mit der ihr eigenen barschen Stimme teilte Mrs. Breckenridge ihr mit, dass jemand mit einem Automobil gekommen sei, um sie abzuholen, und dass sie sich demnächst gefälligst selbst um so etwas kümmern solle, indem sie mal aus dem Fenster schaue, denn sie als Pensionswirtin werde schließlich nicht für Botendienste bezahlt.

Mallory warf sich ihren Wollmantel über. Jetzt kam er ihr ausgesprochen schäbig vor, was sie vorher so nicht gesehen hatte. Wenigstens war er schwarz, und draußen herrschte stockdunkle Nacht. Und sie musste wenigstens nicht frieren.

Freddy the Fog holte sie mit dem königsblauen Studebaker ab. Bobby nannte ihn den König der Nuschler, und in der Tat verstand sie nicht ein Wort von dem, was der Kerl sagte, als er ihr den Wagenschlag aufhielt. Ebenso gut hätte er Chinesisch sprechen können.

Die Straße zur alten Fabrik war schon bis hinauf zur Kreuzung auf beiden Seiten mit Wagen aller Art zugeparkt. Vor dem Eingang des neuen Nachtclubs hatte sich eine Schlange gebildet. Offenbar wollte halb Roanoke bei der Eröffnung des *Candy Club* dabei sein, und die Leute hatten sich gemäß der neuesten Mode in Schale geworfen. Es wurde geschäkert, Gelächter schallte durch die Nacht, und während die Wartenden sich langsam auf den bulligen Türsteher zubewegten, machte so mancher Flachmann die Runde; so brachten sie sich schon mal ein bisschen auf Touren, bevor sie sich ins Getümmel stürzten.

Der Strom von Taxis, die immer neue Gäste ausspuckten, schien kein Ende zu nehmen. Freddy quälte sich durch den stockenden Verkehr, doch er lud Mallory nicht vor der Fabrik ab, sondern fuhr mit ihr in den Hof und führte sie durch den Seiteneingang in den Nachtclub. An der Garderobe schlüpfte sie schnell aus dem Wollmantel und schob ihn über die Theke. Eine junge, bildhübsche Mulattin nahm ihr das alte Stück mit einem Strahlen ab, als habe sie ihr einen edlen Pelz überlassen, und reichte ihr eine Kleidermarke.

Mallory registrierte es kaum, wie auch der Vorgang, dass sie die Marke entgegennahm und in ihre Handtasche steckte, nur im Hintergrund ihrer Wahrnehmung festgehalten wurde. Denn zum zweiten Mal innerhalb einer Stunde glaubte sie, ihren Augen nicht zu trauen.

Das also war der *Candy Club?* Das neue Flaggschiff unter O'Reillys Speakeasies und Nachtclubs?

Seinem Namen machte er jedenfalls alle Ehre!

# 69

Staunend schaute Mallory sich um. Ihr war, als sei sie in eine Kindertraumszene geraten, in der die Fabrikhalle zum Süßwarenparadies geworden war, zu einer überdimensionalen, kitschigen Candy-Welt.

Unter der Decke wogten Wolken aus künstlicher Zuckerwatte. Dazwischen baumelten Leuchten, die aussahen wie in Goldfolie gewickelte Pralinen. Die stählernen Stützpfeiler der Halle hatten sich in rot-weiße Zuckerstangen verwandelt. Die langgestreckte Bar wand sich wie eine riesige vielfarbige Gummischlange an der hinteren Längswand entlang. Die Bühne sah aus wie eine halbe Torte mit Zuckerguss und Kerzen am Rand, die Tische ähnelten Kuchenständern, und die Lampen in ihrer Mitte hatten die Form und Farbe von Lollipops. Die kreisrunde Tanzfläche leuchtete wie ein Swirl am Stiel, ein gewaltiger Strudel in Regenbogenfarben, die in seinem Zentrum zusammenliefen. Hinauf zur Empore, die wie eine Gruppe aus dreieckigen Kuchenstücken an der Wand hing, ging es über eine Treppe aus Schokoladentafeln, und die Serviererinnen und Zigarettenmädchen mit ihren Bauchläden sahen in den knappen Kostümen aus wie bunt schillernde Bonbons auf Beinen.

Ein Strom von Menschen wälzte sich durch den schon jetzt rauchgeschwängerten Nachtclub, und der allgemeinen Stimmung nach zu urteilen, gefiel den Leuten, was ihnen geboten wurde. Eine erstklassige schwarze Combo spielte auf der kleinen Empore, die wie eine Bonboniere über der Bar hing, und eine Revue-Truppe aus hellhäutigen farbigen Schönheiten präsentierte ihre tänzerischen Fähigkeiten ebenso wie ihre körperlichen Vorzüge.

»Willkommen im *Candy Club!* Mein Gott, lassen Sie sich anschauen! Sie sehen umwerfend aus, Mallory!«, drang plötzlich Frank Marlowes Stimme durch die wogenden Klänge an ihr Ohr.

Sie wandte sich um. »Schleichen Sie sich immer von hinten an?« Er trug, wie bei ihrer Begegnung im *Starlight Club,* mit lässiger Eleganz einen schwarzen Tuxedo.

Lächelnd erwiderte er. »Reiner Zufall, dass das zum zweiten Mal vorkommt. Ganz abgesehen davon ist Ihr Anblick aus jeder Perspektive ein Fest.«

»Sie sind wohl nie um eine schmeichelnde Antwort verlegen!«

»Das klingt ja fast wie ein Vorwurf«, sagte er und berührte sie sanft am Arm, um sie aus dem Strom der nachdrängenden Gäste und in den Schutz einer der rot-weißen Zuckerstangensäulen zu lenken. »Aber ich wüsste nicht, warum ich aus meinem Herzen eine Mördergrube machen sollte.«

»Nein? Dabei passt Mördergrube doch ganz prächtig zu Mörderbande!«

Diese Spitze traf ihn, das sah sie ihm an. Es war, als lege sich ein Schatten auf sein Gesicht. Sein Lächeln bekam einen gequälten Zug. »Ich wünschte, Sie würden mich nicht mit O'Reilly, Goldie und all den anderen über einen Kamm scheren, Mallory.«

»Und ich wüsste nicht, warum ich das nicht tun sollte!«, gab sie zurück. »Sie gehören doch zu O'Reillys Bande! Dieses Thema hatten wir schon, und wie es aussieht, gibt es dem nichts Neues hinzuzufügen.«

Frank fixierte sie einen langen Augenblick. »Richtig, das Thema hatten wir schon. Aber Sie vergessen auch diesmal etwas Entscheidendes.«

»So? Was denn?« Herausfordernd sah sie ihn an und fragte sich, warum sie sich immer wieder auf solche Wortwechsel einließ. Sie war hier, weil Sally an diesem Abend ihr Debüt als Sängerin gab und sie ihr moralischen Beistand leisten wollte und weil O'Reilly seinen Triumph über sie vor aller Augen auskosten wollte.

»Dass alle Menschen, denen wir begegnen, ein Schicksal haben, das ihr Verhalten beeinflusst«, antwortete er seltsam in sich gekehrt. »Daran denken wir zu wenig. Vielmehr erwarten wir, dass die anderen so reagieren, wie wir es an ihrer Stelle täten, und darum können wir ihr Handeln oft nicht begreifen.«

Etwas am Ausdruck seiner Augen berührte sie. Es nahm ihrer Bitterkeit die Schärfe und dämpfte ihren Drang, wenigstens verletzend zu sein und ihre Verachtung zu zeigen, wenn sie schon in ihrer Ohnmacht gefangen war. »Da mögen Sie recht haben. Aber was könnte Ihr Handeln für mich besser begreifbar machen?«, fragte sie. »Und warum wollen Sie überhaupt, dass ich Sie besser begreife?«

Er zog die Unterlippe zwischen die Zähne, als sei er nicht sicher, wie offen er ihr gegenüber sein sollte, und schließlich zuckte er die Achseln. »Die Antwort auf Ihre erste Frage lautet schlicht und ergreifend, dass ich hier für die Sünden meines Vaters bezahle. Das ist das, was er mir hinterlassen hat. Und ich hatte keine Chance, das Erbe auszuschlagen.«

Spöttisch zog sie die Brauen hoch. »Sie bezahlen für die Sünden Ihres Vaters, so wie dieser Boyd Wheeler angeblich meinen Bruder für den erfundenen Verrat unseres Vaters mit seinem Blut bezahlen lassen will? Wollen Sie mich auf den Arm nehmen? Diese Geschichte von Vergeltung wird auch in der Wiederholung nicht überzeugender.«

Er zuckte die Achseln. »Glauben Sie, was Sie wollen, Mallory. Das mit Boyd hat sich natürlich O'Reilly aus den Fingern gesogen, aber die Idee hat ihm Don Vito geliefert, der genau so gehandelt hat. Ihm schulde ich für das, was mein Vater ihm angetan hat, einige Jahre meines Lebens, und die haben profitabel zu sein, wenn die Schuld beglichen sein soll«, sagte er mit einem Anflug von Selbstironie. »Und was Ihre zweite Frage betrifft …« Er brach ab, als habe er die subtile Veränderung im Verhalten der Menge in seinem Rücken wie eine körperliche Berührung gespürt. Rasch drehte er sich um.

»Don Vito! Also doch!«, sagte er mit einem trockenen Auflachen, als er sich von Mallory abwandte. Sie folgte seinem Blick über die wogende, lärmende Menge hinweg in Richtung Haupteingang.

Ohne dass irgendein Befehl dazu aufgefordert hätte, teilte sich die Menge zwischen den Stahlträgern. Wie sich einst das Rote Meer vor Moses und seinen Getreuen geteilt hatte, so wichen die Gäste des Nachtclubs vor Don Vito und seinen vier Begleitern zurück.

Mit einem gönnerhaften Lächeln nach rechts und nach links sowie der arroganten Selbstverständlichkeit eines Mannes, der sich seiner Macht bewusst ist und nichts anderes erwartet als unterwürfigen Respekt, schritt er durch die breite Gasse, flankiert und gut um Haupteslänge überragt von Männern mit harten Gesichtern und leicht zurückgeschlagenen Jacketts, so dass die breiten Ledergurte der Schulterholster und das Metall ihrer Waffen unter den Achseln deutlich zu sehen waren.

Der Mafia-Boss, der von Richmond aus über den Süden herrschte und O'Reilly in Roanoke als seinen Statthalter eingesetzt hatte, war von leicht gedrungener, untersetzter Gestalt. Seine ebenmäßigen, zugleich aber scharf geschnittenen Züge und die graue Cäsarenfrisur ließen Mallory sofort an einen römischen Tribun oder Senator denken. Jedenfalls glich er genau dem Bild, das sie sich beim Lesen von Romanen über das antike Rom von Männern wie Julius Cäsar gemacht hatte. Sie schätzte ihn auf Ende fünfzig und damit um einiges älter, als sie angenommen hatte.

Don Vito trug einen eleganten Maßanzug mit breiten Revers aus einem grauen, dezent changierenden Seidenstoff. Das gleiche Grau hatten auch Hemd und Krawatte sowie der Fedora und der leichte Mantel, den er sich wie ein Cape um die Schulter gelegt hatte. Selbst die Perle auf seiner Krawattennadel glänzte in einem kostbaren Perlmuttgrau. Dass auch das Leder seiner Schuhe vom passenden Grau war, verstand sich von selbst.

Auf ein leichtes Zucken seiner Schulter hin nahm ihm einer seiner Männer den Mantel ab und reichte ihn nach hinten an eine Bedienung weiter. Don Vito machte zwei, drei Schritte auf Frank zu, blieb dann aber mit ausgestreckten Armen und einem breiten Lächeln stehen. Der Untergebene hatte zum König zu kommen, nicht umgekehrt.

»Francesco, mein Bester!«, rief er theatralisch, als habe er seinen verlorenen Sohn wiedergefunden. »*Come stai?* Du siehst prächtig aus!«

*Francesco?*

Verblüfft beobachtete Mallory, wie Frank gehorsam auf Don Vito zuging. Er hatte sie verwirrt mit seiner Geschichte, dass er für irgendein Vergehen seines Vaters gegenüber Don Vito büßen und die Schuld mit fünf Jahren Arbeit begleichen müsse. Nun ließ er sich von diesem Mann, der ihn auch noch Francesco nannte, umarmen? Sie verstand überhaupt nichts mehr!

Die beiden Männer lagen einander in den Armen und tauschten Wangenküsse aus, wobei Don Vito Frank alias Francesco auf derb-wohlwollende Art auf den Rücken klopfte.

»Schön, dass du doch noch gekommen bist!«, sagte Frank und winkte eine hübsche Mulattin in sonnenblumengelbem Bonbonkostüm heran, die ein Tablett mit Champagnerkelchen auf der Hand balancierte. »Mister O'Reilly wird sich freuen, dass du die weite Fahrt auf dich genommen hast und ihm die Ehre erweist.«

Don Vito schmunzelte. »*Per armor di Dio,* seid ihr immer noch voreinander auf der Hut? In einem halben Jahr sollte man doch eigentlich miteinander warmgeworden sein«, sagte er, taxierte die Bedienung unverhohlen, nickte wohlgefällig und nippte am Champagner.

Frank zuckte die Achseln. »Respekt, wem Respekt gebührt«, sagte er hintersinnig.

Die Doppeldeutigkeit entging Don Vito nicht. Er lachte. »Nicht schlecht aus der Affäre gezogen, Francesco! *Va bene,* mir egal, wie ihr euch zusammenrauft. Hauptsache, ihr kriegt die Läden hier ans Laufen und die Zahlen unterm Strich stimmen!«

»Das werden sie, Don Vito. Das hier wird ein Bombengeschäft«, versicherte Frank.

»Das hoffe ich auch für dich, mein Junge«, sagte der Mafia-Boss scheinbar liebenswürdig, tätschelte Frank zweimal kurz die Wange und lächelte ihn an. Aber das Lächeln war mehr ein Zähneblecken wie bei einem Raubtier, das sich jeden Moment auf seine Beute stürzen wird. Seine Augen, die von einem ungewöhnlichen Hellgrün waren, erreichte es nicht. »Denn das hast du dringend nötig, *capisce?*«

Mallory meinte einen warnenden Unterton wahrzunehmen. Das wissende Grinsen der Männer, die den Mafia-Boss begleiteten, und ihre offensichtliche Schadenfreude bestätigten sie in ihrem Eindruck, dass hier keineswegs Freundlichkeiten ausgetauscht wurden.

Doch falls Frank beunruhigt war, so war ihm das nicht anzusehen. *»Si capisce, compare«*, antwortete er mit freundlicher Gelassenheit, neigte jedoch respektvoll den Kopf. »Ich weiß, was ich dir schuldig bin und was ich versprochen habe, und ich werde Wort halten!«

*»Bene! Sono contento!«*, sagte Don Vito. Dann blickte er sich im Nachtclub um, in dem mittlerweile großes Gedränge herrschte. Weder an einem der Tische noch auf der Empore gab es noch freie Sitzplätze, auf dem weiten Rund der Tanzfläche wurde es langsam eng für die arm- und beinschwingenden Flappers, und an der Schlangentheke drängten sich zwei, an manchen Stellen auch drei Reihen von Gästen. »Ist das farbenfrohe Konzept auf deinem Mist gewachsen?«

»Dieses Ruhmesblatt gebührt allein deinem Statthalter«, sagte Frank mit unbewegter Miene. »Ich war nur für die Ausführung verantwortlich. Du hattest ihm ja freie Hand gelassen, wie du dich bestimmt erinnerst.«

Don Vito sah sich weiter um, schüttelte den Kopf, zuckte die Achseln und lachte kurz auf. Offensichtlich wusste er nicht recht, was er von der kitschig bunten Welt des *Candy Club* halten sollte. »*Va bene!*«, sagte er schließlich »Es ist albern, aber es hat fast schon wieder Format, das muss ich ihm lassen. Und so wie die Leute hier hereinströmen, riecht der Schuppen tatsächlich nach einem Bombengeschäft. Auf den schlechten Geschmack der Masse ist eben genauso Verlass wie auf das Laster.«

»Ich hätte es nicht besser sagen können«, erklärte Frank trocken.

Nun wandte Don Vito sich Mallory zu und maß sie von Kopf bis Fuß, wie er es zuvor bei der Serviererin getan hatte. »Und wer ist diese reizende *signorina?*«, erkundigte er sich und trat näher.

Frank stellte sie einander vor und vergaß nicht zu erwähnen, dass aus Mallorys Still in den Blue Ridge Mountains der beste Moonshine kam, den es weit und breit gab. Dass er Don Vito auch noch erzählte, unter welchem Spitznamen sie im Franklin County bekannt war, missfiel ihr jedoch und brachte sie in Verlegenheit.

Don Vito gefiel die Geschichte dagegen ausnehmend gut. »Mallory Moonshine? *Magnificamente!* Und das in jeder Hinsicht, wenn Sie mir diese Bemerkung erlauben.« Dabei ergriff er ihre Hand und hauchte einen Kuss auf den Handrücken, ohne dass seine Lippen jedoch ihre Haut berührten. »Wenn Ihr Whiskey auch nur halb so betörend ist wie Ihr Anblick, Signorina Kendrick, dann haben wir damit zweifellos eine prächtig sprudelnde Geldquelle«, sagte er.

»Das ist er, du kannst dich gleich selbst davon überzeugen!«, versicherte Frank. »Wir könnten das Dreifache und mehr von ihrem Moonshine absetzen.«

»So, könntet ihr?« Von einer Sekunde auf die andere fiel die charmante Liebenswürdigkeit wie eine Maske von Don Vito ab. An ihre Stelle trat eine Härte, die sich in seinem Ton ebenso niederschlug wie in seinem Blick. »Dann sieh gefälligst zu, dass sie mehr liefert«, sagte er und fragte, ohne Mallory weiter Beachtung zu schenken, übergangslos: »Wo steckt überhaupt O'Reilly?«

»Er kümmert sich oben auf der Empore um den Police Commissioner und ein paar andere einflussreiche Leute aus der Stadtverwaltung. Ich hole ihn und sorge dafür, dass ein Tisch für dich frei wird.«

»Nein, lass mal, wir gehen hoch zu ihm«, sagte Don Vito, plötzlich wieder umgänglich, legte Frank jovial die Hand auf den Arm und zog ihn mit sich fort. »Polizisten sind zwar nichts weiter als Diebe mit schlechten Manieren, aber mit dem Übel müssen wir ja nun mal auskommen. Also schauen wir mal, was für ein schleimiger Schmarotzer der Police Commissioner von Roanoke ist!« Und wieder teilte sich die Menge auf wundersame Weise vor ihm und seiner Entourage. Zwei der vier Revolvermänner blieben auf ein Zeichen hin am Fuß der Treppe zurück, die beiden anderen begleiteten Frank und ihn nach oben.

Verwirrt und etwas eingeschüchtert blickte Mallory dem Mafia-Boss und seinem Gefolge hinterher. O'Reilly hatte sie fürchten und hassen gelehrt, aber von diesem Mann mit dem Cäsarenkopf und den eisig grünen Augen ging eine Kälte und Härte aus, gegen die sich O'Reillys Gebaren wie das eines kleinen Ladendiebs ausnahm. Wehe dem, der sich Don Vito zum Feind machte!

## 70

Mallory ließ sich einen Gin-Fizz bringen und grübelte gerade darüber nach, was sich hinter der Geschichte verbergen mochte, die Frank ihr über seine vom Vater ererbte Schuld erzählt hatte, als der befrackte Conférencier auf der Bühne die Sängerin Lilly LaRose ankündigte.

Nach kurzem, freundlichem Applaus trat Sally hinter dem

Vorhang hervor. Sie trug ein fersenlanges, tiefrotes Etuikleid mit einem seitlichen Schlitz, der bis fast zur Hüfte reichte, und im Haar über dem linken Ohr eine Rose mit halb geöffneter Blüte. Ihre Brauen waren kräftig konturiert, die Wangenknochen durch reichlich Rouge hervorgehoben und die vollen Lippen geschminkt mit einem dunklen Kirschrot, das ins Schwarze überzugehen schien. All das wirkte jedoch nicht billig, sondern hatte auf eine exzentrisch künstlerische Art Klasse.

Mallory bangte mit Sally. Sie bekam regelrecht Herzklopfen, als die Freundin, mit der sie im Uferdreck des Blackwater River gespielt hatte und durch die Wälder gestreift war, auf die Bühne trat. Es hing so viel von diesem Auftritt ab! Sie wünschte Sally von Herzen Erfolg und fragte sich doch besorgt, ob sie zu bieten vermochte, was von einer Clubsängerin erwartet wurde. Vor lauter Aufregung leerte sie ihr Glas auf einen Zug und bedeutete einem der Bonbons auf Beinen, wie sie die Serviererinnen inzwischen bei sich nannte, ihr noch einen Drink zu bringen.

Die Combo stimmte den ersten Song an, und Sally setzte ein. Schon nach wenigen Takten sank der Geräuschpegel spürbar. Viele Gäste hatten den Darbietungen auf der Bühne bislang keine oder nur beiläufige Beachtung geschenkt, nun aber erstarb an vielen Tischen das Gespräch, und es drehten sich viele Leute zu der Sängerin um.

Eine Gänsehaut auf den Armen, lauschte Mallory. Sie war überwältigt von Sallys ausdrucksstarker, rauchiger Stimme. Das hatte sie ihr nicht zugetraut. Überhaupt war der Auftritt in keiner Hinsicht so, wie sie ihn sich vorgestellt hatte. Statt über die Bühne zu fegen, wie sie es als Revue-Girl gelernt hatte, rührte Sally sich kaum von der Stelle. Ihre Bewegungen waren sparsam, hatten aber gerade deshalb eine knisternde Erotik, wenn sie etwa das linke Bein ein wenig vorschob und im Schlitz nackte Haut hervorschimmerte, wenn sie sich mit halb geschlossenen Augen im Rhythmus wiegte oder die flache Hand aufreizend langsam an ihrem Körper herabgleiten ließ. Ähnlich wirkungsvoll setzte sie den halb koketten, halb neckischen Augenaufschlag und den Schmollmund ein, der sie wie ein unschuldiges Schulmädchen mit dem Begehren eines Vamps aussehen ließ. Sie sang ein Set von fünf Swing-Nummern, und als sie zum Abschied eine Kusshand ins Publikum schickte, wurde sie mit großem Applaus belohnt.

Mallory freute sich riesig und wollte zu ihrer Freundin hinter die Bühne, um ihr zu gratulieren, doch sie war bei weitem nicht die Einzige, die zu Lilly LaRose wollte, wenn auch die einzige Frau in dem Gedränge, das vor der Garderobe herrschte. Schon mit dem ersten Auftritt hatte ihre Freundin eine ganze Reihe glühender Verehrer gewonnen, die sie beglückwünschen und ihr den Hof machen wollten.

Sweeney hielt vor der Garderobe Wache. Er strahlte wie ein in Fett gebackener Krapfen und versuchte, des Andrangs Herr zu werden. Einen Gentleman ließ er durch, und Mallory war so, als hätte der Mann ihm zuvor verstohlen einen Geldschein zugesteckt.

Sie rief Sweeneys Namen und winkte ihm zu, als er ihren Blick auffing. Er winkte zurück, machte aber keine Anstalten, ihr zu einem Durchkommen zu verhelfen. Stattdessen grinste er breit und zuckte hilflos die Achseln. Sie rief ihm Glückwünsche für Sally zu, die er auszurichten versprach, und trat den Rückzug an.

Im Club lief ihr Bobby in die Arme, in der Hand ein großes Cocktailglas mit einer perlenden rötlichen Flüssigkeit. Fast hätte sie ihn nicht erkannt, was zum einen an dem Tuxedo lag, in dem sein schlaksiger Körper steckte, und zum anderen an seiner neuen Frisur. Sein üblicherweise wild zerzauster Schopf war glatt zurückgekämmt und mit reichlich Pomade gebändigt.

»Himmel, was tust du denn hier, Bobby?«

Er lachte. »Die Einweihung des neuen Nachtclubs feiern, was denn sonst? Ist es nicht famos, was Onkel Paddy aus der alten Fabrikhalle gemacht hat?«, sagte er begeistert. »Und war unsere

Dobson Sally nicht der Hammer? Mensch, das hätte ich ihr nie zugetraut. Sie war eine Wucht!«

»Das kann man wohl sagen.« Mallory musterte ihn. Ihn so herausgeputzt zu sehen, gefiel ihr gar nicht. Es rief ihr schmerzlich in Erinnerung, welch verführerischer Macht er ausgesetzt war und wie ihn das ihr Tag für Tag ein wenig mehr entfremdete. »Sag mal, was trinkst du denn da?«, fragte sie und deutete auf das Glas in seiner Hand.

»Ein Limonaden-Fizz. Hier, probier selbst!« Er hielt ihr das Glas hin.

»Schon gut, ich glaube dir ja. Aber lass mir bloß die Finger von harten Sachen!«

Robert grinste keck. »Mein Gott, Lory! Wir kommen beide aus einer Familie von Schwarzbrennern, und beide haben wir Moonshine schon mit der Muttermilch aufgesogen! Also kein Grund, auf Ersatzmutter zu machen, Schwesterchen. Selbst wenn ein Spritzer Feuerwasser in dem Drink wäre.«

Sie sah ihn mit einem Stirnrunzeln an. »Also hör mal ...«

Schnell fiel er ihr ins Wort, erinnerte sie daran, wie wenig er sich aus Alkohol machte, und wechselte das Thema. »Du siehst übrigens klasse aus in dem Kleid, gar nicht mehr wie ein graues Landei, sondern wie eine richtige Lady!« Er zwinkerte ihr zu. »Ich wette, dafür hast du tief in den Geldbeutel greifen müssen!«

»Nein, musste ich nicht. Ist nämlich ein Geschenk.«

»Umso besser. Und wie findest du mich im Tuxedo, Schwesterherz?« Robert warf sich in die Brust und klemmte die Daumen hinter die Revers. »Onkel Paddy hat mich dafür zu seinem Schneider geschickt. Das ist ein echtes Stück Maßarbeit! Ich im Tuxedo, einfach irre, nicht wahr?«

Mallory lächelte säuerlich. »Ja, man könnte glatt vergessen, dass du gerade fünfzehn geworden bist, hier eigentlich nichts zu suchen hast und um diese Uhrzeit ins Bett gehörst, weil du morgen Früh zur Schule musst.«

»Nun sei doch nicht so kleinlich! Onkel Paddy meint …«

Ärgerlich schnitt Mallory ihm das Wort ab. »Kannst du das mit dem dämlichen ›Onkel Paddy‹ nicht mal lassen? Du bist doch kein kleines Kind mehr, das auf jede billige Anbiederung hereinfällt! Wenn Mister O'Reilly eines bestimmt nicht ist, dann dein Onkel! Was immer du dir an romantischem Unsinn zusammenreimen magst, er ist und bleibt ein gewöhnlicher Gangster, dem nichts heilig ist, und wenn er dich noch so sehr in Zuckerwatte wickelt! Nichts kann unserer Familie fremder sein als dieser …«

Jäh brach sie ab, als plötzlich wenige Schritte vor ihnen O'Reilly auftauchte und auf sie zukam. Verdammt, wenn man vom Teufel sprach!

»Da ist sie ja, meine hinreißende Miss Moonshine!«, rief er mit öliger Liebeswürdigkeit. »Ich habe schon fast befürchtet, Sie hätten vergessen, dass wir miteinander tanzen wollten. Und das hätte meine Freude an der erfolgreichen Eröffnung meines neuen Nachtclubs beträchtlich geschmälert!«

»Na, das passt doch«, sagte Bobby mit einem gehässigen Unterton. »Jetzt kannst du es ihm ja selbst sagen, Schwester!«

»Was soll mir deine Schwester sagen?«, erkundigte sich O'Reilly.

Bobby grinste frech und schwieg.

Mallory schoss ihm einen bösen Blick zu und suchte angestrengt nach einer Antwort. »Na ja, dass … dass Ihr *Candy Club* schon reichlich bunt ist und dass einem von zu viel Süßigkeiten leicht schlecht wird!«

Er lachte kehlig. »Da bin ich völlig anderer Meinung, Mallory. Und wenn ich Sie so ansehe, fallen mir gleich so einige süße Köstlichkeiten ein, von denen man nie genug bekommen kann«, erwiderte er, streckte die Hand nach ihr aus und sagte vertraulich zu Bobby: »So, und jetzt entführe ich deine Schwester auf die Tanzfläche, bevor sie mir wieder entwischt. Und du stell keinen Unsinn an und treib dich nicht wieder bei der Garderobe der Revue-Girls herum, Junge!« Dann wandte er sich wieder an Mallory und fügte mit einem treuherzigen Augenzwinkern, für das allein sie ihm am liebsten rechts und links eine Ohrfeige verpasst hätte, hinzu: »Die jungen Dinger haben nämlich einen Narren an ihm gefressen. Wenn wir da nicht aufpassen, werden sie ihm weiß Gott was erlauben.«

Mit einem verkrampften Lächeln folgte sie O'Reilly auf die Tanzfläche. Kalt wie Eis lag ihre Hand in der seinen. Seine Berührung verursachte ihr regelrecht Übelkeit. Sie sah, wie er zur Empore über der Theke hochblickte und dem Trompeter und Bandleader ein Zeichen gab. Worauf die Combo ihren schmissigen Charleston-Song *Runnin' Wild* zu einem schnellen Ende brachte und mit dem *Crazy Blues* der schwarzen Sängerin Mamie Smith eine langsame Swing-Nummer anstimmte.

O'Reilly legte seinen Arm um ihre Taille wie eine eiserne Klammer und zog sie an sich. Sie spürte die harte Ausbeulung, die er ihr gegen den Unterleib presste. Es machte sie würgen, und sie versuchte sich der abstoßend intimen Nähe zu entziehen. Er aber wusste das zu verhindern.

Er lachte. »Nun zier dich mal nicht wie 'ne verklemmte Jungfrau, Kleine! Du hast mehr davon, wenn du dich nicht so verkrampfst. Also mach dich locker, sonst tanze ich mit dir bis in den Morgen«, raunte er und blies ihr seinen warmen Atem ins Ohr.

Mallory kämpfte gegen den Drang an, laut zu schreien und auf O'Reilly einzuschlagen. Frank Marlowe bewahrte sie davor. Zielstrebig bahnte er sich einen Weg durch das Gewimmel und tippte ihn von hinten an. »Entschuldigen Sie, Mister O'Reilly. Ich störe Sie ja ungern bei Ihren gesellschaftlichen Verpflich…«

»Was willst du?«, rief O'Reilly gereizt.

Frank machte eine bedauernde Miene. »Don Vito will noch etwas mit Ihnen besprechen.«

»Und das muss jetzt sein?«, blaffte O'Reilly und gab Mallory frei.

Frank zuckte nur mit den Achseln.

»Zum Teufel! Sitzt er noch auf der Empore?«

»Nein, er ist mit Moe Walsh hinten im Zählraum«, sagte Frank, und als O'Reilly sich mit wütender Miene abwandte und davonging, fügte er lächelnd hinzu: »Sie erlauben, Mallory? Diese Nummer ist einfach zu schön, um nicht dazu zu tanzen. Außerdem lässt man seine Tanzpartnerin nicht einfach stehen.«

Sie war zu verstört, um ihn zurückzuweisen. Sanft legte er seine Hand auf ihre Hüfte. Sie spürte die Wärme seiner Hand durch das Kleid und fand sie nicht unangenehm. Die Art, wie er sie hielt, hatte etwas Beruhigendes, und sie überließ sich bereitwillig seiner Führung. »Stimmt das wirklich, dass Don Vito ihn ausgerechnet jetzt dringend sprechen muss?«

»Ja, er hat noch was mit ihm zu bereden. Aber ich habe nicht gesagt, dass Don Vito ihn jetzt sprechen will«, antwortete Frank mit einem Grinsen. »Und ich kann mich auch nicht erinnern, das Wort ›dringend‹ gebraucht zu haben. Zu dumm, dass Mister O'Reilly mich missverstanden hat und dadurch um seinen Tanz mit Ihnen gekommen ist.«

»Danke, dass Sie mich gerettet haben.« Dass O'Reilly den Tanz mit ihr nachholen würde, daran wollte sie jetzt lieber nicht denken.

»Ich wüsste nichts, was ich lieber täte, Mallory. Also geben Sie mir nur reichlich Gelegenheit dazu.«

Abrupt blieb sie stehen. »Ich muss hier raus, Frank. Ich hab das Gefühl, ich krieg keine Luft mehr!« Was weniger an der geballten Körperhitze der vielen Menschen lag, die den Nachtclub bevölkerten, und auch nur nebensächlich an der rauchgeschwängerten Luft. Der wahre Grund war, dass sie sich erschrocken dabei ertappt hatte, den Tanz mit ihm zu genießen.

Er nickte. »Ein bisschen frische Luft kann ich auch gebrauchen. Kommen Sie, wir gehen nach oben aufs Dach!«, sagte er und führte sie nach draußen. Dabei legte er ihr beschützend den Arm um die nackte Schulter. Sie ließ es geschehen, das zumindest war sie ihm schuldig.

# 71

An der Garderobe machten sie kurz halt, um ihren Mantel zu holen. Er verzichtete auf seinen. Über die Feuerleitern stiegen sie hinauf aufs Dach, dessen Kante von einer kniehohen Backsteinmauer gesäumt war. Die Nacht war klar und so kalt, dass ihr Atem weiße Schwaden bildete. Nicht eine Wolke verdeckte den Sternenhimmel.

»Ich liebe diese klaren Nächte«, sagte er und zog sein Zigarettenetui hervor, um sich eine Chesterfield anzuzünden. »Dann bin ich oft hier auf dem Dach oder drüben auf dem Hotelbalkon.«

»Bekomme ich auch eine?«

Er fragte nicht, seit wann sie rauche, sondern reichte ihr das Etui und gab ihr Feuer. Dann blickte er hinauf in die Schwärze, die sich mit Myriaden funkelnder Lichtpunkte über ihnen wölbte. »Man sieht das eigene Leben und seine Bedeutung mit ganz anderen Augen, wenn man gelegentlich den Sternen beim Sterben zuschaut«, sagte er nachdenklich.

Sie warf ihm einen verwunderten Seitenblick zu. »Den Sternen beim Sterben zuschauen?«

»Die meisten Sterne, die auf uns herableuchten, sterben buchstäblich vor unseren Augen oder existieren schon längst nicht mehr. Das Licht dieser sterbenden oder toten Gestirne braucht nur so lange, um uns zu erreichen, dass wir meinen, sie existierten noch. Wussten Sie das?«

»Nein, und ich habe mir auch noch nie Gedanken darüber gemacht.«

»Ich schon, und zwar immer öfter. All diese Sonnen mühen sich mit ihrer Wärme und ihrem gleißenden Licht, dieses kalte Dunkel zu durchdringen«, sagte er versonnen. »Und dann, nach Millionen von Jahren, verglühen sie und schicken im Sterben noch so unglaublich viel Licht aus, dass sie Tausende, Hunderttausende oder weiß Gott wie viele Jahre noch zu uns leuchten –

und bis auf wenige Ausnahmen nimmt keiner von ihrem verzweifelten Glühen und Sterben auch nur Notiz.« Er sah sie an. »Erinnert Sie das nicht an die paar läppischen Jahrzehnte unseres Lebens? Wen kümmert es schon, ob wir leben oder sterben, ob wir unser Leben zum Leuchten bringen oder in die Dunkelheit fallen? Bestenfalls eine Handvoll Menschen. Letztlich sind wir so bedeutungslos wie eines dieser winzigen Lichter in der unendlichen Masse von Sternen.«

Betroffen von seinen schwermütigen Gedanken, sah Mallory ihn an. Nie hätte sie ihn für jemanden gehalten, der sich nach dem tiefen Sinn des Lebens fragte und dem bei jedem Blick gen Himmel das Sterben der Sterne in den Sinn kam. Sie wusste nicht, was sie sagen sollte.

Frank sah ihre verwirrte Miene und lachte verlegen. »Um Gottes willen, vergessen Sie das bloß schnell wieder! Ich bin wirklich ein Idiot, Ihnen ausgerechnet heute Nacht mit meiner hausgemachten Weltsicht à la Nietzsche zu kommen. Ich hätte wohl von den letzten beiden Drinks die Finger lassen sollen. Zu viel Alkohol weckt den Weltschmerz in mir.«

»Wer sind Sie wirklich, Frank?«, fragte sie. »Warum nennt Don Vito Sie Francesco?«

Das leicht spöttische Lächeln kehrte auf sein Gesicht zurück. »Für meinen *compare*, meinen Patenonkel, werde ich immer Neapolitaner sein, so wie er selbst, und Francesco Sandro Marlotti heißen, auch wenn ich von Geburt Amerikaner bin und mein rechtlicher Name seit meinem achten Lebensjahr Frank Marlowe lautet.«

Der Verdacht stellte sich augenblicklich ein. Mallory starrte ihn argwöhnisch an. »Einer Ihrer Vornamen ist Sandro?«

»Früher, ja«, sagte er und redete schnell weiter. »Mein Vater hat ihn unter den Tisch fallenlassen, als es vor dreiundzwanzig Jahren mit ihm geschäftlich bergaufging und er unsere Namen bei Gericht amerikanisiert hat. Es war ein Geschenk zu meinem neunten Geburtstag. Meine Mutter bekam am selben Tag nicht nur einen neuen Namen, sondern auch ein prächtiges Haus geschenkt, in einem Stadtteil von Boston, wo man viel von guter amerikanischer Herkunft hält und mit dahergelaufenen Spaghetti- und Olivenfressern keinen gesellschaftlichen Umgang pflegt, nicht einmal mit neureichen, selbst heute nicht. Dass es mehr braucht als neue Papiere und einen neuen Namen, um vor den Augen dieser Leute Gnade zu finden und in ihre Kreise eingelassen zu werden, hat mein Vater bitter lernen müssen und bis an sein Lebensende nicht verwunden.«

Die Geschichte seines Vaters interessierte sie im Augenblick nicht. Zorn kochte in ihr. »Aber Sie unterschreiben gelegentlich noch Briefkarten, die einem Geschenk beiliegen, mit einem großen S wie Sandro, um sich den Spaß einer billigen Täuschung zu machen, ja?«

Er erwiderte ihren wütenden Blick mit einem unbekümmerten Lächeln. »Nur in ganz seltenen Fällen. Etwa wenn zu befürchten ist, dass lautere Absichten missverstanden werden können. Oder hätten Sie mein Geschenk angenommen und wären heute Abend in dem Kleid erschienen, wenn auf der Karte Frank Marlowe gestanden hätte?«

Ihr flammender Blick wäre Antwort genug gewesen, doch sie beließ es nicht dabei. »Morgen haben Sie Kleid, Schuhe und Handtasche zurück!«, fauchte sie. »Und unterstehen Sie sich, so etwas noch einmal mit mir zu machen!«

Ihr Zorn schien an ihm abzuperlen wie Wasser an einer Ölhaut. Er lächelte, als läge ihm nichts ferner, als zerknirscht zu sein. »Warum darf ich Ihnen kein Geschenk machen, Mallory? Schauen Sie sich doch an, Sie sehen hinreißend aus! Natürlich sind Sie auch ohne edle Garderobe bezaubernd, aber dieses Kleid ist einfach für Sie gemacht. Das ist das Leben, für das Sie geschaffen sind! Und ich möchte Ihnen das und noch so vieles mehr bieten! Wir sollten uns zusammentun. Wir beide sind füreinander geschaffen.«

Ungläubig sah sie ihn an. »Zusammentun? Soll das vielleicht

so etwas wie eine Liebeserklärung sein?«, fragte sie. »Um Gottes willen, fallen Sie mir jetzt bloß nicht noch auf die Knie und machen mir einen Antrag!«

Seine Miene wurde überraschend ernst. »Würde ich an die Ehe glauben, ich hätte jetzt wohl einen Verlobungsring für Sie in der Tasche. Und unsere Kinder würden bestimmt eines hübscher als das andere. Aber ich glaube nicht an das Konzept der Ehe, meiner Überzeugung nach passt es längst nicht mehr in unsere Zeit. Und es passt nicht zu einer so starken Frau, wie Sie es sind.«

Sie verzog das Gesicht und schnippte Asche von ihrer Zigarette. »Jemand wie Sie glaubt natürlich nicht an die Liebe!«

»Was hat denn Liebe mit der Ehe zu tun?«

»Eine ganze Menge, denke ich.«

Er schüttelte den Kopf. »Liebe ist eine romantische Illusion, und Ehe ist nur ein anderes Wort für staatlich sanktionierte Versorgungsvereinbarung. Nur dass diese für die Frau einen Knebelvertrag darstellt, denn in der Ehe liegen die Vorteile einseitig beim Mann, während der Frau ebenso einseitig die Nachteile aufgehalst werden. Sie darf die Kinder kriegen, darf sie aufziehen, den Haushalt führen, den Schmutz wegputzen, die Wäsche machen und weiß Gott noch was alles, und als Zugabe darf sie auch noch im Bett ihre Ehepflichten erfüllen, wann immer es ihrem Herrn und Gebieter gefällt«, sagte er. »Und was törichte Romantikerinnen in ihrer Naivität für Liebe halten – was aber doch nur das Erwachen der Sexualität ist und der Wunsch, endlich der Bevormundung durch die Eltern zu entkommen und selbst über das eigene Leben zu bestimmen –, kommt dabei meist schnell unter die Räder und wird in der Realität zu Bitterkeit zermahlen.«

»Da bin ich ja sehr erleichtert, dass Sie mir keinen Antrag machen und ich nicht in Gefahr gerate, von romantischen Illusionen gepackt zu werden und mit Ihnen in diese grässliche Ehefalle zu geraten!«, spöttelte sie.

»Das würde ich Ihnen niemals antun, Mallory. Aber was spricht dagegen, dass wir … nun ja, Partner werden und einander das schenken, was wir uns mehr als alles andere wünschen, ohne den anderen aber nicht erreichen können?«

»Wie bitte? Partner? Was genau meinen Sie damit?«, fragte sie verwirrt.

»Sie hängen so sehr an Ihrem Bruder und sorgen sich, dass er sich Ihnen entfremdet. Und wie ich es sehe, befürchten Sie das zu Recht. Vergessen Sie, dass O'Reilly Ihren Bruder einmal als Geisel genommen hat, um Sie zu bestrafen und billig an Ihren Moonshine zu kommen. Das ist Geschichte. Längst hat er an Bobby einen Narren gefressen, und umgekehrt sieht es nicht viel anders aus. Ihr Bruder bewundert ihn. Von Knuckles, Pete und MacIver ganz zu schweigen. Daher würde es mich nicht überraschen, wenn so allmählich in ihm der Wunsch wächst, ihnen nachzueifern und ebenso Karriere als Gangster zu machen. Und ich glaube nicht, dass Sie diese Entwicklung mit den ein, zwei Stunden, die Sie ihn alle vierzehn Tage sehen, werden aufhalten können. Der Zug dürfte bald abgefahren sein. Es sei denn, Sie stellen noch rechtzeitig die Weichen.«

Mallory war blass geworden. Mit jedem Wort hatte er ihre quälende Angst ein Stück mehr freigelegt.

»Kommen Sie zu mir, und ich helfe Ihnen zu verhindern, dass Bobby auf die falsche Bahn gerät«, fuhr er fort. »Auch für Sie selbst kann ich eine Menge tun, denn Ihre Zukunft liegt nicht im Franklin County und schon gar nicht auf der bescheidenen Farm am Fuß des Stone Ridge Mountain. In Ihnen steckt so viel mehr, Mallory! Ich verfüge über Mittel und Wege, Sie zu einer ganz großen Nummer im Moonshine-Geschäft zu machen. Sie haben das Zeug dazu, nicht nur was Ihre Kunst des Schwarzbrennens betrifft. Ich spüre bei Ihnen den Drang, etwas aus sich zu machen. Und ich kann dafür sorgen, dass Sie Ihre Fähigkeiten entfalten und dieses Ziel erreichen können. Wir beide zusammen wären ein unschlagbares Team!«

Mallory starrte ihn verstört an. Noch wollte sie nicht so recht glauben, dass das, was in seinen Worten mitschwang, tatsächlich wahr sein sollte. »Und was habe ich für all Ihre Wohltaten zu tun?« fragte sie beherrscht.

Frank ließ seine Zigarette fallen und trat die Glut mit dem Absatz aus. »Mein Gott, das weißt du doch«, sagte er leise und wechselte in die vertrauliche Anrede. »Ich will dich, Mallory! Und ich weiß, dass ich auch dir nicht gleichgültig bin. Da ist was zwischen uns, das hast du auch gespürt. Ich begehre dich … ach was, ich bin verrückt nach dir. Wir könnten eine wunderbare Zeit miteinander verleben, ohne Fesseln und amtlichen Papierkram. Jeder gibt, was er zu geben hat. Eine Partnerschaft mit Leidenschaft! Gib mir eine Chance, dir zu beweisen, dass das mit uns passt. Ich werde dir alle Freiheiten lassen und mit allem, was in meiner Macht steht, dafür sorgen, dass aus deinem Bruder kein Gangster wird! Das ist mein ehrliches Angebot. Ich hoffe, du nimmst es an.«

Entgeistert starrte sie ihn an. »Verstehe ich dich richtig, dass du mir sozusagen den Antrag machst, deine Geliebte zu werden?«

Er bedachte sie mit einem schiefen Lächeln. »Das ist zwar reichlich prosaisch ausgedrückt, trifft die Sache letztlich. Auch wenn ich das Wort Partnerschaft vorziehe.«

Und obwohl sie gewusst hatte, dass alles auf ein Angebot dieser Art hinauslaufen würde, brachte es sie nun, da es ausgesprochen war, für einen Moment aus der Fassung. Sie fühlt sich beschmutzt. »Hier haben Sie meine Antwort!«, sagte sie und verpasste ihm eine schallende Ohrfeige. »Mein Körper steht nicht zum Verkauf, Mister Marlowe!«

Er nahm den Schlag hin, als habe er damit gerechnet. »Ich will nicht deinen Körper kaufen. Wenn es mir darum ginge – das könnte ich anderswo schnell und billig haben. Ich will in dir die Leidenschaft für mich wecken, und ich weiß, dass mir das …«

»Ich werde Ihnen zeigen, welche Art von Leidenschaft Sie in mir wecken, Mister Marlowe!«, stieß sie hervor und erhob die Hand erneut.

Er fing ihren Arm in der Luft ab und hielt ihn fest. »Ich habe dir ein ehrliches geschäftliches Angebot gemacht, nichts sonst, Mallory. Kein Grund, theatralisch zu werden. Schade, und ich dachte, du hättest das seltene Vermögen, Wahrheit und Ehrlichkeit zu schätzen«, sagte er. »Dem ist offenbar nicht so. Obwohl, so ganz kann ich nicht glauben, dass ich mich derart geirrt haben soll. Vielleicht brauchst du nur etwas Zeit, um nachzudenken und einzusehen, wie gut wir zusammenpassen und wie vorteilhaft so eine Partnerschaft für uns beide wäre.« Er ließ ihr Handgelenk los und sagte übergangslos: »Es wird langsam kalt hier oben. Ich nehme an, du möchtest jetzt zurück in die Pension. Ich sage Pete Bescheid, dass er dich fährt.« Auf der Feuertreppe bot er ihr seinen Arm.

Sie ignorierte ihn.

Pete brachte sie zurück. MacIver fuhr mit. Die beiden hatten etwas zu bereden. Genau genommen war es MacIver, der etwas von Pete wollte. Nur dass der sich nicht darauf einlassen wollte, sosehr sein Kamerad ihn auch bekniete.

Mallory schenkte dem Gespräch der beiden keine Beachtung, es zog als diffuses Hintergrundgeräusch an ihr vorbei. Sie schäumte noch immer vor Wut über Frank Marlowes Unverfrorenheit. Und was sie fast noch mehr erzürnte, waren seine Direktheit und der Umstand, dass er sich offensichtlich gute Chancen ausgerechnet hatte. Für wen hielt er sie, zum Teufel noch mal?

»Verdammt, dann wenigstens für eine Nacht!«, wurde MacIver plötzlich laut, was Mallory unwillkürlich aufhorchen ließ. Sein Tonfall pendelte zwischen Verärgerung und Flehen. »Sei ein Kumpel! Ich drück auch ordentlich was dafür ab, okay? Sag mir, wie viel du dafür haben willst.«

»Nee, lass deine Lappen stecken. Darauf hab ich keine Lust.

Ich kann nichts dafür, dass du gekniffen bist«, wehrte Pete genervt ab. »Aber versuch's doch mal bei Freddy. Vielleicht tauscht der mit dir.«

»Hab ich schon. Der hat mich abblitzen lassen«, sagte MacIver verdrossen. »Ihr seid wirklich tolle Kumpel!«

»Hey, komm mir nicht so!«, gab Pete gereizt zurück. »Wir haben das fair ausgelost. Kann mich nicht erinnern, dass du vorher dagegen gewesen wärst. Hast eben eine der Nieten gezogen. Also schluck die verdammte Kröte. Drei Nächte sind keine Ewigkeit. Also hör auf, mich anzubetteln.«

»Du hast gut reden!«

»Was willst du? Es ist nicht auf meinem Mist gewachsen, dass für die nächsten zwei Wochen aus dem Job 'ne Solonummer wird, Mann! Wenn es dir so stinkt, kannst du dich ja beim Boss beschweren. Oder besser noch bei Don Vito.«

»Red doch nicht so 'nen Scheiß, Mann!«

Mallory war wie elektrisiert, als sie sich der Bedeutung dessen, was sie da hörte, bewusst wurde. Die Erkenntnis, dass sich ihr endlich eine Chance zur Vergeltung bot, traf sie wie ein Schlag und ließ sie alles andere vergessen. Seit Monaten zermarterte sie sich das Hirn, wie sie bloß Rache nehmen könnte, ohne Bobby in Gefahr zu bringen. Hier servierten Pete und MacIver ihr die Antwort auf dem Präsentierteller, ohne es zu ahnen.

In ihren Gedanken nahm der Plan schon Gestalt an, noch ehe der Studebaker vor der Pension hielt. Nun gut, es würde nicht die umfassende und letztendliche Vergeltung sein, die sie geschworen hatte. Dazu gehörte einiges mehr. Aber es war ein erster Schlag, und er würde O'Reilly empfindlich treffen!

# 72

»Du bist verrückt!«, stieß Henry bestürzt hervor. »Das kann unmöglich dein Ernst sein!«

»Ist es aber.«

»Das ist Wahnsinn, Mallory! Schlag dir das gleich wieder aus dem Kopf!«

»Ich wüsste nicht, warum ich das tun sollte!«

»Weil du dich und deinen Bruder mit diesem verrückten Plan einer Gefahr aussetzt, deren Ausmaß du gar nicht einschätzen kannst«, sagte Henry. »Und das, was du damit erreichen kannst, ist dieses Risiko einfach nicht wert!«

»Das sehe ich anders!« Ein harter Zug legte sich um Mallorys Mund. Fast wünschte sie, er wäre nicht gekommen und sie hätte die Sache allein mit Homer durchziehen können, ohne dass Henry etwas davon erfuhr.

Es war früher Sonntagnachmittag, und sie saßen in der bullig warmen Küche um den zerkratzten Holztisch herum, während ein eisiger Wind aus Nordosten das letzte Laub von den Bäumen fegte und um das Farmhaus heulte. Homer meinte sogar, es liege Schnee in der Luft. Henry war wie üblich gleich nach dem Mittagessen mit seiner Mutter zur Farm gekommen und hatte Mallory und Homer beim Pläneschmieden überrascht. Sie saßen über eine Skizze von O'Reillys Lagerhaus am Roanoke River gebeugt, die sie auf ein großes Stück braunes Packpapier gezeichnet hatten. Kaum dass er Mallory zur Begrüßung einen Kuss gegeben hatte, war sie auch schon mit ihrem Plan herausgeplatzt. Was wohl nicht so klug gewesen war. Denn anstatt ihre Begeisterung zu teilen, zeigte er sich entsetzt.

»Ich weiß, wie sehr du O'Reilly und seine Bande hasst, und dazu hast du alles Recht der Welt«, sagte er mit eindringlicher Stimme. »Ich verstehe auch, dass du Vergeltung für den Mord an deinem Vater willst, aber …«

»Ich will sie nicht nur, ich werde auch dafür sorgen!«, fiel sie ihm ins Wort. »Das habe ich geschworen, und den Schwur werde ich halten!«

»… aber lass dich davon nicht blenden!«, beendete Henry seinen Satz in beschwörendem Ton. »Dieser Überfall kann zu einer entsetzlichen Katastrophe werden! Aber selbst wenn er gelingt – was bringt es dir, das Lagerhaus zu plündern und in Brand zu stecken, Mallory?«

»Mehr, als du dir vorstellen kannst, wie es scheint«, erwiderte sie mit einer Spur Bitterkeit darüber, dass er solch eine Frage überhaupt stellte. Konnte er sich denn nicht denken, dass ihr dieser Schlag gegen O'Reilly, auch wenn sie ihm damit nur finanziellen Schaden zufügte, ein klein wenig Genugtuung bringen und ein erster Schritt auf dem Weg der Sühne sein konnte, an dessen Ende O'Reillys Tod stehen musste?

Die Schärfe in ihrer Stimme ließ Henry schlucken. Sein Gesicht nahm einen bestürzten Ausdruck an.

»Ich finde den Plan weder verrückt noch brandgefährlich, Mister Irving«, mischte sich nun Homer ein. Er umklammerte seinen Emaillebecher mit beiden Händen, so als habe sich die Temperatur in der Küche plötzlich empfindlich abgekühlt, so dass er sich an seinem heißen Kaffee wärmen müsse. Ohne Henrys ungnädigen Blick zu beachten, fuhr er fort: »Wenn das Lagerhaus in den nächsten Nächten von nur einem Mann bewacht wird, kann es nicht schwierig sein, den zu überwältigen. Und wir haben das Überraschungsmoment auf unserer Seite. Was sollte also gegen den Plan sprechen?«

Henry bedachte ihn mit einem unwirschen Schnauben und wandte sich an Mallory. »Und was ist, wenn du irgendetwas falsch verstanden hast?«

»Ich weiß, was ich gehört habe, Henry! Don Vito hat in Richmond und vor allem außerhalb der Stadt mit Leuten aus dem Norden Ärger. Irgendeine schlagkräftige und gut informierte Bande versucht im Südosten Fuß zu fassen und überfällt nächtliche Konvois mit der Fracht, die Don Vitos Leute von den Rum

Runners vor der Küste an Land gebracht haben. Er vermutet, dass es in seiner Truppe einen Verräter gibt, der ausplaudert, wann ein solcher Konvoi stattfindet und welche Route die Trucks nehmen. Deshalb hat er etliche von O'Reillys Männern nach Richmond abkommandiert. Sie sollen für die nächsten ein, zwei Wochen den Schutz der Konvois übernehmen, bis er den Verräter entlarvt hat. Aus diesem Grund wird so lange nur ein Mann im Lagerhaus Nachtwache halten.«

»Und wenn schon«, knurrte Henry. »Der Kerl wird sofort argwöhnisch sein, wenn du mitten in der Nacht vor der Tür stehst! Das sind keine Trottel. Wer immer da Wache schiebt, wird dich nicht einfach so reinlassen, sondern Verdacht schöpfen und O'Reilly oder wen auch immer alarmieren.« Und zu Homer gewandt fügte er bissig hinzu: »Von wegen Überraschungsmoment!«

Mallory lächelte spöttisch. »Wer hat denn gesagt, dass ich den Wachposten dazu bringen will, uns mitten in der Nacht ins Lagerhaus zu lassen?«

Henry furchte die Stirn. »Wie willst du denn sonst reinkommen?«

»Ganz einfach. Homer wird mir das Tor aufmachen. Von innen!«, erklärte sie beinahe vergnügt.

Verblüfft sah Henry sie an. »Wie soll denn das gehen?«

Mallory und Homer tauschten einen Blick und lachten. Dann sagte Mallory: »Wir setzen O'Reilly ein faules Ei ins Nest. Und aus dem schlüpft zur rechten Zeit die böse Überraschung für den Wachmann!«

# 73

»Mir gefällt das nicht!«, raunte Henry und rieb seine eiskalten Hände, um die Blutzirkulation anzuregen. Dabei hielt er sie vor den Mund, um sie zusätzlich anzuhauchen. Beide hatten sie vergessen, Handschuhe mitzunehmen. Längst war die letzte Motorwärme in der Fahrerkabine des schweren Nash-Trucks verflogen. Seit gut zwanzig Minuten standen sie bei ausgeschalteten Scheinwerfern und abgestelltem Motor auf dem verlassenen Gelände der Tankstelle Ecke Clinton und Greenbrier Avenue, von wo aus sie einen ungehinderten Blick in die Sackgasse und auf O'Reillys Lagerhaus an ihrem Ende hatten. Eine einsame Lampe mit verrostetem Blechschirm warf ihr kümmerliches Licht auf das nicht weniger von Rost befallene Schild der vorgeblichen *Panamerican Coffee Company* über dem Tor. »Ich habe ja gleich gesagt, dass es zu gefährlich ist!«

»Fang nicht wieder an!« Mallorys Nerven waren angespannt genug. Er brauchte sie nicht ständig daran zu erinnern, was auf dem Spiel stand und was trotz bester Planung schiefgehen konnte; sie hatte genug eigene Phantasie.

»Es ist zehn nach drei. Homer hätte das Zeichen längst geben müssen!«

»Vielleicht geht Vaters Taschenuhr ein paar Minuten nach«, sagte Mallory und zog die dicke Strickjacke, die sie über ihrem ältesten Arbeitsoverall trug, vorn enger zusammen. »Mein Gott, es kann viele Gründe geben, warum er das Licht über dem Tor noch nicht ausgeschaltet hat.«

»Genau! Unter anderem den, dass er eingeschlafen ist und seinen Einsatz verpennt. Oder den, dass der Plan in die Hose gegangen ist, dass die Nachtwache ihn entdeckt hat und Verstärkung herbeiholt und wir uns gleich in einem verdammten Hinterhalt wiederfinden! Weißt du, was es für Homer bedeutet, wenn sie ihn schnappen? Einen Schwarzen? Den sicheren Tod! Und bestimmt keinen schnellen!«

»Jetzt hör endlich auf zu unken!«, erwiderte sie gereizt. »Und du musst auch nicht flüstern. Hier ist weit und breit keiner, der uns hören könnte.«

»Verdammt, jetzt fängt es auch noch an zu schneien!«, stöhnte Henry, als sich zarte weiße Flocken auf die Windschutzscheibe legten, die von ihrem Atem immer wieder beschlug. »Dabei haben wir erst den dritten Dezember!«

»Es ist schon Sonntag, also der vierte«, korrigierte sie ihn. »Und jetzt gib endlich Ruhe und steck uns lieber eine Zigarette an!« Sie war nervöser, als sie zugeben wollte. Allmählich machte auch sie sich Sorgen. Angestrengt starrte sie in den nächtlichen Schneefall hinaus. Wo blieb Homer? Warum hatte er die Torlampe noch nicht ausgeschaltet?

Am Vortag war doch alles nach Plan verlaufen!

Wie üblich hatte sie am frühen Samstagnachmittag mit dem alten Ford-Pick-up ihren Moonshine ins Lagerhaus gebracht. Freddy the Fog hatte die Lieferung in Empfang genommen, sich aber geweigert, ihr beim Abladen zu helfen. Er wollte sich nicht bei der Radiosendung stören lassen, die er sich gerade im Büroverschlag anhörte. Sie war aus seinem Genuschel nicht recht schlau geworden.

Das Einzige, was sie dem Wortbrei hatte entnehmen können, hatte den Rückschluss zugelassen, dass im Radio etwas übertragen wurde, das mit Boxen zu tun hatte und ihn brennend interessierte. Was Homer und ihr nur recht gewesen war, hatte er so doch einfacher als gedacht unter der Plane hinter den Sitzen in der Fahrerkabine hervorkommen und sich im hinteren Teil des Alkohollagers ein Versteck suchen können. Da die Festtage und Silvester vor der Tür standen, war die Lagerhalle mit Fässern, Kisten voller Flaschen und Zinkbehältern zugestellt wie selten zuvor, so dass der Raum hinter der Tarnwand einem Labyrinth gleichkam. Ideale Bedingungen, um sich zu verstecken und auf die Nacht zu warten. Und um einen ahnungslosen Wachposten zu überwältigen, im besten Fall sogar im Schlaf oder während er von irgendeinem Schwachsinn im Radio abgelenkt war.

Unterdessen hatte Henry in Rocky Mount unter einem Vorwand einen der schweren Trucks aus dem Fuhrpark der *Loomis*-Holzhandlung organisiert. Er hatte darauf bestanden, sich an dem Überfall zu beteiligen und für einen zuverlässigen Lastwagen zu sorgen. Was sie ihm hoch anrechnete, hatte er doch zunächst alles versucht, um ihr die Sache auszureden. Und dann hatte er doch den Truck vom Hof des Sägewerks geholt. Zu groß war seine Sorge gewesen, dass sie mit ihrem alten Ford liegenblieb oder auf der Rückfahrt nicht über die Berge kam, sollte die Nacht eisig werden und sich auf der Straße über den Pass von Windy Gap Mountain mit all seinen Windungen und steilen Abschnitten Glatteis bilden.

Henry griff nach seinen Zigaretten, und Mallory beugte sich vor, um mit einem Putzlappen über die beschlagene Scheibe zu wischen, als über dem Tor der Lagerhalle das Licht erlosch. Der zarte Schneefall gewann an Dichte.

»Da!«, stieß sie aufgeregt hervor. »Der Plan funktioniert! Er macht das Tor auf!« Innerer Jubel löste das nervenzerfetzende Bangen ab.

»Na endlich!«, brummelte Henry erlöst. Er ließ die Packung in seinen Schoss fallen und startete den Motor. Das Anspringen der schweren Maschine erschien Mallory in der trügerisch stillen Nacht wie ein unerträglich lautes Aufbrüllen, das die halbe Stadt aus dem Schlaf holen musste. Aber sie wusste, dass es nur ihre Nerven waren, die ihr das vorgaukelten.

Henry fuhr los, ohne die Scheinwerfer einzuschalten, wendete vor dem Tor und setzte rückwärts in die Lagerhalle. Homer schritt auf der Fahrerseite neben ihm her, wies ihn ein und rannte dann im Dunkel der Halle zum Tor zurück, um es schnell wieder zu schließen.

Kurz darauf flammten die nackten Glühbirnen über dem Alkohollager im hinteren Teil der Halle auf. Durch die Ritzen der

Jalousien vor den Fenstern des Büroverschlags fiel Licht zu ihnen herein, dazu Tanzmusik aus dem Radio.

»Warum hat das so lange gedauert, Homer?«, rief Henry grimmig, kaum dass er den Nash-Truck rückwärts durch das innere Rolltor ins Lager manövriert hatte und aus dem Fahrerhaus gesprungen war. »Punkt drei hatten wir ausgemacht, nicht zwanzig nach! Wir haben auf verdammt heißen Kohlen gesessen!«

Homer grinste. Man sah ihm an, wie stolz er war, die gefährliche Aufgabe gemeistert zu haben. Und er ließ sich die gute Laune nicht verderben. »Punkt drei habe ich mir den Kerl vorgeknöpft. Hat ein mächtig dummes Gesicht gemacht, als ich plötzlich hinter ihm stand und ihm auf die Schulter tippte. Ich schlage nicht gern jemanden von hinten nieder, das ist nicht recht. Meine Maske aus 'nem alten Jutesack hat ihm einen Heidenschreck eingejagt. Er wollte noch zu seiner Knarre greifen«, er deutete auf die mattschwarze Automatik, die in seinem Hosenbund steckte, »war aber nicht schnell genug. Ich hab ihm mit dem Prügel eins übergezogen, ihn gefesselt und geknebelt und ihm einen Jutesack über den Kopf gezogen«, berichtete er stolz. Dabei sah er jedoch immer nur Mallory an. »Dumm nur, dass mir das Warten auf die Gedärme geschlagen ist.« Er verzog das Gesicht zu einem schiefen Grinsen. »Jedenfalls musste ich danach erst mal auf den Topf, war wirklich höchste Not, Miss Mallory.« Dann schaute er wieder Henry an und fügte hinzu: »Oder hätte ich mir in die Hose machen sollen?«

Henry begnügte sich damit, das Gesicht zu verziehen.

Mallory dagegen lachte. »Du hast deine Sache ausgezeichnet gemacht, Homer! Was zählen da schon die paar Extraminuten bangen! Ich weiß auch nicht, was das soll, Henry? Hauptsache, es ist alles nach Plan gelaufen, oder? Sehen wir also zu, dass es auch so bleibt«, sagte sie versöhnlich, und dann begannen sie den Truck zu beladen. Wobei sie zuerst die Kisten mit ihrem Crazy Apple und Mountain Smoke aufluden. Diesen Moonshine konnte sie O'Reilly später problemlos ein zweites Mal verkaufen. Den anderen Alkohol würde sie erst veredeln und geschmacklich verändern müssen. Aber all das war nebensächlich. Im Vordergrund stand, dass O'Reilly seinen gesamten Bestand verlor – und die Lagerhalle dazu!

Sie beeilten sich, wuchteten Kisten und Fässer auf die Ladefläche und gerieten dabei ordentlich ins Schwitzen. Nach weniger als einer halben Stunde war der Truck bis obenhin beladen.

»Eine ganze Truckladung, und man sieht kaum, dass hier mehr als tausend Gallonen fehlen«, sagte Mallory, als sie ihren Blick durch das noch immer volle Lager schweifen ließ. »Ich wünschte, wir könnten noch mehr abtransportieren!«

»Den Rest holen sich die Flammen«, sagte Homer mit breitem Grinsen, warf die Rückklappe zu, und zerrte die schmutzig braune Plane herunter und machte sich daran, die Lederbänder durch die Ösen an den Brettern zu ziehen und fest zu verknoten.

Mallory und Henry holten indessen zwei Äxte und ein kurzes Handbeil aus dem Fahrerhaus und begannen, im hinteren Teil der Halle die ersten Fässer einzuschlagen. Der Alkohol sprudelte aus den zertrümmerten Dauben und floss über den nackten Betonboden.

»Hey, sollten wir nicht erst einmal den Wachmann aus dem Verschlag holen und nach draußen ans Flussufer tragen, bevor hier der Alkohol knöchelhoch steht?«, rief Homer.

»Gute Idee!« Mallory ließ die Axt sinken.

»Hoffentlich weiß der Goldzahn auch zu schätzen, dass wir ihn an die frische Luft bringen, statt ihn grillen zu lassen!«, spottete er.

Mallory erstarrte.

# 74

»Goldzahn?«, wiederholte Mallory, und ihre Stimme war von einer Sekunde auf die andere ein zittriges Krächzen.

Ihr Herz begann zu jagen, ein eisiger Schauer lief ihr über den Rücken.

Homer zuckte verlegen die Achseln. »Na ja, ich hab ihn bei mir so genannt, weil er oben 'ne ganze Reihe goldener Zähne hat. Das muss viel Geld gekostet haben.«

Ungläubig starrte sie ihn an. »Goldie!«, stieß sie hervor. »Du hast Goldie erwischt!« Keine Sekunde hatte sie daran gedacht, dass der Mörder ihres Vaters womöglich auch Nachtwache im Lagerhaus schob, und das genau in der Nacht ihres Überfalls. Ein verrückter Zufall? Nein, ein Wink des Schicksals!

»So heißt er, Goldie?«, fragte Homer ahnungslos. Mallory hatte ihm nie erzählt, wer genau ihren Vater erschossen hatte. »Ja, das passt.«

»Gib mir die Waffe, Homer!«, sagte sie.

Entsetzen malte sich auf Henrys Gesicht, als er begriff, was in Mallory vorging und was sie zu tun beabsichtigte.

»Klar doch«, sagte Homer, zog die Automatik aus dem Hosenbund und reichte sie ihr. »Aber was …«

»Es war Goldie, der meinen Vater erschossen hat. Jetzt kriegt er seine gerechte Strafe!«, sagte sie, lud die Waffe durch und stürmte auf den Büroverschlag zu.

»Um Gottes willen, verlier jetzt nicht die Nerven!«, rief Henry, lief ihr nach und stellte sich ihr in den Weg. »Das kannst du nicht tun!«

»Sag mir nicht, was ich tun kann und was nicht!«, fuhr sie ihn an. Ein harter, unerbittlicher Zug hatte sich um ihren Mund gelegt. »Der Mann ist ein skrupelloser Verbrecher, der weiß Gott wie viele Morde und sonstige Verbrechen begangen hat! Bisher ist er ungestraft davongekommen – bei mir nicht. Für den Mord an meinem Vater wird er bezahlen!«

»Das soll er auch, und er wird seine gerechte Strafe bekommen, aber überlass das einem ordentlichen Gericht, statt hier Richter und Henker in einer Person sein zu wollen!«

»So, wann soll er denn seine gerechte Strafe bekommen? Und wie soll ich ihn vor ein ordentliches Gericht bringen? Mit welchen Beweisen? Vielleicht überredest du ihn gleich, ein reumütiges Geständnis abzulegen?«, höhnte sie. »Also, nur zu, sag mir, wie ich das anstellen soll mit der gerechten Strafe?«

Henry machte eine hilflose Geste. »Ich weiß es nicht. Aber wenn es nicht in diesem Leben geschieht, dann wird Gott ihn richten!«

»Und was, wenn es keinen Gott oder kein Jüngstes Gericht gibt, weil Gott sich überhaupt nicht für das interessiert, was auf der Erde passiert?«, gab sie verbittert zurück. »Weder für das Gute noch für das Böse?«

Darauf wusste er keine Antwort. Bleich und verstört sah er sie an. »Ich flehe dich an, tu es nicht! Wenn schon nicht dir selbst zuliebe, dann weil ich dich inständig anflehe, dich nicht mit dem Blut dieses Gangsters zu beflecken!«

Er erreichte sie nicht. »Ich denke nicht daran, auf Gerechtigkeit im Jenseits zu hoffen!«, beschied sie ihn. »Ich will Gerechtigkeit für meinen Vater *in diesem Leben,* so wie ich es an seinem Grab geschworen habe. Und die wird er bekommen!«

»Vergeltung ist nicht gleich Gerechtigkeit!«

»Mach dich doch nicht lächerlich! Als ob ich ihn vor ein ordentliches Gericht bringen könnte«, stieß sie zornig hervor. »Hier gelten andere Gesetze, Henry. O'Reilly und seine Bande haben uns den Krieg erklärt! Und im Krieg macht man kurzen Prozess!«

Henry unternahm einen letzten, verzweifelten Versuch. »Ich beschwöre dich, lass dich nicht von deinem Hass zu einer Tat verleiten, die du bestimmt bitter bereuen wirst. Lass uns das hier zu Ende bringen und verschwinden! Bitte gib mir die Waffe!«, flehte er und griff nach ihrem Arm.

Sie stieß ihn zurück und hob die Automatik. »Versuch es bloß nicht!«

Henry wurde weiß wie die Wand und gab die Tür wortlos frei.

Mallory stieß sie auf. Goldie lag gefesselt, geknebelt und mit einem Jutesack über dem Kopf am Boden. »Komm, hilf mir, Homer! Ich will, dass der Kerl ein ordentliches Standgericht erhält!«, rief sie über die Schulter. »Oder willst du auch lieber draußen bleiben und darauf vertrauen, dass meinem Vater irgendwann schon Gerechtigkeit widerfährt?«

Homer hatte sich während des erregten Wortwechselns still verhalten, nun aber bezog er Stellung. Er folgte ihr in den Raum und sagte: »Ich halt's mit der Bibel, Miss Mallory: Auge um Auge! Und ein Standgericht ist keine Lynchjustiz, und mit Lynchjustiz kennt sich unsereins mächtig gut aus.«

Sie nickte ihm dankbar zu. »Setz ihn auf den Stuhl und nimm ihm Fessel, Knebel und Jutesack ab!«

Homer zögerte kurz und warf ihr einen skeptischen Blick zu, doch dann tat er, was sie ihn geheißen hatte. Aus dem Alkohollager kamen wütende Axtschläge.

Befreit von dem würgenden Knebel hustete Goldie, rang nach Atem und spuckte in Mallorys Richtung aus. Sie stand zwei Schritte von ihm entfernt und hielt die Automatik auf ihn gerichtet. Dass die Tochter des Dutchman sich klar zu erkennen gab, sagte ihm, was er wissen musste. Er versuchte, die Todesangst, die ihn trotz aller Kaltschnäuzigkeit ansprang, zu unterdrücken, doch das Flackern in seinen Augen bekam er nicht unter Kontrolle. »Dreckige Landschlampe! Dich hätten wir gleich mit umlegen sollen!«, schleuderte er ihr entgegen.

Mallory ignorierte seinen Ausbruch. »Du hast meinen Vater ermordet und bei der Entführung meines Bruders Beihilfe geleistet. Was hast du zu deiner Verteidigung vorzubringen?« Ihr Ton war kalt wie das Metall der Waffe in ihrer Hand. Sie sah ihren Vater vor sich, wie er in seinem Blut lag, die Augen starr und leer.

»Fick dich doch, du Provinzfotze!«, stieß Goldie mit schriller Stimme hervor. »Dein Alter war ein gottverdammter Trottel, der hat nichts gerafft! War mir ein Vergnügen, ihm drei Kugeln in den Leib zu jagen. Und wenn's nach mir gegangen wäre, hätten wir's dir alle ordentlich besorgt und dir dann auch 'ne Unze Blei zwischen die Titten gepflanzt! Du verfluchtes Dreck…« Er sprang auf, um sich auf Mallory zu stürzen. Ein Verzweiflungsakt angesichts des sicheren Todes.

Mallory hatte damit gerechnet. Die erste Kugel traf ihn in den Unterleib, noch bevor er halb hochgekommen war, und schleuderte ihn auf den Sitz zurück. Er schrie auf und fasste nach der Wunde. Die zweite Kugel ging in seine Brust und riss ihn vom Stuhl, das dritte Geschoss bohrte sich oberhalb der Nase in die Stirn und löschte sein Leben endgültig aus.

Für einen langen Moment starrte sie auf die Leiche hinunter. Ihr Atem flog, ihr Herz raste, aber darüber hinaus fühlte sie nichts. Weder Genugtuung noch Reue.

»Wir sollten verschwinden«, drängte Homer sanft und warf den Jutesack über den Toten. »Jemand könnte die Schüsse gehört haben!«

Sie nickte, sicherte die Waffe und verließ den Verschlag. Es gab nichts mehr zu tun. Hochprozentiger Alkohol überschwemmte das Lager. Die Dunstwolken, die aus dem See aus Rum, Schnaps und Whiskey aufstiegen und mittlerweile durch die Halle waberten, waren betäubend. Henry saß schon im vollbeladenen Truck, und Homer öffnete ihm das Tor. Er stieg nicht aus. Noch immer rieselten Schneeflocken in einem sanften, geradezu friedlichen Treiben aus der Nacht herab. Eine dünne weiße Decke lag über dem sandigen Vorplatz und auf den Dächern der Gebäude ringsum.

Homer schloss das Tor und verriegelte es von innen. »Soll ich das Feuer legen?«, fragte er.

Mallory, die an der Seitentür auf ihn wartete, schüttelte den Kopf. »Steig schon ein. Ich bringe das hier zu Ende«, sagte sie und griff zu der Pechfackel, die sie mitgebracht hatten. Mit dem Sturmfeuerzeug ihres Vaters setzte sie sie in Brand, ging einige Schritte ins Dunkel hinein und schleuderte sie in die von Alkohol getränkte Schwärze.

Gleich darauf stürzte sie zur Tür. Bevor sie die Seitentür hinter sich zuzog, sah sie noch die grelle Stichflamme, die fauchend in die Höhe stieg. Blitzschnell griff das Feuer um sich und raste durch die Whiskey-Lachen, die sich durch den Durchgang mit dem Rolltor bis an den Büroverschlag ergossen hatten, und verwandelte die Lagerhalle binnen weniger Augenblicke in eine Hölle.

Henry fuhr los, kaum dass Mallory zu ihnen in den Truck gesprungen war. Während der ersten ein, zwei Minuten ließ er die Scheinwerfer ausgeschaltet. Erst als sie in die Kenwood Street abbogen, machte er das Licht an. Schweigend ging es durch das nächtliche Roanoke. Die ersten Sirenen von Polizei- und Feuerwehrwagen hörten sie, als sie sich schon ein gutes Stück stadtauswärts auf der breiten Jefferson Street befanden und kurz vor der Brücke den Gleisübergang der Virginian Railroad überquerten.

Die ganze Fahrt über fiel nicht ein Wort. Keiner machte auch nur den Versuch, das schwer lastende Schweigen zu brechen und ein Gespräch in Gang zu bringen. Henry starrte mit verschlossener Miene hinaus in die Nacht. Ebenso Mallory, nur dass sie etwas anderes sah als er.

Der Nash-Truck brachte sie ohne Zwischenfälle über die Berge. Auf der Farm luden sie die Fässer und Kisten ab und trugen sie in das unterirdische Versteck, zu dem man von der Scheune aus Zugang hatte. Auch jetzt fiel nicht ein Wort. Als nur noch drei Kisten mit Crazy Apple auf dem Truck standen, tauschte Mallory einen verstohlenen Blick mit Homer, der ihre stumme Nachricht mit einem Nicken und einem gequälten Lächeln beantwortete und sich davonstahl.

»Lass uns reden«, sagte Mallory, als Henry die letzte Kiste

von der Ladefläche hob. »Wir können uns doch nicht länger so anschweigen, als wäre das die Lösung. Ich verstehe ja, dass du nicht einverstanden warst …«

»Nicht *einverstanden?*«, fiel er ihr ins Wort. »Weißt du überhaupt, was du da redest?«

»Ich musste es tun!«, beharrte sie, augenblicklich wieder in der Defensive.

Er starrte sie an wie eine Fremde. »Niemand hat dich gezwungen, den Mord an deinem Vater mit einem Mord zu vergelten. Aus zweimal Unrecht wird nicht Recht!«, hielt er ihr vor und knallte ihr die Kiste vor die Füße. »Ich dachte, ich kenne dich, Mallory, aber das stimmt wohl nicht. Die Mallory, die Goldie in der Lagerhalle hingerichtet hat, ist nicht die Frau, in die ich mich verliebt habe. Und ich weiß nicht, ob ich eine Frau, die in ihrem Hass einen Menschen, selbst wenn es sich um einen skrupellosen Mörder handelt, derart kaltblütig erschießt – ob ich so eine Frau überhaupt lieben kann!«

»Henry, bitte!«, sagte sie mit erstickter Stimme und streckte die Hand nach ihm aus.

Nun war er es, der sie zurückstieß. »Nein, lass mich in Ruhe!«, erwiderte er. »Ich kann jetzt keinen klaren Gedanken fassen. Ich brauche Abstand, muss herausfinden, was das für mich … für uns bedeutet. Du wirst mich erst einmal nicht wiedersehen. Vielleicht nie. Ich weiß es nicht, ich weiß gar nichts mehr. Vor allem weiß ich nicht, wer du bist!« Damit wandte er sich ab, stieg in den Truck und fuhr davon.

Mallory fror im kalten Wind, der vom Stone Ridge Mountain herabstrich. Sie sah Henry nach und dachte, sie müsse gleich weinen, aber es kamen keine Tränen, ihre Augen blieben trocken.

# 75

Als der Wagen langsam die Auffahrt zur Kendrick-Farm hochkam, stand die Dezembersonne schon tief im Westen. Bleich und kraftlos sank sie auf einen Bergsattel herab, der Devil's Backbone genannt wurde. Den ganzen windig kalten Tag über hatte es so ausgesehen, als würde sich die trübe Wolkendecke erneut vollends schließen und noch mehr Schnee fallen. Doch der Schnee ließ auf sich warten.

Mallory hatte Old Nick versorgt und kam mit einem Korb Feuerholz aus dem Schuppen, als sie den Wagen hörte. Sobald er unten bei den kahlen Magnolienbäumen aufreizend langsam um die Kurve rollte, erkannte sie ihn. Der perlgraue Plymouth gehörte zu O'Reillys Wagenpark. Beklemmung befiel sie, und ihr wurde flau im Magen. Überrascht war sie nicht.

Seit dem Morgengrauen befand sie sich in einem Zustand nervöser Anspannung. Sie wusste nicht, was sie erwartete und was genau sie befürchtete. Es konnte ihnen niemand auf die Schliche gekommen sein. Dennoch war sie in all den Stunden das dumpfe Gefühl nicht losgeworden, dass irgendetwas passieren würde. Etwas, das mit dem Überfall auf das Lagerhaus und Goldies Tod zu tun hatte. Sie hatte versucht, ein paar Stunden zu schlafen, und doch kein Auge zugetan. Ständig hatte sie die Bilder vor Augen. Goldie mit einem Loch im Schädel, das Lagerhaus lichterloh in Flammen.

Nicht, dass die Erinnerung sie verfolgt und erschreckt hätte. Sie hatte in sich nach Scham und Reue geforscht, aber nicht eine Spur davon gefunden. Das Einzige, was sie erschreckte, war der Umstand, dass das alles sie so ungerührt ließ. Nie hätte sie es für möglich gehalten, dass sie einen Menschen erschießen und zu dieser Tat eine derart kalte innere Distanz bewahren könnte.

Was sie dagegen aufgewühlt und nach dem ersten Zorn zutiefst getroffen hatte, waren Henrys Unverständnis und seine wohlfeile Selbstgerechtigkeit. *Ich weiß nicht, wer du bist! Ich weiß nicht, ob ich eine Frau wie dich lieben kann!* Damit hatte er sie förmlich von sich gestoßen. Genau genommen hatte er ihr die Liebe aufgekündigt. Weil sie Vergeltung für den Mord an ihrem Vater geübt hatte! Als ob es eine andere Möglichkeit gegeben hätte, den Mann für das ruchlose Verbrechen zur Rechenschaft zu ziehen! In welcher Welt lebte Henry, dass er ihr das Recht absprach, das Gesetz in die eigene Hand zu nehmen? Offensichtlich kannte auch sie Henry nicht so gut, wie sie bis gestern Nacht geglaubt hatte!

Rasch ging sie über den Hof und stellte den schweren Korb auf den Stufen der Veranda ab. Mit knirschenden Reifen rollte der Wagen heran. Sie spürte, wie ihr Mund trocken wurde und ihr Herz zu rasen begann. Entschlossen, sich nichts anmerken zu lassen, verschränkte sie die Arme vor der Brust und kniff die Augen zusammen, um zu erkennen, wer alles hinter der verschmutzten Windschutzscheibe im Wagen saß.

Der Plymouth hielt vor dem Farmhaus, und Frank Marlowe stieg aus. Er trug einen nussbraunen Kamelhaarmantel, einen gleichfarbigen Fedora und etwas dunklere Lederhandschuhe. Er war allein.

»Was führt Sie zu mir, Mister Marlowe?«, fragte sie reserviert.

»Mister Marlowe? Muss das denn wirklich sein, Mallory?«, fragte er mit einem Seufzer, als appelliere er an sie, den kindischen Trotz nun doch langsam aufzugeben. »Ich bitte dich, wir waren schon mal sehr viel weiter. Und da gehören wir auch hin.«

»Das war bevor Sie mir diesen unsittlichen Antrag gemacht haben!«

»Ich halte es noch immer für ein anständiges, weil ehrliches Angebot. Die Partnerschaft würde uns beiden ...«

»Fangen Sie nicht wieder an!«, fiel sie ihm kühl ins Wort. »Wenn Sie deshalb hier sind, haben Sie die Fahrt vergebens gemacht!«

»Nein, das ist nicht der Grund, aus dem ich hier bin, auch wenn du über meinen Vorschlag unbedingt noch einmal nachdenken solltest. Ich bringe schlechte Nachrichten«, erklärte er. »Das heißt, für dich könnte sich die prekäre Situation, in der Mister O'Reilly steckt, unter Umständen als profitabel erweisen.«

Sie begnügte sich damit, die Stirn zu runzeln und ihn fragend anzublicken.

»Jemand hat gestern Nacht das Lagerhaus am Fluss überfallen, vermutlich einiges von unserem guten Alkohol gestohlen und das Gebäude in Brand gesteckt«, teilte er ihr sachlich mit.

»Scheint so, als wär ich nicht die Einzige, die O'Reilly nicht ausstehen kann!«

»Das bist du ganz sicher nicht. Übrigens hat es dabei Goldie erwischt. Er hatte gestern Nachtwache.«

Nun musste sie doch Überraschung heucheln. Die tiefe Genugtuung über Goldies Tod trat dagegen ganz von selbst in ihre Stimme. »In den Flammen umgekommen? Das ist die beste Nachricht seit langem! Möge er in der Hölle weiter brennen!«

«Mag sein, dass er da jetzt über einem Rost schmort«, sagte Frank. »Aber gestorben ist er nicht in den Flammen. Jemand hat ihn erschossen.«

»Ist mir auch recht. Und wer war dieser jemand? Boyd Wheeler? Ich würde mich gern bei ihm für diesen Dienst an der Menschheit bedanken!«

»Keine Ahnung, wer dahintersteckt. Ich glaube nicht, dass dieser fette Coup auf Boyds Konto geht. Aber wer immer es war, er hat jedenfalls nicht so einen Pick-up gefahren«, sagte er und deutete auf Mallorys Ford, der in der Durchfahrt der Scheune stand. »Die Spuren im Schnee auf dem Platz stammen von erheblich größeren und breiteren Reifen. Es war ein richtig schwerer Truck, mit dem die Bande das Lager geplündert hat.«

Mallory verkniff sich ein hämisches Grinsen und dachte an den Kellerraum, der bis fast unter die Luke mit Beutegut gefüllt war. Welch ein Segen, dass Henry ihnen den bulligen Nash-Truck organisiert hatte. Zumindest dafür und dafür, dass er mitgekommen war, musste sie ihm dankbar sein. »Und wieso meinen Sie, dass sich dieser Überfall für mich als profitabel erweisen könnte?«

Frank Marlowe zog sein Zigarettenetui hervor und steckte sich, nachdem sie abgelehnt hatte, sich aus seinem Etui zu bedienen, eine Chesterfield an. »Don Vito ist außer sich«, berichtete er mit einem feinen Lächeln und pflückte einen Tabakkrümel von seiner Unterlippe. »Verständlicherweise. Das Feuer hat Alkohol für rund dreißigtausend Dollar vernichtet. Und zwar dreißigtausend Dollar *Einkaufswert!* Da ist gestern Nacht ein riesiges Vermögen in Flammen aufgegangen. Und dabei ist der Totalverlust des Lagerhauses noch gar nicht mitgerechnet.«

»Das ist ja schrecklich!«, höhnte sie.

»Sprechen wir lieber von einem logistischen Alptraum«, sagte Frank Marlowe. »Die Weihnachtstage stehen vor der Tür und dann die Silvesterfeiern. Da fließt der Alkohol in Strömen. Weißt du, was es bedeutet, all die Speakeasies, Nachtclubs, Spielhöllen, Wettbüros, Bordelle und Hotels, die O'Reilly kontrolliert, nach dem Brand noch rechtzeitig mit den nötigen Vorräten zu versorgen?«

Innerlich ein gutes Stück ruhiger, zuckte sie die Achseln. »Irgendwie hält sich mein Mitleid in Grenzen.«

Er lächelte dünn. »Das glaube ich dir unbesehen. Und bestimmt kümmert es dich auch nicht sonderlich, dass ich jetzt ein gutes halbes Jahr länger für Don Vito werde arbeiten müssen, um den verlorenen Profit wettzumachen.«

Sie ging nicht darauf ein, sondern sah ihn nur an und wartete, was er ihr noch zu sagen hatte. Mittlerweile hatte sich ihre Beklemmung gelegt.

»Jedenfalls hast du jetzt gute Karten, um in den nächsten drei Wochen einen besseren Preis für ein, zwei Sonderlieferungen Moonshine zu verlangen, falls du das bei gleichbleibender Qualität schaffen solltest«, fuhr er fort. »Don Vito wird zwar aus seinen Lagerhäusern in Richmond und anderswo mehrere hundert Kisten abzweigen und zu uns schicken, aber selbst mit diesen Lieferungen wird es knapp, und deshalb wird jeder Tropfen Moonshine gebraucht, den wir selbst auftreiben können. Jedenfalls soll ich dir von Mister O'Reilly ausrichten, dass er bis Neujahr für jede Extragallone fünf Dollar zu zahlen bereit ist.«

»Kann gut sein, dass ich mit Homers Hilfe bis Silvester noch ein, zwei Zusatzlieferungen schaffe«, sagte sie.

Er nickte. »Das habe ich mir irgendwie gedacht.« Sein Blick ruhte nachdenklich auf ihr. Er ließ seine Zigarette fallen und trat die Glut aus. »Na, dann fahre ich mal wieder und überbringe Mister O'Reilly die gute Nachricht, dass zumindest für ausreichend Crazy Apple und Mountain Smoke gesorgt sein wird. Und du musst dich wohl an die Arbeit machen, damit der Nachschub aus der Kendrick-Stil auch üppig sprudelt.«

»Wir werden sehen«, erwiderte sie mit ausdruckslosem Gesicht.

»Ach, ich bin sicher, du kriegst das hin. Aber vorher solltest du dir Schlaf gönnen. Du siehst nämlich müde aus. Du hast Schatten unter den Augen, als hättest du die letzte Nacht durchgearbeitet«, sagte er, ging zum Wagen, öffnete die Fahrertür, hielt inne und blickte gen Himmel. Das letzte fahle Tageslicht zog sich hinter die Berge zurück. »Heute wird es keinen klaren Nachthimmel mit funkelnden Sternen geben. Obwohl die Sterne genau genommen ja gar nicht funkeln, auch wenn es so aussieht. Das ist eine optische Täuschung, hast du das gewusst?«

Verdutzt sah sie zu ihm hinüber. »Nein, und es hat mich bisher auch nicht um den Schlaf gebracht.«

»Es sind die Turbulenzen in der Luftschicht, die das Licht durchquert, die sogenannte Luftunruhe, durch die es für das menschliche Auge so aussieht, als würden die Sterne funkeln. In Wirklichkeit strahlt ihr Licht klar und ruhig«, fuhr er unbeirrt fort. »Das ist natürlich schlecht für romantische Dichter, die sich gern von funkelnden Gestirnen zu herzbewegenden Reimen inspirieren lassen. Aber wie gesagt: Im Leben ist vieles nicht so, wie wir zu wissen meinen, Mallory.«

»Verbindlichen Dank für Ihre kostbare Lebensweisheit, Mister Marlowe!«, erwiderte sie.

Er verharrte hinter der offenen Wagentür und fasste sich an die Stirn, als falle ihm plötzlich noch etwas Wichtiges ein. »Oh, fast hätte ich vergessen, dir das zu geben!«, rief er und griff in die Manteltasche. »Es lag im Schnee vor der Ruine des Lagerhauses. Ich weiß nicht, ob du es schon vermisst hast. Wahrscheinlich hast du es gern zurück, schon wegen des ideellen Wertes. So viele Andenken an deinen Vater wirst du nicht haben. Hier, fang!« Er warf ihr etwas Silbriges zu und rief beim Einsteigen noch: »Und damit trägst du den ›Mister Marlowe‹ ein für alle Mal zu Grabe!«

Mallory fing den Gegenstand auf. Als sie die Hand öffnete und sah, was er ihr gebracht hatte, setzte ihr Herz für einen eisigen Moment aus.

Das Feuerzeug ihres Vaters!

Ein Schauer lief ihr über Rücken und Arme, der Atem blieb ihr weg, und das kalte Metall schien sich in ihre Handfläche zu brennen. Ein Schwindel überkam sie, gepaart mit schlagartig einsetzender Übelkeit.

Sie hatte das Feuerzeug noch nicht vermisst. Es musste durch ein Loch in der Tasche ihres verschlissenen Overalls gerutscht sein. Vielleicht in dem Moment, als sie geglaubt hatte, der eisige Wind zerre an ihrem weiten Hosenbein. Es war in den Schnee gefallen, aber auch ohne die weiche weiße Decke hätte sie es nicht auf dem Boden aufschlagen hören, dafür war der Motor des schweren Trucks viel zu laut gewesen.

Langsam löste sie sich aus der Erstarrung. Ihr Kopf ruckte hoch, und ihr entsetzter Blick suchte Frank Marlowe. Sie musste mit ihm reden, musste erfahren, was O'Reilly wusste!

Doch Marlowe saß schon hinter dem Steuer und fuhr gemächlich vom Hof. Er streckte noch die Hand aus dem Fenster und winkte, als sei nichts Dramatisches geschehen. Und als brauche er ihr nicht zu erklären, welchen Preis sein Schweigen hatte.

## 76

Robert saß an dem Sekretär in O'Reillys Arbeitszimmer und versuchte sich auf seinen Aufsatz über die Amerikanische Revolution zu konzentrieren. Aber das Telefongespräch, das O'Reilly mit Don Vito führte, lenkte ihn ab. Ob er wollte oder nicht, er konnte gar nicht anders, als hinzuhören und sich zusammenzureimen, was Don Vito am anderen Ende der Leitung von sich gab. So, wie Onkel Paddy darauf reagierte, waren es alles andere als verständnisvolle Worte.

Natürlich ging es um den Überfall auf das Lagerhaus. Die erregten Stimmen, das Türenschlagen und laute Gerenne auf dem Korridor hatten ihn kurz vor Morgengrauen aus dem Schlaf gerissen. Das Alkohollager ein Totalverlust und Goldie eine verkohlte Leiche mit Einschussloch in Brust und Schädel! Die Nachricht war wie eine Bombe eingeschlagen.

Robert war sich vorgekommen wie in einem aufgescheuchten Bienenstock. Die Männer waren mit Revolvern und Tommy Guns über den Hof gelaufen und hatten sogar auf dem Dach Posten bezogen, als fürchteten sie den Angriff einer rivalisierenden Bande.

»… nein, nichts mehr zu retten, Don Vito«, hörte er O'Reilly mit gepresster Stimme und kurzatmig sagen. »Wie viel? … Nun, der gesamte Vorrat für die Weihnachtstage und die Silvesterfeiern … Das ist schwer zu schätzen … denke mal um die dreißigtau… nein, nichts … nicht die geringste Spur, keinerlei Hinweis!«

Robert drehte sich zu O'Reilly um und fragte stumm, ob er das Zimmer verlassen solle, doch O'Reilly reagierte nicht. Er schien ihn gar nicht wahrzunehmen. Sein eben noch wachsbleiches Gesicht hatte hektische rote Flecken bekommen, die regelrecht aufzublühen schienen. Schweißperlen standen auf seiner Stirn. Zusammengekrümmt wie von Magenkrämpfen befallen, hing er über dem Schreibtisch. Er zuckte zusammen und riss die Hörmuschel von seinem Ohr weg, als sei sie plötzlich zu einer Quelle stechenden Schmerzes geworden. Don Vitos wutentbrannte Stimme war deutlich zu hören. Was genau er O'Reilly an den Kopf warf, verstand Robert nicht, aber dass er brüllte, hörte er nur zu gut.

Schnell beugte er sich wieder über seinen Aufsatz.

»Bei allem Respekt, aber das können Sie mir nicht anhängen! Und kommen Sie mir nicht mit Vinnie DeMarco, Don Vito!«, hörte er O'Reilly grimmig protestieren. »Nein, das hätte auch er nicht verhindern können! … Etliche von meinen Männern haben Sie für Ihre Konvois abgezogen! … Nein, eine reine Feststellung … Ja, aber wir waren so schwach besetzt wie nie zuvor! Was blieb mir anderes übrig, als die Nachtwachen … Aber ich muss mich ja nicht nur um das Alkohollager kümmern … Die Wettbüros und die Spielclubs und … Nein, das kann nicht sein! … Und ich sage, den Tipp haben die Kerle von dem Verräter bei Ihnen in Richmond bekommen … Ach was, Goldie war ein mit allen Wassern … Wer sonst hätte … Was? … Ist ja wohl kaum ein Zufall, dass Sie seit einiger Zeit bei sich an der Küste … Wie Sie meinen, Don Vito! … Ja … nein … Vinnie DeMarco wird hier nicht … Natürlich … Ja, ich werde Sie … *Hallo? … Don Vito?*«

Robert hörte, wie O'Reilly die Hörmuschel auf die Gabel knallte. »Zum Teufel!«, fluchte er. »*Er* hat doch den Verräter in seinen Reihen, nicht ich, gottverdammt noch mal! Erst nimmt er mir fast die halbe Mannschaft, und dann droht er mir, mich in die Wüste zu schicken und diese Flachpfeife Vinnie De…«

Er brachte den Satz nicht zu Ende. Sein Gefluche ging in ein ersticktes Röcheln über. Er krümmte sich im Drehstuhl, griff nach der Schreibtischkante und zog sich mühsam hoch. Ließ die Schreibtischkante los und zerrte seinen Hemdkragen auf, damit sich die Zange, die sich um seinen Brustkorb gelegt hatte, löste. Dabei verlor er den Halt und taumelte, schienen sich seine Beine doch in Pudding verwandelt zu haben. Der ledergepolsterte Drehstuhl glitt hinter ihm weg und knallte gegen die Wand. Die Augen vor Angst geweitet, versuchte er sich aufrecht zu halten, brach jedoch zusammen. Im Fallen fegte er das Telefon vom Schreibtisch.

Robert sprang entsetzt auf, stürzte zu ihm und beugte sich über ihn, wollte ihn hinter dem Schreibtisch hervorziehen. »Um Gottes willen, was haben Sie, Onkel Paddy?«, rief er. »Ich ruf einen Arzt!«

O'Reilly griff nach seiner Hand, umklammerte sie und schüttelte den Kopf, Panik in den flackernden Augen. »Kein Arzt! … Auf keinen … Fall! Dann bin ich erledigt, hörst du? Meine Pillen! … Schnell! Hol die … Pillen!«, stieß er mit schmerzverzerrtem Gesicht hervor. »Dose … Jackett! … Vorn auf dem Sessel! … Schnell!«

Robert rannte zur Sitzgruppe, wo O'Reillys Jackett über einem Sessel lag, riss es hoch, fand die Dose und lief damit zurück.

»Zwei!«, keuchte O'Reilly. »Zwei! … Himmel, nun mach schon!«

Robert steckte ihm die Kapseln in den Mund.

O'Reilly zerbiss sie und schloss die Augen, als er die Wirkung spürte. Er brachte sich an der Wand unter dem Fenster in eine halb sitzende Stellung. »Schließ die Tür ab!«, trug er Robert auf und stieß ihn in die Seite. »Schnell, mach die Tür zu und dreh den Schlüssel um. Keiner darf mich so sehen!«

»Aber ein Arzt …«, hob Robert besorgt an.

»Diskutier nicht mit mir! Tu, was ich dir sage! Kein Arzt.

Nur ein paar Minuten Ruhe! … Bin gleich wieder okay … wirst schon sehen.«

Tief beunruhigt verriegelte Robert die Tür. Das war offensichtlich eine Art Herzattacke gewesen, und die Dose mit den Kapseln verriet, dass O'Reilly solch einen erschreckenden Zusammenbruch nicht zum ersten Mal durchmachte. Kein Wunder, dass er so panisch darauf bedacht war, seine Herzschwäche vor den anderen zu verbergen.

»Mach nicht so ein Gesicht, als würde der Leichenbestatter schon mit der Bahre vor der Tür stehen! Ich hab das ganz selten mal, wenn mir der Kragen platzt. Mit den Nitropillen habe ich das bestens unter Kontrolle. Nur vergesse ich manchmal, das verdammte Zeug griffbereit zu haben. Aber das behältst du für dich, okay? Kein Wort davon, zu keinem!«

Robert grinste verschwörerisch. »Ich weiß gar nicht, wovon Sie reden, Onkel Paddy. Nitropillen? Nie gehört. Wüsste nicht, wie die aussehen sollten.«

»Guter Junge!« O'Reilly lächelte zufrieden. »So, und jetzt mach uns auf den Schreck einen kräftigen Drink und setz dich 'nen Moment zu mir! Nimm den Old Crow und scheiß auf das Eis. Den kippen wir pur, Junge!« Er zwinkerte ihm zu.

»Klingt gut. Ich weiß bloß nicht, ob das so eine gute Idee ist, Onkel Paddy«, sagte Robert unschlüssig und linste zum Sekretär hinüber. »Wo ich doch heute noch den Aufsatz fertigkriegen muss.«

»Zum Teufel mit dem Aufsatz, wir trinken jetzt einen zusammen, Bobby! In deinem Alter bin ich mitten im Winter durch den verdammten Hudson River geschwommen und hab mir danach in einem völlig fremdem Land was zu essen und einen Schlafplatz organisiert!«

Robert wusste nicht, was das mit dem Whiskey und seinem Aufsatz zu tun hatte, aber letztlich war das auch egal. Auch dass er sich eigentlich nichts aus Alkohol machte. Da O'Reilly das offenbar für ein besonderes Zeichen der Anerkennung hielt, konnte er den Drink nicht ablehnen. Und so saß er kurz darauf neben O'Reilly am Boden, nippte an seinem Whiskey und genoss das Gefühl, dass er nicht nur als Einziger in O'Reillys Geheimnis eingeweiht war, sondern dass dieser es bei ihm auch gut bewahrt wusste.

## 77

Mallory starrte hinüber auf das feudale *Ponce-de-León*-Hotel, das sich mit seiner reich verzierten Fassade und den schmiedeeisernen Balkonarkaden sechs Stockwerke hoch in den winterklaren Himmel erhob. Sie wusste, warum sie gekommen war, aber sie war sich plötzlich nicht mehr sicher, ob sie auch die Kraft hatte, es tatsächlich zu tun.

Eine geschlagene Woche hatte sie gewartet, gebangt und sich immer wieder gefragt, was sie bloß tun sollte. Sie hatte sich in die Arbeit geflüchtet.

Zusammen mit Homer hatte sie nicht nur einen Run von fünfhundert Gallonen Mountain Smoke aus der Still herausgeholt, sondern aus dem Diebesgut weitere gut zweihundert Gallonen aus fremder Herstellung verfeinert. Sie hatte sich kaum Schlaf gegönnt, und Homer hatte mehr als einmal aus Sorge um sie versucht, ihre beängstigende Arbeitswut zu dämpfen. Aber nicht einmal im Zustand völliger Erschöpfung, in dem sie in dieser Woche zu unregelmäßigen Zeiten ins Bett gesunken war, hatte sie Ruhe gefunden. Das bisschen Schlaf, das ihr vergönnt gewesen war, hatten grässliche Alpträume beherrscht. Mehr als einmal war sie mit rasendem Herzen, einem erstickten Schrei und in Schweiß gebadet aus solch einem Alpdrücken aufgeschreckt.

Nein, sie konnte jetzt nicht zurück. Diese zermürbende Ungewissheit musste ein Ende haben!

Sie nahm all ihren Mut zusammen, atmete einmal tief durch und überquerte die Straße. Mit dem festen Schritt einer Person, die weiß, wer sie ist und wohin sie will, ging sie auf das von Säulen getragene Portal des Hotels zu. Ein schwarzer Portier in eleganter rot-weißer Livree und mit einem roten Fez mit goldener Quaste auf dem ergrauten Kopf stand vor dem Eingang. Einen Moment lang fürchtete sie, er werde ihr den Zutritt verwehren. Zwar hatte sie ihre besten Schuhe auf Hochglanz poliert und ihren Wintermantel ausgiebig gebürstet und die abgewetzten Stellen mit Kaffeesatz nachgeschwärzt, aber das würde einen erfahrenen Hotelbediensteten nicht darüber hinwegtäuschen, dass sie nicht jenen Kreisen angehörte, die in einem Haus wie dem *Ponce de León* verkehrten.

Doch der Portier neigte respektvoll den Kopf, begrüßte sie mit einem förmlichen »Ma'am!« und hielt ihr mit weiß behandschuhter Hand die Messingtür auf.

Noch nie hatte Mallory ein Hotel betreten, und hier befand sie sich gleich in der Luxusklasse. Die Pracht der hohen Halle traf sie wie ein Schock. Funkelnde Kristalllüster, groß wie Kirchenglocken. Holzgetäfelte Wände mit goldgerahmten Gemälden. Cremeweißer, glänzender Marmorboden. Darüber kostbare Perserteppiche mit wunderbaren eingewebten Motiven. Spiegelblanke Messingkübel mit Palmen. Schwere Polstersessel und Zweisitzersofas. Leise Stimmen. Sanfte Klaviertöne aus einem angrenzenden Saal. Und in der Luft ein feiner Duft, ein vages Nachwehen von Rasierwasser und Parfüm, vermischt mit dem Rauch von Zigaretten, Zigarren und Pfeifen.

Sie stockte kurz, benommen von der Fülle der Eindrücke, die auf sie einstürzten. Ihr Blick irrte einen Moment durch die Lobby, dann hatte sie den Aufzug entdeckt und ging eilig darauf zu. Zu ihrem Glück stand er unten und entließ gerade ein älteres Paar in edler Garderobe.

»Zur Suite von Mister Marlowe, sechster Stock«, sagte sie zu dem livrierten Boy, der nicht älter war als ihr Bruder, und hoffte, dass ihr Ton beiläufig klang, so als sei nichts dabei, dass sie zu den Suiten wollte.

»Sehr wohl, Ma'am, sechster Stock!« Der Liftboy zog das Scherengitter zu und setzte den Aufzug über einen Messinghebel in Gang.

Mallory fixierte die Wand des Fahrstuhlschachtes, die hinter dem Gitter vorbeizog. Ihr Herz schlug immer heftiger, je weiter auf der halbrunden Skala über der Tür der Messingzeiger vorrückte. Er glitt über die Zwei, die Drei, die Vier … Gleich war es so weit. In wenigen Augenblicken würde sie wissen, welchen Preis sie für sein Schweigen zu zahlen hatte. Im Grunde wusste sie es längst!

Mit einem sanften Nachwippen der holzgetäfelten Kabine kam der Aufzug zum Halten. »Sechster Stock, Ma'am«, verkündete der Boy mit einer Stimme, die etwas von einem Automaten hatte. Das Gitter glitt zurück und die ebenfalls weiß behandschuhte Hand des Jungen deutete nach links den Flur hinunter.

Mit jedem Schritt, den sie der Suite 601 näherkam, zog sich die Klammer um ihre Brust ein wenig fester zu. Ihre Hand zitterte, als sie klopfte, viel zu laut und brüsk. Ihr Herz jagte, und im Magen hatte sie ein flaues Gefühl. Jede einzelne der Sekunden, die verstrichen, bis die Tür aufging und Frank Marlowe vor ihr stand, spürte sie wie einen Hammerschlag, der ihre Brust von innen zu sprengen drohte.

»Mallory, wie schön!«, begrüßte er sie ohne das geringste Anzeichen von Überraschung. In brauner Cordhose und schwarzem Rollkragenpullover stand er vor ihr, eine Hand lässig an der Tür, in der anderen einen Stoß Papiere.

Mallory sah ihn an und würgte an dem Wissen, dass es kein Zurück mehr gab. Vergessen war alles, was sie sich zurechtgelegt hatte. Sie hatte ihm nur eine Frage zu stellen, und selbst die konnte sie sich eigentlich sparen, aber sie musste heraus.

»Was wollen Sie von mir, Frank?« Sie stieß die Worte hervor

wie schwere, ekelhafte Klumpen, die sie nur mit Mühe aus ihrer Kehle zu würgen vermochte. »Was genau verlangen Sie für Ihr Schweigen?«

Er lächelte belustigt. »Dem Himmel sei Dank, dass du den leidigen ›Mister Marlowe‹ endlich in die Versenkung geschickt hast.«

Sie ballte die Fäuste vor ohnmächtiger Wut, und ein Zittern ging durch ihren Körper. »Sagen Sie, was Sie verlangen, aber spielen Sie nicht mit mir!«

Ein betroffener Ausdruck trat auf sein Gesicht. »Entschuldige, das war wirklich billig. Weiß der Teufel, warum ich der Versuchung nicht wiederstehen konnte. Tut mir leid, okay? Und jetzt komm bitte rein«, sagte er und gab die Tür frei. »Lass uns in Ruhe darüber reden.«

Sie biss sich auf die Lippen und betrat die Suite, die vermutlich größer war als die gesamte Grundfläche des Farmhauses. Die edle, in allen Details abgestimmte Einrichtung entsprach dem Luxus, mit dem der Gast schon in der Lobby empfangen wurde. Parkettboden mit seidig dunkelbraunem Glanz, schwere Orientteppiche, in denen man versank, matt schimmernde Seidentapete, üppig gebauschte Samtvorhänge vor den hohen Fenstern, zierliche Beistelltische mit vergoldetem Holz, eine kleine Hausbar mit Karaffen und Gläsern aus Kristall, in der rechten Raumhälfte eine großzügige Sitzgruppe für sechs, sieben Personen, auf der anderen Seite ein Direktorenschreibtisch ähnlich dem, der in O'Reillys Arbeitszimmer stand. Zwei Fenstertüren führten hinaus auf den überdachten Balkon mit der schmiedeeisernen Brüstung. Neben dem Schreibtisch und einem einzeln stehenden Ledersessel ging es durch eine halb offen stehende Flügeltür ins Schlafzimmer, das von einem Vier-Pfosten-Bett mit blauseidenem Baldachin beherrscht wurde. Rechts neben dem Bett sah sie eine weitere Tür, vermutlich zu einem Ankleide- oder Badezimmer.

»Gib mir deinen Mantel und deinen Hut«, sagte er.

»Kann ich wenigstens das Kleid noch eine Weile anbehalten, oder soll ich es auch gleich ausziehen?«

Verletzt sah er sie an. »Bitte rede nicht so, als hätte ich dir Grund gegeben, so von mir zu denken!«, erwiderte er. »Oder habe ich das?«

»Nein«, murmelte sie und wich seinem Blick mit einem Anflug von Beschämung aus. Gleichzeitig überließ sie ihm ihren Hut und knöpfte den Mantel auf. »Aber warum sagen Sie nicht endlich, was Sie verlangen?«

»Bitte setz dich, Mallory. Wir reden gleich über alles«, antwortete er ausweichend und brachte Hut und Mantel in den Garderobenschrank bei der Tür. Dann ging er zur Hausbar, füllte zwei Gläser mit einer bernsteinfarbenen Flüssigkeit und reichte ihr eines. »Hier, nimm! Bester englischer Brandy aus der Karibik, der wahre McCoy. Er wird dir guttun.«

Wortlos nahm sie den Drink und folgte Frank hinüber zur Sitzgruppe. Es brachte nichts, ihn zu drängen. Er hielt alle Trümpfe, und sie musste die Regeln befolgen, die er festlegte.

»Hast du heute Moonshine geliefert?«, erkundigte er sich und nahm ihr gegenüber Platz.

Sie nickte. »Fünfhundert Gallonen Mountain Smoke und zweihundert Gallonen White Lighting.«

Sie war zu O'Reillys Hauptquartier gefahren und hatte ihre Ware dort im Hof abgeladen. Die Garagen waren geräumt worden und dienten nun als provisorisches Lager für die Vorräte des Nachtclubs.

»Siebenhundert Gallonen Moonshine. Tüchtig, tüchtig!« Ein angedeutetes Lächeln kräuselte seine Lippen.

Sie spülte die heftige Erwiderung, die ihr auf der Zunge lag, mit einem großen Schluck Brandy hinunter und hieß das feurige Brennen, das ihr durch die Kehle schoss und sich in ihrem Magen ausbreitete, willkommen.

»Wessen Idee war es, das Lagerhaus zu plündern und niederzubrennen?«, fragte er. »Und wie habt ihr es bloß angestellt, dass ein gerissener Hund wie Goldie sich hat übertölpeln lassen?«

Trotzig sah sie ihm in die Augen. »Es war meine Idee, und ich habe auf dem Standgericht bestanden und ihn erschossen, wie er es verdient hatte!«

»Respekt! Dich sollte man wahrlich nicht unterschätzen«, sagte er, und Mallory war nicht sicher, ob es ihm damit ernst war oder ob er sich über sie lustig machte. »Goldie hat geerntet, was er gesät hat. Ganz abgesehen davon wird er mir nicht fehlen.«

»Wie schön, dass das nun auch geklärt ist«, sagte sie bitter. »Können wir dann jetzt auf den Punkt kommen? Ich bin es leid, noch weiter um den heißen Brei herumzureden. Wir wissen beide, warum ich hier bin – hier sein muss –, und was Sie von mir wollen! Also sprechen Sie es, verdammt noch mal, endlich aus! Oder fehlt Ihnen dazu die Courage?«

»Ich möchte, dass du mir … dass du uns beiden eine Chance gibst, Mallory«, erwiderte er ruhig.

»Sie *möchten?*«, höhnte sie. »Ich kann also nein sagen, und Sie werden dennoch Stillschweigen bewahren?«

»Ich zwinge dich zu nichts, außer dazu, zu mir zu kommen und uns diese Chance zu geben«, sagte er und wich ihrem abweisenden Blick nicht aus.

»Was heißt das, ich soll zu Ihnen kommen?«

»Dass du hier bei mir leben sollst.«

»Und das Bett da drüben mit Ihnen teilen?«

Er schüttelte den Kopf. »Du wirst dein eigenes Schlafzimmer haben, bis … bis es nicht mehr gebraucht wird«, sagte er und deutete auf eine Tür in der Wand neben der Sitzgruppe. »Dahinter liegt ein Gästezimmer mit eigenem Bad und Ankleidekammer.«

»Und Sie werden geduldig warten, bis ich begriffen habe, wie umwerfend Sie sind, und Sie anflehe, mich doch endlich zu ficken?« Sie spuckte ihm das Wort förmlich entgegen.

Er zuckte zusammen und schwieg einen langen Moment, griff zu seinem Zigarettenetui und steckte sich eine Chesterfield an. Sog den Rauch ein, nahm einen Schluck von seinem Drink und brach schließlich das Schweigen.

»Ich begehre dich nicht nur, sondern bewundere dich auch, Mallory«, erklärte er mit einem fast entschuldigenden Ausdruck. »Ich möchte dich verwöhnen und dir ein besseres Leben schenken. Und ich sage noch einmal: Ich werde dich nie zu etwas zwingen! Ich glaube fest daran, dass wir gut zueinanderpassen und mehr gemeinsam haben, als du jetzt siehst.«

Sie verzog das Gesicht. »Das könnte zum schlechtesten Geschäft Ihres Lebens werden, Frank!«

Er zuckte die Achseln. »Dieses Risiko nehme ich auf mich. Du dagegen hast alle Vorteile auf deiner Seite. Ganz abgesehen davon, dass ich der Einzige bin, der dich vor O'Reilly schützen und dafür sorgen kann, dass dein Bruder ihm nicht vollends verfällt und sich womöglich darauf versteift, in der Organisation Karriere zu machen. Du willst doch auch, was euer Vater für ihn wollte: dass er aufs College geht. Ich verspreche dir, dass dein Bruder das tun wird, selbst wenn O'Reilly versuchen sollte, es zu verhindern.«

Mallory beugte sich vor, nahm sich eine von seinen Zigaretten und steckte sie an.

Bobby würde nicht mit ihr aus Virginia flüchten, wie sie es sich in ihrer Verzweiflung eingeredet hatte, und er würde sich auch nicht von ihr dazu zwingen lassen. Das war ihr längst klar, und zwar nicht erst seit Frank Marlowe wusste, wer das Lagerhaus niedergebrannt und Goldie erschossen hatte. Die bittere Erkenntnis hatte sie bei der Eröffnung des *Candy Club* getroffen, als sie gesehen hatte, wie eng die Beziehung zwischen O'Reilly und ihrem Bruder inzwischen war. Und je älter Bobby wurde, desto weniger würde er sich von ihr sagen lassen. Die Zeit spielte gegen sie. Ebenso wie die Tatsache, dass sie sich viel zu selten und immer nur kurz sahen. Genau genommen sprach alles dagegen, dass das scheinbar Unabwendbare doch noch abzuwenden war.

Nein, ihr allein würde es nicht gelingen, ihren Bruder zu retten. Ganz anders sah es dagegen aus, wenn sie Frank Marlowe auf ihrer Seite wusste. O'Reilly mochte der Boss in Roanoke sein, doch Don Vito war Frank Marlowes Patenonkel. Und was immer Franks Vater getan hatte, für das er nun geradestehen musste, der Mafia-Boss war ihm tiefer verbunden, als ein irischer Gangster wie O'Reilly es je sein konnte.

»Wie soll ich oben in unserer Still Moonshine brennen, wenn ich hier bei Ihnen lebe?«, fragte sie schließlich. »Wie soll das gehen?«

Er lächelte. »Ganz einfach, indem ich dir ein Destillerie hier in der Nähe beschaffe.« Er ließ einen kurzen Moment verstreichen. Dann fragte er: »Wollen wir es versuchen, Mallory?«

Sie lachte grimmig. »Bleibt mir denn eine Wahl?« Sie leerte ihr Glas auf einen Zug. »Wann erwarten Sie mich?«

»Es wird bald dunkel, also warum bleibst du nicht gleich hier? Morgen kannst du von der Farm holen, was du an persönlichen Dingen hierhaben möchtest«, schlug er vor. »Wir können nachher unten zu Abend essen.«

»Klar, in diesem billigen Kleid werde ich die Augenweide aller Gäste sein!«

»Drüben in deiner Ankleidekammer hängen genügend Sachen zur Auswahl, auch das schwarzsilberne Kleid, das du am Morgen nach der Einweihung deiner Freundin mitgegeben hast, damit sie es bei mir abliefert«, erwiderte er. »Und in jedem der Kleider wirst du eine Augenweide sein!«

Mallory hatte einen bitteren Geschmack im Mund. »Sie waren sich Ihrer Sache ja sehr sicher!«

»Ich wusste, dass du die Vorteile meines Angebotes zu schätzen wissen würdest«, sagte er nur.

Nun, da ihr Widerstand zusammengebrochen war und sie sich in das Unausweichlich gefügt hatte, fühlte sie sich merkwürdig benommen. Sie sah ihn einige Sekunden lang an, den Mann, mit dem sie von jetzt an diese luxuriöse Suite und so etwas wie ein gemeinsames Leben teilen sollte. Es erschien ihr absurd, vollkommen unwirklich, und doch war es genau das, was vor ihr lag.

Mit einem resignierten Seufzer ließ sie den angehaltenen Atem entweichen, und die Anspannung löste sich. »Ich glaube, ich brauche jetzt noch einen Drink, Frank. Es darf auch ein doppelter sein«, sagte sie und hielt ihm ihr leeres Glas hin.

Später führte er sie in ihr Schlafzimmer, zog sich jedoch gleich wieder zurück. »Mach dich mit allem vertraut, und lass dir Zeit. Wir sehen uns dann zum Essen«, sagte er und zog die Verbindungstür hinter sich zu.

Ihr Zimmer war geräumig und wunderschön eingerichtet, wenn auch nicht ganz so luxuriös wie die angrenzende Suite. Auch hier gab es einen Balkon. In der Ankleidekammer fand sie, wie er gesagt hatte, ein halbes Dutzend Kleider und drei Kostüme, dazu eine Auswahl an Wäsche sowie Schuhe, Taschen, Hüte und andere Accessoires. Unter anderen Umständen hätte ihr dieser Luxus die Sprache verschlagen, was auch auf das Badezimmer mit fließend warmem und kaltem Wasser, auf den blassroten Marmor und die auf Klauen ruhende Badewanne zutraf. So aber hatte sie das beklemmende Gefühl, eingesperrt zu sein.

Und genau das war es, was sie erwartete: ein Leben in einem goldenen Käfig!

# 78

Frank kam mitten in der Nacht.

Mallory lag auf der linken Seite, mit dem Rücken zur Verbindungstür. Sie erwachte augenblicklich aus ihrem unruhigen Schlaf, so, als habe ihr Unterbewusstsein nur darauf gewartet, dass er sich zu ihr schlich. Ohne ein Wort schlüpfte er zu ihr unter die Daunendecke und schmiegte sich an ihren Rücken.

Sie verkrampfte sich, Panik wallte in ihr auf. So viel also war sein Versprechen, sie zu nichts zu zwingen, wert! Er war zwar nicht nackt, aber was bedeutete es schon, dass er noch seinen Pyjama trug? Gleich würde er seinen Unterleib gegen sie pressen und sie seine Erektion spüren lassen. Und dann …

»Ssscht! Ganz ruhig, Mallory!«, flüsterte er, legte die Hand auf ihren Oberarm und ließ sie dort liegen. »Ich tu dir nichts, schlaf weiter!« Sein Atem strich warm über ihren Nacken.

Sie presste die Faust vor den Mund und lag hellwach da, angespannt bis in den letzten Muskel. So starrte sie in die Dunkelheit und wartete darauf, dass seine Hand zu ihren Brüsten kroch und er sich näher an sie heranschob.

Nichts dergleichen geschah.

Angestrengt registrierte sie jede seiner Bewegungen, mochte sie auch noch so geringfügig sein, und lauschte auf seinen Atem. Er ging ruhig und gleichmäßig, ohne eine Spur von Erregung. Minuten verstrichen, und dann gab es keinen Zweifel: Er war eingeschlafen!

Sie wagte nicht, sich seiner Hand zu entziehen, fürchtete sie doch, ihn zu wecken. Also blieb sie still liegen und sank nach einer Weile fruchtlosen Grübelns schließlich zurück in den Schlaf.

Als ein Klopfen sie kurz vor sieben weckte, lag sie allein im Bett und die Tür zu seiner Suite war geschlossen. Dass Frank zu ihr unter die Decke gekrochen war und sie Gott weiß wie viele Stunden Körper an Körper gelegen hatten, kam ihr nun wie ein wirrer Traum vor.

Es klopfte erneut.

Jäh richtete sie sich auf. Das Klopfen kam nicht von der Verbindungstür, sondern von der Tür, die auf den Hotelflur führte. »Wer ist da?«, rief sie mit belegter Stimme und tastete nach dem Schalter der Nachttischlampe. Gedämpftes elektrisches Licht leuchtete unter dem Tiffany-Schirm auf.

»Zimmerservice, Ma'am«, antwortete eine junge Frauenstimme. »Ihr Frühstück, Ma'am.«

Mallory begriff nicht gleich, was die Frau von ihr wollte, und machte ein dummes Gesicht. Dann drang in ihr schläfriges Bewusstsein durch, dass sie sich in einem Nobelhotel befand und solche Dienste wohl zum alltäglichen Luxus eines solchen Hauses gehörten. »Einen Augenblick!« Sie sprang aus dem Bett, entriegelte die Tür und verkroch sich schnell wieder im Bett, bevor sie »Herein!« rief.

Mit taktvoll gesenktem Blick schob ein Zimmermädchen einen reich gedeckten Servierwagen ins Zimmer, wünschte einen guten Morgen und erkundigte sich nach Mallorys Wünschen. Mallory hatte keine, worauf sich die Hotelbedienstete ebenso leise und diskret zurückzog.

Zwischen der Kanne mit heißem Kaffee und den Silberhauben, unter denen sich gebratene Speckstreifen, Röstwürstchen, ein mit Gemüse gespicktes Omelett, Bratkartoffeln und warmer gebutterter Toast verbargen, stand ein Brief an ein kleines Blumengesteck gelehnt. Der Umschlag trug ihren Namen. Die Nachricht kam von Frank. Auf einer Briefkarte aus dickem Büttenpapier wünschte er ihr einen guten Morgen und bat sie, ihn um halb neun unten in der Lobby zu treffen. Angeblich hatten sie einige wichtige Dinge zu erledigen.

Für ein üppiges Frühstück fehlte Mallory der Appetit, auch wenn es sie schmerzte, gutes Essen zurückgehen zu lassen. Sie begnügte sich mit zwei Tassen Kaffee und einer Scheibe Toast. Es kam ihr unwirklich vor, einen Servierwagen vor sich stehen zu haben, der mit schwerem weißem Leinen gedeckt war und dessen Geschirr bestimmt mehr gekostet hatte als aller Hausrat bei ihnen auf der Farm zusammen. Dazu war er ihr ans Bett gerollt worden, als sei sie eine Frau von Rang und Namen! Es war verrückt und peinlich. Sie fühlte sich wie eine Hochstaplerin und war sicher, dass sie sich nie an dieses Leben gewöhnen würde.

Verrückt war auch die Auswahl an Kleidungsstücken, die Frank ihr hingehängt hatte. Sie empfand die Fülle als geradezu obszön – und als demütigend, wenn sie daran dachte, wie wenige schlichte Kleidungsstücke ihre eigene Garderobe umfasste. Glaubte er vielleicht, sie auf diese Weise kaufen zu können? Das würde ihm nicht gelingen! Aber davon abgesehen: Woher hatte er das Geld für all diesen Luxus?

Was sie jedoch mehr als alles andere beschäftigte, war die Gewissheit, ihm nicht entkommen zu können und ihm gleich in die Augen sehen zu müssen. Fast meinte sie wieder zu spüren, wie er sich an sie schmiegte und besitzergreifend die Hand auf ihren Arm legte. Bestimmt würden ihr vor Scham die Wangen brennen. Sie würde sich wünschen, dass der Boden sich unter ihr auftat und sie verschlang.

Am Ende entschied sie sich für ein winterwarmes Tweed-Kostüm mit Glencheck-Muster. Es war von allen, die zur Wahl standen, das schlichteste, aber immer noch auffallend elegant im Schnitt und edel im Stoff.

Frank wartete bereits in der Lobby, als sie eine gute Viertelstunde vor der Zeit aus dem Fahrstuhl trat. Er begrüßte sie mit einem strahlenden Lächeln, als sei in der Nacht nichts geschehen. »Guten Morgen! Das Kostüm steht dir ausgezeichnet! Du hättest dich aber nicht so zu beeilen brauchen!« Keine Anspielung, kein verstohlener Spott auf den Lippen.

»Ich bin es gewohnt, früh aufzustehen. Was man von dir wohl nicht behaupten kann«, erwiderte sie etwas brüsk, um ihre Befangenheit zu überspielen. »Man hat mir gesagt, dass du morgens nicht vor zehn aus dem Bett kommst.«

»Stimmt, aber da du nun mal Frühaufsteherin bist, habe ich mich heute eher wecken lassen. Mal sehen, wie lange ich das durchhalte«, sagte er leichthin. »Ich nehme an, du hast gefrühstückt, so dass wir sogleich loskönnen?«

Sie zuckte die Achseln. »Ich weiß nicht, ob die paar Bissen Toast, die ich mit Mühe hinunterbekommen habe, als Frühstück durchgehen. Mir scheint da was auf den Magen geschlagen zu sein.«

»Das tut mir leid. Aber es wird sich bestimmt schnell wieder geben«, sagte er, ihre Spitze ignorierend. »Komm, machen wir uns auf den Weg. Es sieht nach einem schönen Tag aus.«

»Und wohin soll es gehen?«

»Erst einmal zu eurer Farm«, sagte er und führte sie hinaus zum Plymouth, den ein Wagenboy schon vorgefahren hatte. »Ich denke, du wirst ein paar Sachen holen und deinem Gehilfen mitteilen wollen, dass sich einiges ändert.«

Sie schnaubte verächtlich. »Von wegen, einiges ändert sich! Mit dem, was du mir aufgezwungen hast, wird alles anders, und zwar grundlegend!« Als sie beide im Wagen saßen, fuhr sie fort: »Nur wird das nicht funktionieren. Ich habe die Still am Berg, und ich muss jede Menge Moonshine brennen. O'Reilly erwartet, dass ich liefere, und ich will endlich die verfluchten Bankschulden loswerden! Da kann ich nicht jeden Tag zwischen Roanoke und der Farm hin und her fahren, schon gar nicht jetzt, im Winter. Es geht einfach nicht, dass du mich in Roanoke in einem goldenen Käfig hältst!«

»Der goldene Käfig hat offene Türen«, erwiderte er gelassen und fädelte sich in den morgendlichen Verkehr ein. »Aber genug davon. Sag mir, wie viel du noch von dem Alkohol aus dem Lagerhaus hast.«

Sie überlegte kurz. »So um die sechshundert Gallonen.«

»Fremden Moonshine oder eigenen?«

»Etwas mehr als die Hälfte ist eigener, der Rest fremder White Lighting. Nicht gerade Fusel, aber auch keine Qualitätsware.«

»Gut, dann hast du genug Vorrat, um bis Weihnachten mit noch einer Lieferung eigener Ware auszukommen. Ich nehme an, den fremden Alkohol lässt du noch einmal durch den Kondensator laufen, um die Qualität zu verbessern.«

Sie nickte.

»Also kannst du deinen Verpflichtungen bis Weihnachten nachkommen, ohne Tag und Nacht an der Still stehen zu müssen, und demzufolge hast du von O'Reilly nichts zu befürchten«, sagte er. »Den zweiten Durchlauf durch den Kondensator kriegt dein Homer doch allein hin, oder?«

»Das schon«, räumte sie widerstrebend ein. »Aber was wird danach?«

»Dazu kommen wir später«, antwortete er vage und mit einem vergnügten Lächeln auf dem Gesicht.

Es ärgerte sie, dass er sie hinhielt und nicht mit der Sprache herausrückte. Als wäre das alles ein Spiel! Sie wollte ihn mit kühlem Schweigen strafen, merkte jedoch schnell, dass sie sich damit keinen Gefallen tat. Schweigen öffnete die Tore zu ihren Ängsten sperrangelweit. Reden machte das Vergessen oder, besser gesagt, das Verdrängen leichter.

»Für welche Sünde deines Vaters lässt dein Patenonkel dich eigentlich büßen?«, fragte sie unverblümt. »Wer macht so etwas überhaupt? Was hat dein Vater getan, dass *du* es wieder in Ordnung bringen musst?«

»Vito und mein Vater waren beste Freunde. Sie kamen aus demselben armseligen Dorf bei Neapel und haben die Überfahrt nach Amerika auf demselben Schiff gemacht. In Amerika haben sie sich für ein paar Jahre aus den Augen verloren, weil Vito in einen Bandenkrieg geriet und nach einer bösen Schießerei untertauchen musste. Das war die Zeit, in der mein Vater sein erstes Geld mit der Vorführung von Stummfilmen verdiente.«

»Er hat ein Lichtspieltheater betrieben?«, fragte sie überrascht.

Frank warf ihr einen spöttischen Seitenblick zu. Sie überquerten gerade den Roanoke River. Vor ihnen zeichneten sich vor einem nahezu wolkenlosen stahlblauen Dezemberhimmel die Berge ab. »Nein, er hat den Besitzern von einfachen Ladenlokalen in den ärmeren Stadtvierteln einen halben Dollar gezahlt, damit er abends nach Geschäftsschluss in ihren Räumen ein paar Stühle aufstellen und den Leuten aus der Nachbarschaft für einen Nickel Filme vorführen konnte, die in den großen Theatern schon lange nicht mehr gezeigt wurden. Er hat schnell gemerkt, dass mit mehreren Vorführungen zur selben Zeit auch mehr Geld zu machen war, und das Vorführen bald einer Truppe von arbeitslosen Einwanderern überlassen. Er selbst hat nur noch neue Lokale aufgetan und ist abends mit dem Fahrrad von Laden zu Laden gefahren, um die Einnahmen zu kassieren.«

»Eine clevere Idee!«

»Bald darauf hat er das Geschäft für ein nettes Sümmchen einem anderen überlassen und sich mit seinen ersten tausend Dollar in eine gutgehende Kneipe eingekauft, in deren Hinterzimmer dann und wann Glücksspiele stattfanden. Zweiundzwanzig war er damals erst«, fuhr Frank mit einem Anflug von Stolz fort. »Innerhalb von zwei Jahren hat er aus der Kaschemme eine einträgliche Spielhölle gemacht und den Laden verkauft, als das Geschäft so richtig brummte. Mit diesem Geld ist er dann in den ersten Nachtclub eingestiegen, das *Troubadour*. Als ich zur Welt kam, besaß mein Vater schon ein halbes Dutzend Nachtclubs an der Ostküste. Damals kam er auch wieder mit Vito zusammen, der sich … nun ja, in der Zeit anderweitig einen Namen gemacht hatte.«

»Beim organisierten Verbrechen«, warf sie ein. »Und diesem Mann hat er angetragen, dein Pate zu werden, ja?«

Frank nickte und rang sich ein schiefes Lächeln ab. »Ich wurde nicht gefragt. Danach ist Vito bei meinem Vater als stiller Partner eingestiegen und hat weitere Betriebe finanziert. Mein

Vater hatte ein Händchen für dieses Geschäft und brachte es schnell zu einem Vermögen. Das war auch die Zeit, zu der er unsere Namen amerikanisierte und mit uns in eine vornehme Gegend von Boston zog. Wir führten das typische Leben einer neureichen Familie. Nur das Beste war gut genug. Für mich hieß das die Tortur der Nobelinternate, wo das alte Geld regiert und Söhne neureicher Väter mit Verachtung gestraft werden, danach Prep School, Studium an einem Ivy League College und danach die sechsmonatige Grand Tour durch Europa, auf den Spuren der Kulturen der Alten Welt. Aber ich will dich nicht mit Einzelheiten langweilen.«

Sie zuckte die Achseln. »Die Gegend hier kenne ich gut, was ich von dir nicht sagen kann.«

»Jedenfalls wäre es bei diesem Leben auch geblieben, wäre mein Vater nicht dem Nervenkitzel der Börse verfallen. Er hielt sich wohl für einen so cleveren Geschäftsmann, dass er meinte, mit Aktienspekulationen das ganz große Geld machen zu können.«

»Das ist ja wohl in die Hose gegangen.«

»Und wie! Was aber nicht halb so dramatisch gewesen wäre, wenn er nur sein eigenes Geld aufs Spiel gesetzt hätte«, sagte Frank grimmig. »Ich war mit dem Studium fertig, und mein Vater bestand darauf, dass ich das Nachtclubgeschäft lerne und ihn beim Management entlaste. Was ich dann auch gemacht habe. Nach einem Jahr hat er mir die Leitung von vier Clubs in New Jersey übertragen, die nicht so gut liefen und die er abstoßen wollte, sollte ich sie nicht wieder ans Laufen bringen. Zu meiner eigenen Überraschung hat mir die Arbeit Spaß gemacht.«

»Und warst so gut, dass die Nachtclubs wieder Geld in die Familienkasse gebracht haben«, vermutete sie mit leichtem Spott in der Stimme.

»Es war harte Arbeit, aber ich habe die Läden tatsächlich wieder in fette schwarze Zahlen gebracht«, sagte er und erlaubte sich ein flüchtiges Lächeln. »Aber die Gewinne aus allen Nachtclubs zusammen reichten nicht annähernd aus, um die irrsinnigen Summen wettzumachen, die mein Vater an der Börse in den Sand setzte. Mit der Versessenheit des Spielers hat er immer geglaubt, die Verluste durch die nächste erfolgreiche Spekulation ausgleichen zu können. Um an frisches Geld zu kommen, hat er sozusagen auf Pump spekuliert, indem er seinen Kreditgebern alle Nachtclubs als Sicherheit überschrieb. Natürlich ohne Rücksicht darauf zu nehmen, dass ein beträchtlicher Anteil Don Vito als stillem Partner gehörte.«

»Und dann hat er alles verloren«, fasste Mallory zusammen.

Franks Gesicht verdüsterte sich. »Und zwar nicht nur allen Besitz, bis hin zum letzten Porzellanservice. Er war in jeder Hinsicht erledigt und hat den Ausweg des Feiglings genommen.« Verachtung und kalter Zorn schwangen in seiner Stimme mit. »Er hat sich die Kugel gegeben. Rücksichtsvollerweise in der Badewanne eines Nobelhotels. Letztlich hat das auch meine Mutter umgebracht. Kein halbes Jahr später hat sie sich ebenfalls das Leben genommen. Sie hat den Kopf in den Gasofen gesteckt. Damit hielten sie wohl alle Probleme für gelöst.«

Sie schauderte und wusste nicht, was sie darauf sagen sollte.

Frank starrte eine Weile stur geradeaus, als müsse er sich auf die kurvige Straße konzentrieren. »Sei so gut und steck mir eine Zigarette an«, bat er sie schließlich. »Etui und Feuerzeug liegen im Handschuhfach.«

Sie nahm gleich zwei Zigaretten heraus, zündete beide gleichzeitig an und steckte ihm eine zwischen die Lippen. Er warf ihr einen dankbaren Blick zu und nahm einen tiefen Zug.

»Dafür also lässt dein Patenonkel dich jetzt büßen«, sagte sie und kurbelte fast zeitgleich mit ihm das Fenster ein wenig herunter. »Aber nach der Suite und deinen anderen Ausgaben zu urteilen, scheine ich nicht die Einzige zu sein, die in einem goldenen Käfig gehalten wird.«

Er lachte leise. »Don Vito ist immerhin mein Patenonkel. Er

hängt an mir, auch wenn die Schuld meines Vaters irgendwie beglichen werden muss. Sein Ehrgefühl ist da etwas zweischneidig. Jedenfalls ist er nicht kleinlich und bezahlt mich großzügig für die Arbeit, die ich in den letzten Jahren in Norfolk und Virginia Beach geleistet und jetzt hier in Roanoke übernommen habe. Und was die Suite betrifft, so macht mir der Hoteldirektor einen unverschämt günstigen Sonderpreis. Auch da wird eine alte Schuld beglichen. Wie das Leben so spielt, hat Don Vito den guten Mann vor Jahren, als er in Richmond tätig war, aus einer bösen Bredouille gerettet.«

»Und für wie lange hat dein reizender Patenonkel und Obergangster dich an die goldene Kette gelegt?«, fragte sie.

»Für sieben Jahre.«

»Das ist aber hart!«

Frank verzog das Gesicht zu einem schiefen Grinsen. »Die sieben Jahre hat er sich von der alten Praxis der Indentur abgeguckt.«

»Indentur?«

»Vertragsknechtschaft. Die gab es früher in großem Stil. Arbeiter haben sich für sieben Jahre verpflichtet, oft ohne Lohn zu erhalten. Das waren vor allem mittellose Auswanderer, die nicht das Geld für die Überfahrt nach Amerika oder in eine andere Kolonie hatten«, erklärte er. »Als Gegenleistung für die Schiffspassage, für Unterkunft, Verpflegung und Ausbildung mussten sie sieben Jahre lang für den Geldgeber arbeiten. Danach waren sie frei. Schon in der Bibel steht: ›Alle sieben Jahre sollst du die Schuld erlassen.‹ Don Vito hat mir die Stelle vorgelesen.«

»Und wie viele Jahre hast du noch?«

»Gut zweieinhalb.« Er gab einen Stoßseufzer von sich. »Es dürften die schwersten von den sieben sein.«

»Warum?«

Er zögerte kurz. »Weil Don Vito ausgerecht O'Reilly hier als seinen Statthalter eingesetzt hat.«

Mallory hob die Brauen. »Du scheinst O'Reilly nicht sonderlich zu mögen?«

»Für mich verkörpert er das Primitive im Menschen«, erklärte er freimütig. »Und nichts verabscheue ich mehr als Primitivität und geistlose Brutalität.«

»Ich werde mich an O'Reilly rächen! Für den Mord an meinem Vater, aber auch für die Sache mit Bobby! Das solltest du wissen!«, entfuhr es Mallory, und sie erschrak, verstand sie doch selbst nicht, was sie bewogen hatte, damit herauszuplatzen.

»Ich weiß«, sagte er, drosselte das Tempo und sah sie eindringlich an. »Und ich werde dir dabei nicht im Weg stehen, sofern du geduldig auf die richtige Gelegenheit wartest und es so raffiniert anstellst wie mit Goldie!«

Sprachlos blickte sie ihn an, aber da schaute er schon wieder nach vorn. Den Rest der Fahrt legten sie schweigend zurück, und es war ein angenehmes, geradezu verschwörerisches Schweigen.

## 79

Homer verschlug es die Sprache. Ungläubig riss er die Augen auf. Sie standen in der Küche des Farmhauses. Frank wartete draußen am Plymouth und rauchte. »Ich verstehe nicht ganz, Miss Mallory.«

Sie lächelte schwach. »Ich glaube, du verstehst sehr gut. Und so schwer ist es ja auch nicht.«

»Sie und Mister Marlowe? So plötzlich?« Er schüttelte den Kopf und fuhr sich über die Augen, als versuche er eine Benommenheit loszuwerden und wieder klar zu denken. »Aber Sie und Mister Irving …«

»Fang nicht mit Henry an, Homer«, fiel sie ihm ins Wort. »Mein Gott, du warst doch dabei! Was gibt es dazu noch zu sagen? Ich bin offenbar nicht die Frau, für die er mich gehalten hat.«

»Und jetzt bleiben Sie bei Mister Marlowe in Roanoke?«

Sie errötete unter seinem fassungslosen Blick und zuckte die Achseln. »Ein Arrangement, Homer, ein Arrangement. Für eine gewisse Zeit. Jedenfalls weißt du, wo du mich erreichen kannst.«

Er kniff die Augen zusammen und musterte sie eindringlich. »Hat er Sie dazu genötigt? Weiß er etwas?«, argwöhnte er. »Wenn er Sie gegen Ihren Willen bei sich in Roanoke festhält, bringe ich ihn mit meinen eigenen Händen um! Und wenn es das Letzte ist, was ich tue!«

Seine vorbehaltlose Treue rührte sie. Besänftigend legte sie ihm die Hand auf den Arm. »Es ist nicht so, wie du denkst. Es ist viel komplizierter. Aber unter dem Strich steht Mister Marlowe auf meiner Seite. Auf unserer, Homer.«

»Unterm Strich?«, wiederholte er und warf einen grimmigen Blick nach draußen zu Frank Marlowe. »Das gefällt mir ganz und gar nicht, Miss Mallory!«

»Es ist gut so, wie es ist«, versicherte sie mit Nachdruck. »Also hör bitte auf, Gespenster zu sehen. Ich weiß, worauf ich mich einlasse, und kann gut auf mich aufpassen. Und damit ist das Thema gegessen, okay? Wir haben wichtigere Dinge zu besprechen.«

Keine zwanzig Minuten später saß sie wieder bei Frank im Wagen und fuhr mit ihm zurück nach Roanoke. Auf dem Rücksitz lag einer der beiden schäbigen Pappkoffer, mit denen ihre Eltern zu den Ärzten nach Richmond und Washington gereist waren. Darin war alles verstaut, was sie besaß. Wenig genug, auch wenn sie sich darüber noch nie Gedanken gemacht hatte. Schon jetzt wusste sie, dass sie den Koffer im Hotel nicht auspacken und die Kleider nicht aufhängen würde. Diese Blöße würde sie sich nicht geben.

*Ich sollte mich schämen, dass ich mich jetzt schon dafür schäme!*, dachte sie sogleich schuldbewusst und biss sich auf die

Lippen. Solchen Undank hatten Vater und Mutter nicht verdient. Sie hatten ihr Leben lang hart gearbeitet, und Bobby und ihr hatte es nie an etwas gefehlt. Sie hatten keinen Winter barfuß überstehen müssen, und sie hatten nie Hunger gelitten.

Ihre Augen füllten sich mit Tränen, und sie drehte sich von Frank weg und blickte angelegentlich aus dem Fenster. Doch nicht die Landschaft flog an ihr vorbei, sondern eine lose Bilderfolge aus jener Zeit, als ihre Welt noch heil und in ihrem Lauf scheinbar fest gefügt gewesen war.

Frank schien zu spüren, dass sie von Wehmut ergriffen und in Gedanken weit weg war. Er war klug genug, sie nicht darin zu stören und ihr ein Gespräch aufzuzwingen. Erst als sie gegen Mittag die Außenbezirke von Roanoke erreichten, sprach er sie wieder an.

»Wir fahren jetzt zur Russell Avenue, im Westen, im Stadtteil Norwich«, teilte er ihr mit. »Dort hat sich gleich hinter den Eisenbahngleisen eine ganze Reihe von Industriebetrieben angesiedelt.«

»Und was wollen wir da?«

Er lächelte vergnügt und sagte: »Ich will dir etwas zeigen!«

Kurz darauf hielt er vor einem unscheinbaren, kastenförmigen Backsteingebäude, das zur Linken von einer Eisengießerei und zur Rechten von einer Spinnerei flankiert wurde. Aus vier großen Milchglasfenstern, die trotz der Kälte halb offen standen, drangen Dampf sowie der Lärm von Maschinen und lauten Stimmen zu ihnen heraus. Über dem Eingang hing ein Schild mit der Aufschrift *White, Swift & Best – Commercial Laundry*.

Mallory sah ihn verwundert an. Was konnte es in einer Großwäscherei so Interessantes geben, dass er es ihr unbedingt zeigen musste?

»Die Wäscherei macht einen guten Umsatz. Das *Ponce de León* und auch das *Hotel Roanoke* geben ihre Tisch- und Bettwäsche hierher«, sagte Frank, während er sie ins Gebäude führte. Im Gang schlug ihnen heißer Dampf aus der Halle mit den

Kochkesseln entgegen. Er hielt sich aber dort nicht auf, sondern ging zielstrebig weiter, vorbei an mehreren anderen Arbeitsräumen. Durch eine Eisentür, zu deren Schloss Frank einen Schlüssel besaß, gelangten sie auf die Rückseite des Gebäudes. Dahinter befand sich ein kurzer dunkler Flur. Eine Holztreppe ohne Geländer führte ins Obergeschoss, aus dem etwas Licht zu ihnen herunterfiel.

»Würdest du mir vielleicht mal verraten, was wir hier machen?«

»Das siehst du gleich«, sagte Frank mit einem leisen Auflachen, schloss die Tür wieder ab, beugte sich über die Treppe und tastete das Holz einer der unteren Stufen ab.

Mallory hörte ein metallisches Schnappgeräusch und machte große Augen, als das untere Drittel der Treppe seitlich hochklappte und einen Treppenschacht freilegte, der hinunter in den Keller führte.

Frank legte einen Schalter um, und das Licht mehrerer elektrischer Leuchten drang zu ihnen nach oben und erhellte den eben noch dunklen Flur.

»Nun geh schon, Mallory!«, sagte Frank mit einem breiten Grinsen. »Schau dir an, was da unten auf dich wartet!«

Mallory stieg hinab in den Keller, der aus drei hintereinanderliegenden Gewölben mit hoher Tonnendecke und Zementfußboden bestand. Fassungslos schaute sie sich um. So etwas hatte sie noch nie gesehen.

Jedes der Gewölbe war mit einer brandneuen Destillerie bestückt. Es fehlte an nichts. Hinten an den Wänden standen sogar Werkbänke mit Bunsenbrennern, Messgeräten und anderen Laborutensilien. Und bei den Gärbottichen handelte es sich nicht um primitive Boxen aus Holz und Feuerblechen, sondern um riesige Stahlkessel. Sie versuchte abzuschätzen, wie viele Gallonen sie fassen mochten.

»Jeder Kessel ist gut für zweihundert Gallonen«, erklärte Frank stolz, als habe er ihre Gedanken erraten. »Du kannst hier auf einen Schlag sechshundert Gallonen brennen, und zwar schneller als bei dir auf der Farm!«

Mallory wusste nicht, was sie sagen sollte.

Mit leuchtenden Augen fuhr er fort, ihr sämtliche Vorteile der modernen Destillerie aufzuzählen. »Die Anlagen sind betriebsbereit, auch für Wasserzufuhr, Abluft und den Anschluss an die Kanalisation ist gesorgt, und hinten im dritten Gewölbe gibt es einen Lastenaufzug. Für die einfachen Arbeiten besorge ich dir Leute, die tüchtig, verlässlich und verschwiegen sind. Du brauchst dich nur um die richtige Rezeptur und die Feinabstimmung beim Kondensieren zu kümmern. Keine Schlepperei, keine durchwachten Nächte mehr auf dem Berg! Und natürlich kannst du deinen Homer kommen lassen. Du hast freie Hand, Mallory.«

Voller Bewunderung betrachtete die erfahrene Moonshinerin die perfekten Kupferschlangen in ihren fast mannshohen stählernen Kühlbehältern. In jeder Still gab es gleich zwei solcher Würmer. Wer sein Handwerk verstand, konnte hier Alkohol von höchster Qualität herstellen.

»Die Wäscherei über uns ist eine perfekte Tarnung, dass hier täglich Lieferwagen kommen und gehen, ist völlig normal. Sowohl die Anlieferung der Rohstoffe als auch der Abtransport des Alkohols werden von den Wagen der Wäscherei übernommen. Besser geht es nicht. Ohnehin ist das Brennen in der Stadt viel sicherer als auf dem Land. Roanoke ist fest in unserer Hand. Hier haben die Federal Agents keine Chance, überraschend aufzutauchen und eine Razzia zu veranstalten. Und tun sie es doch, bauen wir im Handumdrehen woanders eine neue Still auf. Na, was hältst du davon? Wenn du willst, ist das hier dein Reich!«

## 80

»Was O'Reilly dazu sagen wird?« Frank zuckte die Achseln und griff zu seinen Zigaretten. Er bot ihr eine an und gab ihr Feuer. Sie saßen in *Dino's Diner* auf der Highland Avenue und warteten auf ihr Essen. Er hatte darauf bestanden, mit ihr zu Mittag zu essen. »Kann schon sein, dass es ihm nicht zusagt. Aber die Kröte muss er schlucken, da gibt es nichts.«

»Muss er?« Mallory war skeptisch.

»Es ist mein Geld, das ich investiert habe. Natürlich kriegt das Syndikat seinen Anteil vom Gewinn, aber mehr auch nicht. Und so sieht es auch Don Vito. Ich bin ja nicht so einfältig, eine solche Investition ohne seinen Segen zu tätigen. Und was O'Reilly angeht – der hat allen Grund, mir dankbar zu sein dafür, dass ich für mehr erstklassigen und beständig sprudelnden Moonshine sorge, wo der Nachschub so knapp ist. Natürlich wird er sich eher die Zunge abbeißen, als das zuzugeben, aber das macht nichts. Hauptsache, Don Vito hält uns den Rücken frei.«

Sie zog die Brauen hoch. »Uns? Ich glaube nicht, dass ich in seiner Rechnung auftauche. Nicht einmal als Schmutzfleck.«

»Aber in meiner, und da hast du Vorrang«, versicherte Frank. »Ich habe dir eine Partnerschaft angeboten, und damit ist es mir ernst. Ich schieße das Startkapital vor, und du bringst dein Können und deine Arbeitskraft ein. Sobald ich meinen Einsatz wieder raushabe, machen wir halbe-halbe. Und bei dieser Sechshundert-Gallonen-Still muss es nicht bleiben, Mallory! Es gibt da noch eine Gerberei im East End und einige Betriebe bei den Eisenbahndepots, die sich bestens für weitere Stills eignen. Die Kosten halten sich in Grenzen. Schon mit dem dritten, vierten Run ist man in den schwarzen Zahlen, wenn man wie wir an der Quelle der Verteilung sitzt!«

Sie war ganz benommen von all den Informationen, Lobreden und Einflüsterungen, mit denen Frank sie überschüttete, aber sie konnte auch nicht leugnen, dass sie von der Anlage beeindruckt war und sein Angebot sie lockte. Wenn sie schon in einem goldenen Käfig gefangen war …

Er beugte sich zu ihr vor, und seine Augen funkelten vor Begeisterung. »Die Anlage in der Wäscherei ist erst der Anfang! Ich sage dir, wir können zusammen ein Vermögen machen. Dass in dermaßen großem Stil Alkohol geschmuggelt wird, hat den Staat bei Inkrafttreten der Prohibition kalt erwischt. Darauf waren die Behörden nicht vorbereitet. Jetzt ändert sich da manches, und zwar spürbar. Die Küstenwache wird verstärkt, die Kontrollen auf den Landstraßen nehmen zu – das Netz der Überwachung durch den Staat wird bald verdammt dicht gesponnen sein. Auf dem Seeweg und zu Land mit Konvois Nachschub zu beschaffen wird immer gefährlicher und damit teurer. Deshalb kommt der heimischen Herstellung immer größere Bedeutung zu. Wer früh auf diese Karte setzt, wird den größten Profit einstreichen. Solange ich hier in Roanoke noch die Stellung halten muss, spricht wirklich nichts dagegen, schon mal den Grundstock für die anderen Unternehmungen zu legen.«

Die Furche zwischen ihren Brauen vertiefte sich. »Welche anderen Unternehmungen?«

Er lachte sie an. »Ich habe große Pläne. Und wenn es nach mir geht, wirst du nicht hier versauern! Sobald ich wieder ein freier Mann bin, werden wir unsere eigenen Nachtclubs eröffnen und Richmond zu unserer Stadt machen, Mallory! Wir werden da ganz neue Standards setzen«, verkündete er im Brustton der Überzeugung. »Aber jetzt sag mir endlich, ob du dabei bist! Übernimmst du die Anlage unter der Wäscherei, oder muss ich sie irgendeinem Fuselbrenner überlassen?«

Sie sah ihm in die Augen. »So eine prächtige Still? Kommt gar nicht in Frage!«, erwiderte sie.

»Dann schlag ein, Partner!« Mit einem strahlenden, fast jungenhaften Lächeln streckte er ihr quer über den Tisch die Hand hin.

*Ich muss verrückt sein!*, dachte Mallory, während sie ihre Abmachung mit einem festen Händedruck besiegelten.

Nach dem Essen lieh Mallory sich den Plymouth und fuhr zur Jefferson High, um ihren Bruder abzuholen. Robert kniff die Augen zusammen und machte ein verblüfftes Gesicht. Schon lange hatte ihn keiner mehr zur Schule gebracht oder abgeholt. Doch seine freudige Miene wich schnell einem entgeisterten Ausdruck, als sie ihm eröffnete, sie sei jetzt mit Frank Marlowe zusammen und wohne bei ihm im *Ponce de León*.

»Was heißt das, ihr habt euch ›zusammengetan‹?«

Unbehaglich zuckte sie die Achseln. »Genau das, was es sagt. Dass wir gemeinsame Interessen verfolgen und … nun ja, zusammenleben. Keine Ahnung für wie lange. Keiner von uns ist an einer Bindung interessiert. Kirchenglocken wirst du also nicht läuten hören!«

»Okay, dann ziehst du also als seine Geliebte zu ihm ins Hotel«, stellte er fest.

Sie wich seinem Blick aus. »Wir haben getrennte Schlafzimmer«, sagte sie, als würde das irgendetwas erklären, dabei traf das genaue Gegenteil zu. Sie hätte ihm so gern die Wahrheit gesagt, aber das durfte sie nicht, unter keinen Umständen, so bitter es sie auch ankam, dass ihr Bruder jetzt womöglich schlecht von ihr dachte. »Du bist noch zu jung, um das zu verstehen. Und genau genommen geht es dich auch nichts an, Bobby!«

»Stimmt, aber umhauen tut es mich schon. Wo ich doch dachte, ihr seid ein Herz und eine Seele, Henry und du, und fest entschlossen, so bald wie möglich zu heiraten«, sagte er. »Was zum Teufel ist denn passiert, dass es plötzlich aus ist zwischen euch und du Knall auf Fall mit Frank Marlowe anbändelst?«

»Das, was man die Unwägbarkeiten des Lebens nennt!«, beschied sie ihn vage und kam schnell auf ihre geschäftliche Partnerschaft mit Frank zu sprechen.

Bobby war Feuer und Flamme, als sie ihm die Großdestillerie

unter der Wäscherei und die Verdienstmöglichkeiten schilderte. Und als sie ihm dann auch noch versprach, ihn gelegentlich dorthin mitzunehmen und ihn in das Schwarzbrennen einzuweisen, hatte sie ihn ganz auf ihrer Seite. »Hör mal, nimm mir das mit Henry und so nicht übel. Du wirst schon wissen, was du tust, Lory. Frank ist in Ordnung. Und ich finde es toll, dass du jetzt auch in Roanoke bist und so richtig bei uns mitmachst!«

Mallory rang sich ein Lächeln ab.

Sally und Sweeney reagierten auf die Neuigkeit auf ihre eigene Art. Sie beglückwünschten sie zu ihrer Verbindung mit O'Reillys General Manager und ließen keinen Zweifel daran, was der tiefere Grund ihrer Freude war.

»Ich sage dir, mit dem hast du dir den Richtigen geschnappt! Der ist auf dem Weg steil nach oben!«, sagte Sweeney und fügte grinsend hinzu: »Und du in seinem Kielwasser. Ich hoffe bloß, du vergisst dabei deine alten Freunde nicht!«

Mallory lächelte. Jetzt waren sie also schon alte Freunde!

»Ja, mir wär's sehr recht, wenn du ein gutes Wort für mich einlegst«, sagte Sally prompt. »Fünfzig Dollar die Woche sind nicht gerade üppig. Da wäre bestimmt ein bisschen mehr drin, wo ich doch solchen Erfolg habe und Sweeney von seinen Revue-Girls keine Provision mehr kriegt. Die Truppe hat sich ja in alle Winde verstreut, als dein Frank bloß noch farbige Girls auf der Bühne wollte.«

Mallory war versucht zu erwidern, dass Frank nicht seinem persönlichen Geschmack folgte, sondern den Gästen das bot, was sie sehen, hören und trinken wollten. Und dass fünfzig Dollar die Woche eine stolze Summe waren und mehr, als sie in einer Fabrik in einem ganzen Monat hätte verdienen können. Auch hätte sie gern darauf hingewiesen, dass Sally mit dem Geld erheblich besser auskäme, wenn sie nicht so viel für Kokain ausgeben würde. Doch all diese Bemerkungen verkniff sie sich. Sally war immerhin ihre Freundin, und ihre Auftritte waren wirklich gut. Womöglich war ja eine kleine Erhöhung drin.

»Wenn sich eine Gelegenheit ergibt, werde ich sehen, was ich machen kann«, erwiderte sie, dämpfte jedoch sofort zu hoch gespannte Erwartungen. »Aber ich verspreche nichts! Es ist ja nicht so, als könnte ich ihn um den kleinen Finger wickeln!«

Diese Redewendung benutzte auch O'Reilly, als sie ihm Augenblicke später in die Arme lief. Es war noch früh am Abend. Der Gangsterboss passte sie im Durchgang zu den Damentoiletten ab und verstellte ihr den Weg zurück in den Club.

»Ich hab gehört, du hast dir meinen studierten Laufburschen geangelt und ihn um den kleinen Finger gewickelt«, sagte er mit einer Mischung aus Geringschätzung und Groll.

»So? Dann haben Sie etwas Falsches gehört. Es war andersherum«, erwiderte sie und erlaubte sich ein kühles Lächeln. »Er ist der Jäger, ich die Beute.« Was ja wohl auch stimmte.

Seine Augen wurden schmal. »Ich weiß nicht, was für ein Spiel du spielst und was du dir davon erhoffst, dass du für Frankie-Boy die Beine breit machst!«, zischte er und packte ihr Kinn mit festem Griff, während er sie mit seinem Körper gegen die Wand presste. »Aber was immer es ist, vergiss ja nicht, dass ich hier das Sagen habe! Und ich habe deinen Bruder. Komm mir also nicht in die Quere, verstanden? Frankie-Boy kann noch so dicke mit Don Vito sein: Wenn ich Lust habe, dich Landmöse flachzulegen, dann wirst du auch stillhalten, lass dir das gesagt sein!«

Bevor Mallory reagieren konnte, beugte er sich vor, griff ihr mit der freien Hand an die Brust und presste ihr seinen Mund auf die Lippen. Gleich darauf ließ er sie wieder los. »Nur damit klar ist, wer hier den Ton angibt!«, sagte er und spazierte davon.

# 81

Bis Weihnachten waren es noch genau zwei Wochen. Nacht für Nacht kam Frank ein, zwei Stunden nachdem sie das Licht gelöscht hatte, leise in ihr Zimmer und schlüpfte zu ihr unter die Decke. Und Nacht für Nacht beließ er es dabei, sich behutsam an ihren Rücken zu schmiegen. Manchmal legte er noch die Hand auf ihren Arm, doch meist begnügte er sich damit, ihren Rücken zu berühren.

In der ersten Woche fürchtete sie noch jede Nacht, dass er sich mehr herausnehmen und sie bedrängen würde. Am Ende der zweiten Woche war die Angst verflogen, und in der Nacht zum Freitag ertappte sie sich halb im Schlaf sogar dabei, dass sie die Decke anhob, als sich das Bett unter seinem Gewicht bewegte.

Auch daran, dass er sich am frühen Morgen wieder in seine Suite schlich, änderte sich nichts. Und wenn sie sich um neun unten zum Frühstück trafen, verlor keiner von ihnen ein Wort darüber. Seine seltsamen nächtlichen Besuche, die von wortlosem Werben und geduldigem Hoffen erfüllt waren, nahmen sich im Licht des Tages ganz und gar unwirklich aus.

Der 24. Dezember kam. Er fiel auf den Samstag, an dem Homer ihren letzten Moonshine im Hof der Fabrikanlage ablieferte. Danach fuhr Mallory mit ihm zur Wäscherei, zeigte ihm die Still in den Kellergewölben und besprach mit ihm, was an Organisatorischem zu bedenken war, damit sie gleich nach Neujahr den ersten Run für sechshundert Gallonen Moonshine ansetzen konnten. Beim Abschied drückte sie ihm ein hübsch verpacktes Geschenk in die Hände, dankte ihm für seine Treue und tatkräftige Hilfe und sagte, dass sie sich keinen besseren Freund wünschen könne als ihn, was ihn rührte und ganz verlegen machte.

Während Homer sich in der hereinbrechenden Dämmerung auf den Weg zur Farm machte, kehrte Mallory ins Hotel zurück, um ein ausgiebiges Bad zu nehmen und sich umzuziehen. Das *Ponce de León* war für das Fest der Liebe und des Friedens auf Erden aufwendig geschmückt. Mallory freute sich auf den Heiligen Abend, würde sie ihn doch zu einem Gutteil mit Frank *und* ihrem Bruder verbringen. Bobby hatte erst nicht so recht gewollt, wohl weil Knuckles, Pete, Freddy und ein paar andere aus der O'Reilly-Gang ein eigenes Fest planten. Dass er sich schließlich doch für sie und Frank entschieden hatte, wertete sie als stillen Triumph.

Gerade hatte sie das herrlich duftende Badesalz ins heiße Wasser gestreut, als es laut und ruppig an ihre Tür klopfte. Diese grobe Art zu klopfen hätte sie stutzig machen müssen, aber sie war mit den Gedanken woanders und nahm an, dass es eine Hotelbedienstete war, die ihr eine dieser neumodischen elektrischen Brennscheren brachte, mit denen man widerspenstige Strähnen zähmen und das Haar in Wellen legen konnte.

Sie knotete den Gürtel ihres grünseidenen Morgenrocks wieder zu, ging zur Tür, öffnete – und fuhr erschrocken zurück.

Vor ihr stand Henry.

Dass er getrunken hatte, war unschwer zu sehen und zu riechen. Er schwankte und stützte sich am Türrahmen ab. Seine Kleidung war ramponiert und zerknittert, als hätte er darin geschlafen. Er war ungekämmt, sein Gesicht gerötet, und er starrte sie aus verquollenen, blutunterlaufenen Augen an.

Bei seinem Anblick krampfte sich ihr Herz zusammen.

»Es stimmt also wirklich!«, stieß er hervor, und eine kräftige Alkoholfahne wehte ihr entgegen. Sein Blick heftete sich kurz auf ihren Morgenrock, unter dem sich ihr nackter Körper abzeichnete, glitt zum Bett hinüber und kehrte zu ihr zurück. Der gequälte Ausdruck auf seinem Gesicht wich Verachtung und flammendem Zorn. »Wie konntest du nur? Den einen bringst du kaltblütig um, und zu dem anderen legst du dich ins Bett?«

»Um Gottes willen, Henry!«, rief sie. Wie sollte sie ihm das erklären?

Er ließ sie gar nicht zu Wort kommen. »Wie konntest du nur?«, wiederholte er mit gepresster Stimme, als bekomme er kaum Luft. »Hat es dir denn nicht gereicht, dass du Homer und mich zu deinen Komplizen gemacht hast? Nicht nur, dass du Blut an den Händen hast und dich mit diesem Verbrecherpack gemein machst – jetzt hast du dich auch noch diesem Kerl an den Hals geworfen!«

»Du verstehst nicht … Es ist nicht so, wie du denkst!«, stammelte sie.

Er lachte höhnisch auf. »Für wie blöd hältst du mich? Ich verstehe sehr gut, und ich hab Augen im Kopf! Und ich Trottel habe dich mal geliebt. Aber jetzt hast du mir gezeigt, wer und was du wirklich bist!«, schleuderte er ihr entgegen. »Ein billiges, charakterloses Flittchen. Jetzt hast du endlich Farbe bekannt! Na dann, Glückwunsch zu deinem Fang! Befindest dich ja in der richtigen Gesellschaft. Gleich und Gleich gesellt sich gern!«

Ihre Hand flog hoch und ohrfeigte ihn.

Henry taumelte gegen den Türrahmen. In seinen Augen blitzte Zorn, während er sich über die brennende Wange strich. Einen Moment lang sah es so aus, als wollte er sich auf sie stürzen, doch dann spuckte er ihr vor die Füße und ging ohne ein weiteres Wort davon.

Wie gelähmt stand sie da. Hätte sie über die Schulter geschaut, hätte sie in der halb geöffneten Verbindungstür Frank stehen sehen, einen überraschten Ausdruck auf dem Gesicht und wie sie nur mit einem Morgenmantel bekleidet. Aber sie bemerkte ihn nicht. Und er zog sich sofort wieder zurück und schloss die Tür so sanft, dass sie ihn nicht hörte.

Mallory ging zum Bett, sank auf die Kante und schlug die Hände vors Gesicht.

In dieser Nacht kam Frank nicht zu ihr.

## 82

Am Neujahrsmorgen saß Frank schon an ihrem angestammten Tisch im *Palmengarten*, wie sich das Hotelrestaurant wegen seiner Lichtkuppel und der Kübelpalmen etwas hochtrabend nannte, als Mallory um zehn Uhr erschien. Sie trug zu einer schlichten weißen Bluse ein Winterkostüm aus blassblauem Jersey.

Er ließ die Zeitung sinken und lächelte. »Gut geschlafen?«, erkundigte er sich, während ein Kellner herbeieilte, um ihr den Stuhl zurechtzurücken.

»Es geht so.«

»Na, wir haben wohl alle ein bisschen zu viel getrunken«, sagte er mit einem Zwinkern. »Noch einmal alles Gute für 1922, Mallory!«

Sie nickte mit einem schwachen Lächeln. »Ja, dir auch«, erwiderte sie und erinnerte sich an den leichten Kuss, den er ihr um Mitternacht im Club auf die Wange gegeben hatte. Und in Gedanken tröstete sie sich mit der Hoffnung, dass es nach allem, was das Jahr 1921 ihr an Kummer und Schmerz gebracht hatte, eigentlich nur besser werden konnte.

Sie war froh, dass Weihnachten und Silvester hinter ihr lagen. Die hässliche Szene, die Henry ihr am Heiligabend gemacht hatte, war folgenschwerer gewesen, als sie sich zunächst hatte eingestehen wollen. Wie ein dunkler Schatten hatten seine Verachtung und seine gemeinen Worte über den Festtagen gelegen.

Die Vorbereitungen für die Inbetriebnahme ihrer neuen Still hatten sie zeitweise abgelenkt, und nur zu gern war sie Franks Bitte nachgekommen, ihm bei den Vorkehrungen für die aufwendige Silvesterfeier im *Candy Club* zur Hand zu gehen. Selbst für Sallys Eskapaden war sie dankbar gewesen. Sie hatte sich in der Silvesternacht intensiv um ihre Freundin kümmern müssen, weil Sweeney sich in seinem Zustand fortgeschrittener

Trunkenheit keinen Rat gewusst hatte. Völlig überdreht von zu viel Kokain und etlichen starken Drinks, hatte Sally ihren ersten Auftritt völlig vermasselt. Mehrfach hatte sie den Liedtext ganz vergessen oder die Reihenfolge der Zeilen durcheinandergebracht. Was bei der guten Stimmung im Club nur wenigen aufgefallen wäre, hätte sie nicht auch mehrfach ihren Einsatz verpasst und sichtlich mit den Gesetzen der Schwerkraft zu kämpfen gehabt. Unter Gelächter und sogar einigen Buh-Rufen war sie von der Bühne gewankt. Es hatte einige Stunden größter Fürsorge gebraucht, einschließlich einer Ladung Riechsalz, eines eisigen Bades und zahlreicher Tassen Kaffee, Sally in einen einigermaßen nüchternen Zustand zu versetzen, der es ihr ermöglichte, ihre wichtigsten Sets kurz vor und nach Mitternacht mit annehmbarer Qualität über die Bühne zu bringen.

Aber trotz allem hatte sich der dunkle Schatten noch immer nicht ganz von ihrer Seele gehoben. Da half auch das Wissen, dass Henry ihr bitter unrecht getan hatte und sie gar nicht anders hatte handeln können, wenig.

Sie griff zur *Roanoke Times*, die schon neben ihrem Gedeck lag. Seit Frank und sie gemeinsam frühstückten, hatte er auch für sie eine Ausgabe bestellt. Eine Tageszeitung zu abonnieren war ihrem Vater nie in den Sinn gekommen, und sie teilte seine Verachtung für die Politiker, die auf dem Land wie in den großen Städten noch immer überwiegend mittels Bestechung und Stimmenkauf gewählt wurden. Aber seit die Zeitung morgens neben ihrem Teller lag und Frank sie auf diesen und jenen Artikel ansprach, war ihr Interesse an Nachrichten aller Art gewachsen.

Mit Schaudern las sie, dass die sowjetische Regierung nach eigenen Angaben in den gerade mal vier Jahren seit der Oktoberrevolution fast 1,8 Millionen Menschen hingerichtet hatte. Gerade überflog sie die Meldung, dass die Halbinsel Krim im Schwarzen Meer mit der Einwilligung Moskaus ihre Unabhängigkeit erklärt hatte und in Deutschland die Mark aufgrund der galoppierenden Inflation rapide an Wert verlor, als Nathan Forrester, der stellvertretende Hoteldirektor, zu ihnen an den Tisch trat, ein Mann mittleren Alters, unscheinbar, aber von unaufdringlich geschmeidiger Effizienz und daher wohl bestens geeignet für seine Aufgabe.

Er grüßte förmlich, äußerte im Namen des Hauses die Hoffnung, dass sich das neue Jahr für sie von seiner allerbesten Seite zeigen möge, und erklärte dann mit sichtlichem Unbehagen: »Es wartet jemand auf Sie, der meint, Sie dringend sprechen zu müssen, Miss Kendrick.«

Verwundert sah sie ihn an. »Darf ich fragen, wer?«

Nathan Forrester räusperte sich. »Nun ja, ein Farbiger. Er ist schon um sieben aufgetaucht und wollte doch tatsächlich, dass ich Sie wecke, was natürlich ein Unding war«, sagte er indigniert. »Ich habe ihm klargemacht, dass er zu warten hat, bis Sie zum Frühstück erscheinen. Der Boy nennt sich Homer Jackson. Sagt, er würde für Sie arbeiten.«

»Ja, das tut er in der Tat«, erwiderte sie und bezwang ihren Ärger. Es würde ihr nur Unannehmlichkeiten bringen, wenn sie ihm zu verstehen gab, wie abscheulich sie seine Arroganz fand. »Wo ist er?«

»Natürlich hinten im Hof, wie man es wohl erwarten darf«, sagte er mit der Selbstgerechtigkeit eines weißen Hoteliers, der einen Farbigen nur als billige Arbeitskraft, nicht jedoch als Gast in der Lobby duldete.

»Da muss etwas geschehen sein!«, sagte Mallory und erhob sich hastig vom Tisch.

Homer ging ruhelos vor dem alten Ford-Pick-up, den er neben der Einfahrt zum Hinterhof geparkt hatte, auf und ab. Über seinem Arbeitsoverall und dem Pullover trug er einen alten Wollmantel mit dunklem Karomuster, der mit Brandlöchern übersät war. Sein Haar war angesengt, und sein Gesicht zeigte Spuren von Brandschwärze, die er in der Eile nicht restlos weggewischt hatte. Als er sie über den Hof kommen sah, hob er die

Hände zu einer hilflosen Geste und sagte: »Ach, Miss Mallory! Ich wünschte, ich hätte etwas tun können und … und müsste es Ihnen jetzt nicht sagen!«

Mallory sank das Herz. Sie wusste, was geschehen war, noch bevor Homer es aussprach. »Die Farm?«

Er nickte mit gramvoller Miene. »Abgebrannt, bis auf die Grundmauer. Die Scheune auch. Und die Still haben sie mit Dynamit zerstört.«

Er berichtete, dass die Explosion oben am Berg ihn gegen halb vier aus dem Schlaf geholt hatte. Er hatte sich sofort Williams Schrotflinte mit den abgesägten Läufen geschnappt und sich auf den Weg zur Still gemacht, doch noch ehe er den Wald unten an der Bergflanke durchquert hatte, war das Feuer im Farmhaus und in der Scheune ausgebrochen. Er war augenblicklich umgekehrt, hatte aber trotz aller verzweifelten Versuche nichts gegen das Feuer ausrichten können. Auch nicht mit Hilfe der Nachbarn, die er mit der Feuerglocke alarmiert hatte und die sogleich herbeigeeilt waren. Als schließlich der Löschwagen der freiwilligen Feuerwehr eingetroffen war, hatten beide Gebäude schon lichterloh in Flammen gestanden. Später dann war er zur Still hinaufgestiegen. Gärboxen, Kessel, Kondensator und Schutzwand – alles zerstört.

»Und eine Sache kriege ich nicht aus dem Kopf«, schloss er und kratzte sich das stoppelige Kinn. »Ich hab da oben eine Sprengladung gefunden, die nicht explodiert ist. Sie sollte wohl den Überhang zum Einsturz bringen. Es war so eine langsam brennende Lunte und dazu noch extrem lang, ausgelegt in vielen Windungen.«

»Damit der Hurensohn von Brandstifter Zeit zum Flüchten hatte«, sagte Mallory mit ohnmächtigem Zorn und fragte sich, ob wohl O'Reilly hinter dem Anschlag steckte. Dass sie jetzt sozusagen unter Franks Schutz stand und damit nicht länger uneingeschränkt seiner Willkür ausgeliefert war, stieß ihm ganz offensichtlich übel auf.

Homer nickte. »Ich kenne mich mit diesen Dynamitstangen ganz gut aus. Von meiner Arbeit bei Mister Loomis. Damit werden besonders dicke Baumstümpfe aus dem Boden gesprengt.«

Frank, der Mallory in den Hof gefolgt war, stutzte. »Sprichst du von Daniel Loomis, dem Holzbaron?«, vergewisserte er sich.

»Ja«, sagte Homer. »Irgendwie ist das merkwürdig.«

»Nein, ist es nicht«, entgegnete Frank hinter ihr. »Daniel Loomis ist derjenige, der die Still zerstört und den Brand gelegt hat.«

Mallory fuhr herum und starrte ihn an. Die Gewissheit in seiner Stimme jagte ihr einen Schauer über den Rücken. »Woher willst du das wissen?«

»Weil er es war, der deinen Vater und das Versteck eurer Still an O'Reilly verraten hat!«

## 83

Zwei Tage später rief sie Daniel Loomis am späten Vormittag in seinem Büro im Sägewerk an und bat ihn um ein Treffen. »Sie haben sicher gehört, dass mein Farmhaus und die Scheune abgebrannt sind. Sieht so aus, als könnten wir doch noch ins Geschäft kommen, Mister Loomis«, sagte sie.

»Ein entsetzliche Sache, das mit dem Brand. Mein Gott, wer tut so etwas bloß?«, gab er scheinheilig zurück.

»Ja, wer tut so etwas«, wiederholte sie und ballte die Fäuste. Wie schwer es ihr jetzt schon fiel, die Selbstbeherrschung nicht zu verlieren! Wie sollte sie da ihren mörderischen Hass verbergen, wenn er vor ihr stand? Was, wenn sie sich schon in den ersten Momenten verriet? Dann würde er gewarnt sein. Und doch, sie musste es tun, sie konnte nicht anders. »Hören Sie, ich will das so schnell wie möglich hinter mich bringen. Können wir das heute noch bereden, hier in Roanoke?«

»Nun ja …«, hob er an und kehrte den vielbeschäftigten Geschäftsmann heraus.

Mallory fiel ihm ins Wort. »Ich würde mir gern Ihr Angebot anhören, bevor ich mit Mister Caldwell spreche. Aber wenn Sie es heute nicht einrichten können, schaue ich mir eben doch erst mal an, was er anzubieten hat.«

Die Erwähnung des Großgrundbesitzers und Konkurrenten räumte den Terminkalender des Holzbarons augenblicklich frei.

Schon kurz nach Mittag traf er im Hotel ein. Er musterte sie überrascht. »Es freut mich zu sehen, dass du offenbar weich gefallen bist, Mallory«, sagte er jovial und machte eine lässige Geste, die wohl dem luxuriösen Hotel galt. »Lass es dir nur gutgehen. Du hast es verdient nach allem, was du durchgemacht hast.«

Mallory lächelte gequält. Sie musste all ihre Willenskraft aufbieten, um ruhig zu bleiben. Vor ihr stand der Mann, der verfluchte Judas, der ihren Vater an O'Reilly verraten, Farmhaus und Scheune niedergebrannt und ihre Still zerstört hatte! Mit größter Wahrscheinlichkeit war er es auch gewesen, der in jener Nacht die vier Schüsse auf ihr Haus abgegeben hatte, bei denen die Fenster zum Hof zu Bruch gegangen waren. Wie er auch mit Hilfe des Ku-Klux-Klans versucht hatte, sie zu terrorisieren. Er war der Klansmann gewesen, der das rechte Bein leicht nachgezogen hatte!

»Und wer weiß, wie lange du so ein unbeschwertes Leben genießen kannst«, fügte er mit einem falschen Lächeln hinzu. Es machte ihm offenkundig Spaß, darauf hinzuweisen, dass die guten Zeiten einer Geliebten jederzeit enden konnten.

Sie senkte den Kopf und ging schnell voran, führte ihn in einen stillen Salon neben der Bar. »Ich weiß selbst für mich zu sorgen, also beschränken wir uns bitte auf das, was wir zu bereden haben, Mister Loomis!«

»Aber gewiss doch!«, sagte er. »Wir werden uns bestimmt schnell einig, Mallory. Du weißt, dass ich dir ein faires Angebot machen werde, schon aus alter Verbundenheit mit deinem Vater.«

Mallory würgte an ihrem Hass, ließ sich aber nichts anmerken. »Ja, in diesem Geist der Verbundenheit wollen wir die Sache zu einem gerechten Abschluss bringen«, erwiderte sie und bestellte Getränke und Sandwiches. Frank schlenderte an der Tür vorbei und warf ihr einen besorgten Blick zu. Sie ignorierte ihn. Dass er seine Hilfe angeboten hatte, rechnete sie ihm hoch an, aber sie hatte ihm klar zu verstehen gegeben, dass sie ihn nicht dabeihaben wollte.

Daniel Loomis stellte bald fest, dass Mallory gar nicht daran dachte, sich schnell mit ihm zu einigen. Sie verwarf seine ersten Angebote und verwickelte ihn in zähe Verhandlungen, wobei sie immer wieder den Gegenstand des Gesprächs änderte. Mal war sie gewillt, ihm das gesamte Kendrick-Land zu verkaufen, dann wieder gab sie sich unschlüssig, ob sie womöglich doch nur ihren Hartholzbestand abstoßen sollte. Sie hatte mit Franks Hilfe Erkundigungen über die aktuellen Holzpreise eingezogen und feilschte lang und breit über den Umfang ihres Hartholzbestandes und einen fairen Verkaufspreis. Kaum hatten sie sich darüber geeinigt, kehrte sie unvermittelt zu ihrer anfänglichen Position zurück, schloss einen Teilverkauf aus und erklärte, nur über einen Verkauf der ganzen Farm verhandeln zu wollen.

Daniel Loomis hatte große Mühe, nicht zu zeigen, wie sehr ihre Verhandlungskapriolen ihn nervten. Als sie zum Schluss noch hartnäckig ein Wegerecht zum kleinen Familienfriedhof einforderte, das auch bei einem Weiterverkauf des Landes Bestand haben sollte, platzte ihm beinahe der Kragen. Dann endlich besiegelten sie ihre Abmachung per Handschlag.

»Es wäre sinnvoll, den Kaufvertrag gleich morgen in der Kanzlei von *Wakefield & Young* in Rocky Mount aufsetzen zu lassen und zu unterschreiben«, sagte er mit kaum verhohlener Genugtuung darüber, die Kendrick-Farm so gut wie in seinen Besitz gebracht zu haben.

»Mir ist auch daran gelegen, die Angelegenheit umgehend zu erledigen. Und wenn wir uns gleich auf den Weg machen, können wir den Vertrag noch heute unterschreiben«, erwiderte Mallory.

»Mir wär's recht, nur wird dafür die Zeit nicht mehr reichen«, wandte er ein und ließ den Deckel seiner goldenen Taschenuhr aufklappen. »Bis wir in Rocky Mount sind, ist praktisch Büroschluss.«

»Das macht nichts. Ich habe heute Mittag vorsorglich mit Mister Wakefield telefoniert. Er hat die Verträge im Groben vorbereitet und erwartet uns, auch für den Fall, dass es etwas später werden sollte.«

»Teufel auch, du scheinst es wirklich eilig zu haben!«, sagte er mit einer Mischung aus Verblüffung und Vorfreude.

Sie zuckte die Achseln. »Es ist mir wichtig, das heute zu Ende zu bringen. Ich will wieder besser schlafen können.«

»Das verstehe ich nur zu gut. Aber wie kommst du von Rocky Mount hierher zurück? Es wird reichlich spät werden.«

»Ich fahre nicht mit Ihnen, sondern nehme unseren Ford. Homer wird mich begleiten.«

Er nickte. »Ein ganz ordentlicher Bursche, für einen Nigger«, sagte er gönnerhaft.

»Ach, tun Sie mir bitte den Gefallen und fahren Sie hinter uns her«, fügte sie hinzu. »Der Truck ist nicht mehr der zuverlässigste. Es würde mich beruhigen, wenn ich wüsste, dass Sie mich notfalls in Ihrem Wagen mitnehmen können.«

»Natürlich, gar kein Problem, Mallory!«

Homer wartete vor dem Hotel im Pick-up auf sie. Er stellte keine Fragen, sondern sah sie nur mit leicht hochgezogenen Brauen an. Sie nickte ihm zu, als sie auf der Beifahrerseite einstieg, und mehr war nicht nötig. Sie hatten lang und breit besprochen, wo es geschehen sollte und wer was zu tun hatte. Sie hatte ihn nicht dazu überreden müssen, sondern er wollte unbedingt seinen Teil dazu beitragen, dass ihr Vater gerächt wurde. Das sei er ihm einfach schuldig nach allem, was er seit dem Tod seiner Eltern und Geschwister für ihn getan habe.

Geduldig folgte Daniel Loomis ihnen in seiner Nobelkarosse, einem silbergrauen Pierce-Arrow.

Als es hinter Roanoke in die Berge ging, setzte die Dämmerung ein. Sie erklommen den Pass des Windy Gap Mountain. Als sie den Gipfel überwunden hatten und endlich die weit geschwungene Linkskurve vor ihnen auftauchte, schaltete Homer herunter und hielt links auf einer sandigen Ausbuchtung der Schotterstraße. Daniel Loomis folgte ihrem Beispiel, parkte jedoch vor ihnen, weil der Streifen hinter ihnen für seinen Wagen nicht genug Platz ließ und er andernfalls die Fahrbahn blockiert hätte.

Mallory stieg aus und trat zu ihm an die Fahrertür. Ein eisiger Wind schnitt ihr ins Gesicht. Tiefe Stille lag über dem Tal, an dessen steilem Hang sich die Straße abwärtswand. Im Westen erstarb das letzte Tageslicht. Weit und breit war keine Menschenseele zu sehen.

Daniel Loomis kurbelte das Fenster herunter. »Probleme mit der alten Kiste?«

Sie schüttelte den Kopf. »Ich habe meine Zigaretten im Hotel vergessen. Könnte ich eine von Ihren Lucky Strikes haben?«

Er lachte. »Ich denke, die ist im Preis noch drin«, scherzte er, hielt ihr seine Packung hin und griff nach dem Feuerzeug. Dass Homer den Rückwärtsgang einlegte und ein Stück von der Abbruchkante der Straße wegfuhr, nahm er gar nicht wahr.

Als die Flamme heftig flackerte und zu erlöschen drohte, beugte Mallory sich zu ihm in das offene Fenster. Ihre Rechte umklammerte in der Manteltasche die Automatik, die Homer Goldie abgenommen hatte. Sie hoffte, nicht von ihr Gebrauch machen zu müssen, aber sollte es doch nötig sein, würde sie keine Sekunde zögern.

Sie nahm einen tiefen Zug, legte die Linke auf den Fensterrahmen und zog vorsorglich die Waffe aus der Tasche. »Wie war das noch mal mit Ihrer Verbundenheit mit meinem Vater, Mister Loomis? Als Kinder waren Sie beste Freunde und haben alle Geheimnisse miteinander geteilt, nicht wahr?«, fragte sie unvermittelt, während Homer sich mit dem Truck so hinter den Pierce-Arrow setzte, dass es für Loomis kein Entkommen gab. Denn vor ihm gähnte im Licht der Scheinwerfer der Abgrund.

Verständnislos sah er zu ihr auf. »Wie bitte? Was soll das, Mallory?« Unruhe flackerte in seinem Blick.

»Hatten Sie meinem Vater, als er Sie mit auf den Berg nahm und Ihnen das Versteck unserer Still zeigte, nicht hoch und heilig versprochen, für immer Stillschweigen zu bewahren?«, erinnerte sie ihn an das, was er seinem Freund Richard Burton verraten und später auch O'Reillys Revolvermännern erzählt hatte.

Jähes Entsetzen packte Daniel Loomis.

»Ich weiß, Sie waren damals erst zehn, und vielleicht dachten Sie, ein in diesem Alter geleisteter Schwur zählt nicht. Dafür hätte ich Verständnis. Aber dass Sie meinen Vater an O'Reilly verraten und seine Mörder noch zu uns auf den Berg geführt haben, das kann ich Ihnen nicht verzeihen!«

Ihm wich das Blut aus dem Gesicht, als er begriff, dass sie ihm etwas vorgespielt hatte. Er erkannte, dass er in der Falle saß, und die Todesangst traf ihn mit unvermittelter Wucht. Verzweifelt versuchte er den Rückwärtsgang einzulegen, scheiterte aber in seiner Panik. Es hätte ihm auch nichts genutzt.

»Ich habe am Grab meines Vaters Rache geschworen, und im Gegensatz zu Ihnen befolge ich meinen Schwur!«, stieß sie hasserfüllt hervor, schnippte ihm die Zigarette ins Gesicht und gab Homer das Zeichen.

Mit einem kraftvollen Ruck fuhr Homer an, rammte das Heck des Pierce-Arrow, stauchte das Blech und schob den Wagen über den Rand der Straßenausbuchtung hinaus.

Der Holzbaron stieß einen verzweifelten Schrei aus und versuchte, die Tür aufzustoßen und aus dem Wagen zu springen.

Zu spät.

Ein letztes Rammen, und der Pierce-Arrow kippte in den Abgrund. Ein gellender Schrei begleitete den Fall der silbergrauen Limousine. Er erstarb mit den Irrlichtern der Scheinwerfer, als der Wagen mit einem metallischen Kreischen auf dem felsigen Hang aufschlug, sich mehrfach überschlug und schließlich am Grunde des Tals als Klumpen verformten Metalls zwischen die Felsbrocken des Snow Creek krachte.

Dann war es bis auf das Pfeifen des Windes und das gleichmäßige Motorblubbern des alten Ford wieder still am Windy Gap Mountain.

Für einen langen Moment starrte Mallory hinunter zu dem Wrack, dann wandte sie sich ab und stieg zu Homer in den Pickup. Er drückte ihr wortlos eine kleine Flasche mit Whiskey in die Hand und wendete.

Mallory nahm einen kräftigen Schluck, reichte den Flachmann an Homer zurück und starrte schweigend in die Finsternis.

Jetzt fehlte nur noch O'Reilly!

## 84

Sie lag wach, als Frank in dieser Nacht zu ihr kam. Wie immer schlüpfte er zu ihr unter die Decke und rückte gerade so weit an sie heran, dass ihre Körper einander leicht berührten.

Sie war bereit. Sie wusste, dass sie es wollte. Wie sie gewusst hatte, dass es früher oder später geschehen würde. Mit Liebe hatte es nichts zu tun, dafür umso mehr mit dem Verlangen, die innere Leere zu füllen. Sie sehnte sich nach Zärtlichkeit und Hingabe, selbst wenn sie nur den körperlichen Hunger stillten. Aber sie brachte es nicht über sich, die Initiative zu ergreifen.

Er schien zu spüren, dass sie auf ihn wartete. Diesmal verharrte seine Hand nicht still auf ihrem Arm, sondern begann sie sanft zu streicheln und glitt hinunter zu ihrer Hüfte.

Ein erster wohliger Schauer lief durch ihren Körper. Sie streckte sich und wandte sich ihm zu, rutschte näher an ihn heran. So wagte er sich weiter vor. Sanft umkreisten seine Fingerspitzen ihre Brustwarze, die sich unter der Liebkosung zusammenzog und hart wurde.

Nun berührte sie ihn ihrerseits, ihre Hand fuhr über den seidig glatten Stoff seines Pyjamas und schob sich in den Hosenschlitz.

So begannen sie einander zu erforschen. Mallorys Atem beschleunigte sich, als seine Arme sie schließlich umschlangen. Nun spürte sie seine Hitze, sein hartes Glied, seine Lippen an ihrem Hals, auf ihren Augen und ihrem Mund, der sich seinen Küssen willig öffnete.

In atemlosem Schweigen streifte er ihr das Nachthemd vom Körper und zog sie ihm den Pyjama aus. Dann zwang sie ihn sanft auf den Rücken und setzte sich auf ihn. Ihre Locken fielen über sein Gesicht. Er zog sie zu sich herunter. Seine Hände glitten über ihren Rücken, ihren Po und an den Schenkeln entlang, um dann auf die Innenseite zu wandern und ihr Geschlecht zu liebkosen. Dabei küsste er ihre Brüste.

Ihr war, als würde sie unter seinen Zärtlichkeiten weich werden, als lösten sich harte Knoten in ihr, und ein wildes Verlangen brach in ihr hervor. Sie konnte nicht länger warten.

Sie war so erregt, dass er gleich tief in sie glitt. Anfangs bewegte sie sich langsam, nahm ihn jedes Mal ganz in sich auf. Dann wurde sie schneller und ritt ihn, den Kopf zurückgeworfen, während seine Hände ihre Brüste liebkosten. Ohne jede Scheu gab sie sich hin und genoss die Lust, die sie einander schenkten.

Sie wollte nicht, dass es aufhörte, dieses völlige Vergessen, das für nichts anderes Platz ließ. Dann, als er sich unter langgezogenem Stöhnen in ihr verströmte, überkam sie das Erschauern, die Explosion reiner Wonne.

Erschöpft und gesättigt sanken sie, noch halb ineinander verschlungen, auf das verschwitzte Laken. Er küsste ihren feuchten Nacken, brach das einvernehmliche Schweigen nicht.

Nach wenigen Minuten verriet ihr sein tiefer, gleichmäßiger Atem, dass er eingeschlafen war. Sie wartete noch eine Weile, dann entzog sie sich seiner schlaffen Hand, die noch auf ihrem rechten Schenkel ruhte, griff nach ihrem Nachthemd, streifte es über und schlüpfte in ihren warmen Morgenmantel. Dann öffnete sie leise die Tür zum Balkon und trat in die kalte Nacht hinaus.

Ein wolkenlos klarer Winterhimmel spannte sich über der schlafenden Stadt. Die eisige Luft tat ihr gut.

Als Frank auf einmal hinter ihr auftauchte und ihr eine Decke um die Schultern legte, fuhr sie aus ihren Gedanken auf. Sie wusste nicht zu sagen, wie lange sie schon hier draußen gestanden hatte.

»Um Himmels willen, du holst dir noch den Tod!«

»Ich sehe den Sternen beim Sterben zu«, antwortete sie leichthin, wandte aber schnell den Kopf und wischte sich hastig die Tränen fort.

Frank stellte sich zu ihr an das schmiedeeiserne Geländer, blickte hinaus in die Nacht und sagte eine ganze Weile nichts. Dann zündete er zwei Zigaretten an. »Es war wunderschön«, sagte er leise, als er ihr eine davon reichte.

Sie nahm einen tiefen Zug. »Ja, das war es«, erwiderte sie ehrlich, und warum hätte sie auch leugnen sollen, dass sie wunderbaren Sex gehabt hatten? Aber sexueller Appetit war nicht das Einzige, was sie beide verband.

Eine Weile rauchten sie schweigend.

»Du hast gesagt, wenn Don Vito dich endlich deine eigenen Wege gehen lässt, machen wir Richmond zu unserer Stadt.«

»Ja, und das war nicht nur so dahergesagt!«

Sie nickte bedächtig. »Aber bis dahin werden noch gut zwei Jahre vergehen.«

»Richtig.«

»Du hast gesagt, ich könnte mehr als nur die eine Still unter der Wäscherei haben.«

»Auch das ist richtig«, erwiderte er und fragte mit einem Anflug von Spott: »Wie viele möchtest du denn haben?«

»Das wird sich zeigen. Aber für den Anfang könnten es drei sein«, sagte sie entschlossen. »Kriegst du es hin, mir auch in dem Eisenbahndepot und der Gerberei, von denen du gesprochen hast, noch solche Sechshundert-Gallonen-Anlagen hinzustellen?«

Er sah sie überrascht an. »Das lässt sich schon machen, aber damit bürdest du dir verdammt viel auf, Mallory!«, warnte er. »Überleg dir das gut.«

»Da gibt es nichts zu überlegen, Frank. Ich will die drei Anlagen, und zwar so schnell wie möglich!« Sie schnippte die glühende Kippe in die eisige Nacht hinaus. »Und jetzt komm!« Sie ergriff seine Hand und zog ihn zurück ins Zimmer.

Doch schlief sie nicht in ihrem Bett ein, sondern legte sich zu ihm ins Doppelbett. Ihr Platz war fortan an seiner Seite, in jeder Hinsicht. Nach dieser Nacht trieb sie nicht länger zwischen zwei Ufern. Sie hatte sich entschieden, die Brücken hinter sich abgebrochen und die fremde Küste betreten. Es gab kein reumütiges Zurückschauen mehr. Jetzt galt es, dieses fremde Land in Besitz zu nehmen!

## 85

Frank hielt Wort. Keine zwei Wochen später standen die neuen Anlagen, wobei die in der Gerberei zunächst auf ein Produktionsvolumen von vierhundert und die im alten Eisenbahndepot auf eins von nur zweihundert Gallonen beschränkt war. Nicht weil Frank die finanziellen Mittel für größere Destillerien gefehlt hätten – warf doch die Still unter der Wäscherei bereits satten Profit ab –, sondern weil der Hersteller hochwertiger Anlagen vorübergehende Lieferschwierigkeiten hatte. Und Frank wollte lieber warten, als Abstriche an der Qualität zu machen.

»Ich will nicht, dass dir eine Anlage aus minderwertigem Material um die Ohren fliegt«, sagte er. »Außerdem hast du mit den drei Anlagen, so wie sie im Augenblick ausgelegt sind, schon mehr Arbeit, als ihr zu zweit bewältigen könnt, Homer und du. Ich werde ein paar Leute anheuern, die dir die einfachen Arbeiten abnehmen. Du wirst dich letztlich auf die Oberaufsicht und die Qualitätskontrolle beschränken müssen, zumal wenn wir die Anlagen vergrößern oder womöglich noch weitere einrichten.«

Am liebsten hätte Mallory die Anlagen allein mit Homer betrieben. Es schreckte sie nicht, bis zur Erschöpfung zu arbeiten, im Gegenteil, es war genau das, was sie jetzt so unbedingt wollte wie nichts sonst. Denn selbst der Tod von Goldie und Daniel Loomis hatte ihrer von brennendem Hass gequälten Seele keine Ruhe gebracht. Erst wenn auch O'Reilly mit dem Leben bezahlt hatte, würde sie darauf hoffen können, wieder zu sich selbst zu finden. Und bis dahin gab es keine bessere Möglichkeit, die innere Zerrissenheit zu ertragen, als sich in die Arbeit zu stürzen und alles daranzusetzen, dass Bobby nicht doch der Faszination des Gangsterlebens erlag.

Zugleich sah sie ein, dass die Schwarzbrennerei in diesem Umfang ohne Hilfskräfte auf Dauer einfach nicht machbar war. Selbst wenn Homer und sie Zwölf-Stunden-Schichten einlegten und einander ablösten, ging es doch schnell über ihre Kräfte, auch nur eine der Anlagen Tag und Nacht in Betrieb zu halten, und genau das war geplant.

Der Bedarf an Alkohol stieg noch immer rasant im Land, und das Angebot an Moonshine und geschmuggeltem Alkohol aus dem Ausland hielt mit der Nachfrage kaum Schritt. Wer sich jetzt mit guter Qualität in Position brachte, beständig lieferte und sich dadurch in einem Staat oder Landstrich einen ordentlichen Marktanteil sicherte, konnte sagenhafte Gewinne einstreichen. Und Frank ging es nicht allein darum, den Nachschub für Don Vitos Speakeasies und Clubs in Roanoke zu liefern, das war nur die erste Stufe in seinem ehrgeizigen Plan für die Zeit, da er wieder sein eigener Herr sein würde.

Vielmehr hatte er Richmond im Blick und war entschlossen, in wenigen Jahren Besitzer der exklusivsten und einträglichsten Clubs dort zu sein. Clubs, die es noch nicht gab, mit deren Planung er sich jedoch schon seit einer Weile befasste, wie er Mallory eröffnete. Einen wirklich feudalen Club zu schaffen und zu etablieren bedeutete eine gewaltige Investition. Die Grundlage dafür galt es jetzt zu schaffen. Gelang das, konnte sein Traum in absehbarer Zeit Wirklichkeit werden.

Eine ganz eigene Grundlage für die Zukunft schuf Homer in diesen ersten Monaten des Jahres 1922. Er sorgte über Mallory dafür, dass nicht Frank sich um die Einstellung der Hilfsarbeiter kümmerte, sondern ihm diese Aufgabe übertragen wurde. Er hielt nichts davon, beliebige Arbeitslose oder gerade erst ins Land gekommene Einwanderer zu verpflichten.

»Überlassen Sie das Anheuern mir. Wir fahren viel besser, wenn wir die Arbeit von meinen Leuten erledigen lassen.«

»Du meinst, ich soll ausschließlich Farbige beschäftigen?«

Er nickte. »Sie wissen, wie hoch die Arbeitslosigkeit unter den Schwarzen ist, besonders auf dem Land. Ich kenne genügend Leute, die für so einen Job Gott weiß was tun würden und auf deren Schweigen Verlass ist, selbst wenn sie bei einer Razzia der Feds verhaftet werden. Dagegen würde von den weißen Tagelöhnern hier in Roanoke keiner den Kopf für Sie hinhalten!«

Mallory, die ihm vertraute, überzeugte Frank, sich aus diesem Bereich des Geschäftes herauszuhalten, und sie sollten diese Entscheidung nicht bereuen. Homer machte seine Sache mehr als nur gut. Mit sicherer Hand stellte er eine Truppe von Leuten zusammen, auf deren Arbeitseifer sie ebenso bauen konnten wie auf ihre Verschwiegenheit. Jeder von ihnen hatte die Gewissheit, dass im Fall einer Verhaftung für seine Familie gesorgt sein würde und dass bei seiner Entlassung aus dem Gefängnis gut bezahlte Arbeit auf ihn wartete. Hinzu kam, dass Homer im täglichen Umgang mit den Arbeitern das richtige Maß an Strenge und Umgänglichkeit walten ließ und schon nach kurzer Zeit von ihnen als Unterboss respektiert wurde. Er hatte wahrhaftig das Zeug dazu, andere zu führen, und blühte bei dieser Aufgabe regelrecht auf.

Was Mallory zudem freute, war seine Auffassungsgabe. Sie hatte immer gewusst, dass es keiner langen Erklärungen bedurfte, um ihn in eine neue Arbeit einzuweisen, es verblüffte sie aber trotzdem, wie schnell er die Finessen des Schwarzbrennens begriff. Bald war er in der Lage, in ihrer Abwesenheit über die Herstellung von erstklassigem, unverkennbarem Kendrick-Moonshine zu wachen. War ihr Verhältnis bisher freundschaftlicher Natur gewesen, so wurde Homer nun innerhalb kaum eines Jahres auch geschäftlich zu ihrer rechten Hand und zu ihrem Stellvertreter, den sie nicht missen wollte, noch konnte

»Sie werden bald eine reiche Frau sein!«, sagte er an dem Tag, als sie die vierte Still draußen in Salem in Betrieb nahmen. Zu der Zeit hatte Mallory die restlichen Bankschulden längst beglichen.

»Und du der reichste Feldnigger von Virginia, Homer!«, erwiderte sie augenzwinkernd und fügte hinzu: »Denn von jetzt an kriegst du keinen Wochenlohn mehr, sondern bist mit zwanzig Prozent am Gewinn beteiligt!«

Homer rang um Fassung, und zum zweiten Mal in ihrem Leben sah sie Tränen in seinen Augen. Das erste Mal hatte sie ihn am Grab ihres Vaters weinen sehen.

»Werd nur nicht rührselig!«, ging sie über den Moment hinweg, der sie beide rührte und verlegen machte. »Ich beteilige dich nur, damit ich dir das harte Joch auferlegen kann, ohne ein schlechtes Gewissen haben zu müssen!«

Homer fasste sich und grinste schief. »Na, ich wüsste keinen, der das bei einem Nigger je gehabt hätte.«

»Und wenn schon! Jetzt ist es so, wie ich gesagt habe, und damit hat es sich!«

Mallory hatte geglaubt, dass sie des Lebens in der Stadt schnell überdrüssig werden und sich nach ihrer Farm sehnen würde, doch so war es nicht. Und als der Geldstrom beständig floss und Frank eines Tages fragte, ob sie die niedergebrannte Farm wieder aufzubauen gedenke, entfuhr ihr ein spontanes. »Warum sollte ich? Dahin zieht mich nichts zurück, was diesen Aufwand lohnen würde!« Ein Irrtum, wie sich herausstellen sollte.

Ganz anders als anfangs befürchtet, gestaltete sich auch ihr Zusammenleben mit Frank. Zwar vergaß sie nie ganz, dass er ihre geschäftliche Partnerschaft genauso durch sanfte Erpressung erzwungen hatte wie ihre Willfährigkeit im Bett, aber zu ihrer Erleichterung erwies er sich in beiderlei Hinsicht als ebenso leidenschaftlich wie rücksichtsvoll und aufrichtig um ihr Wohlbefinden bemüht. Seine Augen strahlten vor Bewunderung und Stolz, wenn sie ihn in eleganter Abendgarderobe in den Club begleitete, und wenn sie nackt in seinen Armen lag, betete er sie förmlich an. Auf seine seltsame, buchstäblich zwanghafte Art liebte er sie wohl wirklich.

Es entwickelte sich zwischen ihnen eine Nähe und Vertrautheit, die sie nicht für möglich gehalten hätte. Er war ein überaus attraktiver Mann mit exzellentem Geschmack, er war charmant, weltgewandt, aufmerksam und nicht nur ein amüsanter Unterhalter, sondern auch ein guter Zuhörer. Und dass sie seine ehrgeizigen Ziele zu einem gewissen Teil auch zu den ihren machte, verstärkte ihre wachsende Verbundenheit. Da war der Sex dann nur noch eine Zugabe, wenn auch eine der besonderen Art. Sie passten gut zusammen, was ihren Appetit und ihre Bereitschaft betraf, ihrer Phantasie freien Lauf zu lassen, und sie war ehrlich genug, sich einzugestehen, dass sie seine Zärtlichkeiten und sein Bestreben, ihr größte Lust und Befriedigung zu verschaffen, in vollen Zügen genoss. Und nie bedrängte, geschweige denn zwang er sie zu irgendetwas.

Es gab Zeiten, da trat die bittere Wahrheit, die ihrer Liaison letztlich zugrunde lag, weit in den Hintergrund ihres Bewusstseins, ja schien zu einer bedeutungslosen Erinnerung zu verblassen, zu etwas aus einem längst vergangenen Leben, in dem andere Regeln gegolten hatten. Es gab jedoch auch immer wieder Momente, da sich ihr die hässliche Tatsache unverhofft und mit schmerzhafter Schärfe ins Bewusstsein bohrte. Und dann fand sie Trost und Bestätigung in dem, was Frank ihr einst geantwortet hatte, als sie ihn fragte, wie er es ertrage, von Abschaum wie O'Reilly nicht nur tagtäglich umgeben zu sein, sondern auch als Bestandteil der Gangsterbande betrachtet zu werden und sich für ihn die Finger schmutzig zu machen: »Wer ein Warum zu leben hat, erträgt fast jedes Wie.« Ein kluger Mann, dieser Nietzsche. Das Leben ihres Bruders sowie ihr eigenes zu retten war in der Tat ein machtvolles Warum, um dessentwillen nahezu jedes Wie zu ertragen war.

Ihre Hoffnung, durch das Zusammenleben mit Frank in Roanoke wieder mehr Zeit mit ihrem Bruder verbringen, die geschwisterlichen Bande wieder stärken und O'Reillys Einfluss neutralisieren zu können, erfüllte sich jedoch nicht, zumindest nicht so, wie sie es erwartet hatte. Was wohl auch daran lag, dass Bobby mit Frank nie ganz warmwurde. Sein Verhalten ihm gegenüber spiegelte die zwiespältige Beziehung wider, die O'Reilly zu seinem Clubmanager hatte. In Gegenwart von Frank blieb Bobby jedenfalls stets reserviert, manchmal schimmerte sogar ein vages Misstrauen durch. Es war, als wollte er einfach nicht glauben, dass Frank sozusagen über Nacht ihr Herz erobert hatte.

Was es ihr zudem schwermachte, ihn aus ›Onkel Paddys‹ Dunstkreis zu locken, war der Umstand, dass O'Reilly im Frühjahr 1923 aus der alten Fabrik auszog. Seit nunmehr gut zwei

Jahren saß er fest im Sattel, selbst die fiktive Gefahr durch Boyd Wheeler existierte nicht mehr.

Boyd Wheeler hatte offenbar für eine Bootlegger-Bande in North Carolina Konvois mit billigem Fusel gefahren. Bei einer dieser nächtlichen Touren war die Wagenkolonne im vergangenen Winter in der Gegend von Asheville in eine Falle der Feds geraten. Es war zu einer wüsten Schießerei gekommen, fünf Mitglieder der Bande und ein Agent hatten den Tod gefunden. Zu den Toten hatte auch Boyd Wheeler gehört. Der Feuerstoß aus einer Tommy Gun hatte ihn buchstäblich durchsiebt und seinen Körper in zwei Teile gerissen, was mit dafür gesorgt hatte, dass die Story aus dem Nachbarstaat es auf die erste Seite der *Roanoke Times* geschafft hatte.

O'Reilly war es leid geworden, seine privaten Räume über dem erfolgreichsten Club der Stadt zu haben und Nacht für Nacht den Lärm zu ertragen. Und schloss der Club in den frühen Morgenstunden seine Pforten, dauerte es oft noch lange, bis die letzten Autos mit knatterndem Motor und röhrendem Auspuff weggefahren und die Grüppchen grölender Zecher die Straße hinuntergewankt waren. Deshalb hatte er zugeschlagen, als am nordwestlichen Stadtrand das Anwesen eines kürzlich verstorbenen steinreichen Mannes zum Kauf angeboten wurde, weil die zerstrittenen Erben sich nicht hatten einigen können, an wen die Villa mit Park, Schwimmbad und zwei Tennisplätzen gehen sollte.

Die Villa selbst hatte in den letzten Lebensjahren des Vorbesitzers sehr gelitten, aber der Park war von einer hohen Mauer umgeben, die eine Krone aus Stacheldraht und eingemauerten Glasscherben trug. Dieser Sicherheitsaspekt war O'Reilly fast so wichtig wie der gesamte Rest des Anwesens. Mit ihm waren dann nicht nur seine derzeitige Geliebte, ein rothaariges Mädchen namens Shirley, Knuckles, Skinny und einige andere vom harten Kern seiner Bande dort eingezogen, sondern auch Robert. Was zur Folge hatte, dass Mallory ihn wieder fast so selten sah wie zu der Zeit, als sie noch auf der Farm gelebt hatte. Und dass Homer und sie mittlerweile sechs Brennereien unter Dampf zu halten hatten, machte es nicht leichter, engen Kontakt zu ihrem Bruder zu halten.

In der Zeit, als O'Reilly hinter jene hohen Mauern zog, geriet Sally in erste Schwierigkeiten. Sie putschte sich nicht länger nur mit Kokain auf, das sich, wie Mallory hatte feststellen müssen, nicht nur unter den Musikern und Tänzerinnen größter Beliebtheit erfreute, sondern auch von vielen Gästen so leichtfertig konsumiert wurde, als handele es sich um Brausepulver. Ihre Freundin machte in jenen Monaten den fatalen Fehler, auf Heroin umzusteigen.

Als Mallory davon erfuhr, hing Sally schon ernsthaft an der Spritze. Und was ihre Beteuerungen, sie habe alles unter Kontrolle, wert waren, zeigte sich, als sie in ihrer Garderobe zusammenbrach. Ihr Überleben verdankte sie nur dem glücklichen Zufall, dass Sweeney sie rechtzeitig fand und davor bewahrte, an ihrem Erbrochenen zu ersticken. Danach schwor Sally hoch und heilig, die Finger von den Drogen zu lassen, vor allem von dem Teufelszeug Heroin.

Doch sie schaffte es nicht, sich aus eigener Kraft aus den Klauen der Sucht zu befreien. Sie wollte auch keine fremde Hilfe annehmen. Erst als Frank ihr Engagement kündigte und damit drohte, sie auf die Schwarze Liste jener Künstler zu bringen, die selbst die Besitzer des miesesten Clubs in Virginia nicht auftreten ließen, nicht einmal unbezahlt, stimmte sie einer Entziehungskur zu und ließ sich in eine Privatklinik im benachbarten Kentucky einweisen.

Im selben Frühjahr, 1924, löste Frank auch sein anderes Versprechen ein, nämlich – koste es, was es wolle – dafür zu sorgen, dass ihr Bruder nach Abschluss der Highschool nicht in O'Reillys Organisation mit Aufgaben betraut wurde, sondern aufs College ging. Was ein harter Kampf war, sowohl mit O'Reilly, der den jungen Mann in seinem weitverzweigten Wettgeschäft einsetzen wollte, als auch mit Bobby selbst, der sich anfangs mit Händen und Füßen sträubte. Schon gar nicht wollte er auf ein College oben im Norden.

»Sorg um Gottes willen dafür, dass mein Bruder so weit wie nur irgend möglich von diesem Mistkerl wegkommt!«, hatte Mallory Frank angefleht, als Bobbys Abschluss an der Jefferson Highschool näherrückte und es Zeit wurde, dass er sich an einem renommierten College bewarb.

Es gelang Frank, Bobby dazu zu bringen, sich an der Harvard University in Cambridge bei Boston zu bewerben, die auch er, Frank, absolviert hatte, und er wurde angenommen. Das eine wie das andere erschien Mallory wie ein Wunder.

Doch es handelte sich weder um ein Wunder noch um Zufall. Dass Robert trotz seiner mäßigen Zensuren die Zusage aus Harvard erhielt, verdankte er weniger Franks Empfehlungsbrief als dem beachtlichen Betrag, der auf dem beigelegten Spendenscheck gestanden hatte. Und dass er einer Karriere in O'Reillys Wettgeschäft plötzlich nichts mehr abgewinnen konnte und sich doch für ein Studium entschied, hatte viel mit der blutigen Szene zu tun, die sich kurz zuvor im Hinterzimmer einer schäbigen Flüsterkneipe abgespielt hatte.

Einer von O'Reillys Buchmachern in Salem, ein gewisser George Bowler, der einen Rubinring am kleinen Finger trug und damit auch dieses Klischee bediente, das Leuten von seinem Gewerbe anhing, frisierte die Bücher. Seit einiger Zeit schöpfte er von dem Gewinn, den das Wettgeschäft in seinem Bezirk abwarf, den fetten Rahm immer dreister für sich ab. Ein gelegentlicher Griff in die Kasse wäre kaum aufgefallen, doch seine Gier wurde ihm zum Verhängnis. An ihm sollte ein Exempel statuiert werden.

Frank sorgte dafür, dass die Männer, die O'Reilly zu diesem Zweck nach Salem schickte, Bobby mitnahmen. Damit er aus nächster Nähe und mit eigenen Augen sah, was es hieß, für O'Reilly im Wettgeschäft zu arbeiten, und dass der Einsatz brutaler Gewalt künftig auch zu seinen Aufgaben gehören würde, wenn er sich für eine solche Laufbahn entschied.

Wie erhofft kam Robert von dieser blutigen Strafaktion, der nicht viel zu einer langsamen Hinrichtung gefehlt hatte, im Sinne des Wortes ausgekotzt zurück, bleich wie ein Leichentuch, die Kleidung mit Blut und Erbrochenem beschmutzt und sichtlich erschüttert. Was Skinny, als sie im Hof aus dem Wagen stiegen, veranlasste zu sagen: »Das mit dem Job bei uns schminkst du dir besser wieder ab, Junior! Wenn du so 'n bisschen Dreck und Blut nicht abkannst, fragst du den Boss lieber nach 'ner Arbeit, wo die größte Gefahr darin besteht, dass du dir beim Anspitzen von Bleistiften die Haut ritzt!« Und dass selbst Knuckles diese Bemerkung zum Lachen fand, verpasste Robert einen weiteren seelischen Tiefschlag.

Am nächsten Tag teilte er O'Reilly mit, dass er es sich anders überlegt habe und die Sache mit dem Studium gar nicht mehr so übel finde. Und O'Reillys letzten Widerstand brach Frank mit dem Hinweis, dass es doch nicht schaden könne, künftig einen gewieften Anwalt in der Organisation zu haben, der sich mit allen juristischen Tricks auskenne und zudem noch wisse, wie man den Leuten das Geld ganz legal aus der Tasche ziehen und sich dabei vor den Aasgeiern der Steuerbehörde schützen könne.

Mallorys Erleichterung kannte keine Grenzen. Das Einzige, was sie jetzt noch quälte, war der Umstand, dass sie schon in wenigen Monaten mit Frank nach Richmond gehen und dann wohl keine Gelegenheit mehr haben würde, sich an O'Reilly zu rächen.

## 86

Ein böiger Wind jagte tiefhängende Wolken über den Nachthimmel, und das Wasser war schwarz wie Tinte und so entsetzlich kalt, als bestünde die Upper New York Bay aus eben erst geschmolzenem Gletschereis. Die Kälte drang ihm bis ins Mark. Anfangs hatte sich jeder Schwall Wasser, der ihm ins Gesicht geklatscht war, wie ein Nagelbrett aus nadelfeinen Stahlstiften angefühlt. Allmählich jedoch verwandelte sich der brennende Schmerz in ein taubes Gefühl, so als könnten die eisigen Fluten ihm nichts mehr anhaben. Dabei war das genaue Gegenteil der Fall, das wusste er. Die Taubheit kroch ihm in die Glieder, breitete sich unaufhaltsam in ihm aus und griff selbst nach seinem Bewusstsein. Jeder neue Schwimmzug kostete mehr Kraft und Lebenswillen als der zuvor. Und das Ufer verharrte in unerreichbarer Ferne. Hämisch blinkten die Lichter der rettenden Hudson River Waterfront über die pechschwarze Bay zu ihm herüber und weigerten sich, größer zu werden und näher zu rücken.

Und dann tauchte aus dem nächtlichen Dunst der schwarze Umriss eines Dampfers auf. Mit rhythmisch stampfender Maschine und schäumender Bugwelle pflügte er durch die Fahrrinne zwischen Ellis Island und der Waterfront von New Jersey.

Der stählerne Kahn hielt direkt auf sie zu!

Er würde es nicht schaffen, nicht mit Eanna im Schlepptau und Timmy, der sich immer wieder an ihn klammerte, wenn er Wasser schluckte und keine Luft bekam! Sie würden ertrinken, alle drei, elendig krepieren wie ihr Vater auf dem verfluchten Seelenverkäufer und die Mutter auf der Krankenstation der Quarantäneinsel hinter ihnen!

Unaufhaltsam rauschte der Dampfer näher, immer höher wuchs er schwarz in den nächtlichen Himmel. Gleich würde der stählerne Koloss sie unter sich begraben. Der Sog würde sie unter Wasser reißen, am Rumpf entlang zum Heck zerren und in den tödlichen Wirbel der Schiffsschraube schleudern! Ein entsetzlicher Tod, aber immerhin schneller und damit gnädiger als ein qualvolles Ertrinken.

Er musste sich entscheiden. Allein hatte er vielleicht noch eine Chance, dem Frachter auszuweichen und das rettende Ufer zu erreichen.

Er zog Eanna an einem Stück Hanfstrick hinter sich her, das er tags zuvor im Hof gefunden hatte. Ihm war, als höre er sie leise wimmern, aber bei dem panischen Geschrei, das Timmy veranstaltete, kaum dass er den Dampfer erblickt hatte, konnte er das nicht mit Bestimmtheit sagen. Es war auch ohne Bedeutung. Er hatte für seine Geschwister getan, was er hatte tun können. Mehr war nicht drin.

Mit tauben Fingern löste er den Knoten an seinem Gürtel. Seltsamerweise war die Nacht plötzlich ganz hell und das Wasser glatt wie ein Spiegel, und seine Schwester ließ es ohne einen Laut der Klage geschehen, dass er sie dem sicheren Tod auslieferte. Vielmehr lächelte sie, als könne selbst sein Verrat ihre grenzenlose Bewunderung für den großen Bruder nicht erschüttern. Und dieses Lächeln auf dem schmalen, sommersprossigen Gesicht versank sie lautlos in den Fluten.

Nicht so Timmy. Der kleine Bruder klammerte sich an ihn in Todesangst, und obwohl er nach ihm trat und auf ihn einschlug, wollte Timmy ihn einfach nicht loslassen.

Über ihnen erhob sich das schwarze Ungetüm von Frachter bis in den Himmel, und die Bugwelle sprang wie ein weiß schäumender Wasserfall mit tosender Gischt vor ihm her.

»Lass los! Lass endlich los, verdammt noch mal! Ich kann dir nicht mehr helfen! Du musst selbst sehen, wie du durchkommst!«, brüllte er und hieb Timmy die Faust ins Gesicht, mit aller Kraft, immer und immer wieder. Blut spritzte in den seltsam hellen Nachthimmel.

Timmy wehrte sich. Ein schmerzhafter Schlag traf O'Reillys Gesicht. Der Alptraum brach ab wie ein gerissener Film. Seine

Augen öffneten sich, verstört blinzelte er in grelles Licht. Sein Atem ging schnell und stoßweise, und der schweißnasse Pyjama klebte ihm wie ein Lappen am Leib.

»Bist du verrückt geworden?«, gellte eine Frauenstimme, und es dauerte einen Moment, bis er begriff, dass das seine Geliebte Shirley war, die splitternackt und mit blutender Unterlippe neben dem Bett stand. »Du hast sie wohl nicht mehr alle, mich zu würgen und auf mich einzuschlagen! Und komm mir nicht wieder mit dem blöden Alptraum und dass du nichts dafür kannst. Ich blute, verdammt noch mal! Du bist nicht ganz richtig hier oben, das ist es! Aber mir reicht es, Patrick! Diesen Scheiß mach ich nicht länger mit!«

O'Reilly reagierte nicht. Ihr Gezeter erreichte ihn nicht, wie er sie überhaupt nicht wirklich wahrnahm. Er spürte die Panik in sich aufsteigen, den Schraubstock, der sich um seine Brust legte. Kalter Schweiß brach ihm aus. Mühsam nach Atem ringend, wälzte er sich aus dem Bett und taumelte ins Bad. Nur mit Mühe gelang es ihm, hinter sich abzuschließen und sich zwei Nitrokapseln in den Mund zu stecken, so sehr zitterten seine Hände.

Nur langsam beruhigte sich sein Herzschlag, während er auf dem kalten Fliesenboden saß und sich gegen die Kloschüssel lehnte.

Dieser gottverfluchte Alptraum! Warum ließ er ihn nicht in Ruhe?

Seit zwei, drei Monaten suchte dieser Traum ihn immer wieder heim. Dabei war es gar nicht so gewesen, wie sein Unterbewusstsein es ihm im Schlaf aufzwang! Und selbst wenn es so gewesen wäre, was hätte er sich vorzuwerfen gehabt? Immerhin hatte er es versucht, verflucht noch mal! Mehr konnte keiner verlangen. Gerade mal fünfzehn war er damals gewesen! Hätte er vielleicht auch mit draufgehen sollen? Selbst die Flucht von Ellis Island hatte er sich nicht vorzuwerfen. Er hatte das Richtige getan und das Beste versucht. Schluss, aus! Dass

Timmy und Eanna es nicht geschafft hatten, war bitter, aber nicht seine Schuld. So ging es nun mal zu im Leben, die Starken kamen durch. Und jeder nahm sich, was er kriegen konnte. Damit hatte es sich, zum Henker!

Er zerrte sich den Pyjama vom Leib und stellte sich lange unter die Dusche. Als er schließlich aus dem Bad kam, war von Shirley nichts mehr zu sehen. Sie hatte ernst gemacht, wie die aufgezogenen, leeren Schubladen und die nackten Bügel im Kleiderschrank verrieten. Nun, dann war sie eben gegangen. Es war zwar ganz gut gelaufen mit ihr, aber letztlich war sie doch nichts, was er nicht durch eine andere Gespielin ersetzen konnte.

Er trat ans Fenster und blickte hinaus in die weitläufige Parkanlage, die im milden Licht der frühen Morgensonne lag. Es war der erste Sonntag im September und damit das Labour-Day-Wochenende, das traditionell das Ende des Sommers und der Ferienzeit markierte. Morgen würde er dort draußen eine großartige Abschiedsparty für Bobby schmeißen, bevor der Junge abreiste und in dem Harvard-Kaff bei Boston sein Studium begann.

Konnte es sein, dass ihn dieser grässliche Traum in letzter Zeit so oft quälte, weil er nun auch Bobby verlor?

Kaum ging ihm dieser Gedanke durch den Kopf, schalt er sich auch schon dafür und wies ihn als völligen Unsinn von sich. Der Junge hing an ihm, daran würden auch die paar Jahre Studium nichts ändern! Nein, er würde Bobby nicht verlieren, der Junge würde zu ihm zurückkommen. Und der Teufel sollte ihn holen, wenn er sich die Party durch irgendetwas trüben ließ. Er konnte es gar nicht erwarten, Bobby sein Abschiedsgeschenk zu präsentieren.

Ihm kam ein Gedanke, der ihn breit grinsen ließ. Er würde mit seinem Geschenk nicht bis morgen warten, sondern Bobby und sich selbst die Freude schon heute machen! Am besten noch bevor Frank und Mallory kamen. Was immer diese gerissene Schlampe sich für ihren Bruder ausgedacht hatte, sie würde ihm nicht annähernd den Rang ablaufen. Und das würde dem Spaß die Krone aufsetzen!

## 87

Es war erst kurz nach zehn, aber schon so heiß, dass Mallory bereute, nicht das fliederfarbene Leinenkleid mit den kurzen Ärmeln angezogen zu haben. Auf der Fahrt hinaus zu O'Reillys Anwesen hatte der Wind bei heruntergekurbelten Fenstern für eine gewisse Kühlung gesorgt, doch als sie nun die Auffahrt entlangrollten, gab es keinen Zweifel mehr, dass der Sommer sich mit brütender Hitze zu verabschieden gedachte.

»Das wird das letzte Mal sein«, sagte Frank und fuhr noch langsamer, als wollte er jede Sekunde auskosten. Laut knirschte der Kies unter den Rädern des Packard. Frank klang, als könne er selbst noch nicht glauben, dass der Tag gekommen war, da er die Schuld seines Vaters beglichen hatte und damit O'Reilly los war. Die Pläne für den Start seines … nein, ihres ehrgeizigen Projektes in Richmond lagen bis ins Detail ausgearbeitet bereit, ebenso wie die erheblichen finanziellen Mittel, die ihre Realisierung verschlingen würde. Die Partnerschaft mit Mallory hatte seine kühnsten Erwartungen übertroffen. Ihre Destillerien waren so etwas wie eine Lizenz zum Gelddrucken.

»Du hast das Fest morgen vergessen.«

»Das zählt nicht. Morgen bin ich schon ein freier Mann. Und ginge es nicht um Bobby, ich würde mich da nicht mehr blicken lassen.«

Mallory warf ihm ein dankbares Lächeln zu. »Wir müssen ja nicht so früh antanzen«, schlug sie vor. »Oder du kommst später auf ein Stündchen vorbei, bevor Bobby zum Zug muss.« Die Party sollte schon mittags mit einem Brunch beginnen und sich bis in den Abend hinziehen. Um neun würde sie dann Bobby zum Bahnhof bringen, wo er in den Nachtzug nach Boston steigen würde, so war es ausgemacht. Die Vorstellung, dass er für Jahre so fern im Norden sein und sie ihn nur bei seltenen Besuchen sehen würde, war schmerzlich und tröstlich zugleich.

»Mal schauen«, erwiderte Frank vage und folgte dem Bogen der Auffahrt, der auf dem Platz vor dem Haus um das steinerne Becken eines Springbrunnens herumführte.

Die Villa war im altenglischen Tudorstil errichtet und besaß zu beiden Seiten einstöckige Wirtschaftstrakte, die wie die Stümpfe zu stark gestutzter Flügel wirkten. Eine zur Garage umgebaute Remise, ebenfalls im Fachwerkstil mit schwarzen Balken, befand sich gegenüber dem linken Seitentrakt. Und während Freddy the Fog dort im Schatten des Garagenvordachs O'Reillys Studebaker polierte, hockten Skinny, Pete und MacIver auf den Stufen der seitlichen Hintertür und ließen den Würfelbecher kreisen. Ein kleines Bierfass stand hinter ihnen auf dem Treppenabsatz, und aus der offen stehenden Tür drang leicht verzerrt, als sei der Sender auf der Skala der Radiotruhe nicht richtig eingestellt, die Stimme eines Reporters, der ein Baseballspiel kommentierte.

»Der Anblick dieser Visagen wird mir nicht fehlen«, murmelte Frank, zog den Schlüssel ab, griff nach den beiden ledergebundenen Kontobüchern, die auf dem Rücksitz lagen, und stieg aus.

»Dass du mit O'Reilly nichts mehr zu tun hast, bedeutet aber nicht, dass Don Vito jetzt bloß noch dein wohlmeinender Patenonkel ist und uns in Richmond frei schalten und walten lässt«, konnte Mallory sich nicht verkneifen zu sagen.

Er grinste schief und zuckte die Achseln. »Zwanzig Prozent Gewinnbeteiligung sind nun mal üblich in dem Geschäft und kein schlechter Preis für den Schutz, den er uns dafür verschafft. Und zwar für die Clubs *und* die Destillerien, die wir bald auch in Richmond haben werden. Uns bleibt mehr als genug. So, und jetzt lass uns zusehen, dass wir ihm den Kram hier«, er deutete auf die beiden Rechnungsbücher, »so schnell wie möglich übergeben. So richtig schlau wird er sowieso nicht daraus werden.«

Sie gingen zu den Männern auf den Treppenstufen hinüber.

»Ist Mister O'Reilly im Haus?«, fragte Frank.

»Der Boss ist mit Knuckles hinten auf dem Schießstand und ballert auf Tontauben«, antwortete Skinny, während er den Lederbecher heftig schüttelte und die Würfel laut rappeln ließ. »Oder hörst du das nicht?«

Fast im selben Moment kam von jenseits der verwahrlosten Villa die gedämpfte Detonation eines Schrotgewehrs.

»Doch, jetzt hör ich es. Entschuldige, dass ich dich in deiner Konzentration gestört habe«, ätzte Frank. »Für diese anspruchsvolle Tätigkeit brauchst du bestimmt sämtliche Geisteskraft, die du aufbringen kannst.«

Skinny schoss ihm einen giftigen Blick zu.

»Ist auch mein Bruder bei ihnen?«, erkundigte sich Mallory.

Skinny knallte den Becher auf die Steinstufe, und sein knochiges Gesicht verzog sich zu einem hämischen Grinsen. »Nee, der dreht gerade ein paar Runden mit dem neuen Spielzeug, das der Boss ihm vorhin geschenkt hat. Schätze mal, du brauchst ihn morgen nicht zum Bahnhof zu fahren.«

Mallory schluckte. »Was hat er ihm denn geschenkt?«

Pete grinste breit. »Einen brandneuen, schneeweißen Hispano-Suiza Phaeton. Dunkelblaue Ledersitze, Speichenräder, alles vom Feinsten! Ein Sechszylinder. Soll 195 Pferdestärken auf die Straße bringen«, schwärmte er. »Mann, ich sag dir, das ist das schärfste Ding auf Rädern, das ich je gesehen habe! Da hat der Boss tief in die Tasche gegriffen, darauf kannst du einen lassen!«

Skinny schnaubte abfällig.

Mallory war, als habe man ihr eine Ohrfeige verpasst. Es lag auf der Hand, was O'Reilly damit bezweckte: eine letzte Demonstration seiner Macht und seiner Entschlossenheit, nicht zuzulassen, dass sie ihm Bobbys Zuneigung und Dankbarkeit streitig machte. Dieser verfluchte Teufel zog immer wieder einen Trumpf aus dem Ärmel! Der Hass brannte in ihr wie Säure.

»Komm«, sagte Frank, legte ihr den Arm um die Schultern und führte sie auf die Rückseite des Hauses. »Vergiss es am besten schnell wieder«, redete er ihr gut zu, sowie sie sich für Skinny und die anderen außer Hörweite befanden. »Dass O'Reilly ihm so ein teures Geschenk macht, zeigt doch nur, dass er seine Felle davonschwimmen sieht. Dein Bruder ist nicht auf den Kopf gefallen. Lass ihn ein paar Monate da oben in Harvard sein, und er wird schnell zu einer anderen Sicht auf die Dinge kommen und O'Reilly durchschauen. Es wird nicht funktionieren, das kannst du mir glauben, zumindest nicht auf lange Sicht. Liebe kann man nicht kaufen.«

Sie zuckte zusammen. Sofort lag ihr die Erwiderung auf der Zunge, dass er darüber schon mal anders gedacht und geredet hatte, doch sie schluckte sie rechtzeitig hinunter. Sie hatten im Laufe der Jahre zu einer letztlich harmonischen Beziehung gefunden, die weit mehr war als eine nüchterne Zweckgemeinschaft, aber *Liebe* zu ihm war in ihr nicht gewachsen.

Dagegen fürchtete sie, dass ihr Bruder womöglich mehr als nur große Zuneigung zu O'Reilly entwickelt hatte und dass sie gegen die bösartige Raffinesse, mit der dieser Verbrecher Bobbys Seele und Herz vergiftet hatte, machtlos war.

»Außerdem glaube ich nicht, dass ihm dieser Tag in allzu guter Erinnerung bleiben wird«, fügte Frank hinzu. »Das wird alles andere als ein Freudentag für O'Reilly.«

Sie fuhr aus ihren trüben Gedanken auf und sah ihn verwundert an. »Wieso? Was soll ihm denn seinen Triumph jetzt noch vermiesen?«

Er lächelte geheimnisvoll und tätschelte ihren Arm. »Lass dich überraschen.«

# 88

Der Schießstand befand sich ein gutes Stück vom Haus entfernt, noch hinter dem rückwärtigen Tennisplatz. Zudem sorgte eine Wand aus immergrünen Kiefern und hohen Hecken für Lärm- und Sichtschutz. Ein mit Efeu überrankter Laubengang führte von der Tennisanlage hinüber.

Gerade als sie in den schattigen Laubengang eintauchten, hörten sie von der anderen Seite O'Reilly rufen: »Hoch die Scheibe, Knuckles!« Auf den metallischen Schlag, der das Auswerfen der Tonscheibe begleitete, folgte jedoch keine neuerliche Schussdetonation einer Flinte, sondern das Stakkato einer Schnellfeuerwaffe.

Mallory fuhr zusammen.

»Das kann doch nicht wahr sein«, stieß Frank hervor. »Dieser Idiot schießt doch weiß Gott mit einer Tommy Gun auf Tonscheiben!«

»Los, noch mal!«, brüllte O'Reilly indessen begeistert.

Breitbeinig stand er im Schatten des baufälligen Unterstandes, die Maschinenpistole mit dem klobigen Trommelmagazin gegen die Hüfte gepresst. Auf dem Rücken seines Hemdes zeichneten sich zwischen den Hosenträgern große dunkle Schweißflecken ab. Sein Jackett hing über einem einfachen Holzstuhl. Auf dem Tisch davor standen eine Flasche Whiskey, ein silberner Eiskübel und ein leeres Glas. In einem Aschenbecher glomm eine halb gerauchte Lonsdale, neben dem Tisch lehnte eine doppelläufige Flinte in einem Gewehrständer.

Knuckles stand ein gutes Stück links vom Schießstand und spannte den Auswerfer der Wurfmaschine. Er war der prallen Sonne ungeschützt ausgesetzt, und der Schweiß lief ihm nur so übers Gesicht.

»Komm schon, Knuckles! Auf Schuss!«

Wieder schleuderte der vorschnellende Auswerfer eine Tonscheibe in schräger Bahn in die Luft.

O'Reilly riss den Lauf hoch und ballerte drauflos. Sein ganzer Körper zuckte im wilden Rhythmus der Kugeln, die er aus dem Lauf jagte. Beißender Korditgestank waberte durch den Unterstand. Und obwohl er ein kräftiger Mann war und die Tommy Gun fest im Griff hatte, zwang ihn der enorme Rückstoß der Waffe zu einem grotesken Tanz auf der Stelle. Dabei ruckte die Thompson Gun gefährlich hin und her, als halte er ein lebendes Wesen in Händen, das sich mit aller Kraft loszureißen versuchte.

Die Tonscheibe barst im Kugelhagel, die Scherben flogen in alle Richtungen und landeten am Saum des kleinen Waldstücks, hinter dem die Grundstücksmauer verlief.

»Hast du das gesehen?«, johlte O'Reilly.

»Und ob! Famoser Treffer, Boss«, rief Knuckles müde zurück und fuhr sich mit dem Handrücken über die schweißtriefende Stirn.

Frank klatschte dreimal in die Hände. Sein Applaus war so spöttisch wie sein Ton, als er O'Reilly im Näherkommen zurief: »Einfach umwerfend! Wenn Sie nicht ein Meisterschütze sind, dann weiß ich nicht. Tontaubenschießen mit einer Tommy Gun, darauf muss man erst einmal kommen. Wann fahren Sie eine Haubitze auf?«

Der Gangsterboss drehte sich um. Er lachte, offensichtlich viel zu stolz auf seine Leistung, um Franks Sarkasmus auch nur wahrzunehmen. »Versuch du erst mal, die verflixte Scheibe mit so 'nem Grabenbesen zu erwischen!«, gab er gutgelaunt zurück und hielt ihm die Tommy Gun hin. »Ich wette einen glatten Riesen, dass du mit der Bleispritze nur Löcher in die Luft pustest!«

»Gut möglich, dass ich die Wette annehme«, sagte Frank zu Mallorys Überraschung und zog die Rechnungsbücher unter dem Arm hervor. »Aber bevor ich Ihnen den Riesen abnehme, sollten wir das Geschäftliche hinter uns bringen.«

O'Reilly winkte ab. »Ach was, das kannst du dir sparen. Wie

ich dich kenne, hast du die Bücher bis auf den letzten verdammten Cent korrekt geführt. Du hättest doch gar nicht den Mumm, 'ne krumme Tour zu fahren und es dir mit Don Vito zu verscherzen.« Er stellte die Tommy Gun zur Flinte und winkte Knuckles heran. »Hey, hol uns mal 'n Kübel frisches Eis! Das ist ja bloß noch 'ne pisswarme Pfütze! Und bring gleich noch zwei Gläser mit. Wir haben was zu feiern, oder?« Dabei warf er Mallory ein verschlagenes Grinsen zu.

»Klar doch, Boss!« Knuckles beeilte sich, mit dem Eiskübel ins Haus zu kommen, wo er unten im kühlen Keller erst einmal eine Weile verschnaufen würde, bevor er Eisstücke vom Block hackte.

»Da Sie gerade von Don Vito sprechen …«, sagte Frank, verstummte jedoch und sah Knuckles nach, als warte er darauf, dass der außer Hörweite war.

O'Reilly runzelte die Stirn. »Ja, was ist mit ihm?«

»Also …« Frank räusperte sich und sprach erst weiter, als Knuckles im Laubendurchgang verschwunden war. »Er hat mich gestern angerufen und mir aufgetragen, Sie über einige … nun ja, einige anstehende Veränderungen in Kenntnis zu setzen.«

Mallory sah ihn überrascht an. Von dem Anruf hatte Frank ihr nichts erzählt, ebenso wenig wie von irgendwelchen Veränderungen. Don Vito musste ihn im Club angerufen haben.

Argwöhnisch kniff O'Reilly die Augen zusammen. »Wovon sollst du mich verdammt noch mal in Kenntnis setzen? Und warum ruft er mich nicht selbst an, wenn er mir was mitzuteilen hat?«, blaffte er.

»Nun, ich nehme an, er wollte Sie davor bewahren, in die Luft zu gehen und ihm in Ihrer Wut etwas an den Kopf zu werfen, das Sie hinterher bereut, wenn nicht gar mit dem Leben bezahlt hätten«, sagte Frank, ohne eine Miene zu verziehen. »Er schickt nämlich Vinnie DeMarco als Ersatz für mich nach Roanoke …«

Wie erwartet flammte blanke Wut in O'Reillys Augen auf, und sein ohnehin stark gerötetes Gesicht nahm eine noch dunklere Färbung an. »Was, mit diesem schleimigen Miststück soll ich zusammenarbeiten? Dem soll ich die Kontrolle über meine Clubs überlassen? Der Kerl ist doch eine miese Schwuchtel! Das lasse ich mir nicht bieten! Verdammt, Don Vito weiß, dass ich Vinnie nicht ausstehen kann und dass ich mir von diesem Wichser nicht ins Geschäft pfuschen lasse!«

Mallory frohlockte. Das also war die Überraschung, die dem Gangsterboss die Freude an diesem Tag verderben würde! Sie gab sich keine Mühe, ihre Schadenfreude zu verbergen.

»Keine Sorge, Sie müssen nicht mit ihm zusammenarbeiten, Mister O'Reilly«, fuhr Frank gelassen fort. »Vinnie DeMarco wird nämlich nicht Ihre rechte Hand in Roanoke, sondern die von Carlo Marcone. Sie wissen ja, Carlo ist der älteste Sohn von Don Vitos jüngerem Bruder Lorenzo. Carlo wird Sie hier ablösen. Don Vito hat natürlich einen neuen Job für Sie«, fügte er beinahe genüsslich hinzu. »Ich glaube, er hat unten in den Carolinas etwas für Sie und Ihre Truppe. Da scheint es Ärger zu geben, und für das Grobe sind Sie ja der richtige Mann. Aber worum es genau geht bei Ihrem neuen Job, das wird er Ihnen selber sagen. Vielleicht wissen Vinnie und Carlo mehr. Fragen Sie die doch danach. Die beiden treffen morgen schon in Roanoke ein, also rechtzeitig zu Ihrem Fest.«

»Ach, das passt ja ganz wunderbar! Da gibt es mehr zu feiern als gedacht!«, rief Mallory voller Genugtuung.

Sie hatte sich zähneknirschend damit abgefunden, die Verwirklichung des wichtigsten Teils ihres Racheschwurs auf unbestimmte Zeit vertagen zu müssen. Und obwohl sich daran vorerst nichts ändern würde, ließ die Ohnmacht sich doch leichter ertragen, wenn sie wusste, dass Don Vito O'Reilly einfach so absetzte und ihm wie einem gewöhnlichen Söldner die Erledigung anderer Schmutzarbeit übertrug. Das musste ihn tief treffen.

Und der Schlag traf O'Reilly im wahrsten Sinne des Wortes. Er wankte einen Schritt zurück, krümmte sich leicht, als ziehe sich sein Unterleib zusammen, und riss mit einer Mischung aus Unglauben und Entsetzen die Augen auf. Gleichzeitig blühten in seinem Gesicht tiefrote Flecken auf.

»Nein!«, krächzte er. »Das kann … kann er mir nicht antun! Nach allem, was … ich für ihn … getan habe! Das … das ist meine Stadt!«

Frank lächelte kühl. »Sie war es, Mister O'Reilly, sie war es! Aber selbst in den drei Jahren waren Sie nur Statthalter von Don Vitos Gnaden, falls Sie das vergessen haben sollten. Nun geht die fette Pfründe eben an seinen Neffen.« Gleichmütig zuckte er die Achseln. »Blut ist nun mal dicker als Wasser. Schade für Sie, wo Sie sich hier so prächtig eingelebt haben.«

O'Reilly griff sich an die Brust. Er wollte etwas sagen, brachte aber nur einen röchelnden Laut hervor und taumelte auf den Stuhl zu, über dem sein Jackett hing. Er erreichte ihn nicht mehr. Seine ausgestreckte Hand griff ins Leere, und er riss den Stuhl mit sich zu Boden.

»Die Kapseln! Frank! Meine … Nitros!«, presste er hervor. Seine Augen quollen hervor, und er rang verzweifelt nach Luft. Seine Linke tastete nach dem Jackett, während die Rechte vergebens versuchte, Hemdkragen und Krawatte aufzuzerren.

Frank zögerte kurz und bückte sich dann mit verdrossener Miene nach dem Jackett. Er suchte die Taschen nach der Dose mit den Nitrokapseln ab, fand sie und wollte sie aufklappen.

»Nein!« Mallory schlug ihm die Dose aus der Hand. Sie prallte gegen die Tischkante, der Deckel sprang auf, und der Großteil der Kapseln verteilte sich über den Boden. Frank hatte ihr längst erzählt, dass O'Reilly Herzprobleme hatte und Nitrokapseln schluckte. »Du gibst ihm keine! Soll er doch verrecken!«

»Himmel, Mallory!«, protestierte Frank, wenn auch ohne rechten Nachdruck.

»Nein, nicht Himmel, Frank! Zur *Hölle* mit ihm!«, stieß sie mit kaltem Hass hervor. Dies war ganz unerwartet die große Chance, den Mord an ihrem Vater zu sühnen! Die würde sie sich nicht nehmen lassen. »Warum soll ich mit ihm Erbarmen haben? Hat er denn Erbarmen mit meinem Vater gehabt? Oder mit mir? Verflucht soll er sein! Dreimal verflucht!«

O'Reilly röchelte, rollte sich auf die Seite und tastete hektisch den Boden ab. Dabei entrangen sich seiner Kehle grässlich würgende Laute.

Mallory griff nach der Flinte und hämmerte den Kolben auf die Kapsel, nach der O'Reilly gerade hatte greifen wollen. »Was ist? Warum rufst du nicht nach deinen Männern, damit sie ein paar Nitrokapseln für dich suchen?«, höhnte sie und zertrümmerte zwei weitere Tabletten, die in der Nähe lagen.

Frank leckte sich nervös über die Lippen, machte jedoch keine Anstalten, ihr in den Arm zu fallen.

»Ach nein! Deine Leute dürfen ja nicht erfahren, dass du herzkrank bist und abhängig von deinen Kapseln. Von Don Vito ganz zu schweigen. Wenn der das erfährt, bist du erledigt, was? Jemand, der gesundheitlich so angezählt ist wie du, hält sich nicht lange. Und jetzt werden sie es erfahren. Du bist also erledigt, ob du nun noch mal auf die Beine kommst oder nicht. Für dich ist das Spiel aus, O'Reilly, so oder so!«

O'Reilly versuchte von ihr wegzukriechen, das Gesicht zu einer Grimasse verzerrt. Seine Hände krallten sich in den Dreck des Unterstandes.

Mit einem Stoß der Schulterstütze zertrümmerte Mallory die Pillendose und mit ihr die beiden Kapseln, die noch darin gelegen hatten. Dann stellte sie sich O'Reilly in den Weg, schob ihm den Lauf der Flinte unter die Brust und stieß ihn auf den Rücken.

»Du kriechst mir nicht weg! Ich bin noch nicht fertig mit dir!«, fuhr sie ihn an, wie von einem Fieber erfasst, und setzte ihm den Kolben auf die Brust. Dann ging sie in die Knie und beugte sich über ihn. »Lass dir noch einen Augenblick Zeit mit dem Sterben! Du willst doch nicht zur Hölle fahren, ohne erfahren zu haben, wer damals das Schwein Goldie umgelegt und dein Alkohollager geplündert und in Brand gesteckt hat, oder?« Mit einem erbarmungslosen Lächeln sah sie auf ihn hinab. »*Ich* war das! Hörst du? *Ich* war das!«

Es war, als habe sie ihm einen Messerstich mitten ins Herz versetzt. Er gab einen schauerlichen Laut von sich. Sein Atem wurde zu einem dünnen Pfeifen. Vergebens suchte sein Körper sich unter dem Druck des Gewehrkolbens aufzubäumen, und seine Augen rollten nach hinten weg.

»Bist du verrückt geworden?«, zischte Frank, packte sie an der Schulter und zog sie hoch.

»Was hast du denn?«, fauchte sie und fuhr zu ihm herum. »Der ist erledigt, wie ich es gesagt habe, so oder so! Und falls er überlebt, wirst du bezeugen, dass das kompletter Unsinn ist, dass er einfach krank ist, auch im Kopf!«

Ein Zittern ging durch O'Reillys Körper, und dann erschlafften seine Glieder. Reglos lag er am Boden, den leeren Blick starr gen Himmel gerichtet.

»Ich glaube, er ist tot!«, sagte Frank mit belegter Stimme, beugte sich zu O'Reilly hinunter und legte ihm zwei Finger auf die Halsschlagader. Kurz darauf nickte er und richtete sich wieder auf. »Kein Puls. Er ist tot!«

»Dem Himmel sei Dank!«, sagte Mallory und hob den Gewehrkolben an.

Im nächsten Moment ließ ein erstickter Aufschrei sie zusammenfahren. Unter dem umrankten Bogen des Laubengangs stand Robert. Mit verstörter Miene starrte er zu ihnen herüber, als könne er nicht glauben, was er sah. Für einen entsetzlich langen Augenblick schien die Zeit stillzustehen.

Dann brach der Bann, und Robert kam auf sie zugerannt. »Was ist mit Onkel Paddy? Was habt ihr mit ihm gemacht?«, schrie er, kniete sich hin und schlug dem Toten mit der flachen

Hand rechts und links ins Gesicht, als hoffe er, ihn damit ins Leben zurückzuholen.

»Tut mir leid, aber da ist nichts mehr zu machen, Bobby. Mister O'Reilly ist tot. Er hat einen Herzschlag erlitten«, sagte Frank erstaunlich sachlich, während Mallory, vom plötzlichen Erscheinen ihres Bruder bestürzt, schnell die Schrotflinte in den Gewehrständer zurückstellte. »Du musst wissen, er war schon seit Jahren schwer herzkrank, und die Ballerei bei dieser drückenden Schwüle hat ihm wohl …«

Robert sprang auf, in der Hand die Scherben von O'Reillys Pillendose. »Ich weiß, dass er herzkrank war«, rief er mit wild flammendem Blick. »Aber daran ist er nicht gestorben. *Ihr* habt ihn umgebracht! Ihr habt ihm seine Nitrokapseln weggenommen und sie zertreten!« Er schleuderte Frank die Porzellanscherben vor die Füße und wirbelte zu Mallory herum. »Und *du* hast ihn mit dem Gewehr am Boden gehalten, das habe ich genau gesehen! Ihr habt Onkel Paddy kaltblütig umgebracht!«

Mallory wusste, dass leugnen sinnlos war. Dass jetzt der Moment gekommen war, Bobby die Augen für die hässliche Wahrheit zu öffnen. Fast war sie dankbar dafür, dass er sie überrascht hatte und damit zwang, reinen Tisch zu machen.

»Ja, ich habe ihm seine Kapseln weggenommen und ihn sterben lassen!«, gab sie nicht weniger erregt zurück. »Und ich bereue es nicht, sondern würde es sofort wieder tun! Dieser Dreckskerl von einem Verbrecher ist nicht der Mann, für den du ihn gehalten hast, Bobby. Er hat unseren Vater ermorden lassen und dich als Geisel genommen, um mich mundtot machen und jahrelang erpressen zu können! Dafür hat er den Tod mehr als verdient!«

»Es stimmt, was deine Schwester sagt, Bobby, jedes Wort!«, sagte Frank.

»Das ist doch lächerlich!«, erwiderte Robert mit der Empörung von einem, der sich für dumm verkauft fühlt. »Boyd Wheeler hat Vater auf dem Gewissen, das weiß doch jeder! Und was soll der Schwachsinn, Onkel Paddy hätte mich entführen lassen? Er hat mich vor Boyd Wheeler beschützt und alles für mich getan! Viel mehr als mein Vater!«

In Mallory kroch die schreckliche Angst hoch, ihren Bruder nicht von der Wahrheit überzeugen zu können. »Das war alles gelogen! Nichts ist so, wie sie es dir vorgegaukelt haben! Nichts von all dem ist wahr, das schwöre ich dir beim Grab unserer Eltern, Bobby! O'Reilly hat unseren Vater umbringen lassen, er hat dich betrogen, benutzt und verführt. Bitte lass es mich dir erklären. Hör mir nur einen Moment lang zu! Ich habe so lange Jahre schweigen müssen und so verzweifelt darauf gewartet, dir endlich erzählen zu können, wie es wirklich war. Bitte hör mich an!«, flehte sie. Und sprach hastig weiter, versuchte ihm zu erklären, wo und wie ihr Vater wirklich gestorben war, was man ihr oben am Berg hatte antun wollen und mit welch hinterhältiger Raffinesse O'Reilly und seine Komplizen ihn in jener Nacht hatten glauben lassen, sie würden von Boyd Wheelers Revolvermännern verfolgt und könnten seine Sicherheit nur im Schutz der alten Fabrik garantieren. »Und mir hat er damit gedroht, dass er dir etwas antut, wenn ich es wage ...«

Angewidert stieß Robert sie weg, als sie nach seinen Händen griff. »Ich glaub dir kein Wort!«, schleuderte er ihr entgegen, und seine Miene war eine Mischung aus unsäglichem Schmerz und Abscheu. »Ich weiß, was ich Onkel Paddy bedeutet habe – und er mir! So etwas kann man nicht vortäuschen, das *fühlt* man! Und wenn du dir den Mund fusselig redest, ich lasse nicht zu, dass du sein Andenken in den Dreck ziehst!«

Frank wollte etwas sagen, doch Robert fuhr dazwischen. Geradezu hasserfüllt drohte er, wenn sie ihm noch einmal ins Wort fielen, werde er Skinny und Knuckles rufen und ihnen sagen, was er gesehen habe. An Mallory gewandt fuhr er mit bebender Stimme fort: »Ich weiß nicht, warum du ihn so gehasst hast, aber das interessiert mich auch nicht. Du hast ihn ja von Anfang an nicht ausstehen können! Ihr habt ihn umgebracht, aus welchen Gründen auch immer. Ich will sie gar nicht wissen. Und jetzt versucht ihr, mir diese irrwitzige Geschichte einzureden, nur damit ich den Mund halte!« Er zog eine verächtliche Miene. »Aber keine Sorge, euch wird nichts geschehen. Ich werde den Mund halten. Immerhin warst du mal meine Schwester und hast mir mal viel bedeutet.«

Mallory zuckte zusammen wie unter einem brutalen Schlag. Sie erbleichte und suchte Halt bei Frank, weil ihr die Beine wegzuknicken drohten. Sie konnte nicht glauben, was geschah. Ihr Bruder verstieß sie, kappte die Familienbande zwischen ihnen!

»Da kann ich dich ja schlecht verraten, auch wenn du es eigentlich verdient hättest!« Bobbys Stimme schien plötzlich aus weiter Ferne zu kommen. »Ich bin es Vater und Mutter schuldig, dir jetzt noch das miese Leben zu retten. Meine Schwester bist du aber von jetzt an nicht mehr! Also komm mir nie wieder unter die Augen, hast du verstanden? Mit dir habe ich nichts mehr gemein!«

# DRITTER TEIL

*November 1927 – Mai 1935*

# 89

Solange Robert denken konnte, hegte er die Überzeugung, dass das mit der Liebe auf den ersten Blick ein romantisches Märchen war. Nichts weiter als ein beliebtes Motiv in Kitschromanen und seichten Liebesfilmen, deren Geschichten mit dem wahren Leben auch sonst nicht viel gemein hatten. Hätte ihm jemand gesagt, dass Amors Pfeil ihn eines Tages mitten ins Herz treffen würde, und zwar an einem regnerisch tristen Novembertag auf einem Friedhof, kurz nach der Beerdigung des Studienfreundes, mit dem er auf dem Campus von Harvard zwei Jahre lang das Zimmer im Wohnheim geteilt hatte, er hätte ihn ausgelacht oder für verrückt erklärt. Doch genau das geschah.

Er hatte sich beim frühmorgendlichen Trauergottesdienst in eine der hinteren Sitzbänke geschlichen und hielt nun auf dem Mount Auburn Cemetery von Cambridge ähnlich respektvollen Abstand zur Familie des Verstorbenen. Nicht nur hatte er das Gefühl, unerwünscht zu sein, was er sogar nachvollziehen konnte, sondern er kämpfte auch mit Scham und einem merkwürdigen Schuldbewusstsein. Als habe er nicht nur als Freund versagt, sondern irgendwie dazu beigetragen, dass Richie Coburn das Opfer skrupelloser Verbrecher geworden war und in seiner Verzweiflung diese entsetzliche Entscheidung getroffen hatte. Dabei war er, Robert, bei der verhängnisvollen Party gar nicht zugegen gewesen. Gegen das nagende Schuldgefühl kam er trotzdem nicht an.

Richies Eltern hatten ihren Sohn in aller Stille beerdigen wollen. Nach den reißerischen Zeitungartikeln der vergangenen Tage hatten sie jedoch befürchtet, Presseleute wie Studenten würden ihren Wunsch nicht respektieren, in großer Zahl erscheinen und die Beerdigung zu einem unerträglichen Spektakel machen. Deshalb hatten sie als Termin offiziell den Samstag festgesetzt, in Wahrheit aber die entsprechenden Vorkehrungen und Absprachen für den Freitagmorgen getroffen.

Durch Zufall hatte Robert davon erfahren. Der Chauffeur der Coburns hatte sich verplappert, als er am Donnerstag im Studentenwohnheim aufgetaucht war, um Richies Kleiderschrank und Schreibtisch auszuräumen. Der Mann war sehr in Eile gewesen und hatte die »Blumenarrangements für morgen« erwähnt, um die er sich noch kümmern müsse. Robert hatte daraus die richtigen Schlüsse gezogen, sie aber für sich behalten.

Jetzt, da er sich auf dem Friedhof wie ein Spanner hinter einer alten Ulme versteckte, fühlte er sich entsetzlich verloren und wünschte, er hätte doch einige seiner Studienkollegen eingeweiht. Es schnürte ihm die Kehle zu, als Richies Angehörige nach dem Segen einer nach dem anderen ans Grab traten, zu der kleinen Schaufel griffen und regennasse Erdklumpen mit dumpfem Poltern auf den Sarg fallen ließen.

Dass er nicht allein war, bemerkte Robert erst, als sich die kleine Trauergemeinde aufzulösen begann und er sich schnell abwandte, um sich diskret zurückziehen.

Die junge Frau, deren Alter irgendwo zwischen siebzehn und neunzehn liegen mochte, stand keine vier Schritte hinter ihm. Unvergesslich brannte sich ihm ihr Anblick ein. Sie trug schwarze, geschnürte Stiefeletten, einen rauchblauen Wintermantel, dessen breiter Kragen mit Fuchspelz besetzt war, und einen modischen fliederfarbenen Hut. Nussbraunes Haar wallte darunter hervor und fiel ihr in sanften, natürlichen Locken über die Ohren. Die seidige Haarfülle umrahmte ein herzförmiges, leicht gerötetes Gesicht mit Sommersprossen, einer kecken Stupsnase und vollen Lippen. Ihre Hände steckten in grauen Handschuhen aus feinem Leder, und sie hatte einen Regenschirm dabei, dessen schwarzer Stoff mit weißen Orchideen bedruckt war.

Doch es waren ihre Augen, die ihn auf der Stelle in ihren Bann schlugen und vergessen ließen, was ihn eben noch beschäftigt hatte. Sie hatten die Farbe von flüssigem Bernstein und schienen mit feinen Goldsplittern gesprenkelt. Sie strahlten eine Sanftmut und Wärme aus, die er nicht in Worte zu fassen vermochte, die aber alles Harte und Verkrampfte in ihm löste. Es war, als bringe ihr Blick tief in seinem Innern etwas zum Schwingen, von dessen Existenz er bislang nichts geahnt hatte: das unvermittelte, mit atemberaubender Wucht aufbrechende Verlangen, von ihr geliebt zu werden und diese Liebe bedingungslos zu erwidern.

»War er dein Freund?«, fragte sie mitfühlend, als sei es das Selbstverständlichste der Welt, dass sie ihn ansprach. Ihre Stimme war weich und melodisch, und er hätte schwören können, noch nie eine derart bezaubernde Stimme gehört zu haben.

Er zuckte die Achseln, weil er nicht wusste, ob sie wirklich befreundet gewesen waren. Er wollte es glauben, denn er schien kein großes Talent zu besitzen, sich Freunde zu machen. Als Farmersjunge aus der tiefen Provinz, dem man seine Herkunft unweigerlich anhörte, war er sich in dieser exklusiven, sorglos-studentischen Welt von Anfang an wie ein Fremdkörper vorgekommen. Daher hatte er sich all die Jahre meist für sich gehalten. Dass er nicht völlig zum Einzelgänger geworden war, verdankte er Richie. Er war der unbestrittene Liebling ihres Jahrgangs gewesen, und von seinem mit Freundschaften aller Art reich gedeckten Tisch waren gelegentlich einige Krumen für Robert abgefallen. Nie so viel, dass er wirklich dazugehört hätte und Bindungen von Dauer entstanden wären, aber doch genug, damit er nicht als Sonderling verschrien war und völlig ignoriert wurde.

»Ich mochte ihn, wir haben uns das Zimmer geteilt«, sagte er, weil alles andere Selbstbetrug gewesen wäre. Dabei konnte er den Blick nicht von ihrem Gesicht, von ihren Augen wenden. Er wünschte, in ihnen versinken zu können, und nahm überhaupt nicht wahr, dass hinter ihm Richies Familie über den Kiesweg kam, wo er sich doch diskret hatte absetzen wollen. Ihr Anblick ließ ihn sogar vorübergehend sein vages Schuldgefühl vergessen. Mit ihm geschah etwas, das er sich nicht erklären konnte. Es brachte ihn völlig aus der Fassung, aber er wollte es um keinen Preis wieder verlieren.

»Harvard?«

Robert nickte. »Wir haben im Herbst vierundzwanzig zusammen angefangen. Ich kann immer noch nicht glauben, dass er das getan hat. Richie ist nämlich ...« Er beendete den Satz nicht, weil er die entsetzlichen Worte nicht über die Lippen brachte.

Das tat sie an seiner Stelle. »Ich weiß, er ist aus dem Fenster gesprungen, drüben im vierten Stock vom Mount Auburn Hospital.«

Richie hatte auf einer Party von dem hochgiftigen Alkohol getrunken, den ein Student mitgebracht hatte. Wer ihm den Fusel verkauft hatte, hatte er den Ärzten und der Polizei nicht mehr sagen können, war er doch, wie ein weiterer Partygast, nicht mehr zu retten gewesen. Richie und zwei andere waren »nur« erblindet, der Rest der Gesellschaft hatte die Vergiftung mit ausgepumptem Magen und vergleichsweise milden gesundheitlichen Schäden überstanden. Richie, ein leidenschaftlicher Sportler, hatte sich ein Leben ohne Augenlicht nicht vorstellen können oder wollen, und so hatte er sich in einem Moment tiefer Verzweiflung aus dem Fenster seines Krankenzimmers in die Tiefe gestürzt. Die lokalen Zeitungen waren voll von dieser Tragödie, wobei es überall in den großen wie kleinen Städten immer und immer wieder zu solch schrecklichen Vorfällen kam.

»Du hast Richie gekannt?«, fragte er verwundert, konnte er sich doch nicht erinnern, sie je auf dem Campus, geschweige denn in der Nähe seines Freundes und dessen Clique gesehen zu haben. »Studierst du auch in Harvard?«

Sie lachte verhalten. »Ich wünschte, ich dürfte es, aber davon will mein Vater nichts wissen. In der Beziehung ist er stockkonservativ. Nein, ich war nur gerade im Krankenhaus, als dein Freund sich das Leben genommen hat.«

»Woher hast du denn gewusst, dass sein Begräbnis nicht erst morgen, sondern schon heute ist?«

Sie lächelte ihn an. »Hab ich gar nicht, das war Zufall. Ich bin fast jeden Freitagmorgen hier, wenn ich es einrichten kann. Meine Mutter liegt dort drüben begraben.« Sie deutete vage hinter sich auf ein Gräberfeld, das von altem Baumbestand und prächtigen Grabsteinen beherrscht wurde. Den Mount Auburn Cemetery gab es schon seit der Amerikanischen Revolution von 1776.

»Oh, das tut mir leid«, sagte er und wünschte, er hätte endlich den Mut, nach ihrem Namen zu fragen.

»Das muss es nicht, auch wenn sie mir immer noch sehr fehlt. Und das, obwohl sie schon so viele Jahre tot ist«, sagte sie. »Oder vielleicht gerade weil ich so viel älter bin und erst jetzt, mit siebzehn, richtig begreife, was ihr Tod mir … uns allen genommen hat. Aber meine Mutter ist an einer Lungenentzündung gestorben, und das ist etwas anderes als dieses abscheuliche Verbrechen, dem dein Freund und die anderen zum Opfer gefallen sind! Diese gewissenlosen Alkoholschieber, die mit solchem Fusel Geschäfte machen, gehören lebenslänglich ins Gefängnis!«

»Das sehe ich auch so«, sagte Robert, fühlte sich bei dem Thema aber unbehaglich. Irgendwie machte es in diesem Moment keinen Unterschied, dass aus der Kendrick-Still noch nie ein Tropfen Moonshine zum Verkauf gekommen war, der nicht von hervorragender Qualität gewesen wäre.

Sie setzte sich in Bewegung und spannte ihren Schirm auf, entfaltete über ihrem Kopf einen prächtigen Strauß Orchideen auf jadeschwarzer Bespannung. Der Regen, der sie während der Beerdigung gnädig verschont hatte, setzte wieder ein, wenn auch zögerlich und vorerst nur als feines Nieseln. Doch die dräuenden Wolken ließen keinen Zweifel daran, dass es bald wieder in Strömen gießen würde.

»Kann ich dir den Schirm halten?«, fragte er und kam sich

dümmlich vor, wusste aber keinen anderen Vorwand, um an ihrer Seite bleiben und weiter mit ihr reden zu können.

Sie warf ihm ein keckes Lächeln zu. »Ich bin sicher, dass du das kannst, aber vielleicht ein anderes Mal! Es ist schon reichlich spät, ich glaube, ich beeile mich jetzt besser. Na dann, pass auf dich auf!« Sie schenkte ihm so etwas wie ein verschwörerisches Zwinkern, klappte den Schirm wieder zu und eilte davon. Mit fliegenden Mantelschößen bog sie in einen schmalen Seitenweg ab.

Die Wendung kam völlig überraschend. Er rang mit sich, ob er ihr nachlaufen und in Kauf nehmen sollte, dass er sich lächerlich machte. Doch als er sich endlich entschlossen hatte, lieber diese Peinlichkeit in Kauf zu nehmen, als sie so einfach aus seinem Leben verschwinden zu lassen, war es zu spät. Er rannte den Seitenweg hinunter und kam zu einem Rondell, von dem drei weitere Friedhofswege abzweigten, doch von ihr keine Spur. Nach kurzem Zögern wählte er den Weg, von dem er meinte, dass er am direktesten zum Haupteingang führte.

Es war der falsche.

## 90

Sally beugte sich aus dem Wagenfenster und spuckte zum Abschied in Richtung der Entzugsklinik auf den Kiesweg. »Das Einzige, was dieses Schwesternpack von Gefängniswärtern unterscheidet, ist die verdammte weiße Tracht mit der blöden steifen Haube auf dem Dickschädel!«, zürnte sie und kurbelte das Fenster schnell wieder hoch. Es war ein trüber Novembernachmittag mit hartnäckigem Nieselregen.

»Aber es scheint, als hätten sie ihre Sache gut gemacht«, sagte Mallory und passierte das hohe Tor der *Lester Rutherford Institution* bei Virginia Beach, das der Wärter sogleich wieder hinter ihnen schloss. Sally hatte sich in einem elenden Zustand befunden, als sie sie sieben Wochen zuvor hier eingeliefert hatte, abgemagert bis fast auf die Knochen und wieder einmal dem Heroin verfallen. »Du siehst gut aus!«

»Lange nicht so gut wie du!«, erwiderte Sally spitz und taxierte sie mit einem neidischen Blick.

Das maßgeschneiderte Tweed-Kostüm gehörte zwar zu den schlichteren Modellen in Mallorys Kleiderschrank, weshalb sie sich am Morgen auch bewusst dafür entschieden hatte, aber man sah ihm den modischen Schnitt und die gute Qualität einfach an. Das eine wie das andere ging dem dicken Wollkleid und dem abgewetzten Mantel ihrer Freundin ab. Aber musste sie sich deshalb schuldig fühlen?

*Bitte fang nicht gleich wieder so an, Sally!*

»Wenn ich sage, dass du gut aussiehst, dann meine ich es auch so«, gab sie zurück und bog in die Landstraße nach Richmond ein. Sie hatten gute zwei Stunden Fahrt vor sich und würden nicht vor Einbruch der Dunkelheit in der Stadt eintreffen. »Außerdem habe ich mir auch nicht die Gesundheit mit Drogen ruiniert.« Am liebsten hätte sie noch hinzugefügt: Ganz zu schweigen davon, dass du dir mit der verfluchten Drogensucht auch deine vielversprechende Karriere kaputt gemacht hast! Aber das wäre wohl ein wenig zu hart gewesen.

Sally zog es vor, nicht darauf einzugehen. »Du hast dich jedenfalls ganz schön herausgeputzt, um mich abzuholen.«

»Hätte ich in Sack und Asche kommen sollen?«, fragte Mallory bissig. »Hätte das mehr dem Anlass entsprochen, dass du mal wieder auf Entzug gehen musstest und wir jetzt bangen dürfen, ob du dich diesmal wohl an deine guten Vorsätze hältst und die Finger von der Spritze lässt?«

»Quatsch, damit bin ich endgültig durch«, erklärte Sally ungehalten und wechselte schnell das Thema. »Sag mal, hast du was zu rauchen? Und wo steckt Sweeney überhaupt? Warum ist der faule Hund nicht mitgekommen?«

»Zigaretten liegen vor dir in der Ablage«, sagte Mallory mühsam beherrscht. Jetzt nur nicht aus der Haut fahren! Sie hing an Sally, trotz allem, was sie ihnen in den vergangenen Jahren zugemutet hatte. Aber manchmal trieb sie es so weit, dass sich in ihr das zornige Verlangen regte, ihr die Freundschaft aufzukündigen. »Und was den faulen Hund angeht, meine liebe Sally, so arbeitet der sich den Arsch ab, um möglichst viel von dem, was deine sieben Wochen in der Klinik gekostet haben, aus eigener Tasche bezahlen zu können! Ich habe ihm gesagt, er soll es bleiben lassen, aber er will es, weil es für ihn eine Frage der Ehre ist. Heute Mittag hatte er übrigens Proben im *Burlesque*, da konnte er unmöglich den halben Tag fehlen, nur um mit nach Virginia Beach rauszukommen. Er nimmt seine Aufgabe als Stage Manager im *Burlesque* nun mal sehr ernst. Außerdem hat er noch einen zweiten Job angenommen. Seit deiner Einlieferung hilft er als Filmvorführer im *Empire Cinema* bei Vormittagsvorstellungen aus, vor allem sonntags. So viel zu deinem faulen Hund!«

Sally schoss die Röte ins Gesicht. »Herrgott, so hab ich's doch gar nicht gemeint! Ich hätte mich einfach gefreut, wenn er auch gekommen wäre. Außerdem bezahlst du doch den Löwenanteil, oder? Ich meine, da hättest du auf sein bisschen Geld auch verzichten können. Nicht, dass ich dir nicht dankbar wäre …«, beeilte sie sich hinzuzufügen. Trotzdem konnte sie sich einen kleinen Seitenhieb nicht verkneifen. »Aber es ist ja nicht so, als müsstest ihr euch wegen meiner Wochen in dem Trockenbunker auch nur ein Glas Schampus vom Munde absparen. Eure drei Nachtclubs sind Goldgruben, und deine Brennereien sollen ja auch nicht gerade ein Zuschussgeschäft sein, was man so hört!«

Mallory war einiges gewohnt von Sally, aber diese Bemerkung verletzte sie wirklich. Sie umklammerte das Lenkrad, dass die Fingerknöchel weiß hervortraten, und zwang sich, langsam und tief durchzuatmen. »Es tut mir leid, dass dir nicht auch aus heiterem Himmel goldene Früchte in den Schoß gefallen sind wie Frank und mir!«, gab sie eisig zurück.

Wie konnte ihre Freundin nur etwas ebenso Gemeines wie Dummes von sich geben? Sally mochte immer wieder im Drogenrausch versunken sein, aber sie hatte doch aus nächster Nähe mitbekommen, wie hart Frank und sie während der vergangenen Jahre gearbeitet hatten. Sie hatten ein Vermögen investiert und alles, was sie besaßen, aufs Spiel gesetzt, um in Richmond drei Nachtclubs aus dem Boden zu stampfen, die in Sachen Exklusivität, technischer Ausstattung und Service nicht nur für die Metropole, sondern für den gesamten Süden neue Maßstäbe setzten. Diese Projekte hatten Unmengen von eigenem und fremdem Geld verschlungen, aber Geld allein hätte weder diese Maßstäbe gesetzt noch Erfolg garantiert. Ohne ihren eisernen Willen, sich bis zum Umfallen abzurackern, und den notwendigen Funken visionärer Kreativität hätten die Clubs nie die Gestalt angenommen, die Frank vorgeschwebt hatte. Es hätte auch schiefgehen können. Sie hätten im Handumdrehen ruiniert sein und in Teufels Küche landen können, zumal bei einem Gläubiger wie Don Vito, der seinen Einsatz gewiss nicht mit einem Schulterzucken abgetan hätte.

Angefangen hatten sie mit dem Varieté-Nachtclub *Burlesque*, dessen Programm sich mittlerweile mit den besten seiner Art im Land messen konnte. Im Jahr darauf hatte der *Club Royale* seinen Betrieb aufgenommen, das nobelste Spielkasino des Südens, erweitert um die verschwiegenen Separees eines Edelbordells in den beiden oberen Stockwerken, gegen das Mallory lange leidenschaftlich und letztlich vergebens gekämpft hatte. Und vor sechs Monaten hatten sie den *Mayfair Club* eröffnet, ihr Flaggschiff und Franks ganzer Stolz. Binnen kürzester Zeit war der Club für alles, was Rang und Namen hatte und dazu noch das nötige Kleingeld, zum beliebtesten nächtlichen Treffpunkt geworden.

Zusätzlich zu all dem hatten sie außerhalb von Richmond

noch drei große Destillerien eingerichtet und in Betrieb genommen. In der größten Anlage wurde weder Mountain Smoke noch Crazy Apple hergestellt, sondern ein ganz besonders weicher Pfirsichbrandy, der unter dem Namen *Kendrick Gold* zu einem Renner geworden war. In den ersten Monaten der Produktion hatte sie sich noch mehrere Stunden täglich dort aufgehalten, um eine gleichbleibende Qualität zu sichern. Zum Glück oblag die tägliche Überwachung der Brennereien mittlerweile Harvey Willard, der ebenso tüchtig, verlässlich und mit dem nötigen Gefühl für die Feinheiten des Brennens ausgestattet war wie Homer und sich strikt an ihre Anweisungen hielt, und trotzdem fuhr sie fast täglich zu unregelmäßigen Zeiten zu ihren Anlagen hinaus, um nach dem Rechten zu schauen. Keiner, auch Harvey Willard nicht, sollte je auf den leichtsinnigen Gedanken kommen, ihre unangekündigten Qualitätskontrollen nicht mehr fürchten zu müssen.

Nein, ihnen war wahrlich nichts in den Schoß gefallen!

Mallory presste die Lippen aufeinander und starrte hinaus in den dichter werdenden Regen, der das ohnehin fahle Nachmittagslicht ertränkte und den Tag eintrübte wie Sally ihre Stimmung.

»Hör mal, ich hab's nicht so gemeint, bestimmt nicht!«, beteuerte Sally, als sie merkte, wie sehr sie Mallory gekränkt hatte. »Ich weiß auch nicht, warum mir so was Dämliches rausgerutscht ist. Vielleicht weil ich mich schäme, dass ich mich schon wieder in die Scheiße geritten habe und du mich herausziehen musstest. Ich glaube, ich vertrag's nicht, wenn man zu gut zu mir ist, und das bist du. Entschuldige, dass ich gemein zu dir war. Ich schäme mich dafür.« Tränen liefen ihr über das Gesicht. »Du musst mich ja für undankbar und böse halten, dass ich so was zu dir sage, und das nach allem, was du für mich und Sweeney getan hast!«

Mallory seufzte, und der harte Panzer der Wut fiel augenblicklich von ihr ab. Ihr Herz wurde weich. Sie streckte die

Hand aus und streichelte den Arm ihrer Freundin. »Schon gut, Sally. Ich weiß, dass du nicht böse und undankbar bist. Es war bestimmt nicht einfach da in der Klinik, und ich verstehe, dass es dir bevorsteht, jetzt … nun ja, wieder Tritt fassen zu müssen.« Und damit hatte sie ein Thema angeschnitten, auf das sie lieber erst am Ende der Fahrt zu sprechen gekommen wäre. Aber gut, dann musste ihre Freundin die bittere Pille eben jetzt schon schlucken!

Wenig überraschend griff Sally das Stichwort sofort auf. »Ich kann es gar nicht erwarten, endlich wieder auf der Bühne zu stehen!«, verkündete sie.

»Ich hoffe, dir ist bewusst, dass der Name Lilly LaRose ziemlich an Strahlkraft verloren hat und mittlerweile weniger für eine tolle Jazzsängerin als für Unzuverlässigkeit und Drogenskandale steht«, sagte Mallory unverblümt. »Auf der Bühne des *Burlesque* wirst du jedenfalls erst einmal nicht stehen. Vorher musst du woanders beweisen, dass mit dir wieder gerechnet werden kann.«

»Aber ich bin jetzt ganz bestimmt …«, setzte ihre Freundin sofort zu einem erregten Protest an.

»Vergiss es, Sally!«, fiel Mallory ihr energisch ins Wort. »Frank hat mehr als deutlich gemacht, dass du auf keinen Fall gleich wieder ein Engagement bei uns bekommst. Falls du aber diesmal wirklich mit den Drogen aufhörst und Disziplin zeigst, können wir eines Tages vielleicht über einen Auftritt im *Burlesque* oder *Royale* reden. Es wäre dann die dritte Chance, und die musst du dir in anderen Clubs verdienen.«

»Und welche sollen das sein?«, fragte Sally übellaunig.

»Das *Birdland* und *O'Toole's Shack* wären bereit, dich ins Programm zu nehmen.«

»Was? Das ist nicht dein Ernst! Eine Lilly LaRose tritt doch nicht in einem Kellerloch wie dem *Birdland* auf! Und schon gar nicht in O'Toole's versiffter Bruchbude bei den alten Docks! Für wen halten die mich denn?«

»Für das, was du bist, Sally: ein verdammt hohes Risiko, ihnen die Kundschaft zu vergraulen und ihre anderen Künstler mit der Heroinnadel bekannt zu machen!«, erklärte Mallory ruppig, denn genau das war es, was sie von den Besitzern der Läden zu hören bekommen hatte. »Und wenn du meinst, das *Gatehouse*, die *Red Rooster Lounge, Emilio's* oder gar das *La Parisienne* würden dich nehmen, kann ich nur sagen: Versuch es erst gar nicht! Ich hab's nämlich getan und mir sagen lassen, dass sie dich nicht mal mit 'ner Zange anfassen würden!«

Sally schnaubte verächtlich und warf ihr einen verdrießlichen Blick zu, hielt aber den Mund und versank in finsteres Schweigen, was Mallory ganz recht war. Es war jedenfalls besser, als sich mit ihr zu streiten.

## 91

Regengetränkte Dunkelheit lag über Richmond, als sie die Brücke über den James River erreichten. Der majestätisch breite Strom floss in weit ausholenden Windungen durch die Stadt und bildete jetzt mit dem nächtlich schwarzen Wasser einen perfekten Kontrast zu der lichterhellen, neonbunten Skyline an seinem linken, nordöstlichen Ufer. Auf dieser Seite des Flusses wuchsen moderne Wolkenkratzer in den Himmel und konzentrierte sich das politische, finanzielle und gesellschaftliche Leben der Hauptstadt von Virginia. Das Kapitol, das sich wie ein römischer Tempel weiß auf einer flussnahen Anhöhe inmitten weitflächiger Grünanlagen erhob und Sitz der Bundesregierung war, stand in seiner Pracht für die Bedeutung und Anziehungskraft der Stadt. Richmond war mit seiner guten Viertelmillion Einwohnern die unbestrittene Metropole des Südens. Das Leben hier folgte einem völlig anderen Pulsschlag als das in Roanoke.

Mallory hatte sich von ihrem ersten Besuch an für Richmond begeistert, wenn anfangs auch mit einer gewissen Beklommenheit, wie man sie bei seiner ersten Fahrt mit einer Achterbahn fühlt, ohne jedoch von der Aufregung und dem Rausch der Geschwindigkeit genug bekommen zu können. Seither kam ihr Roanoke, das sie als unbedarftes Farmersmädchen für geschäftig gehalten hatte, wie ein verschlafenes Provinznest vor.

Das ganz andere Tempo, der dichte Verkehr auf den breiten Avenues, die Vielzahl von Geschäften aller Art, das verschwenderische nächtliche Lichtermeer, die unzähligen bunten Neonleuchten an den Fassaden, das riesige Angebot an Theatern, Museen, Lichtspielhäusern und Clubs sowie die Weltläufigkeit der vielen Besucher, die es nach Richmond zog – an all das hatte sie sich sehr schnell gewöhnt.

Nicht lange nachdem sie die Brücke über den James River hinter sich gelassen hatten, bog Mallory links ab und folgte der Broad Street, die ihrem Namen alle Ehre machte, mehrere Häuserblocks in östlicher Richtung. Sweeney und Sally bewohnten ein Apartment auf der North First Street. Das Viertel zwischen Main und Franklin Street, wo die Häuser überwiegend bescheiden und die Mieten auch für Künstler mit geringem Einkommen erschwinglich waren, galt als das Greenwich Village von Richmond.

Seit Mallory ihrer Freundin gut zwei Stunden zuvor mitgeteilt hatte, dass sie nur die Wahl zwischen dem *Birdland* und *O'Toole's Shack* hatte, war im Wagen kein Wort mehr gefallen. Und Mallory hatte keine Notwendigkeit gesehen, krampfhaft eine Unterhaltung in Gang zu bringen. Schweigen war immer noch besser als Streit mit hässlichen Untertönen.

Sally war es, die das Schweigen schließlich brach. »Danke für alles, was du für mich getan hast«, sagte sie, als Mallory die silbergraue Pierce-Arrow-Limousine vor ihrer Haustür an den Bordstein lenkte, und drehte sich zu ihr um. In ihren Augen schimmerte es verräterisch. »Danke auch, dass du dich für mich in den Clubs umgehört hast, das hättest du nicht zu tun brauchen.«

»Hätte ich nicht, aber ich hab's gern getan.«

Beschämt wich Sally ihrem Blick aus und fuhr sich über die Augen. »Ich weiß. Du hast wahrhaftig eine bessere Freundin verdient als mich, Lory.«

»Du bist die beste Freundin, die du zurzeit sein kannst«, sagte Mallory, gerührt von den Tränen in Sallys Augen. »Und ich bin sicher, dass du bald wieder die beste Freundin bist, die du sein willst.«

Sally lächelte gequält, beugte sich vor, um Mallory einen Kuss auf die Wange zu drücken, griff nach ihrer bauchigen Reisetasche und sprang aus dem Wagen. Ohne sich noch einmal umzudrehen, verschwand sie durch die offen stehende Tür in dem Mietshaus.

Von der North First Street waren es mit dem Auto nur ein paar Minuten bis zum *Jefferson Hotel* auf der oberen West Franklin Street. Als sie nach Richmond gegangen waren, hatte Mallory sich mit ihrem Wunsch nach einer eigenen Wohnung oder einem frei stehenden Haus nicht durchsetzen können. Frank hatte die Bequemlichkeit und den Luxus eines Hotellebens nicht missen wollen und darauf bestanden, dass sie wie in Roanoke im ersten Haus am Ort eine geräumige Suite bezogen.

»Gemessen an dem, was wir in die Nachtclubs investieren, sind die Kosten für die Suite ein Tropfen auf den heißen Stein!«, hatte er ihr vorgehalten. »Außerdem lassen sich hier wie nirgends sonst Verbindungen knüpfen, die uns zustattenkommen werden, wenn wir unsere eigenen Läden eröffnen!«

Das *Jefferson Hotel*, aus gelbbraunen Ziegelsteinen im viktorianisch neugotischen Stil erbaut, sah mit seinen Säulen und Rundbögen und Türmen aus wie der wehrhafte Landsitz eines alten europäischen Fürstengeschlechts. Im Innern des Hotels, in dem sich seit seiner Eröffnung 1895 das gesellschaftliche Leben der herrschenden Klasse von Richmond abspielte, ging es feudal zu. Selbst das exklusive *Mayfair*, das erst am Abend seine Tore öffnete und daher vor allem für Nachtschwärmer ein Magnet war, konnte die grandiose Bühne, die das *Jefferson* der Richmonder High Society bot, nicht gefährden.

Der livrierte Portier öffnete Mallory den Wagenschlag und begrüßte sie mit einer Freundlichkeit, die über das übliche Maß hinausging und auch nicht darauf zielte, die Höhe der erhaltenen Trinkgelder widerzuspiegeln. Sie erwiderte den Gruß mit derselben Herzlichkeit, überließ den Wagen einem flinken Valet Boy und betrat die grandiose Halle.

Der Raum mit den von mächtigen Marmorsäulen getragenen Bogengängen erhob sich zwei Stockwerke hoch. Die Kassettenfelder der Wände in den umlaufenden Bogengängen waren mit tiefroter Seide bespannt, und hoch oben über der Palm Court Lobby wölbten sich ein Lichtdom und eine kunstvoll bemalte Decke. Am hinteren Ende führte zwischen den Säulen eine prachtvoll breite Treppe ins obere Stockwerk. Mit dunkelrotem Teppich bespannt, wirkte sie wie ein gewaltiger Wasserfall.

Wer das *Jefferson* zum ersten Mal betrat, war von den Ausmaßen der Lobby und dem Luxus allenthalben meist so beeindruckt, dass er gar nicht wahrnahm, was in dem großen, von einem Messinggitter und Blumenarrangements umgebenen Wasserbecken inmitten der Halle schwamm, nämlich mehrere ausgewachsene Alligatoren. Ein Spektakel, das manchem neuen Gast einen gehörigen Schrecken einjagte und längst zum inoffiziellen Wahrzeichen des Hotels geworden war.

Mallory fuhr mit dem Lift in den vierten Stock hinauf und zog sich für die bevorstehende Nacht im *Mayfair* um. Vom Tag der Eröffnung an gehörte es zu ihren Aufgaben, während der Kernzeit von acht bis zwei Uhr im Nachtclub Präsenz zu zeigen, sich um das Wohlergehen ihrer zahlungskräftigen Kundschaft zu kümmern, Smalltalk zu machen, streng darauf zu achten, dass der Service erstklassig war, und sich um die persönlichen

Belange des Personals zu kümmern. Frank ließ sich zwar auch immer wieder für eine Weile im *Mayfair* blicken, pendelte jedoch ständig zwischen den drei Clubs hin und her.

»Aber du zeigst dich nur selten einmal im *Royale* und im *Burlesque*«, hatte er gleich zu Anfang festgelegt. »Du herrschst über dein eigenes Reich und bist das Kleinod, das zu bewundern den Gästen des *Mayfair* vorbehalten bleibt! Du bist die allseits bewunderte Lady Moonshine, die ihre Gunst und ihren Charme nicht wahllos ans gemeine Volk verteilt!«

»Du vergisst, dass es kaum eine gemeinere Abstammung geben kann als die meine!«

»Und *du* vergisst, dass in unserem Geschäft nur zählt, was das Auge sieht. Und was unsere Gäste sehen, wenn du erscheinst, ist nicht nur eine betörend hübsche Frau, sondern eine Lady von königlicher Klasse!«, hatte er voller Stolz erwidert.

Mallory lächelte flüchtig, als sie das Kostüm auszog und sich an jenes Gespräch erinnerte. Nun ja, Frank verstand sich auf überzogene Komplimente ebenso gut wie auf grandiose Pläne.

Sie griff nach dem figurbetonten langen Abendkleid aus schwarzer Seide mit dem raffinierten Dekolleté, das weder zu viel noch zu wenig von ihren Reizen preisgab, und einem perlgrauen asymmetrischen Aufschlag über der linken Brust, der dem Revers eines Jacketts ähnelte. Sieben Stück von diesem Modellkleid hingen in ihrem Schrank, und drei befanden sich in der Reinigung.

Statt jeden Abend etwas anderes anziehen und ständig im Blick behalten zu müssen, wann und wie oft sie welches Kleidungsstück trug, hatte sie sich früh auf dieses eine klassische Stück als ihre »Dienstgarderobe« festgelegt. Die gleiche radikale Beschränkung galt für ihren Schmuck. Im Club trug sie zu ihrem »Lady-Moonshine-Outfit«, wie Frank und mittlerweile auch andere das Kleid nannten, ausschließlich Perlen. Um den Hals eine kurze, zweireihige Kette, dazu Perlenohrringe sowie ein Armband und einen Ring mit schwarzer Perle. Die einzige

Variation erlaubte sie sich hinsichtlich der Haarspange, die sie benutzte, um ihr schulterlanges rotblondes Haar auf einer Seite über dem Ohr hochzustecken. Mal war es eine Spange aus Perlmutt, mal eine aus Silber, mal war sie aus kunstvoll geschnitztem Holz, mal aus bemalter Emaille. Mit Abstand am liebsten waren ihr jedoch die aus fein ziselierter schwarzer und grüner Jade.

Als Mallory ihr Ankleidezimmer verließ und durch den Wohnraum der Suite zur Tür ging, blieb ihr Blick kurz an dem Brief hängen, der auf der Schreibplatte ihres Sekretärs lag und bei dem sie noch nicht über die erste Zeile mit der Anrede *Mein lieber Bruder* hinausgekommen war. Sie hielt kurz inne, seufzte und sah zu, dass sie auch an diesem Abend pünktlich ihren Dienst im Nachtclub antrat.

»Ich brauche keine Standorte, ich erschaffe sie mit meinen Clubs!«, hatte Frank vor Jahren selbstbewusst erklärt, als O'Reilly ihm mit einiger Häme vorgehalten hatte, dass die besten Standorte für Vergnügungsstätten jeglicher Art in der Innenstadt von Richmond längst vergeben waren.

Und er hatte recht behalten.

Ja, sie hatten Richmond zu ihrer Stadt gemacht, ganz wie Frank es vorausgesagt hatte. Das Leben meinte es hier gut mit ihnen. Doch seit die drei schweren Jahre der Aufbauzeit hinter ihnen lagen, überkam sie gelegentlich Sehnsucht nach ihrer Heimat, genau genommen nach den vertrauten Wiesen, Feldern und Wäldern am Stone Ridge Mountain. Es war ein leises Ziehen in der Brust, und es erinnerte sie daran, dass ihre Wurzeln noch immer dort ruhten, so wohl sie sich auch in Richmond fühlte. Und ihre Wurzeln in den Blue Ridge Mountains ließen sich ebenso wenig kappen, wie sie sich Bobby aus dem Herzen schneiden konnte. Manches im Leben war unabänderlich. Für sie gehörten dazu die Liebe zu ihrem Bruder und die Zuversicht, dass sie sich eines Tages wieder versöhnen würden. Deshalb würde sie sich, wenn sie im Morgengrauen mit Frank ins Hotel zurückgekehrt war, trotz aller Müdigkeit an den Sekretär setzen und den seit Monaten aufgeschobenen Brief endlich schreiben. Das nahm sie sich fest vor. Bobby mochte sie noch so lange mit Schweigen strafen, irgendwann würde er ein Einsehen haben und antworten. Und selbst wenn das im Zorn geschah, würde es der erste Schritt zur Versöhnung sein.

## 92

Das Mädchen mit den Bernsteinaugen, den Namen gab Robert der unbekannten Schönen. Er musste sie unbedingt wiedersehen. Um jeden Preis! Das konnte nicht bis zum nächsten Freitag warten. Außerdem war gar nicht sicher, ob sie auch im Winter das Grab ihrer Mutter jeden Freitagmorgen besuchte. Und sie kam nur, wenn sie es einrichten konnte, hatte sie gesagt. Er wollte nicht darauf bauen, dass sie auch am nächsten Freitag Zeit hatte zu kommen.

Seine Hoffnung, anhand einem der Grabsteine ihren Familiennamen herauszufinden und darauf seine Erkundigungen aufzubauen, erfüllte sich nicht. Er fand auf dem Gräberfeld, in dessen Richtung sie vage gedeutet hatte, gleich ein halbes Dutzend Steine, die jeder der ihrer Mutter hätten sein können. Er hätte schon das Sterbedatum wissen müssen, um die Möglichkeiten auf ein, zwei Namen eingrenzen zu können.

Doch das wusste er nicht, und so blieb ihm nichts anderes übrig, als doch auf den nächsten Freitag zu warten und zu hoffen, dass das Mädchen mit den Bernsteinaugen den Besuch auf dem Friedhof einrichten konnte.

Er konnte an nichts anderes mehr denken. Es war ihm unmöglich, sich in den Vorlesungen auch nur halbwegs zu konzentrieren auf das, was Professoren und Dozenten vortrugen. Ihre Ausführungen zogen wie Hintergrundgeräusche an ihm vorbei. Und die Zeit schien gegen ihn zu sein. Manchmal schien sie fast zum Stillstand zu kommen, dann dehnten sich die Minuten und Stunden wie zähes Gummi, als wollten sie ihn ob seiner Ungeduld verspotten und quälen.

Endlich kam der so ruhelos herbeigesehnte Freitag. Er brachte einen der ersten Winterstürme, die über die Ostküste hinwegfegten. Es goss wie aus Eimern, und der Wind trieb die dichten Regenschleier nach Belieben vor sich her. Was Robert nicht davon abhielt, sich schon in aller Frühe auf den Weg zum Friedhof zu machen. Es konnte ja sein, dass der Sturm sich ebenso plötzlich legte, wie er bei Anbruch der Dämmerung losgebrochen war, und dass sein Mädchen mit den Bernsteinaugen sich durch einen nur noch leichten Regen nicht von dem freitäglichen Besuch abhalten ließ.

Der Sturm beruhigte sich allmählich, nicht aber der Regen. Er wartete zwei Stunden vergebens, und als er endlich aufgab, war er trotz Regenumhang und Schirm, den der Wind mehrmals umschlug und damit ruinierte, durchnässt und durchgefroren bis auf die Knochen. Es grenzte an ein Wunder, dass er sich nicht mehr holte als eine leichte Erkältung.

Nun galt es, wieder eine endlos lange Woche des Wartens, Hoffens und Bangens zu überstehen.

Manchmal, wenn er nachts keinen Schlaf fand, beschlich ihn der verrückte Gedanke, dass er sich ihre Begegnung nur eingebildet hatte und sein Mädchen mit den Bernsteinaugen ein Phantom war. Was natürlich großer Unsinn war, wie er sich dann sofort selbst schalt. Sie war ihm sehr wohl auf dem Friedhof begegnet, sie war keine Einbildung, sondern aus Fleisch und Blut! Und er würde sie wiedersehen, ihren Namen herausfinden und … ja, sie eines Tages zu seiner Frau machen!

Als er am darauffolgenden Freitag nach dem Weckerklingeln ans Fenster trat, blickte er in einen weiteren grauen Novembertag. Zwar fiel kein Regen, aber der tiefhängenden Wolkendecke war nicht zu trauen. Die Schleusen da oben konnten sich jederzeit öffnen und erneut alle Hoffnung auf ein Wiedersehen zunichtemachen.

Er parkte seinen Roadster vor dem Friedhof und musste feststellen, dass die Wolken tatsächlich eine noch dunklere, schmutzigere Färbung angenommen hatten. Doch es lag nicht nur eindeutig Regen in der Luft, sondern sogar ein Gewitter, wie ein fernes dunkles Grollen verriet. Und so ging er schniefend und mit dem elenden Gefühl, wohl auch diesmal vergebens zu warten, in der Nähe von Richies Grab auf und ab.

Das Donnergrollen kam näher, als das Mädchen mit den Bernsteinaugen plötzlich doch in sein Leben zurückkehrte. Sie zeigte sich nicht im mindesten verwundert, ihn dort bei den Grabstellen, wo sie sich zum ersten Mal begegnet waren, wiederzusehen. Als sie hinter den hohen Sträuchern auf dem Seitenweg auftauchte und ihn sah, trat vielmehr ein freudiges Lächeln auf ihr Gesicht.

Oder bildete er sich das ein? Egal, sie war gekommen, und nur das zählte!

»Dem Himmel sei Dank!«, entfuhr es ihm, und er putzte sich schnell die Nase. »Und ich dachte schon, du würdest wieder nicht kommen!«

»Sag nicht, dass du letzten Freitag hier warst! Da hat es doch so furchtbar gestürmt. Hast du dir da den Schnupfen geholt?«

»Und ob ich hier war!«, erwiderte er, nun geradezu stolz auf seinen Schnupfen. »Ich musste dich doch wiedersehen!«

Sie lachte geschmeichelt, aber auf eher fröhliche Art, so als seien ihr Eitelkeit und Hochmut völlig fremd. »Wieso das?«

»Wie soll ich dich denn eines Tages heiraten, wenn ich noch nicht einmal deinen Namen kenne?«

Wieder lachte sie auf ihre ungekünstelte Art. »Wie viele Kinder sollen es denn sein, um diese Kleinigkeit schon mal zu klären?«, fragte sie neckisch. »Könnte ja sein, dass wir das unterschiedlich sehen und schon allein deshalb nichts aus den Kirchenglocken für uns beide wird.«

»Eine Prinzessin und zwei Ritter, am liebsten in dieser Reihenfolge, und die Prinzessin hoffentlich mit deinen wunderschönen Bernsteinaugen!«

»Drei also? Mhm …« Sie legte den Kopf schräg, als müsste sie angestrengt nachdenken, und zupfte mit dem Zeigefinger an ihrer rosigen Unterlippe. »Eigentlich habe ich bisher zwei Kinder für ideal gehalten, am besten eins von jeder Sorte. Aber das mit der Prinzessin und den zwei Rittern hat was, das muss ich zugeben. Gefällt mir jedenfalls besser als ein Prinz und drei Hofdamen, so wie es bei uns zu Hause lief. In Ordnung, drei Kinder, einverstanden. Schön, dass wir das schon mal aus dem Weg haben. Aber für das Königreich musst schon *du* sorgen, abgemacht?« Ihre Augen funkelten vergnügt.

Robert hatte das unangenehme Gefühl, dass sie ihn nicht ernst nahm. Er wollte etwas erwidern, doch das ohrenbetäubende Krachen eines Blitzes, der den Himmel über Cambridge spaltete und grelles Licht über den Friedhof warf, kam ihm zuvor.

»Himmel, das klang aber ganz schön nah!«, rief sie, ohne wirklich erschrocken oder gar ängstlich auszusehen. »Und ich wollte Daddy nicht glauben, dass es ein Unwetter gibt!«

»Hier sind wir nicht sicher! Komm, mein Wagen steht vorn am Tor!« Er griff nach ihrer Hand, und so liefen sie Hand in Hand den Kiesweg zum Hauptausgang hinunter. Wieder und wieder zuckten Blitze über den Himmel, und sie lachten, als sei ihr Wettrennen mit dem heranziehenden Gewitter ein herrlicher Spaß. Die ersten dicken Regentropfen fielen, noch bevor sie den Ausgang erreichten.

Auf dem Vorplatz steuerte sie unwillkürlich auf einen einfachen schwarzen Ford zu, der am nächsten stand, doch er zeigte auf den weißen Zweisitzer.

»Was?«, stieß sie ungläubig hervor. »Dieser Luxusschlitten gehört dir?« Und von einer Sekunde auf die andere änderte sich ihr Ton, schwang darin eine Zurückhaltung, ja geradezu wachsame Distanz mit, die vorher nicht da gewesen war. Robert glaubte sogar, so etwas wie Enttäuschung heraushören, als sie hinzufügte: »Na, du musst ja aus einer steinreichen Familie kommen, wenn deine Eltern dich mit so einem Nobelgefährt nach Harvard schicken!«

Plötzlich kam er sich wie ein Aufschneider und Blender vor und spürte, dass sie mit solchen Leuten nichts zu schaffen haben wollte. »Schön wär's! Der Wagen gehört einem Freund. Der hat ihn mir für ein paar Tage überlassen, weil meine alte Kiste in der Werkstatt ist«, log er und öffnete ihr die Beifahrertür. »Ich kann mir so was Nobles nicht leisten, nicht mal im Traum! Und meine Eltern sind schon lange tot.«

»Ach so.« Sogleich kehrten das Lächeln und der freundliche Blick zurück. Und als Robert neben ihr im Wagen saß und der Regen aufs Verdeck trommelte, sah sie ihn halb belustigt, halb neugierig an und sagte: »So, und jetzt darfst du mir deinen Namen verraten. Ich muss doch wissen, wer so wild entschlossen ist, mich zu heiraten und mit mir drei Kinder zu haben, obwohl er mich überhaupt nicht kennt.«

Er schaute ihr in die goldgesprenkelten Augen, zögerte einen Moment und entschied, wahr zu machen, was ihm schon damals auf der Fahrt nach Harvard in den Sinn gekommen war, was ihn nie ganz verlassen und während der vergangenen beiden Wochen ausgiebig beschäftigt hatte. Ihre Reaktion auf seinen teuren Sportwagen hatte den Ausschlag gegeben.

*Wenn nicht jetzt, dann wann?*

»Was ist, hast du deinen Namen vergessen?«, zog das Mädchen ihn auf, als er nicht sofort antwortete.

Er räusperte sich, um den Kloß zu lösen, der ihm plötzlich in der Kehle saß. »Ich heiße James … James Milton«, sagte er und sprach damit seinen neuen Namen zum ersten Mal aus. Er klang fremd und befreiend zugleich. Seine Mutter war eine geborene Milton gewesen. Indem er sich von seinem ersten Vornamen trennte und ihren Nachnamen annahm, stellte er vor sich selbst die beschmutzte Familienehre wieder her. Endlich hatte er es wahr gemacht! Warum hatte er das nicht schon viel früher getan, gleich zu Beginn seines Studiums? Wenn er mit seiner Vergangenheit brach, musste es kompromisslos geschehen. Nur so konnte er wirklich loslassen, was hinter ihm lag, und frei in das neue Leben gehen, dessen Gestaltung allein in seinen Händen lag.

»Nett, dich kennenzulernen, James Milton«, sagte sie lachend und hielt ihm ihre Hand hin. »Ich heiße Caroline Winslow, und das noch für eine ganze Weile, damit du es nur weißt, James Milton!« Doch das schalkhafte Augenzwinkern und ihr fester Händedruck waren wie ein stilles Versprechen, das sich das Warten lohnen würde.

## 93

Am letzten Novembertag traf Mallory später als gewöhnlich im *Mayfair* ein. Sie war im *Birdland* gewesen und hatte sich Sallys ersten Auftritt angesehen, aus der hintersten Ecke und ohne sich zu erkennen zu geben. Ihr hatte gefallen, was sie gesehen und gehört hatte, und dass Sally laut Aussage des Besitzers bislang pünktlich zur Arbeit kam und nicht einmal Alkohol anrührte, gab Grund zur Hoffnung. Aber für ein abschließendes Urteil, geschweige denn ein Engagement im *Burlesque* war es noch viel zu früh. Immerhin waren seit Sallys Entlassung aus der Klinik erst zwei Wochen vergangen.

Es war schon recht voll, als Mallory im *Mayfair* eintraf. Mit einem routinierten Blick in die Runde vergewisserte sie sich, dass sich auch an diesem Abend die High Society bei ihnen ein Stelldichein gab. Und zwar nicht nur die reichen Nichtstuer mit ihrem Gefolge von jungen, schönen Honigsaugern, die den Klatsch-Kolumnisten ihr täglich Brot lieferten, sondern auch Politiker, Lobbyisten, Richter, Anwälte, Ärzte, Banker und Industrielle zog es mit beruhigender Beständigkeit Nacht für Nacht ins *Mayfair*.

Mallory lächelte, als sie sich an die Bedenken erinnerte, die sie anfangs gehabt hatte. Sie hatte sich nicht vorstellen können, dass Franks Konzept, das herb-männliche Ambiente eines vornehmen englischen Gentlemen Clubs mit verflossener Südstaatenatmosphäre zu kombinieren und das Ganze auch noch mit moderner Technik auszustatten, aufgehen würde; dass diese seltsame Mixtur zu einer Einheit verschmelzen und einen ebenso komfortablen wie einzigartigen Nachtclub ergeben würde. Aber genau das war geschehen. Das *Mayfair* war ein Riesenerfolg.

Zweiunddreißig Tische, in zwei Reihen und versetzt angeordnet, umgaben hufeisenförmig das edle Parkett der großen Tanzfläche vor einer Bühne, auf der keine Combo, sondern eine sechzehnköpfige Big Band spielte. An der hinteren Wand schloss sich zu beiden Seiten der Bühne eine edel gestaltete Theke mit reich bestückter Bar an. Über drei Stufen ging es ein Stück hinter den Tischreihen in den erhöhten Teil des Clubs, der ebenso hufeisenförmig angelegt war. Anstelle freistehender Tische reihten sich hier jedoch einundzwanzig sogenannte Logen aneinander, offen zum Innenraum hin, von den benachbarten Separees aber durch hohe und dick gepolsterte Seitenwände getrennt. Jede Loge bot sieben bis acht Personen bequem Platz. Sowohl die Seiten- und Rückwände als auch die Sitzbänke, die sich in einem Halbrund um einen hufeneisenförmigen Tisch zogen, bestanden aus weichem, safranfarbenem Leder, das einen herrlichen Kontrast zu den dunklen Wänden und der Decke bildete.

Auf beiden Ebenen waren die Tische mit Telefon und Rohrpost ausgestattet. Deutlich sichtbare Nummern auf den Geräten sorgten dafür, dass man Nachrichten verschicken, von Tisch zu Tisch telefonieren oder sich mit Teilnehmern außerhalb des Nachtclubs verbinden lassen konnte.

Des Weiteren gehörte zum exklusiven Service des *Mayfair* neben feiner Tischwäsche aus Damast, schwerem Tafelsilber und weiß behandschuhten Kellnern im Frack eine erstklassige Küche. Anders als in gewöhnlichen Nachtclubs, wo man nur zwischen zwei, drei einfallslosen und meist noch miserabel zubereiteten Standardgerichten wählen konnte, orderte man hier nach einer Menükarte, die häufig variierte. Die Preise waren gesalzen, aber das schien niemanden zu stören.

Den Hauch Südstaatenatmosphäre vermittelten die einundzwanzig großformatigen Gemälde. Sie waren über der Rückwand der Logen in die Kassettenfelder der Wände eingesetzt, die aus honigdunklem, poliertem Mahagoni gearbeitet waren. In stark romantisierendem Stil spiegelten sie den zweifelhaften Glanz einer längst versunkenen Ära wider, der Zeit vor dem Bürgerkrieg, der viele im Süden anhaltend nachtrauerten.

Der einzige Wermutstropfen für Mallory war der Umstand, dass Don Vito das *Mayfair* kurzerhand zu seinem nächtlichen Hauptquartier erklärt hatte. Das mittlere der oberen Abteile, über dem ein Gemälde von Fort Sumter mit der Flagge der Konföderierten hing und das den besten Überblick bot, war für ihn dauerreserviert. Hier hielt er mit seinem Gefolge Hof. Selbst wenn er die Nacht anderswo verbrachte, musste, auch wenn der Club brechend voll war, seine Loge frei gehalten werden.

An diesem Abend befand er sich wie üblich in Gesellschaft seines sieben Jahre jüngeren Bruders Lorenzo, der fast als sein Zwilling hätte durchgehen können, die gleichen harten Gesichtszüge und kalten Augen eines Fisches hatte, aber gut hundert Pfund mehr auf die Waage brachte. Bei ihnen saß auch Lorenzos Consigliere Benito Costellani, ein stets unauffällig elegant gekleideter Anwalt Ende vierzig mit der Figur eines Athleten und dem scharf geschnittenen Gesicht sowie dem lauernden Blick eines Raubvogels. Zu ihren Gästen gehörten drei schwergewichtige Männer, die dicke Zigarren rauchten, ein Senator und zwei hohe Funktionäre der Republikanischen Partei von Virginia. Die Herren versicherten sich vermutlich schon jetzt der tatkräftigen Hilfe des Mafia-Bosses für den nächsten November, wenn der neue Präsident gewählt wurde sowie viele Senatoren und Abgeordnete zur Wiederwahl antraten. Da konnten ein paar tausend gekaufte Stimmen schon den Unterschied zwischen Abwahl und Machterhalt bedeuten.

Frank stand bei ihnen am Tisch, bemerkte sie aber nicht, da er ihr den Rücken zukehrte, und sie versuchte auch nicht, ihn oder gar die Brüder auf sich aufmerksam zu machen. Sie war für jeden Abend dankbar, an dem sie es dabei belassen konnte, dem Mafia-Boss und seiner Entourage aus der Entfernung freundlich zuzulächeln. Ihr reichte das Wissen um ihre Abhängigkeit. Sie hatten sich darauf eingelassen, damit sie die Clubs und Brennereien betreiben konnten. Der Preis erschien ihr inzwischen manchmal zu hoch, aber aus einem schnell dahinfliegenden Boot stieg man nicht nach Gutdünken aus, ohne sein Leben zu riskieren.

Rasch wandte sie sich ab und begann ihre Runde durch den Club unten. Sie merkte sofort, dass mit der zierlichen Megan Clark etwas nicht stimmte. Die junge Frau in dem frackähnlichen, kurz geschürzten Kostüm war eins ihrer drei Pillbox-Girls. Mit dem roten Hütchen, das einer Pillendose ähnelte und landesweit in den Nachtclubs zur Tracht der hübschen Tabakwarenverkäuferinnen gehörte, spazierte sie mit ihrem Bauchladen durch den Club und bot eine breite Auswahl an Zigaretten, Zigarillos und Zigarren an. Aber das Lächeln auf ihrem puppenhaften Gesicht war weit entfernt von jenem koketten Jungmädchencharme, dessentwegen Mallory sie eingestellt hatte. Es sah mühsam erzwungen aus.

»Was ist los, Megan?«, fragte sie und zog die junge Frau in eine stille Ecke. »Du siehst gar nicht gut aus. Hast du Kummer?«

»Es ist nichts, Miss Kendrick«, beteuerte Megan, die als frühreifes Schulmädchen durchgehen konnte, obwohl sie schon einundzwanzig war. »Mit mir ist alles in Ordnung, wirklich!«

»Ach was, erzähl mir doch nichts! Ich seh dir doch an, dass es dir nicht gutgeht!« Mallory fixierte sie. »Und ich will wissen, was los ist. Du weißt, dass du mir alles sagen kannst.«

Megan biss sich auf die Lippe und schüttelte den Kopf, doch in ihren Augen schimmerten Tränen.

Jetzt sah Mallory, dass der linke Oberarm der jungen Frau stark gepudert war und dass sich unter dem Puder blaue Flecken abzeichneten. Als sie Megan beim Handgelenk griff und den Arm anhob, um sich die Stelle näher anzuschauen, hörte sie einen leisen Schmerzenslaut.

»Wer hat dich so brutal angefasst? Und ich will keine Lügen hören, hast du mich verstanden?«

Megan zögerte kurz, dann gab sie es auf, ihr etwas vormachen zu wollen. »Terence … vorhin im Hinterhof, als ich in meiner Pause eine rauchen war«, stieß sie hervor und konnte die Tränen nicht länger zurückhalten. »Er wollte, dass ich … dass ich mit ihm in den Werkzeugschuppen gehe und es ihm … ihm mit dem Mund mache. Aber ich habe mich losgerissen.«

»Das kann ja wohl nicht wahr sein!« Terence Canter leistete an der Bar hervorragende Arbeit, konnte aber seine Hände nicht von den Frauen lassen, die im Club arbeiteten, und hatte ihr diesbezüglich schon mehr als einmal Ärger bereitet.

»Bitte sagen Sie ihm nicht, dass ich ihn verraten habe, Miss Kendrick! Ich möchte es mir nicht mit ihm verderben!«, sagte Megan hastig. »Vielleicht bin ich ja selbst schuld, dass er so wütend geworden ist.«

»Red dir das bloß nicht ein! Und keine Sorge, von ihm hast du nichts mehr zu befürchten«, versicherte Mallory und begab sich, kochend vor Wut, hinüber zur linken Bar. Dort befand sich auch die Essensausgabe, und dort führte der bullige Terence Canter das Regime, als gehöre dieser Teil des *Mayfair* ihm.

Sie trat an die Kasse, entnahm ihr dreißig Dollar und drückte sie dem perplexen Barkeeper in die Hand. »Hier, dein Wochenlohn. Wir wollen dich nicht halten, wo du doch schon auf dem Absprung bist!«

Ein Kellner und zwei andere Barmänner, die in der Nähe standen, spähten zu ihnen herüber und spitzten die Ohren.

»Ich verstehe nicht, was Sie meinen, Chefin«, stieß Terence Canter mit einem Anflug von Empörung hervor, so, als ahne er, was ihn erwartete. »Der Wochenlohn ist doch erst übermorgen fällig! Und falls dieses verlogene Flittchen …«

»Halt den Mund! Ich hab dich gewarnt, Terence!«, schnitt Mallory ihm das Wort ab. »Du scheinst zu glauben, ich meine das nicht ernst und du hättest hier freie Bahn, aber da hast du dich geschnitten! Megan ist wahrlich nicht die Erste, die du hier belästigt hast, aber sie wird die Letzte sein! Wenn du es wagst, ihr oder sonst einer von unseren Frauen auch nur ansatzweise nahe zu kommen, jage ich dir Don Vitos Ausputzer auf den Hals, darauf kannst du Gift nehmen. Und jetzt mach, dass du verschwindest!«

Mit hochrotem Kopf und trotz aller Wut zu klug, um sie durch eine Verwünschung oder sonst eine hässliche Bemerkung noch mehr zu reizen, machte Terence Canter sich davon.

Unter den Angestellten sprach sich schnell herum, dass sie ihn kurzerhand hinausgeworfen und einem anderen die Leitung der linken Bar übertragen hatte. Was ebenso unweigerlich wie unverzüglich Frank zu ihr brachte.

»Musste das wirklich sein?«, flüsterte er, als er ihr zur Begrüßung einen Kuss auf die Wange gab. »Er war unser flinkster und bester Barkeeper!«

»Er hat uns schon zwei tüchtige Angestellte gekostet. Sie haben seinetwegen gekündigt. Ja, es musste sein, Frank!«, erwiderte sie mit dem liebenswürdigsten Lächeln. »Die Frauen, die für uns arbeiten, müssen wissen, dass wir sie vor Dreckskerlen wie Terence schützen. Und den Männern muss klar sein, dass wir Belästigungen in keiner Weise dulden!«

»Das soll ja auch so sein, aber treib es mit dem Beistand für unsere Angestellten bitte nicht zu weit. Vorletzte Woche erst hast du dich auf die Seite der Musiker geschlagen und ihnen die verlangte höhere Gage zugebilligt – das hättest du eigentlich, wie die Sache mit Terence, vorher mit mir besprechen müssen!«, sagte er und zupfte mit leicht säuerlicher Miene seine perfekt sitzende Fliege unter dem steifen weißen Kragen zurecht.

Sie strahlte, als habe er ihr ein umwerfendes Kompliment gemacht. Sie hatten ihr Arrangement, aber seit O'Reillys Tod hatte sich ihr goldener Käfig weit ausgedehnt, so dass sie ihn manchmal fast vergaß. »Was am Ende zum selben Ergebnis geführt hätte, meinst du nicht?«

»Vermutlich«, räumte er ein und seufzte leise. Er wusste, wann er ihr das Gefühl geben musste, eigenständige Entscheidungen treffen zu können. »Also gut, dann mache ich mich auf den Weg ins *Burlesque* und gehe danach noch auf einen Sprung ins *Royale!*«

Sie nickte ihm zu und nahm ihre Runde wieder auf. Später in der Nacht, als sie sich für eine Viertelstunde in ihr privates Hinterzimmer zurückzog, ertappte sie sich dabei, dass sie mit einem Bleistift auf einem Notizblock herumkritzelte. Sie stutzte und besah sich ihre kindlichen Zeichnungen. Es waren die groben Umrisse eines Hauses, und als sie das erkannte, begriff sie, dass sie dem heimlichen Sehnen in sich nachgeben musste. Zumindest indem sie anfing, sich ernstlich Gedanken zu machen und mit einem Architekten Pläne für das Haus auszuarbeiten, das sich eines Tages anstelle der niedergebrannten elterlichen Farm am Fuß des Stone Ridge Mountain erheben sollte.

## 94

Für seine angehimmelte Caroline war er James Milton. In seiner Glückseligkeit fiel es ihm leicht, in diese neue Haut zu schlüpfen und Robert Kendrick in aller Gedankenstille zu Grabe zu tragen. Aber nun musste er schleunigst auch für den Rest der Welt zu James Milton werden, was eine offizielle Namensänderung notwendig machte.

Die ließ sich leichter vornehmen als gedacht.

»Sie können sich nennen, wie Sie wollen, solange Sie volljährig sind, 'ne gültige Geburtsurkunde vorlegen können und das Geld für die Umschreibung haben, Mister«, teilte ihm eine matronenhafte Angestellte in der City Hall von Cambridge gelangweilt mit, während sie sich die Fingernägel feilte und mit offenem Mund Kaugummi kaute. »Ist noch immer 'n freies Land, soweit ich weiß. Hier, füllen Sie das aus!« Sie schob ihm ein Formular über den Tresen und blies ihren rosaroten Kaugummi zu einem kleinen Ballon auf, den sie mit einem Knall platzen ließ. »Der Nächste!«

Noch am selben Tag besorgte er sich eine beglaubigte Kopie seiner Geburtsurkunde, gab sie zusammen mit dem ausgefüllten Formular bei Gericht ab und bezahlte die entsprechende Gebühr. Es hieß, mit dem amtlichen Bescheid könne er in anderthalb bis zwei Wochen rechnen.

Was auch keinen Aufschub duldete und noch am selben Tag in Angriff genommen wurde, war der Verkauf des Hispano-Suiza. Er versuchte erst gar nicht, in Cambridge einen Käufer für den Sportwagen zu finden, sondern fuhr hinüber nach Boston, auf die andere Seite des Charles River.

Ein Autohändler nach dem anderen versuchte ihn schamlos im Preis zu drücken, indem er behauptete, dass es im Winter keinen Bedarf an offenen Zweisitzern und noch weniger Leute gebe, die sich für ein derart hoch motorisiertes und obendrein schon drei Jahre altes Luxusmodell interessierten. Selbst das beste Angebot, das sich auf siebzehnhundertfünfzig Dollar belief, konnte man nur als Frechheit oder moderne Form von Straßenraub betrachten, war der Roadster doch bestimmt das Doppelte wert!

Aber er nahm es an. Er wollte den Wagen so schnell wie möglich loswerden. Wegen Caroline, aber auch weil der Zweisitzer ihn so sehr an die Vergangenheit erinnerte, die er lieber vergessen oder zumindest doch tief in sich begraben wissen wollte.

Er hatte sich ausgerechnet, dass er etwa elf- bis zwölfhundert Dollar brauchte, um während der anderthalb Jahre bis zum Examen über die Runden zu kommen. Der radikale Bruch mit der Vergangenheit ließ nicht zu, dass er sich weiterhin von Frank Marlowe die Studiengebühren, die Unterbringung im Wohnheim, Bücher und Essen bezahlen ließ, auch wenn das Geld angeblich sein Anteil am väterlichen Erbe war. Er bereute, den Wagen nicht gleich bei seiner Ankunft in Harvard verkauft und von dem Erlös sämtliche Kosten bestritten zu haben. Das ließ sich nicht mehr ändern, aber von nun an würden die halbjährlichen Schecks, die Frank pünktlich jeweils an die Harvard-Verwaltung und stets ohne Begleitschreiben an ihn schickte, postwendend zurückgehen!

Bei einem Händler, der seinen Wagen auf realistischere dreitausend Dollar taxiert hatte, aber keine Klientel für solch einen Luxusschlitten besaß und den Ankauf mit einigem Bedauern ausgeschlagen hatte, weil er gerade knapp bei Kasse war, kaufte er sich für hundertsiebzig Dollar einen angejahrten, unscheinbaren Dodge von stumpfgrüner Farbe, für dessen einwandfreien Motor sich der Händler jedoch verbürgte. Merkwürdigerweise sollte die Freude an diesem selbsterstandenen Wagen länger anhalten als die an dem geschenkten Roadster. Was zweifellos mit den Stunden und gewissen himmlischen Momenten zu tun hatte, die Caroline und er in diesem Auto miteinander erlebten.

Auf dem Weg zurück zum Campus traf er eine weitere wichtige Entscheidung, nämlich die, aus dem Wohnheim auszuziehen und sich eine preiswertere Unterkunft in der Stadt zu suchen, sowie die Namensänderung amtlich war. Diese Entscheidung fiel ihm nicht leicht, würde er doch auf manche liebgewonnene Bequemlichkeit verzichten müssen, aber es führte kein Weg daran vorbei. Nicht nur wegen des Geldes, das er mit einem spartanischen Mietzimmer sparen konnte, er verringerte damit auch die Gefahr, dass Caroline irgendwann auf die Idee kam, ihn auf dem Collegegelände aufzusuchen, und dabei durch Zufall von der Namensänderung erfuhr. Das war nicht sehr wahrscheinlich, aber er wollte das Risiko so gering wie möglich halten.

Als er zurückkam, fand er in seinem Postfach unten in der Eingangshalle des Wohnheims einen Brief. Er brauchte keinen Blick auf den Absender zu werfen, um zu wissen, dass es Mallory war, die geschrieben hatte. Sein Gesicht wurde augenblicklich hart und verkniffen. Seit ihrem letzten Brief waren sieben Monate vergangen. Er hatte tatsächlich geglaubt, sie habe es endlich aufgegeben, ihn mit ihren Lügengeschichten über O'Reillys angeblich wahres Gesicht und ihre Märtyrerrolle zu belästigen!

Wütend knüllte er den Brief zusammen und wollte ihn schon in den Papierkorb neben dem Treppenaufgang werfen, doch als eine Gruppe blutjunger Studenten lärmend in die Halle strömte, besann er sich eines anderen. Nicht auszuschließen, dass einer dieser Schnösel den Brief herausfischte, das Geschreibsel seiner Schwester las und hässliche Geschichten über ihn und seine Familie in Umlauf brachte.

In seinem Zimmer angelangt, warf er den Brief in die unterste linke Schreibtischschublade, ganz nach hinten zu den anderen. Es ärgerte ihn, dass sie es immer wieder versuchte, obwohl er kein einziges Mal geantwortet hatte und es auch in Zukunft nicht tun würde. Nicht einmal den ersten Brief hatte er wirklich gelesen, sondern gleich nach den ersten Zeilen voller Wut zurück in den Umschlag gestopft. Wann begriff sie endlich, dass er nichts mehr mit ihr zu tun haben wollte?

Manchmal schmerzte es ihn beinahe körperlich, dass es so weit gekommen war, und vermutlich würde er sein Leben lang tief im Innersten darunter leiden, dass er die Schwester, die ihm einmal so viel bedeutet hatte, wie ein böses Geschwür aus seinem Leben hatte schneiden müssen. Aber wenn sie ihm nicht für den Rest seines Lebens wie ein Schatten anhängen sollte, musste er den Bruch mit der Vergangenheit ganz vollziehen. Anders ging es nicht, auch wenn er selbst nichts von dem, was in der Zeit vor seinem Studienbeginn geschehen war, zu verantworten hatte!

Es war eine Sache, sich als unbedarfter Farmjunge vom Gangsterleben begeistern und verführen zu lassen und die Zuneigung eines Mannes wie Patrick O'Reilly zu erwidern, zumal nach den traumatischen Ereignissen, die ihn in dessen Fürsorge gebracht hatten. Eine Fürsorge zudem, die liebevoller gewesen war als die seines leiblichen Vaters. Etwas völlig anderes war es jedoch, sich als Erwachsener davon nicht loszusagen. Den ersten inneren Schritt in diese Richtung hatte er getan, als Skinny, Knuckles und MacIver den Buchmacher halb tot geprügelt und als blutigen Krüppel zurückgelassen hatten. Aber das hatte ihn nicht davon abgehalten, O'Reilly für immer dankbar zu sein.

Was Mallory betraf, so war es nichts Ehrenrühriges, eine illegale Brennerei zu betreiben, um den bescheidenen Lebensunterhalt der Familie zu sichern und die Farm vor einer Zwangsversteigerung zu bewahren. Doch seine Schwester war darüber weit hinausgegangen. Sie hatte nicht nur ihren Körper an Frank Marlowe verkauft, sondern auch ihre Seele an den Mammon. Mit ihren sechs großen Destillerien war sie zu einem aktiven Teil des Gangster-Syndikates geworden! Und was sie und Frank mit O'Reilly gemacht hatten, war nicht allzu weit von kaltblütigem Mord entfernt gewesen und verdiente nichts als Abscheu.

Voller Ingrimm starrte er auf den kleinen Stapel Briefe. Warum zum Teufel hob er sie auf, statt sie gleich zu zerreißen und im Klo hinunterzuspülen? Darüber ärgerte er sich fast noch mehr als über die Beharrlichkeit, mit der seine Schwester sein Schweigen ignorierte und ihm immer wieder schrieb.

Aber wenn die Namensänderung amtlich war und er eine neue Adresse hatte, fand das endgültig ein Ende! Dann würden die Briefe als unzustellbar an sie zurückgehen. Der Gedanke heiterte ihn ein wenig auf, und er nahm sich vor, alle ihre Briefe beim Umzug zu vernichten.

Damit allein war es jedoch nicht getan, das wusste er. Auch noch die letzte Brücke, diejenige, die ihn über Frank Marlowe mit seiner Schwester verband, musste fallen. Deshalb suchte er am nächsten Morgen einen Anwalt auf, den er damit betraute, eine notariell beglaubigte Verzichtserklärung hinsichtlich jeglicher Erbansprüche aufzusetzen. Davon schickte der Anwalt je eine Ausfertigung an das Gericht in Rocky Mount und an Mallory. Ein zusätzliches anwaltliches Schreiben, das sowohl seiner Schwester als auch Frank per Empfangsbestätigung zugestellt wurde, untersagte es den beiden unter Androhung strafrechtlicher Schritte, in seinem Namen Zahlungen zu tätigen, insbesondere die von Studiengebühren. Eine Kopie dieses Schreibens gab er persönlich in der Verwaltung der Universität ab, um sicherzustellen, dass sie in die richtigen Hände geriet und nicht irgendwo in der Bürokratie unterging.

Als Nächstes machte er sich auf die Suche nach einer möglichst preiswerten Unterkunft und entschied sich nach drei Tagen für eine Junggesellenpension in der Longfellow Road, ein gutes Stück vom Campus entfernt. Das Zimmer war karg, was ihn wenig kümmerte, weil es sauber war und alles bot, was er brauchte. Wie sich herausstellen sollte, erstreckte diese Kargheit sich auch auf das Frühstück und das Abendessen, die im Logispreis von fünf Dollar die Woche eingeschlossen waren. Strikt verboten waren, wie die Wirtin bei der Besichtigung des

Zimmers mehrmals betonte, das Kochen auf dem Zimmer sowie Damenbesuch. Letzterer wurde nur unten im Salon geduldet, und auch dort nur zwischen fünfzehn Uhr und dem Abendessen, das auf den Glockenschlag der nahen Kirche genau um achtzehn Uhr auf den Tisch kam.

All das interessierte ihn wenig. Er entschied sich für die Pension, weil sie preiswert, sauber und ehrbar war sowie ausreichend weit vom Campus entfernt – und weil er von da aus das Mount Auburn Hospital binnen weniger Gehminuten erreichen konnte. Dort arbeitete Caroline jeden Dienstag- und Freitagvormittag ehrenamtlich auf der Kinderstation und in der Krankenhausbibliothek, wie sie ihm verraten hatte, als er sie am Freitag im strömenden Regen dort absetzte.

Er mietete das Zimmer schon auf seinen neuen Namen an, blieb aber vage, was den genauen Tag seines Einzugs betraf. Spätestens am Monatsende, wenn sein derzeitiges Mietverhältnis auslaufe, werde er mit seinen Sachen kommen, sagte er. Dann werde er auch seine Papiere vorlegen, die er im Augenblick leider nicht bei sich habe. Und die Wirtin legte größten Wert darauf, dass alles seine Ordnung hatte.

Dann konnte er aber doch schon am nächsten Tag einziehen, denn er hatte im Wohnheim die amtliche Bestätigung seiner Namensänderung vorgefunden.

Robert Kendrick gab es nicht mehr.

James Milton fühlte sich wie reingewaschen, ja beinahe wie neugeboren. Und in der Tat wartete ein neues Leben auf ihn, ein Leben, das bis ins Letzte vom Zauber der Liebe erfüllt war.

# 95

»Wo um Himmels willen willst du bloß mit mir hin?«, fragte Mallory und schaute hinaus auf die winterliche Uferlandschaft des James River. Dann und wann schimmerte zwischen den Bäumen links der Landstraße das silbrige Band des Flusses hindurch. Es war ein klarer, sonniger Dezembertag, beinahe herbstlich mild. Ideal für einen Ausflug aufs Land. »Und wieso müssen wir so weit aus der Stadt rausfahren, um mein Geschenk abzuholen? Ganz abgesehen davon, dass erst morgen Weihnachten ist.«

Frank warf ihr einen verschmitzten Blick zu. »Wenn ich es dir sage, ist es doch keine Überraschung mehr. Außerdem ist es gar nicht so weit, wie du meinst. Wir sind erst seit zwanzig Minuten unterwegs. Aber keine Sorge, wir sind gleich da.«

Wenig später forderte er sie auf, die Augen zu schließen.

»Jetzt machst du es aber wirklich spannend!«, sagte sie lachend und tat ihm den Gefallen. Sie hörte am Geräusch der Reifen, dass sie von der Landstraße mit dem Makadam-Belag abfuhren und einem Schotterweg folgten. Nach zwei, drei Minuten bog Frank links ein und hielt gleich darauf an. Dabei drückte er dreimal lang auf die Hupe.

»Warum hupst du?«

Er lachte. »Wer weiß, vielleicht weil es mir hier draußen zu friedlich vorkommt und mir nach ein bisschen Krach zumute ist? Kann aber auch sein, dass ich jemanden warnen oder auf uns aufmerksam machen möchte. Na, das wird sich zeigen. Und weiter schön die Augen zulassen! Ich sag dir schon rechtzeitig, wann du sie wieder aufmachen kannst.«

»Himmel, jetzt spannst du mich aber wirklich auf die Folter!«

»Warte es nur ab!« Frank sprang aus dem Wagen, öffnete die Beifahrertür, half ihr beim Aussteigen und führte sie, die die Augen immer noch geschlossen hatte, einige Schritte vom Wagen weg. »So, *jetzt* darfst du die Augen aufmachen!«

Mallory wusste nicht, was sie von dem halten sollte, was sich ihrem Blick darbot: ein großes, zweistöckiges weißes Haus auf einer flussnahen Anhöhe. Was ihr auffiel, waren großzügige Gauben, blaue Fensterläden an den Sprossenfenstern und eine großen Terrasse zum Fluss hin

Nein, nicht nur zum James River, wie sie im nächsten Moment erstaunt feststellte, sondern auch zum Appomattox, der hier in den James River mündete. Zusammen bildeten beide Flüsse an dieser Stelle eine herrlich weite, offene Bucht, deren Breite Mallory auf gut eine Meile schätzte.

»Was ist das?«, fragte sie verwirrt. »Was tun wir hier?«

»Es nennt sich Sundance Cottage und ist von jetzt an unser Wochenendhaus!«, sagte Frank und freute sich sichtlich über die gelungene Überraschung. »Du wolltest doch immer ein Haus, jetzt hast du das hier an der Twin River Bay! Ich habe es erst einmal gemietet, um zu sehen, ob es uns hier auch auf Dauer gefällt. Es ist voll möbliert, die Einrichtung wird dir gefallen.«

Mallory fiel aus allen Wolken. »Du bist ja verrückt! Ich bin mir ganz sicher, dass es mir hier gefallen wird. Aber was sollen wir mit einem Wochenendhaus? Am Wochenende ist bei uns doch Hochbetrieb, da können wir doch oft erst in den Morgenstunden Kasse machen!«

Er lachte und zuckte die Achseln. »Na und? Dann erklären wir eben den Montag und den Dienstag zu unserem Wochenende! Und was ist schon eine halbe Autostunde?«

»Ja, aber die Kosten, Frank!«, wandte sie besorgt ein. »Das können wir uns doch noch gar nicht leisten. Wir wollten doch erst einmal jeden Dollar in die Schuldentilgung stecken!«

»Doch, wir können«, widersprach er mit einem breiten Grinsen und schlug sich mit der flachen Hand an die Stirn, als falle ihm plötzlich etwas ein. »Mein Gott, das habe ich ganz vergessen, dir zu sagen: Seit letzter Woche sind wir mit allen Clubs in den schwarzen Zahlen. Ab jetzt fließt auch in unsere eigenen Taschen ordentlich Geld!«

»Du elender Schuft!«, rief Mallory, fiel jedoch in sein Lachen ein und ließ sich umarmen und küssen.

Hufschlag, leises Schnauben und die dunkle Stimme eines Mannes in ihrem Rücken ließen sie im nächsten Augenblick erschrocken herumfahren.

»Ich hoffe, ich habe Ihr Hupen richtig gedeutet, Mister Marlowe«, rief ein Mann hoch zu Pferd, der ein junges Pferd mit grauschwarzem Fell am Zügel hinter sich herführte.

»Sie haben den Zeitpunkt bestens abgepasst, Mister Seward!«, erwiderte Frank aufgekratzt und sagte zu Mallory: »Das ist Mister Charles Seward. Er betreibt ein Stück die Landstraße hinunter die *Twin River Stables*. Und der dreijährige Wallach, den er da mit sich führt, stammt aus seinem Gestüt, hört auf den Namen ›Mountain Smoke‹ und gehört dir. Mister Seward hat sich auch bereit erklärt, dir das Reiten beizubringen. Das ist mein eigentliches Weihnachtsgeschenk, das ich dir nun mal nicht so einfach unter den Weihnachtsbaum stellen konnte, mein Schatz!«

Mallory war überwältigt. Ihr traten Tränen in die Augen, als sie vor dem Wallach stand, vorsichtig die Hand ausstreckte, das samtweiche Maul streichelte und sah, wie das Tier an ihrer Hand schnupperte und ihr dann einen kleinen Schubs gab, als wolle es sie begrüßen. Sie konnte sich nicht erinnern, ob sie Frank je erzählt hatte, dass sie eines Tages ein Pferd besitzen wollte; dass sie diesen Wunsch schon als kleines Mädchen gehegt, ihren Eltern gegenüber jedoch nie zu äußern gewagt hatte, weil sie wusste, dass dafür kein Geld da war.

Frank wäre jedoch nicht Frank gewesen, wenn er nicht auch noch daran gedacht hätte, im Kofferraum einen Picknickkorb und in einer Kühlbox voller Eis eine Flasche Dom Perignon mitzubringen.

Die ersten Gläser tranken sie, während er sie durch die unteren Räume des Hauses führte, in dem sich Mallorys vom ersten Moment viel heimeliger fühlte als in ihrer Hotelsuite. Die zweite Hälfte der Flasche perlte oben im Schlafzimmer in den mitgebrachten Champagnerflöten.

Frank brauchte nicht viel, um Mallory in Stimmung zu bringen, damit sie mit ihm das Himmelbett einweihte. Dabei floss fast ein halbes Glas Dom Perignon über ihre nackten Brüste und lief als feines Rinnsal an ihr herunter, und Franks Zunge folgte der prickelnden Feuchte bis zwischen ihre Schenkel, während seine Härte ihren Mund füllte.

Zum ersten Mal nach Wochen und Monaten, in denen ihrer beider Bedürfnis nach Schlaf größer gewesen war als das nach Leidenschaft, hatten sie wieder erschöpfenden und befriedigenden Sex. Aber die Ermattung und wohlige Sattheit blieben bei Mallory eine rein körperliche. Nie gelangte das Gefühl der Glückseligkeit auch nur in die Nähe jenes Raumes tief in ihr, in dem sie nichts als Leere spürte.

## 96

Bis zu jenem schicksalhaften Tag im November war es James noch nicht einmal flüchtig in den Sinn gekommen, sich Gedanken darüber zu machen, was wahre Glückseligkeit sein könnte. Nun wusste er es nicht nur, sondern diese Glückseligkeit erfüllte jede Sekunde seines Lebens!

Er war von einer beglückenden Klarheit erfüllt, wie er sie zuvor weder empfunden noch für möglich gehalten hatte. Was ihm bislang wie ein bitterer Kampf erschienen war, dessen Regeln ihm zunächst unbegreiflich geblieben waren und dann, kaum dass er hinter ihre Gesetzmäßigkeit gekommen war, plötzlich nicht mehr galten, ergab endlich einen tiefen Sinn: Er war auf der Welt, um Caroline zu lieben und von ihr geliebt zu werden.

So und nicht anders sollte es sein! Nichts war von größerer

Bedeutung, alles andere diente nur dem Zweck, diese Bestimmung in Erfüllung gehen zu lassen.

Er wurde jedoch nicht zu einem jener Träumer, die plötzlich auf einer rosaroten Wolke durchs Leben schweben und den Bezug zu den weniger romantischen Belangen des Alltags verlieren. Auf ihn traf vielmehr das genaue Gegenteil zu. War er seinen Professoren und Mitstudenten bislang nicht gerade durch übermäßigen Ehrgeiz und Arbeitseifer aufgefallen, stürzte er sich nun mit großer Ernsthaftigkeit in sein Studium. Es wurmte ihn, dass er sein erstes Studienjahr vertrödelt hatte und deshalb keine Aussicht hatte, schon im nächsten Jahr seinen Abschluss zu machen. Er wollte nicht nur, dass Caroline stolz auf ihn war, sondern wusste zum ersten Mal auch, wofür er studierte. Nämlich für ein möglichst gutes Examen und eine möglichst gut bezahlte Anstellung, auf dass er Caroline heiraten, für sie sorgen und mit ihr eine Familie gründen konnte!

Aber so zielstrebig er nun auch sein Studium betrieb, sooft er auch bis tief in die Nacht arbeitete, in Wahrheit lebte er doch für ihre Spaziergänge dienstag- und freitagmorgens, auf die sich ihre gemeinsame Zeit anfangs beschränkte. Es machte ihm nicht das Geringste aus, diese knappe Stunde mit ihr auf dem Mount Auburn Cemetery zu verbringen. Abgesehen davon, dass die ältesten Grabstellen aus der Zeit der Amerikanischen Revolution stammten und der Friedhof über einen entsprechend gewachsenen Baumbestand und herrliche Parkanlagen verfügte, hatte James sowieso nur Augen und Ohren für Caroline. An milderen Tagen gingen sie manchmal auch hinunter zum Charles River, und wenn das Wetter ein Treffen im Freien nicht zuließ, verbrachten sie die Zeit in der Cafeteria des nahen Krankenhauses, in dem ihr Vater arbeitete. Später erlaubte Caroline ihm auch, sie gelegentlich mittags vom Krankenhaus abzuholen und zur Bahnstation zu begleiten.

Die kostbare Zeit mit ihr verging immer viel zu schnell, gab es doch so unendlich viel, was sie einander erzählen und fragen wollten, ihre Vorlieben, Träume und kleinen Geheimnisse. Nie reichte die Morgenstunde oder mittags der kurze Gang zur Bahnstation, um ihren unerschöpflichen Wissensdurst und das Verlangen nach der Nähe des anderen auch nur annähernd zu stillen. Wobei ihnen die strengen Regeln der Schicklichkeit in der Öffentlichkeit Fesseln anlegten, deren Zwang ihnen von Woche zu Woche schmerzlicher bewusst wurde.

Ihre Familien waren jedoch ein Thema, das sie beide nur kurz streiften. »Ich wüsste nicht, was es da groß zu erzählen gäbe. Ich bin nun mal das Nesthäkchen und Daddys Augenstern, mit dem keiner mehr gerechnet hat. Mein Bruder und meine Schwestern waren ja schon groß«, sagte sie und erwähnte, dass ihr vierzehn Jahre älterer Bruder Brian schon fast zehn Jahre verheiratet war, zwei Söhne hatte und in einer Bank arbeitete, während die älteste Schwester, Claire, mit ihrer Familie in Washington lebte. Die zweite, immerhin noch sechs Jahre ältere Schwester Evelyn hatte einen Ladenbesitzer in Boston geheiratet und war vorletztes Jahr Mutter einer Tochter geworden. Außerdem gab es noch einen Onkel Carter, einen eingefleischten Junggesellen, der bei Gericht arbeitete und bei Familienzusammenkünften immer große Reden schwang. Was Caroline ihm jedoch, wie sie sagte, nachsehe, weil er ihre Liebe zur Literatur teile wie niemand sonst. Dagegen habe ihr Vater wenig Sinn für erfundene Geschichten. Der interessiere sich nur für Biographien und historische Abhandlungen, was vielleicht typisch sei für jemanden, der den ganzen Tag mit Verwaltungskram zu tun habe. Und das war auch schon alles, was sie über ihren Vater erzählte.

James war es mehr als recht, dass sie auch in seine Familiengeschichte nicht tiefer eindringen wollte.

Fragen hatte sie nur zu seiner Kindheit und dem Leben auf dem Land, als er ihr erzählte, dass er auf einer kleinen Farm in Virginia aufgewachsen war, und er unterhielt sie mit harmlosen Geschichten, in denen jedoch nie eine Schwester vorkam, ganz zu schweigen von einer illegalen Still oder Männern wie O'Reilly.

Sie ließ es bei diesen harmlosen Fragen bewenden, denn sie glaubte ihm, als er behauptete, die Spanische Grippe habe seine Eltern dahingerafft, und die Jahre, die er danach in Roanoke verbracht habe, angeblich bei mittlerweile ebenfalls verstorbenen entfernten Verwandten, seien eine gänzlich ereignislose Zeit gewesen, über die es kein Wort zu verlieren gebe.

Sie hatten einander so viel Wichtigeres zu erzählen als irgendwelche alten Familiengeschichten. Wobei immer wieder Carolines Leidenschaft für die Literatur durchbrach. Da fielen Namen wie Hölderlin und Rilke, Schiller und Goethe, Lord Byron und Keats, Baudelaire, Rimbaud, Puschkin und andere, die er noch nie gehört hatte.

Aus Liebe zu ihr begann er sich dafür zu interessieren und fand zu seiner eigenen Überraschung bald selbst Gefallen daran, auch wenn es ihm für den Anfang nur darum ging, ein wenig mitreden zu können und ein passendes Weihnachtsgeschenk für sie zu finden. So erstand er denn auch eine wunderschöne ledergebundene Ausgabe von Lord Byrons Gedichten, die er in einen zarten blauen Seidenschal wickelte, bevor er beides in weihnachtliches Geschenkpapier einschlug.

Caroline hatte Tränen in den Augen, als sie das Päckchen bei ihrem letzten Treffen vor den Festtagen am Ufer des Charles River öffnete, und bedankte sich spontan mit einem Kuss auf die Wange, der leider zu überraschend kam und zu flüchtig war, als dass er ihn hätte genießen können.

Er bekam von ihr ein handkoloriertes Foto in einem zierlichen Rahmen aus lackierter Eibe. Es zeigte sie im Halbprofil, wie sie in einem luftigen Sommerkleid an einem endlosen Strand über die Schulter zurückschaute und verschmitzt in die Kamera lächelte … nein, *ihn* anlächelte. Auf die Rückseite hatte sie ein Gedicht geschrieben, von einem weiteren Dichter, den er nicht kannte, Matthias Claudius. Es hieß *Die Liebe*.

*Die Liebe hemmet nichts;*
*sie kennt nicht Tür noch Riegel,*
*Und dringt durch alles sich;*
*Sie ist ohn Anbeginn, schlug ewig ihre Flügel,*
*Und schlägt sie ewiglich.*

Darunter stand: *Deine Caroline.* James war überwältigt. Es war das erste Mal, dass sie von Liebe sprach, wenn auch »nur« durch das Gedicht. Dass diese Liebe jedoch etwas ganz Reales war und sie ebenso erfüllte wie ihn, las er in ihren Augen und spürte er bei jeder Berührung. Nie zuvor hatte er sich so reich beschenkt gefühlt.

Zum ersten richtigen Kuss kam es im neuen Jahr. Genau genommen fiel James ihm auf dem Halcyon Pond am Kingfisher Path förmlich entgegen. Der Teich lag fast genau auf halbem Weg zwischen dem Friedhof und dem Krankenhaus.

Schon im Dezember war es eisig kalt gewesen, und es hatte früh und oft tagelang geschneit. Bereits im alten Jahr hatte alles darauf hingedeutet, dass ihnen hier oben im Norden ein harter Winter bevorstand. Auch zwischen Weihnachten und Neujahr hielt die Kälte an, so dass sich selbst am Ufer des Charles River eine Eisdecke bildete, während die Teiche und Seen der Umgebung schneller zufroren als sonst.

Eines Morgens, es war in der zweiten Februarwoche, tauchte Caroline zu ihrem Treffen mit zwei Paar Schlittschuhen auf. »Komm, wir gehen Schlittschuh laufen, drüben auf dem Halcyon Pond! Der ist dick zugefroren«, sagte sie aufgekratzt.

»Ich kann gar nicht Schlittschuh laufen!«

Sie lachte. »Na und? Dann bring ich es dir eben bei! So früh am Morgen haben wir den Teich ganz für uns, da brauchst du keine Angst zu haben, dass du dich blamieren könntest. Außerdem ist doch nichts dabei, wenn man am Anfang noch keine besonders gute Figur macht. Komm schon!« Damit nahm sie ihn an der Hand und zog ihn mit sich fort.

Wenig später wankte er an ihrem Arm über den zugefrorenen Teich wie ein Betrunkener. Eigentlich hätte er sich schämen müssen für seine ungelenken Versuche, auf den schmalen Kufen die Balance zu halten, doch das Gegenteil war der Fall, sie hatten einen Heidenspaß. Obendrein erlaubten ihm seine tollpatschigen Gehversuche auf dem Eis, ganz nahe bei ihr zu sein. Und dann, als er ohne ihren Beistand dahinzugleiten versuchte und schon nach zwei, drei zaghaften Schritten das Gleichgewicht verlor, mit den Armen ruderte und sich hilfesuchend zu ihr umdrehte, sank er ihr buchstäblich in die Arme.

Sie lachte, während er sie mit sich zu Boden riss. Sie landeten in einer Schneewehe nahe beim Ufer, und auf einmal waren ihre Gesichter einander so nahe wie nie zuvor. Er spürte ihren warmen Atem, sah die Liebe in ihren schönen Augen und konnte nicht anders, als sie zu küssen.

Caroline erwiderte den Kuss augenblicklich, und als ihre Lippen sich nach einer kleinen Seligkeit voneinander lösten, streifte sie ihre dicken Handschuhe ab, nahm sein von der Kälte gerötetes Gesicht in ihre warmen Hände und flüsterte mit einer erregenden Mischung aus Koketterie und unverhohlenem Verlangen: »Mach das noch mal, Liebster! Ich glaube, das könnte mir öfter gefallen!«

Einige wunderbare Küsse und eine gute halbe Stunde später saß er in der Cafeteria des Krankenhauses an einem der schlichten Tische, wartete selig lächelnd darauf, dass Caroline mit den beiden Bechern heißer Schokolade kam – und blickte plötzlich in das markant gefurchte Gesicht eines kräftig gebauten Mannes um die sechzig, der einen akkurat gestutzten eisengrauen Vollbart trug. Den weißen Kittel, unter dem ein dunkelblauer Dreiteiler aus bestem Tuch sowie ein steifer Kragen und eine dezente Krawatte zu sehen waren, nahm er erst viel später wahr. Was ihn faszinierte, waren die Augen hinter den randlosen runden Brillengläsern. Wie zwei Skalpelle schienen sie ihn zu durchdringen. Dann fiel sein Blick auf den Schriftzug, der maschinell auf die linke Brusttasche des Kittels gestickt war, und sein Lächeln wich purer Bestürzung, als er *Dr. Edward Winslow* las.

Dieser Mann war Carolines Vater.

# 97

»Sie erlauben, Mister Milton?«, fragte Edward Winslow mit ausgesuchter Höflichkeit, wobei die Frage rein rhetorischer Natur war. So nahm er denn auch James gegenüber Platz, ohne eine Antwort abzuwarten.

James stand noch unter Schock. Carolines Vater war nicht irgendein kleines Licht in der Verwaltung des Krankenhauses, wie Caroline ihn glauben gemacht hatte, sondern Arzt! Kein Wunder, dass alle sie kannten und immer so freundlich grüßten, wenn sie hier in der Cafeteria Schutz vor hässlichem Wetter suchten!

»Müssten Sie jetzt nicht in Professor Lansburys Vorlesung über die Verfassungsmäßigkeit der Todesstrafe sitzen?«, fragte Edward Winslow mit leicht hochgezogenen Brauen.

Sprachlos starrte James ihn an.

Ein schmales Lächeln trat auf das zerfurchte Gesicht. »Ich vermute, Sie machen seit einigen Monaten die Nacht zum Tag, Mister Milton.« Und dann betrachtete er James mit einem forschenden Blick, der diesem das beklemmende Gefühl vermittelte, unter einem Mikroskop zu liegen. »Nun ja, die schier unermessliche Energie der Jugend.«

Endlich fand James seine Stimme wieder, wenn sie auch etwas wackelig und belegt klang, als er fragte: »Wie meinen Sie das, Sir?«

»Nun, für Ihre letzte Arbeit in Zivilrecht, über die Haftungsbeschränkungen bei Pfandleihgeschäften, haben Sie, wenn ich richtig informiert bin, bei Professor Rickenbeck ein A+ bekommen. Und dabei haben Sie in den letzten Monaten viel Zeit mit meiner Tochter verbracht und dienstag- und freitagmorgens so manche Vorlesung verpasst«, sagte er mit einer Beiläufigkeit, dass es James die Kehle erneut zuschnürte. »Dass Sie das alles nachgearbeitet und sich in Ihren Zensuren sogar verbessert haben, legt nun mal den Schluss nahe, dass Sie die Nacht zum Tag machen, Mister Milton. Oder sollte ich mich da geirrt haben?«

Das Blut schoss James ins Gesicht. Er fühlte sich bloßgestellt und in die Defensive gedrängt, riss sich aber zusammen. »Entschuldigen Sie, Doktor Winslow …«, begann er und setzte sich aufrecht hin. Zugleich sah er, wie Caroline sich hinten bei der Theke mit den beiden Bechern in den Händen zu ihm umdrehte und mitten in der Bewegung erstarrte. Ein wenig Kakao schwappte über. Ihr wunderschön geschwungener, voller Mund, der ihn eben noch in den Zustand der Seligkeit versetzt hatte, formte sich zu einem stummen: »Oh!«

Edward Winslow brachte ihn mit einer knappen Handbewegung zum Schweigen. »Ich bin sicher, Sie haben etwas Interessantes zu sagen, aber dafür fehlt mir die Zeit. Ich habe gleich eine wichtige Besprechung. Zudem ist dies nicht der passende Ort. Was Sie mir zu sagen haben, muss also noch etwas warten«, erklärte er ebenso höflich wie entschieden. »Seien Sie also bitte so nett, sich am kommenden Samstag um achtzehn Uhr bei mir zu Hause einzufinden. Und tun Sie mir den Gefallen, bis dahin von weiteren Treffen mit meiner Tochter abzusehen. Ich danke Ihnen. Einen guten Tag noch, Mister Milton.«

Als Edward Winslow sich erhob, sprang James so heftig auf, dass er seinen Stuhl umstieß. Carolines Vater verzog keine Miene, nickte ihm knapp zu und entfernte sich. Als er seine Tochter sah, ging er zu ihr und legte ihr die Hand auf den Arm. Die beiden redeten kurz miteinander, dann gab Edward Winslow seiner Tochter einen Kuss auf die Wange und eilte mit wehendem Kittel davon.

»Puh!«, machte Caroline, als sie sich zu James setzte, die heißen Becher abstellte und sich die bekleckerten Finger ableckte. »Eine schöne Überraschung, was?« Sie schien eher belustigt als bestürzt zu sein.

»Weiß Gott! Und ich habe mich zum Narren gemacht, weil ich vor Schreck nicht wusste, was ich sagen sollte!«, murrte er und sah sie vorwurfsvoll an. »Von wegen, dein Vater hat mit Verwaltungskram zu tun!«

»Hat er ja auch, solange sie keinen neuen Verwaltungsdirektor gefunden haben«, verteidigte sie sich, schenkte ihm ein entschuldigendes Lächeln und rückte dann damit heraus, dass ihr Vater nicht einfach einer der Ärzte war, sondern Chef der Chirurgie und damit ein hohes Tier.

»Das ist ja prächtig!«, knurrte er. »Warum hast du mir das verschwiegen?«

Sie sah ihn verblüfft an und zuckte die Achseln. »Weil es mir nicht der Rede wert schien. Ich hab mir nichts dabei gedacht, wirklich nicht. Warum soll es denn auch wichtig sein, wer und was mein Vater ist?«

»Weil das eben sehr wohl wichtig ist!«

»Na, jetzt weißt du es«, sagte sie leichthin. Dann beugte sie sich zu ihm herüber, lächelte und fragte: »Und? Liebst du mich jetzt weniger oder mehr?«

»Das finde ich gar nicht witzig!«

»Tut mir leid, ich hab das nicht mit Absicht getan, glaub mir! Ich fand es einfach nicht wichtig, wo wir doch sowieso immer so wenig Zeit haben. Und nun hör bitte auf, so ein verdrießliches Gesicht zu machen und böse mit mir zu sein.«

»Ich bin dir nicht böse! Ich wüsste auch gar nicht, wie das gehen sollte, wenn du mich so ansiehst«, erwiderte James, konnte sich jedoch einer unangenehmen Ahnung nicht erwehren. »Irgendwie habe ich aber das Gefühl, dass du mir noch mehr verschwiegen hast. Was ist zum Beispiel mit deinem Bruder in New York, steht der in seiner Bank am Schalter?«

Caroline kicherte. Nein, der Bruder stand nicht an einem Schalter, sondern gehörte zum Direktorium der Bank.

Nun wurde James' Miene finster. »Und was ist mit deiner Schwester Claire in Washington? Führt die da ein schlichtes Hausfrauenleben, mit einem Mann, der irgendeinem schlecht bezahlten Bürojob nachgeht?«

Weiter hätte er nicht danebenliegen können, war Claires Ehemann doch Kongressabgeordneter, wenn er auch in der Partei noch nicht viel zu sagen hatte, wie Caroline schnell hinzufügte, als würde das aus ihrem Schwager wieder einen ganz gewöhnlichen Mitmenschen machen.

James verdrehte die Augen. »Und deine andere Schwester, mit welcher Art von einfachem Krämer ist die verheiratet?«

»Von einem Krämer habe ich nie was gesagt!«, protestierte Caroline und hatte Mühe, nicht laut loszulachen, als sie erklärte, Evelyn habe den Sohn und Erben eines Bostoner Kaufhausbesitzers geheiratet.

»Fehlt nur noch dein Onkel Carter, der bei Gericht *arbeitet!* Sag jetzt nicht, er ist Richter!«

Doch, Onkel Carter trug die Richterrobe und saß dazu noch im Senat des Obersten Berufungsgerichts von Massachusetts. »Aber er geht schon am Stock und kann ein richtiger Tyrann sein«, fügte sie hinzu, als würde ihn das zu einem Mann von bescheidener gesellschaftlicher Statur machen.

»Der aber Literatur und insbesondere Lyrik liebt!«

»Genau!«

»Kein Wunder, dass es deinem Vater nicht gefällt, wenn du aus der Reihe tanzt und dich mit einem mittellosen Provinz-Waisenjungen einlässt, der außer einer ungewissen Zukunft nichts zu bieten hat!«

»Ich will nun mal nicht, was alle haben. Und ich hab eine Schwäche für Provinz-Waisenjungen, die mir auf dem Eis in die Arme sinken«, sagte sie und prustete los.

James rang mit seiner Verärgerung, schüttelte aber schließlich den Kopf und stimmte in ihr Lachen ein. Es verging ihm allerdings, als sie sagte: »Erzähl doch mal, was du mit meinem Vater geredet hast!«

Er verzog das Gesicht. »*Ich* hab so gut wie nichts gesagt, bin ja gar nicht dazugekommen. Himmel, er hat mich für den kommenden Samstag achtzehn Uhr zu euch nach Hause einbestellt! Kannst du mir sagen, was mich da wohl erwartet?«

»Ich weiß es nicht«, antwortete sie, und ihm war, als entdecke er in ihren Augen einen Anflug von Beunruhigung.

»Wie ist dein Vater? Womit muss ich rechnen?«

Sie zögerte kurz. »Was willst du zuerst hören, die gute oder die schlechte Nachricht?«

Er seufzte. »Erst die gute.«

»Mein Vater liebt mich abgöttisch. Er vertraut mir und lässt mir viel Freiheit, denn immerhin bin ich mittlerweile achtzehn«, sagte sie nicht ohne Stolz. »Ich weiß, er will mich glücklich sehen, und er würde alles tun, damit ich es werde.«

»Und die schlechte?«

Ihr Blick lag merkwürdig mitfühlend, ja fast schon mitleidig auf ihm, als sähe sie ihn schon jetzt bar jeden Schutzes vor den scharfen Waffen ihres Vaters stehen. Und es klang wie eine Entschuldigung, als sie leise antwortete: »Dass er mich so abgöttisch liebt!«

## 98

Frank ging über den weichen Teppich im Wohnzimmer ihrer Suite zur Bar, griff nach dem Siphon und gab einen Schuss Soda in sein Glas. Es war erst zehn Uhr morgens und wohl noch etwas früh für einen starken Drink. Auch wenn er das Gefühl hatte, einen vertragen zu können, setzte Mallory ihm doch zu, als hätte er Wunder was verbrochen.

»Was ist schon dabei, dass dein Bruder seinen Namen geändert hat und kein Geld mehr von uns will? Ist doch nur konsequent, wo er doch schon vorher nichts mehr mit dir zu tun haben wollte«, verteidigte er sich. »Das kann dir doch egal sein.«

»Ist es mir aber nicht!«, widersprach sie erregt.

»Sollte es aber langsam mal sein«, gab er zurück und warf einen Blick auf die Kaminuhr. Zeit, dass er aus dem Hotel kam. Er hatte einen Termin mit seinem Börsenmakler; der Mann war gefragt und würde nicht ewig auf ihn warten.

»Selbst wenn es so wäre, hättest du noch lange nicht das Recht, an mich gerichtete Briefe zu unterschlagen!«

Er verdrehte die Augen. »Meine Güte! Ich habe diesen blöden Anwaltswisch nicht unterschlagen, sondern zufällig vor dir in die Hände bekommen. Und ich habe die Sache für mich behalten, weil ich nicht alte Wunden aufreißen wollte!«

»Ich brauche kein Kindermädchen, das entscheidet, was meine empfindliche Seele verträgt und was nicht!«, fuhr sie ihn an. »Robert ist und bleibt mein Bruder, lass dir das gesagt sein!«

Allmählich hatte er Mühe, seinen Ärger zu zügeln. »Was nichts daran ändert, dass er nichts mit dir zu tun haben will, ob er nun Robert Kendrick oder James Milton heißt. Im Übrigen wolltest du ihm nie wieder schreiben, das hast du mir zu Weihnachten hoch und heilig versprochen!«

»Ich hab's eben doch getan! Hätte ich dafür deine Erlaubnis einholen müssen?« Ihr letzter Brief war mit dem Poststempel *Adressat unbekannt verzogen* zurückgekommen, worauf sie sich an die Verwaltung von Harvard hatte wenden wollen mit der Bitte, ihr Auskunft über den Verbleib ihres Bruders zu geben. Frank hatte das mitbekommen und sich daraufhin wohl oder übel gezwungen gesehen, ihr von den vorenthaltenen anwaltlichen Schreiben zu erzählen.

»Nein, aber es wird langsam Zeit, dass du über die unselige Geschichte mit deinem Bruder hinwegkommst!«, sagte er. »Es bringt doch nichts, gegen eine Wand anzurennen. Sei endlich vernünftig und finde dich damit ab! Man kann nun mal nicht jedes Spiel gewinnen!«

»Ich werde nie darüber hinwegkommen und ich denke nicht daran, es auch nur zu versuchen! Robert ist mein Bruder und nicht irgendein Spiel, bei dem es ums Gewinnen geht! Ich will meinen Bruder nicht besiegen, sondern erreichen, dass er die Wahrheit erfährt. Und ich will meinen Bobby zurück, verdammt!«

Frank schüttelte den Kopf und gab auf. »Tu, was du nicht lassen kannst, aber lass mich in Zukunft in Ruhe mit allem, was eure kaputte Geschwisterbeziehung betrifft. Offenbar willst du nicht wahrhaben, dass ein Scherbenhaufen nicht zu kitten ist. Sei's drum. Viel Glück beim Briefeschreiben. Ich habe Besseres zu tun, als mich mit dir über diese alten Kamellen zu streiten. Tut mir leid, dass ich so dumm war, dir diese Zurückweisung ersparen zu wollen. Ich bin heute den ganzen Tag unterwegs. Wir sehen uns abends im Club!« Er kippte den Drink auf einen Zug hinunter, knallte das Glas auf den Tisch und ging.

Als Mallory ihren schlimmsten Ärger verdaut hatte, rief sie Sweeney an und bat ihn, vorbeizukommen. »Falls du es so kurzfristig einrichten kannst. Ich brauche in einer privaten Angelegenheit deine Hilfe.«

»Natürlich kann ich das einrichten. Für dich immer, Mallory!«, versicherte er, und eine halbe Stunde später stand er vor ihrer Tür.

Sie hatte Sweeney mehrere Tage nicht getroffen, deshalb fiel ihr auf, dass er gar nicht gut aussah. Er schien nicht nur müde, sondern machte einen sorgenvollen, ja geradezu niedergeschlagenen Eindruck, was so gar nicht zu ihm passte. »Was ist los, Sweeney? Du hast schon mal besser ausgesehen. Kriegst du nicht genug Schlaf, oder ist mal wieder was mit Sally?«

Er verzog das Gesicht. »Schätze mal, das eine bedingt das andere.«

»Hat Sally ihr Engagement verloren?«

Sweeney zögerte, zuckte dann aber mit den Achseln. Warum sollte er ihr etwas vormachen? »Nein, und sie hat auch noch keinen Auftritt vermasselt oder platzen lassen. Aber lange wird es wohl nicht mehr gutgehen. Ich bin mir sicher, dass sie wieder Drogen nimmt.«

»Wieder Heroin?«, rief Mallory bestürzt und zornig zugleich.

»Ich weiß nicht, ob sie auch wieder spritzt. Dass man an den Armen nichts sieht, sagt ja nicht viel. Aber auf jeden Fall kokst sie. Was das betrifft, macht sie mir nichts vor, das sehe ich. Auch wenn sie vehement bestreitet, wieder etwas zu nehmen«, sagte er, um dann leise und bedrückt hinzuzufügen: »Aber das ist vielleicht noch nicht mal das Schlimmste.«

Sie runzelte die Stirn. »Was heißt das?«

»Eigentlich hat sie gar kein Geld, um sich die verfluchten Tütchen zu kaufen. Ich habe nämlich mit Davis Rutledge, dem Besitzer vom *Birdland*, ausgemacht, dass er ihren Wochenlohn mir auszahlt, damit sie gar nicht erst in Versuchung gerät.«

»Vielleicht hat sie einen Dealer, der sie auf Kredit beliefert?«

Sweeney schüttelte den Kopf. »Das Zeug gibt es nicht auf Kredit und schon gar nicht für Kunden wie Sally.«

»Aber woher soll sie dann das Geld haben?«, fragte Mallory und wünschte im nächsten Moment, sie hätte es nicht getan. Die Antwort lag ja auf der Hand.

Sweeney wich ihrem Blick aus und presste die Lippen zusammen. Dann sagte er regelrecht schroff: »Das kannst du dir doch denken, oder?«

»Vielleicht irrst du dich ja«, sagte Mallory, weil sie wusste, wie sehr er Sally liebte und wie schmerzlich die Vorstellung, dass sie ihren Körper verkaufte, um an Drogen zu kommen, für ihn sein musste.

»Ja, vielleicht«, murmelte er mit einer Miene, die verriet, dass er diese Möglichkeit nicht ernsthaft in Betracht zog. »Aber lassen wir das. Sag mir lieber, wobei ich dir helfen kann.«

Mallory berichtete ihm von der Namensänderung ihres Bruders und dem unzustellbaren Brief.

»Ich kann mir denken, dass dich das trifft«, sagte Sweeney, »aber wie kann ich dir in dieser Sache helfen?«

Mallory rechnete es ihm hoch an, dass er im Gegensatz zu Sally nie versucht hatte, in Erfahrung zu bringen, was genau zu dem Zerwürfnis mit ihrem Bruder geführt hatte. Überhaupt hatte sie ihre Meinung über Sweeney grundlegend geändert. Der Casanova, Blender und rastlos umherziehende Agent zweit- und drittklassiger Talente, dem jegliche Tiefe und Ernsthaftigkeit fremd gewesen war, hatte sich im Laufe der Jahre in einen verantwortungsbewussten, hart arbeitenden Mann verwandelt, der Sally liebte, sein Vagabundenleben für sie aufgegeben hatte und trotz ihrer zahlreichen Abstürze und Dramen immer treu zu ihr stand.

»Du bist doch viel im Land herumgekommen. Kennst du zufällig in Boston oder vielleicht sogar in Cambridge jemanden, der für mich Nachforschungen anstellen könnte?«

Er runzelte die Stirn. »Du willst einen Privatdektiv auf deinen Bruder ansetzen?«

Sie zuckte die Achseln. »Was bleibt mir denn anderes übrig? Natürlich müsste so ein privater Ermittler das mit großem Fingerspitzengefühl angehen. Auf keinen Fall darf Robert oder James, wie er sich jetzt nennt, etwas merken. Ich bin bereit, gut zu zahlen. Ich ertrage es einfach nicht, überhaupt nicht zu wissen, wo mein Bruder lebt, wie er im Studium vorankommt und wie es ihm geht. Auf keinen Fall möchte ich ihn aus den Augen verlieren. Was immer uns auch trennen mag, irgendwann werden wir uns wieder vertragen, darauf vertraue ich ganz fest.«

Sweeney nickte. »Das verstehe ich nur zu gut.«

»Frank leider nicht.«

Er zog leicht die Brauen hoch, ging jedoch nicht auf die bittere Bemerkung ein. »Ich kenne da oben tatsächlich ein paar Leute, die wissen, wer für solch eine schwierige Aufgabe am besten geeignet ist. Ich könnte hinfahren und jemanden beauftragen. Wann?«

Sie seufzte. »Natürlich so schnell wie möglich. Aber ich verstehe es, wenn du jetzt wegen Sally nicht …«

Er ließ sie nicht ausreden. »Mach dir wegen Sally keine Gedanken! Die tut so oder so, was sie will. Ich packe nur schnell ein paar Sachen zusammen und nehme den nächsten Schnellzug. In ein paar Tagen bin ich wieder da.«

»Danke, Sweeney! Das bedeutet mir ungeheuer viel«, sagte Mallory, gerührt, dass seine häusliche Misere ihn in seiner Hilfsbereitschaft nicht eine Sekunde hatte zögern lassen. Dass sie ihrerseits in den vergangenen Jahren viel Gutes für Sally und ihn getan hatte, stand auf einem anderen Blatt. »Ich werde versuchen, ein Auge auf Sally zu haben, solange du weg bist.«

»Das wäre gut, aber mach dir keine allzu große Hoffnung, dass sie die Wahrheit sagt, geschweige denn die Finger von dem Dreckszeug lässt«, sagte er schwermütig. »Wir beide wissen, wie es enden wird.«

Mallory zog es vor, nichts zu erwidern. Die Erfahrung hatte gelehrt, dass alles für seine düstere Vorhersage sprach.

Drei Tage später kehrte Sweeney zurück. Schon in der folgenden Woche erhielt Mallory den ersten Bericht des Privatdetektivs. Der Mann hieß Lloyd Triplett, hatte nach zwanzigjähriger Tätigkeit als Ermittler bei der Bostoner Staatsanwaltschaft vor einigen Jahren seinen Abschied genommen und sich als seriös, professionell und absolut diskret arbeitender Privatdetektiv einen Namen gemacht.

Dem kurzen und sachlich abgefassten Bericht, der die neue Adresse ihres Bruders sowie Angaben über den derzeitigen Stand seines Studiums enthielt, lagen drei Fotos bei. Fast hätte sie Bobby nicht widererkannt. Nicht nur wegen der Brille mit dem kräftigen, schwarzen Gestell. Ihr Bruder hatte in den bald vier Jahren, die sie ihn nicht gesehen hatte, seine jungenhaft schlaksige Figur abgelegt. Er war in die Höhe geschossen und hatte eine kräftige, ansehnliche Statur entwickelt. Seine Gesichtszüge, die sie als weich in Erinnerung hatte, waren nun von männlicher Ausdruckskraft. Was sie auf den Fotos sah, war ein gutaussehender erwachsener Mann Anfang zwanzig.

Das dritte Bild zeigte ihn in Begleitung eines bildhübschen jungen Mädchens, das sich auf einer belebten Geschäftsstraße bei ihm eingehakt hatte und ihn von der Seite anlächelte. Auf der Rückseite des Fotos klebte ein Zettel mit Angaben zur Person: »Miss Caroline Winslow, achtzehn Jahre alt (geboren am 17. Januar 1910), unverheiratet, jüngstes Kind des renommierten Bostoner Arztes Dr. Edward Winslow, zurzeit Chefarzt der Chirurgie am Mount Auborn Hospital in Cambridge.« Und in dem Bericht fand sich zu dieser reizenden Person noch der trockene Hinweis: »Regelmäßige Treffen zwischen Miss Caroline Winslow und Mister James Milton mit Bekundungen gegenseitiger Zuneigung in der Öffentlichkeit. Noch kein gemeinsames Auftreten in gesellschaftlich relevantem Rahmen. Details bei bestehender Beziehung im Bericht nächsten Monat.«

Mallory saß, in eine warme Decke gewickelt, auf der Terrasse ihres Hauses an der Twin River Bay. Ihr geliebter Bruder wuchs zu einem Mann heran und hatte womöglich die Liebe seines Lebens und künftige Ehefrau gefunden, und sie hatte an all dem nicht den geringsten Anteil.

Es tat so fürchterlich weh, sich mit diesen Fotos und den paar Schreibmaschinenzeilen begnügen zu müssen, wo sie doch noch so vieles über ihren Bruder und seine Liebste hätte erfahren, nein, aktiv an seinem Leben hätte teilnehmen wollen! Der Schmerz war heftig wie schon lange nicht mehr.

Das Foto in ihrer Hand zitterte, und die Konturen darauf lösten sich auf, als habe der Himmel sich schlagartig zugezogen und salzig schmeckenden Regen herabgesandt.

# 99

»Bloß nicht zu spät kommen, unter keinen Umständen!« Dieses Mantra begleitete James ebenso durch die folgenden Tage wie die quälende Frage, was ihn am Samstag auf dem Beacon Hill erwarten mochte. Er gab sich keinen Illusionen hin. Dass er bei Edward Winslow einen schweren Stand haben würde, war sonnenklar. Der Mann würde ihn auf Herz und Nieren prüfen, würde ihn förmlich sezieren, das hatte ihm sein durchdringender Blick schon in der Cafeteria verraten. Die einzig entscheidende Frage war deshalb, in welchem Zustand er aus dieser Sektion hervorging und ob es dann noch eine Zukunft für Caroline und ihn gab!

Schon eine gute halbe Stunde früher als nötig setzte er sich in seinen Dodge und fuhr über die Longfellow Bridge, die Cambridge mit dem Bostoner Stadtteil Beacon Hill auf dem Ostufer des Charles River verband, dem begehrenswertesten und teuersten Viertel der Stadt. Dass das Haus der Winslows auf der Südseite des Hügels stand, wo seit Jahrhunderten das Geld und die Macht von Boston residierten, wunderte ihn nicht. Jetzt verstand er auch, warum Caroline es stets abgelehnt hatte, von ihm mit dem Auto nach Hause gebracht zu werden. Sie hatte nur zugelassen, dass er sie bis zur Station der Hochbahn kurz vor der Brücke begleitete. Und als er einmal ungeduldig geworden war, weil sie nicht erlaubte, dass er auch noch die Zeit der Bahnfahrt mit ihr verbrachte, hatte sie zum ersten Mal ungehalten reagiert und ihm sehr entschieden zu verstehen gegeben, dass er es zu respektieren habe, wenn sie Grenzen zog. Um jedoch gleich versöhnlich hinzuzufügen: »Lass uns nichts überstürzen, sondern dankbar sein für das, was wir haben. Alles zu seiner Zeit, James.«

Jetzt verstand er das, wie er auch ihre Ängste in Bezug auf ihren Vater verstand. Zwar hatte sie sich nie anmerken lassen, dass sie fürchtete, ihre Familie könnte Bedenken haben und ihre Beziehung womöglich nicht dulden, aber er war sich sicher, dass es so war und dass sie es nur geschickt verborgen hatte. Was er dagegen nicht wusste, war, ob er ihr das Verschweigen vorwerfen oder dankbar dafür sein sollte.

Langsam rollte er durch die abendlich stillen Straßen, die noch von Gaslaternen beleuchtet waren. Alte Bäumen säumten die Bürgersteige aus Ziegelsteinen. Und aus hellem Backstein waren auch die stattlichen georgianischen Häuser, die sich mit ihren gepflegten Ziergärten wie die Perlen einer Kette aneinanderreihten.

Auch das Haus der Winslows stammte aus der Mitte des 19. Jahrhunderts. Protzig wirkte allerdings keines dieser Häuser. Auf der noblen Südseite des Beacon Hill pflegte man das vornehme Understatement; besonders die alteingesessenen Familien taten das.

Mit wachsender Nervosität drehte James seine Runden. Um zehn vor sechs parkte er den Wagen am Beginn der Straße. Seinen alten Dodge hinter die beiden nachtschwarzen Limousinen zu stellen, die schon vor dem Haus der Winslows parkten und von Besuch kündeten, traute er sich nicht. Nervös rauchte er eine letzte Zigarette und sah immer wieder auf die Uhr, als könnte sich die Zeit plötzlich beschleunigt und die restlichen Minuten übersprungen haben. Punkt sechs stand er schließlich vor der Haustür.

Eine ältere, schon ergraute Frau in schwarzem Kleid und weißer Rüschenschürze, bei der es sich Carolines Hinweisen nach nur um die Haushälterin Agnes handeln konnte, bat ihn herein. Wobei sie ihn mit seinem Namen begrüßte – und einem merkwürdigen Lächeln, als wisse sie nicht so recht, ob sie ihn bedauern oder beglückwünschen sollte.

»Wenn Sie mir bitte folgen wollen«, sagte sie, nachdem sie ihm Mantel und Hut abgenommen hatte. »Mister Winslow erwartet Sie in der Bibliothek.«

James war viel zu aufgeregt, um der ebenso erlesenen wie

unaufdringlichen Einrichtung der Eingangshalle große Aufmerksamkeit zu schenken. Er nahm die Gemälde, das dunkle Holz, die schweren Teppiche und die Kristallleuchter nur unterbewusst wahr.

In seiner Anspannung hätte er beinahe auch Caroline übersehen. Erst als sie »Psst!« machte, hob er den Kopf und sah sie oben auf dem Treppenabsatz stehen. Sie schickte eine Kusshand zu ihm hinunter und bedeutete ihm, dass sie für sein Gespräch mit ihrem Vater beide Daumen drückte.

Er lächelte gequält.

»Bitte, Mister Milton«, sagte die Haushälterin und hielt ihm einen Flügel der Tür zur Bibliothek auf.

James hörte noch von links, wo auf der Rückseite des Hauses der Salon liegen mochte, rauhes Gelächter und zwei Männerstimmen, und fragte sich, ob man ihn womöglich vor ein Familientribunal zu stellen gedachte. Im nächsten Moment schloss sich die Tür hinter ihm, und er stand in der Bibliothek und vor Edward Winslow.

Der letzte von sechs hellen Glockenschlägen der Uhr auf dem Kaminsims verklang. Munter knisterte dazu das Feuer im Kamin. »Es freut mich, dass Sie meiner Einladung gefolgt sind und eine Uhr zu lesen wissen«, begrüßte ihn Carolines Vater. »Ich weiß Pünktlichkeit zu schätzen, zumal in meinem Beruf davon Leben abhängen kann. Sie ist übrigens weniger eine Frage der Zeiteinteilung als eine des Respekts, den man anderen entgegenbringt. Ich nehme an, auch Ihnen ist daran gelegen, dass man Ihnen mit Respekt begegnet, nicht wahr?«

James fühlte sich von der Begrüßung, die so trocken daherkam und zugleich voller Sarkasmus zu sein schien, ähnlich überrumpelt wie in der Cafeteria. Das ärgerte ihn, und bevor er seinen Unmut unterdrücken konnte, kam ihm auch schon eine Erwiderung über die Lippen: »Schon, nur fehlt es mir noch an Erfahrung, um aufrichtigen Respekt von Bemerkungen unterscheiden zu können, die sich als respektvoll ausgeben, im

Grunde aber wohl das Gegenteil bezwecken. Ich bin zuversichtlich, in dieser Hinsicht von Ihnen lernen zu können, Doktor Winslow!«

Carolines Vater lachte kurz auf. »Den Doktor lassen Sie mal da, wo er hingehört, nämlich im Krankenhaus, Mister Milton«, sagte er und bedeutete James, zu ihm an den Kamin zu kommen und in einem der bequemen Sessel Platz zu nehmen. Dann trat er zu einem Barwagen, griff nach einem schweren Whiskeyglas und drehte sich zu ihm um. »Wie steht's mit Ihnen? Kann ich Ihnen einen Drink anbieten? Ich habe noch einigen Whiskey und Brandy aus alten Beständen.« Das sagte er, ohne eine Miene zu verziehen, so dass James nicht hellhörig wurde. »Und heute ist ein Tag, an dem ich nichts gegen einen kräftigen Drink einzuwenden habe.«

»Nein danke, Sir, ich habe mir noch nie viel aus Alkohol gemacht«, erwiderte James höflich und sagte damit die Wahrheit, fragte sich aber zugleich, ob dies schon eine erste Prüfung gewesen war.

Edward Winslow nickte knapp. »Dann sind Sie gut beraten, damit auch jetzt nicht anzufangen«, sagte er, goss sich selbst aber zwei Finger breit Alkohol in sein Glas und nahm ihm gegenüber Platz. Er nippte an seinem Drink, blickte James über den Rand des Glases hinweg an und sagte leichthin: »So, und nun erzählen Sie mal, warum Sie sich von Ihrem wunderschönen Hispano-Suiza getrennt haben.«

Verblüfft starrte James ihn an. Wieder so eine Frage wie ein Schlag aus dem Hinterhalt. Und wieder ruhte Edward Winslows wachsamer Blick auf ihm, als betrachte er ihn durch ein Mikroskop und warte nur darauf, dass … ja, auf was genau?

»Weil ich das Geld brauchte, aber auch und vor allem, weil Ihre Tochter Aufschneider nicht ausstehen kann«, sagte er schließlich und konnte sich nicht verkneifen, hinzuzufügen: »Vermutlich hat sie von der Sorte hier auf dem Beacon Hill schon mehr als genug kennengelernt.«

Ob Edward Winslow diese Bemerkung amüsant oder ungehörig fand, blieb offen. Immerhin sagte er, nachdem er einen Schluck von seinem Drink genommen und James einen Moment schweigend angesehen hatte: »Damit mögen Sie gar nicht mal so falschliegen. Aber wieso haben Sie auf einmal das Geld gebraucht, Mister Milton?« Eine eisengraue Braue ging leicht in die Höhe. »Hatten Sie vielleicht Spielschulden, mein Sohn?« Weder sein Ton noch sein Blick hatte irgendetwas Väterliches an sich.

James stellten sich die Nackenhaare auf. Dies war der entscheidende Moment, jetzt musste er wählen zwischen Wahrheit und Lüge. Und keines von beidem hatte mehr Aussicht auf Erfolg. Das eine wie das andere konnte ihn inakzeptabel machen und Carolines Liebe kosten.

Seine Gedanken überschlugen sich. Was wusste der Mann über ihn? Dass er die Namen seiner Professoren, seine Vorlesungen und sogar die Note seiner letzten Arbeit in Zivilrecht kannte, musste nicht bedeuten, dass er einen Privatdetektiv auf ihn angesetzt hatte. Ein Blick ins Vorlesungsverzeichnis genügte, um zu wissen, was dienstags und freitags auf dem Lehrplan stand, und was seine Note anging, so hingen die am Schwarzen Brett aus. Andererseits konnte hinter Doktor Winslows Wissen aber auch sehr viel mehr stecken.

James griff zu seinen Zigaretten. »Erlauben Sie, dass ich rauche, Sir?«

»Nur zu, wenn es Ihnen das Antworten leichter macht«, sagte Edward Winslow und deutete auf einen Aschenbecher aus dunkelblauem Muranoglas. »Vielleicht sollten Sie auf Pfeife umsteigen, so wie ich es getan habe. Das umständliche Drumherum mit dem Tabaksbeutel und das gewissenhafte Stopfen geben einem entschieden mehr Zeit zum Nachdenken als eine Zigarette.«

James steckte sich die Zigarette an, nahm einen tiefen Zug und beschloss, alles auf eine Karte zu setzen. »Ich habe das Geld gebraucht, um mein Studium selbst finanzieren zu können, und bis vor wenigen Monaten war mein amtlicher Name nicht James Milton, sondern Robert Kendrick!«

Nun gab es kein Zurück mehr.

Edward Winslow schien nur mäßig überrascht. »Das ist mir bekannt«, sagte er. »Mich interessiert, was Sie bewogen hat, Ihren Namen zu ändern.«

»Der Wunsch, nein, die Notwendigkeit, mit allem zu brechen, was mein Leben vor dem Studium in Harvard ausgemacht hat.«

»Dazu haben Sie dann wohl einiges zu sagen, was mir Zeit gibt, mir eine Pfeife zu stopfen«, sagte Edward Winslow, erhob sich und ging hinüber zu dem Schreibtisch am Fenster. »Also, erzählen Sie mir von dem Leben, mit dem Sie nicht einmal mehr der Name verbinden soll!«

Jetzt wünschte James, er hätte den angebotenen Drink doch genommen. Er begann zu erzählen, wo und in welchen Verhältnissen er aufgewachsen war und dass schon sein Großvater eine Still betrieben hatte, um das karge Einkommen aufzubessern. Bei dem Hinweis, dass der Moonshine für die Farmer und Kleinpächter in den Blue Ridge Mountains und anderswo nichts mit Gesetzlosigkeit, sondern nur mit purem Überleben zu tun hatte, hielt er sich nicht lange auf. Auch fasste er sich kurz, was die Erkrankung der Mutter und die kostspielige Behandlung betraf, die dem Vater keinen anderen Ausweg gelassen hatte, als Geschäfte mit professionellen Bootleggern zu machen.

An diesem Punkt verließ er den festen Boden der Tatsachen und wagte sich auf das dünne Eis der Halbwahrheit hinaus, indem er den Tod des Vaters einem nie aufgeklärten nächtlichen Raubüberfall zuschrieb und aus Frank Marlowe und Patrick O'Reilly lokale Bootlegger machte, die sich nach dem Mord aus freundschaftlicher Verbundenheit mit dem Vater seiner angenommen hatten. Anders hätten sich der Hispano-Suiza sowie Frank Marlowes Spende und Tatsache, dass er jahrelang die

Studiengebühren übernommen hatte, nicht erklären lassen. Und da Carolines Vater schon über die Namensänderung unterrichtet war, lag der Schluss nahe, dass er noch andere Informationen von der Harvard-Verwaltung erhalten hatte. Dass er gute drei Jahre von zwei lokalen Alkoholschiebern unterstützt worden war, konnte er einräumen. Verheerend wäre es dagegen gewesen, zugeben zu müssen, dass er diese Jahre in enger Gemeinschaft mit einem skrupellosen Gangsterboss und seiner Bande zugebracht hatte, die zum Syndikat der Dixie-Mafia gehörten.

Er schloss die retuschierte Darstellung seiner bewegten Vergangenheit mit der Versicherung, er habe sich bereits am Tag seiner Abreise nach Harvard von Frank Marlowe und ›Onkel Paddy‹ losgesagt und schäme sich dafür, noch drei Jahre gebraucht zu haben, um endlich auch ihr Geld zurückzuweisen. Den alten Namen abzulegen und der Zukunft mit einem neuen, unbefleckten entgegenzutreten, das sei nur der letzte und konsequente Schritt gewesen. Dass er eine Schwester hatte, die Teil des Syndikates war, erwähnte er mit keinem Wort. Dieses Wagnis musste er eingehen. Und für ihn existierte Mallory auch als Schwester nicht mehr.

»Das ist es, was Sie über mich wissen müssen, Sir«, schloss er und sah mit Bangen der Reaktion seines Gegenübers entgegen. »Jetzt kennen Sie meine Vergangenheit. Nichts davon habe ich mir ausgesucht, es wurde mir aufgezwungen. Doch wer ich jetzt bin und wer ich eines Tages sein werde, das liegt in meiner Hand – und in erheblichem Umfang nun bei Ihnen. Ich liebe Ihre Tochter, und ich weiß, dass sie sich niemals gegen Sie stellen wird. Was mir bleibt, ist, Sie zu bitten, dass Sie mir eine faire Chance geben. Sie haben mein Wort, dass ich hart arbeiten und alles daransetzen werde, beruflichen Erfolg zu haben, sowie Caroline glücklich und Ihnen Ehre zu machen, Sir!«

Für einige quälend lange Sekunden herrschte in der Bibliothek eine Stille, die James den Schweiß ausbrechen ließ. Nur das Knistern des Kaminfeuers und leises Paffen waren zu hören, als Edward Winslow bedächtig an seiner Pfeife zog, sich in Rauchwolken und beunruhigendes Schweigen hüllte und ihn unverwandt ansah, als warte er auf noch etwas.

»Da versprechen Sie eine ganze Menge, Mister Milton«, sagte er schließlich und stellte keine weitere Frage. »Stellen wir das mit dem Glück meiner Tochter und meiner Ehre erst einmal zurück, bis ich ein besseres Bild von Ihrer Zukunft habe und mich ernsthaft mit dem Gedanken auseinandersetzen kann, was sich daraus für Caroline und Sie ergibt.«

Wie ein Schwindel kam die Erlösung über James, und er war froh, dass er saß. »Darf ich das so auslegen, dass Sie mir erlauben, Ihre Tochter wiederzusehen, Sir?«

»Als angehender Jurist sollten Sie in der Tat in der Lage sein, das dementsprechend auszulegen.«

Nun gestattete James sich ein Lächeln. »Dem Himmel sei Dank! Sie wissen gar nicht, was das für mich bedeutet!«

»Danken Sie nicht dem Himmel, sondern Ihrer Ehrlichkeit, und ich habe sehr wohl eine Vermutung, was mein vorläufiges Einverständnis für Sie bedeutet. Nur eins gibt es noch zu klären: Was haben Sie meiner Tochter erzählt? Dasselbe wie mir?«

James schüttelte den Kopf. »Nur, dass ich auf einer Farm aufgewachsen bin und keine Familie mehr habe. Wir haben kaum darüber gesprochen.«

»Mhm«, machte Edward Winslow nachdenklich.

»Ich nehme an, Sie erwarten, dass ich nun auch Ihrer Tochter reinen Wein einschenke.«

»Mit dieser Annahme liegen Sie falsch«, erwiderte Edward Winslow prompt. »Abgesehen davon, dass reiner Wein nicht jedermanns Sache ist, wüsste ich nämlich nicht, was damit gewonnen wäre. Mir ist nicht bekannt, wie viel Sie über uns Winslows wissen, Mister Milton.«

»Bis Dienstag hat Caroline mir so gut wie nichts erzählt, nur dass Sie im Krankenhaus arbeiten und eine Menge Verwaltungskram am Hals haben, dass ihre eine Schwester einen Ladenbesitzer geheiratet hat und ihr Bruder bei einer Bank beschäftigt ist, wobei sie meine Annahme, dass er dort hinter einem Schalter stehe, unwidersprochen gelassen hat. Ach ja, sie hat auch erwähnt, dass ihr Onkel Carter bei Gericht beschäftigt ist, und es hörte sich so an, als sei er da Saaldiener oder etwas in der Art.«

Ein stolzes Lächeln huschte über das bärtige Gesicht. »Das sieht ihr ähnlich. Nun, wir leben erst in dritter Generation auf dem Beacon Hill, und obwohl es keine hieb- und stichfesten Beweise gibt, wird in der Familie seit langem behauptet, dass wir von einem Zweig der Winslow-Pilgrims abstammen, die 1620 mit der *Mayflower* an der amerikanischen Küste gelandet sind. So eine Legende ist einfach zu schön, um sie schnöde den historischen Tatsachen zu opfern«, fügte er selbstironisch hinzu. »Ebenso beharrlich wie unbewiesen hält sich aber auch das weitaus weniger ruhmreiche Gerücht, eine Wurzel unseres Familienstammbaums führe geradewegs nach Salem und dort zu jenen Siedlern, die 1692 abscheuliche Hexenprozesse veranstaltet, gefoltert und zwanzig Menschen hingerichtet haben.«

»Oh!«, entfuhr es James.

Edward Winslow nickte beinahe befriedigt. »Sie werden sich fragen, warum ich Ihnen das erzählt habe. Nun, das ist leicht beantwortet: Eine Vergangenheit, die man nicht selbst zu verantworten hat, taugt weder anderen dazu, einem etwas vorzuhalten, noch eignet sie sich als Ruhmesblatt. Und wer seinen Kopf nicht nur als Hutablage oder zum Spazierenführen eines hübschen Gesichts benutzt, dem sagt der gesunde Menschenverstand, dass man den schlammigen Grund eines Teiches besser nicht aufwühlt, wenn man dessen klares Wasser genießen möchte.«

»Also verschweige ich es Caroline?«

»Nennen wir es nicht verschweigen. Wir behalten diese Geschichten schlicht erst einmal für uns. Wer weiß, vielleicht überdauert Ihre Liebe ja nicht mal einen Sommer, und was wäre dann damit gewonnen, Caroline in Verwirrung gestürzt zu haben?« Damit legte er die Pfeife aus der Hand und erhob sich. »So, und jetzt sollten Sie sich beeilen, sonst kommen Sie noch zu spät.«

»Wohin?«, fragte James verständnislos.

»Ins Kino, wo Caroline sich unbedingt mit Ihnen diesen Film anschauen möchte. Fragen Sie mich nicht, wie der Streifen heißt! Aber vorerst stehen Sie, wenn Sie mit meiner Tochter ausgehen, spätestens um zehn wieder mit ihr vor der Haustür, dass wir uns da verstehen, Mister Milton!«

Sie kamen noch rechtzeitig ins *Wilbur Theatre* auf der Tremont Street, um *The Jazz Singer* mit Al Jolson in der Hauptrolle zu sehen, den ersten Tonfilm aus Hollywood. Caroline war ganz versessen darauf, aber James wäre genauso glücklich gewesen, wenn sie sich mit ihm ein Puppentheater hätte anschauen wollen. Sie hatten den Segen ihres Vaters, und das allein machte diesen Abend zu einer unvergesslichen Zäsur auf ihrem Weg ins gemeinsame Glück.

»Tut mir leid, aber ich muss schnell noch mal wohin«, sagte Caroline mit einem verlegenen Lächeln und verschwand in Richtung Toiletten, während im Kinosaal schon das Vorprogramm lief.

Es machte ihm nichts aus, dass sie sich Zeit ließ. Etwas außer Atem kam sie endlich zurück, und sie beeilten sich, in den dunklen Saal zu schlüpfen, wo sie sich in die hinterste Reihe setzten und einige Sitze Abstand zu einem anderen Liebespaar hielten. Er fand es recht warm und legte seinen Mantel ab, aber Caroline knöpfte ihren nur auf.

Sie küssten sich, noch bevor der Hauptfilm begann.

Caroline saß links von ihm. Sie beugte sich zu ihm und ergriff seine Hand. »Weißt, was mein Vater zu mir gesagt hat, als du mit Agnes bei der Garderobe warst?«, flüsterte sie.

»Nein. Was denn?«

»›Geben wir ihm eine Chance.‹ Und ich kenne meinen Vater, der macht es einem Verehrer seiner Töchter nicht leicht. Du hast dich also gut geschlagen«, sagte sie mit einem verschmitzten Unterton und lehnte sich noch weiter zu ihm herüber. »Und dafür, dass das jetzt alles so gut überstanden ist, hast du dir … nein, haben wir uns eine kleine Belohnung verdient.«

Während sie das sagte, führte sie schon seine Hand unter ihren Kaschmirpullover. Und plötzlich wusste er, warum sie noch auf der Toilette verschwunden war und danach etwas außer Atem gewirkt hatte. Sie hatte ihren Büstenhalter ausgezogen. Denn kein steifer Stoff drückte sich ihm in die Hand, sondern seidenglatte nackte Haut und ein kleiner harter Nippel.

## 100

Majestätische Stille, herrliche Kühle und gedämpftes weiches Licht umfingen Mallory, als sie Frank leicht irritiert in die Cathedral of the Sacred Heart folgte. Die Bischofskirche gegenüber vom Monroe Park nahm einen ganzen Häuserblock ein und war erst zwanzig Jahre zuvor im Stil der italienischen Neurenaissance errichtet worden. Es war wunderbar, der sommerlichen Hitze zu entkommen und diese nach Weihrauch und Kerzenwachs duftende Oase der Stille zu betreten. Aber was Frank hier wollte, war ihr ein Rätsel.

Es war der erste Dienstagnachmittag im Juli und sie waren von ihrem Cottage an der Bay zurück in die Stadt gefahren. Doch statt wie üblich auf direktem Weg das *Jefferson Hotel* anzusteuern, hatte Frank einen Umweg über die Canal Street genommen und zu ihrer Verwunderung vor dem korinthischen Säulenportal der Kathedrale angehalten, den Motor ausgemacht und gesagt: »Ich muss hier kurz was erledigen. Du kannst im Wagen warten, bin gleich zurück.«

Sie hatten das mächtige Gotteshaus mit der imposanten Kuppel ganz für sich. Zielstrebig schritt Frank den breiten Mittelgang hinunter.

»Kannst du mir mal verraten, was du hier willst?«, raunte sie. Die Atmosphäre der katholische Kirche war ihr fremd, hatte etwas Überwältigendes und vermittelte zugleich den Eindruck von in Stein, Glas und Mörtel gegossener Spiritualität. Ihr war, als gingen Magie und Mystik hier eine Verbindung ein.

»Zwei Kerzen anzünden«, sagte Frank und hielt auf den Seitenaltar mit der Marienstatue zu. In einem langen schwarzen Eisengestell brannten mehrere Dutzend Kerzen. »Mir ist eingefallen, dass heute der Todestag meiner Eltern ist.«

Sie stutzte. »Willst du damit sagen, dass deine Mutter sich am selben Tag wie dein Vater …« Sie stockte, weil es sie bei der makabren Vorstellung schauderte.

»Ja, sie hat es am selben Tag getan wie er. Ich brauche also nur einen Todestag im Kopf zu behalten. Das nenne ich rücksichtsvolle Eltern«, sagte er und zündete zwei Kerzen an.

Mallory schluckte und schwieg, während er lange vor dem Kerzengestell stand und auf die unruhig flackernden Flammen der beiden neuen Lichter starrte. Ob er wohl betete? Seine Lippen bewegten sich nicht, aber das hatte ja nichts zu sagen. Stumme Gebete waren ihr alles andere als fremd.

»Ich wusste gar nicht, dass du … praktizierender Katholik bist«, sagte sie, als er sich bekreuzigte und gleich darauf kehrtmachte. In all den Jahren, die sie zusammen waren, hatte sie ihn nicht ein einziges Mal eine Kirche betreten sehen, wie sie auch nie über Religion gesprochen hatten. Genau genommen hatten sie immer nur über ihre geschäftlichen Dinge und die Leute geredet, die in ihre Clubs kamen und für ihr Geschäft eine wichtige Rolle spielten. Es war eine ernüchternde Feststellung.

»Bin ich auch nicht, jedenfalls nicht das, was die Kirche darunter versteht«, sagte er schroff, als müsse er sich für etwas rechtfertigen, das in seinen Augen keiner Rechtfertigung bedurfte. »Nur entkommt man seiner Herkunft nicht, auch wenn man glaubt, man könnte sich davon befreien. Die Wurzeln reichen einfach zu tief, auch wenn man es nicht wahrhaben will. Ist aber auch egal. Und was spricht dagegen, an einem bestimmten Tag zwei Kerzen anzuzünden?«

»Nichts natürlich, nur dachte ich …«

Er sprach einfach weiter. »Meinen Eltern war es nun mal wichtig, dass man am Todestag eine Kerze aufstellt und ein Gebet für die Verstorbenen spricht. Ihr Glaube hat sie zwar nicht davon abgehalten, sich umzubringen, aber für die leidige Sünde gibt es ja die Vergebung des barmherzigen Gottes. Zumal man vor dem Richterthron notfalls immer noch vorbringen kann, man sei in dem Moment leider nicht ganz klar im Kopf gewesen.«

»Ich verstehe ja nicht viel davon, aber irgendwie mag ich den Katholizismus«, sagte Mallory und blickte hoch zum gekreuzigten Jesus. Die Niederlage als Symbol des Sieges. »Vor allem die Ästhetik. Ich habe mal gelesen, das alles in der Kirche, die Mauersteine, die Ornamente, die Fenster und selbst der Mörtel, eine tiefe Bedeutung besitzt.«

Frank ließ seinen Blick durch die menschenleere Kathedrale schweifen, während sie langsam auf das Portal zugingen. »Mir ist da Gustave Flaubert näher«, sagte er. »Der hat mal gesagt, er halte die Schwermut der antiken Welt für ehrlicher und tiefgründiger als die verzweifelte Sehnsucht der modernen Menschen, die alle mehr oder weniger annehmen, dass jenseits der dunklen Leere die Unsterblichkeit liegt.«

»Ich kann dir und deinem Flaubert nicht ganz folgen.«

»Nun, für den antiken Menschen war das ›schwarze Loch‹ die Unendlichkeit. Sein Leben, seine Träume, alles spielte sich vor dem unveränderlichen schwarzen Hintergrund des Todes ab. Da gab es keinen Aufschrei, keine Erschütterung, sondern nur den festen, nachdenklichen Blick aufs Unabänderliche. In dieser Zeit, als die Götter schon nicht mehr zählten und Christus seinen Auftritt noch nicht gehabt hatte, gab es diesen einzigartigen Augenblick in der Geschichte, in dem keine Jenseitsverheißung existierte. Der Mensch war auf sich gestellt. Diese Haltung im Angesicht der eigenen Vergänglichkeit finde ich sonst einfach nirgends.« Damit hastete er, ohne eine Erwiderung abzuwarten, aus der Kathedrale, als müsse er vor seinen eigenen Worten, die in so krassem Gegensatz zu seinem Besuch hier standen, flüchten.

Das Gespräch ging Mallory den ganzen Abend nicht aus dem Kopf. Es hatte etwas in ihr berührt, ohne dass sie hätte sagen können, was.

Vielleicht lag es auch daran, dass mit Beginn der heißen Jahreszeit der Andrang im *Mayfair* spürbar nachließ. Was nicht hieß, dass gähnende Leere geherrscht hätte, die Gäste bekamen nur leichter einen Tisch und mussten sich nicht mit einem Barhocker oder Stehplatz begnügen. Frank blieb an diesem Abend länger im *Mayfair* als sonst. Eine geschlagene Stunde hockte er mit einer Gruppe von Männern oben in einer der Logen zusammen, was eigentlich gar nicht seine Art war. Und er ließ für sie den besten Champagner auffahren.

Als Jake Jobush, einer ihrer schwarzbefrackten Oberkellner, mit einer weiteren Champagnerbestellung zu ihr an die Bar kam, fragte sie ihn, mit wem Frank denn dort oben zusammensitze.

»Sind alles Börsenmakler, Miss Kendrick«, teilte Jobush ihr mit.

Mallory seufzte. »Das habe ich mir schon fast gedacht.« Seit die Clubs schwarze Zahlen schrieben und der größte Teil der Profite aus den Brennereien nicht mehr in die Tilgung von Schulden floss, pflegte Frank seine Leidenschaft für Aktien und studierte mit Hingabe Börsennotierungen. Es verging kein Tag, ohne dass er mit irgendeinem Makler telefonierte. Er war nach den Börsenkursen fast so süchtig wie Sally nach ihren Drogen, und das gefiel ihr nicht, auch wenn er immer wieder versicherte, er spekuliere nicht, sondern investiere in gewinnträchtige Unternehmen, deren Aktien an der Börse weit unter Wert notiert seien. Wenn er meinte, seinen Anteil an ihrem Gewinn überwiegend in solche Wertpapiere stecken zu müssen, dann war das seine Sache.

Sie dagegen wollte mit Börsengeschäften nichts zu tun haben, auch wenn die Kurse beständig stiegen. Das hatte sie bei den zwei, drei Gelegenheiten, da er sie für Aktiengeschäfte hatte gewinnen wollen, unmissverständlich klargestellt, und seitdem ließ er sie damit in Ruhe.

Dabei war ihr sehr wohl bewusst, dass sie demnächst wenigstens einen Teil des vielen Geldes, das nun regelmäßig in ihre eigene Tasche floss beziehungsweise sich in Bankschließfächern und einem Tresor immer höher aufstapelte, irgendwie anlegen und sich für die Zukunft ein solides Standbein aus legalen Geschäften schaffen musste. Nur hatte sie noch keinen Entschluss gefasst, wie sie diese Aufgabe konkret angehen sollte.

»Hab leider keinen von ihren heißen Börsentipps aufgeschnappt«, fügte Jobush mit einem breiten Grinsen hinzu. »Aber im Augenblick bringen ja fast alle Aktien gutes Geld.«

Als der Kellner mit zwei Flaschen Original Piper-Heidsieck zu Frank und seinen Gästen zurückkehrte, sagte einer der Männer, die an der Bar saßen und den Wortwechsel mitbekommen hatten, mit einem geringschätzigen Lachen: »Von wegen Börsenmakler! ›Moderne Rattenfänger‹ wäre treffender für diese Wichtigtuer!«

Belustigt wandte Mallory sich dem Mann zu. »Rattenfänger ist wohl doch ein bisschen hart, meinen Sie nicht, Mister Scofield?«

Arthur Scofield gehörte zu ihren Stammgästen. Er war ein ruhiger, unscheinbarer Mann Ende fünfzig, von kleiner, untersetzter Statur und mit einem grauen Haarkranz um seine Glatze, einem kläglich lichten Schnauzbart und einer randlosen Brille auf der kurzen, schmalen Nase, die ihm etwas Eulenhaftes gab. Jeden Dienstag und jeden Freitag erschien er Punkt sieben Uhr abends, wenn der Club seine Türen öffnete, setzte sich auf »seinen« Barstuhl, las die Abendzeitung und verließ den Club auf die Minute genau um neun. Man konnte die Uhr nach ihm stellen. Er bestellte immer das Gleiche, nämlich Wiener Schnitzel, ihr billigstes Gericht, und verbrachte die zwei Stunden bei zwei Tom Collins, die er still und bedächtig trank. Mit ihr unterhielt er sich manchmal, mit anderen Gästen aber kaum. Offenbar war er es zufrieden, um acht sein Wiener Schnitzel anzuschneiden und seine zwei Gläser Tom Collins in kleinen Schlucken zu genießen. Und obwohl Arthur Scofield seit der Eröffnung des *Mayfair* seinen Stammplatz an der Bar hatte, wusste Mallory so gut wie nichts über ihn.

Jetzt sah er sie durch seine dicken Brillengläser an, runzelte kurz die Stirn, und nickte. »Sie haben recht! Diese Börsenmakler sind zwar sehr wohl Rattenfänger, aber in ihrer Beschränktheit begreifen sie nicht, dass sie nicht nur ihren Kunden das finanzielle Grab schaufeln, sondern auch sich selbst.«

Mallorys Verblüffung hätte kaum größer sein können. Nicht angesichts dessen, was er gesagt hatte, sondern angesichts seiner Redseligkeit. Gemessen an seiner üblichen Wortkargheit kam diese Antwort einer ausgewachsenen Rede gleich. »Sie klingen, als könnten Sie der Börse und der allgemeinen Begeisterung für Aktien ebenso wenig abgewinnen wie ich, Mister Scofield!«

»Ganz im Gegenteil«, erwiderte er ernst und überraschte sie erneut. »Nur jagen diese Rattenfänger und die Horde von Dummköpfen, die ihnen hinterherlaufen, einem Goldklumpen nach, der sich als schillernde Seifenblasen erweisen wird, wenn das mit den steigenden Aktienkursen noch länger so weitergeht. Dann kassiert der den wahren Goldregen, der seine Order auf *short sale* setzt.«

Mallory wollte fragen, was das bedeute, wurde aber von einem ihrer Angestellten abgelenkt, der zu ihr trat und ihr mitteilte, dass Homer Jackson eingetroffen sei und im Hof auf sie warte.

Homer kam jeden Monat nach Richmond, brachte Franks und ihren Anteil an dem Profit aus den Brennereien und besprach mit ihr, was geschäftlich anstand. Meist trafen sie sich am Stadtrand in einem Diner, in dem Schwarze und Weiße verkehrten, und seit sie das Cottage am Fluss hatten, bat sie ihn gelegentlich auch dorthin. Am liebsten aber war es Homer, sie trafen sich bei Nacht im Hinterhof des *Mayfair* und saßen zusammen auf dem Rücksitz seines Wagens. Er hatte es immer eilig, zurück in sein Reich zu kommen, wo er nicht ein herausgeputzter »Boy« war, sondern fast so etwas wie ein schwarzer Don.

Er hatte sich das neueste Sedan-Modell von Packard zugelegt, eine langgestreckte schwarze Limousine mit blutroten Zierleisten, Kotflügeln und Trittbrettern sowie jeder Menge Chrom. Ein wahres Schlachtschiff auf Rädern und auch im Innenraum in Luxusausführung. Das konnte er sich problemlos leisten.

»Glückwunsch, der Schlitten kann sich sehen lassen, Homer! Aber so oft, wie du die Wagen wechselst, solltest du dir eine eigene Autovertretung zulegen«, begrüßte Mallory ihren Freund mit gutmütigem Spott.

»Alles Ihre Schuld, Miss Mallory! Immerhin haben Sie mich zum reichsten Nigger vom Franklin County gemacht! Da hat man einen Ruf zu verteidigen!«, erwiderte er vergnügt, und sie gaben einander die Hand.

»Na, dazu hast du ja wohl selbst einiges beigetragen«, gab sie zurück, und das war keine Schmeichelei. Homer hatte sich nicht darauf beschränkt, ihre sechs Destillerien in Roanoke zu leiten, sondern Geschäftssinn und Cleverness bewiesen, indem er zusätzlich ein Transportunternehmen aufgebaut hatte. Mittlerweile bestand seine Flotte, mit der er bis nach Harrisonburg im Norden und Greensboro im Süden Kunden mit Kendrick-

Moonshine belieferte, aus sechzehn Trucks und einem halben Dutzend falscher Ambulanzen und Leichenwagen. Dann und wann gingen bei einer Razzia Wagen verloren, aber bei dem stetigen Geldstrom war solch ein Verlust leicht zu verschmerzen.

»Geh mal 'ne Runde frische Luft schnappen, Corky!«, rief Homer seinem Chauffeur zu, der wie der Schwarze auf dem Beifahrersitz gleichzeitig Leibwächter war. »Und du leistest ihm Gesellschaft, Chip, damit er sich im Dunkeln nicht fürchtet!«

»Geht klar, Flash!«, sagte der Chauffeur, und die beiden bewaffneten Muskelpakete stiegen aus und entfernten sich vom Wagen.

Amüsiert zog Mallory die Brauen hoch. »*Flash?*«

Homer grinste breit und zuckte die Achseln. »Das haben sich die Jungs in letzter Zeit angewöhnt, weiß der Teufel, warum. Wie die Burschen nun mal sind, jeder und alles muss einen Spitznamen haben.«

Sie lachte. »Na, das passt doch nicht schlecht, so extravagant, wie du dich anziehst!«

»Da ist schon was dran. Aber Grün ist und bleibt doch meine liebste Farbe«, erwiderte Homer, der an diesem Abend zu einem weißen Leinenanzug ein kirschrotes Seidenhemd und ein stahlblaues Krawattentuch trug. Er griff nach dem abgestoßenen Trompetenkoffer und reichte ihn Mallory mit einem stolzen Grinsen. »War ein prächtiger Monat!«

Sie klappte den Koffer kurz auf. Abgesehen von ein wenig Ausstopfpapier an den Seiten war er mit Bündeln von Geldscheinen gefüllt, ausschließlich Zwanziger und Fünfziger. Und die Hälfte davon gehörte ihr!

Homer sprach ein paar Kleinigkeiten an, aber wirklich Wichtiges gab es nicht. Allerdings hatte er eine private Neuigkeit. »Ach ja, ich habe letzte Woche die Farm der Andersons oben bei der Brücke über den Blackwater River gekauft, die ganzen vierhundertzehn Morgen samt Haus und Scheune«, erzählte er, und sein Strahlen verriet, wie stolz er darauf war, eine Farm zu besitzen. »Caldwell hat vor Wut geschäumt, dass ich ihn ausgestochen habe und die Andersons lieber an mich verkaufen wollten.«

Mallory freute sich für ihn und gratulierte.

»Dicke Stapel Geld sind ja was Feines und dicke Autos und schicke Klamotten auch«, gestand Homer. »Aber es geht doch nichts über eigenes Land! Ich könnte nie in der Stadt leben. Da oben am Blackwater bin ich ja aufgewachsen, da sollen auch meine Kinder eines Tages Wurzeln schlagen. Ich hab da nämlich ein Auge auf ein hübsches Mädchen geworfen. Rosy heißt sie, und ich könnte mir gut vorstellen …«

Mallory hörte nur noch mit halbem Ohr zu. Etwas viel Wichtigeres beanspruchte ihre Aufmerksamkeit. In dem Moment, als Homer von der Hoffnung gesprochen hatte, dass seine Kinder einmal am Blackwater Wurzeln schlagen sollten, hatte sie begriffen, warum ihr das Gespräch mit Frank nicht aus dem Kopf gegangen war. Das, was er über Herkunft und Wurzeln gesagt hatte, von denen man sich nicht wirklich befreien könne, hatte in ihr nachgeklungen. Und auf einmal wusste sie, was sie zuallererst mit ihrem überschüssigen Geld tun würde.

Es war an der Zeit, dort, wo sie, die Kendricks vom Franklin County, ihre Wurzeln hatten, ein neues und prächtiges Zuhause zu errichten! Ihr Entschluss stand fest. Gleich am nächsten Tag würde sie nach Roanoke fahren und sich auf die Suche nach einem Bauunternehmer machen, der ihre vagen Ideen und kindlichen Skizzen in Stein und Mörtel und stolze Südstaatenpracht umsetzen konnte!

# 101

Die schriftliche Einladung zur jährlichen Sommerparty der Winslows auf dem Beacon Hill war mehr als eine freundliche Geste. Sie bedeutete, dass er nicht länger nur Carolines geduldeter Verehrer war, sondern von nun an als ein gesellschaftlich akzeptabler Ehekandidat galt. Bei dieser Party am 4. Juli lernte er Carolines Geschwister und ihre Ehepartner kennen.

Sie begegneten ihm mit höflicher Freundlichkeit, die jedoch ihre Skepsis gegenüber einem mittellosen Studenten nur unzulänglich kaschierte. James war sicher, dass Caroline von ihnen schon so manchen Satz zu hören bekommen hatte, der mit »Was findest du nur …« oder »Wie kannst du bloß …« anfing, und dass es damit noch nicht vorbei war. Aber er hatte auch nicht erwartet, dass sie ihn mit offenen Armen in ihren exklusiven Kreis aufnahmen.

Caroline hatte ihn vorgewarnt, dass ihr Bruder ein rechter Snob sei, der den Mund nur aufbekomme, wenn es um Aktien und andere Bankgeschäfte gehe. Weiter hatte sie gesagt, ihre Schwester Claire habe größeren politischen Ehrgeiz als ihr staubtrockener Ehemann und träume schon davon, eines Tages ins Weiße Haus einzuziehen, und Evelyn, mit der sie sich immer noch am besten verstehe, interessiere sich im Grunde nur für Mode, Schmuck und High-Society-Klatsch.

Dennoch hatte er früh an diesem frühen Abend eine unvergessliche Begegnung. Unter dem Vorwand, seine Zigaretten im Wagen vergessen zu haben, hatte er sich einige Minuten Pause von diesem verkappten Spießrutenlauf verschafft. Als er ins Haus zurückkehrte, traf er dort auf einen Fremden.

»Sie müssen der Auserkorene meiner so überaus wählerischen Lieblingsnichte sein!«, sagte der Mann, der Anfang bis Mitte sechzig sein mochte und dessen voluminöse dunkle Stimme einem ausgebildeten Bassbariton alle Ehre gemacht hätte. Wobei der Ton eher dem eines Befehlshabers entsprach. Dabei tippte er James den silbernen Knauf seines Gehstocks aus schwarzem Ebenholz zweimal und nicht eben sanft gegen die Brust. Er war von massiger Gestalt, beinahe so breit wie groß, besaß dennoch das scharf geschnittene Gesicht eines Habichts mit wachsamen hellen Augen und hatte einen altmodischen Zwicker auf der gekrümmten Nase sitzen. Sein Kopf war kahl und von Altersflecken gesprenkelt, aber sein eisgrauer Van-Dyke-Bart war buschig und betonte den kräftigen Mund und die kantige Kinnpartie. »Kommen Sie, gestehen Sie!«

James grinste. »Ich bekenne mich schuldig im Sinne der Anklage, Sir! Und Sie müssen Richter Winslow sein.«

»Die Beweislage ist in der Tat erdrückend! Sie wissen hoffentlich, dass Sie noch immer auf Bewährung sind, oder? Also halten Sie Ihre Hose geschlossen und brechen Sie meiner Caroline nicht das Herz! Sonst bekommen Sie die ganze Härte des Familiengesetzes zu spüren!«, bellte Carter Winslow und tippte ihm erneut mit dem Knauf seines Gehstocks gegen die Brust. »Ich nehme an, man hat nicht vergessen, Ihnen zu sagen, dass ich der Tyrann der Winslow-Sippe bin, oder?«

»Eine Bemerkung in der Art mag gefallen sein«, antwortete James mit diplomatischer Unbestimmtheit und fand die Begegnung mit Carolines Onkel plötzlich gar nicht mehr so amüsant.

»Gut, dann wissen Sie, was Ihnen blüht, sollten Sie trotz allem die Kühnheit aufbringen, in unsere Familie einzuheiraten«, sagte Judge Carter, lachte unvermittelt, als habe er sich soeben köstlich amüsiert, und klopfte ihm aufmunternd auf die Schulter. »Und glauben Sie nicht, Ihr hübsches Gesicht bringt Ihnen mildernde Umstände. Bei uns kriegen Sie lebenslänglich, mein Junge!« Er zog einen in Leder gehüllten Flachmann hervor, schraubte ihn auf und hielt ihn James hin. »So, und nun nehmen Sie einen Schluck von meinem Kräutergeist, bevor wir zu den anderen gehen. Ist ein ärztlich verordnetes Nervenserum, und Sie sind auf einmal sehr blass um die Nase!«

Gehorsam nahm James einen kräftigen Schluck aus dem Flakon und hätte um ein Haar die Hälfte davon wieder ausgeprustet, als er merkte, dass ihm feuriger Brandy durch die Kehle rann.

»Irgendwelche Einsprüche, Mister Milton?«, fragte Judge Carter knurrig, aber mit fröhlich blitzenden Augen.

»Nein, Euer Ehren!«

»Gut, das nehmen wir zu Protokoll, und damit vertagt sich das Gericht! Kommen Sie, bereichern wir die Gesellschaft durch unsere Gegenwart!« Judge Carter hieb ihm seinen Gehstock in den Rücken, bevor er sich ganz selbstverständlich auf seinen Arm stützte, als wäre er sein persönlicher Diener. So begaben sie sich zu den anderen in den großen Salon.

Carolines Onkel ließ ihn lange nicht von seiner Seite und machte ihn mit mehreren Gästen bekannt, die in juristischen Berufen tätig waren, unter anderem mit einem hochgewachsenen Mann Ende vierzig mit kurzem, pechschwarzem Vollbart und dunkler Hornbrille namens Clive Vandenburg, der in Washington im Justizministerium eine hohe Position innehatte. Mit Richter Winslow und zwei Anwälten, einem Strafverteidiger und einem stellvertretenden Staatsanwalt, geriet James schnell in eine angeregte Diskussion über die Verfassungsmäßigkeit der Prohibition.

»Man kann es drehen und wenden, wie man will, letztlich bleibt es ein politisch motivierter Eingriff in die privaten Gewohnheiten und Freiheiten der Bürger, Gentlemen!«, sagte der Strafverteidiger.

»Ein politischer Dressurakt ohne gesellschaftlichen Konsens«, pflichtete James ihm bei.

»Heißt das, Sie missbilligen den achtzehnten Zusatzartikel zu unserer Verfassung?«, fragte Clive Vandenburg mit leichtem Spott in der Stimme.

»Was ich missbillige, sind der meines Erachtens fehlerhafte juristische Prozess und der bundesstaatliche Übergriff, die zu diesem Gesetz geführt haben«, erwiderte James. »Der Prohibitionsartikel ist ein beispielloser Eingriff des Bundes nicht nur in private Gewohnheiten, sondern vor allem in die bis dahin unbestrittene Gesetzgebungskompetenz der Einzelstaaten.«

»Das lässt sich nicht bestreiten«, pflichtete ihm einer der anderen in der Runde bei. »Wir haben die Verfassung auch, damit die Mehrheit nicht uneingeschränkt Macht über die Minderheit ausüben kann. Und genau das ist hier geschehen. Dem Volstead Act liegt kein breiter gesellschaftlicher Konsens zugrunde. Vielmehr ist er eine Zwangsjacke, die von einundfünfzig Millionen Wählern den anderen neunundvierzig Millionen übergeworfen wurde.«

»Zudem wurde die Grundregel verletzt, der zufolge ein Verfassungsartikel nur Prinzipien bestimmen soll und es dann der Regierung überlassen bleibt, sich um die Ausführung zu kümmern«, fügte James mit Feuereifer hinzu. »Beispielsweise Autos willkürlich anzuhalten und nach illegalem Alkohol zu durchsuchen ist eine Verletzung der *Bill of Rights*. Und wenn die Verfassung zu einem bedeutungslosen Fetzen Papier wird, weil die Herren Politiker nicht in der Lage sind, einen echten gesellschaftlichen Konsens herzustellen oder zumindest ein stimmiges juristisches Unterfutter für diese Zwangsjacke zu schaffen, dann sollten wir uns auch nicht über die Folgen wundern. Wenn die Regierung in den Augen großer Teile der Bevölkerung zum Gesetzesbrecher wird, züchtet sie Verachtung für das Gesetz geradezu und bereitet der Anarchie den Boden. Nicht zuletzt schafft sie den Nährboden für Korruption und organisierte Kriminalität!«

»Gut gebrüllt, Löwe«, sagte Clive Vandenburg, und James war sich nicht sicher, ob er das als Spott oder als Zustimmung werten sollte.

»In der Tat nicht schlecht, Mister Milton. Mir scheint, Sie lernen wirklich etwas in Harvard!«, sagte Carter Winslow. »Nur …«

Caroline machte der Diskussion ein Ende. »So, jetzt ist es genug, Onkel Carter«, fiel sie ihm ins Wort. »Du kannst ihn doch nicht den ganzen Abend in Beschlag nehmen! Tut mir leid, Gentlemen, aber der hier gehört mir und kommt jetzt mit mir mit!« Damit hakte sie sich bei James ein und zog ihn von der Gruppe weg.

Später, als James sich verabschiedete, drückte Clive Vandenburg ihm seine Visitenkarte in die Hand. »Wie ich höre, machen Sie bald Ihren Abschluss. Melden Sie sich, wenn Sie eine interessante Aufgabe suchen. Aufgeweckte Männer wie Sie können wir gebrauchen.«

James bedankte sich für das Angebot. Es schmeichelte ihm, zumal es in Carolines Gegenwart ausgesprochen worden war, und er versprach, darüber nachzudenken. Damit steckte er die Visitenkarte ein und vergaß sie für lange Zeit.

## 102

Den August verbrachten die Winslows traditionell auf der siebzig Meilen südlich von Boston gelegenen Halbinsel Cape Cod, einer beliebten Sommerfrische der Wohlhabenden der Nordostküste. Das Cottage bei Hyannis Port, schon in der dritten Generation im Familienbesitz und stets an die Söhne weitergegeben, gehörte zu gleichen Teilen Carolines Vater und ihrem Onkel.

Dass James nicht unter einem Monat Trennungsschmerz zu leiden brauchte, sondern nur die ersten beiden Augustwochen ohne Caroline überstehen musste, verdankte er Richter Winslow. Er konnte ihr noch weniger einen Wunsch abschlagen als sein jüngerer Bruder. Seine Fürsprache gab den Ausschlag, als Carolines Vater schwankte, ob die Zeit schon reif sei, James für zwei Wochen in Hyannis Port zu Gast zu haben.

James konnte sein Glück kaum fassen. Zwei Wochen mit Caroline unter einem Dach! Zwei Wochen, in denen sie sich täglich sehen würden, von morgens bis abends! Und dann auch noch an einem so schönen Ort.

Das Cottage der Winslows entpuppte sich als stattliches Sommerhaus mit acht Schlafzimmern, wobei die der Gäste zwar nicht übermäßig geräumig, aber doch zweckmäßig und für James' Geschmack außerordentlich komfortabel waren. Und bei der Lage des Hauses hielt man sich in den Zimmern sowieso nur zum Schlafen auf. Leicht erhöht und nur einen Steinwurf vom Meer entfernt, schmiegte es sich idyllisch in die Dünen. Selbst von der großen Veranda, die zur Hälfte im Schatten einer weißen Pergola lag, hatte man einen ungehinderten Blick auf den Strand und das anbrandende Meer. Bei klarem Wetter, und damit war sein Aufenthalt auf Cape Cod überwiegend gesegnet, konnte man in der Ferne die dünenreiche Küste der Inseln Nantucket und Martha's Vineyard erkennen.

So glücklich James auch darüber war, die zwei Wochen mit Caroline am Meer sein zu dürfen, so gemischt waren seine Gefühle, denn er wusste, dass in der Zeit auch ihre Schwester Evelyn mit ihrem Mann Roger und ihrer zweijährigen Tochter Rosalyn sowie zwei mit ihnen befreundete Ehepaare zugegen sein würden, darunter jener Mann aus dem Justizministerium, Clive Vandenburg, und seine Frau Emily.

Seine Sorge, im Kreis dieser etablierten und bis auf die Vandenburgs äußerst wohlsituierten Familienmitglieder und Freunde der Winslows ein Fremdkörper zu sein und zu bleiben, erwies sich jedoch als gänzlich unbegründet. Zu seiner größten Verwunderung gab keiner ihm das Gefühl, aufgrund seiner Jugend oder Herkunft kein passender Umgang zu sein. Der Richter und Clive Vandenburg verstrickten ihn abends oft in Gespräche und hatten sichtlich Freude daran, seinen juristischen Intellekt herauszufordern, und angeregt, manchmal sogar hitzig zu diskutieren.

Mit Roger, Carolines Schwager, schloss er sogar fast eine Art Freundschaft, obwohl fast neun Jahre und ein sattes Vermögen zwischen ihnen lagen. Was sie zusammenbrachte, war das Tennisspiel, das sie beide leidenschaftlich liebten und mit ungefähr derselben mittelmäßigen Kunstfertigkeit beherrschten. Zudem hatte Roger offenbar das Gefühl, sich bei ihm unbesorgt den Groll über seinen tyrannischen Vater von der Seele reden zu können, dessen Nachfolge er einmal antreten sollte, der ihn in der Firma aber immer noch wie einen besseren Laufburschen behandelte. Dass Roger sich so gut mit ihm verstand und auch Onkel Carter große Stücke auf ihn hielt, machte James innerhalb weniger Tage auch in den Augen von Evelyn zu jemandem, dem sie Beachtung und sogar Sympathie zu schenken bereit war.

James wusste, was für ein Glück er hatte, dass die Familien von Carolines Bruder und großer Schwester sich in diesem Sommer für Bar Harbor entschieden hatten – nur deshalb hatte er überhaupt eingeladen werden können –, denn Brian und die nicht minder arrogante Claire hätten die zarten Pflänzchen aufblühender Freundschaft schon beim ersten zaghaften Sprießen zunichtegemacht.

Das größte Glück dieser zwei Wochen war natürlich, dass er von morgens bis abends mit Caroline zusammen sein durfte. Auf dem Tennisplatz traten sie im Doppel gegen Roger und Evelyn an, am Meer machten sie lange Spaziergänge in den heraufziehenden Morgen oder den Sonnenuntergang hinein. Sie gingen schwimmen, spielten Ball und auf dem Rasen Krocket – und segelten über den Nantucket Sound. Und was immer sie trug, ob Tennisdress, Badeanzug oder dunkelblaue Shorts und rotweiße Ringelbluse auf der Jolle, er konnte sich nicht sattsehen an ihr.

Die Stunden auf dem Boot waren die himmlischsten. Draußen auf dem Meer wussten sie sich unbeobachtet und konnten sich unbeschwert zärtlicher Zweisamkeit hingeben.

»Komm, wir segeln heute rüber nach Martha's Vineyard!«, hatte Caroline gleich am Morgen nach seiner Ankunft gesagt.

»Ich kann aber nicht segeln!«

»Ich bring es dir schon bei.«

»So wie das Schlittschuhlaufen?«

»Keine Sorge, aus der Jolle fällt es sich weicher als auf Eis. Und du musst ja in den zwei Wochen nicht gleich zum fliegenden Holländer werden«, hatte sie ihn geneckt. »Ich wette, du hast so viel Spaß, dass du gar nicht mehr von der Jolle willst!«

Die Wette hätte sie leicht gewonnen.

Caroline war eine ausgezeichnete Seglerin, die den Wind und das Wasser zu lesen verstand wie Bücher. Ihr Bruder, der dem renommierten Boston Yacht Club angehörte und dessen schnittiges Boot namens *Windsong* im Hafen von Marblehead lag, hatte sie mit seiner Leidenschaft angesteckt. Schon als sie noch ein kleines Mädchen gewesen war, hatte er sie mitgenommen und ihr beigebracht, was man wissen und können musste, um mit ebenso viel Respekt vor der See wie Vertrauen in die eigenen Fähigkeiten ein Boot zu führen.

James fand schnell Gefallen am Segeln, auch wenn seine Geschicklichkeit an der Ruderpinne und im Lesen des Windes sehr zu wünschen übrig ließ. Noch viel mehr aber genoss er die aufregenden »Flauten«, wie sie ihre gelegentlichen Segelunterbrechungen trotz prächtigen Windes nannten. Wenn sie nämlich fern von anderen Wassersportlern die Segel einholten, den Treibanker auswarfen, sich auf ihre dicken Badetücher legten und Zärtlichkeiten austauschten. Und die beschränkten sich längst nicht mehr auf leidenschaftliche Küsse und verstohlene Liebkosungen.

Schon an ihrem dritten Segeltag schwammen sie nackt neben der dahindümpelnden Jolle und ließen sich hinterher im Boot von der Sonne trocknen. Dabei schmiegten sie sich aneinander, küssten sich und streichelten und liebkosten einander da, wohin ihre Hände und Lippen bislang noch nicht vorgedrungen waren.

Caroline hatte eine wunderbar natürliche Einstellung zu

ihrem Körper wie auch zu seinem. Ohne Scheu und mit unverstellter Lust ging sie auf sexuelle Entdeckungsreise.

Als er das erste Mal in ihrer Hand kam, sagte sie mit einem Lächeln: »Ach, so ist das also!« Und beim nächsten Mal achtete sie darauf, dass es langsamer geschah und sein Samen unter ihren Händen frei aus ihm herausspritzen konnte.

Wenn sie auch nie bis zum Letzten zu gehen wagten und Carolines Jungfräulichkeit nie in Gefahr war, so war doch die Lust, die sie einander schon jetzt zu schenken wussten, ein Vorgeschmack auf die Sinnesfreuden, die sie erwarteten.

Manchmal konnte James es kaum fassen, dass Caroline ausgerechnet ihm ihre wunderbare, überwältigende und bedingungslose Liebe schenkte und ihn mit derselben lustvollen Leidenschaft begehrte wie er sie. Womit hatte er dieses unfassbare Geschenk verdient?

Wenn er nicht ein ausgemachter Glückspilz war, dann gab es einen solchen auf der ganzen Welt nicht!

## 103

Am Bahnhof stieg Mallory aus dem Taxi, überließ ihren Koffer einem der livrierten Gepäckträger, die sie schon mit Namen kannten, und beeilte sich, aus dem nasskalten Nieselregen und in die geschützte Bahnhofshalle der *Southern Railways* zu kommen. Typisches Februarwetter, von dem man selbst im Süden Virginias nicht verschont blieb.

Der Regen und der graue Himmel über Richmond passten gut zu diesem Morgen, zumindest was Franks Laune anging. Er war so verschnupft gewesen darüber, dass sie schon wieder nach Roanoke fuhr, dass er ihr noch nicht einmal angeboten hatte, sie zum Bahnhof zu fahren, wie er es bislang noch immer getan hatte. Aber sie störte sich nicht länger an seinem Missfallen und dem Vorwurf, sie vernachlässige ihre Aufgaben im *Mayfair*. Ob es ihm gefiel oder nicht, er würde sich daran gewöhnen müssen, dass sie ihr ganz eigenes Projekt hatte und es mit derselben Leidenschaft verfolgte, die er in die Nachtclubs gesteckt hatte. Und was das *Mayfair* anging – dort würde weder der Profit einbrechen noch die Stimmung darunter leiden, dass sie alle paar Monate für zwei, drei Nächte nach Roanoke fuhr. Es kostete nun einmal Zeit, die Pläne für ein so großes Haus im Detail zu besprechen. Das ließ sich nicht übers Knie brechen, auch wenn sie es selbst kaum erwarten konnte, den ersten Spatenstich zu tun. Zudem gefiel es ihr, dann und wann ein paar Tage in ihrer Heimat zu verbringen und … ja, von ihm weg zu sein. Mister Sheldon bezweifelte zwar, dass sie im Sommer schon mit dem Bau würden beginnen können, aber sie würde alles daransetzen, dass 1929 das Jahr wurde, in dem sich am Stone Ridge Mountain ihr ganz eigener Phoenix aus der Asche erhob!

In der Bahnhofshalle begab sie sich zum Zeitschriftenstand, um sich mit Lektüre für die dreieinhalbstündige Zugfahrt einzudecken. Das Valentine's-Day-Massaker in Chicago drei Tage zuvor, bei dem Gangster sechs Mitglieder einer rivalisierenden Gang an die Wand gestellt und kaltblütig erschossen hatten, beherrschte noch immer die Schlagzeilen der Skandalblätter. Die etwas seriöseren Tageszeitungen spekulierten in ihren Aufmachern darüber, ob es dem neuen Präsidenten Herbert Hoover, dessen feierliche Amtseinführung in Washington bevorstand, anders als seinem Amtsvorgänger Franklin D. Roosevelt wohl gelingen würde, das Land aus der andauernden Wirtschaftskrise zu führen.

Mit der *Richmond Times* sowie *Life* und *Vogue* unterm Arm löste sie ein Rückfahrtticket erster Klasse und setzte sich nach einem Blick auf die Uhr auf eine der Bänke. Es war noch viel zu früh, um sich auf den zugigen Bahnsteig zu stellen.

Sie hatte kaum Platz genommen, die beiden Magazine in ihrer Reisetasche verstaut und die Tageszeitung aufgeschlagen, als jemand vor ihr stehen blieb und sie ansprach.

»Mallory?«

Der Mann vor ihr sagte ihren Namen leise und irgendwie unentschlossen, so als sei er nicht sicher, ob er ihn aussprechen oder es besser lassen sollte. Der Schock hätte aber kaum größer sein können, wenn er ihn aus voller Kehle durch die Bahnhofshalle gebrüllt hätte. Fast wäre ihr die Zeitung aus den Händen geglitten. Sie wusste sofort, wer das war. Und das nach so vielen Jahren!

Ihr Kopf ruckte hoch. »Henry?« Ungläubig starrte sie ihn an. Wie konnte es sein, dass sie ihm hier in Richmond begegnete? Und wie sah er überhaupt aus? Nie zuvor hatte sie ihn *so* gekleidet gesehen!

Er hätte glatt für einen von diesen Maklern aus dem Finanzdistrikt an der Main Street durchgehen können! Sein leichter Mantel stand offen; darunter waren ein dunkelbrauner Anzug und ein weißes Hemd mit blau-braun gemusterter Krawatte zu sehen. Dazu eine Aktentasche aus dunkelbraunem Leder und ein Fedora. Konservativ, aber stilsicher. Sein Gesicht mit den klaren Zügen und der energischen Kinnpartie war glatt rasiert, das noch immer wild gelockte kastanienbraune Haar kurz geschnitten und mit sparsam aufgetragener Pomade gezähmt. Dazu verströmte er einen dezenten Duft.

Das war nicht der Henry Irving, den sie in Erinnerung hatte! Der trug einen alten Overall, hatte selbst nach langem Schrubben noch Dreck unter den Fingernägeln, roch nach Motoröl oder Benzin und ließ sein wildes Haar schon mal bis über die Ohren wachsen. Nur die schlanke, hochgewachsene Gestalt und die tiefbraunen Augen entsprachen ihrer Erinnerung.

Er lächelte etwas angestrengt. Die Verunsicherung war ihm deutlich anzusehen. Er war nie gut darin gewesen, seine Gefühle zu verbergen. Jetzt räusperte er sich. »Du siehst gut aus.«

»Du … du auch«, erwiderte sie genauso verstört und erhob

sich von der Bank, ohne zu wissen, warum sie nicht wollte, dass er auf sie herunterblickte und sie zu ihm aufblicken musste. Eine Welle widersprüchlicher Emotionen erfasste sie, Erinnerungen stürzten auf sie ein. Das Bild, wie er nackt aus der Wanne aufstand, ihre letzte Begegnung. Mühsam rang sie um Selbstkontrolle. »Was machst du hier?«

»Ich warte auf meinen Zug.«

»Ich auch«, sagte Mallory und ärgerte sich sofort über ihre dämliche Frage wie über ihre nicht weniger banale Antwort. Was sollten sie auf einem Bahnhof schon anderes machen als auf Züge warten? Aber in ihrer Verwirrung fiel ihr einfach nichts Geistreicheres ein. Und wortlos vor ihm zu stehen erschien ihr noch peinlicher als die dümmste Bemerkung. »Wo fährst du hin?«

»Asheville, North Carolina. Und du?«

»Ich muss für ein paar Tage nach Roanoke.«

Henry nickte, als habe sie seine Ahnung bestätigt, was natürlich Unsinn war, denn ebenso gut hätte sie auf dem Weg nach New York oder sonst wohin sein können!

»Dann sind wir ja beide reichlich früh dran«, stellte er mit einem Blick auf die Anzeigetafel fest. Ihr Zug ging erst in fünfzehn Minuten, er musste sogar noch länger warten.

»Ja, ein verrückter Zufall. Ich meine, überhaupt …« Sie ließ den Satz unbeendet und machte eine vage Handbewegung, die sie beide und die Bahnstation einschloss.

Unschlüssig sah er sie an und zog die Unterlippe zwischen die Zähne. Dann deutete er auf die Bank und sagte: »Warum setzt du dich nicht wieder, Mallory? Entschuldige, dass ich dich gestört habe, aber …«

»Ach was!«, wehrte sie ab, und die gequälte Unterhaltung erschien ihr mit jedem Moment unwirklicher, vor allem aber lächerlich angesichts der Tatsache, dass sie sich einmal geliebt und miteinander geschlafen hatten. Sie mochten im Zorn auseinandergegangen sein, aber sie waren einander doch mehr schuldig als dieses nichtssagende Geplänkel! »Mein Gott, was reden wir für einen Unsinn, Henry! Können wir nicht einfach normal miteinander reden, was meinst du?«

Er lachte verhalten, wirkte aber erleichtert. »Ja, das sollten wir versuchen, auch wenn es nicht einfach ist. Kommt schon ein bisschen plötzlich, dass wir uns nach all den Jahren hier wiedersehen.«

»Mein Gott, sieben Jahre! Ist es wirklich schon so lange her? Kaum zu glauben!«

»Du sagst es.«

Der Druck auf ihrer Brust ließ etwas nach, und sie atmete tief durch.

»Komm, setz dich und erzähl mir, wie es dir geht. Du siehst nicht so aus, als würdest du noch als Mechaniker arbeiten. Jedenfalls kenne ich keinen, der sich im schicken Anzug und mit einer Aktentasche unter einen Wagen legt. Hast du dein Studium beenden können?«

Der angestrengte Zug wich aus seinem Lächeln, als er nickte und sich neben sie setzte, ohne ihr jedoch zu nahe zu kommen. »Meine Mutter ist vor vier Jahren gestorben. Am Ende war es eine Erlösung. Ich habe dann mein Studium wiederaufgenommen und mein Diplom gemacht. Seit Jahresbeginn arbeite ich als Ingenieur für die *Eastern Seaboard Hydro Electric Company*«, erzählte er. »Unsere Firma ist hier in Richmond ansässig, wir sind auf den Bau von Staudämmen zur Stromerzeugung spezialisiert, ein faszinierender Aufgabenbereich mit großer Zukunft.«

»Es freut mich, dass dein Traum doch noch wahr geworden ist«, sagte sie aufrichtig. »Du hast es mehr als verdient.«

Er nickte bedächtig. »Ja, ich kann nicht klagen. Und wie geht es dir?«, fragte er und klang schon wieder angespannt. Er wusste, dass er dünnes Eis betrat, scheute aber nicht davor zurück. »Wie ich gehört habe, bist du noch immer mit Frank Marlowe zusammen. Bist du froh, dass er so etwas wie die Königin der

Schwarzbrenner von Virginia aus dir gemacht hat? Du wirst Lady Moonshine genannt, nicht wahr?«

Sie spürte, wie ihr das Blut ins Gesicht schoss. »Die Partnerschaft mit Frank bin ich notgedrungen eingegangen. Mit Glück hat das nichts zu tun!«, erwiderte sie heftiger als beabsichtigt. »Und was die Lady Moonshine betrifft, so reden die Leute nun mal viel dummes Zeug!«

»Entschuldige, ich wollte dir nicht zu nahe treten. Das ist ja auch allein deine Sache«, sagte er kühl und wechselte das Thema. »Und wie ist die Sache mit Bobby ausgegangen?«

»Nicht gut«, gestand sie und wunderte sich, wie leicht es ihr fiel, ihm gegenüber offen zu sein und nichts zu beschönigen. »Genau genommen katastrophal. Er hat sich nicht nur von mir losgesagt und mich sozusagen als Schwester verstoßen, sondern auch seinen Namen geändert.«

Betroffen sah er sie an. »Warum denn das?«

Mallory zögerte kurz, und dann erzählte sie ihm, was sie an jenem Labour-Day-Wochenende getan oder, besser gesagt, unterlassen hatte und dass Robert sich seitdem so unversöhnlich zeigte. »Ich weiß, dass ich nicht alles richtig gemacht habe«, sagte sie, »aber dass ich nicht alles versucht hätte, damit Bobby diesem Verbrecher O'Reilly nicht völlig verfällt und sein Leben verpfuscht, kann mir keiner vorwerfen. Nur will er das nicht hören. Er hat sich ein Bild von mir gemacht, das nicht dem entspricht, was ich wirklich bin. Nicht, dass er damit allein wäre, aber das nur nebenbei.«

Henry ließ sich nicht anmerken, ob er von der Spitze Notiz genommen hatte. »Dann musst du das Bild, das Bobby sich von dir gemacht hat, eben korrigieren.«

»Ich habe ihm die Wahrheit so oft geschrieben!«

»Und wenn er deine Briefe gar nicht gelesen, sondern gleich in den Müll geworfen hat?«

»Wer macht denn so etwas?«

»Vielleicht dein Bruder, weil er Angst vor der Wahrheit hat

und auf diese Weise nicht gezwungen ist, der eigenen Schuld ins Auge zu sehen.«

Mallory musterte ihn skeptisch. »Aber was soll ich tun, damit er endlich begreift, wie es wirklich gewesen ist?«

»Ganz einfach: Fahr hin und rede mit ihm!«, riet er, ohne lange zu überlegen. »Inzwischen sind doch ein paar Jahre vergangen. Womöglich bereut er längst, dass er so hart über dich geurteilt hat. Vielleicht wartet er darauf, dass du den ersten Schritt tust.«

»Und wenn nicht?«

Er zuckte die Achseln. »Was vergibst du dir? Ich würde es schon allein tun, um mir später nicht vorwerfen zu müssen, dass ich es nicht wenigstens versucht hätte. Aber die Entscheidung liegt natürlich bei dir. Du musst tun, was du für richtig hältst.«

Der Träger, der sich ihres Gepäcks angenommen hatte, näherte sich und machte sich durch ein lautes Räuspern bemerkbar. »Entschuldigen Sie, aber in fünf Minuten fährt Ihr Zug ab, Miss Kendrick!«

»Danke, Marvin, ich komme«, sagte sie und erhob sich.

Auch Henry stand auf.

»Mach's gut«, sagte sie. »Und viel Erfolg in deinem Beruf. Vielleicht lese ich mal in der Zeitung von dir, in Verbindung mit einem berühmten neuen Staudamm!«

Zum Zeichen, dass die Verletzungen der Vergangenheit, auch die Szene damals am Heiligabend im Hotel, nicht länger zwischen ihnen standen, streckte sie ihm die Hand hin. In ihrer Geste lag auch eine stumme Hoffnung.

Er ergriff die Hand. »Mallory, ich …«, setzte er an, als habe er noch etwas Wichtiges auf dem Herzen, doch dann brach er ab.

»Ja?« Erwartungsvoll sah sie ihn an. Sie spürte, dass auch er daran dachte, auf welch hässliche Art sie damals auseinandergegangen waren. Sie hatte die Wunde, die er ihr mit seinen

Worten geschlagen hatte, tief in sich begraben, doch dort schwärte sie auch nach sieben Jahren noch. Eine Entschuldigung wäre jetzt Balsam gewesen und hätte den Graben zwischen ihnen schließen können.

Sie kam nicht.

»Pass auf dich auf, Mallory!«, sagte er stattdessen und wich ihrem Blick aus, so als schäme er sich, dass er nicht die Größe hatte, um Verzeihung zu bitten. Und damit ging er eilig davon.

Sie war schon fast an der Sperre, als er sich plötzlich eines anderen besann und ihr nachgerannt kam. »Mallory, warte!«

Sie blieb stehen, drehte sich um und sah ihn fragend an. Sollte er sich doch dazu durchgerungen haben, über den großen Schatten seines Stolzes zu springen und auszusprechen, worauf sie auch nach so vielen Jahren noch wartete – worauf sie ein moralisches Anrecht hatte?

»Ich möchte nicht, dass wir so auseinandergehen!«, stieß er hervor. »Es tut mir leid. Ich hätte das nicht tun und schon gar nicht sagen dürfen!«

»Was hättest du nicht tun und sagen dürfen?«, fragte sie und empfand eine tiefe Befriedigung, als sie sah, wie er mit seiner Reue kämpfte.

Ihm war anzusehen, wie schwer es ihm fiel. Aber diesmal drückte er sich nicht. »Die hässlichen Worte damals auf dem Hotelflur«, sagte er und wich ihrem Blick nicht aus. »Ich hatte kein Recht, dich zur Rede zu stellen, geschweige denn, dir so eine Szene zu machen.«

»Nein, das hattest du nicht!«

»Es war widerwärtig, und nichts kann das entschuldigen!«, fügte er hinzu. »Auch nicht, dass ich betrunken war und verletzt, weil ich dich, die ich doch liebte wie nichts sonst auf der Welt, verloren hatte. Ich verstehe selbst nicht mehr, dass ich dir weh tun wollte, ich war wie von Sinnen und wollte, dass auch du nicht ohne Schmerz davonkommst. Wofür ich mich besonders schäme, weil ich damit meine Liebe verraten habe.«

»Es *hat* geschmerzt, Henry, und zwar lange!«, versicherte sie und hatte plötzlich einen Kloß im Hals.

»Miss Kendrick, Ihr Zug!«, drängte der Gepäckträger an der Sperre.

»Ich wünschte, ich könnte es rückgängig machen, Mallory.«

Sie nickte nur. Gott, was hätte auch sie darum gegeben, wenn das möglich gewesen wäre!

»Miss Kendrick!«, rief Marvin.

Mallory reagierte nicht. Im Augenblick war ihr der Zug egal.

Offen und mit einem schmerzlichen Ausdruck sah Henry sie an. »Nur geht das leider nicht, wie wir beide wissen. Ebenso weiß ich, dass du mir mein Verhalten von damals nicht verzeihen kannst. Aber ich hoffe, dass du nicht mehr ganz so schlecht von mir denkst, nachdem du weißt, wie sehr ich es bedaure! Und ich bin froh, dass ich doch nicht so feige war, wie ich erst dachte, und es vor dir eingestanden habe.« Er atmete tief durch, als sei endlich eine schwere Last von ihm abgefallen. Und dann verabschiedete er sich ein zweites Mal, nun mit einem befreiten Lächeln und den Worten: »Alles Gute! Ich wünsch dir von Herzen alles Glück der Welt, Mallory!«

Eigentlich hätte sie grimmige Genugtuung empfinden sollen, doch anstelle eines triumphalen Gefühls befiel sie tiefe Niedergeschlagenheit, die nicht weit von Trauer entfernt war. Trauer um eine verlorene Liebe und das, was hätte sein können.

## 104

Es war noch nicht einmal halb fünf, als James in die Turnbury Street einbog und Ausschau nach einem Parkplatz hielt. Er hatte Glück und fand eine große Lücke direkt vor *Everett's Book Store*. Besser hätte er es nicht treffen können, denn genau dort wollte er die gute halbe Stunde verbringen. In einer Buchhandlung wurde ihm die Zeit nie lang. Dabei hatte er sich früher nichts aus Büchern gemacht. Caroline, mit der er seit Weihnachten offiziell verlobt war, hatte ihm diese unendliche Wunderwelt erschlossen. Und so manch andere Traumwelt!

Er stieg aus und schaute zu *Madeleine Fayette's House of Fashion* hinüber. Caroline und ihre Schwester Evelyn waren zur Anprobe dort drüben im Atelier der Schneiderin. Evelyn hatte Caroline überredet, sich auch ein neues Kleid für den festlichen Wohltätigkeitsball machen zu lassen, den die Bostoner Ärzteschaft jedes Frühjahr im *Fairmont Copley Plaza Hotel,* dem ersten Haus am Platz, veranstaltete und der zu den großen gesellschaftlichen Ereignissen des Jahres zählte.

Er überlegte kurz, ob er zu ihnen hinübergehen und dort warten sollte. Hätte er zu Caroline in die Umkleide gedurft, hätte er nicht eine Sekunde gezögert. Aber selbst scherzhaft danach zu fragen wäre skandalös gewesen. Noch immer prägte das puritanische Erbe der ersten Einwanderer das Gesetz der Schicklichkeit in diesem Land, daran hatten auch die wilden Flapper-Jahre nicht viel ändern können. Gottlob war seine Caroline immun gegen diesen puritanischen Bazillus!

Mit einem vergnügten Lächeln auf den Lippen betrat James den Buchladen. Zu seiner Überraschung war an diesem späten Samstagnachmittag bei *Everett's* nicht viel los, was ihm recht war, konnte er so doch umso ungestörter in der verwinkelten Buchhandlung stöbern. Das war eine schöne Einstimmung für den Abend, der vor ihnen lag. Sie hatten sich zu einem leichten Imbiss in ihrem Lieblingsdiner und einem anschließenden Kinobesuch verabredet. Danach hieß es für ihn, sich wieder in seine Lehrbücher zu vertiefen und für das Examen zu lernen. Er brauchte eine gute Note, um die Anstellung in der renommierten Anwaltskanzlei, die Interesse an ihm bekundet hatte, auch wirklich zu bekommen.

Er sah sich die Neuerscheinungen der letzten Monate an, las ein wenig in den neuen Romanen von Thorton Wilder und John

Galsworthy, merkte sie sich für später vor und begab sich dann nach oben in die Abteilung, wo man Lyrik sowie Bücher mit philosophischer und religiöser Thematik fand. Er suchte mal wieder etwas, womit er Caroline überraschen und ihr eine besondere Freude machen konnte.

»Robert? ... Oder muss ich jetzt wirklich James zu dir sagen?«

So leise die Stimme in seinem Rücken auch war, sie traf ihn mit ungeheurer Wucht. Er fuhr zusammen und hätte um ein Haar das Buch fallen lassen, das er gerade aus dem Regal gezogen hatte. Unwillkürlich trat er einen Schritt zurück, als er sich zu Mallory umdrehte. Erst fassungslos, dann bestürzt und schließlich mit hochschäumendem Zorn starrte er sie an. Fast fünf Jahre waren vergangen seit jenem Tag, als er Frank und sie bei ihrer verbrecherischen Tat ertappt hatte, und nun stand sie plötzlich vor ihm, gekleidet wie eine Dame der feinen Gesellschaft!

»Was machst du hier? Was willst du, Mallory?«, zischte er. Wie konnte sie es wagen, ihm in Boston aufzulauern?

Mallory schien weder seine Fragen noch seine Feindseligkeit wahrgenommen zu haben. Sie musterte ihn mit einem wehmütig-freudigen Lächeln, in das sich unverhohlenes Staunen mischte. »Mein Gott, wie groß und kräftig du geworden bist! Du bist ja kaum wiederzuerkennen. Und mit der schwarzen Hornbrille siehst du so verändert aus! Hätte ich nicht die Fotos gehabt ...«

Sie brach ab, als sie merkte, was sie in ihrem aufgewühlten Gemütszustand preisgegeben hatte.

»Fotos?«, fragte er denn auch sofort nach. Seine Augen wurden zu schmalen Schlitzen. »Sag bloß, du hast die Dreistigkeit besessen, mir nachspionieren zu lassen?« Er lachte höhnisch auf. »Warum wundert mich das nicht? Ich hätte es mir denken können!«

»Nie im Leben würde ich dir nachspionieren, das schwöre ich

dir!«, beteuerte sie hastig. »Gut, ich habe jemanden beauftragt, mich über dich auf dem Laufenden zu halten. Aber er war diskret, wie ich es verlangt habe. Ich wollte doch nur wissen, wie es dir geht! Weißt du denn nicht, wie viel du mir bedeutest, Bobby?«

»Mein Name ist James … *James Milton*, verdammt noch mal!«, fauchte er sie mit wachsendem Zorn an. »Willst du meinen Ausweis sehen?«

»Warum hast du das nur getan? Schämst du dich so unseres Namens? Vater hat dich nicht weniger geliebt als mich, eher mehr noch!«

»Ich schäme mich nicht für unsere Eltern, sondern für *dich*, und will nicht denselben Namen tragen wie du!«, schleuderte er ihr entgegen, dämpfte aber schnell seine Lautstärke. Gottlob waren sie hier oben allein, aber das konnte sich rasch ändern. »Geht das irgendwann mal in deinen Schädel?«

»Wenn du mir ein einziges Mal die Chance gibst, dir ganz in Ruhe zu erklären, wie sich alles wirklich zugetragen hat, und mich dann immer noch aus deinem Leben verstößt, will ich das akzeptieren und dich auch nie wieder belästigen!«, versicherte Mallory und redete hastig weiter. »Aber dieses eine Mal musst du mich anhören, denn meine Briefe hast du ja offenbar nicht gelesen, sonst wärest du nicht so feindselig und ungerecht. Eigentlich wollte ich gar nicht kommen, aber Henry meinte, ich müsste diesen einen Versuch noch machen, sonst würde ich mir ewig vorwerfen, es nicht getan zu haben.«

»Du bist wieder mit Henry zusammen?«, fragte er, und flüchtig flackerte Interesse in ihm auf, doch es zerstob sofort wieder, als ihm bewusst wurde, dass Caroline jeden Augenblick in die Buchhandlung kommen konnte. Was um alles in der Welt sollte er ihr erzählen, wenn sie ihn mit Mallory antraf und wissen wollte, wer diese Frau war?

»Nein, aber ich habe ihn neulich in Richmond wiedergetroffen. Er hat sein Studium beendet und arbeitet als Ingenieur für einen großen Baukonzern. Ja, und er meinte eben, ich müsse unbedingt noch einmal versuchen, mit dir zu sprechen!«

»Da hat sich der gute Henry schwer geirrt! Aber okay, du hast es versucht, nur hättest du dir den Aufwand mit der Reise sparen können, denn ich werde mir deine verlogenen Geschichten nicht anhören!«, erwiderte er voll grimmiger Wut über ihre sinnlose Beharrlichkeit und fuhr zusammen, als er unten erst die Ladenschelle und im nächsten Augenblick Carolines Stimme hörte.

»Ja, aber ich weiß nicht genau, wo er sich in unserem Bücherlabyrinth herumtreibt, Miss Winslow. Möglich, dass er nach oben gegangen ist, aber beschwören kann ich es nicht.«

»Danke, Mister Everett. Ich find ihn schon!«

James war der Panik nahe. »Zwischen uns gibt es nichts mehr zu reden! Ich bin fertig mit dir und deinem gelackten Frank und euren dreckigen Geschäften!«, stieß er gehetzt hervor. »Hast du denn noch immer nicht begriffen, dass wir geschiedene Leute sind? Will das nicht in dein Gehirn? Du bist doch sonst nicht auf den Kopf gefallen, Mallory! Wie kommst du nur auf die Idee, es wäre irgendetwas anders geworden? Wenn dir wirklich etwas an mir liegt, wie du gerade behauptet hast, und du mir einen letzten Gefallen tun willst, dann beweise es! Du verschwindest ein für alle Mal aus meinem Leben und machst mir mein Glück nicht kaputt. Also, scher dich endlich zum Teufel, Mallory!« Damit stieß er sie von sich, flüchtete aus dem Gang zwischen den Regalen und rannte die eiserne Wendeltreppe hinunter.

»Himmel, du fliegst mir ja förmlich in die Arme, Liebster!«, begrüßte Caroline ihn freudig, aber auch etwas überrascht.

»Weißt du denn nicht, dass ich vor Sehnsucht umkomme, wenn du nicht bei mir bist?«, rang James sich ab und gab ihr schnell einen Kuss.

Caroline stutzte und sah ihn beunruhigt an. »Du bist ja bleich wie eine Wand, als wäre dir ein Geist erschienen, James! Ist dir nicht gut?«

»Alles bestens, Liebes. Ich hab die letzten Nächte wegen der Examensvorbereitungen nur zu wenig Schlaf bekommen«, sagte er, legte den Arm um sie und schob sie unter dem Vorwand, dass es gleich Regen geben werde, hastig zum Ausgang. In der Tür warf er noch einen Blick zurück.

Mallory stand auf halber Höhe der Wendeltreppe und fing den Blick auf. Krampfhaft hielt sie sich an dem schmiedeeisernen Handlauf fest. Auf ihrem Gesicht, das blutleer wirkte, stand ein Ausdruck, den er nicht zu deuten vermochte. Es war mehr als nur Erschütterung. Und dann, als sie den Kopf wegdrehte, als könne sie die Zurückweisung in seinem Blick nicht länger ertragen, wusste er, was der Ausdruck in ihren Augen gewesen war: Resignation. In diesem Moment, als er sich abwandte und mit Caroline auf die Straße hinaustrat, erfüllte ihn die erlösende Gewissheit, dass Mallory nie wieder Kontakt mit ihm aufnehmen würde.

Endlich war er frei!

## 105

»Was für eine Schande!«, sagte der schwergewichtige Sergeant hinter dem Schaltertresen der Wachstube im Gerichtsgebäude. »Ich hab sie mal gehört, im *Birdland*. Tolle Stimme und Beine ohne Ende. Nicht, dass der Rest sich nicht auch hätte sehen lassen können. Und dann das! Eine wie sie aufm Strich! Tiefer geht's ja wohl nicht. Obwohl, irgendwann landen sie alle in der Gosse, und dann ist die nächste Station das Leichenhaus.«

Mallory schwieg und wartete, dass man Sally aus dem Zellentrakt holte. Ihr war an diesem drückend heißen Augusttag schon elend genug zumute. Und zwar nicht nur, weil sie an diesem Vormittag auf dem Weg zum Gericht den Kündigungsbrief an Lloyd Triplett eingeworfen hatte. Es würde keine Berichte und Fotos von ihrem Bruder mehr geben. Geschlagene vier Monate hatte sie nach dem niederschmetternden Wiedersehen in der Bostoner Buchhandlung gebraucht, um sich zu diesem Entschluss durchzuringen. Es erschien ihr wie eine schändliche Kapitulation, als halte sie ihn nach all ihren Selbstbeschwörungen und Versprechen, die Hoffnung niemals aufzugeben, nun doch für verloren.

Was nun die Sache hier im Gericht betraf, war die nicht weniger deprimierend. Und die Bemerkungen des Sergeants ließ sie besser unkommentiert. Was hätte sie dazu auch sagen sollen? Die Tatsachen sprachen für sich.

Die Polizei hatte Sally auf der Mayo Street aufgegriffen. Dass sie sich im Rotlichtbezirk der Stadt prostituiert hatte, um sich Geld für Kokain und Heroin zu beschaffen, hätte noch nicht zu einer Verhaftung geführt. Die verdankte sie dem Umstand, dass sie versucht hatte, einem Freier die Brieftasche zu stehlen, und dem Zufall, dass sie auf der Flucht fast augenblicklich einer Streife in die Arme gelaufen war. Und womöglich hätte man sie selbst dann noch mit einer Verwarnung und geringen Geldstrafe davonkommen lassen, aber nein, Sally hatte sich wie eine Furie zur Wehr gesetzt und dem einen Officer ein blaues Auge und dem anderen eine blutige Lippe geschlagen. Und dafür hatte der Richter eine erheblich empfindlichere Strafe für notwendig gehalten.

»Neunzig Tage Haft oder fünfhundert Dollar Geldstrafe«, hatte das Urteil gelautet. Wobei der Richter nicht versäumt hatte zu betonen, dass er aufgrund fehlender Vorstrafen trotz allem noch milde mit ihr ins Gericht gegangen war. Sollte sie jedoch rückfällig werden und wegen eines ähnlichen Deliktes irgendwann wieder vor ihm stehen, werde er sie unweigerlich für längere Zeit ins Gefängnis schicken.

»Na, da kommt ja Ihre früh verblühte LaRose!«, rief der Sergeant, als Sally in Begleitung eines stämmigen Kollegen auf dem Gang hinter dem Gitter erschien. »Kommen Sie, unterschreiben Sie hier, Miss Kendrick!« Er schob das dicke Wachbuch auf dem Tresen zu ihr herum.

Mallory erhob sich von der blankgescheuerten Holzbank, trat zum Tresen und unterschrieb in der Spalte, auf die der Sergeant mit seinem dicken Finger deutete.

Als sie sich zu Sally umdrehte und ihren herausfordernden Blick auffing, ärgerte sie sich, dass sie der Freundin wieder einmal aus der Klemme geholfen hatte. Diesmal hatte es sie die stolze Summe von fünfhundert Dollar gekostet. Was nicht halb so ärgerlich gewesen wäre, wenn Sally endlich die Finger von den verfluchten Drogen gelassen hätte! Stattdessen verlor sie mehr und mehr den Halt und rutschte immer tiefer in dieses Elend aus Trunksucht und Drogenabhängigkeit – und damit unweigerlich der Gosse entgegen, wie der Sergeant mit dem Scharfblick jahrzehntelanger Erfahrung bemerkt hatte.

Sally sah so elend aus wie sie, Mallory, sich fühlte. Sie hatte noch mehr an Gewicht verloren, seit sie auch in *O'Toole's Shack* Hausverbot hatte und nirgendwo sonst in der Stadt mehr auf eine Bühne gelassen wurde. Ihr dünnes Sommerkleid war verdreckt und im Ausschnitt eingerissen. Schmutzig war auch ihr verfilztes Haar, und ihr Gesicht, die Haut grau und stumpf, wirkte ausgehöhlt. Spuren der vermutlich dreckigen Zelle, in der sie die Nacht verbracht hatte, fanden sich auch auf ihren nackten Armen und Beinen. Dazu roch sie streng, und zwar nicht nur nach altem Schweiß.

»Ich begreife einfach nicht, wie du …«, setzte Mallory an, als sie ihrer Freundin die Beifahrertür ihres Packard aufhielt.

»Fang bloß nicht an, mir Moralpredigten zu halten!«, fiel Sally ihr sofort ins Wort. »Es war alles ganz anders! Die Mistkerle wollten mir vor dem Richter was anhängen! Nichts als dreckige Lügen! Als ob ich da anschaffen gegangen wäre und versucht hätte, jemandem eine Brieftasche zu klauen! Ich, Sally LaRose! Lächerlich! Du wirst doch wohl nicht so was Absurdes glauben, oder?« Die Entrüstung in Person, ließ sie sich auf den Sitz fallen.

»Der Richter hat es offenbar nicht nur geglaubt, sondern als erwiesen angesehen«, erwiderte Mallory ärgerlich. »Und auf mich hat der Mann kein bisschen wie ein Einfaltspinsel gewirkt.«

»Pah!«, machte Sally verächtlich und wechselte schnell das Thema. »Ist mal wieder typisch, dass Sweeney sich nicht blicken lässt!«

»Warum sollte er auch hier sein?«, fragte Mallory gereizt, ließ den Wagen an, scherte aus der Parklücke aus und fädelte sich in den fließenden Verkehr ein. »Du hast nicht ihn, sondern mich angerufen.«

»Wüsste auch nicht, warum ich ihn hätte anrufen sollen«, grollte Sally, ohne einen Deut auf ihre Widersprüchlichkeit zu geben. »Der hätte ja sowieso keinen Finger für mich gerührt!«

Mallory zügelte ihren aufsteigenden Zorn. Sally hatte sich nicht einmal dafür bedankt, dass sie die saftige Geldstrafe bezahlt und sie damit vor neunzig Tagen Gefängnis bewahrt hatte. Sie suchte die Schuld für all ihre Verfehlungen und Enttäuschungen immer nur bei anderen, nie bei sich selbst. »Herrgott, wo hätte er denn auch die fünfhundert Dollar hernehmen sollen! Das ist ja nun nicht gerade Kleingeld!«

»Ach, der hätte mich auch dann nicht rausgeholt, wenn er es so dicke hätte wie du. Er hätte mich glatt die neunzig Tage im Knast versauern lassen.«

Mallorys Ärger vermischte sich mit zunehmender Übelkeit. »Das hätte ich besser auch tun sollen«, zürnte sie.

»Ach, Lory, wir sind doch alte Freundinnen, da lässt man sich doch nicht im Stich«, flötete Sally sofort. »Du lässt mich doch nicht hängen, bloß weil ich im Augenblick 'ne kleine Pechsträhne habe, oder?«

»Du hast keine Pechsträhne, sondern du lässt nichts unversucht, um dein Leben zu ruinieren!«, erwiderte Mallory. »Deine Karriere hast du schon gegen die Wand gefahren, und mit deiner Gesundheit geht es steil bergab. Schau doch mal in einen

Spiegel, wie heruntergekommen du aussiehst! Und wo wir schon mal dabei sind: Wenn du so weitermachst, setzt Sweeney dich eines Tages wirklich vor die Tür! Und ich könnte es ihm nicht verdenken. Er ist mit seiner Geduld am Ende, das kannst du mir glauben!« Und mit seiner Liebe oder dem, was Sally in den letzten beiden Jahren davon noch nicht zerstört hatte!

Sally lachte schrill und scheinbar selbstsicher auf. »Ach was, der ist mir doch so heillos verfallen wie Frank dir.«

Mallory reagierte nicht auf diese Überheblichkeit. Ein ekelhaft bitterer Geschmack stieg ihr in die Kehle und ließ sie würgen. »O Gott, nicht schon wieder«, keuchte sie und kämpfte verzweifelt gegen den Brechreiz an, ahnte jedoch, dass sie diesen Kampf schon in wenigen Sekunden verlieren würde. Schweiß trat ihr auf die Stirn, und sie bog schnell in eine Seitenstraße ab und von dort in die nächste, noch stillere Seitengasse, wo sie den Packard abrupt am Bordstein zum Stehen brachte.

»Was ist, Lory? Was sollen wir hier?«

Anstelle einer Antwort stieß Mallory die Tür auf, hielt sich mit einer Hand am Griff fest, beugte sich hinaus und erbrach sich in den Rinnstein.

»Ist es das, was ich glaube?«, fragte Sally, als Mallory sich mit ihrem Taschentuch den Mund abgewischt, die Tür zugezogen und sich mit zittriger Hand eine Zigarette angesteckt hatte.

Mallory zögerte.

»›O Gott, nicht schon wieder‹, hast du gesagt. Ich nehme mal an, du hast dir nicht nur den Magen verdorben, sondern was ganz anderes eingefangen«, bohrte Sally mit einem Anflug von Schadenfreude. »Weiß Frank schon von seinem Vaterglück?«

»Natürlich nicht! Und du wirst schön den Mund halten, sonst sind wir geschiedene Leute, das schwöre ich dir!«, fuhr Mallory sie an und schoss ihr einen Blick zu, der ihre Freundin erschrecken ließ.

»Mein Gott, schau mich nicht so an! Als ob du dich nicht auf mich verlassen könntest!«, erwiderte Sally, aber sie war viel zu neugierig, um sich länger mit ihrer Entrüstung aufzuhalten. »Wie lange geht das schon so mit dem Brechen? Hast du es auch morgens? Bei mir konnte man jedes Mal die Uhr danach stellen.«

Mallory nickte. »Es hat vor nicht ganz drei Wochen angefangen.« Und zwar auf ihrer letzten Fahrt nach Roanoke, weshalb sie auch zwei Tage später als beabsichtigt nach Richmond zurückgekehrt war. Zum Glück hatte Frank einen guten Schlaf, stand fast immer später auf als sie und hatte deshalb bisher nicht mitbekommen, dass sie sich seit einiger Zeit jeden Morgen in die Gästetoilette am anderen Ende der Suite oder im Cottage nach unten schlich und sich erbrach. Aber sie bezweifelte, dass sie es noch lange vor ihm würde geheimhalten können, wurde ihr doch seit Anfang der neuen Woche auch manchmal tagsüber unverhofft schlecht. Ein- oder zweimal konnte sie ihre Übelkeit glaubhaft auf eine Magenverstimmung schieben, aber auf Dauer würde er ihr diese Erklärung nicht abnehmen und wissen, dass sie mit seinem Kind schwanger war. Und dabei hatte sie immer so darauf geachtet, dass er ein Gummi benutzte, damit genau das nicht passierte!

»Und? Willst du es behalten?«

»Nein, unmöglich!«, sagte Mallory, ohne zu zögern, und wich Sallys Blick aus, weil sie sich schämte für diese unvermittelte Reaktion, die so viel mehr aussagte, als sie sich bislang hatte eingestehen wollen. Vom ersten Tag an hatte sie diese heftige innere Abwehr gespürt, die sie fast noch mehr erschreckt hatte als die Schwangerschaft selbst. Was diese Abwehr zu bedeuten hatte, wollte sie vorerst nicht ergründen. So oder so war es nicht der passende Zeitpunkt, um schwanger zu sein!

»Kein Problem! Wenn du eine Adresse brauchst, wo man dir das fachmännisch und verschwiegen wegmacht, kann ich dir helfen. Ist keine große Sache. Ich kann das für dich arrangieren, ich kenne da jemanden.«

»So? Und wer ist das? Eine Engelmacherin, bei der man sich auf den schmutzigen Küchentisch legen muss?« Mallory schauderte bei der Vorstellung.

»Für wie blöd hältst du mich, Lory? Natürlich meine ich nicht so eine, die mit 'ner Nadel in einem rumstochert! Ich hab da einen wirklich guten Arzt an der Hand, der macht so was nachts in seiner Praxis. Ganz diskret und fachmännisch wie im Krankenhaus. Bei dem ist alles tipptopp. Ist zwar nicht gerade billig, aber dafür blutet man hinterher auch nicht wie ein Schwein.«

Mallory bedachte sie mit einem skeptischen Blick. »Sprichst du aus Erfahrung, oder machst du Reklame?«

»Ich hab das schon hinter mir, und nicht bloß einmal!«

»Und jedes Mal war es von Sweeney?«, fragte Mallory unwillkürlich.

Sally bedachte sie mit einem wütenden Seitenblick, ging aber nicht darauf ein. »Wenn du meine Hilfe nicht willst, brauchst du es nur zu sagen!«, erwiderte sie. »Wenn du 'ne bessere Adresse weißt oder dich schon mal mit Windeln und all dem Zeug eindecken willst, ist ja alles in Butter!« Sie verschränkte trotzig die Arme und starrte mit verkniffener Miene aus dem Fenster, als sei das Thema damit für sie erledigt. »Wäre nett, wenn du weiterfahren würdest!«

Mallory verzog das Gesicht und unterdrückte einen schweren Seufzer. Sie wünschte, sie wäre nicht auf Sallys Hilfe angewiesen, aber sie war es. Wen kannte sie denn noch, dem sie sich hätte anvertrauen und den sie nach dem Namen eines Arztes hätte fragen können, der Abtreibungen vornahm *und* seine Arbeit auch verstand? Sie hätte außer Sally und Sweeney nicht einen nennen können, der die Bezeichnung »Freund« verdient hätte, und das allein war schon eine deprimierende Feststellung.

»Okay, das war nicht nett von mir, sondern reichlich unter der Gürtellinie, Sally. Tut mir leid, dass ich das gesagt habe. Das ist zwar keine Entschuldigung, aber es ist mir so rausgerutscht, weil ich mich so mies fühle.«

Sally reagierte nicht. Sie starrte weiter stur geradeaus und spielte die beleidigte Leberwurst, die sich mit einer einfachen Entschuldigung nicht zufriedengab. Mallory musste sich noch einige Minuten länger kleinlaut und reumütig zeigen, bevor Sally sich endlich dazu herabließ, ihr den Ausrutscher großmütig zu vergeben.

»Für wann soll ich denn das Wegmachen für dich arrangieren?«

»Wie wär's mit gestern?«

»Okay, fahr mich nach Hause, damit ich mich waschen und umziehen kann. Dann kümmere ich mich um einen Termin für heute oder morgen Nacht. Aber der Arzt will immer eine Anzahlung für den Fall, dass man kalte Füße bekommt und er umsonst mitten in der Nacht in seiner Praxis herumsitzt.«

»Wie viel?«

Sally leckte sich über die Lippen, und ein gieriger Ausdruck erschien in ihren Augen. »Siebzig.«

Das kaum merkliche Zögern und der gierige Blick waren Mallory nicht entgangen. Sie hätte wetten mögen, dass der Arzt nur fünfzig verlangte und Sally kurz überlegt hatte, wie viel sie für sich draufschlagen sollte. Aber sie verkniff sich eine entsprechende Bemerkung und gab ihr das Geld.

Sally arrangierte die Abtreibung noch für dieselbe Nacht. Mallory fuhr wie gewohnt um neun in den Club. Es war eine Qual, sich die Anspannung nicht anmerken zu lassen, das Lächeln durchzuhalten, sich charmant zu geben und auf den üblichen Smalltalk mit den Gästen einzulassen. Tapfer hielt sie bis halb elf durch. Doch kaum war Frank zu seiner Runde durch die beiden anderen Clubs aufgebrochen, machte auch sie sich davon, unter dem Vorwand, Magenkrämpfe zu haben und sich unbedingt mit einer Wärmflasche ins Bett legen zu müssen.

Sally wartete schon hinter dem *Mayfair* auf sie und brachte sie zu dem Arzt, der seine Praxis in einer Seitenstraße der Broad Street hatte. Sie ließen den Wagen ein gutes Stück oberhalb stehen und betraten die Praxis durch eine rückwärtige Tür, die auf einen großen, dunklen Hinterhof hinausging.

Der Arzt, Frederick Darcy, ein gut gekleideter und ernst blickender Endvierziger mit feingliedrigen Händen, machte auf Anhieb einen vertrauenerweckenden Eindruck. Sein weißer Kittel war makellos sauber und die Kleidung darunter gepflegt, auch nahm er sich die Zeit, ihr eine ganze Reihe von Fragen zu ihrer Gesundheit und dem Stadium der Schwangerschaft zu stellen. Zum Schluss fragte er noch, ob sie bei Verletzungen zu starken Blutungen neigte. Als sie verneinte, nickte er zufrieden und führte sie in sein Behandlungszimmer, dessen Fenster wie der angrenzende Besprechungsraum mit schwarzen Decken verhängt war.

Er nahm den Briefumschlag mit dem restlichen Honorar entgegen und forderte sie auf, sich zu entkleiden, das bereitliegende, im Rücken offene Krankenhaushemd anzuziehen und auf dem Untersuchungsstuhl Platz zu nehmen. Dann ging er kurz aus dem Zimmer.

Mallory war kalt, und sie fühlte sich nicht nur körperlich elend, als sie mit dem dünnen Hemdchen bekleidet auf den Gynäkologenstuhl stieg und ihre weit gespreizten Beine in die kalten Metallschalen legte. Dabei drang aus dem Nebenzimmer immer noch Sallys erregte Stimme an ihr Ohr. Worüber Sally mit dem Arzt stritt, konnte sie nicht hören, aber sie war sicher, dass es um die Höhe ihrer Vermittlungsgebühr ging.

Schließlich kam Doktor Darcy ins Behandlungszimmer zurück, setzte sich mit einem wortlosen Kopfschütteln, das wohl ihrer Freundin galt, auf einen Hocker mit Rollen und zog einen kleinen Metallwagen mit seinen Instrumenten heran.

»Noch können Sie es sich überlegen«, sagte er. »Sie wären nicht die Erste, die es sich dann doch nicht wegmachen lässt. Nur das Geld sind Sie auf alle Fälle los.«

»Da gibt es nichts zu überlegen. Es bleibt dabei«, sagte Mallory und kämpfte mit den Tränen. Sie hatte sich immer Kinder gewünscht, und nun war sie schwanger und ließ das Leben, das in ihr heranwuchs, wegmachen! Was war nur aus ihr geworden? Wie konnte es sein, dass sie hier schamlos entblößt auf diesem Stuhl saß und darauf wartete, dass der fremde Mann dort mit seinen kalt blitzenden Gerätschaften in sie drang und das neue Leben aus ihr herausschabte?

Kenneth Darcy seufzte leise, so als habe er gehofft, sie würde von der Abtreibung Abstand nehmen. Dann griff er zu seinen Instrumenten.

Nach einer Viertelstunde hatte sie es überstanden, zumindest den physischen Teil. Der Arzt gab ihr Schmerztabletten und verordnete strikte Bettruhe. Im Falle starker Blutungen sollte sie seine Praxis zu regulären Zeiten aufsuchen und sich als neue Patientin in die Kartei eintragen lassen.

»Na, das ging doch ruck, zuck, oder?«, rief Sally unangemessen aufgekratzt, als Mallory zittrig und mit dem entsetzlichen Gefühl, eine einzige offene Wunde zu sein, aus dem Behandlungszimmer wankte.

Mallory war versucht, sie anzuschreien oder ihr mitten ins dümmlich grinsende Gesicht zu schlagen, am liebsten hätte sie beides getan. Aber sie presste nur die Lippen aufeinander, nickte mit brennenden Augen und stützte sich auf sie. Sie wollte nichts weiter als so schnell wie möglich von hier wegkommen und allein sein, mit sich und ihrem Schmerz, von dem auch die stärksten Tabletten sie nicht befreien konnten. Als sie endlich im *Jefferson Hotel* in ihrem Bett lag, rollte sie sich zusammen wie ein Fötus.

Frank fand sie am frühen Morgen immer noch in dieser zusammengekrümmten Stellung und hörte sie im Schlaf wimmern. Er beugte sich über sie und strich ihr übers Haar.

Sie erwachte bei der ersten Berührung und zuckte zurück, als habe sie sich an ihm verbrannt. »Bitte lass mich! Mir ist nicht gut!«, murmelte sie, als sie den bestürzten Ausdruck auf seinem Gesicht sah und sich ihrer heftigen Reaktion bewusst wurde. Und in diesem Moment wusste sie, dass sie es nicht ertragen würde, jemals wieder Sex mit ihm zu haben.

## 106

Der Indian Summer hatte die Wälder der Blue Ridge Mountains in ein buntes Blättermeer verwandelt, und Mallory genoss die frühmorgendliche Fahrt hinaus zur Farm in vollen Zügen. Homer hatte ihr wieder für die Dauer ihres Aufenthaltes seinen Chrysler Roadster überlassen, und sie fuhr mit zurückgeklapptem Verdeck. Es war zwar schon Oktober, aber selbst die Morgensonne besaß noch wärmende Kraft. Außerdem trödelte sie mit einem Tempo von gerade mal fünfzehn, zwanzig Meilen dahin, und das ganz bewusst, denn es war der Tag ihrer Abreise und sie wollte jeden Augenblick dieser Fahrt genießen.

Ihr Herz schlug heftig vor Aufregung, als sie um die Kurve kam und die Abbiegung zur Farm vor ihr lag. In den vergangenen Monaten war sie, sehr zu Franks wachsendem Missfallen, viermal für mehrere Tage nach Roanoke gereist, hatte in Mister Evan Sheldon einen erfahrenen und gut beleumundeten Architekten und Bauunternehmer gefunden und mit ihm viele Stunden über Entwürfen und Bauplänen verbracht. Dabei hatten sie auch so manche Fahrt hinaus zur Farm gemacht, um vor Ort zu besprechen, wo genau das neue Haus mit seinen Nebengebäuden stehen, welche Ausrichtung es haben sollte und wie sie den Garten angelegt haben wollte.

Seit der Abtreibung und ihrer schleichenden Entfremdung von Frank hatten diese Reisen nach Roanoke noch eine große zusätzliche Bedeutung erhalten, erlaubten sie ihr doch, auf räumliche Distanz zu ihm zu gehen und für einige kostbare unbeschwerte Tage frei von jeglichen Erwartungen wie auch Bemühungen seinerseits zu sein.

Frank war alles andere als dumm oder unempfänglich für feine Veränderungen in ihrem Zusammenleben. Und wenn er auch noch nicht argwöhnisch geworden war, spürte er doch, dass zwischen ihnen etwas nicht stimmte. Zwar glaubte er ihrer Lüge, dass sie wegen einer schmerzhaften, chronischen Blasenentzündung vorerst keinen Sex haben könne, und manchmal brachte er sie sogar selbst zur Praxis von Doktor Darcy, der ihm die falsche Diagnose persönlich bestätigt hatte. Aber dass sie seit Ende August auch nicht mehr das geringste Interesse daran zeigte, ihm und auch sich selbst auf andere Weise sexuelle Lust zu verschaffen, irritierte ihn mittlerweile spürbar.

Ihr war längst klar, worauf das alles hinauslief: Sie musste sich befreien aus dem goldenen Käfig, in den Frank sie so viele Jahre gesperrt hatte! Nicht, dass sie nicht ihren Vorteil aus dieser erzwungenen Partnerschaft gezogen hätte. Finanziell hatte es sich zweifellos ausgezahlt, dass sie diesen Pakt eingegangen und auch im Bett zu der lustvollen Gespielin geworden war, die er sich gewünscht hatte. Sie hatte sich bequem in diesem Arrangement eingerichtet, vermutlich sogar viel zu bequem, und all die Zeit erfolgreich verdrängt, dass ihr Zusammenleben auf einer schändlichen Erpressung gründete.

Nun aber ertrug sie dieses abhängige Leben nicht länger. Seit sie sein Kind hatte wegmachen lassen, fühlte sie sich immer mehr von ihm abgestoßen, selbst bei den harmlosesten Berührungen.

Das alles musste ein Ende haben! Nur war sie nicht so naiv zu glauben, dass Frank sie einfach so gehen lassen würde. Hinter der Fassade des charmanten Mannes lauerte ein gerüttelt Maß kalte Berechnung und Brutalität. Ohne den Schutz der Marcone-Brüder wären ihre Destillerien leichte Beute für die Feds, ja, vermutlich würden die Marcones ihre Brennereien sogar gezielt an das korrupte Schwein Andrew Baker oder einen anderen Prohibitionsagenten verraten und sich damit Schutz für wichtige Einnahmequellen sichern. Woraus folgte, dass sie nur mit dem Segen von Don Vito und Lorenzo ihre Freiheit von Frank gewinnen konnte, ohne sämtliche Brennereien zu verlieren und womöglich um ihr Leben fürchten zu müssen. Irgendwie musste sie einen Handel mit ihnen schließen, bevor Frank Wind von ihrem Befreiungsschlag bekam und versuchen konnte, ihn zu verhindern.

Aber darüber wollte sie sich nicht heute und schon gar nicht in dieser Stunde den Kopf zerbrechen. Später würde sie Zeit genug haben, sich zu überlegen, wie sie die Freiheit erlangen konnte, ohne alles aufs Spiel zu setzen, was sie in den vergangenen acht Jahren aufgebaut hatte und was ihr gehörte – oder ihr zumindest gehören sollte.

Sie hielt in der Einfahrt, stellte den Motor ab und stieg aus. Es erschien ihr unangemessen, so wie sonst mit dem Roadster zum Bauplatz zu fahren. An diesem Morgen *musste* sie den Weg einfach zu Fuß hochgehen.

Bislang hatte sich hier am Fuß des Stone Ridge Mountain noch nichts getan, das die Ansicht verändert und von einem baldigen Baubeginn gekündet hätte – abgesehen davon, dass die verkohlten Trümmer von Farmhaus und Scheune weggeräumt und die einstigen Felder und Äcker umgepflügt und grob planiert worden waren.

Doch seit gestern bot sich auf ihrem Land ein neues Bild, das für Mallory wie nichts sonst den Aufbruch in eine neue Zeit und das symbolisierte, was sich am Ende der Bauzeit hier stolz und prachtvoll erheben würde: eine frisch gepflanzte Allee aus sechsunddreißig sündhaft teuren und mehr als mannshohen Magnolienbäumen!

Mister Sheldon hatte wirklich alles versucht, ihr die Anpflanzung zu diesem frühen Zeitpunkt auszureden, da er fürchtete, die Bäume könnten bei den erheblichen Erdbewegungen durch schwere Baumaschinen und auch später noch beschädigt werden. Er hatte sie schließlich sogar inständig angefleht, wenigstens bis zum Frühjahr zu warten. Sie aber hatte davon nichts wissen wollen und sich nicht davon abbringen lassen, dass die Allee zuallererst in Angriff genommen wurde – und zwar jetzt, im Herbst.

Und da stand sie!

Ein Spalier aus Magnolien, achtzehn pro Seite und jeder Baum von stattlichem Wuchs, empfing sie wie eine Ehrengarde und führte die sanfte Steigung hinauf. Ihre großen, immergrünen Blätter schimmerten in der Morgensonne wie poliert. Im Frühling würden die Bäume ihre weiße Blütenpracht entfalten und die Allee verzaubern.

Mallory war überwältigt. Die Wirklichkeit übertraf ihre kühnsten Erwartungen. Vor Freude und Stolz war ihr nach weinen zumute. Mit einem fast seligen Lächeln schritt sie die Allee hinaus, berührte hier und da einen Baumstamm, strich über glänzende Blätter und blieb lange oben auf der Anhöhe stehen, um zurückzuschauen. Nicht nur die junge Allee hinunter, sondern auch in ihre Vergangenheit. Hier wurde ein Traum Wirklichkeit, den sie vor einigen Jahren noch nicht einmal zu träumen gewagt hatte!

Sie würde nicht nur irgendwie ihre Freiheit von Frank und den Marcones erlangen. Nein, eines Tages würde auch ihr Bruder wieder an ihrer Seite stehen, hier an diesem Ort, wo der Schweiß, das Blut und die Tränen der Kendricks seit drei Generationen das Erdreich tränkten und sie unabänderlich ihre Wurzeln hatten!

# 107

Es war ein herrlich milder Herbstabend, aber selbst wenn es in Strömen gegossen hätte, seiner Hochstimmung hätte das nicht das Geringste anhaben können. James platzte förmlich vor Stolz und hatte Mühe, Caroline nicht schon auf der Fahrt zum Diner mit der wunderbaren Nachricht zu überraschen.

Er hatte sein Ziel hoch gesteckt, oft an seinen Fähigkeiten gezweifelt und durch viel harte Arbeit schließlich erreicht, was er sich vorgenommen hatte. Der Vertrag in seiner Jackentasche bewies es.

Er hatte seinen Abschluss in Harvard mit Auszeichnung gemacht. Auch die Prüfung zur Aufnahme in die Bostoner Anwaltskammer hatte er mit fliegenden Fahnen bestanden. Und dank dieser überragenden Leistungen gehörte er, der unbedarfte Farmersjunge aus den Blue Ridge Mountains, seit der frühen Mittagsstunde zur renommierten Bostoner Anwaltskanzlei *Drewer, Finley & Ross*, wo ab kommenden Montag ein Schreibtisch und eine verheißungsvolle berufliche Zukunft auf ihn warteten! Und wenn sein Anfangsgehalt auch nicht berauschend war, so reichte es doch voll und ganz aus, um die Miete für eine kleine, hübsche Wohnung und den Lebensunterhalt für sie beide zu bestreiten. Damit stand ihrer Hochzeit im kommenden Mai nichts mehr im Wege!

»Sag mal, hörst du mir überhaupt zu, James?«

»Entschuldige, was hast du gesagt?« Nun hatte er nicht mitbekommen, wie ihr Nachmittag mit ihrer Schwester Evelyn gewesen war. Die beiden hatten sich im Kaufhaus der Gilberts getroffen, um zu bereden, was noch alles auf Carolines Aussteuerliste gehörte.

»Evelyn hat mir gezeigt, was im Frühjahr die neuen Modetrends sein werden.«

»Und wohin geht die Mode im nächsten Jahr?«, fragte er artig. Es duftete im Wagen nach ihrem blumigen Parfüm, und wenn sie sich bewegte, knisterte die Seide ihres perlgrauen Abendkleids. Eine schwarze Pelzstola, im Rücken mit einer schwarzen Seidenschleife geschmückt, schmiegte sich um ihre schlanken Schultern. Für den Diner auf der Boylston Street nicht unbedingt die passende Kleidung, so chromglänzend und tadellos er auch war, aber der *Spotlight Diner* war nun mal ihr Lieblingslokal. Außerdem reichte die Zeit nur für einen schnellen Imbiss, danach mussten sie ins Opernhaus eilen, das nur drei Häuserblocks vom Diner entfernt lag. Richter Winslow hatte ihnen nämlich zwei Karten für eine *Rigoletto*-Aufführung überlassen, weil er unverhofft durch berufliche Verpflichtungen verhindert war.

»Die Taille rückt höher und damit endlich wieder dahin, wo sie von Natur aus sitzt«, teilte Caroline ihm in fröhlich-spöttischem Ton mit. »Dafür wandert der Rocksaum, nachdem er sich so mühsam bis ans Knie hochgekämpft hat, leider wieder einige Hand breit abwärts.«

»Schade, das war so praktisch!«

Sie lachte und sagte neckisch: »Finde ich auch. Jetzt ist bald wieder mehr Stoff im Weg.«

»Im Weg wohin?«, fragte er scheinheilig und hielt an einer Ampel, die auf Rot umgesprungen war.

»Wie findest du überhaupt meine neuen schwarzen Seidenstrümpfe?«, fragte sie anstelle einer Antwort und schob den Saum ihres Kleides bis zu den Knien hoch.

»Um dazu etwas zu sagen, ist es leider schon zu dunkel, zumal im Wagen, mein Schatz.«

»Versuch es doch mal mit fühlen!«

»Nichts lieber als das«, sagte er, lachte leise, legte die Hand auf ihr seidiges Knie und fuhr über den Strumpf.

»Höher«, flüsterte sie. »Nur dem Mutigen gehört die Welt!«

»Oh Caroline!« Seine Hand glitt unter ihr Kleid, stieß an den Metallclip, folgte dem elastischen Strumpfband und hätte nun auf den Saum ihres Schlüpfers stoßen müssen. Doch da war nichts als glatte, nackte Haut, ihr kleiner blonder Busch und ihr warmer, feuchter Schoß, der sich seinen tastenden Fingern willig öffnete.

»Huch, da hab ich heute wohl den Schlüpfer vergessen! Wie konnte mir das nur passieren? Oh, wie entsetzlich peinlich, mein Herr!«, sagte sie und drückte seine Hand umso tiefer zwischen ihre Schenkel. Als sein Finger ihr zartes, feuchtes Fleisch teilte, stöhnte sie leise.

Hinter ihnen hupte jemand.

James unterdrückte einen Fluch und zog die Hand schnell zurück, um den Gang einzulegen und anzufahren.

Caroline lachte. »Habe ich dir schon verraten, dass die Opernkarten, die Onkel Carter uns überlassen hat, uns eine Loge ganz für uns allein bescheren?«

»Du bist ein richtiger kleiner Teufel!«, sagte er lachend, steinhart in der Hose, und bog in die Boylston Street ein. »Wie soll ich mich denn da auf die Oper konzentrieren?«

»Du hast doch in Harvard lange genug gelernt, dich auf das Wesentliche zu konzentrieren, und was das ist, wirst du ja wohl wissen, oder?«, neckte sie ihn und seufzte dann: »Du musst wirklich ganz schlimm von mir denken, Liebster, aber ich weiß wirklich nicht, ob ich es schaffe, meine Unschuld bis zur Hochzeitsnacht zu bewahren, wo du mich doch immer wieder so entsetzlich herrlich in Verführung führst!«

Er hegte da auch so seine Zweifel, und eine erregendere Art von Zweifel konnte er sich nicht vorstellen. Denn wenn hier jemand die treibende, verführerische Kraft war, dann ja wohl eindeutig seine geliebte Caroline! Und dass das so war, machte ihn noch glücklicher als das, was er in der Jackentasche bei sich trug und ihr gleich mitteilen würde.

Der Bürgersteig vor dem *Spotlight Diner* war in beiden Fahrtrichtungen zugeparkt. Er fand erst oben an der Kreuzung von Essex und Washington Street eine Lücke für seinen Dodge. Als er um den Wagen herumging, Caroline die Tür öffnete und ihr die Hand zum Aussteigen reichte, hielt auf der gegenüberliegenden Straßenseite eine langgestreckte, tiefschwarze Pierce-Arrow-Limousine vor dem Eckhaus mit dem *O'Bannion's*, einem irischen Lokal.

Vier Männer in hellen, gutsitzenden Sommeranzügen, farbigen Hemden und noch bunteren Krawatten stiegen unter lautem Gelächter aus der Nobelkarosse. Nüchtern schien keiner von ihnen zu sein.

»Die haben ja wohl schon ordentlich vorgetankt«, sagte James, während er den Wagen abschloss und den Schlüssel einsteckte. »Das *O'Bannion's* ist für die vielleicht nur ein Zwischenstopp auf ihrer …«

Das Aufheulen eines schweren Motors und das Kreischen von Reifen, die über den Asphalt radierten, ließen ihn den Rest seines Satzes vergessen. Schoss doch rechts von ihnen ein dunkelbrauner Packard aus einer dunklen Toreinfahrt, schlingerte über die Fahrbahn und raste auf die Kreuzung vor dem *O'Bannion's* zu.

Dort stieß einer der vier Männer einen Warnschrei aus. In dem Augenblick, als aus dem heranjagenden Packard das Feuer auf sie eröffnet wurde, stob die Gruppe wie vom Blitz getroffen auseinander. Zwei der Männer suchten hinter dem Heck der Limousine Schutz. Sie hielten schon Revolver in den Händen und erwiderten das Feuer, noch ehe sie sich hinter den Kofferraum geduckt hatten. Die beiden anderen warfen sich in entgegengesetzter Richtung zu Boden und rollten voneinander weg durch den Dreck, während ein Geschosshagel hinter ihnen den Putz von der Hauswand riss. Auch diese beiden Männer hielten Handfeuerwaffen in ihren Fäusten, als sie auf dem Bauch zu liegen kamen, und beteiligten sich an dem Schusswechsel. Fensterglas barst, Kugeln durchlöcherten Wagenbleche und klatschten auf Asphalt und Bürgersteig, Querschläger jaulten wie zornige Hornissen.

Der tödliche Spuk dauerte nur ein paar Sekunden.

James bekam nicht mehr mit, wie der Packard mit zersplitterter Heckscheibe und einem guten Dutzend Einschusslöchern im Chassis brutal herumgerissen wurde, mit gefährlich ausbrechendem Heck in die Essex Street raste und verschwand. Ebenso wenig registrierte er, dass die vier Männer vor dem *O'Bannion's* in den nachtschwarzen Pierce-Arrow sprangen und die Verfolgung aufnahmen. Wie er auch nicht das Geschrei der in Panik geratenen Menschen auf der Straße und die Sirenen der Polizeiwagen hörte. Nichts nahm er wahr außer Caroline. Er kauerte auf dem Gehsteig und hielt sie in den Armen. Eine der Kugeln hatte sie in die Brust getroffen, gerade als er sie hinter den Dodge reißen wollte.

Die Kugel war im Rücken wieder ausgetreten. Er spürte, wie ihm ihr Blut warm über die Arme lief, und sah mit unsäglichem Entsetzen, dass der hässliche dunkle Fleck auf ihrer Brust sich immer weiter ausbreitete. Das Grauen schnürte ihm die Kehle zu.

In Romanen und auf der Leinwand zog sich das Sterben eines geliebten Menschen oft minutenlang hin, damit genug Zeit für rührselige Liebesbekundungen, Beschwörungen gemeinsam erlebten Glücks und tränenreiche letzte Worte blieb, ganz zu schweigen von den endlosen Sterbeszenen auf der Opernbühne, wo die Dahingesunkenen noch halbstündige Arien in den klarsten und höchsten Tönen fertigbrachten.

Nicht so bei seiner Caroline. Ihr Tod kam unbarmherzig schnell. Sie blickte zu ihm auf. Blutblasen platzten zwischen ihren Lippen, als sie mit schwindender Kraft ihre letzten Worte stammelte: »… Prinzessin und zwei Ritter … und du … unser Königreich …?« Es klang, als wüsste sie, dass die Sache mit der Prinzessin, den beiden Rittern und dem Königreich einmal wichtig gewesen war, ohne sich jedoch daran erinnern zu können, worin genau ihre Bedeutung lag.

Dann drückte sie kaum merklich seine Hand, ihre Lider flatterten, und ihr Blick war plötzlich voller Furcht, irrte an ihm vorbei, sprang einige Sekunden unruhig hin und her, als suche sie etwas, eine Erinnerung, den Glauben an die Unvergänglichkeit der Seele, irgendetwas, das ihr Halt geben und das sie mit hinüber in den Tod nehmen konnte. Und dann war es auch schon vorbei.

Sein verzweifelter Schrei schien auf ewig in ihm nachzuhallen.

## 108

In den letzten beiden Oktoberwochen hatte Mallory den Eindruck, dass Frank mehr Zeit mit seinen Börsenmaklern oder dem Studium von Kursnotierungen verbrachte als mit irgendeinem Menschen oder irgendeiner Sache sonst. Nicht, dass sie sich darüber beklagt hätte, aus dem Mittelpunkt seines Interesses verdrängt worden zu sein. Dennoch fand sie es beunruhigend, dass ihn der Börsenhandel wie eine fiebrige Erkrankung gepackt hatte und sein ganzes Sinnen und Trachten zu bestimmen schien. Unablässig redete er von Margen, Hausse, Aktiensplit, Hebel, Portfolios, Dow-Jones-Index, Effekten, Optionsanleihen und ähnlichen Dingen.

Außerdem redete er ständig davon, sich schon bald in ein neues kostspieliges Projekt stürzen zu wollen. Nur war er sich noch nicht sicher, ob er die Idee eines schwimmenden Casinos verfolgen, unten in Miami in ein Hotel investieren oder gar in Havanna einen Club eröffnen sollte. Dort auf Kuba sollte man noch schneller Geld scheffeln können als an der Börse, seit Henry Flagler, der steinreiche Ölbaron und Gründer von *Standard Oil,* sein Eisenbahnnetz bis auf die vorgelagerte Insel Key West ausgebaut hatte und es von da mit einem Dampfer hinüber nach Havanna nur ein Katzensprung von gerade mal neunzig Meilen war.

Es war in der Nacht vom 18. auf den 19. Oktober, als Frank ihr im *Mayfair* wieder einmal damit in den Ohren lag. Sie standen eine Weile gemeinsam an der Bar. Er hatte ihr ein Glas Champagner in die Hand gedrückt, weil er mit ihr auf sein neues Auto anstoßen wollte, hatte er sich am Nachmittag doch einen weißen Rolls-Royce zugelegt, den neuen Phantom Convertible, der erst seit wenigen Wochen auf dem Markt war.

Mallory blieb die Luft weg, als er ihr sagte, was er für den Wagen bezahlt hatte, doch er lachte nur.

»Und wenn schon! Das Geld kommt doch in Strömen rein. Sieh dir bloß mal die Kurse an! Im Laufe der letzten fünf Jahre sind sie um das Fünffache gestiegen! Der Dow-Jones hat einen historischen Höchststand erreicht, aber das ist noch lange nicht das Ende!«, verkündete er mit einer Zuversicht, die unzählige andere teilten. Denn wie man täglich in den Zeitungen lesen konnte, hatte das Börsenfieber längst auch jene erfasst, die noch ein Jahr zuvor nicht im Traum daran gedacht hätten, Aktien zu kaufen. »So, ich muss dann mal wieder los!«

Mallory sah, wie Arthur Scofield, der in ihrer Nähe bedächtig sein Schnitzel zerteilte, den Kopf schüttelte. Und kaum hatte Frank sich von der Bar entfernt, hörte Mallory ihn zwischen zwei Swing-Nummern der Big Band murmeln: »Was für eine haarsträubende Einfalt!«

Sofort sprach Mallory ihn darauf an, dass er die allgemeine Begeisterung für die unablässig steigenden Aktienkurse offensichtlich nicht teile. Woraufhin er sich fast an einem Stück Schnitzel verschluckte, rot anlief und sich mehrfach entschuldigte.

Sie fiel ihm schnell ins Wort. »Nein, nein, Sie müssen sich doch nicht dafür entschuldigen, dass Sie anderer Meinung sind, Mister Scofield! Mich interessiert, *warum* Sie von haarsträubender Einfalt gesprochen haben.«

»Nun, weil die Leute nicht begreifen, dass sie es mit einer Seifenblase zu tun haben. Im Grunde genommen wetten sie darauf, dass diese Seifenblase sich noch eine Weile weiter aufbläht, bevor sie platzt. Nur sind sie sich dessen nicht bewusst, und deshalb wird ihnen auch ganz ordentlich was um die Ohren fliegen, wenn das Ding platzt. Und platzen wird es!«

»Was macht Sie da so sicher? Arbeiten Sie auch an der Börse oder für eine Maklerfirma?«

»Gott bewahre, da könnte ich mich ja gleich um eine Anstellung in einem Spielkasino bewerben!«, wies er ihre Annahme entrüstet zurück. »Ich bin Sachbearbeiter im Wirtschaftsministerium und trage Wirtschaftsdaten für statistische Zwecke zusammen.«

Mallory fand, dass dieser zweifellos trockene Beruf zu ihm passte, und schenkte ihm ein höfliches Lächeln. »Sicher eine interessante und verantwortungsvolle Aufgabe.«

»In der Tat!«, erklärte er trocken. »Nur ist offensichtlich selbst in meinem Haus niemand mehr fähig, diese Daten mit der gebotenen Sorgfalt zur Kenntnis zu nehmen und sich auf die Grundrechenarten zu besinnen.«

»Wie meinen Sie das?«

»Selbst eigentlich intelligente Kollegen sind dermaßen berauscht, dass sie nicht sehen, wie überbewertet fast alle Aktien sind. Selbst diejenigen, die es von Berufs wegen besser wissen müssten, kümmern sich einen feuchten Kehricht darum, dass das Kurs-Gewinn-Verhältnis seit langem völlig aus dem Lot ist.«

Mallory runzelte die Stirn. »Und was hat es mit diesem Verhältnis auf sich?«

«Nun, vereinfacht gesagt drückt es den Wert einer Aktie, den erwirtschafteten Gewinn und damit auch den Wert der Firma aus. Die Zahl ist leicht zu errechnen, indem man den aktuellen Kurs einer Aktie durch den im letzten Wirtschaftsjahr erzielten Gewinn teilt«, erklärte er, legte sein Besteck zur Seite und zog Notizblock und Stift aus der Jackentasche. »Ich gebe Ihnen ein Beispiel. Nehmen wir an, eine Aktie kostet heute achtzig Dollar, und der letzte Jahresgewinn betrug zehn Dollar. Dann lautet die

Rechnung achtzig dividiert durch zehn gleich acht. Was bedeutet, dass das Unternehmen acht Jahre braucht, um den Kurswert seiner Aktie als Gewinn zu erwirtschaften.«

»Und was bedeutet das? Ist das ein gutes oder ein schlechtes Kurs-Gewinn-Verhältnis?«, fragte Mallory. »Ich würde es für ein ganz mieses Verhältnis halten, wenn die Firma dafür acht Jahre braucht.«

»Ganz im Gegenteil, die Kennziffer acht weist auf eine überaus solide und sogar unterbewertete Aktie hin. Je kleiner, desto besser, Miss Kendrick!«, belehrte er sie. »Die durchschnittliche Kennziffer einer gesunden, profitablen Firma liegt so bei zwölf, dreizehn, aber nicht viel höher. Und nun schauen Sie sich mal das Kurs-Gewinn-Verhältnis all dieser rasant steigenden Aktien an. Die Papiere von Firmen wie *Magma Copper, Union Pacific Railroad* oder *United Western Aviation* erreichen die absurd hohe Kennziffer von dreißig und dreiunddreißig! Und das sind nicht die Ausnahmen, das ist die Regel!«

»Aber wenn ich mich richtig entsinne, haben Sie vor einigen Wochen mal gesagt, dass auch Sie mit Aktien spekulieren. Ich glaube, Sie sagten etwas von *short sale* oder etwas in der Art.«

»Ich beteilige mich grundsätzlich nicht an Glückspielen, gleich welcher Art, und Börsenspekulationen sind letztlich nichts anderes als Wetten auf die Zukunft einer Firma, einer Staatsanleihe, einer Währung und so weiter!«, stellte er klar. »Aber wenn mir mein Glaube das Glücksspiel nicht verbieten würde, hätte ich längst einem Börsenmakler die Order für einen Short Sale von Aktien gegeben, die ich Ihnen gerade genannt habe. Das sind Leerverkäufe, auch Blankoverkäufe genannt, mit denen man auf fallende Kurse setzt. Und die werden fallen, und zwar wie die Steine!«

Mallory nahm sich die Zeit, sich die Sache mit den Leerverkäufen genauer erklären zu lassen. Am nächsten Vormittag suchte sie einen der Börsenmakler auf, die oft ins *Mayfair* kamen und ihr mit Namen bekannt waren. Er wollte zunächst nicht glauben, was er für sie tun sollte und wie viel Geld sie dafür einzusetzen gedachte. Wortreich versuchte er sie davon zu überzeugen, dass sie damit einen kostspieligen Fehler beginge und besser das genaue Gegenteil tun solle. Auch hatte er gleich ein gutes Dutzend todsicherer Börsentipps zur Hand.

Sie bestand jedoch auf ihrer Short-Sale-Order für *Magma Copper, Union Pacific Railroad* und *United Western Aviation.*

## 109

Die große Gier und der große Rausch hatten das Land seit einem Jahr im Griff. Wie besoffen von den steigenden Kursen stürzten sich die Bürger in den Börsenhandel. Harte Arbeit, Umsicht und Verantwortungsbewusstsein galten nichts mehr. Banken und Maklerfirmen fragten nicht nach Sicherheiten. Selbst Millionen von Kleinanlegern spekulierten an der Börse mit dem »Hebel«, indem sie Aktien im Wert von zehntausend Dollar kauften und dafür nur einen Tausender auf den Tisch legten. Die Aktien würden ja schon morgen mehr wert sein und übermorgen noch viel mehr. Man konnte doch gar nicht verlieren! Als hätte es immer nur eine Hausse und nie eine Baisse gegeben! Und so fluteten Milliarden auf Pump in den sich immer mehr überhitzenden Börsenmarkt.

Der Vorbote des Crashs von 1929 war das leichte Börsenbeben am 23. Oktober. An diesem Mittwoch brachen die Kurse unvermittelt um viereinhalb Prozentpunkte ein. Der Einbruch wirkte wie eine eiskalte Dusche und löste tags darauf den Schwarzen Donnerstag aus, dem in Schockwellen ein noch viel schwärzerer Freitag und Dienstag folgten.

Die Nerven der Händler und Bankleute lagen blank. Massive Verkäufe brachten die Kurse in einen immer steiler werdenden Sturzflug. Einige Großanleger und Banken versuchten, dem

Taumel der Kurse mit Stützungskäufen Einhalt zu gebieten, blieben jedoch erfolglos. Die Verluste stiegen ins Schwindelerregende, und die Hysterie an der Börse verwandelte sich in nackte Panik. Es begann ein Massenausverkauf, der auf die europäischen Börsen und den Rest der Welt übergriff wie ein nicht aufzuhaltendes Buschfeuer. Jeder versuchte zu retten, was noch zu retten war, und gab seinem Makler Anweisungen, zu jedem Preis zu verkaufen. Aber selbst für Papiere, die innerhalb weniger Tage neunundneunzig Prozent ihres Wertes verloren hatten, fanden sich oft keine Käufer. Die Seifenblase war geplatzt, und die finanzwirtschaftliche Vernichtung, die damit einherging, war atemberaubend. Allein in den ersten fünf Tagen ging der Gewinn aus fünf Jahren verloren. Fünfundzwanzig Milliarden Dollar Vermögen waren ausradiert, und dabei war das bittere Ende noch lange nicht abzusehen. Die Kurse sollten immer weiter fallen, bis im Sommer 1932 der Tiefpunkt erreicht war und der Dow-Jones auf dem Stand angelangt war, von dem aus der Index sechsunddreißig Jahre zuvor seinen langsamen Aufstieg begonnen hatte.

An die drei Millionen amerikanische Kleinanleger konnten ihre Kredite nicht mehr bedienen, viele von ihnen stürzten in den finanziellen Ruin und in bittere Not. Aber auch mächtige Maklerfirmen und Bankhäuser, an deren Liquidität noch Tage vor dem 23. Oktober niemand zu zweifeln gewagt hätte, gerieten ins Taumeln und mussten Bankrott anmelden. Über dreitausend amerikanische Banken ereilte dieses Schicksal. So konnten auch seriöse Kunden und gesunde Firmen keine Kredite mehr erhalten. Es kam überall zu Massenentlassungen und zu Massenarbeitslosigkeit. Der Welthandel brach dramatisch ein, internationale Finanzströme trockneten aus, und die industrielle Produktion erlebte weltweit einen starken Rückgang. Es war der Beginn der Weltwirtschaftskrise mit ihrem großen sozialen Elend, die in den Vereinigten Staaten als die *Great Depression* in die Geschichtsbücher eingehen sollte.

# 110

Mallory weinte der luxuriösen Suite und dem *Jefferson Hotel* keine Träne nach, gefiel es ihr doch zehnmal besser im Cottage an der Twin River Bay. Dennoch wäre es ihr lieber gewesen, Frank hätte ihr die peinlichen Umstände ihres Auszuges an diesem tristen Novembertag erspart. Man hatte ihr an der Rezeption vor allen Leuten den Schlüssel verweigert und auf vorheriger Begleichung der ausstehenden Rechnung für die Suite bestanden! Dass Frank sie ahnungslos gelassen und stillschweigend darauf gebaut hatte, dass sie die blamable Angelegenheit schon mit der Hoteldirektion regeln würde, hatte sie wütend gemacht wie schon lange nicht mehr, und ihre Wut war noch längst nicht verraucht.

Es war nicht das Geld, das konnte sie verschmerzen. Es war vielmehr die Tatsache, dass er zu feige gewesen war, ihr zu sagen, dass er schon seit einem halben Jahr anschreiben ließ. Damit hatte die Direktion kein Problem gehabt, war seine Solvenz nach all den Jahren als Dauergast bislang doch über jeden Zweifel erhaben gewesen. Seit dem Börsenkrach aber trieb man selbst im vornehmen *Jefferson* ausstehende Beträge unnachgiebig ein und verlangte neuerdings für alle Leistungen Barzahlung, für größere Festlichkeiten nicht selten sogar Vorkasse.

Mit einem sanften Nachwippen kam der Aufzug im Erdgeschoss zum Stehen.

Mallory steckte dem Liftboy ein letztes Trinkgeld zu und trat hinaus in die Palm Court Lobby. Welch ein Segen, dass sie gestern ausreichend Bargeld bei sich gehabt hatte und nun hocherhobenen Hauptes durch die prunkvolle Halle mit ihrem verrückten Alligator-Becken schreiten konnte. Die letzten drei Koffer mit persönlichen Sachen hatte einer der livrierten schwarzen Hoteldiener schon vor einer Weile mit seinem messingblitzenden Rollwagen abgeholt. Sie mussten jetzt schon im Kofferraum ihres Packard liegen, den vorzufahren sie dem Valet aufgetragen hatte. Jetzt gab es nichts mehr aus der Suite einzupacken und zum Cottage zu bringen. Und wenn sie es einrichten konnte, würde sie nie wieder einen Fuß in das *Jefferson* setzen!

Der Packard stand in der überdachten Auffahrt, und sie wurde erwartet. Jedoch nicht von einem auf Trinkgeld hoffenden Valet, der ihr mit behandschuhter Hand den Wagenschlag aufreißen wollte, sondern von Lorenzo Marcone. Sein Cadillac Fleetwood stand quer vor ihrem Packard, und ein zweiter Gangsterwagen, ein Dupont Speedster, blockierte sie von hinten, als fürchtete Lorenzo, sie könnte versuchen zu flüchten. Zudem hatten sich auf beiden Seiten des Hotelportals je zwei von seinen muskelbepackten Fußsoldaten postiert.

Mallory krampfte sich der Magen zusammen. Lorenzo war kaum mit seiner Leibgarde von Revolvermännern gekommen, um ihren Abschied vom *Jefferson* würdevoll zu gestalten und ihr bis zum Cottage Geleit zu geben.

Er hielt sich weder mit einem Gruß noch mit Vorreden auf. »Wo steckt Frank?«, bellte er, kaum dass sie aus dem Hotel getreten war, und fixierte sie mit seinen kalten Augen.

»Ich hatte gehofft, dass *Sie* mir das verraten würden, Don Lorenzo«, sagte Mallory respektvoll. Es fiel ihr noch immer schwer, in ihm den unangefochtenen Mafia-Boss zu sehen. Aber genau das war er, seit Don Vito wenige Tage vor dem Börsencrash einen Schlaganfall erlitten hatte und halbseitig gelähmt im Rollstuhl saß. »Ich habe ihn jedenfalls seit drei Tagen nicht mehr gesehen.«

Frank war am Tag nach dem Schwarzen Dienstag überstürzt weggefahren. Das Einzige, was er ihr vorher noch zwischen Tür und Angel zugerufen hatte, war, dass er alles wieder in den Griff bekommen werde und deshalb für ein paar Tage fortmüsse, um einen bombigen Deal unter Dach und Fach zu bringen. Aber was, wenn das eine Lüge gewesen war? Die Vorstellung, er könnte sich in Wirklichkeit abgesetzt und sie mit einem gigantischen Berg Verbindlichkeiten gegenüber dem Syndikat sitzengelassen haben, ließ sie schaudern. Frank war ein guter Schauspieler, aber selbst er hatte sein Entsetzen nicht verbergen können, als die Aktienkurse wie in freiem Fall abgestürzt waren. Seine panischen Telefonate mit seinem Makler hatten ihr eine Ahnung von dem erschreckenden Ausmaß dessen vermittelt, was er im wahrsten Sinne des Wortes aufs Spiel gesetzt und verloren hatte.

Don Lorenzo kniff die Augen zusammen. »Das Ultimatum läuft heute Nacht aus!«

Es klang wie eine Drohung gegen sie, und sie erschrak. »Von einem Ultimatum weiß ich nichts.«

Lorenzo machte sich nicht die Mühe, sie aufzuklären. »Ich hoffe für euch, er schafft das Geld wie versprochen bis heute um Mitternacht heran!«, sagte er kalt. »Andernfalls wirst du den Karren für ihn aus dem Dreck ziehen müssen, Mallory!«

Sie erbleichte. »Ich habe keine Ahnung, wovon Sie reden! Außerdem, was habe ich mit den Schulden zu tun, die Frank bei Ihnen hat?«

»Du bist sein Partner und wirst für alles geradestehen, was dein Partner so grandios in den Sand gesetzt hat!«, erwiderte er und stieß ihr seinen Zeigefinger grob vor die Brust. »Und sag deinem Frank, wenn du ihn siehst, dass er bloß nicht hoffen soll, milde davonzukommen, weil mein Bruder sein Patenonkel ist und eine Schwäche für ihn hat. Dieses Guthaben hat er bis zum Letzten ausgeschöpft, und jetzt sitzt er tief in den Miesen. Aber bei uns bleiben offene Rechnungen nicht unbeglichen, richte ihm das aus!« Er stieß ihr den Zeigefinger noch einmal hart vor die Brust und wandte sich ab.

Der Fahrer des Cadillac Fleetwood war indessen ausgestiegen, kam um die langgestreckte Limousine gewieselt und hielt Don Lorenzo beflissen die hintere Wagentür auf.

Mallory fuhr ein eisiger Schrecken in die Glieder, als sie sah, wer dieser Fahrer war: Skinny! Was um alles in der Welt hatte der Hungerhaken von einem Killer hier in Richmond zu schaffen? Er war doch in Roanoke Vinnie DeMarcos rechte Hand!

Skinny sah ihre erschrockene Miene und bedachte sie mit einem schadenfrohen Blick.

Der nächste Schock erwartete Mallory im Cottage. Noch ganz gefangen in dem Schrecken, den Don Lorenzos Drohung und Skinnys Anblick in ihr ausgelöst hatten, schleppte sie den ersten Koffer ins Haus – und blickte in die Mündung eines Revolvers.

Sie schrie auf und ließ den Koffer fallen.

»Bist du allein?«, stieß Frank heiser hervor und trat aus dem Schatten der dunklen Diele. Die Dämmerung hatte eingesetzt, doch nirgendwo im Haus brannte ein Licht. »Ist dir jemand gefolgt?«

Vor Erleichterung schlug sie sich die Hand vor die Brust. »Himmel, hast du mir einen Schrecken eingejagt!«

»Ich hab dich was gefragt!« Nervös blickte er durch das kleine Fenster in der Tür auf den Hof hinaus.

»Mein Gott, ja, ich bin allein, und mir ist keiner gefolgt! Und jetzt nimm gefälligst die Waffe runter!«

»Lüg mich nicht an!« Er presste ihr die Mündung an die Schläfe.

Sie erstarrte. »Sag mal, hast du sie noch alle? Du lässt drei Tage lang nichts von dir hören, und dann setzt du mir einen Revolver an den Kopf?«, sagte sie. »Verdammt noch mal, da ist niemand außer mir! Aber ich soll dir herzliche Grüße von Don Lorenzo ausrichten und dich an das Ultimatum erinnern, von dem du mir nichts erzählt hast und das heute Nacht ausläuft. Er hat vor dem *Jefferson* auf mich gewartet.« Ihr Ton war purer Sarkasmus, als sie fortfuhr: »Du weißt schon, das ist dieses teure Hotel, in dem du ein halbes Jahr lang hast anschreiben lassen und in das du mich geschickt hast, damit ich die Sache ins Reine bringe. Du hast das verbockt, und ich gehe da ahnungslos rein und muss mich vor allen Leuten bloßstellen lassen!«

Er starrte sie mit verkniffener Miene an. »Ich trau dir nicht mehr!«

Sie fasste es nicht. »Wie bitte? Was hast du gesagt?«

»Du hast schon richtig gehört!«, blaffte er.

»Was soll dieser Schwachsinn? Bist du vielleicht betrunken?«

»Nein, aber ich wünschte, ich wär's. Nun, das lässt sich ja schnell beheben!«, sagte er, ließ endlich die Waffe sinken, griff nach ihren Wagenschlüsseln und steckte sie ein.

»Und was soll *das* jetzt?«

»Ich brauche den Packard!«

»Und was ist mit deinem Rolls? Oder hast du denn auch noch verspielt?«, fragte sie, ignorierte den Revolver in seiner Hand und ging ins Wohnzimmer, wo sie Licht machte.

Er gab keine Antwort, folgte ihr aber und steckte die Waffe weg, um sich am Barwagen einen Drink einzugießen. Er füllte das Glas fast randvoll und kippte den Whiskey mit zwei, drei hastigen Schlucken hinunter. Dann schleuderte er das Glas in ihre Richtung, ohne direkt auf sie zu zielen. Es zersprang neben ihr an den Backsteinen des Kamins zu tausend Scherben.

Mit einem erschrockenen Aufschrei sprang Mallory vom Kamin weg. Erst jetzt, im Licht der Wohnzimmerleuchten, sah sie, wie übernächtigt und lädiert er war. Das Haar hing ihm in fettigen Strähnen in die Stirn. Die Augen waren blutunterlaufen, die Tränensäcke geschwollen und die Schatten dunkel wie feuchte Asche. In einem ähnlich ramponierten Zustand befand sich auch seine Kleidung. Sein teurer Maßanzug war auf das übelste eingedreckt, die Tasche für das Einstecktuch halb abgerissen, die rechte Jackentasche fehlte völlig, dafür klaffte über dem Taschenansatz ein breiter Riss, und auf seiner Hose fanden sich neben Dreck auch mehrere große Ölflecken. Das weiße Hemd fehlte ganz, aus dem Ausschnitt des Jacketts lugte ein schmutziges Unterhemd hervor.

Frank Marlowe, der immer so sehr auf Körperpflege und Eleganz geachtet hatte, gab das traurige Bild eines Mannes ab, der den gesellschaftlichen Absturz nicht verwunden, allen Halt verloren und Nächte in der Gosse verbracht hatte.

»Bist du verrückt geworden, Frank?«

»Ich hab dir alles gegeben, und du hast mich betrogen!«, schrie er, griff zum nächsten Glas und füllte es so fahrig, dass die Hälfte am Glas vorbeifloss, was ihn jedoch nicht zu kümmern schien.

»Du musst wirklich von Sinnen sein! Und von wegen, du hast mir alles gegeben! Was genau willst du mir denn gegeben haben, was ich mir nicht selbst hart erarbeitet hätte? Ohne meine Destillerien hättest du deine hochfliegenden Pläne nie in die Tat umsetzen können! *Erpresst* hast du mich«, schrie sie zurück. »Oder hast du das vielleicht vergessen?«

Er kippte den Drink hinunter und schleuderte auch dieses Glas von sich. Diesmal landete es im Kamin, zerschellte an der Seitenwand und wirbelte eine Aschewolke auf. »Wir hatten eine Abmachung, und die hast du gebrochen! Und versuch nicht, dich herauszureden! Das wird dir nämlich nicht gelingen!«

»Ich habe überhaupt keinen Grund, das versuchen zu wollen, weil es nichts gibt, aus dem ich mich herausreden müsste!«

»Ich *weiß*, dass du mich betrogen hast«, stieß er zornig hervor und ließ die noch halb volle Flasche dem eben im Kamin zerschellten Glas folgen, um sogleich ein drittes Kristallglas mit Brandy aus einer Karaffe zu füllen. »Jetzt weiß ich auch, warum du auf einmal so oft in dieses verfluchte Nest Roanoke fahren musstest. Von wegen wichtige Besprechungen mit deinem Architekten!« Er schnaubte verächtlich und kippte den Brandy hinunter. »Betrogen hast du mich, nach Strich und Faden, und das schon das ganze verdammte Jahr!«

Allmählich bekam Mallory es mit der Angst zu tun. Sie überlegte fieberhaft, wie sie sich vor ihm in Sicherheit bringen konnte, doch den einzigen Fluchtweg versperrte er ihr. »Hör endlich auf, so einen Unsinn zu reden! Das ist ja lächerlich! Ich habe dich nicht betrogen. Mit wem denn auch?«

»Mit diesem Tölpel Henry Irving natürlich! Mit ihm hast du mich betrogen«, schleuderte er ihr entgegen. »Du hast dich all die Zeit heimlich mit ihm getroffen und bist mit ihm ins Bett!«

Sie blinzelte, völlig entgeistert von seinem Ausbruch und seiner haltlosen Unterstellung. »Wie kommst du bloß auf diese idiotische Idee? Ich habe ihn in all den Jahren nur einmal getroffen.«

»Du gibst es also zu«, rief er mit wildem Blick.

»Ja, *zufällig* getroffen! *Und zwar auf dem Bahnhof hier in Richmond!*«, schrie sie. »Wir haben vielleicht eine Viertelstunde geredet, und er hat sich für damals entschuldigt, und dann ist er in seinen Zug nach Süden gestiegen und ich bin nach Roanoke zu Mister Sheldon gefahren. Ich habe Henry weder vorher noch nachher ein weiteres Mal gesehen!«

»Du lügst, du lügst, du lügst!«, brüllte er außer sich vor Wut. »Sally hat mir alles erzählt! Du hast mit ihm geschlafen und dich von ihm schwängern lassen. Und dann hast du das Kind von diesem Doktor abtreiben lassen. Ich weiß alles, kapiert? Hat mich ganze zwanzig Dollar gekostet! Bestimmt wäre diese Heroinnutte auch für einen Fünfer herausgerückt mit dem, was du unbedingt vor mir geheim halten wolltest! Also hör endlich auf, mich anzulügen!«

Fassungslos starrte Mallory ihn an. Dass Sally dermaßen tief gesunken war, verursachte ihr regelrechte Übelkeit. Es war das unwiderrufliche Ende ihrer Freundschaft, die schon lange nur noch an einem seidenen Fäden gehangen hatte.

Er starrte mit einem Ausdruck wütigen Triumphs zurück. »So, jetzt sind dir endlich die Lügen ausgegangen!« Und wieder flog ein Glas durchs Zimmer und zersprang am Kamin zu einem Scherbenregen.

Mallory schüttelte den Kopf und sank in den nächsten Sessel. Ihr fehlte schlicht die Kraft, sich auf den Beinen zu halten. »Es stimmt, ich habe abgetrieben, aber du irrst trotzdem. Denn ich habe dich nicht betrogen, weder mit Henry noch mit irgendjemandem sonst«, sagte sie ruhig. »Es war dein Kind, das ich abgetrieben habe, Frank. Wäre es von Henry gewesen oder von irgendeinem anderen Mann, mit dem ich dich betrogen hätte, ich hätte es niemals abtreiben lassen, sondern dich glauben lassen, dass es deins ist. Nun, es war deins.«

Sein eben noch wutrotes Gesicht wurde blass. »Du lügst! Das sagst du nur, weil … weil du … weil du mir …«, stammelte er und vermochte den Satz nicht zu beenden. Er sah ihr an, dass sie die Wahrheit sagte.

Sie zuckte die Achseln. »Glaub doch, was du willst, Frank, mir ist es egal. Es war *unser* Kind, das ich habe wegmachen lassen, weil ich es nicht ertragen hätte, ein Kind von dem Mann zur Welt zu bringen, der mich erpresst und in sein Bett gezwungen hat. Ich hatte Angst, mich an dem Kind zu versündigen, weil ich es niemals so hätte lieben können, wie jedes Kind es verdient, selbst das eines Vergewaltigers«, erklärte sie und hielt seinem Blick, in dem eine seltsame Mischung aus unsäglichem Schmerz und purer Mordlust flackerte, stand.

Angespannt und insgeheim von Angst um ihr Leben gepackt, wartete sie auf seine Reaktion.

Es kam keine, bis auf ein leises, schwaches Auflachen, als habe er plötzlich die Pointe eines ungemein verdrehten Witzes begriffen. Dann wandte er sich wortlos ab, griff nach dem kleinen Reisekoffer, der neben der Wohnzimmertür gestanden hatte, und verließ das Haus. Der Motor des Packard sprang an, und Frank Marlowe raste mit Vollgas in die Dunkelheit.

Augenblicke später befiel Mallory ein böser Verdacht, als sie an den kleinen Koffer dachte. Alarmiert sprang sie aus dem Sessel hoch und stürzte die steile Holztreppe in den Keller hinunter. Sie hätte sich die Eile sparen können, denn wenn sie ihren Verdacht bestätigt fand, war nichts mehr zu retten.

Dass ihr böses Gefühl sie nicht getrogen hatte, wusste sie denn auch schon, als sie die große Kartoffelkiste im hinteren Kellerraum umgestoßen vorfand und die Kartoffeln über den

Boden verstreut liegen sah. Eigentlich hätte sie sich gar nicht mehr die Mühe machen müssen, einen Blick in den tiefen Stahlkasten zu werfen, den sie in einer ausgemauerten Grube unter der Kartoffelkiste verborgen und als ihren ganz privaten Tresor benutzt hatten. Wie Frank ihr mit dem Stahlbehälter auf die Schliche gekommen sein mochte, war ohne Bedeutung. Was zählte, war die Tatsache, dass er bis auf den letzten Geldschein leer war. Frank hatte ihn schamlos ausgeräumt, inklusive der zweihunderttausend Dollar, die ihr der Short Sale beim Börsencrash eingebracht hatte. Ihre anfängliche Wut wich jedoch schnell einem Gefühl der Erlösung. Frank mochte sich mit ihrem Geld aus dem Staub gemacht haben, sie aber hatte endlich ihre Freiheit zurück!

Am nächsten Morgen trafen zwei Kriminalpolizisten in Zivil bei ihr ein, als sie gerade zum Gestüt von Charles Seward gehen und ihn bitten wollte, sie in die Stadt zu fahren. Mit ernsten Mienen teilten die Detectives ihr mit, dass es in der vergangenen Nacht auf der Landstraße zwischen Chesterfield und Richmond einen tödlichen Unfall gegeben habe. Dabei sei der Wagen in einer scharfen Kurve von der Fahrbahn abgekommen, eine steile Böschung hinuntergestürzt und beim Aufprall in Flammen aufgegangen.

»Bei dem erwähnten Automobil handelt es sich um einen Packard, der auf Ihren Namen zugelassen ist«, sagte einer der Männer mit Blick auf seinen Notizblock, »und bei dem tödlich verunglückten Fahrer allen Hinweisen nach um Mister Frank Marlowe. Sie beide haben zusammengelebt, nicht wahr?«

Sie schluckte einmal und bestätigte knapp, was stadtbekannt und natürlich auch den beiden Detectives nichts Neues war, die zweifellos auf der langen Schmiergeldliste des Syndikates standen.

»Dann müssen wir Sie als … nun ja, sozusagen als nächste Angehörige bitten, seinen Leichnam zu identifizieren«, sagte der Ältere der beiden förmlich. »Der Sturz und das Feuer haben ihn zwar übel zugerichtet, aber die Identifizierung können wir Ihnen leider nicht ersparen.«

Sie fuhr mit ihnen zur Leichenhalle der Gerichtsmedizin und nahm es auf sich, an den stählernen Rolltisch mit der schrecklich verbrannten Leiche zu treten. Es war ein grauenhafter Anblick, der ihr noch Wochen später Alpträume bescheren sollte. Viel war von ihm nicht übrig, anhand dessen sie ihn identifizieren konnte. Eigentlich wäre es ein Leichtes gewesen, den Detectives zu sagen, dass die Leiche zu verbrannt und der Schädel zu sehr zertrümmert sei, als dass sie sie auch nur mit annähernder Sicherheit als die von Frank Marlowe identifizieren könnte. Aber was hätte ihr das gebracht? Absolut nichts! Es waren sein Siegelring und zweifellos auch seine Armbanduhr, die da am verkohlten Knochen hingen. Ob er es nun war oder nicht, sie würde so oder so auszubaden haben, was er angerichtet hatte. Don Lorenzo war wie sein Bruder kein Mann leerer Drohungen.

Und so sagte sie, nachdem sie sich mit dem Unabänderlichen abgefunden und hinter ihrem mit Parfüm beträufelten Taschentuch einmal tief Luft geholt hatte: »Ja, das ist der Schweinehund Frank Marlowe!«

## 111

Es war Mitte Januar, und der Winter hatte Washington, D.C., fest im Griff. Es hatte wieder zu schneien begonnen, als James um kurz nach acht in der tempelartigen Bahnhofshalle der Union Station aus dem *Marylander* gestiegen war. Die Zugfahrt mit der Baltimore & Ohio Railroad, deren Züge wie der *Marylander* mit komfortablen Pullman-Waggons ausgestattet waren und die großen Städte an der Nordküste verbanden, war die erste Zugreise seines Lebens.

Ein eisiger Wind fegte die breite Prachtstraße der Hauptstadt hinunter, als er an der Ecke Pennsylvania Avenue und 17th Street aus dem Taxi stieg. Schnell schlug er den Mantelkragen hoch und hielt den Hut fest, den ihm der Wind vom Kopf zu reißen drohte. Vor ihm erhob sich im zunehmenden Schneetreiben das fünfstöckige State, War & Navy Building, das 1888 im französischen Second-Empire-Stil errichtet worden war. Der Taxifahrer hatte ihm gesagt, dass sich das Weiße Haus, in dem Präsident Herbert Clark Hoover seit einem Jahr residierte und das in tiefe Depression gefallene Land regierte, ganz in der Nähe befand. Aber bei der wogenden weißen Wand vor Augen vermochte er von der Präsidentenresidenz nicht einmal vage Umrisse auszumachen.

James beeilte sich, in die Eingangshalle des Kriegsministeriums zu kommen. Dieses nahm zwar den größten Teil der Räumlichkeiten in dem repräsentativen Bürogebäude in Anspruch, aber unter diesem Dach waren auch einige kleinere Abteilungen des Justizministeriums untergebracht.

Hinter dem Windfang begegnete er auf der spiegelblanken Fläche einer Türeinfassung aus poliertem Messing seinem Abbild, als er kurz stehen blieb und den Schnee von Hut und Mantel klopfte.

Ihn starrte ein schmales, blasses Gesicht mit eingefallenen Wangen, tief in den Höhlen liegenden Augen und bitteren Zügen an. Was das Abbild nicht zeigte, war, dass der Körper unter dem dicken Wintermantel den gut geschneiderten Anzug, wie ihn Anwälte von *Drewer, Finley & Ross* ausnahmslos trugen, nicht mehr richtig ausfüllte, weil er in den vergangenen vier Monaten erheblich an Gewicht verloren hatte. Die einen machte der Kummer dick, die anderen fraß er von innen langsam auf.

Schnell wandte er sich ab und schritt durch die hohe Halle aus grauem Granit zum Empfang. »James Milton für Mister Vandenburg vom Justizministerium«, sagte er zu einer der drei

Frauen fortgeschrittenen Alters. »Mister Vandenburg erwartet mich.«

Die Rezeptionistin trug beide Namen in eine Liste auf einem Klemmbrett ein, ließ sich mit Vandenburgs Büro verbinden und teilte James dann mit, dass Mister Vandenburg ihn gleich persönlich abholen werde und er bitte drüben bei der Sitzgruppe Platz nehmen möge.

Clive Vandenburg ließ ihn keine fünf Minuten warten. Mit der obligatorischen Pfeife in der Hand eilte er aus dem Fahrstuhl und durch die Halle auf ihn zu. Sein Lächeln war höflich zurückhaltend und der Handschlag von kräftiger, zupackender Art. »Sie haben es sich also nicht noch einmal anders überlegt«, konstatierte er.

»Nein, mein Entschluss steht fest«, erwiderte James und war ihm dankbar, dass er jegliche Beileidsbekundungen unterließ. Vandenburg hatte ihm zur Beerdigung ein Beileidsschreiben geschickt. Und bei ihrem Telefonat vor drei Tagen hatte er ihm noch einmal persönlich seine Anteilnahme ausgedrückt, kurz und ohne Wortgeklingel. Das genügte. Vandenburg wusste, dass Worte, wie gut gemeint sie auch sein mochten, keinen Trost brachten.

Mit dem Kummer und dem ungeheuren Verlust, der ihn fast zerrissen und in eine seelische Hölle katapultiert hatte, musste er allein fertig werden. Oder wie Richter Winslow bei ihrem letzten Gespräch ebenso trocken wie unsentimental treffend gesagt hatte: »Es gibt kein Recht auf ein von Schmerz unbelästigtes Leben. Wir sind mitten im Leben vom Tod umgeben. Immer, zu jeder Sekunde. Nur ein Herzschlag trennt uns von ihm. Du allein entscheidest, ob du dich von dem Schicksalsschlag in die Knie zwingen lässt oder ob du die Kraft und den Willen hast, dein Kreuz zu tragen und allem zum Trotz aus deinem Leben etwas zu machen, auf das Caroline stolz wäre.« Nun, es würde sich zeigen, ob er das Zeug dazu hatte, aber versuchen musste er es.

Clive Vandenburg schob sich die Pfeife zwischen die Zähne und nickte knapp. »Lassen Sie uns in meinem Büro weiterreden, James.«

Sie fuhren schweigend mit dem Aufzug in den dritten Stock und gingen einen langen Flur hinunter, gegen dessen hohe Fenster das Schneetreiben anstürmte.

»Kaffee?«, fragte Clive Vandenburg, als er ihn durch ein Vorzimmer in sein geräumiges, aber karg eingerichtetes Büro führte.

»Gern.«

»Milch, Zucker?«

»Bitte schwarz«, sagte James, griff zu seinen Zigaretten und starrte auf das übergroße Steckbord aus gepresstem Kork, das gegenüber von Vandenburgs Schreibtisch fast die ganze Wand neben der Tür füllte. Es war gespickt mit Dutzenden von Steckbriefen, Namenslisten, Notizen, Zeitungsartikeln und den Fotos von bekannten und unbekannten Personen aus dem Bereich der organisierten Kriminalität.

Clive Vandenburg kam mit zwei Kaffeebechern zurück und schloss die Tür zum Vorzimmer.

James trank einen Schluck von dem Kaffee, der stark und belebend war, und kam sofort zur Sache. »Wie gesagt, ich bin entschlossen, Mister Vandenburg. Ich wäre sonst nicht hier.« Die Arbeit bei *Drewer, Finley & Ross*, juristisch wasserdichte Verträge aufzusetzen und die Schriftsätze der Gegenseite auf der Suche nach versteckten Fallstricken Wort für Wort zu sezieren, war ihm von Tag zu Tag sinnloser erschienen. Genau genommen hatte mit Carolines Tod sein Leben seinen so klaren Sinn verloren. Er hatte sich gefühlt wie Treibgut, ohne eigenen Antrieb, ohne Ziel und Willen dem Schicksal ausgeliefert. Clive Vandenburgs zerknitterte Visitenkarte, auf die er vorletzte Woche zufällig gestoßen war, und ein Gespräch mit Richter Winslow hatten ihm schließlich die Richtung gewiesen, die sein Leben nehmen musste. Damit er einen Grund hatte, warum er morgens aufwachen und sich dem neuen Tag stellen sollte. Eine Aufgabe, die seinem Leben zumindest in dem Maße einen Sinn gab, wie Krücken einem halb Gelähmten es wenigstens ermöglichten, sich fortzubewegen, wenn auch nur mühsam.

Clive Vandenburg sah ihn scharf an. »Mein Angebot steht, und Sie wissen, dass ich große Stücke auf Sie halte. Aber wenn Sie zu mir gekommen sind, weil Sie auf diese Weise Ihren privaten Rachefeldzug führen zu können glauben, sind Sie auf dem falschen Dampfer, das sage ich Ihnen gleich!«

James lachte bitter auf. »Ich wüsste nicht, wie ein solcher Rachefeldzug aussehen sollte. Die Polizei hat ja noch nicht einmal ermitteln können, wer in dem Packard gesessen und mit der Tommy Gun auf die vier Männer vor dem *O'Bannion's* geschossen hat und aus welcher Waffe die Kugel gekommen ist, die Caroline getroffen hat. Da hilft es mir auch nicht, dass es sich bei den vier Männern mit größter Wahrscheinlichkeit um Mitglieder der Bostoner Gustin-Gang gehandelt hat, wie Richter Winslow sagt.«

»Wobei mindestens einer der drei Wallace-Brüder, die diese Gang aufgebaut haben und seit Jahren mit straffer Hand führen, dabei gewesen sein muss. Womöglich waren sogar alle drei dabei«, fügte Clive Vandenburg hinzu. »Der Überfall hätte sonst wenig Sinn ergeben. Man schlägt immer zuerst nach dem Kopf der Schlange und nicht nach dem Schwanz oder der noch jungen Brut. Wer immer mit der Gustin-Gang über Kreuz liegt, wird das beherzigt haben.«

James zuckte die Achseln. »Vergessen Sie das mit dem Rachefeldzug. Das ist nicht mein Motiv, ganz abgesehen davon verabscheue ich das Prinzip der Blutrache. Ich will eine Aufgabe haben, die mir das Gefühl gibt, etwas Sinnvolles und Wichtiges zu tun, etwas, das getan werden muss!«

»Und was ist mit der zweifelhaften Verfassungsmäßigkeit der Prohibition?«, fragte Clive Vandenburg leicht spöttisch.

»Wenn ich Sie recht verstanden habe, geht es Ihnen und

Ihrer Abteilung nicht darum, irgendwo in den Bergen die primitive Still eines Farmers auszuheben oder gegen die Speakeasies mit Razzien vorzugehen, oder?«, fragte James zurück.

»Nein, das interessiert uns in der Tat nicht, das alles ist bedeutungsloser Kleinkram, und da spielen auch die lokalen Politiker nicht mit, auch wenn sie sich natürlich hüten, das in der Öffentlichkeit zuzugeben. Nein, unser Ziel ist das Haupt der Schlange, wobei leider erschwerend hinzukommt, dass wir es mit einer Art Hydra zu tun haben«, sagte Clive Vandenburg und verzog das Gesicht, als bereitete ihm allein der Gedanke an dieses Monster, dem immer neue hässliche Köpfe wuchsen, körperliche Schmerzen. »Denn dass die Polizei wie in Ihrem Fall entweder keine ernsthaften Ermittlungen anstellt oder die Ermittlungen zu keiner Anklage führen, weil Zeugen bestochen sind oder Angst um ihr Leben haben, hat mit der umfassenden Korruption zu tun, die bis in die höchsten Ämter reicht und selbst Staatsanwälte und Richter einschließt. Und diese Korruption, die Unmengen von Geld verschlingt, ist nur möglich, weil die Bosse der organisierten Kriminalität wie die Wallace-Brüder in Boston, Al Capone in Chicago oder die Mafia mit Lucky Luciano, Meyer Lansky und Bugsy Siegel in New York mit ihren Verbrechen ungeheure Vermögen machen und geradezu in Geld schwimmen.«

*Wie auch Don Vito in Richmond,* fügte James in Gedanken hinzu und verdrängte, dass auch O'Reilly mehr als nur ein kleines Rädchen in der Organisation der Dixie-Mafia gewesen war.

»Damit aber nun endlich Köpfe der Hydra rollen und wir den Sumpf der Korruption trockenlegen können, brauchen wir unbestechliche Agenten«, fuhr Clive Vandenburg fort. »Es ist bitter, das zugeben zu müssen, aber diese Unbestechlichen selbst unter Federal Agents zu finden und zu einer kleinen schlagkräftigen Truppe zu formen ist bei dem unfassbar vielen Geld, das den Bossen zur Bestechung und Einschüchterung zur Verfügung steht, ein hartes Stück Arbeit. Die alten Strukturen funktionieren nicht mehr. Deshalb der Entschluss, diese Special Task Force zu gründen.«

»Ich bin bereit, meinen Teil dazu beizutragen, Mister Vandenburg!«, erklärte James mit Nachdruck. »Und je eher, desto besser!«

»Glauben Sie aber nicht, Sie könnten gleich morgen in den Kampf ziehen!«, dämpfte Clive Vandenburg zu hochgespannte Erwartungen. »Wenn Sie mitmachen, erwartet Sie erst einmal eine intensive und reichlich anstrengende Ausbildung. Vor Ablauf eines Jahres werden Sie ganz sicher keinen Außeneinsatz als Special Agent erleben.«

Gleichmütig zuckte James die Achseln. Er hatte nur noch eine Frage. »Wann kann ich mit der Ausbildung beginnen?«

»Das lässt sich sehr kurzfristig einrichten«, sagte Clive Vandenburg und lächelte zum ersten Mal unbeschwert, als er sich erhob und ihm die Hand hinstreckte. »Also dann, willkommen beim FBI, James!«

## 112

Die Geldscheine stapelten sich in vier Haufen auf dem Küchentisch. Ihr Anblick entlockte Mallory ein zufriedenes Lächeln, symbolisierte dieser ganz spezielle Haufen Geld doch wie nichts sonst, dass die Zeiten finanzieller Dürre endgültig hinter ihr lagen. Sie zählte jeden Stapel noch einmal in aller Ruhe nach, denn es wäre ihr peinlich gewesen, wenn die Summe nicht gestimmt hätte. Aber es hatte alles seine Richtigkeit. Es waren vier mal hundert Fünfzig-Dollar-Noten, zusammen zwanzigtausend Dollar.

Sie zog zwei Gummibänder über jedes der vier dicken Bündel und legte sie in die Zigarrenkiste, der noch der würzige Duft schwerer kubanischen Zigarren der Serie *Medaille d'Or* entströmte. Die Bündel passten in die Kiste, als wäre sie dafür gemacht. Mallory klappte den Deckel zu, drückte den kleinen Nagel in das Holz der darunterliegenden Kante und sicherte die Kiste zusätzlich, indem sie ein dickes Einmachgummi darüber spannte. Dann zog sie sich um, setzte sich in ihren mittlerweile drei Jahre alten Dodge und fuhr in den *Mayfair*. Eigentlich hätte sie erst eine Stunde später in die Stadt fahren müssen, aber an diesem Abend hatte sie einen guten Grund, ausnahmsweise mal nicht erst um acht im Club zu sein.

Auf der Landstraße herrschte wenig Verkehr, und sie konnte ihren Gedanken freien Lauf lassen. Sie kreisten träge um die bitteren Ereignisse, die der drei Jahre zurückliegende Börsencrash in ihrem persönlichen Leben ausgelöst hatte. Dass Frank ihr die zweihunderttausend Dollar gestohlen und dazu noch den herrlichen Packard in einen ausgebrannten Schrotthaufen verwandelt hatte, wäre ja noch zu verschmerzen gewesen. Aber dieser Verlust verblasste im Vergleich zu dem Schaden, den er mit seinen Börsenspekulationen angerichtet hatte. Erst hatte Frank für die Sünden seines Vaters bezahlen müssen, und dann hatte er dessen Sünden nicht nur wiederholt, sondern mit dem Umfang seiner fehlgeschlagenen Spekulationen noch gehörig übertrumpft!

Wenn er wenigstens nur mit dem Geld der Banken und Maklerfirmen gespielt hätte, wäre sie, Mallory, vermutlich relativ unbeschadet aus der Katastrophe herausgekommen, aber er hatte alle drei Clubs und die dazugehörigen Immobilien mit hohen Hypotheken belastet. Die Marcone-Brüder hatten die Clubs natürlich nicht hergeben wollen und vordergründig die Schuldnerhaftung übernommen. Aber abgetragen hatte *sie* die aufgetürmten Schulden aus den Gewinnen ihrer Destillerien, ganz wie Don Lorenzo es ihr am Tag ihres Auszugs aus dem *Jefferson* angedroht hatte.

Sie waren gnadenlos und hatten ihr anfangs fast jeden Dollar abgenommen, so dass sie sich manchmal regelrecht finanziell stranguliert fühlte. In jener Zeit hatten selbst die gelegentlichen fünfhundert oder tausend Gallonen Moonshine geschmerzt, die sie Andrew Baker und seiner korrupten Bande von Prohibitionsagenten auch weiterhin opfern musste, damit er seinen Vorgesetzten beständig Erfolge vorweisen und diese durch Pressefotos beweisen konnte. Zum Glück war Baker mit seinen Leuten aus Richmond verschwunden. Blieb zu hoffen, dass sich sein Nachfolger als ähnlich bestechlich, aber nicht so unverschämt gierig erwies!

Die Bauarbeiten am Stone Ridge Mountain waren in der Zeit selbstredend völlig zum Stillstand gekommen, und zwar für über zwei Jahre. Grund war aber nicht allein der Mangel an Geld gewesen. Ihr Architekt und Bauunternehmer Evan Sheldon hatte am Tag nach dem Schwarzen Dienstag Selbstmord begangen. Damit waren auch mehrere zehntausend Dollar verloren gegangen, die sie ihm eine Woche vorher für die nächste Bauphase überwiesen und die er offenbar in Aktien angelegt hatte.

Wie anderswo im Land zogen es in jenen Tagen und Wochen auch in Richmond einige Banker und Spekulanten vor, Selbstmord zu begehen, statt sich Schimpf und Schande auszusetzen und sich mit einem Leben in bitterer Not abzufinden. Manche spotteten, der neue Wolkenkratzer der *First National Bank* mit seinen zweiundzwanzig Stockwerken sei gerade noch rechtzeitig zum Börsencrash fertiggestellt worden, damit sich die Börsenhändler der Bank und ihre ruinierten Kunden von dort in den sicheren Tod stürzen konnten.

Auch Sally hatte die letzten Oktobertage des Crashjahres 1929 nicht überlebt, auch ohne je mit einer Aktie oder einem Börsenhändler in Berührung gekommen zu sein. Aber mit dem Kick, den die Börse bot, hätte sie sich auch nicht zufriedengegeben. Sie hatte lieber mit Heroin russisches Roulette gespielt und den Selbstmord mit der Nadel dem Zufall überlassen, wie Sweeney bei ihrer Beerdigung mit trockenem Sarkasmus und tränenfeuchten Augen bemerkt hatte, um dann seine paar Sachen zu packen und sein rastloses Wanderleben als Künstleragent wieder aufzunehmen, immer auf der Suche nach dem nächsten großen Talent.

Einen neuen Architekten zu suchen und die Arbeiten an ihrem Landhaus *Magnolia* wieder aufzunehmen hatte beinahe genau so viel Zeit in Anspruch genommen, wie sie gebraucht hatte, um sich aus der Schuldengrube, die Frank ihr gegraben hatte, herauszukämpfen. Der Umschwung hatte im Sommer eingesetzt, als endlich wieder ein beachtlicher Teil vom Gewinn zu ihrer freien Verfügung blieb. In dieser Zeit begann sich auch der Dow-Jones-Index von seinem historischen Tiefstand zu erholen. Das Land verharrte jedoch in der Großen Depression, auch wenn die Regierung mit großen öffentlichen Bauprojekten Arbeit schaffte und sich die ersten Anzeichen einer wirtschaftlichen Besserung abzeichneten. Und etwas anderes zeichnete sich ab, nämlich das Ende der Prohibition. Nicht nur in der Bevölkerung gewannen die Stimmen immer mehr die Oberhand, die öffentlich und nachdrücklich die Aufhebung des Volstead Act forderten, sondern auch die politischen Parteien begannen diese Forderung aufzugreifen und auf ihre Umsetzung hinzuarbeiten.

Allzu große Sorgen um die Zukunft ihrer Destillerien machte Mallory sich jedoch nicht. Das Schwarzbrennen würde sich wegen der hohen Steuern, die auf Alkohol erhoben wurden, auch nach Aufhebung der Prohibition lohnen. Dennoch war es ratsam, sich schon jetzt Gedanken darüber zu machen, wie sich aus der bald veränderten Situation das Beste machen ließ. Und als sie ihren Dodge auf dem Hinterhof des *Mayfair* abstellte, nahm sie sich vor, genau das in den nächsten Tagen zu tun.

Die Speakeasies und Clubs, deren Umsätze im ersten Dreivierteljahr nach dem Crash schwer eingebrochen waren, hatten ihre Krise überwunden und warfen wieder prächtige Profite ab. Was das *Mayfair* betraf, so hatte die schnelle Erholung nicht unwesentlich damit zu tun gehabt, dass sie die Preise gesenkt, sich aber standhaft geweigert hatte, Abstriche beim Service zu machen. In einer Stadt wie Richmond, in der die Landesregierung ihren Sitz hatte und weiterhin Lobbyisten und Geschäftsleute aller Art einander die Klinke in die Hand gaben, fehlte es selbst in Krisenzeiten nicht an Kunden mit noch immer gut gefüllter Brieftasche, und die wollten sich gerade jetzt nicht mit Zweitklassigem abspeisen lassen. Don Lorenzo hatte anfangs nichts davon wissen und auch den Service und damit die Kosten weit herunterschrauben wollen, und er hatte seine Zustimmung erst gegeben, nachdem sie die Haftung für noch größere Gewinneinbrüche übernommen hatte.

Der Erfolg hatte ihr recht gegeben.

Arthur Scofield gehörte zu den treuesten Stammkunden des *Mayfair*. Mallory konnte sich nicht erinnern, dass er in den vergangenen drei Jahren auch nur einen Dienstag oder Freitag nicht in den Club gekommen wäre. So erschien er auch an diesem Freitag Punkt acht Uhr, nahm auf seinem Barstuhl Platz, bestellte sein Wiener Schnitzel und seinen ersten Tom Collins und schlug das *Evening Journal* auf.

Mallory trat von der anderen Seite an die Theke, begrüßte ihn wie üblich und fragte: »Wissen Sie, was heute für ein Tag ist, Mister Scofield?«

Wenn ihm die Frage seltsam vorkam, so behielt er es für sich. »Natürlich, Freitag der 18. Oktober 1932, Miss Kendrick«, sagte er höflich.

»Und? Sagt Ihnen das Datum etwas?«

Nun sah er sie doch verwundert an. »Nein, ich wüsste nicht, was es mir sagen sollte.«

Sie lächelte ihn an. »Und wie steht es mit dem 18. Oktober 1929?«

»Nun, das war die Woche vor dem Crash, als noch so manch einem der Dow-Jones in den siebten Himmel zu wachsen schien«, sagte er trocken und ohne jede Häme.

Sie nickte. »Richtig, es war aber auch der Tag, an dem Sie mir die Sache mit dem Short Sale und dem Kurs-Gewinn-Verhältnis von Firmen wie *Magma Copper, Union Pacific Railroad* und *United Western Aviation* erklärt haben«, sagte sie, holte die Zigarrenkiste hervor und schob sie ihm über die Theke. »Ich habe auf diese drei Aktien mit einer Short-Sale-Order gesetzt und beim Platzen der Seifenblase unverschämt viel Geld damit gemacht, ganz wie Sie es vorausgesagt hatten.«

Sein eulenartiges Gesicht leuchtete auf einmal vor Freude, die jedoch nicht den vermeintlichen Zigarren galt. »Sie haben mir wirklich zugehört und sich überzeugen lassen?«

Mallory lachte. »Und es hat sich ausgezahlt, Mister Scofield. Tut mir leid, dass ich Ihnen das hier erst heute geben kann, aber es hat etwas gedauert, bis ich es mir leisten konnte, auch wenn das paradox erscheinen mag.«

Er runzelte die Stirn und schaute leicht verwirrt drein, als frage er sich, wie teuer oder schwer erhältlich diese Zigarren wohl sein mochten, dass sie mit dem Geschenk geschlagene drei Jahre hatte warten müssen. »Aber ich bitte Sie, Miss Kendrick! Sie sind mir doch kein Geschenk schuldig. Und bitte nehmen Sie es mir nicht übel, aber ich mache mir absolut nichts aus Tabakwaren jedweder Art«, sagte er etwas verlegen und wollte die Kiste zurückschieben.

Mallory hielt ihn davon ab und schmunzelte. »Keine Sorge, in der Kiste werden Sie keine Zigarren finden.«

»Sondern?«

Sie beugte sich vor und genoss diesen Moment. »Ihren Anteil. Zehn Prozent, zwanzigtausend Dollar«, raunte sie ihm zu und war sicher, dass er so viel Geld nicht einmal in einem halben Jahrzehnt verdiente. »Wie Sie mir damals gesagt haben, verbietet Ihr Glaube Ihnen das Glücksspiel. Aber eine Provision fällt ja wohl nicht unter das Verbot, oder?«

Arthur Scofield klappte der Unterkiefer herunter. »Nein, aber ... das ... das kann unmöglich ... ich meine ...«, stammelte er fassungslos. »Heiliges Ofenrohr!« Er raufte sich das schüttere Haar, und das heilige Ofenrohr wurde noch mehrmals beschwörend angerufen, nachdem er das Gummi von der Kiste gezogen, den Deckel leicht angehoben und kurz ins prall gefüllte Innere gespäht hatte. Schnell drückte er den Deckel wieder zu.

Als er sich endlich beruhigt hatte, wollte Mallory wissen, was er mit dem Geld anfangen und ob er wohl seine Arbeit im Wirtschaftsministerium aufgeben werde.

»Nein, natürlich nicht«, sagte er, ohne eine Sekunde zu zögern und beinahe entrüstet, so als hätte sie einen völlig abwegigen Gedanken geäußert.

»Und was *werden* Sie damit machen?«

Scofield zuckte die Achseln, als verstünde er auch diese Frage nicht so recht. »Nichts, es reicht mir zu wissen, dass ich solch eine große Summe habe und fortan meine Arbeit machen kann, weil ich sie gern mache, und nicht, weil ich meinen Lebensunterhalt damit verdienen muss. Das hier«, er tippte mit einem versonnenen Lächeln auf die Zigarrenkiste, »ist Freiheit, solange ich es *nicht* ausgebe, Miss Kendrick.« Und dann kam sein Schnitzel, das er mit demselben Genuss und genauso bedächtig aß wie sonst.

Mallory fand das erst genauso sonderbar wie er ihre Frage, ob er nun zu arbeiten aufhören werde, aber als sie darüber nachdachte, kam sie zu dem Schluss, dass dieser stille und unscheinbare Mann, den viele wohl nicht nur hier im Club, sondern vermutlich auch im Ministerium für einen merkwürdigen und bemitleidenswerten Kauz hielten, vielmehr um seine Klarheit und innere Freiheit zu beneiden war.

Gute zwei Wochen später, am 3. November, begab sie sich am frühen Mittag auf den römisch-katholischen Friedhof Mount Calvary, wo Frank begraben lag.

Wie jedes Jahr kam sie an seinem Todestag mit einer eiskalten Flasche Champagner, die in einer braunen Einkaufstüte steckte, an sein Grab. Sie hatte für Franks Beerdigung, die Grabstelle und den grauen Granitstein bezahlt und dasselbe auch für Sally getan.

Gerade hatte sie die Flasche entkorkt, einen schäumenden Strahl Champagner auf den schlichten Stein gespritzt und einen kräftigen Schluck genommen, da hielt ein schwarzer Ford ein Stück oberhalb des Gräberfeldes, und ein hochgewachsener Mann stieg aus dem Wagen und kam mit energischen Schritten auf sie zu.

Dass es sich bei dem Mann mit dem schwarzen Vollbart um ihren Bruder handelte, erkannte sie erst, als er nur noch wenige Schritte von ihr entfernt war. Sein Anblick war ein Schock, und beinahe wäre ihr die Flasche aus der Hand geglitten.

»Bobby!«, entfuhr es ihr mit spontaner Freude, aber dann bemerkte sie seine kühle und abweisende Miene. Mit niederschmetternder Gewissheit erkannte sie, dass sie nicht auf Versöhnung hoffen durfte, was immer auch der Grund dafür sein mochte, dass er nach Richmond gekommen war und sie nun hier an Franks Grab überraschte, als habe er genau gewusst, dass sie an diesem Tag hier anzutreffen sein würde.

Er machte sich nicht die Mühe, seinen Namen zu korrigieren, sondern bemerkte mit Blick auf den Grabstein: »Mit der Wahl deiner Männer hast du wirklich keine sehr glückliche Hand bewiesen.«

Er sagte es im Tonfall einer sachlichen Feststellung und ohne jede Häme.

»Wahl?« Sie gab ein trockenes, bitteres Auflachen von sich. »Ich habe nie eine Wahl gehabt! Frank hat mich erpresst!«

»Natürlich, darum lief es zwischen euch ja auch all die Jahre so gut«, erwiderte er. »Deshalb wohl auch der Schaumwein oder was immer da in der Flasche ist!«

»Du denkst, du weißt alles! Dabei bist du mit Blindheit und Ignoranz geschlagen«, gab sie zornig zurück. »Der dritte November ist mein ganz persönlicher Unabhängigkeitstag. Da habe ich meine Freiheit zurückgewonnen, und diesen Tag feiere ich jedes Jahr an seinem verdammten Grab, mit der besten Flasche Champagner, die ich auftreiben kann!«

Er zuckte die Achseln. »Belüg dich nur weiter selbst, Mallory, darin dürftest du ja reichlich Übung haben. Aber lassen wir das. Ich bin nicht hier, um mich mit dir zu streiten.«

»So? Warum bist du dann hier?«

»Um dich wissen zu lassen, dass ich seit einigen Jahren beim FBI bin und unser Team nach Richmond versetzt worden ist«, teilte er ihr mit, schlug kurz den langen schwarzen Mantel zurück und ließ einen Ausweis mit goldglänzender Plakette aufblitzen.

Ungläubig starrte sie auf die Dienstmarke. »Ist dein Hass so groß, dass du zum FBI gegangen bist, um mich … mich zur Strecke zu bringen?«, stieß sie hervor.

Er starrte sie mit versteinerter Miene an. »Du nimmst dich wichtiger, als du bist, insbesondere in meinem Leben!«, beschied er sie kühl. »Mit dir hat es nur insoweit zu tun, als du Teil des organisierten Verbrechens geworden bist, das zu bekämpfen ich mir geschworen habe. Ich habe nicht darum gebeten, meine Arbeit als Special Agent ausgerechnet hier in Richmond zu machen, mich dem aber auch nicht entzogen. Und ich bin dir heute nur gefolgt, um dir zu sagen, dass ich auf dich und deine illegalen Geschäfte keine Rücksicht nehmen werde!«

»Wie schön, dass du mich zumindest warnst, Special Agent Milton«, gab sie sarkastisch zurück.

Er schüttelte den Kopf. »Du verstehst das falsch, das ist keine Warnung, sondern die nüchterne Ankündigung dessen, was dich und deinesgleichen erwartet!«, stellte er klar. »Du sollst nämlich nicht auf den irrigen Gedanken kommen, ich wäre deinetwegen in Richmond und wollte so etwas wie einen Rachefeldzug gegen dich und deine Ganoven führen. Damit würdest du dir eine Bedeutung in meinem Leben zuschreiben, die du nicht hast! Um allein das klarzustellen, bin ich hier. Und nun feiere schön weiter. Viel Zeit wird dir dazu nicht mehr bleiben!«

Damit wandte er sich ab, kehrte zu seinem Wagen zurück und fuhr davon.

Vier Tage später nahm das FBI-Team, zu dem ihr Bruder gehörte, Mallorys Destillerie am Ufer des James River bei Drewrys Bluff hoch, vernichtete mehrere tausend Gallonen Moonshine und verwandelte Laborgeräte, Gärkessel, Druckbehälter und Kondensatoren im Wert von mehr als zehntausend Dollar mit Dynamitsprengungen in einen Schrotthaufen.

## 113

Vor der Mündung des James River in die Chesapeake Bay trieben Nebelschleier wie die Flusen zerfetzter Wattebäusche über der trügerisch ruhigen See. Ähnlich ausgefranste Wolkenfelder zogen mit träger Behäbigkeit über den Nachthimmel. Nur gelegentlich tauchte die schmale Sichel des Mondes in den schwarzen Lücken auf. Eine ideale Nacht für Rum-Runner, trotz der feuchten Januarkälte.

»Verdammt, wo bleiben sie denn?«, flüsterte Vernon Bradley grimmig und ließ das Fernglas sinken. »Es geht jetzt schon auf drei Uhr zu! Siehst du was, James?«

»Nur eine verfluchte Welle nach der anderen unter einer Glocke aus milchigem Dunst!«, sagte James ähnlich missmutig. Und allmählich schmerzten ihn nicht nur die Augen vom intensiven Ausschauhalten, sondern das beständige Dümpeln und Rollen des Kutters in der leichten Dünung begann ihm auf den Magen zu schlagen.

Wenn sie doch wenigstens ein bisschen Fahrt hätten machen können und frischen Wind um die Nase hätten! Stattdessen lauerten sie auf ihre Beute, indem sie sich kaum von der Stelle bewegten.

»Vielleicht war der Tipp ja doch nicht so solide, wie Sie meinen, Boss«, meldete nun auch Gregg Henderson Zweifel an, »sondern eine Finte, um uns hier auf See festzuhalten, damit das Syndikat indessen ungestört einen großen Konvoi in die Stadt schleusen oder irgendeinen anderen fetten Deal über die Bühne bringen kann.«

»Keine Sorge, Don Lorenzos Lumpensammler sind irgendwo da draußen, halten sich still, so wie wir, und warten, dass der Tanz auf dem Wasser beginnt. Die wissen genau, wann das Salz seinen Dienst getan hat und sie die Ernte einfahren müssen«, versicherte Jim Prescott ungerührt. Der Anführer der Sondereinheit, Ende dreißig und von sehnig schlanker Gestalt, stand neben Norman Fuller im Ruderhaus, das zum Heck hin offen war. Seit zwei Jahren führte er das Team und hatte in der Zeit in mehr als einer brenzligen Situation gezeigt, dass er so leicht nicht aus der Ruhe zu bringen war. »Irgendwo hier in der Gegend schwimmt reines Gold, das nur darauf wartet, eingesammelt zu werden. Also schön ruhig bleiben und die Nerven bewahren, Jungs!«

Colin Tapper, mit gerade mal fünfundzwanzig der Jüngste im Team und direkt nach Abschluss der Polizeiakademie von Vandenburg für die Special Task Force rekrutiert worden, gab einen langgezogenen Seufzer von sich. Auch er schien langsam daran zu zweifeln, dass sich ihr Warten auszahlen würde.

»Mit den Nerven hat wohl keiner von uns Probleme«, sagte James leicht gequält. »Es ist der verdammte Magen, der keine Ruhe geben will!«

Es gab leises, zustimmendes Gelächter.

»Mit der Zeit kriegt ihr schon eure Seebeine. Aber ums Spucken kommt anfangs keiner herum, das Meer besteht nun mal auf seinem Tribut«, sagte Norman Fuller am Ruder. Der untersetzte Captain, der um einige Jahre älter war als Prescott und von der Küstenwache kam, ergänzte ihr Team mit seiner Erfahrung, seit Vandenburg ihnen die *Sea Lion* verschafft und damit neue Aufgaben zugeteilt hatte.

James wünschte, ihr Team hätte sich auch weiterhin darauf beschränken können, an Land Großdestillerien auszuheben, Jagd auf die Konvois der Bootlegger zu machen und mit dem kleinen Boot auf dem Fluss Patrouille zu fahren. Sie waren in den vergangenen zwei Jahren, die nicht gerade arm an gefährlichen Situationen gewesen waren, zu einem guten Team zusammengewachsen. Sie verstanden sich und vertrauten einander. Dass sie nun auch noch den Kampf gegen die Rum-Runner vor der Küste aufnehmen sollten, gefiel ihm dagegen ganz und gar nicht. Das offene Meer war nicht das Element, auf dem er sich als Federal Agent wohl fühlte, schon gar nicht nachts und bei stundenlangem Dümpeln auf dem Fleck. Er wusste, dass er mit seinem Widerwillen gegen Einsätze auf See im Team nicht allein stand.

Was hätte er darum gegeben, wenn Vandenburg sie erst gar nicht aus den Carolinas abgezogen hätte! Ausgerechnet nach Richmond, wo Mallory eine abstoßend prominente Rolle im Alkoholhandel und damit in der Organisation der Dixie-Mafia spielte, hatte er ihre Sondereinheit geschickt, damit sie dort aufräumten und den Sumpf der Korruption trockenlegten! Zwar hatte er ihr unmissverständlich zu verstehen gegeben, dass sie von ihm keine Rücksicht zu erwarten hatte, und es war ihm ernst damit, aber es wäre ihm dennoch lieber gewesen, seine Arbeit in einer anderen Stadt tun zu können, wo er nicht Gefahr lief, ihr zu begegnen. Hier in Richmond brachen zu viele alte Wunden auf, die auch ohne diese ständigen Reizungen noch Jahre brauchen würden, um einigermaßen zu verheilen. Schmerzen würden sie vermutlich für den Rest seines Lebens. Als ob es nicht reichte, dass er Carolines Tod noch immer nicht verwunden hatte und sich mühsam durch diese seelische Qual kämpfte!

»Da!«, rief Vernon Bradley wenige Minuten später gedämpft. »Habt ihr das auch gehört? Dieses Plätschern?«

»Wo?«, fragte Prescott.

»Links vor uns!« Vernon Bradley deutete an der Backbord-Reling schräg vom Kutter weg in die Nacht.

Im nächsten Augenblick hörten sie es alle, ein leises Plätschern, das von einer Art Ploppen begleitet wurde. Es klang, als tauche ein Ball mit reichlich Auftrieb aus tiefem Wasser auf. Und das Geräusch kam nicht nur aus der einen Richtung, sondern wurde rasch zu einem vielstimmigen Chor aus schwappendem Wasser und leisem Ploppen, der sich in einem weiten Bogen vor dem Bug der *Sea Lion* über der nächtlichen See erhob.

»Mich laust der Affe! Wir haben genau die richtige Stelle erwischt!«, stieß Colin Tapper neben James hervor, als direkt neben ihnen an der Steuerbordwand eine kugelrunde weiße Boje durch die Wasseroberfläche brach. »Und der Trick mit dem Salz funktioniert tatsächlich!«

Der Trick mit den Salzblöcken war ihnen bekannt. Jedoch mit eigenen Augen zu sehen, wie präzise er funktionierte, war etwas anderes.

Schmuggler von den karibischen Inseln, die gefährliche Liegezeiten innerhalb der Hoheitsgewässer vermeiden wollten, versenkten im Voraus bezahlte Ware in Küstennähe an genau vorherbestimmten Orten. Dabei sicherten sie ihre kostbare Fracht, indem sie die Kisten mit Salzblöcken beschwerten und diese mit Bojen verbanden. Hatten sich die Salzblöcke nach drei Tagen im Wasser aufgelöst, stiegen die Bojen nach oben und markierten die Stellen, wo an den Leinen die Kisten mit Champagner, Cognac, Rum oder Markenwhiskey hingen.

Die sogenannten Lumpensammler ließen nun nicht mehr lange auf sich warten. Es waren drei Boote, flach und mit leistungsstarken Motoren bestückt. Sie schossen aus Nordwesten heran, wo sie ähnlich wie die *Sea Lion* mit abgestelltem oder im Leerlauf tuckerndem, aufwendig gedämpftem Motor auf das Aufsteigen der ersten Bojen gewartet hatten.

»Leuchtraketen bereithalten, Henderson! … Fuller, lassen Sie die Bande herankommen und mit dem Hochziehen der Kisten beginnen, bevor Sie die *Sea Lion* von der Kette lassen!«, ordnete Prescott an. »Und den Scheinwerfer erst auf mein Kommando einschalten!«

»Aye, aye, Boss!«

Die drei Schnellboote stießen in das Feld aus Bojen, drosselten ihre starken Motoren und drehten bei. Kaum hatten die Männer sich über die Bordwand gebeugt und nach den ersten Bojen gegriffen, als Prescott das Kommando zum Zuschlagen gab.

Der scheinbar altersschwache Kutter mit seinen Fendern aus abgefahrenen Lkw-Reifen hob sich aus der nachtschwarzen See wie ein Raubtier beim Sprung auf sein Opfer, als Norman Fuller die Gashebel nach vorn stieß. Die beiden Liberty-Flugzeugmotoren, die im Ersten Weltkrieg amerikanische Kampfflugzeuge angetrieben hatten, schickten ihre geballte Kraft von zweimal 400 PS auf die Schrauben. Die See am Heck der *Sea Lion* schien von einer Sekunde auf die andere weiß zu kochen. Doch anstelle eines ohrenbetäubenden Röhrens drang aus den schallgedämpften Maxim-Auspufftöpfen nur ein heiseres Flüstern. Ein gefährliches Flüstern, das James jedes Mal eine Gänsehaut über die Arme jagte und einen noch viel größeren Effekt auf die Männer dort in den Booten haben musste. Denn es verriet ihnen, mit welch einem schnellen Gegner sie es zu tun hatten und dass es keine Aussicht auf Entkommen gab.

Henderson jagte zwei Leuchtraketen schräg in den Nachthimmel, und sie zerbarsten über dem Bojenfeld zu grellem Magnesiumlicht, während Colin Tapper den Scheinwerfer auf dem Dach des Ruderhauses einschaltete und den Lichtkegel wie ein Netz über die drei Boote warf. Fast zeitgleich schickte Vernon Bradley aus dem Maschinengewehr, das mit seinem Drehgestell auf dem Vordeck montiert war, zur Warnung eine Salve hoch über die Schnellboote hinweg.

Prescott hob das Megaphon an den Mund und forderte die Rum-Runner auf, sich zu ergeben und die Hände zu heben.

James und seine Kameraden an Bord der *Sea Lion* gingen ganz selbstverständlich davon aus, dass die Gangster augenblicklich ihre Waffen und allen schon an Bord genommenen Alkohol über Bord werfen und die Bojenleinen durchschneiden, dann aber tatsächlich aufgeben und nicht den geringsten Widerstand leisten würden. Denn Don Lorenzos Leute wussten, dass sie nicht lange im Gefängnis sitzen mussten, wenn man sie ohne Waffen fasste, und dass das Syndikat während der Zeit für ihre Familien sorgte.

Doch statt die schon aus dem Wasser gezogenen Kisten zurück ins Meer zu werfen, griffen die Männer auf den Booten zu ihren Waffen und eröffneten das Feuer. Mindestens zwei Tommy Guns tackerten unverzüglich los. Zudem wurden von allen drei Booten Leuchtraketen abgeschossen, aber nicht in den Himmel, sondern direkt in Richtung *Sea Lion*. In diesem Moment wusste James, dass sie es nicht mit Rum-Runnern zu tun hatten, die zur Dixie-Mafia gehörten, sondern mit einer jener kleineren Gangs aus Norfolk oder Virginia Beach, die auf eigene Faust und Rechnung arbeiteten und schon seit langem mit dem Syndikat der Marcone-Brüder im Krieg lagen.

Die erste Rakete raste wie ein Kometenschweif steuerbords am Kutter vorbei, die zweite explodierte als blendender Magnesiumball am Bug, und fast zeitgleich traf die dritte den Dachholm des Ruderhauses.

Glutfunken sprühten Norman Fuller in die Augen. Er schrie auf, riss die rechte Hand vors Gesicht und warf durch die abrupte Drehung seines Oberkörpers das Steuerruder herum. Die *Sea Lion* schlug mit voller Maschinenkraft einen scharfen Haken nach Backbord.

James hörte den Einschlug von Dutzenden von Kugeln, die Holz aus dem Rumpf und dem Ruderhaus fetzten, hörte das Glas des Scheinwerfers bersten und einen gellenden Schrei, als Colin Tapper getroffen vom Dach des Ruderhauses stürzte. Er versuchte noch, ihn im Sturz zu fassen zu kriegen. Als er sich nach ihm streckte, traf ihn eine Kugel in die linke Schulter und schleuderte ihn rücklings gegen die Heckreling. Er suchte nach Halt, doch Colin Tappers Gewicht, das auf ihn stürzte, riss ihn über Bord. Die eisige Kälte des Wassers traf ihn wie ein zweiter brutaler Schlag.

*Alles – nur nicht ertrinken!*

Sein Überlebenswille bäumte sich auf gegen die eisige Schwärze, die nach ihm griff und ihn abwärtszog, doch er war dem machtvollen Sog der Finsternis nicht gewachsen. Und alles hörte auf zu sein.

## 114

Es hatte über Nacht geschneit, und die Landschaft rund um Rocky Mount sah unter dem stahlblauen Morgenhimmel aus wie mit Puderzucker bestreut. Ein guter Tag, um eine Weiche für ihre berufliche Zukunft zu stellen, wie Mallory fand. Endlich war der Rohbau fertig und das Dach gedeckt, so dass dem Innenausbau nichts mehr im Wege stand und abzusehen war, wann sie in ihr Herrenhaus würde einziehen können. Nie hätte sie gedacht, dass sie diesem Tag einmal derart entgegenfiebern würde!

Homer steuerte seinen neuen lindgrünen Chrysler Imperial Roadster mit sicherer Hand die Main Street hinauf und hielt vor der Anwaltskanzlei von *Wakefield & Young*, ließ den Motor aber noch an. »Hören Sie, wir können das noch abblasen, falls Sie es sich doch anders überlegt haben, Miss Mallory«, bot er an und wandte sich ihr zu. »Ich hätte Sie nur zu gern weiterhin mit im Boot.«

Mallory schüttelte den Kopf. »Da gibt es nichts mehr zu überlegen, Homer. So ganz steige ich ja auch nicht aus – eher nur mit einem Bein«, scherzte sie und lächelte. Er hatte es offenbar nicht für notwendig erachtet, sich für den Anwaltstermin weniger extravagant zu kleiden als sonst. Sein Anzug hatte ein farbenfrohes Schottenmuster, das Hemd war stahlblau wie der Himmel, die Fliege ähnlich bunt kariert wie der Anzug. »Es bleibt dabei, ich verkaufe dir meinen Anteil an der Wäscherei, der Gerberei und der Schweinezucht bei Parson's Green.« Wäre es nur um die Destillerien gegangen, hätten sie für den Handel keinen Anwalt gebraucht, dann hätte ein Handschlag unter Partnern und Freunden genügt. Weil Frank es aber damals für ratsam gehalten hatte, auch die dazugehörigen Immobilien zu kaufen, um nicht erpressbar zu sein, ging es jetzt nicht ohne juristischen Papierkram.

»Ich hoffe nur, Sie bereuen es nicht, all das Geld in die *Blue Ribbon Brewery* gesteckt zu haben«, sagte Homer. Er hatte kräftig zugelegt, seit er mit seiner Rosy verheiratet war. An der ebenso attraktiven wie resoluten Frau war eine Gourmetköchin verlorengegangen, das hatte Mallory bei ihren Besuchen im Haus der Jacksons immer wieder feststellen können. Rosy jedoch hatte sich, trotz ihrer Kochkunst und trotz der Zwillinge Leonard und Caleb, die sie letzten Herbst zur Welt gebracht hatte, ihre gertenschlanke Gestalt bewahrt. »Noch ist die Prohibition nicht aufgehoben.«

»Aber doch so gut wie, und wenn das Gesetz in den nächsten Wochen den Kongress passiert hat, wird Präsident Roosevelt es auch unterschreiben, daran hat er keinen Zweifel gelassen.«

»Dennoch wird es selbst im besten Fall Dezember werden, bevor mit Bier wieder Geld zu verdienen ist!«

Sie zuckte die Achseln. »Gut möglich, aber darum geht es mir auch nicht in erster Linie.«

»Sondern?«

»Für mich ist wichtig, dass die Brauerei in all den Jahren, die sie stillgelegt war, so gut in Schuss gehalten worden ist. So lässt sich die Produktion ohne großen Aufwand wieder aufnehmen, und die Anlage samt Flaschenabfüllanlage wird ohne Probleme zu modernisieren und zu erweitern sein. *Dafür* zahle ich den Preis, der zugegebenermaßen gesalzen ist.«

»Das kann ich gelten lassen.«

»Außerdem wird es Zeit, dass ich meine Zelte in Richmond abbreche und mich geschäftlich etwas umorientiere.« In Gedanken fügte sie grimmig hinzu: Allzu viele Zelte brauche ich ja nicht mehr abzubrechen, das haben schon andere für mich erledigt, und zwar Feind wie Freund!

Seit dieses Special-Agents-Team vom FBI, zu dem zu allem Unglück auch ihr Bruder gehörte, seine Arbeit in Richmond aufgenommen hatte, wehte ihr dort ein eisiger Wind ins Gesicht. Nach Jahren des völlig ungestörten Betriebs hatte es ihre Anlagen und Moonshine-Transporte Schlag auf Schlag getroffen. Und kaum hatte sie an anderer Stelle eine neue Destillerie errichtet – was nicht schwer war, aber doch jedes Mal großen organisatorischen Aufwand sowie viele tausend Dollar kostete –, fiel auch die einer Razzia zum Opfer. Längst glaubte sie nicht mehr daran, dass das Zufall war. Vielmehr war sie davon überzeugt, dass die Marcone-Brüder Tipps lancierten und sie den Feds zum Fraß vorwarfen, um ihre eigenen Geschäfte zu schützen, nämlich ihre großen Konvois und den Küstenschmuggel mit den Rum-Runnern aus Kanada und der Karibik.

Homer hob die Brauen. »Sie geben die Clubs auf, wo Ihnen das Leben in Richmond doch immer so gefallen hat?«

Sie lachte trocken auf. »Ja, es war mal aufregend, und ich gebe zu, dass ich mich von dieser Welt der Nachtclubs mit ihrer Musik, ihrer Freizügigkeit und der überbordenden Lebensfreude gern habe mitreißen lassen«, sagte sie und dachte, dass sie sich mehr vorzuwerfen hatte als das. »Aber auf die Dauer ist das nicht meine Welt. Zu aufgesetzt, zu grell, zu oberflächlich. Nein, ich habe nicht vor, mir noch lange im verrauchten *Mayfair* die Nächte um die Ohren zu schlagen und als besseres Maskottchen herzuhalten. Und was die geschäftliche Seite betrifft, so fällt es mir überhaupt nicht schwer, die Clubs aufzugeben, denn im Grunde gehört mir nichts mehr davon. Don Lorenzo hat mich gnadenlos ausgepresst und aus allen lukrativen Geschäften rausgedrängt. Der Mann ist kalt wie ein Grabstein, noch schlimmer als sein Bruder. Höchste Zeit, dass ich in Richmond den Absprung finde und meine Geschäfte wieder hierher verlege.«

»Soll mir recht sein, Miss Kendrick! Hab Sie zehnmal lieber hier bei uns als drüben im fernen Richmond«, versicherte Homer. »Also gut, dann lassen Sie uns reingehen und den leidigen Papierkram erledigen.«

Die Verträge waren schnell unterzeichnet, und keine halbe Stunde später standen sie wieder draußen. Homer gab ihr den Schlüssel für den Chrysler, den er ihr wie ausgemacht für den Rest des Tages überließ. Er hatte in Rocky Mount noch einiges zu erledigen, und seine Frau würde ihn später abholen.

»Okay, dann bis heute Abend, Miss Mallory«, sagte er und stutzte, als sein Blick an der Gestalt eines Mannes hängenblieb, der gerade aus dem Drugstore auf der anderen Straßenseite kam. »Wenn das nicht Mister Irving ist, wie er leibt und lebt, brauche ich eine Brille!«

Mallorys Kopf ruckte herum. »Henry? Wo?«

»Da drüben!«

Sie traute ihren Augen nicht. Er war es tatsächlich! Beladen mit einer bauchigen und offensichtlich schweren Aktentasche, überquerte er die Straße und hielt schräg auf den Taxistand zu, der ein paar Meter von der Anwaltskanzlei entfernt war.

Jetzt sah auch er sie. Er blieb mitten auf der Straße stehen und schaute ungläubig zu ihnen herüber. Nach kurzem Zögern und nachdem ein Truck wild hupend hinter ihm vorbeigeschossen war, kam er zu ihnen herüber.

»Mallory! Homer!«, begrüßte er sie mit einem verhaltenen Lächeln und schüttelte erneut ungläubig den Kopf. Er sei auf der Durchreise, sagte er, und mache nur für einen Tag Zwischenstation in Rocky Mount, um einen Makler mit dem Verkauf des kleinen Hauses zu beauftragen, das er bislang vermietet hatte, nun aber als Bürde empfinde.

»Du siehst gut aus!«, sagte Mallory in die verlegene Pause, nachdem Homer sich verabschiedet hatte. Sofort fiel ihr ein, dass genau das seine ersten Worte gewesen waren, als sie sich auf dem Bahnhof von Richmond wiedergesehen hatten.

Sein Lächeln verlor den angestrengten Ausdruck. »Das kann ich auch von dir sagen.«

Sie errötete leicht. »Mein Gott, wie kommt man im Februar bloß zu so einer Bräune?«, fragte sie.

Er lachte. »Da genügen ein paar Monate im Black Canyon!«

Sie runzelte die Stirn. »Wo ist der?«

»In der Wüste, an der Grenze zwischen Nevada und Arizona.«

»Und was machst du da?«

»Wir stauen den Colorado und bauen einen Staudamm in die Wüste. Es wird der größte von ganz Amerika sein, vielleicht sogar der größte der Welt. Eine gigantische Baustelle und ein Meisterwerk der Ingenieurskunst«, sagte er mit leuchtenden Augen und fragte unvermittelt: »Hast du ein wenig Zeit? Ich erzähle dir gern mehr davon, wenn es dich interessiert. Wir könnten auf einen Kaffee zu *Fanny's* rübergehen.«

Mallory willigte sofort ein, war ein heißer Kaffee doch genau das, was sie nach den eisigen Kanzleiräumen brauchte. Als sie kurz darauf in dem herrlich warmen Lokal saßen, fiel mit erschütternder Wucht die Erinnerung über sie her. An jenen Tag im Mai, als sie beide das erste Mal zusammen bei *Fanny's* gesessen hatten, als Sweeney Vaughn DeMille, den Saxophonisten der *Chicago Ragtime Band*, auf der Toilette getroffen hatte, als sie am Abend mit Henry zum Tanzen in die neue Dance Hall gefahren war und das Glück den Namen Henry getragen hatte.

Fast wäre sie aufgesprungen und aus dem Lokal gestürzt, doch sie gewann die Kontrolle über ihren inneren Tumult und blieb sitzen, und aus dem einen schnellen Kaffee wurde ein früher, ausgedehnter Lunch.

# 115

»Tut mir leid, dass ich es nicht eher geschafft habe, Sie zu besuchen, James, aber wenn man zu einer Anhörung des Kongresses zitiert wird, hat man dem Folge zu leisten, auch wenn es nur eine Farce ist.« Völlig außer Atem, als sei er die Treppe heraufgerannt, legte Vandenburg ihm einen Stoß Bücher auf den Nachttisch. »Sie sind ja ein Freund der Literatur, wie ich mir habe sagen lassen. Weil ich aber nicht weiß, was Sie bevorzugen, habe ich einfach gekauft, was ich an Neuerscheinungen finden konnte. Da ist was von Faulkner, von Steinbeck und einem gewissen Graham Greene dabei. Was Sie schon kennen, verschenken Sie einfach weiter. Ich bin sicher, es gibt ein paar hübsche Schwestern hier auf der Station.«

James rang sich so etwas wie ein höfliches Lächeln ab. »Danke, Sir«, sagte er und hatte Mühe, sich die Schmerzen nicht anmerken zu lassen. Sein Körper schrie nach einer Morphiumspritze, aber dann hätte sich Vandenburg den Besuch auch sparen können. »Was hätten Sie denn auch früher hier gewollt? Mir die Hand halten? Ich war die ersten beiden Tagen nicht bei Bewusstsein und danach wegen der Schmerzmittel auch nicht wirklich ansprechbar. Das hat Prescott Ihnen doch sicher erzählt.«

Prescott war der Einzige, der in jener Nacht unverletzt geblieben war. Tapper war in Brust und Kopf getroffen worden und schon tot gewesen, als er von der Leiter gestürzt war und ihn mit über Bord gerissen hatte. Fuller hatte sich Verbrennungen im Gesicht zugezogen, konnte auf dem linken Auge nicht mehr sehen, während Bradley mit einem gebrochenen Arm und Henderson mit einem Streifschuss am rechten Oberarm verhältnismäßig glimpflich davongekommen waren. Dass es nicht noch einen zweiten Toten gegeben hatte, war Prescott und Henderson zu verdanken, die ihn vor dem Ertrinken bewahrt hatten. Er hatte eine Kugel in der linken Schulter gehabt und eine Schussverletzung am linken Oberschenkel, knapp oberhalb des Knies. Dass ihn bei dem Sturz vom Kutter eine zweite Kugel getroffen hatte, war gar nicht bis in sein Bewusstsein gedrungen.

Vandenburg nickte und zog sich einen Stuhl heran. »Schreckliche Sache, dieser Einsatz auf der Chesapeake Bay, eine Katastrophe genau genommen. Dem Himmel sei Dank, dass Sie durchgekommen sind, James! Auch wenn es Sie böse erwischt hat. Es wird wohl einige Zeit dauern, bis Sie wieder richtig gehen und die Schulter bewegen können.«

»Ich nehme an, unsere Sondereinheit hat damit aufgehört zu existieren«, sagte James. Prescott hatte ihm bei seinem Besuch am Vortag erzählt, dass Henderson und Bradley ihre Versetzung beantragt hatten und Fuller aus dem Dienst ausgeschieden war.

Vandenburg kaute auf dem Mundstück seiner kalten Pfeife. »Ich habe mit Prescott gesprochen. Er will hier weitermachen, wenn er aus dem Urlaub zurückkommt. Ich soll ihm eine neue Mannschaft zusammenstellen. Sie hätte er gern wieder dabei, James. Aber ich hätte Sie auch gern bei mir in Washington.«

Überrascht sah James ihn an. »Und welche Aufgabe hätte ich dort?«

»Sie würden mich als mein persönlicher Assistent mit Analysen und neuen Strategievorschlägen unterstützen. Der Kampf gegen die organisierte Kriminalität muss in eine neue Phase eintreten. Denn machen wir uns doch nichts vor: Die Nation ist nicht nur der blutigen Gewalt müde, mit der Gangster wie Al Capone und seinesgleichen ihre Revierkämpfe austragen, sondern die Leute wollen auch ein Ende der Prohibition. Und so, wie die politischen Zeichen stehen, wird die Aufhebung nicht mehr lange auf sich warten lassen.«

»Das noble Experiment ist wahrlich grandios gescheitert.«

»Und gescheitert sind auch wir mit unseren Methoden. Wir brauchen einen völlig neuen Ansatz«, sagte Vandenburg nicht ohne Bitterkeit. »Uns ist es ja nach jahrelangen Ermittlungen noch nicht einmal gelungen, einen Mann wie Al Capone, der mehr Blut an seinen Händen kleben hat als alle anderen, auch nur eines einzigen Gewaltverbrechens zu überführen! Dabei weiß jeder Straßenjunge in Chicago, wen er alles auf dem Gewissen hat. Es ist beschämend, dass wir ihn nur wegen Steuerhinterziehung belangen und zu fünfzehn Jahren Haft verurteilen konnten.«

*Den Marcone-Brüdern in Richmond ist noch nicht einmal das nachzuweisen,* dachte James düster. Vito und Lorenzo finanzierten die auf ihren Namen eingetragenen Immobilien und ihren Lebensunterhalt offiziell mit den Einkünften aus ihren legalen Geschäften, zu denen eine Baufirma, eine Kinokette und drei Restaurants gehörten. Dort wurden die Bücher vorbildlich geführt und sämtliche Steuern pünktlich bezahlt.

Vandenburg blieb noch eine gute Stunde bei ihm und legte in groben Zügen dar, wie er sich seine und die Arbeit seines neuen Assistenten in den Jahren nach der Aufhebung der Prohibition vorstellte. Doch als er schließlich aufbrach, um nach Washington zurückzukehren, wusste James noch immer nicht, wie er sich entscheiden sollte.

Vandenburg drängte ihn nicht. »Denken Sie in Ruhe darüber nach, James, brechen Sie die Entscheidung nicht übers Knie. Sie haben Zeit, bis Sie wieder vollständig gesund sind. Außerdem ist Prescott vorläufig im Urlaub. Erst wenn er zurück ist, muss ich wissen, ob Sie in seinem Team bleiben oder nach Washington kommen wollen. Aber zuallererst sehen Sie zu, dass Sie wieder auf die Beine kommen!«

## 116

Auf Prescotts Anweisung hin parkte James den Wagen auf einem der für die Staatsanwaltschaft reservierten Plätze direkt vor dem Portal der City Hall. Das imposante vierstöckige Gebäude aus grauem Granit, erbaut im neugotischen Stil und das größte seiner Art in Richmond, nahm auf der Broad Street den gesamten Block zwischen der 10th und 11th Street ein. Üppige Ornamentik zierte die gegliederte Fassade. Die Vorderfront des Gebäudes mit ihren beiden unterschiedlich hohen Türmen schaute hinüber zum State Capitol, dem prachtvollen, einem römischen Tempel ähnelnden Regierungssitz des Bundesstaates Virginia.

»Na, dann wollen wir mal mitten im Sumpf der Korruption unser neues Quartier beziehen«, grummelte Prescott, schnippte seine Zigarettenkippe weg und griff sich einen der beiden Kartons vom Rücksitz. Sie hatten die wichtigsten Unterlagen ihrer Richmond-Unit mitgenommen.

»Als ich das erste Mal hier vorbeikam, habe ich den Kasten für eine Kathedrale gehalten«, sagte James und klemmte sich den zweiten Karton unter den Arm. Solche Bewegungen schmerzten noch immer, insbesondere bei solch nasskaltem Aprilwetter. Er hütete sich aber, sich das anmerken zu lassen. Er hatte lange genug im Krankenhaus gelegen und brannte darauf, sein Leben und seine Arbeit wieder aufzunehmen.

»Und drinnen kommt man sich vor wie im Kreuzgang eines verdammten Klosters«, knurrte Prescott. »Verdammte Schnapsidee, unser Büro ausgerechnet hierher zu verlegen!«

»Mir wär's auch lieber gewesen, wir hätten draußen am Fluss ganz für uns bleiben können«, sagte James. »Möchte bloß wissen, was Washington sich dabei gedacht hat. Kapieren die nicht, dass wir jetzt mit genau *der* Polizeiverwaltung, *der* Staatsanwaltschaft und *den* Richtern unter einem Dach sitzen und arbeiten müssen, deren Korruption wir bekämpfen sollen?«

»Das sind einfach hirnlose Bürokraten!«, schimpfte Prescott. »Vandenburg muss dafür sorgen, dass wir hier schnellstens wieder rauskommen!«

Augenblicke später betraten sie die Halle, und verblüfft stellte James fest, wie recht Prescott mit seiner Beschreibung gehabt hatte. Die City Hall war rund um ein großzügiges Atrium mit einem Lichtdom hoch oben im Dach errichtet. Auf allen vier Stockwerken gab es umlaufende Kreuzgänge.

»Tatsächlich wie in einem Kloster!«

»Nur dass man hier Dinge wie Andacht und Frömmigkeit vergeblich suchen wird«, bemerkte Prescott.

Sie begaben sich über das großartige Treppenhaus in den dritten Stock. Im Westtrakt dieser Etage hatten bis vor zwei Tagen Staatsanwalt Sidney Patterson und seine Mitarbeiter ihre sehr beengten Räumlichkeiten gehabt. Nach Abschluss aufwendiger Umbauten und Renovierungsarbeiten residierten sie nun ein Stockwerk höher in erheblich geräumigeren Büros.

»Kümmern Sie sich darum, dass der Hausmeister das wegkratzen lässt«, sagte Prescott mürrisch, während er die Tür aufstieß, auf deren Milchglasscheibe noch immer in Gold und Schwarz der Namenszug *Sidney Patterson – District Attorney* prangte. »Und er soll sich unterstehen, FBI oder so etwas auf unsere Bürotüren zu pinseln! Es reicht mir, dass wir uns durch unsere pure Gegenwart hier zu Zielscheiben machen!«

James nickte und sah sich in dem Büro um. Es bot ein tristes Bild. Ein klobiger Schreibtisch mit Underwood-Schreibmaschine, dahinter ein schäbiger Drehstuhl mit Armlehnen, davor zwei einfache Holzstühle, entlang der Wände verkratzte Aktenschränke aus grauem Blech, in der Ecke ein einzelner Sessel mit einer hässlichen Stehlampe neben einem Regal, in dem noch mehrere Bände Gesetzestexte darauf warteten, abgeholt zu werden. Das dreckige Fenster hinter dem Schreibtisch ging auf die Kreuzung 10$^{th}$, Broad Street hinaus. Eine verglaste Tür verband das Büro mit dem angrenzenden Zimmer, das ihm zugedacht war, sofern er es sich nicht doch noch anders überlegte oder Prescott es schaffte, sie wieder aus der City Hall herauszubekommen.

»Okay, räumen Sie den Kram ein. Den Rest holen Sie später. Und dann suchen Sie die Büros gründlich nach Abhöranlagen ab!«, trug Prescott ihm mit finsterer Miene auf und knallte seinen Karton auf den Schreibtisch. »Schrauben Sie auch die Telefone auf. Gut möglich, dass man uns schon ein paar Wanzen ins Nest gesetzt hat!«

»Ich werde jeden Winkel unter die Lupe nehmen«, versicherte James. »Und jetzt sollte ich Sie zum Bahnhof bringen, wenn Sie Ihren Zug nicht verpassen wollen!«

Prescott winkte ab. »Ich nehme ein Taxi. Drüben vor dem Kapitol kriegt man immer eins. In drei, vier Tagen bin ich zurück, hoffentlich mit ein paar erfahrenen Agenten und vor allem mit der Erlaubnis aus Washington, dem Schwachsinn hier ein Ende zu bereiten und an den Fluss zurückzukehren. Und Sie halten hier die Stellung, Milton! Aber bitte keine Alleingänge!«

»Ich werde mich bemühen. Aber wer weiß, ob ich der Verlockung wiederstehen kann, das Syndikat zu zerschlagen und den Ruhm allein einzuheimsen«, erwiderte James.

Prescott fand das ganz und gar nicht witzig. Er warf ihm nur einen mürrischen Blick zu. »Und vergessen Sie nicht, dass Sie die Entscheidung, ob Sie nun bleiben oder den Schreibtischjob bei Vandenburg annehmen wollen, nicht länger aufschieben können. Sie sind mehr als einmal haarscharf am Tod vorbeigeschrammt. Könnte verstehen, wenn Sie nach dem Desaster in der Chesapeake Bay von Einsätzen in vordersten Front genug hätten. Würde es Ihnen also in keiner Weise übelnehmen, wenn Sie aussteigen, aber ich brauche Klarheit in meinem Team. Also, wenn ich zurück bin, will ich wissen, woran ich bin, okay?«

Das sicherte James ihm zu. Dann fiel die Tür hinter Prescott ins Schloss, und er machte sich daran, die Kartons auszupacken.

Der Revolver im linken Achselholster störte dabei, deshalb legte er ihn in die rechte obere Schreibtischschublade.

Er stapelte die Akten, unterteilt in Sachbereiche, auf dem Schreibtisch und sah in den Schränken und Schubladen nach, was Mister Patterson und sein Stab ihnen an Papier, Kohlepapier und anderen Büroutensilien dagelassen hatten. Viel war es nicht.

Er hatte sich gerade eine Zigarette angezündet und versuchte, das verzogene Fenster zu öffnen, als sich jemand eiligen Schrittes dem Büro näherte, hektisch an die Tür klopfte und unverzüglich ins Zimmer stürzte.

»'schuldigung, dass ich so reinplatze, aber was ich Ihnen zu verkaufen habe, wird Sie umhauen, Mister Patterson!«, redete eine Männerstimme drauflos. »Ich kann Ihnen Don Renzo und sein verdammtes Syndikat ans Messer liefern! Aber bevor ich auspacke, will ich 'nen wasserdichten Deal, okay? Sie müssen mir diese Immi… Immität, oder wie das Ding heißt, und Zeugenschutz garantieren, und das will ich schriftlich, mit Siegel und all dem Kram. Dass wir uns da gleich richtig verstehen!«

James kam gar nicht auf den Gedanken, den Besucher darauf hinzuweisen, dass er das falsche Büro erwischt hatte. Schon nach den ersten Worten erstarrte er in der Bewegung. Seine Nackenhaare stellten sich auf. Die Stimme in seinem Rücken kannte er nur zu gut!

Langsam ließ er die Hand vom Fenstergriff sinken und drehte sich um zu dem Besucher, der eigentlich gar nicht zu ihm wollte. »Was Sie meinen, ist Immunität. Obwohl ich vermute, dass Sie eher auf Amnestie aus sind, auf Schutz vor Strafverfolgung für begangene Taten.«

»Sag ich doch! Und dafür liefere ich Ihnen, was Sie brauchen, damit Sie Don Renzo und Vito, den alten Sack von einem Bruder, und all die anderen Spaghettifresser von der Dixie-Mafia hinter Gitter bringen können, und zwar für lange!«, redete der Mann weiter und leckte sich nervös über die Lippen. Er trug eine dunkelgrüne Regenhaut mit hochgeschlagener Kapuze wie ein Fischer in stürmischer See und darunter noch eine Lederkappe, deren Schirm tief in die Stirn gezogen war. »Mein Name ist übrigens Jake McClary, aber den hab ich schon lange nich' mehr gehört. Man kennt mich als Skinny the Blade, weiß der Teufel, warum. Wahrscheinlich, weil ich so dünn bin.«

»Das wird's wohl sein«, sagte James und wartete darauf, dass Skinny ihn erkannte. Er selbst hatte augenblicklich wieder vor Augen, wie Skinny den betrügerischen Buchmacher in Salem mit dem Messer zugerichtet hatte. Gleich zu Anfang hatte er die linke Hand des Mannes mit der Klinge an die Tischplatte genagelt, damit Knuckles ihm mit seinem Baseballschläger ungehindert die rechte, die Diebeshand, zu Brei schlagen konnte. Dann waren die Kniescheiben dran gewesen, und zum Schluss hatte er ihm noch den Unterkiefer zertrümmert. Blutüberströmt und zum Krüppel geprügelt, hatten sie den Buchmacher im Hinterzimmer seines Büros zurückgelassen. Und nun bot dieser Schlächter sich als Verräter an!

Aber in den Augen des Schlägers zeigte sich kein Erkennen. Vielmehr kämpften in ihnen mühsam beherrschte Panik und skrupellose Gemeinheit um die Oberhand. Im Grunde war es nicht verwunderlich. Skinny kannte James nur als Burschen von schmächtig-schlaksiger Statur und mit bartlosem Gesicht. Der erwachsene Mann, der mit schwarzem Vollbart, markanter Brille, breiten Schultern und durchtrainierter Gestalt vor ihm stand, musste ihm zwangsläufig fremd vorkommen.

»Was dagegen, dass ich mich bei Ihren bediene, Mister?«, fragte Skinny, leckte sich erneut über die Lippen und deutete auf die Packung Zigaretten auf dem Schreibtisch.

»Greifen Sie nur zu, Mister McClary«, sagte James und achtete darauf, tiefer zu sprechen als gewöhnlich. Auch seine Stimme sollte in dem Gangster keine Erinnerungen wecken.

»Skinny, wenn's Ihnen nichts ausmacht«, sagte O'Reillys einstiger Killer mit einem schiefen Grinsen, schnippte eine

Zigarette aus der Schachtel und steckte sie an. Gierig sog er den Rauch ein.

»Na, dann erzählen Sie mal, Skinny!«, forderte James ihn auf und bedeutete ihm, auf einem der Stühle vor dem Schreibtisch Platz zu nehmen.

»Wär mir verdammt recht, wenn Sie die Tür abschließen würden. Wenn hier jemand von den Bullen reinkommt und mich erkennt, bin ich schneller tot als 'ne Ratte aufm sinkenden Schiff, Mister Patterson!«

»Kein Problem, ich hoffe nur, Sie haben mehr zu bieten als heiße Luft«, sagte James, ging zur Tür und schloss sie ab. Worauf Skinny erleichtert aufatmete, seine Kapuze zurückschlug und auch die Lederkappe abnahm. Seine Stirn glänzte. Angstschweiß, ohne Zweifel. James war gespannt, was der Gangster für den Schutz vor Strafverfolgung anzubieten hatte und, vor allem, was er gegenüber dem Syndikat verbrochen hatte, dass er um sein Leben fürchtete und die einzige Rettung darin sah, zum Verräter und Zeugen der Staatsanwaltschaft zu werden. Verrückt, wenn ausgerechnet O'Reillys alter Kumpel ihnen im Kampf gegen die Dixie-Mafia zum Durchbruch verhelfen würde!

James griff zu Stift und Papier, um sich Notizen zu machen, wogegen Skinny sofort protestierte. Erst wollte er den Schutz vor Strafverfolgung garantiert haben.

»So läuft der Deal nicht, Skinny. Zuerst müssen Sie mir erzählen, was Sie zu bieten haben!«, stellte James klar. »Wir reden hier erst einmal unter vier Augen, ohne Zeugen. Deshalb kann Ihnen auch keiner was, selbst wenn Sie es sich noch anders überlegen oder es aus irgendeinem anderen Grund zu keinem Deal kommt. Dann steht nämlich Aussage gegen ...«

»Ich will aber den Deal, verdammt!«, fiel Skinny ihm ins Wort und schluckte krampfhaft. »Und Sie werden ihn verdammt noch mal auch wollen, wenn Sie erst gehört haben ...«

Nun schnitt James ihm das Wort ab. »Dann reden Sie endlich

Klartext, Mann, oder verschwinden Sie! Kommen Sie gefälligst zur Sache! Was haben Sie gegen Don Lorenzo und seinen Bruder in der Hand? Los, die Karten auf den Tisch! Ich hab nicht den ganzen Tag Zeit!«

»Mann, was soll ich gegen den Don in der Hand haben? Ich bin bloß 'n Fahrer und Milchmann bei dem Spaghettifresser. Sie wissen doch, wie es hier zugeht. Der meiste Sprit geht nicht über die Theken von Speakeasies, sondern wird von Milchmännern wie mir den Kunden ins Haus, in die Büros oder sonst wohin geliefert.«

»Und was wollen Sie bei mir, wenn Sie bloß eine kleine Nummer sind? Lassen Sie mich raten: Sie haben einen Haufen Geld unterschlagen, und das droht jetzt aufzufliegen, womit Sie für Don Lorenzo praktisch ein toter Mann sind«, sagte James ihm auf den Kopf zu.

Skinny schoss das Blut ins Gesicht. »Sie wissen einen Scheiß, Mann! Die Marcone-Brüder sind reif, wenn ich auspacke, was damals in Roanoke gelaufen ist. Da war Patrick O'Reilly ihr Statthalter und hat schwer aufgeräumt. Ich war dabei, als wir Eddie Wheeler und Arnie Flint abserviert und die Stadt übernommen haben, ich hab ganz oben mitgemischt, Mann! Und wenn ich nach O'Reillys Herzattacke nicht mit seinem Nachfolger, diesem Wichser Carlo Marcone, 'n paarmal höllisch aneinandergerasselt wäre, dann wär ich da heute noch 'ne wichtige Nummer!«

Als der Name Roanoke fiel, wurde James unruhig. »Mag sein, dass Sie bei diesem O'Reilly mal was zu melden hatten. Das erklärt aber noch nicht, wie Sie uns dazu verhelfen können, Don Lorenzo und seinen Bruder Vito ins Gefängnis zu bringen. Sie sagen ja selbst, dass Sie gegen die beiden nichts in der Hand haben.«

Skinny grinste. »Schon mal was von 'nem Dominoeffekt gehört? Wenn man 'nen Stein anstößt und dann …«

»Das Prinzip ist mir bekannt«, unterbrach James ihn. »Was

oder wer soll dieser Stein sein, der so eine Kettenreaktion auslösen und den Fall der Marcone-Brüder bewirken könnte?«

»Der erste Stein ist 'n alter Kumpel aus Roanoke, Pete Sullivan, und der zweite, der fällt, ist Vinnie DeMarco! Die Namen werden Ihnen wahrscheinlich nichts sagen, aber Vinnie DeMarco war die letzten Jahre die rechte Hand von Carlo Marcone. Und Carlo kann das große Maul nicht halten, wenn er einen zu viel gezwitschert hat. Jedenfalls kennt Vinnie DeMarco viele schmutzige Geheimnisse, die Don Vito und seinem Bruder vor Gericht das Genick brechen. Wenn Vinnie DeMarco fällt, ist also auch Carlo im Arsch, und der wird eher Vito über die Klinge springen lassen als seinen Vater!«

»Und warum sollte dieser Vinnie DeMarco gegen Carlo Marcone auspacken?«

»Natürlich um die eigene Haut zu retten, genau wie Pete Sullivan und der Bootlegger Barney Gifford, Mann! Pete und der fette Barney werden als Erste umkippen und nicht 'nen Furz lang zögern, Vinnie zu opfern. Der liefert Ihnen dann Carlo ans Messer und bringt damit die Kettenreaktion bis zu Vito und Don Renzo so richtig in Schwung!«, erklärte Skinny mit einem boshaften Grinsen. »Die werden fallen wie die Kegel bei 'nem Strike auf 'er Bowlingbahn!«

James runzelte die Stirn. Das klang alles reichlich wirr, aber er wollte den Redefluss des Killers nicht stoppen. Vielleicht spielte Skinny ihnen ja tatsächlich eine wertvolle Information zu, die letztlich zur Zerschlagung der Dixie-Mafia führen konnte. »Und worüber soll Pete Sullivan fallen?«

»Der Kerl war drüben im Franklin County an 'nem Mord und 'nem Kidnapping beteiligt. Das kann nicht nur ich bezeugen, sondern auch dieser Bootlegger Barney Gifford. Der hat damals auch mitgemischt, und bei dem braucht es nicht viel, um ihn weichzuklopfen ...«

»Von was für einem Mord sprechen Sie?«, unterbrach ihn James, den unvermittelt eine beklemmende Ahnung packte.

»O'Reilly hat damals einen Farmer umlegen lassen, weil der ihm seinen Moonshine nicht zum Syndikatspreis liefern wollte und 'ne Menge Ärger gemacht hat. William Kendrick hieß der Schwachkopf, aber die Leute nannten ihn Dutchman. Ist 'ne längere Geschichte. Jedenfalls haben wir ihn eines Nachts bei seiner Still oben in den Bergen erwischt.«

Ein kalter Schauer lief James über den Rücken. »Unmöglich!«, entfuhr es ihm.

»Wie: unmöglich?« Skinny schnippte Asche von seiner Kippe. »Mann, ich war doch dabei, als wir den Farmer mit seiner Tochter am Stone Ridge Mountain überfallen und umgenietet haben! Pete Sullivan war mit von der Partie«, prahlte er und redete munter weiter. »Und zwar nicht nur, als wir den Farmer umgelegt und seinen Sohn entführt haben, sondern auch, als sie drauf aus waren, in derselben Nacht die Farmerstochter zu vergewaltigen! Für Brewster, den Affen, der zuerst ranwollte, ist das ins Auge gegangen, und zwar buchstäblich. Und weil er so blöd war, sich von 'nem Weiberrock übertölpeln zu lassen, hat O'Reilly ihn gleich mit abservieren lassen. Glatter Schnitt über die Kehle!« Er lachte bei der Erinnerung. »Das ist übrigens diese Mallory, die sich jahrelang von Vitos Patensohn hat ficken lassen und hier die ganzen Nachtclubs und Destillerien betreibt. Bestimmt kennen Sie sie unter dem Namen Lady Moonshine. Die können Sie dann auch gleich hoppnehmen, wenn die Dominos erst mal fallen!«

Hastig griff James nach einem Aktenordner, hielt ihn so, dass er sein Gesicht verbarg, und blätterte mit zittriger Hand darin, als suche er einen bestimmten Bericht. Dabei kämpfte er gegen die Übelkeit an, die ihn schlagartig befallen hatte. Kalter Schweiß brach ihm aus. Alles, was er bislang für wahr gehalten hatte, sollte Lüge gewesen sein? Unmöglich!

»Warten Sie … William Kendrick … William Kendrick … hier irgendwo muss es doch …« James hustete, um seine Stimme, die ihm den Dienst zu versagen drohte, in den Griff zu bekommen. Er weigerte sich, Skinnys Behauptungen Glauben zu schenken. Dabei sagte ihm sein Verstand, dass all das sehr wohl die Wahrheit war und dass er sie längst hätte erfahren können, wenn er seiner Schwester nur eine Chance gegeben hätte. Diese Gewissheit stach ihm wie ein Messer durch Herz und Seele, war vernichtend. »Hier ist irgendwo ein Bericht, dass der Farmer … also dieser Schwarzbrenner, von einem gewissen … ja, richtig, einem gewissen Boyd Wheeler bei einer nächtlichen Schießerei getötet wurde!«

»Wirklich?« Skinny winkte mit einem hämischen Lachen ab. »Ist ja irre, dass das sogar bei Ihnen in den Akten steht! Aber an der Geschichte ist nicht für 'nen Nickel was Wahres dran. Alles erlogen, Mann! O'Reilly hatte wirklich was drauf, der war gerissen und hat sie alle wie Marionetten an den Fäden zappeln lassen, das sag ich Ihnen! Wir haben den Jungen als Geisel genommen, um seine Schwester erpressen zu können. Und der Junge, Bobby hieß er, hat das alles geschluckt und O'Reilly und die anderen sogar noch für seine Retter gehalten! Ich kann Ihnen erzählen, wie das damals wirklich abgelaufen ist.«

Mit einer stummen Geste forderte James ihn auf, das zu tun. Schon um Zeit zu gewinnen. Er hoffte, dass Skinny ihm nicht ansah, wie es um ihn stand. Zum Glück hatte er die einsetzende Dämmerung auf seiner Seite. Sie trübte das Licht im Zimmer ein und legte, vor dem hellen Rechteck des Fensters in seinem Rücken, einen dunklen Schleier über sein Gesicht, der seine Fassungslosigkeit wohl verbarg.

Ihm war, als habe Skinny ihm den Boden unter den Füßen weggezogen. Er dachte daran, wie Mallory und Frank auf dem Schießstand beteuert hatten, dass O'Reilly nicht der Mann gewesen sei, für den er ihn gehalten habe. Er dachte an die Briefe seiner Schwester, die zu lesen er sich all die Jahre geweigert hatte, und ihre Begegnung damals in Boston, als sie ihn angefleht hatte, sie nur fünf Minuten lang anzuhören. Er aber hatte es vorgezogen, die Augen vor der Wahrheit zu verschließen.

Sein Leben ruhte auf dem Treibsand von Lügen und Selbstbetrug!

Er verspürte das Verlangen, nach seinem Dienstrevolver zu greifen und Skinny hier und jetzt über den Haufen zu schießen. Aber sein Hass auf diesen Mann war nichts im Vergleich zu dem Entsetzen, der Scham und dem schneidenden Schmerz angesichts der Erkenntnis, dass er Mallory jahrelang bitter unrecht getan hatte. Und jetzt war es zu spät, er würde keinen Weg zu seiner Schwester mehr finden. Zu tief, zu unüberwindlich war die Kluft, die er zwischen sie beide gerissen hatte.

Als Skinny alles erzählt und mehrere Fragen beantwortet hatte, wollte er wissen, wie es denn nun weitergehe, wie man ihn vor Mordanschlägen zu schützen gedenke.

»Ich werde Sie in unser Safe House bringen und für besonders starke Bewachung sorgen«, erklärte James mit rauher Stimme. Sein Entschluss war gefasst. Er musste es tun, auch wenn er sich hinterher dafür verabscheuen würde. »Hier sind Sie nicht sicher. Das genaue Protokoll nehmen wir vor Zeugen im Safe House auf. Ich vermute, dann wollen Sie auch die schriftliche Garantie, dass Sie selbst keine Strafverfolgung zu fürchten haben.«

»Und ob ich das will, Mann! Ohne den Wisch läuft nichts! Und ich will 'nen Anwalt dabeihaben, der meine Rechte vertritt und sich den juristischen Kram anschaut, ob das auch alles seine Richtigkeit hat oder ob ihr versucht, mich reinzulegen! Und ich will den hier!« Er zog einen verknitterten Zettel aus der Tasche und schob ihn zu James hinüber. »Joe Scarboro, der sitzt im Safe House für mich mit am Tisch!«

James nahm den Zettel und fixierte Skinny einen langen Moment, als wüsste er plötzlich nicht mehr so recht, ob er auf all das eingehen oder es sich noch einmal überlegen sollte. Dann zuckte er die Achseln, griff zum Telefon und gab mürrisch und denkbar knapp die erforderlichen Anweisungen, damit Skinny Personenschutz und eine Amnestieerklärung erhielt.

# 117

Wütend trommelte der Regen auf das Wagendach. Wie eine Sintflut stürzte er herab. Die Aprilnacht schien aus flüssiger Schwärze zu bestehen, in der Richmond sich aufgelöst hatte. So angestrengt Mallory auch nach draußen starrte, sie sah nichts als wogende Wassermassen. Nicht einmal die Umrisse der Ruine des Diners, das vor einigen Monaten ausgebrannt war, konnte sie erkennen. Dabei stand sie mit ihrem Dodge auf dem verlassenen Parkplatz ganze zwei, drei Schritte von dem verkohlten Mauerskelett entfernt – mit laufendem Motor, aber ausgeschalteten Scheinwerfern, wie er es verlangt hatte.

Mitternacht war längst vorbei. Wo blieb er? Hatte er es sich doch noch anders überlegt? Warum hatte er sie dann überhaupt angerufen und bei diesem Wetter an diesen gottverlassenen Ort bei den Docks bestellt? Er hatte es so dringend gemacht, regelrecht gehetzt hatte er geklungen. Gab es einen Sinneswandel bei ihm, wollte er sie vor einer Verhaftung oder einer anderen Aktion des FBI gegen sie warnen? Oder konnte es sein, dass der Grund viel persönlicher war, dass dieses Treffen der erste Schritt zu einer Versöhnung sein sollte?

Ihr war, als sei jede Faser ihres Körpers zum Reißen gespannt. Mit zitternden Händen griff sie nach ihren Zigaretten in der Hoffnung, ihre Nerven damit ein wenig zu beruhigen. Die erste, die sie aus der Packung zog, entglitt ihr und fiel zu Boden, und beinahe hätte sie auch die zweite fallen gelassen. Dann flammte ihr Feuerzeug auf, und sie inhalierte gierig.

Die Gestalt tauchte auf wie aus dem Nichts. Mallory bemerkte sie erst, als direkt neben ihrem Kopf eine Faust gegen die Fensterscheibe klopfte. Sie schrie auf vor Schreck, fasste sich aber sofort und deutete auf die Beifahrertür.

»Steig ein!«, rief sie ihrem Bruder zu, denn nur er konnte es sein. »Die Tür ist offen!«

»Nein, mach das Fenster auf!«

Schwach, als hätte der Regen die Stimme ihres Bruders bis an die Grenze der Unverständlichkeit verdünnt, drangen die Worte zu ihr ins Wageninnere. Sie schüttelte den Kopf und rief ihm erneut zu, er solle sich zu ihr in den Wagen setzen. Es ergab doch keinen Sinn, dass sie das Fenster herunterkurbelte und mit ihm redete, während er ungeschützt im Freien stand und der Regen auch sie im Wagen durchnässte!

»Mach endlich das Fenster auf, verdammt noch mal!«, brüllte James und hämmerte mit dem Ring an seiner zur Faust geballten Hand gegen die Scheibe, dass es klirrte.

Erschrocken ließ sie das Fenster herunter. Augenblicklich schlug ihr dichter Regen entgegen. Sie warf die Zigarette hinaus und sah zu ihrem Bruder auf. Einzelheiten, geschweige denn seine Gesichtszüge vermochte sie nicht auszumachen. Sie sah nur, dass sein Trenchcoat völlig durchweicht war und schwer wie Blei an ihm hängen musste und dass von der Krempe seines Hutes das Wasser nur so herabstürzte.

»Um Gottes willen, warum steigst du nicht …« Weiter kam sie nicht.

»Ich habe dir unrecht getan, all die Jahre! Und Vater auch!«, fiel James ihr ins Wort. Seine Stimme klang gepresst, zittrig beinahe. »Jetzt weiß ich es. Es war die Wahrheit, was ihr damals auf dem Schießstand gesagt habt, Frank und du. Und was in deinen Briefen stand. Vaters Ermordung, die Sache mit Boyd Wheeler, all die Täuschungen! Ich bin auf all die Lügen hereingefallen, auch weil ich keine Zweifel, keine andere Wahrheit zulassen wollte.« Hart und abgehackt stieß er die Sätze hervor, als müsse er für jeden einzelnen neue Kraft schöpfen. »O'Reilly war ein mieser Verbrecher und ich seine Geisel. Er hat mich benutzt und verführt. Du hast alles getan, um mich zu schützen und mein Leben zu retten. Du hast dich für mich geopfert, hast dich von Frank erpressen lassen und bist seine Geliebte geworden, damit ich O'Reilly nicht endgültig verfalle und auch zu einem Gangster werde. Dass ich dir all die Jahre nicht geglaubt, sondern dich verurteilt und aus meinem Leben gestrichen habe, werde ich mir nie verzeihen!«

Unsagbare, ja geradezu schwindelerregende Freude erfasste Mallory. Dass ihr der Regen ins Gesicht schlug, machte ihr nicht mehr das Geringste aus, sie nahm es nicht einmal mehr wahr. Endlich! Endlich hatte ihr Bruder die Wahrheit erfahren *und* als solche angenommen! Sie hatte ja immer gewusst, dass dieser Tag kommen würde, aber was um alles in der Welt hatte ihn dazu gebracht? Und warum gestand er es ihr ausgerechnet hier? Hätte er das nicht auch an einem Ort tun können, der im Trockenen lag und der Bedeutung ihrer Versöhnung angemessen war? Warum hatte er diesen dreckigen Parkplatz ausgesucht, um bei strömendem Regen und so voller Zorn seine Schuld an ihrem bitteren Zerwürfnis einzugestehen und sie um Verzeihung zu bitten? Wollte er sich selbst bestrafen, indem er sich diesem nächtlichen Unwetter aussetzte?

»Mein Gott, Bobby! Du weißt ja gar nicht …«

Wieder ließ er sie nicht zu Wort kommen; er schien ihr freudestrahlendes Gesicht überhaupt nicht wahrzunehmen. »Ich habe nicht geglaubt, was du gesagt hast«, fuhr er fort, »und ich habe nicht geglaubt, was in deinen Briefen stand. Aber ich habe dem Scheusal Skinny geglaubt. Er hat mir die Augen für die Wahrheit geöffnet. Und für die Lüge, die mein Leben so viele Jahre bestimmt hat.« Bitterkeit lag in seiner Stimme.

»Skinny?«, stieß Mallory hervor. »Was hat dieser Killer damit zu tun?«

»Er hat viel Geld unterschlagen und wollte gegen Vinnie DeMarco, Carlo Marcone und all die anderen den Kronzeugen machen, um seine Haut zu retten. Dabei wollte er gleich auch dich ans Messer liefern. Zum Glück hat er mich nicht erkannt, sondern mich für den stellvertretenden Staatsanwalt gehalten, in dessen altes Büro in der City Hall ich heute eingezogen bin. Er hat geredet wie ein Wasserfall, und hätte er den richtigen Mann angetroffen, wäre dein Schicksal besiegelt gewesen!«

»Ja, aber …«, setzte Mallory einmal mehr an, doch sie kam nicht weiter.

James beugte sich zu ihr herunter und legte die Hände auf den Fensterrahmen, als suche er Halt. Nun sah sie sein Gesicht hinter dem Regenvorhang, sah die Qual, den Schmerz und den Zorn, der ihr förmlich entgegensprang. »Skinny ist tot! Ich habe nur so getan, als würde ich Personenschutz und eine Amnestiebescheinigung für ihn organisieren; in Wahrheit war die Telefonleitung tot. Und dann habe ich ihn umgebracht. Niemand wird ihn finden. Ich bin rausgefahren und habe die Leiche gut beschwert über Bord geworfen«, stieß er hervor, als ekele ihn jedes einzelne Wort. »Das war ich dir schuldig. Aber damit hast du mich zum Mörder gemacht, Mallory, und das ist das andere, was ich mir und dir nie verzeihen werde! Ich ekle mich vor mir selbst. Ich bin das geworden, was ich zu bekämpfen geschworen habe, ein Verbrecher! Aber wir beide sind jetzt quitt!«

Entsetzt starrte sie ihn an. Eben noch hatte sie geglaubt, ihren Bruder endlich wiederzuhaben, und nun entriss das Schicksal ihn ihr erneut. »Bobby! Entschuldige … *James!* Das ist nicht dein Ernst!«, rief sie und legte ihre Hände auf seine Arme, als wollte sie ihn notfalls mit Gewalt halten. »Was kann ich denn dafür, dass es so gekommen ist?«

Hart, fast brutal schlug er ihre Hände weg. »Wir haben uns beide schuldig gemacht, jeder auf seine Art, und für keinen von uns gibt es Rechtfertigungen oder mildernde Umstände. Wir waren nie hilflose Spielbälle des Schicksals, sondern hatten immer die Wahl, uns anders zu entscheiden. Ich war selbstgerecht und habe mich stur der Wahrheit verweigert. Und du hast deine Ehrbarkeit und dein Gewissen verkauft, indem du es vorgezogen hast, Teil dieser kriminellen Organisation zu sein – zu einem Zeitpunkt, da du die Möglichkeit hattest, dich davon loszusagen! Aber das alles interessiert mich nicht, und ich will auch nicht wissen, was du mit dem Rest deines Lebens anfängst. Ich habe für dich gemordet und damit meine Schuld dir gegenüber beglichen. Fortan werde ich damit leben müssen, dass ich Blut an den Händen habe wie du. Deshalb noch einmal und zum letzten Mal: Wir sind quitt, und mehr gibt es zwischen uns nicht zu sagen, Schwester!« Damit versetzte er der Tür einen heftigen Ruck, als wolle er seinen Worten zusätzlich Nachdruck verleihen, wandte sich ab und war schon im nächsten Augenblick in der Schwärze verschwunden.

Verzweifelt schrie Mallory ihrem Bruder hinterher, doch er kam nicht zurück. Die einzige Antwort auf ihr Flehen war das höhnische Prasseln des Regens, und sie brach schluchzend über dem Lenkrad zusammen.

## 118

Nach der relativen Kühle in den Tunneln, die durch das Betonmonster schnitten, traf ihn die Hitze wie ein Hammerschlag und stach ihm die grelle Sonne über der Wüste von Arizona und Nevada schmerzhaft in die Augen. Geblendet zog er die Sonnenbrille aus der Brusttasche seines Khakihemdes und nahm sich vor, sie nächstens früher aufzusetzen, nämlich schon wenn er am Ende seines Inspektionsgangs am Fuß eines der Ausstiegsschächte stand.

Es erfüllte ihn mit Stolz, zu der zivilen Armee aus Tausenden von Ingenieuren, Arbeitern und Spezialisten zu gehören, die seit bald drei Jahren hier zwischen den Felswänden des schroffen Black Canyon den schwindelerregend hohen Boulder Dam errichteten. Jeden Tag aufs Neue war er fasziniert von den Ausmaßen dieser Baustelle und den atemberaubenden technischen Daten des monumentalen Absperrwerkes.

In den Beton, der beim Abbinden erhebliche Wärme entwickelte, waren einen Zoll starke Wasserleitungen eingelassen. Ohne das darin zirkulierende Kühlwasser hätte der Prozess der

Aushärtung bei der kaum fassbaren Masse von über anderthalb Millionen Kubikmeter verbauten Betons geschlagene hundert Jahre gedauert. Die erforderlichen Kühlanlagen verfügten über die Kapazität, jeden Tag tausend Tonnen Eis zu produzieren – mitten in der Wüste. Zugleich waren die Kühlanlagen und die Wärmeableitung, deren Überwachung in seinen Arbeitsbereich fiel, nur zwei Elemente in einer Fülle von erstaunlichen Leistungen moderner Bautechnik.

Was diesem Fortschritt meilenweit hinterherhinkte, waren die Bedingungen ihrer Unterbringung in der lieblos und hastig aus dem Wüstenboden gestampften Barackensiedlung, der man den großspurigen Namen Boulder City gegeben hatte. Aber die gute Bezahlung und der Stolz, an diesem Projekt beteiligt zu sein und sich dadurch in beruflicher Hinsicht einen Namen machen zu können, ließen ihn dieses Übel gern in Kauf nehmen.

Henry überlegte, ob er später am Abend einen Ausflug in die nur dreißig Meilen entfernte Wüstensiedlung Las Vegas machen sollte, entschied sich aber schnell dagegen. Zwar war schon die zweite Novemberwoche angebrochen, aber die Sonne hatte noch nicht viel von ihrer sengenden Kraft eingebüßt. Das Hemd klebte ihm ja schon am Leib, kaum dass er ein paar Minuten unter freiem Himmel stand, und selbst nach Sonnenuntergang würden die Temperaturen lange kaum sinken, dafür hatte der felsige Boden den Tag über zu viel Hitze gespeichert.

Außerdem gefiel es ihm in Las Vegas nicht mehr so gut wie zu Anfang, als es noch den Charakter einer verschlafenen Pioniersiedlung gehabt hatte. Die Zeit war lange vorbei. Mehr als zwanzigtausend Bauarbeiter wollten es sich nach zehn oder gar zwölf Stunden harter und oft gefährlicher Schinderei gutgehen lassen und sich amüsieren. Wenn auch jeder darunter etwas anderes verstand, hatte sich die Mehrheit der Männer doch schnell darauf geeinigt, dass die Unterhaltung vorzugsweise durch Alkohol, Glücksspiel und leichte Mädchen bestritten werden sollte. In Boulder City war all das streng verboten, auf der anderen Seite, in Nevada, dagegen nicht, und so hatte es nicht lange gedauert, bis in dem einstigen Nest Las Vegas, an der Fremont Street, eine ganze Kette von Brettersaloons mit Spielkasinos sowie Bars und Bordelle aus dem Boden gestampft worden waren. Damit war die Atmosphäre dort für seinen Geschmack unerfreulich rauh und vulgär geworden.

Henry freute sich auf das kalte Bier, das im Kühlschrank seiner Ein-Zimmer-Baracke auf ihn wartete, ging aber nicht auf direktem Weg von der Baustelle dorthin. Zuerst schaute er auf der Poststelle nach, ob ein Brief für ihn gekommen war. Früher hatte er sich höchstens einmal die Woche in der Postbaracke sehen lassen, doch seit er mit Mallory im Briefwechsel stand, verging kein Tag, an dem er nicht diesen schweißtreibenden Umweg machte, und das gab ihm von Monat zu Monat mehr zu denken.

Nach ihrem Wiedersehen in Rocky Mount gut sieben Monate zuvor hatten sie Adressen ausgetauscht, und wie der Zufall es wollte, hatten sie beide zwei lange Monate voll zwiespältiger Gefühle und erwartungsvollen Wartens verstreichen lassen, bevor sie es wagten, den ersten Brief zu schreiben – und sie hatten es beide in derselben Woche getan! Er hatte nur einen Tag eher zum Füllhalter gegriffen als sie, wie der Poststempel verriet. Ihre Briefe hatten sich gekreuzt!

Seitdem schrieben sie sich regelmäßig, in letzter Zeit fast wöchentlich. Beide achteten sie peinlich genau darauf, in freundschaftlich leichtem, unverfänglichem Ton von ihrem alltäglichen Leben zu berichten, wobei Mallory ganze Seiten mit unterhaltsamen Schilderungen des allzu langsam voranschreitenden Hausbaus füllte, während er sie vermutlich mit seinen ausführlichen Beschreibungen dessen langweilte, was er auf der Baustelle und in der Barackenstadt erlebte.

Was sie beide strikt mieden, war die Frage, die all ihren Briefen wie eine starke und an Kraft immer mehr zunehmende Unterströmung innewohnte – nämlich die, wie viel sie einander noch oder wieder bedeuteten und ob es für sie die Chance gab, aus dem dunklen Schatten der Vergangenheit herauszutreten und einen Neuanfang zu finden.

Es wartete tatsächlich ein Brief auf ihn, und Henry war sich der Freude, die das in ihm auslöste, nur zu bewusst. Sie machte ihn unruhig und ließ ihn einmal mehr darüber grübeln, ob es an der Zeit war, sich weiter vorzuwagen und ihr im nächsten Brief den Vorschlag zu machen, der ihm schon seit einiger Zeit durch den Kopf ging.

Er wollte darüber schlafen, bekam aber kein Auge zu und wälzte sich auf dem verschwitzten Laken von einer Seite auf die andere, während seine Gedanken unaufhörlich durch die Erinnerungen jagten, die ihn mit Mallory verbanden. Und so setzte er sich mitten in der Nacht in seiner stickigen Baracke mit dem sich träge drehenden Ventilator an den Tisch, griff zu Füllhalter und Papier und wagte den Sprung ins Ungewisse.

## 119

Stetig rollte der Zug der *Southern Pacific Railroad* durch die Nacht, seinem Ziel auf der anderen Seite des Kontinents entgegen. Längst war New Orleans mit seinem Lichtermeer in der tiefen Schwärze versunken, die über dem Farmland von Louisiana lag. Noch sechsundfünfzig Stunden bis Los Angeles – und ihrem Wiedersehen mit Henry!

Sie hatte im *Sunset Limited,* der nur luxuriös ausgestattete Pullman-Waggons führte, ein geräumiges Salon- und Schlafwagenabteil der Kategorie Calaveras gebucht. Der Steward hatte ihr das Bett gerichtet, ihr noch einen Martini gebracht und wie erbeten alle Lichter gelöscht. Jetzt saß sie in einem der beiden bequemen Sessel am Fenster, blickte in die Dunkelheit hinaus und rang mit der beklemmenden Sorge, eine peinliche

Dummheit gemacht zu haben und einer Enttäuschung entgegenzufahren.

Als Henry sie in seinem letzten Brief im November gebeten hatte, im Februar an die Westküste zu kommen und seinen zehntätigen Urlaub mit ihm in Los Angeles zu verbringen, hatte ihr Herz einen freudigen Sprung getan, und sie hatte ihm noch am selben Tag zusagen wollen. Dass sie dann doch vier Tage hatte verstreichen lassen, ehe sie ihm antwortete und seine Einladung annahm, war ein Akt großer Selbstbeherrschung gewesen. Wenigstens war es ihr damals so vorgekommen. Denn seit ihrem Wiedersehen in Rocky Mount war die Liebe zu ihm neu in ihr entflammt, als sei die Glut unter der Asche all der Irrungen und Wirrungen der vergangenen zwölf, dreizehn Jahre nie wirklich erloschen gewesen. Ihre Sehnsucht war mit jedem seiner Briefe stärker geworden, und es war ihr schwergefallen, sich in ihren Antworten nicht dazu hinreißen zu lassen, sie ihm zu offenbaren. Zu groß war die Angst gewesen, seine Zeichen womöglich völlig falsch zu deuten und sich lächerlich zu machen.

Nun jedoch, da sie tatsächlich auf dem Weg zu ihm war, wuchsen die Zweifel in ihr. Hatte anfänglich die freudige Aufregung vorgeherrscht, gewann nun nervöses Bangen zusehends die Oberhand. Die Nachtstunden waren die schlimmsten, dagegen halfen auch die zwei, drei Martinis nicht, mit denen sie den Schlaf herbeizuzwingen suchte. Den Erinnerungen an das, was sie getan und was sie unterlassen und ihrem Ehrgeiz geopfert hatte, entkam sie nicht. Seit sie von Frank frei war, stellten sich Scham und immer heftigere Schuldgefühle ein, als habe sich eine Art von geistigem Nebel gelichtet. Nun lagen ihr die Selbstvorwürfe wie Blei auf Brust und Seele und trieben ihr den Schweiß aus den Poren, bis das unaufhörliche Rattern und Schaukeln sie schließlich doch in einen unruhigen Schlaf wiegten.

Von den anderen Reisenden hielt sie sich fern. Weder suchte

sie den feudalen Salonwagen auf, wo man sich zu Gesprächen und Kartenspiel traf, noch begab sie sich zu den Mahlzeiten in den Speisewagen, wo Fünf-Sterne-Gerichte serviert wurden. Das bisschen Essen, das sie hinunterbekam, ließ sie sich ins Abteil kommen.

Der *Sunset Unlimited* machte in El Paso, Tucson und Yuma Station, und jedes Mal, wenn der Zug sich einem dieser größeren Bahnhöfe näherte, war sie versucht, die Reise abzubrechen und den nächsten Zug zurück zur Ostküste zu nehmen, um der großen Dummheit, der sie zweifellos entgegenfuhr, ein Ende zu bereiten. Aber irgendetwas hielt sie doch immer wieder zurück.

An ihrem Fenster flog die karge und zugleich faszinierende Landschaft von Texas, New Mexico und Arizona vorbei, unfassbar weites, fast menschenleeres Land unter einem unendlich hohen Himmel. Hier und da zeichneten sich in der Ferne die einfachen Gebäude einer Ranch ab, und in den Außenbezirken der größeren Ansiedlungen ratterte der Zug an den Wellblechsiedlungen der Wanderarbeiter und einfachen Stuckbungalows vorbei. Dann ging es wieder hinaus in die endlose Weite aus roter Erde, Staub und Dreck, aus kargen Bergzügen, silbergrünen Salbeiteppichen, dornigem Mesquite-Gestrüpp, Wäldern von haushohen Saguaro-Kakteen und riesigen Salzflächen, die in der grellen Sonne wie eine Fata Morgana glitzerten. Keuchend wand sich der Zug steile Serpentinen empor, dann raste er wieder wie ein von der Leine gelassener Windhund in Täler hinunter und donnerte über filigrane Viadukte, die sich über schwindelerregend tiefe Canyons spannten.

Endlich war es so weit, der *Sunset Limited* überwand die letzte vorgelagerte Bergkette, rollte durch Orangenhaine und die nordöstlichen, im Schachbrettmuster angelegten Vororte von Los Angelos mit ihren von Palmen gesäumten Straßen und Gärten, die selbst jetzt im Winter von tropisch bunten Gewächsen nur so überquollen, und kam fast auf die Minute pünktlich mit einem langgezogenen Quietschen in der La Grande Station zum Stehen.

Mallory schlug das Herz bis zum Hals, und als sie aus dem Zug stieg, zitterten ihr die Knie. Krampfhaft hielt sie sich an dem Handlauf neben der Waggontür fest. Ihr Blick irrte in Richtung Ausgang.

»Mallory!«

Sie fuhr herum.

Henry kam auf sie zugeeilt, einen Strauß roter Rosen in der Hand, und sie hätte geschworen, dass sie nie zuvor einen so attraktiven Mann mit einem so strahlenden Lächeln auf dem Gesicht gesehen hatte.

»Willkommen in Los Angeles!«, sagte er, und sein Blick ging ihr durch und durch. »Endlich bist du hier! Nun gibt es einen Engel mehr in dieser Stadt.« Und dann küsste er sie zärtlich, aber behutsam links und rechts auf die Wange, als wollte er sagen, dass es keinen Grund gebe, den Dingen vorzugreifen und etwas zu überstürzen, das sich irgendwann in den nächsten Tagen von selbst einstellen würde, wenn sich bestätigte, was sie beide annahmen.

In dem Moment wusste Mallory, wie dumm und grundlos all ihre Selbstzweifel und Ängste gewesen waren.

## 120

»Ich habe uns zwei Zimmer im *Biltmore* reserviert«, sagte er, als er sie in einem gemieteten Roadster zum Hotel fuhr. Und dann fügte er scheinbar zusammenhanglos hinzu: »Wir wollen es langsam angehen lassen.«

Sie verstand und war dankbar dafür, dass er sie gar nicht erst in die Verlegenheit brachte, um ein separates Zimmer bitten zu müssen.

Das *Biltmore* war atemberaubend mit seiner Eleganz und Pracht. Mit den kostbaren Fresken, den Schnitzereien, Marmorbrunnen und -säulen und all den Kunstobjekten ließ es an einen Renaissance-Palast denken. Mallory war einigen Luxus gewöhnt, aber gegen das *Biltmore* auf der South Grand Avenue verblasste selbst das *Jefferson*.

»Hast du im Lotto gewonnen?«, flüsterte sie erschrocken, als sie die Lobby betraten.

Er lachte. »Den Spaß wollte ich mir immer schon mal machen, und in der Wüste hatte ich jahrelang keine Möglichkeit, überhaupt etwas auszugeben. Du brauchst dich also nicht zu sorgen, dass mich das *Biltmore* zum armen Mann macht«, wiegelte er ab. »Außerdem sind wir nur zwei Nächte hier. Danach gehen wir runter nach Santa Monica ans Meer.«

»Du bist voller Überraschungen, Henry.«

»Ich geb mir alle Mühe«, sagte er und lächelte verschmitzt.

Am Abend führte er sie zum Essen ins *Coconut Grove*, einen der exklusivsten Clubs von Los Angeles. Dekoriert war er mit künstlichen Palmen, die angeblich vom Set des berühmten Valentino-Stummfilms *Der Scheich* stammten. Bei einigen klammerte sich ein Affe aus Pappmachee an den Stamm. Ein Orchester spielte vor einer gewölbten Kulisse, auf der ein Vollmond sein silbriges Licht auf den Gischtschleier eines Wasserfalls warf, während sich über das Deckengewölbe ein falscher Sternenhimmel spannte. An einem der Tische saß Groucho Marx mit seinen beiden Brüdern und einer illustren Gesellschaft, an einem anderen nahm gerade der hünenhafte Boris Karloff Platz, der mit seiner Rolle in *Frankenstein* Berühmtheit erlangt hatte.

Henry in seinem gutsitzenden Tuxedo bewegte sich in dieser Umgebung mit einer Sicherheit, die Mallory beeindruckte. Nein, das war nicht mehr der etwas ungelenke, schüchterne junge Mann, der Monate gebraucht hatte, um sie zu fragen, ob sie mit ihm ausgehen wolle! Sie war stolz auf ihn.

»Tanzen wir?«, fragte er, nachdem Mallory die beste Seezunge und die leichteste und zugleich köstlichste Mousse ihres Lebens genossen hatte, und streckte ihr die Hand hin.

»Gern!« Und es war nicht der herrliche Weißwein, der sie so beschwingt machte, als Henry sie von ihrem Tisch auf die Tanzfläche führte.

Zärtlich hielt er sie in seinen Armen und führte sie sicher über das Parkett. Sie spürte die Wärme seines Körpers und seinen Atem auf der nackten Schulter, und sie schloss die Augen, überließ sich ganz ihm und der Musik. Später tanzten sie Wange an Wange, und wenn er sie bei der Rückkehr ins Hotel in sein Zimmer gezogen hätte, wäre sie ihm bereitwillig gefolgt. Doch sie trennten sich auf dem Hotelflur wie auf dem Bahnsteig mit Küssen auf die Wange, und das sehnsuchtsvolle Kribbeln und Ziehen, mit dem sie zu Bett ging, war auf ganz eigene Art wunderbar und beglückend.

Am nächsten Morgen gönnten sie sich ein ausgiebiges Frühstück im *Palm Court,* einem wahren Traum aus Mahagoni, Messing und Marmor, und ergatterten sogar einen der bevorzugten Tische, die sich um einen plätschernden Springbrunnen in der Mitte des Salons gruppierten. Danach gingen sie auf Sightseeing-Tour, fuhren die Palmenallee des Rodeo Drive hinunter und durch das Reichenviertel Beverly Hills mit seinen extravaganten Villen, warfen einen Blick auf die Filmstudios von Hollywood und fuhren dann den Mulholland Drive hinauf, um sich oben auf dem Pass, ein Stück von der gewundenen Straße entfernt, zu einem Picknick auf der mitgebrachten Decke niederzulassen und den phantastischen Blick auf Los Angeles und das San Fernando Valley zu genießen. Den Abend und die halbe Nacht verbrachten sie wieder im *Coconut Grove,* wobei sie mehr auf der Tanzfläche waren als an ihrem Tisch. Nächtliche Wangenküsse auf dem Hotelflur beendeten auch diesen zweiten Tag.

Am nächsten Tag fuhren sie gemächlich und mit offenem Verdeck die wenigen Meilen an die Küste hinunter, nach Santa

Monica. Dort hatte Henry im *Seacliff House* für sie gebucht, auch hier zwei getrennte Zimmer. Das kleine Hotel mit seinen gepflegten Gartenanlagen thronte in idyllischer Lage auf den Klippen und lag ein Stück außerhalb des beliebten Ferienortes. Es verfügte nur über anderthalb Dutzend Zimmer, alle mit Stil und Liebe zum Detail eingerichtet, und bot einen erstklassigen, unaufdringlichen Service.

Mallory fühlte sich vom ersten Moment an so wohl in diesem Haus, als seien sie hier nicht zahlende Gäste, sondern zu Besuch bei aufmerksamen Freunden, die um ihr Wohlergehen bemüht waren.

Während im Franklin County wohl noch gute zwei Monate ins Land gehen würden, bevor die winterliche Kälte mildem Frühlingserwachen wich, verwöhnte das Wetter am Pazifik sie mit frühsommerlich warmen, sonnigen Tagen und angenehm kühlen Nächten.

Sie unternahmen viele Ausflüge, erkundeten die Umgebung und das Hinterland. Einmal fuhren sie für einen Tag mit der Fähre nach Catalina Island hinüber, wo ein einheimischer Führer ihnen einige der frei umherziehenden Bisonherden zeigte. Sie waren für einen Stummfilmwestern fast fünfzehn Jahre zuvor dorthin gebracht und nach den Aufnahmen sich selbst überlassen worden und hatten sich inzwischen kräftig vermehrt. Natürlich ließen sie auch den langen Pier von Santa Monica nicht aus, der mit Riesenrad, Achterbahn, Tanzhalle, Drehorgel und all den anderen Vergnügungsstätten hoch über den schäumenden Wellen des Pazifik *die* Attraktion des Ortes war. Mallory hatte den größten Spaß auf dem Karussell mit den handgeschnitzten, bunt bemalten Pferden, denn Henry scheute sich nicht, auf das Holzpferd neben ihr zu steigen. Vergnügt wie Kinder ließen sie sich schaukeln, während sich das Karussell zur Orgelmusik drehte und sie sich lachend an den Händen hielten, als fürchteten sie, der andere könnte gleich davongaloppieren.

In dieser Woche heilten die vielen ruhigen Gespräche wie auch die Stunden einträchtigen Schweigens auf ihren langen Strandspaziergängen die Wunden, die sie einander früher zugefügt hatten. Die Zeit war kostbar und zerrann viel zu schnell. Deshalb standen sie schon in aller Frühe auf, um gemeinsam die Morgenröte zu erleben. Abends saßen sie meist unten im warmen Sand, wenn die Sonne im Pazifik versank, der Himmel zu einem lodernden Flammenmeer wurde und die Brandung sich mit nie erlahmender Kraft gegen die Küste warf. Und nach dem Abendessen blieben sie oft bis tief in die Nacht auf der oberen Veranda des *Seacliff House* sitzen.

Sie ließen in ihren Gesprächen nichts aus, das einer gemeinsamen Zukunft hätte im Weg stehen können. Dass sie Richmond nicht nur endgültig verlassen hatte und bis zur Fertigstellung ihres Hauses in ein möbliertes Apartment in Roanoke gezogen war, sondern auch all ihre Geschäftsbeteiligungen für ein schmales Entgelt an das Syndikat der Marcone-Sippe losgeworden war, hatte Mallory ihm schon im Sommer geschrieben. Nun erzählte sie ihm, dass sie ihre restlichen Großdestillerien an Homer verkauft und sich mit dem Geld in eine legale Whiskey-Brennerei im Shenandoah Valley eingekauft hatte, mit der sie ihren Mountain Smoke und womöglich auch Kendrick Gold auf den regulären Markt bringen wollte.

Sie wusste, dass sie auf den Pfad der Rechtschaffenheit zurückkehren musste, wenn sie Henry nicht ein zweites Mal verlieren wollte.

Am frühen Morgen des vierten Tages brachte Henry sie zu dem kleinen Flugplatz vor der Stadt, der aus nicht mehr als zwei Wellblech-Hangars und einer sandigen Start- und Landebahn bestand. Vor einer der Hallen stand ein Doppeldecker mit zwei offenen, hintereinanderliegenden Cockpits und dunkelroter Flügelbespannung.

»Wir machen einen Rundflug?«, rief Mallory freudig.

Er nickte. »Ich hoffe, du vertraust deinem Piloten«, sagte er, grinste, griff nach einem Beutel hinter den Sitzen und zog zwei lederne Schutzkappen und zwei Pilotenbrillen mit runden Schutzgläsern hervor.

»Sag bloß, du kannst das Ding fliegen!«, stieß sie ungläubig hervor.

»Und es gehört mir. Das Ding ist eine de Havilland Moth«, sagte er stolz.

»Und davon hast du mir nichts geschrieben?«

»Wäre es dann noch eine Überraschung gewesen?«

Sie lachte und schüttelte den Kopf, weil sie es immer noch nicht fassen konnte. »Wie um alles in der Welt bist du bloß auf die Idee gekommen, Flugstunden zu nehmen und dir ein Flugzeug zu kaufen? Das muss ja ein kleines Vermögen gekostet haben.«

»Überhaupt nicht. Einer unserer Baulöwen hat sie sich kommen lassen und schon nach ein paar Stunden Unterricht gedacht, er hätte genug gelernt und könne ohne Lehrer mit der Maschine durch die Luft kurven.«

»Was kein gutes Ende nahm.«

»Na ja, der Fettwanst hat den Crash zwar überlebt, aber die Maschine war Schrott«, erzählte Henry. »Das ist ja eine Holzkonstruktion, und die Flügel sind mit Stoff bespannt. Der Kerl war mir geradezu dankbar, dass ich ihm das Wrack abgenommen habe. Tja, und dann habe ich mich in meiner Freizeit an die Arbeit gemacht, hab den Sperrholzrumpf, die Tragflächen und den Motor nach und nach repariert und, wo nötig, erneuert. Ich hatte ja sonst nichts zu tun.«

»Außer mir Briefe zu schreiben«, warf sie lächelnd ein.

Er erwiderte das Lächeln. »Damals noch nicht. Mit den Arbeiten an der Maschine, die ein gutes Jahr gedauert haben, habe ich schon Ende einunddreißig angefangen, und das ging dann mit den Flugstunden Hand in Hand. In Las Vegas leben einige Weltkriegsveteranen. Von ihnen das Fliegen zu lernen war hart, aber gut. Seitdem ist Fliegen meine große Leidenschaft.«

Sie zog die Brauen hoch. »Ach was! Du vergeudest deine Leidenschaft an totes Holz, Stoff und ein paar Eisenteile?«

»Genau genommen ist es meine zweite Leidenschaft, die an die erste nie herankommt«, korrigierte er sich, und die Zärtlichkeit in seinem Blick machte die Bemerkung zu einer unmissverständlichen Liebeserklärung.

Ein Anflug von Angst griff nach Mallory und ließ ihr Herz schneller schlagen, als sie vorn in dem engen Cockpit saß, direkt vor ihr der Motor aufröhrte, der Fahrtwind ihr immer stärker ins Gesicht blies und die Maschine mit zunehmender Geschwindigkeit über die holprige Piste raste, scheinbar geradewegs auf den Wald zu, der sich am Ende der Bahn abzeichnete. Doch kaum hatte der Doppeldecker weit vor dem Ende der Bahn abgehoben und war in die Lüfte gestiegen, fiel jegliche Nervosität von ihr ab, und sie erlag staunend dem Wunder des Fliegens. Sie konnte sich nicht sattsehen an den Bildern, die sich ihr boten: die Küste, das flimmernde Meer, die Bisonherden von Catalina Island und das bergige Hinterland von Santa Monica – alles aus der Vogelperspektive.

Als sie nach einem ausgedehnten Rundflug wieder landeten und Henry ihr aus der Maschine half, fiel sie ihm wie berauscht in die Arme. »Das war einfach wunderbar!«

»Nicht halb so wunderbar wie du«, erwiderte er und küsste sie auf den Mund. Sofort schlang Mallory ihrerseits die Arme um ihn und erwiderte den Kuss leidenschaftlich.

Als sie ins Hotel zurückkehrten, wussten sie beide, was geschehen würde, spürten es mit brennender Intensität. Mallory nahm seine Hand und führte ihn in ihr Zimmer. Hastig zog sie die Vorhänge zu, dann entkleideten sie sich gegenseitig, mit einer fiebrigen Hast, als befänden sie sich in einem Wettlauf mit der Zeit. Noch im Stehen griff sie nach seinem harten Glied und führte ihn zwischen ihre feuchten Schamlippen, weil sie es nicht erwarten konnte, ihn in sich zu spüren. Dabei spielten ihre Zungenspitzen miteinander. Er packte sie unter den Oberschenkeln und hob sie hoch, um tief in sie eindringen zu können. Eng umschlungen fielen sie aufs Bett. Sie liebten sich mit stürmischer Wildheit. Erst beim zweiten Mal nahmen sie sich Zeit für Zärtlichkeiten und besannen sich auf die vielen Möglichkeiten, einander Lust zu verschaffen, ohne allzu eilig auf die Explosion der Sinne zuzusteuern.

Während ihres restlichen Aufenthalts blieb das zweite Zimmer im *Seacliff* unbenutzt, und weder die Zimmermädchen noch sonst jemand vom Personal machte ein finsteres Gesicht deswegen oder gar eine spitze Bemerkung. Vielmehr meinte Mallory ein verträumtes Lächeln wahrzunehmen, wenn sie ihnen begegnete, so, als sei ihre so offensichtliche Liebe ein universelles Band, das sie tief in ihrem Inneren unwiderstehlich miteinander verband.

Am Morgen ihrer Abreise liebten sie sich mit einer Innigkeit und Leidenschaft, die alles Vorherige übertraf und sie physisch völlig erschöpfte. Das Wissen, dass sie schon in wenigen Stunden würden Abschied nehmen müssen, verlieh ihrer Liebe eine bittere Note von Schmerz und ohnmächtigem Aufbegehren.

Selig und matt lag Mallory hinterher neben ihm, den Kopf auf seiner Brust. Und plötzlich begann sie leise zu weinen. »Warum mussten wir nur so viele Jahre unseres Lebens vergeuden?«, flüsterte sie. »Eine Kleinigkeit hätte genügt, und alles wäre anders gekommen! Wenn ich damals doch nur …«

Henry legte ihr zwei Finger auf die Lippen und verschloss ihr sanft den Mund. »Bitte kein ›wenn‹ und kein ›hätte‹, mein Schatz. Das führt zu nichts. Das Leben gibt keine Zeit zurück. Die kleinste Entscheidung, der kleinste Zufall teilen die Wirklichkeit nun mal in unendlich viele Welten. Das hier ist unsere. Wir haben allen Grund, dankbar zu sein dafür, dass wir wieder zueinandergefunden haben.«

Auf der Fahrt zur Le Grande Station hielt Henry ihre Hand, sooft der Verkehr es erlaubte. Als sie durch den südöstlichen Stadtteil von Hollywood kamen und an einer roten Ampel standen, hielt auf der gegenüberliegenden Fahrbahn ein weißer Rolls-Royce mit zurückgeklapptem Verdeck. Hinter dem Steuer saß ein großgewachsener Mann in einem grauen, seidig glänzenden Anzug mit schwarzem Hemd und weinrotem Halstuch. Neben ihm saß eine Frau mit langem blondem Haar, die höchstens Anfang zwanzig war. Er lachte über etwas, das sie gesagt hatte. Zwischen seinen makellosen Zähnen hing eine daumendicke, lange Zigarre.

Mallory glaubte ihren Augen nicht zu trauen. »Das kann doch nicht wahr sein!«, entfuhr es ihr und wusste aber im selben Moment, dass ihre Augen sie keineswegs trogen.

Sie sah, was sie schon immer gewusst hatte. »Mein Gott, das ist Frank!«, stieß sie hervor, als die Ampel auf Grün sprang und der Verkehr sich in beiden Richtungen in Bewegung setzte. »Da, in dem Rolls!« Sie deutete auf den entgegenkommenden Wagen.

»Frank?« Henry versuchte noch einen Blick auf den Mann, der gerade an ihnen vorbeifuhr, zu erhaschen, doch es gelang ihm nicht. »Du hast doch gesagt, Frank sei seit Jahren tot!«

Mallory lachte und zuckte die Achseln. »Ich hab mich aus alter Gewohnheit an die Version gehalten, die ich damals den Detectives im Leichenschauhaus erzählt habe. Immerhin hat der Tote tatsächlich Franks Siegelring und seine Armbanduhr getragen, und warum hätte ich seinen Tod auch nicht bestätigen sollen? Aber wirklich daran geglaubt habe ich nie.«

»Und wieso nicht?«

»Die klobigen Treter, die der Tote an den Füßen hatte, hätte Frank niemals angezogen. Dass er mir auch noch meinen Packard abgenommen hat, fand ich zusätzlich auffällig. Natürlich wollte er nicht seinen heiß geliebten Rolls zu Schrott fahren, um für tot erklärt und nicht von den Marcone-Brüder gejagt zu werden. Und eine Leiche aufzutreiben, um einen tödlichen Unfall samt ausgebranntem Wagen vorzutäuschen, dürfte für ihn kein großes Problem gewesen sein.«

Henry dachte einen Moment nach und sagte dann: »Nicht zu fassen! Aber was soll's? Die Welt ist oft ungerecht, damit müssen wir leben. Auch wenn ich wünschte, der Schweinehund wäre nicht so billig davongekommen! Vielleicht hast du dich ja auch getäuscht und nur jemanden gesehen, der ihm sehr ähnelt. Und an Rolls-Royce-Limousinen herrscht in dieser Stadt nun wahrlich kein Mangel.«

»Wahrscheinlich hast du recht«, sagte sie, obwohl sie vom Gegenteil überzeugt war.

Sie wollte das Thema damit ruhen lassen. Zu ihrer eigenen Verwunderung empfand sie keinen Groll bei dem Gedanken, dass Frank nicht nur lebte, sondern es sich, wie es aussah, hier in Los Angeles nach Kräften gutgehen ließ – und das vermutlich dank der zweihundertvierzigtausend Dollar, die er ihr gestohlen hatte. Vielmehr war sie erleichtert, ja beinahe froh und dankbar, zu wissen, dass er nicht wirklich damals in ihrem Packard verbrannt war. So hatte sie das Gefühl, in jeder Hinsicht frei zu sein und ihm nichts zu schulden, nicht einmal ein leises Bedauern ob seines grauenhaften Todes.

Da Henry das aber wohl kaum verstehen würde, behielt sie diese Gedanken für sich. Zudem nun etwas anderes viel wichtiger wurde, denn vor ihnen tauchte die Bahnstation auf, wo der *Sunset Limited* schon auf dem Gleis stand und auf seine zahlungskräftigen Fahrgäste wartete.

»Kommst du wieder?«, fragte Henry mit leichtem Bangen in der Stimme, als das Signalhorn aufheulte, die Schaffner zum Einsteigen mahnten und es Zeit wurde, Abschied zu nehmen. »In einem halben Jahr habe ich wieder sechs, sieben Tage frei. Die Zeit reicht aber nicht, um zu dir und rechtzeitig wieder zurück auf die Baustelle zu kommen, nicht mal mit meiner de Havilland.«

»Und ob ich komme, wann immer du ein paar Tage freinehmen kannst!«, versicherte sie mit erstickter Stimme. »Mach dir keine Hoffnung, mich wirst du nie wieder los!«

Auch seine Augen schimmerten verräterisch. »Und ich lasse dich nie wieder los, Mallory!«

Eine letzte Umarmung, ein letzter Kuss unter Tränen, dann schob sich langsam, aber unausweichlich wieder die endlose Weite eines ganzen Kontinents zwischen sie.

## 121

Die sinkende Sonne und den Wind im Rücken, flog Henry in fünftausend Fuß Höhe über den Südosten von Kentucky hinweg, als die Instrumente plötzlich verrücktspielten und der Motor nicht mehr hundertprozentig rundlief. Er überlegte, ob er nach Norden abdrehen und zurück nach Lexington fliegen sollte, wo er am frühen Nachmittag aufgetankt hatte. Aber die Zeit blieb ihm nicht mehr, wie er mit Schrecken feststellte, als aus der leichten Unregelmäßigkeit im dröhnenden Motorengeräusch ein lautes, unheilvolles Stottern wurde. Nahezu schwarzer Qualm quoll aus dem Motorraum, während die Aussetzer zunahmen. Der Propeller verlor seine hohe Drehbewegung, geriet ins Stocken und kam zum Stehen, als der Motor mit einem letzten hustend-spuckenden Geräusch seinen Geist aufgab.

Henry fluchte und konnte sein Pech nicht fassen. Seit zweieinhalb Tagen saß er nun schon Stunde um Stunde im Cockpit seiner de Havilland. Seine Arbeit am Staudamm in der Wüste war beendet, und er hatte seinen großen Flug in die Heimat und zu Mallory angetreten. Die ganze Zeit war alles glattgegangen, selbst das Wetter hatte mitgespielt, und nun, wenige Flugstunden von der Grenze zu Virginia entfernt, verreckte ihm der Motor, und das auch noch fern von jedem größeren Ort!

Geistesgegenwärtig drückte er die Nase der Maschine nach unten, damit der Auftrieb an den Tragflächen nicht abriss und die Maschine nicht ins Trudeln geriet. Dabei hielt er fieberhaft nach einer Möglichkeit Ausschau, sicher zu landen. Und er musste schnell etwas finden. Was hier eine echte Herausforderung darstellte, befand er sich doch schon über den Ausläufern des Daniel Boone National Forest, und in diesem Meer von Wäldern waren die offenen Flächen dünn gesät. Dazu kam, dass eine de Havilland zwar gute Segeleigenschaften hatte, einem aber bei einer Höhe von nur fünftausend Fuß nicht viel Zeit blieb, um ein Stück freies Land zu finden.

Er entschied sich für den langen, grasbedeckten Uferstreifen eines kleinen Fluss zu seiner Rechten. Der Streifen war breit und lang genug und schien, aus der Höhe betrachtet, frei von Hindernissen. Auf diesem ebenen Stück Uferland setzte er die Maschine wenig später tatsächlich auf. Offenbar hatte er Glück im Unglück. Der Doppeldecker hüpfte zwar mächtig über die Unebenheiten, so dass er ordentlich durchgeschüttelt wurde und Mühe hatte, das Flugzeug auf geradem Kurs zu halten, aber er war zuversichtlich, die Maschine am Ende heil zum Stehen bringen zu können.

Das erwies sich im nächsten Augenblick als Irrtum. Das Fahrgestell krachte in eine tiefe Bodenrille, die unter Gras und niedrigem Gebüsch verborgen war.

Die Wucht des Aufpralls riss das Fahrgestell vom Rumpf und einen Teil der Bodenverschalung unter Henrys Füßen weg. Der Doppeldecker bäumte sich auf, stieg in die Höhe, als wolle er wieder abheben, drehte sich dabei aber in steiler Schräglage nach links zum nahen Waldsaum hin. Die Sperrholzkonstruktion der Flügel barst, als bestünde sie aus Streichhölzern, und die Bespannung flog in Fetzen davon. Der restliche Torso drehte sich um die eigene Achse, während der Schwung ihn quer über den Uferstreifen und auf den Wald zuschleuderte, und verlor auch den Großteil seiner rechten Tragflächen, als er zwischen die Bäume krachte. Auf der Seite liegend kam er schließlich im Waldschatten zum Stehen.

Benommen kroch Henry aus dem Wrack. Es erschien ihm wie ein Wunder, dass er mit dem Leben davongekommen war und sich bis auf ein paar Kratzer und Prellungen keine Verletzung zugezogen hatte. Er beeilte sich, seine beiden Reisentaschen hinter dem Sitz hervorzuziehen und sich möglichst weit vom Wrack zu entfernen. Auf dem Uferstreifen und am Waldsaum stank es penetrant nach Treibstoff. Dass die Trümmer nicht gleich in Flammen aufgegangen waren, hieß nicht, dass das nicht noch jeden Moment passieren konnte.

Als aufmerksamer Pilot, der sich zu jeder Zeit seiner Position, des Wetters und der Gegebenheiten der unter ihm liegenden Landschaft bewusst ist, wusste Henry, welche Richtung er von der Unglücksstelle aus einschlagen musste, um zur nächsten Ortschaft zu gelangen. Kurz bevor der Motorschaden aufgetreten war, hatte er einige Meilen nordöstlich von seinem Kurs das dünne, graue Band einer Landstraße und in der Ferne eine Ansammlung von Gebäuden ausgemacht. Dorthin wollte er gehen. Betrübt über den Verlust seiner de Havilland, aber auch dankbar dafür, dass er am Leben war, marschierte er los. Gottlob blieb es im Mai lange genug hell, so dass er nicht Gefahr lief, die Nacht im Wald verbringen zu müssen.

Er brauchte gute zwei Stunden, um endlich auf die Landstraße zu stoßen, an deren Existenz er schon zu zweifeln begonnen hatte. Nun atmete er auf, denn mittlerweile stand die Sonne tief im Westen, und die Dunkelheit würde nicht mehr lange auf sich warten lassen. Er fasste neuen Mut. Die Ortschaft konnte nicht mehr weit sein, was bedeutete, dass er wohl trotz allem wie geplant am nächsten Tag in Virginia eintreffen und Mallory in die Arme schließen konnte.

Im September hatte sie wie versprochen wieder die lange Zugreise unternommen, um bei ihm zu sein, und sie waren für eine Woche nach Mexiko geflogen, hatten sich in Tijuana amüsiert und wunderbare Tage am Strand verbracht. Und im darauffolgenden März hatten sie acht traumhaft schöne Tage und von Leidenschaft erfüllte Nächte in San Francisco und Umgebung gehabt. Dort hatte er sie gebeten, seine Frau zu werden, und vorgeschlagen, sie könnten noch vor ihrer Abreise in Las Vegas heiraten, wo Eheschließungen so unkompliziert vorgenommen wurden wie nirgendwo sonst. Mallory hatte seinen Antrag und den Verlobungsring glückstrahlend angenommen, eine Heirat in dem staubigen Wüstenort jedoch alles andere als verlockend gefunden und für eine Hochzeitsfeier auf *Magnolia* plädiert, und es war ihm recht gewesen. Jetzt, da er wusste, dass ihre Liebe auf einem festen, unverbrüchlichen Grund ruhte, machte ihm die kurze Zeit des Wartens nichts aus. Die vorzeitige Fertigstellung des gewaltigen Staudamms, der voraussichtlich in Hoover Dam umbenannt werden sollte, war ihm gerade recht gekommen!

Er fuhr aus seinen Gedanken auf, als er um eine Biegung kam und auf ein verwittertes Ortsschild stieß, das ihm verriet, wie die Ansiedlung hieß, nämlich Hope, was er als gutes Zeichen betrachtete. Weniger hoffnungsvoll stimmte ihn die zweite Zeile auf dem Schild. Sie gab die Zahl der Einwohner von Hope mit siebenundsechzig an. Jemand hatte die Zahl mit schmutzig brauner Farbe durchgestrichen und eine Achtundfünfzig danebengeschrieben. Aber auch die war durchgestrichen, und dahinter hatte jemand eine Fünfundvierzig gekritzelt.

Hundert Schritte hinter dem Ortsschild stieß Henry auf die Ansammlung von vielleicht anderthalb bis zwei Dutzend ärmlichen Bretterhäusern, die sich ohne jede Ordnung zu beiden Seiten der staubigen Landstraße verteilten, als habe ein Riese im Vorübergehen abgenutzte Bauklötze fallen lassen und sich nicht weiter darum gekümmert, was er da zurückließ. Beim ersten und größten dieser Gebäude, einem windschiefen Bretterschuppen, handelte es sich um ein Geschäft. Der arg verblassten Aufschrift auf dem Schild über dem Eingang zufolge nannte es sich großspurig *Barcley's Generalstore*. Ein einsame Zapfsäule mit verdrecktem Glaszylinder verriet, dass der Besitzer auch die Tankstelle des Ortes betrieb. Dass man bei ihm neben Eisenwaren und Farmbedarf aller Art an einem mickrigen Stück Theke in der hinteren Ecke auch Hotdogs, Sandwiches und eiskalte Coca-Cola bekam, sah Henry, als er den Laden betrat und sich im Licht der beiden nackten Glühbirnen umschaute.

Er ließ sich eine kalte Cola geben und löschte erst einmal seinen Durst. »Was ist hier der nächstgrößere Ort, von dem aus ich eine Bus- oder Zugverbindung nach Virginia habe?«, erkundigte er sich dann beim Besitzer, einem hageren Mann von Mitte fünfzig mit hängenden Schultern, trüben Augen und einem fahlen Gesicht, das mit seinen grauen Stoppeln an grobes Sandpapier erinnerte. Woher Henry kam und wieso er zu Fuß unterwegs war, schien Mister Barcley nicht zu interessieren.

»Dafür müssen Sie nach Jackson, Mister«, sagte er träge und schob den dicken Klumpen Kautabak, der seine Zähne schon dunkelbraun gefärbt hatte, in die andere Backentasche.

»Und wie komme ich da am schnellsten hin? Gibt es einen Bus von hier nach Jackson?«

»Gibt es, aber nur zweimal am Tag. Der nächste kommt erst morgen früh wieder, so um acht Uhr herum.«

Henry verzog das Gesicht.

»Wenn Sie nicht im Freien übernachten wollen, die Duncans vermieten Zimmer. Fünf Häuser die Straße runter, das mit dem dicken Baumstumpf auf der linken Seite.«

Henry bedankte sich, legte einen Silberdollar auf die Theke und fragte, ob er kurz nach Virginia telefonieren dürfe.

»Wenn Sie's auch wirklich kurz machen, geht das in Ordnung«, sagte Mister Barcley und kassierte die Münze, die für mehr als ein kurzes Gespräch nach Virginia gut war.

Henry ließ sich mit Mallorys Anschluss auf *Magnolia* verbinden. Ihr Haus war im vergangenen Sommer endlich fertig geworden, wartete jedoch, wie sie gesagt hatte, darauf, dass er es mit seiner Liebe füllte. Dabei hatte auch ihre Hoffnung auf baldigen Kindersegen mitgeklungen, und er teilte diese Hoffnung.

Sie nahm umgehend ab. »Endlich, Henry! Ich habe schon so auf deinen Anruf gewartet und mir Sorgen gemacht, dass dir etwas passiert sein könnte.« Er hatte versprochen, jeden Nachmittag, wenn er an seinem Tagesziel gelandet war, unverzüglich bei ihr anzurufen.

Nichts lag ihm ferner, als ihr von dem Unfall zu berichten und sie noch im Nachhinein in Angst und Schrecken zu versetzen. Das konnte bis morgen warten. »Es ist alles bestens, es hat heute einfach ein bisschen länger gedauert. Hatte mächtig viel Gegenwind«, log er und sah, wie der Ladenbesitzer ihm gegenüber verwundert die Brauen hob. Der Kerl dachte nicht daran, sich diskret im Hintergrund zu halten, sondern hörte dreist und verhohlen zu. Deshalb fasste Henry sich tatsächlich kurz und gab vor, nicht länger reden zu können, weil er sich noch um seine Übernachtung kümmern müsse.

»Ich liebe dich. Ich kann es gar nicht erwarten, dass du endlich bei mir bist!«, sagte Mallory zum Abschied.

Henry fühlte den Blick des Ladenbesitzers auf sich ruhen, beschränkte seine Antwort auf ein knappes: »Ich dich auch. Also dann bis morgen und gute Nacht, Schatz!«, und legte schnell auf.

Noch während er den Hörer in die Gabel hängte, näherte sich auf der Landstraße ein Wagen der Ortschaft, aus derselben Richtung, aus der kurz zuvor er selbst gekommen war. Mit hoher Geschwindigkeit jagte er heran, bremste jedoch abrupt ab, als der Fahrer die Zapfsäule sah. Die Staubwolke, die der pastellblaue Wagen hinter sich hergezogen hatte, wehte über ihn hinweg, als er schlingernd zum Stehen kam. Den Fahrer kümmerte das nicht. Er stieg schon aus, bevor sich der staubige Vorhang verzogen hatte. Seine Bewegungen waren steif. Er reckte und dehnte sich, als schmerzten ihn nach einer langen Fahrt die Glieder. Dann kam er zu ihnen in den Laden, während ein junger Mann, offensichtlich der Sohn des Ladenbesitzers, zum Vorschein kam und Benzin in den Tank der Limousine pumpte.

»Toller Wagen, den Sie da fahren, Mister«, sprach Henry ihn an. »Der neue Commander Land Cruiser?«

Der Fremde, ein kräftiger Mann Mitte dreißig mit streichholzkurzem, flammend rotem Haar und einer Himmelfahrtsnase, nickte mit stolzem Grinsen, gähnte und ließ sich drei Packungen Lucky Strikes geben.

»Sie fahren nicht vielleicht nach Jackson?«

Der Fremde musterte ihn. Die gediegene Kleidung und die beiden Lederreisetaschen, die Henry neben sich auf dem dreckigen Dielenboden stehen hatte, sagten ihm, dass er es nicht mit einem mittellosen Wanderarbeiter zu tun hatte. »Nicht ganz meine Richtung.« Es klang fast bedauernd.

»Es muss auch nicht Jackson sein, Hauptsache, es geht nach Osten«, sagte Henry schnell. »Ich muss nach Virginia, in die Gegend von Roanoke, falls Ihnen der Name etwas sagt.«

Der Fremde, der schwarze Cordhosen, ein kariertes Holzfällerhemd und darüber eine schwarze Lederjacke trug, sah ihn auf einmal interessiert an. »Können Sie Auto fahren?«

Henry lachte. »Das will ich wohl meinen, Mister! Ich habe jahrelang schwere Trucks für ein Sägewerk gefahren.«

»Okay, aber können Sie auf diesen beschissenen Straßen hier auch zügig fahren?« Der Fremde steckte sich eine Zigarette an. »Einen Schleicher kann ich nicht gebrauchen. Ich muss morgen Mittag bei einer Hochzeit in Norfolk sein, bin aber spät dran. Also heißt es die Nacht durchbrettern!«

»Geschwindigkeit ist genau mein Ding!«, versicherte Henry. »Ich wüsste auch gar nicht, wie Schleichen mit so einem Kraftpakt geht. Mein Name ist übrigens Henry Irving.«

Der Fremde grinste und streckte ihm die Hand hin. »Jack«, sagte er, »Jack Pinter. Also gut, wenn Sie mich immer mal ablösen und die Kiste auf Tempo halten können, nehme ich Sie mit. Aber wenn Sie nicht halten, was Sie versprochen haben, schmeiße ich Sie auf freier Strecke raus, damit das klar ist!«

Henry schlug ein. »Absolut!«

Jack Pinter schickte ihn gleich hinters Lenkrad, wohl um sich zu vergewissern, ob er seinen Ansprüchen genügte. Henry hatte keine Mühe, ihn von seinen Fähigkeiten zu überzeugen. Weder machte ihn hohe Geschwindigkeit nervös, noch mangelte es ihm an der nötigen Übersicht und Erfahrung, um den Studebaker auch auf kurviger Strecke sicher auf der Fahrbahn zu halten.

Um neun hielten sie in einem Kaff, das ähnlich trostlos schien wie Hope, füllten den Tank für die bevorstehende Nacht und tauschten die Plätze.

»Erzählen Sie mir was!«, sagte Pinter und ließ beim Anfahren auf dem Schotterplatz die Reifen durchdrehen.

»Was wollen Sie denn hören?«

»Mir egal, irgendwas aus Ihrem Leben, das mich wach hält! Kann gern auch was Versautes sein. Die erste Jungfrau, die Sie geknackt haben, Ihre beste Nummer, Ihr erstes Mal im Puff. Solche Sachen eben. Mann, lassen Sie sich was einfallen!«

Henry seufzte. »Da werde ich Sie leider enttäuschen müssen. Aber ich kann mit einem Flugzeugabsturz und ein paar Geschichten aus der Wüste dienen.«

»Na, das ist doch schon mal ein Anfang! Also, legen Sie los!«, rief Pinter, steckte sich eine Lucky Strike nach der anderen an und jagte den Studebaker mit aufgeblendeten Scheinwerfern tiefer ins südöstliche Hinterland von Kentucky, wo die Straßen durch die dichten Wäldern immer schlechter wurden, das Gelände bergiger und die Gegend praktisch menschenleer.

Es war kurz nach zwei in der Nacht, als sie sich der Grenze zu Virginia näherten. Seit einer Stunde saß Henry wieder am Steuer, während Pinter auf der Rückbank schlief. Am leicht bewölkten Himmel stand eine dünne Mondsichel, doch die Schwärze der Nacht in diesen Wäldern war so tief, dass ihr spärliches Licht nicht viel ausrichtete. Seit einigen Minuten folgte die unbefestigte Landstraße dem gewundenen Lauf eines kleinen Flusses, in dessen Bett sich stellenweise Felsbrocken türmten. Als es eine Anhöhe hinaufging, löste die Piste sich vorübergehend vom Creek.

Kaum hatte Henry den Studebaker über die Kuppe des bewaldeten Hügels getrieben und wieder hochgeschaltet, als am Fuß der Anhöhe grelle Lichter aufflammten. Gleichzeitig heulte eine Polizeisirene auf. Henry fuhr zusammen und ging auf die Bremse, als sein Scheinwerferlicht zwei Polizeiwagen erfasste, die sich zu einem etwas schiefen V aufgestellt hatten und die Landstraße versperrten. »Himmel, was …«

»Gib Gas!«, brüllte Pinter, der hochgeschnellt war, sich über die Lehne des Beifahrersitzes lehnte und plötzlich eine Automatik in der Hand hielt. »Verdammt, gib Vollgas, Mann, oder ich leg dich um!«

»Sind Sie wahnsinnig geworden?«, stieß Henry hervor, als er das kalte Metall der Waffe am Hals spürte, nahm jedoch sofort den Fuß von der Bremse. Er dachte fieberhaft nach. Von wegen Hochzeit! Der Mann musste ein gesuchter Schwerverbrecher sein, wenn er keinen anderen Ausweg sah als solch eine wahnwitzige Verzweiflungstat. »Da kommen wir nie …«

»Kühler und Stoßstange sind mit Stahlstreben verstärkt! Die Scheißbullenkisten fegen wir weg wie Fliegendreck!«, schrie Pinter schrill und wie von Sinnen. »Lebend kriegen die mich nicht! Und du gehst auch mit drauf, das schwör ich dir! Ich hab nichts zu verlieren! Vollgas, Mann! Gib endlich Vollgas!« Er presste den Lauf der Automatik an Henrys Wange, zielte auf die beiden Polizeiwagen und drückte ab.

Ein glühender Schmerz durchfuhr Henry. Die Detonation so nahe an seinem Ohr hatte das Trommelfell platzen lassen und ihn augenblicklich taub gemacht. Er hörte weder das Bersten der vor ihm zersplitternden Windschutzscheibe noch das Aufheulen des Motors, als er das Gaspedal bis zum Anschlag durchdrückte, das Lenkrad umklammerte und auf der abschüssigen Straße beschleunigte, so dass der Studebaker selbst zu einem Geschoss wurde. Korditrauch brannte ihm in den Augen.

Nur schemenhaft nahm er die Gestalten wahr, die aus den Polizeiwagen sprangen und wie ihre Kollegen, die draußen mit Gewehren Aufstellung genommen hatten, vor der heranjagenden Limousine zur Seite hechteten. Er sah Mündungsblitze aus ihren Waffen schießen, spürte einen Schlag gegen seine linke Schulter und nahm wie in Trance wahr, dass die Automatik in Pinters Hand direkt neben seinem Gesicht immer wieder hochruckte und ihm noch mehr brennender Pulverdampf in Nase und Augen drang und sich auf seine Zunge legte.

Alles, was er hörte, als er in das schiefe V der Polizeiwagen hineinraste und sie aus dem Weg rammte, war ein dumpfes Geräusch von zusammengestauchtem Blech. Wie aus weiter Ferne drang es durch das Rauschen und schrille Pfeifen in seinen Ohren zu ihm durch. Die Schüsse, deren Kugeln beide Hinterreifen kurz hintereinander platzen ließen, hörte er nicht. Er registrierte nur, dass der Wagen nicht mehr auf das Lenkrad reagierte, sondern mit dem Heck ausbrach, dass ihm das Lenkrad aus den Händen gerissen wurde, dass der Wagen von der Straße abkam und links die Böschung zum Flusslauf hinunterstürzte.

Alles drehte sich um ihn, und dann fühlte er sich plötzlich losgelöst und frei, frei von allem bis auf den brennenden Schmerz, der sich durch seine Brust und seine rechte Gesichtshälfte fraß.

Es war dunkel und kalt um ihn. *Ich komme, Mallory!* Die Worte formten sich mühsam in seinem Kopf, und er versuchte sie auszusprechen. Aus irgendeinem Grund, der sich ihm im Augenblick entzog, trotzdem aber von dramatischer Bedeutung war, musste er diese Worte über die Lippen bringen! Er wusste, dass er die Kraft dazu hatte und dass alles gut sein würde, wenn es ihm endlich gelang. Es näherte sich ihm sogar ein Licht und vertrieb die kalte Schwärze, die ihn wie ein Strom eisiger Tinte überflutete. Doch als er den Mund öffnete, um die so magisch wichtigen Worte auszusprechen, entwichen ihm zu seinem Entsetzen nur Luftblasen, und das Licht erlosch.

## 122

Der wolkenlose Himmel über Washington, D.C., leuchtete wie auf einer übertrieben kolorierten Postkarte in einem strahlenden Blau, doch der morgendliche Wind war frisch und trieb die beiden Segelboote, die sich auf dem Potomac River ein Rennen lieferten, mit beachtlicher Geschwindigkeit flussabwärts.

James blieb einen Moment am offenen Bürofenster stehen und beobachtete die Boote, die Bug an Bug lagen und um die günstigste Segelposition kämpften. Hoch am Wind und beide mit fast gleich starker Krängung über Backbordkiel schnitten sie durch den Potomac und flogen lautlos wie Pfeile am Tidal Basin vorbei. Wenige Wochen zuvor hatten dort drüben im Park auf der anderen Seite des Flusses Tausende japanische Kirschbäume ihre unvergleichliche Blütenpracht entfaltet, und Margaret und er hatten unter diesem berauschenden Blütenmeer ihren ersten gemeinsamen Spaziergang unternommen.

Das Leben schenkte ihm womöglich eine zweite Chance. Aber selbst nach mittlerweile mehr als fünf Jahren war er sich nicht sicher, ob er wirklich bereit war dafür. Vandenburg hatte ihn dazu ermuntert, und selbst Richter Winslow und Carolines Vater hatten ihn in letzter Zeit mehr als einmal angehalten, nicht in Trauer um Caroline zu verharren und sein Herz vor einer neuen Liebe zu verschließen. Ihr Segen hatte schließlich den Ausschlag gegeben, dass er sich wegen seiner zaghaft aufkeimenden Gefühle für Margaret Townsend nicht schuldig fühlte und bereit war, sich auf eine neue Beziehung einzulassen. Auch wenn er sich im Augenblick noch fühlte wie ein Blinder, der sich durch Nebel tastet und nicht weiß, was jenseits davon auf ihn wartet.

Dass die Winslows ihn auch nach Carolines Tod noch als zur Familie gehörig betrachteten und in ihr Leben einbezogen, bedeutete ihm ungeheuer viel und hatte ihm nicht nur durch die erste und bitterste Zeit der Trauer geholfen. Ihre unverbrüchliche Verbundenheit und Freundschaft war ein kostbares Geschenk. Das würde er ihnen nie vergessen, so wie Caroline für immer einen besonderen Platz in seinem Herzen einnehmen würde.

Was nun die dreiundzwanzigjährige Margaret Townsend anging, die letztes Jahr, frisch aus dem College kommend, bei ihnen angefangen hatte, so hatte sie sowohl vom Aussehen als auch von ihrem Wesen her so wenig Ähnlichkeit mit Caroline, dass er sich selbst darüber wunderte, wie sehr er sich zu ihr hingezogen fühlte. Aber vielleicht musste es so sein.

James rief sich zur Ordnung und löste sich von der Aussicht ebenso wie von seinen zwiespältigen Gedanken. Energisch schloss er das Fenster und setzte sich wieder an seinen Schreibtisch. Er hatte zu arbeiten und nicht mit Tagträumen am Fenster zu stehen! Und er war dankbar für seine Arbeit. Es war damals die richtige Entscheidung gewesen, Vandenburgs Angebot anzunehmen.

Kurz darauf kam Herb Morris herein, einer seiner juristischen Assistenten. Er brachte den täglichen Stoß überregionaler Tageszeitungen, die auszuwerten waren, und die morgendliche Akte mit den aktuellen Berichten ihrer Special Agents.

»Irgendwas Besonderes heute, Herb?«

»Der übliche Kleinkram, Sir. Aber es gibt auch ein paar interessante Hintergrundinformationen über die sechs Genna-Brüder und die Chicagoer *Unione Siciliana,* die unser Land als ihr persönliches Fürstentum zu betrachten scheinen. Und Madison hat eine Einschätzung der Revierkämpfe geschickt, die in Boston nach der Ermordung dieses jüdisch-russischen Mobsters Charles ›King‹ Solomon ausgebrochen sind«, sagte der blondgelockte Mittzwanziger, schon wieder halb aus der Tür. »Ach ja, und obenauf liegt eine Meldung von Prescotts Team. Bei Myra Lyn am Jeremiah Creek, das ist an der Grenze von Kentucky nach Virginia, hat es bei einer nächtlichen Straßenkontrolle eine üble Schießerei gegeben. Prescott hat nach einem Tipp den

Konvoi eines Bootleggers aus Kentucky erwartet, aber der ist nicht gekommen. Stattdessen sind ihnen zwei Waffenschieber ins Netz gegangen. Einer davon soll ein mehrfach gesuchter Mörder sein. Der ausführliche Bericht kommt später.«

»Tote?«, fragte James besorgt.

»Prescott und sein Team sind gottlob unverletzt geblieben. Aber einer der beiden Gangster ist tot, und den anderen hat es böse erwischt. Er liegt im Krankenhaus in Blacksburg, Sir.«

»Danke, Herb«, sagte James und musste lächeln, als er daran dachte, wie mühsam er sich hatte daran gewöhnen müssen, von jüngeren Mitarbeitern, aber auch von älteren, die im Rang unter ihm standen, mit »Sir« angesprochen zu werden. Schließlich war er gerade mal dreißig, wenn auch mit angegrauten Schläfen.

Er nahm die Akte mit den aktuellen Berichten und fand als Erstes die Meldung über die nächtliche Schießerei. Kaum hatte er die ersten Zeilen gelesen, da stieß er auf den Namen Henry Irving und hielt bestürzt inne.

Henry ein Waffenschieber und Komplize eines Mehrfachmörders? Unmöglich! Das musste eine zufällige Namensgleichheit sein!

Er ließ sich mit Prescott verbinden, und seine Bestürzung wuchs, als dieser ihm die Personaldaten der beiden Männer durchgab.

Als Nächstes meldete er ein Gespräch nach Blacksburg an, das gerade mal sechzig Meilen von Rocky Mount entfernt lag. Zwei Minuten später hatte er das Krankenhaus und den Chef der Chirurgie am Apparat.

Nach dem Gespräch, das ebenso kurz wie erschütternd verlaufen war, nahm er sich eine Zigarette und starrte die Wand seines Büros an, ohne sie wahrzunehmen. Schlagartig hatte ihn die Vergangenheit eingeholt und mit ihr die eigene Schuld. Er wusste, dass er diesmal weder der einen noch der anderen ausweichen konnte.

*Wir sind beide schuldig geworden, wie wir auch beide viel, zu viel verloren haben.*

*Es muss ein Ende haben!*

Eine halbe Stunde später, kaum dass Vandenburg ihm Sonderurlaub bewilligt hatte, saß James im Wagen und fuhr nach Süden. Es war ein langer und mühevoller Weg zurück zum Stone Ridge Mountain an der Moonshine Road, nicht nur in Meilen. Und es würde weh tun, nach all den Jahren wieder Kendrick-Land betreten und tiefe Gräben überwinden zu müssen. Aber das war er seiner Schwester und Henry und nicht zuletzt sich selbst schuldig.

Ihm fiel ein, wie er sich als kleiner Junge einmal bitterlich beim Vater darüber beklagt hatte, dass sein selbstgepflanztes Apfelbäumchen nach einer langen Zeit der Dürre nicht wieder gedeihen wollte. Der Vater hatte erwidert: »Wenn der Baum heilen soll, musst du dich um die Wurzeln kümmern!« Und das würde er nun tun, auch wenn er nicht wusste, ob der Baum jemals heilen und wieder gedeihen würde. Versuchen musste er es.

## 123

In Stunden wie jetzt, wenn die Sonne tief über den Bergrücken stand, sich das frühe Abendlicht über sie ergoss und nach einem warmen Tag ein feiner Dunstschleier in der Luft hing, lag über den Blue Ridge Mountains jener rauchig blaue Schimmer, dem sie ihren Namen verdankten. Es war ein Anblick, dessen Mallory niemals überdrüssig wurde.

Sie saß auf der unteren Veranda, nippte gelegentlich an einem schwachen Mint Julep und blätterte in einem Magazin, ohne sich jedoch darauf konzentrieren zu können. Noch immer sprenkelte Sonnenlicht die Auffahrt zwischen den blühenden

Magnolienbäumen, aber die Schatten wurden länger. Der Tag neigte sich, und sie wartete sehnsüchtig auf Henrys Ankunft.

Wie lang ihr der Tag geworden war! Er hatte einfach nicht verstreichen wollen, und dabei hatte sie sich unablässig beschäftigt, um nicht ständig auf die Uhr oder gen Himmel zu blicken. Nur den Gang auf den Berg, zur alten Kendrick-Still, hätte sie besser unterlassen. Zu schmerzlich waren die Erinnerungen, die sie damit geweckt hatte. Erinnerungen, die besser nicht zu deutlich ins Bewusstsein rückten.

Aber wenn es auch ein langer Tag gewesen war, so war das große Haus doch von freudiger Erwartung erfüllt gewesen und von den feinen Gerüchen aus der Küche, wo ihre Köchin schon am Vormittag mit den Vorbereitungen für das abendliche Festessen begonnen hatte. Nun aber machte das Warten, das bislang von prickelnder Vorfreude bestimmt gewesen war, sie allmählich unruhig.

Wo blieb er nur?

Nervös drehte sie ihren Verlobungsring am Finger. Er hatte versprochen, vor seiner Landung auf dem kleinen Flugfeld von Rocky Mount einmal um den Stone Ridge Mountain zu fliegen und ihr mit einem Wippen der Tragflächen einen ersten Gruß herunterzuschicken. Doch der Himmel über *Magnolia* blieb leer, wie oft sie auch auf ein Motorengeräusch hoch in der Luft gelauscht und nach einem dunkelroten Punkt am westlichen Horizont Ausschau gehalten hatte.

Sie versuchte sich damit zu beruhigen, dass er wohl wegen des schwindenden Lichtes Rocky Mount direkt ansteuerte. Ja, das musste es sein. Was sollte denn auch passiert sein? Henry war ein guter und gewissenhafter Pilot, seine de Havilland eine sichere Maschine. Zudem hatte er gestern am Telefon gesagt, dass es etwas später werden würde. Wie kam sie also auf den dummen Gedanken, es könnte ihm etwas passiert sein?

Doch statt sich zu legen, nahm ihre Anspannung immer weiter zu. Schließlich hielt es sie nicht länger in ihrem Korbsessel, und sie sprang auf. Irgendetwas musste sie tun! Aber was? Nun, sie konnte schon die Kerzen in den Laternen auf der Veranda anzünden, und dann sollte sie noch mal nach dem Champagner schauen, der womöglich schon ein wenig zu lange auf Eis lag.

Sie wollte gerade ins Haus gehen und Streichhölzer holen, als sie unten auf der Landstraße einen Wagen hörte. Und er fuhr nicht an ihrer Einfahrt vorbei, sondern bog zu ihr ab!

*Das Taxi aus Rocky Mount! Henry, endlich! Endlich ist er hier! Jetzt wird alles gut!*

Ein grauer Mittelklassewagen tauchte am Beginn der Allee auf. Ungewöhnlich langsam fuhr er an den blühenden Magnolien vorbei, so als habe der Fahrer es überhaupt nicht eilig, seinen Fahrgast ans Ziel zu bringen. Er schlich ja förmlich.

Aber das war ja gar kein Taxi! Außerdem war der Wagen aus der falschen Richtung gekommen, nämlich aus Nordwesten, wo es nach Roanoke ging, und nicht aus Südosten, wo Rocky Mount lag!

Das Herz schlug Mallory bis zum Hals.

Ein gutes Dutzend Schritte vor dem Haus blieb der Wagen stehen. Als wage der Fahrer sich nicht näher heran. Er war allein, machte aber keine Anstalten, auszusteigen. Er schaute zu ihr herauf, als überlege er, ob er wieder wegfahren sollte. Schließlich stieß er die Tür doch auf, stieg aus und kam langsam auf sie zu. Seine Bewegungen wirkten seltsam steif und zögerlich, so als koste ihn jeder einzelne Schritt Überwindung.

Fassungslos starrte Mallory ihren Bruder an. Von den dunkler werdenden Bergen fuhr ein kalter Wind herab. Aber sie war sich nicht sicher, ob der Schauer, der sie plötzlich überlief, daher kam.

Wortlos kam er die drei Stufen zur überdachten Veranda mit den weißen Säulen herauf, trat zu ihr, holte einmal tief Luft, sah sie gequält an und sagte nur ein einziges Wort.

»Mallory.«

Wie lange hatte sie ihn ihren Namen nicht so aussprechen

hören, mit solcher Wärme und brüderlichen Anteilnahme! Doch als sie die Tränen in seinen Augen sah und er nach ihrer Hand griff, da wünschte sie, er wäre nicht gekommen. Denn wie ein Schock traf sie in diesem Augenblick die Gewissheit, dass sie ihren Bruder wiederhatte, dass er aber der Überbringer einer entsetzlichen Nachricht war.

»Nein! Nicht Henry!«

Ihre Stimme war schwach wie das Zittern der Magnolienblüten im Abendwind. Sie taumelte zurück und sank in den Korbstuhl, überwältigt von lähmender Grabeskälte und dem Gefühl grenzenloser Einsamkeit.

*Wie sieht das Leben aus,*
*wenn man keinem mehr trauen kann?*

Charlotte Roth

# Weil sie das Leben liebten

Roman

Berlin Ende der 1920er Jahre: Die junge Franka hat nur einen Wunsch: Sie möchte Zoologie studieren. Ihre strengen Eltern und die Weltwirtschaftskrise machen ihren Traum zunichte, doch immerhin gelingt es ihr, als Tierpflegerin im Berliner Zoo unterzukommen. Die Arbeit mit den geliebten Tieren geht ihr über alles, ihnen schenkt sie ihre ganze Zuneigung, nicht den Menschen. Dann lernt sie den faszinierenden Adam kennen und lieben. Doch Adam ist Sinto, und inzwischen haben die Nazis die Macht in Deutschland ergriffen. Adams Leben ist in höchster Gefahr, und Franka ist bereit für ihn zu kämpfen – und für ihre Tiere.
Allein jedoch hat sie in diesem Kampf keine Chance. Aber wem kann sie trauen?

»Charlotte Roth reist mit viel Gefühl
durch die deutsche Geschichte.«
*Emotion*

KNAUR